이각 박안경기 4

二刻 拍案驚奇

Amazing Stories (the 2nd version)

옮긴이

문성재 文盛哉, Moon Seong-jae

우리역사연구재단 책임연구원, 국제PEN 한국본부 번역원 중국어권 번역위원장. 고려대학교 중어중문학과를 졸업하고 국비로 중국에 유학하여 남경대학교(중국)와 서울대학교에서 문학과 어학으로 각각 박사 학위를 받았다. 그동안 옮기거나 지은 책으로는『중국고전희곡 10선』·『고우영 일지매』(4권, 중역)·『도화선』(2권)·『간전노』·『회란기』·『진시황은 몽골어를 하는 여진족이었다』·『조선사연구』(2권)·『경본통속소설』·『한국의 전통연희』(중역)·『처음부터 새로 읽는 노자 도덕경』·『루쉰의 사람들』·『한사군은 중국에 있었다』·『한국고대사와 한중일의 역사왜곡』·『정역 중국정사 조선·동이전』1~4·『격강투지』·『남채화』등이 있다.

2012년에 케이블T채널이 기획한 고대사 다큐멘터리『북방대기행』(5부작)에 학술자문으로 출연했으며, 현대어로 쉽게 풀이한 정인보『조선사연구』가 대한민국학술원 '2014년 우수학술도서'(한국학 부문 1위),『루쉰의 사람들』이 한국출판문화산업진흥원 '2017년 세종도서'(교양 부문),『한국고대사와 한중일의 역사왜곡』이 롯데장학재단의 '2019년도 롯데출판문화대상'(일반출판 부문 본상)을 수상했으며, 작년에는『박안경기』가 대한민국 학술원 '2023년 우수학술도서'(인문학 부문)로 선정되었다. 현재는『금관총의 주인공 이사지왕은 누구인가』의 저술과 함께『정역 중국정사 조선·동이전』5(신당서권)의 역주작업을 진행 중이다.

이각 박안경기 4

초판발행 2025년 4월 10일

지은이 능몽초
옮긴이 문성재

펴낸이 박성모
펴낸곳 소명출판
출판등록 제1998-000017호
주소 06641 서울시 서초구 사임당로14길 15 서광빌딩 2층
전화 02-585-7840
팩스 02-585-7848
이메일 somyungbooks@daum.net
홈페이지 www.somyong.co.kr

ISBN 979-11-5905-960-5 94820
979-11-5905-956-8(전 8권)
정가 42,000원

이 책은 2019년도 정부재원(교육부)으로 한국연구재단의 지원을 받아 연구되었음(NRF-2019S1A5A7069359)
This work was supported by National Research Foundation of Korea Grant funded by the Korean Government(NRF-2019S1A5A7069359).

한국연구재단
학술명저번역총서

이각 박안경기 4

二刻 拍案驚奇

Amazing Stories (the 2nd' version)

능몽초 저

문성재 역

일러두기

1. 이 책은 번역과정에서 일본 도쿄[東京]의 내각문고(內閣文庫)에 소장되어 있는 상우당(尚友堂)『이각 박안경기(二刻拍案驚奇)』('내각문고본')의 상해고적(上海古籍) 출판사판 영인본(1988)을 저본으로 삼고, 강소고적(江蘇古籍)·천진고적(天津古籍) 두 출판사에서 펴낸 동 미비본(眉批本), 그 밖에도 다수의 주석본들을 참조하였다.

2. 이 책에 사용된 각종 도판들은『이각 박안경기』속 상황에 최대한 가까운 이미지를 제시하기 위하여『삼재도회(三才圖會)』·『장물지(長物志)』·『소주청명상하도(蘇州淸明上河圖)』등, 능몽초와 비슷한 시기에 간행된 명대의 백과전서·문학작품·회화·지도 등에서 우선적으로 선별하여 활용하였다. 그리고 보다 정확한 설명이 요구될 경우에는 근래에 작성된 도판·지도·사진들도 추가로 사용하였다.

3. 본문에서 내용이나 맥락을 이해하는 데에 지장에 없는 경우에는 번역이 다소 투박하거나 어색하더라도 한 문장 한 단어까지 가능한 한 문법에 충실하게 직역(直譯)을 하였다. 다만, 독자가 혼동할 우려가 있는 경우에는 의역(意譯)을 하고 새로 주석을 붙이거나 접속사 등을 추가하여 독자들이 맥락을 파악하는 데에 지장이 없도록 하였다.

4. 상우당본 원문에는 현대식 문장부호가 전혀 사용되지 않았으며, 20세기 이래로 문장부호를 표시한 현대의 역주본들은 모두가 편집자의 입장에서 임의적으로 문장을 끊어 읽은 경향이 있다. 이 책에서는 그같은 기존의 끊어 읽기가 원작의 호흡이나 리듬을 살리는 데에 미흡하다는 판단에 따라 역자가 독자적인 방식으로 끊어 읽고 새로 문장부호를 표시하였다.

5. 화본소설은 원래 판소리나 '모노가타리(物語)·조루리(淨瑠璃)' 등과 같은 서사예술에서 비롯된 문학 장르이다. 그래서 이야기꾼의 해설 부분은 어투를 통상적인 예사체(하게체)가 아닌 경어체(합쇼체)로 번역하여 독자들이 공연장에서 직접 이야기를 듣는 것 같은 느낌을 가질 수 있도록 하였다.

6. 『이각 박안경기』가 지닌 송·원대 화본 본연의 특색과 풍격을 최대한 재현한다는 취지에 따라 독서나 이해에 지장을 주지 않는 한 동어 반복이나 상투어, 호칭 변동, 과장된 어투 등, 서사예술의 전형적인 연출상의 장치들을 최대한 활용하였다.

7. 소설과 희곡은 장르의 특성상 장면마다 호흡·발화·동작이 이루어질 때마다 휴지(休止, pause)가 발생한다. 이 점에 착안해 독자들이 맥락을 이해하는 데 도움을 주고자 짧은 휴지는 "…"로, 장면이나 동작이 전환될 정도로 긴 휴지는 "(…)"로 표시했다.

8. 본문과 제40권 희곡에 삽입된 가사 제목을 표시할 때에는 독자들이 쉽게 식별할 수 있도록【서강월】식으로 두꺼운 꺾쇠(【】)를 사용하였다. 제목을 표시할 경우, 역사서·시문집·소설·희곡 등의 도서명이나 회화(그림)명·지도명 등에는 겹낫표(『』), 장절(章節, chapter)·논문 등 그 내용의 일부에는 홑낫표(「」)를 사용하였다.

9. 독자가 400년 전에 출판된『이각 박안경기』의 원형을 이해하는 데에 편의를 제공하기 위하여 원본의 미비(眉批)·방비(旁批)·삽화를 모두 반영하고 미비에는【즉공관 미비】, 방비에는【즉공관 방비】식으로 표시하여 쉽게 식별할 수 있게 하였다. 또, 명대 출판계에서 상용되었던 각종 약자(略字)·별자(別字)·고체자(古體字)·이체자(異體字)들도 그대로 반영하고 '[교정]' 표시를 붙여 설명하였다. 다만, 원본의 권점(圈點)은 현실적으로 표시할 방법이 없어서 생략하였다.

10. 본문에 한자어를 사용해야 할 경우, 번잡함을 피하기 위하여 익숙한 표현이나 관련 주석을 붙일 때에는 한글로만 표기하였다. 그러나 생소한 표현이어서 오독의 우려가 있거나 독자의 이해를 도울 필요가 있을 경우에는 '거인(擧人)'·'덤받이[拖油瓶]' 식으로 추가로 괄호 안에 한자를 병기하였다.

11. 이 책의 마지막 작품인 제40권은 명대 잡극(雜劇) 희곡으로 체제가 다른 가사와 대사와 시가 함께 사용되었다 그래서 이 삼자를 시각적으로 구분하기 위하여 가사는 굵은 글자로 처리하였다. 또, 잡극 가사에서는 간혹 일종의 감탄사가 사용되는데 이 경우는 일률적으로 위첨자로 처리하였다.

12. 맞춤법과 외래어 표기는 1989년 3월 1일부터 시행되는 「한글 맞춤법 규정」과『문교부 자료』·『표준 국어 대사전』(국립국어연구원) 등을 따랐다.

『이각 박안경기』 완역본 출판에 즈음하여

중국문학사에서 '소설novel'은 입에서 입으로 전승되던 고대의 신화나 전설들에서 유래하였다. 그것들이 지식인들에 의하여 문언文言, 서면체 중국어으로 기록·개작되면서 위·진대의 '지괴志怪'소설과 '지인志人'소설을 거쳐 당대의 전기傳奇소설로 발전되었다. 이 소설의 전통과는 별도로 당대에는 서역西域의 불교가 중국에 수용되는 과정에서 이야기의 구연과 시가의 가창이 조화된 서역의 서사예술敍事藝術, narrative arts이 도입되면서 백화白話, 구어체 중국어로 이야기를 들려주는 변문變文이 출현하게 된다.

송대에는 직업적인 이야기꾼인 '설화인說話人, narrator'이 저잣거리 공연장에서 불특정 다수의 청중 / 관중을 대상으로 이야기를 들려주는 공연 행위를 '들려준다telling'는 뜻의 '설', '이야기story'라는 뜻의 '화'를 써서 '설화說話'라고 불렀다. 당시에 설화는 시각적인 효과도 중시되었지만 주로 청각에 호소하는 서사예술이었다. 그래서 단시간 내에 생생하고 명쾌한 서사를 통하여 흥미를 자극하여 좌중을 휘어잡는 데에는 과장된 추임새, 만화화 된 인물형상, 참신한 줄거리, 치밀한 구성이 대단히 중요한 요소로 간주되었다. 이때 이야기꾼이 청중 / 관중에게 들려주는 이야기의 줄거리를 기록해 놓은 일종의 공연 비망록narrative script이 바로 '화본話本'이다. '이야기 대본story script'이라는 뜻의 화본은 송대에 몇 가지 유형이 유행했는데, 그 중에서 대표적인 것이 길이가 짧은 '소설小說'과 역사이야기를 다루어 길이가 긴 '강사講史'였다. 당시의 이야기꾼들은 소재나 체제가 서로 다른 이 두 가지 중에서 상대적으로 길이가 짧고 짜임새가 있는 소설을 선호하였다. 이렇게 저잣거리에서 연행되던 화본이 목판 인쇄를 통하여 통속적인 읽을거리로서의 화본소설로 거듭난 것은 그로부터 3~4백 년이 지난 명대부터이다.

명대의 경우 건국 초기에는 대부분 이른바 '정통문학'으로 일컬어지던 시가·산문을 다룬 도서들이 주종을 이루었다. 그러나 중기인 가정嘉靖 연간부터 상업경제가 발전하면서 크고 작은 도시들이 도처에 형성되기 시작하였다. 그 과정에서 글자를 읽을 줄 알고 제법 구매력을 갖춘 도시인들이 유력한 사회계층으로 정착하게 된다. 그러자 당시 도서의 상업적인 출판과 판매를 겸하는 출판업자인 서상書商들은 목판 인쇄술의 발달로 대량인쇄가 가능해지자 당시 상당한 구매력을 가지고 있던 도시민들의 문화 취향에 영합할 수 있는 도서들을 경쟁적으로 선보였다. 『중국판각종록中國版刻綜錄』에 따르면, 가정 연간부터 말기인 숭정 연간까지 120년 사이에 새로 선보인 도서들만 해도 2,019종을 넘을 정도였다.

시민들을 대상으로 한 소설·희곡·민요 등의 통속 예술이 그 유례類例를 찾아보기 어려울 정도의 번성기를 맞이한 것도 이 무렵이었다. 그렇다 보니 내용이 통속적이면서도 가격도 현실적인 화본소설들이 독서시장에서 베스트셀러로 각광 받고 또 그것을 모방한 다양한 아류작들이 줄을 잇는 것은 아주 자연스러운 현상이었다.[1] 지식인은 지식인들대로 독서시장의 그 같은 추세에 발맞추어 당시 민간에 전해지던 화본을 수집해

---

1   명대의 소설·희곡과 독서시장의 관계에 관해서는 문성재, 「명말 희곡의 출판과 유통-강남지역의 독서시장을 중심으로」, 『중국문학』 제41집, 2004, 제147~164쪽을 참조하기 바람.

소설집을 엮고 거기에 자신들의 의견이나 해설을 붙여 부가가치를 높이는 일도 많아졌다. 처음에는 이야기꾼들이 '손님들'에게 이야기를 들려줄 때 참고하던 투박한 비망록이 어느 사이에 서재에서의 품격 있는 독서를 위한 읽을거리로 격상된 것이다. 그 '고상한' 화본소설집들 중에서 가장 유명한 것이 바로 풍몽룡馮夢龍이 엮은 『유세명언喩世明言』·『경세통언警世通言』·『성세항언醒世恒言』이다. 중국문학사에서 '삼언三言'으로 통칭되는 이 소설집들이 독자들에게서 큰 인기를 끌자 학식이 풍부한 지식인이 송·원대 화본의 틀을 모방하여 비슷한 성격의 소설을 짓는 풍조가 유행하게 되는데, 그 서막을 연 것이 바로 '즉공관주인卽空觀主人' 능몽초였다.

능몽초凌濛初, 1580~1644는 생전에 활발한 저술활동을 벌여 역사서나 문학이론서는 물론이고 시문·산곡·희곡·소설 등의 방면에서 주목할 만한 작품들을 남겼는데 그 중에서도 송·원대 화본話本의 문체를 모방해 지은 이야기들'의화본'을 모아 놓은 소설집 『박안경기』와 『이각 박안경기』가 가장 유명하다.

중국문학사에서 '이박'으로 일컬어지는 이 두 소설집은 『태평광기太平廣記』·『이견지夷堅志』·『전등신화剪燈新話』·『정사情史』 등, 서면체 중국어고문로 지어진 송·원·명대에 소설집들에서 참신하고 흥미로운 소재를 취하여 당시 독서시장에서 인기를 끌던 화본의 양식을 모방하여 구어체 중국어백화로 새로 지은 2차 창작의 결과물이다. 특히 『이각 박안경기』는 당·송·원·명 등 언어 층위가 서로 다른 역대 왕조의 서면체와 구어체의 표현들이 복잡하게 뒤섞여 있다. 쉽게 말하면 고려시대를 배경으로 한 이야기인데 등장인물이나 이야기꾼이 '노다지'니 '낭만적' 같은 표현들을 사용한 것과 같은 격이다. (두 표현은 근대에 '노 터치No touch'와 '로맨틱 romantic'이 우리말과 한자어로 수용된 표현이다.) 이런 식으로 시대와 층위에서 상이한 표현들이 뒤섞여 있다 보니 언어적인 견지에서는 『박안경기』에 그다지 좋은 점수를 주기 어려운 것이다. 그럼에도 불구하고 문학적인 견지에서 이야기한다면 그 평가는 사뭇 달라진다. '설화'를 생업으로 하는 이야기꾼이 아닌 정통 지식인이 송·원대 화본을 모방해 창작한 최초의 의화본 소설집일 뿐만 아니라, 저잣거리의 공연예술에서 서재의 읽을 거리로 이행하는 중국소설의 발전과정을 고스란히 보여 주는 산 증거이기 때문이다. 중국의 소설사학자 석창유石昌渝가 중국 화본소설의 문인화文人化 작업을 최종적으로 완성시킨 것이 능몽초의 '이박'이라고 높이 평가한 것도 바로 이같은 이유 때문이다. 그렇다 보니 지금까지 관련 학자들은 말할 것도 없고, 문학·연극·오락·출판 관련 종사자들에게도 '이박'이 대단히 중요하고 흥미로운 텍스트로 간주되어 왔다.

『이각 박안경기』에 대한 번역작업은 중국에서 처음으로 시도되었다. 30여 년 전1992에 경관교육警官敎育출판사를 통하여 『백화 이각 박안경기 상석白話二刻拍案驚奇賞析』이라는 제목으로 현대중국어로의 완역이 이루어졌다. 그로부터 10년 뒤2003에는 외문外文 출판사를 통하여 마문겸馬文謙이 『놀라운 이야기들Amazing tales』이라는 제목으로 영문판 번역이 이루어졌다. 그러나 전자에서는 장르가 다른 희곡인 제40권이 번역대상에서 제외되었고 후자에서는 수록 작품의 절반 수준인 19편만 번역되었다. 게다가, 정도의 차이는 있지만, 두 번역본 모두 작품 줄거리를 이해하는 데에 단서를 제공하는 시가나 은유적인 성 묘사가 등장하는 대목들이 맥락을 무시한 채 일률적으로 배제되었다. 번역의 수준이나 책의 완성도 등 여러 면에서 완역으로 보기 어려운 것이다. 이 같은 기계적인 배제는 줄거리의 맥락과 스토리텔링의 리듬을 파괴하여 독자들이 능몽초가 제시한 메시지에 다가서는 것을 방해한다. 그런 점에서 본다면, 역자가 이번에 선보이는『이각 박안경기』는 능몽초 원작의 진면목眞面目 그대로 최대한 보전保全했으니 그야말로 명·실名實이 상부相符하는 최초의 완역본이라고 하겠다.

역자는 2019년도 한국연구재단 명저번역사업의 지원 덕분에 일본에서 발견된 중국의 고전소설집을 한국인인 역자가 처음으로 완역해 내었다는 점에서 큰 자부심을 느낀다. 개인적으로 그보다 더 감개무량한 것은 석·박사 시절 명대 희곡과 구어에 천착할 때에 수시로 접했던 능몽초·풍몽룡·탕현조湯顯祖·심경沈璟 등의 이름과 작품들을 이번 연구과제 수행과정에서 재회했다는 점이다. 이런저런 사정 때문에 본의 아니게 오랫동안 중단해야 했던 중국의 희곡·소설과 구어체 중국어에 다시 한번 집중할 수 있는 소중한 기회를 주신 한국연구재단과 심사위원 여러분께 진심으로 감사드린다. 학문적으로 부족한 점이 많음에도 불구하고 백락伯樂의 혜안으로 소중한 기회를 주신 한국연구재단과 심사위원 여러분이 아니었다면 이 책은 빛을 보기 어려웠을 것이다. 모쪼록 이 책이 중국의 구어체 문학·예술에 흥미를 가지고 있거나 관련 연구에 종사하는 독자들에게 유용한 지침서가 되기를 바랄 따름이다.

이번에 책이 나오기까지는 많은 분의 도움이 있었다. 역자가 역주작업에 만전을 기할 수 있도록 물·심 양면으로 응원해 주신 소명출판의 박성모 대표님, 그리고 최고의 책을 선보이겠다는 일념으로 디자인은 물론이고 삽화·지도·도판에까지 온 정성을 다해 주신 이선아 편집자 등 여러 선생님들께도 진심으로 감사의 말씀을 드리고 싶다. 이 모든 분의 도움과 격려가 없었더라면 이번의 쾌거는 이루어질 수 없었을 것이다.

2024년 8월 23일
서교동 조허헌에서
문성재

이각 박안경기 4 _ 차례

이각 박안경기 전체 차례

『박물지』[1]에 이런 말이 있었던 것으로 기억한다.

 "한나라의 유포[2]가『운한도』를 그리자 그것을 본 이들이 덥다고 느꼈다. 또
『북풍도』를 그리자 그것을 본 이들은 춥다고 느꼈다."

 당시에 나는 개인적으로 '그림은 사실 실물이 아닌데 어떤 까닭에 그
렇게 된단 말인가' 하고 의아하게 여겼었다. 그러나 그러면서도 '사람들
이 그 작품을 보고 그렇게 여겼던 게지' 하고 말하였다. 그런데 거기서
더 나아가 승요[3]의 경우에는 용의 눈을 그리자 우레와 번개가 치더니 벽
을 부수고 사라졌다고 하며, 오도현[4]의 경우에는 전각 안에 용 다섯 마리

1　『박물지(博物志)』: 명대의 동사장(董斯張, 1587~1628)이 엮은 『광박물지(廣博物
　　志)』를 말한다. 이 책은 서진(西晉)의 학자 장화(張華)가 지은『박물지(博物志)』를 증보
　　한 것으로, 당대 이전의 역대 전적·문헌들에서 사물의 기원에 관한 자료들을 모아 총
　　22개 분야로 구분해 소개하였다. 동사장은 절강성 오정(烏程, 지금의 오흥) 사람으로,
　　자가 연명(然明), 호가 하주(遐周), 별호가 차암(借庵)·수거사(瘦居士)이다. 박학다식
　　하여 강남에서 명성이 높았으며 당시의 명사인 풍몽룡(馮夢龍)·동기창(董其昌) 등과도
　　교분이 있었으나 몸이 약해 병치레를 하다가 마흔도 되지 않아 죽었다.
2　유포(劉褒): 중국 후한의 환제(桓帝) 때에 촉군태수(蜀郡太守)를 지냈다. 서화에 뛰어나
　　중국 산수풍경화의 선구자로 훌륭한 작품을 많이 남겼으며, 특히 산천의 풍광을 묘사하
　　는 데에 탁월한 재능을 보였다.
3　승요(僧繇): 중국 남북조시기의 양(梁)나라 화가 장승요(張僧繇, 479~?)를 말한다. 지
　　금의 강소성 소주(蘇州) 사람으로, 벼슬로는 우군장군(右軍將軍)·오흥태수(吳興太守)
　　를 지냈다. 산수와 불화에 뛰어나서 산수화에서는 '몰골법(沒骨法)'이라는 독특한 그림
　　체를 창안했으며, 불화의 경우 일가를 이루어 '장가양(張家樣, 장가 스타일)'이라는 찬사
　　를 받기도 하였다. 풍격이 비슷하여 당대의 오도현과 나란히 일컬어지곤 하였다.
4　오도현(吳道玄): 당대의 유명한 화가 오도자(吳道子, 680?~759)를 말한다. 양적(陽翟,

를 그리자 큰 비가 쏟아져 이내와 안개가 꼈다고 한다. 물론 이런 일화들이 있다고 해서 그림 속의 용을 실제로 존재하는 것으로 여겨서는 안될 것이다. 그러나 그렇다고 해서 그것들을 허구라고 치부한다 한들 그런 일화 자체만으로도 그 작품들이 실제의 용을 능가했다는 뜻이 아니겠는가? 그렇다고 한다면 글을 짓는 사람들의 경우 역시 마찬가지일 수밖에 없을 것이다.

'몰골법'의 비조 장승요의 대표작 『설산홍수도(雪山紅樹圖)』와 그 확대 화면(우)

지금 소설들 중에서 세상에 간행된 것들은 대충 따져 보아도 백 가지

지금의 하남성 우주) 사람으로, 젊어서부터 그림으로 명성을 얻었으며 나중에는 '화성(畵 聖, 그림의 성인)'으로 일컬어졌다. 연주(兗州) 하구(瑕丘, 지금의 산동성 자양)의 현위 (縣尉)가 되었으나 얼마 되지 않아 사직하였다. 나중에는 낙양을 떠돌며 벽화를 그리다가 현종(玄宗)의 개원(開元) 연간에 궁중으로 영입되어 공봉(供奉)·내교박사(內敎博士)를 역임하였다. 장욱(張旭)·하지장(賀知章)에게서 글씨를 배웠고 인물·산수·금수·초목 ·신귀·누각 그림에 뛰어났으며 특히 불교와 도교 등 종교 관련 그림에 정통하였다.

가 넘는다. 그렇기는 하지만 그 소설들은 사실적이지 못한 경향이 두드
러지는데 그같은 병폐는 '신기한 것을 좋아하는' 사람들의 심리에서 비
롯된 것이다. 그런 사람들은 신기한 것을 신기하게 여기는 것만 알 뿐 신
기한 데가 없는 쪽이 더 신기하다는 이치는 알지 못한다. 그래서 눈 앞에
펼쳐지는 명심해야 할 이야기들은 제쳐 놓은 채 무작정 남들이 입에 올
리지도 않고 거론하지도[5] 않는 세계에나 매달린다. 마치 화가가 개나 말
은 그릴 생각을 하지 않고 그저 귀신이나 허깨비만 그리려 드는 것처럼
말이다. 그래서 '나는 그런 이야기를 듣는 것이 두려워 멈출 따름이다'라
고 말하는 것이다.

유월석[6]은 청아하게 휘파람을 불고 피리를 부르는 것만으로도 오랑캐
들이 눈물을 흘리고 심지어 포위를 풀고 물러가게 할 수 있었다. 그런데
지금 사물의 상태나 인간의 감정을 예로 들자면 겉을 꾸미는 일이나 장

---

5 거론하지도[議] : 중화서국(中華書局)판 『이각 박안경기』에서는 이 부분의 글자가 '의로
   울 의(義)'로 되어 있다. 그러나 원본인 상우당(尙友堂)본 『이각 박안경기』나 현대의 기
   타 판본들에는 모두 '논의할 의(議)'로 나와 있다. 실제로 전후 맥락을 따져 보더라도
   이 글자는 '거론하다, 문제를 제기하다' 등의 의미를 나타내는 것으로 해석해야 옳다. '의
   로울 의'는 교열과정의 착오라는 뜻이다.
6 유월석(劉越石) : 서진(西晉)의 정치가이자 시인인 유곤(劉琨, 271~318)을 가리킨다.
   중산(中山) 위창(魏昌, 지금의 하북성 무극) 사람으로, '월석'은 자이다. 진나라에 충성
   한 데다가 명망이 높아서 혜제(惠帝) 때에 광무후(廣武侯)로 봉해지고 원제(元帝) 때에
   는 시중태위(侍中太尉)로 임명되었다. 영가(永嘉) 연간 초기에 대장군(大將軍)·도독병
   주제군사(都督幷州諸軍事)를 지낼 때 군정(軍政)을 정비하였다. 나중에 오랑캐들이 진
   양(晉陽, 지금의 산서성 태원 일대) 성을 포위하자 성루에 올라가 휘파람을 불고 밤에는
   호가(胡笳, 북방민족의 피리)를 불어 향수에 젖은 오랑캐들이 스스로 포위를 풀고 물러
   가서 성을 지켜 내었다. 정치적으로는 유연(劉淵)·석륵(石勒)과 대립했는데 나중에 상
   황이 역전되어 석륵에게 패하자 선비족 출신의 유주자사(幽州刺史) 단필제(段匹磾)에게
   귀순했다가 죽음을 당하였다. 현존하는 작품으로는 『부풍가(扶風歌)』등 3편이 있다.

기로 여길 뿐이지 사람들로 하여금 그 속에서 노래 부르게 하거나 흐느 끼게 하는 데에는 뛰어나지 못 하다. 그런 경우가 어찌 '기이함과 기이하 지 않음은 굳이 지혜로운 사람이 나타날 때까지 기다리지 않아도 안다' 는 경우가 아니겠는가?[7] 그러니 이렇게 해명할 수밖에 없을 것 같다.

"중국에서 글은 남화[8]와 충허[9] 때부터 이미 우언이 많았다. 나중의 비 유선생[10]이나 빙허공자[11]의 경우라고 한들 어찌 내용의 사실성을 얻고자 그것을 추구한 것이었겠는가? 그러나 그런 경우들은 글로는 탁월하다고 할 수 있을지 몰라도 이야깃거리로는 탁월한 경우가 아닌 것이다. 연의[12]

---

7 안다[知] : 중화서국판『이각 박안경기』에는 이 부분의 글자가 '지혜 지(智)'로 되어 있 다. 그러나 원본인 상우당본『이각 박안경기』나 현대의 기타 판본들에는 모두 '알 지 (知)'로 나와 있다. '지혜 지'는 교열과정의 착오라는 뜻이다.

8 남화(南華) : 『남화진경(南華眞經)』을 줄인 이름. 『남화진경』은 전국시대 사상가인 장주 (莊周)의 저서『장자(莊子)』를 도교에서 높여 부르는 이름이다.

9 충허(沖虛) : 전국시대의 사상가 열어구(列御寇)의 저서『열자(列子)』의 다른 이름. 당나 라 현종의 천보(天寶) 원년에 열자를 '충허진인(沖虛眞人)'으로 봉하면서 도교에서 그 제목을『충허진경(沖虛眞經)』으로 높여 부른 것이다.

10 비유선생(非有先生) : 전한의 문장가 동방삭(東方朔)이 지은 「비유선생론(非有先生 論)」에 등장하는 허구의 인물. 그 글에 따르면 오(吳)나라에서 벼슬을 지냈는데 3년동 안 말을 하지 않았다고 한다. 그래서 오나라 왕이 그 이유를 묻자 간언을 했다가 불행을 당한 역대 충신들의 일화들을 열거하고 왕에게 허심탄회하게 충언을 받아들여 어진 정치 를 베푸는 명군이 되기를 설득했다고 한다. '비유(非有)'는 이름부터가 글자 그대로 풀면 '존재하는 사람이 아니다'라는 뜻이다.

11 빙허공자(馮虛公子) : 전한의 문장가 장형(張衡)이 지은 노래인『양경부(兩京賦)』에 등 장하는 허구의 인물. 그 노래에서 빙허공자는 또다른 인물 안처선생(安處先生)과 함께 차례로 당시의 도읍으로 '서경(西京)'으로 일컬어진 장안(長安, 지금의 섬서성 서안시) 과 '동경(東京)'으로 일컬어진 낙양(洛陽, 지금의 하남성 낙양시)의 성대한 풍광을 칭송 하였다. '빙허(馮虛)'는 글자 그대로 풀면 '허구에 근거하였다', 즉 가상의 인물이라는 뜻이다.

12 연의(演義) : 문학 장르들 중의 하나인 소설(小說, novel)을 고대부터 중국식으로 달리 일컬은 이름. 남북조시대의 역사가 범엽(范曄)의『후한서(後漢書)』「주당전(周黨傳)」

라는 분야의 경우에는, 없는 것을 지어내는 일은 쉽지만 실제로 있는 것을 묘사하는 일은 어렵다. 그렇기 때문에 양쪽을 동등한 것으로 보고 논의해서는 안 되는 것이다. 『서유기』[13] 라는 소설이 기괴하고 황당하여 상식적이지 못하다는 사실만 해도 그렇다. 그것을 읽는 사람들은 누구라도 그것이 모순 투성이라는 사실을 다 안다. 그렇기는 하지만 그 소설에서 다루어진 내용에 따르면 그 스승과 제자 네 사람[14]은 저마다 각자 정체성을 가지고 저마다 각자 행동을 한다. 그래서 시험 삼아 그 소설 속의 한마디 말이나 한 가지 행동을 고르고, 이어서 사람들에게 가만히 맞추어 보게[15] 해 보면 그것이 어느 등장인물의 말과 행동인지 알 수가 있다. 이

에 나오는 "주당 등은 문장으로는 의미를 잘 부연하지 못하거니와 무예에 있어서도 군주를 위하여 죽지 못하였다.(黨等文不能演義, 武不能死君)"에서 볼 수 있듯이, 글자 그대로 풀면 '의미(내용)를 부연하다' 정도의 뜻으로, 역사적 사실들에 관하여 그 사실들을 토대로 하되 민간에서 전해지는 전설이나 소문들을 곁들이면서 상세하게 기술하는 행위나 그 결과물(저술)을 가리킨다.

13 『서유기(西遊記)』: 명대 소설가 오승은(吳承恩)이 지은 100회본 장편 소설. 천상을 어지럽힌 뒤 500년이 지나 당나라의 승려 삼장법사(三藏法師) 현장(玄奘)의 제자가 된 손오공(孫悟空)이 저팔계(豬八戒)·사오정(沙悟淨)과 함께 불경을 구하기 위하여 천축국(天竺國)으로 가는 길에 요괴들을 제압하고 81가지 시련을 겪은 끝에 깨달음에 이르는 과정을 다루었다. 기본 줄거리는 당시까지 민간에 전승되던 현장의 일화들을 토대로 하되 당시의 소설인 화본(話本)과 연극인 잡극(雜劇)의 허구적인 이야기들을 곁들여 장편 소설로 완성되었다.

14 스승과 제자 네 사람[師弟四人]: 『서유기』의 주인공인 삼장 법사(三藏法師)와 그 제자 손오공(孫悟空)·저팔계(豬八戒)·사오정(沙悟淨)을 말한다.

15 가만히 맞추어 보게[暗中摹索]: 명대의 유행어. 원래는 어두움 속에서 물건을 더듬는 것을 가리키는 말이다. 당대에 유지기(劉知幾, 661~721)가 지은 『수당가화(隋唐嘉話)』에 따르면, 당나라 사람 허경종은 성정이 무척 오만해서 친구들의 이름을 외우는 것을 소홀히 여겨 상대방을 불쾌하게 만들기 일쑤였다. 그래서 한 친구가 허경종이 머리가 나쁘다고 빈정거리자 이렇게 말했다고 한다. "자네 이름을 기억하지 못하는 것은 자네 명성이 너무 하찮기 때문일세. 만약 조식·유정·심약·사조 같은 분들을 마주쳤다면 가만히 맞추어 보기만 해도 바로 알아 봤을 거야!" 나중에는 전례가 없거나 스승이 없는 상황에서 오로지 자신의 능력과 지식만으로 깨우치는 것을 가리키는 말로 사용되기도 하였다. 중

는 곧 '허구적인 내용 속에도 사실적인 요소를 담고 있는 경우'이니, 이것이야말로 '진수를 표현한다'[16]는 경우일 것이다. 그런데도 처음부터 『수호전』보다 못하다'고 비웃는다면 그것이야말로 어찌 '사실적이냐 그렇지 않으냐의 관문이 신기하냐 그렇지 않으냐의 대전제를 강화시킨다'는 논리가 아니겠는가?'

명대에 간행된 『이탁오선생비평 서유기(李卓吾先生批評西遊記)』의 삽화(일본 내각문고 소장)

화서국판 『이각 박안경기』에는 '모색'의 '모'가 '비빌 마(摩)'로 되어 있다. 그러나 원본인 상우당본은 물론이고 현대의 각종 판본 역시 모두 '본 뜰 모(摹)'로 나와 있다.

16 '진수를 표현한다'는 것[傳神阿堵] : '아도(阿堵)'는 남북조시대 강남지역의 구어적 표현으로, '이것(this 또는 the thing which~)'을 뜻한다. 유송(劉宋)의 유의경(劉義慶)이 지은 소설집 『세설신어(世說新語)』에서는 동진(東晉)의 화가 고개지(顧愷之)의 회화이론을 이렇게 소개하였다. "고장강이 인물을 그릴 때에는 더러 몇 년씩이나 눈동자를 그리지 않았다. 사람들이 그 까닭을 물었더니 고씨가 말했다. '신체의 아름다움과 추함은 본래 오묘함과는 관계가 없습니다. 진수를 표현하여 묘사하는 요체는 바로 이것에 있으니까요.(顧長康畵人, 或數年不點目睛, 人間其故. 顧曰, 四體姸蚩, 本無關于妙處, 傳神寫照, 正在阿堵中)" 여기서의 "이것"은 눈(eyes)을 가리킨다.

즉공관주인이라는 분은 그 사람 자체도 기이하거니와 그 글도 기이하며[17] 그 역정 또한 기이하다. 과거에서 뜻을 제대로 펼치지는 못 했으나 원대한 그 재능을 출판계에 발휘하는 기회를 만나자[18] 남은 재능을 끌어내어 전기를 짓고, 거기서 몸을 더 낮추어 연의를 지었기 때문이다. 그것이 이 『박안경기』가 두 차례에 걸쳐 간행되기에 이른 연유이다.

그가 수집한 이야기들은 대부분 매우 사실적이고 근거가 있는 것들이다. 비록 간혹 신이나 귀신의 이야기를 다룬 이야기들도 있지만 그렇다보니 역사가인 사마천[19]이 역사를 기록할 때만큼이나 묘사가 사실적이다. 그리고 용이 또아리를 틀고 있었다거나 뱀이 길을 막고 있었다거나 귀신을 거론하는 논리 따위가 아무리 현실과 거리가 멀다고는 하지만 없는 일은 아닐 것이다. 그러니 이국적인 볼거리를 곁들임으로써 세속의 유생들이 가진 편견을 깨는 것도 나쁠 것은 없다고 본다. 또 요염한 미인이나 풍류 넘치는 밀회 같은 소재들도 소설집에는 꼭 수록해야 할 것들이었다. 다만 세상 풍속을 더럽히는 이야기들의 경우만큼은 모조리 배제시키려 노력하였다.

---

17 그 글도 기이하며[其文奇] : 중화서국판 『이각 박안경기』의 서문에는 이 구절이 빠져 있다.
18 뜻을 제대로 펴지는 못했으나 원대한 그 재능을 발휘하는 기회를 만나자[因取抑塞磊落之才] : 전후 맥락을 따져 볼 때 작자 능몽초가 과거시험에서는 뜻을 이루지 못했으나 출판업에 종사하면서 상당한 족적을 남긴 일을 두고 한 말로 보인다.
19 역사가인 사마천[史遷] : '사천(史遷)'은 중국 정사 '25사(卄五史)'의 첫 번째 정사인 『사기(史記)』를 편찬한 전한대 사관 사마천(司馬遷)을 말한다.

녹문자[20]가 늘 송광평[21]의 사람 됨됨이를 힐난한 것은 그 취지가 그의 냉철한 이성[22]을 비판하는 데에 있었다. 그런데 그가 지은 『매화부』[23]는 참신하고 활달하면서도 선명하게 빛나니 남조시대 서씨[24]와 유씨[25]의 문체를 터득했다고 할 만하다. 그 점을 놓고 본다면, 일반적으로 소박함과

---

20 녹문자(鹿門子) : 당대의 유명한 시인이자 문장가인 피일휴(皮日休, 838?~902)를 말한다. 생전에 양양(襄陽, 지금의 호북성)의 녹문산(鹿門山)에 머문 적이 있어서 그 이름을 호로 삼았다. 피일휴는 자가 습미(襲美) 또는 일소(逸少)이며, '녹문자'와 함께 간기포위(間氣布衣)를 호로 사용하였다. 진사로 급제한 뒤로 태상박사(太常博士)・비릉부사(毗陵副使) 등을 역임했으며, 당시의 문장가 육구몽(陸龜蒙)과 함께 '피・육(皮陸)'으로 나란히 일컬어졌다.

21 송광평(宋廣平) : 당대 중기에 승상(丞相)을 지낸 송경(宋璟, 663~737)을 말한다. 현종 때에 명재상으로 이름이 높았으며 국법을 준수하고 몸가짐을 바르게 하여 요숭(姚崇)과 함께 당나라를 대표하는 어진 재상으로 나란히 일컬어졌다. 매화를 좋아했으며 그가 지은 『매화부』는 특히 유명하다.

22 냉철한 이성[鐵石心腸] : '철석심장(鐵石心腸)'은 글자 그대로 풀면 '쇠나 돌 같은 마음'이라는 뜻으로, 의지가 강하여 감정에 쉬 휘둘리지 않는 사람을 가리키는 말로 주로 사용된다.

23 『매화부(梅花賦)』 : 당나라 현종 때의 재상인 송경이 지은 노래. 피일휴가 지은 『피자문수(皮子文藪)』에 따르면, 송경은 공직에 오르기 전에 『매화부』를 지어 온갖 화초들 사이에서 외롭게 핀 매화를 예찬하면서 자신의 심정을 토로하였다. 당시의 문장가이자 정치자인 소미도(蘇味道)가 이 작품을 극찬하면서 그의 이름이 알려져 이후의 관직 생활에도 적잖은 도움을 받았다고 한다.

24 서씨[徐] : 남북조시대 진(陳)나라의 시인・문장가로 명성이 높았던 서릉(徐陵, 507-583)을 가리킨다. 동해(東海)의 담(郯, 지금의 산동성 담성) 사람으로, 자는 효목(孝穆)이다. 양(梁)나라 때에 동궁학사(東宮學士)를 지냈고 진나라에 이르러 상서 좌복야(尙書左僕射)・중서감(中書監)을 지냈다. '궁체시(宮體詩)'의 대표적인 작가의 한 사람으로, 나중에는 궁체시의 대표작들을 소개한 『옥대신영(玉臺新咏)』을 엮기도 하였다.

25 유씨[庾] : 남북조시대 양(梁)나라의 시인・문장가로 명성이 높았던 유신(庾信, 513~581)을 가리킨다. 양나라 신야(新野) 사람으로, 자는 자산(子山)이다. 양나라 원제(元帝)가 즉위하자 우위장군(右衛將軍)에 임명되었다. 사신으로 서위(西魏)에 파견되었을 때 서위가 양나라를 멸망시키자 서위에 남았으며, 북주(北周)가 건국되자 표기대장군(驃騎大將軍)・개부의동삼사(開府儀同三司) 등을 역임하며 '유개부(庾開府)'로 일컬어지기도 하였다. 서릉과 마찬가지로 문체가 화려하고 아름답기로 유명하여 당시에 그같은 문체가 '서・유체(徐庾體)'로 불려졌다.

누추함에 부쳐 세상 사람들의 이목을 어지럽히는 부류는 거의 믿을 바가 못되는 것들인 셈이다.[26] 즉공관주인의 말을 빌린다면 그야말로 '세상에서 내 이야기를 구할 수 있는 이들이 충신이나 효자가 되는 데에 어려움이 없게 해줄 것이고, 그렇게 되지 못하는 자들이라도 음행을 일삼지는 않게 될 것'이라는 격이다. 그 부분은 지은이가 애를 쓴 결과이거니와 '평범함 속의 기이함'의 틀을 초월한 경우라 할 것이다.

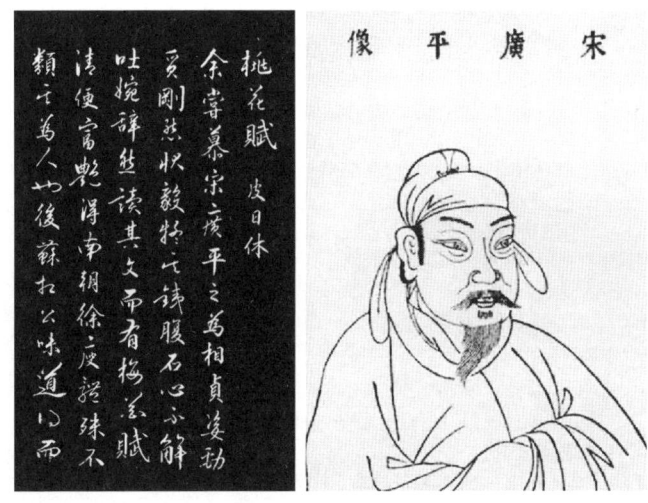

『매화부』(탁본 글씨 피일휴)와 그 작자 송경의 초상

이제 책은 마침내 완성되었지만 즉공관주인은 벼슬을 지내느라 아직

---

26 소박함과 누추함에 부쳐~[凡託於椎陋以眩世, 殆有不足信者夫] : 이 부분은 원래 북송의 정치가이자 문장가였던 소식(蘇軾)이 『모란기』서(牡丹記叙)」에서 한 말에서 유래하였다. 소식은 그 서문에서 "이제 내가 그것을 보니 일반적으로 소박함과 누추함에 부쳐 세상사람들의 눈을 어지럽히는 것들을 또 어찌 믿을 만하겠는가?(今以余觀之, 凡託於椎陋以眩世者, 又豈足信哉)"라고 하였다.

돌아오지 않았다. 그러나 서사에서는 서둘러 책을 펴내고자 하여 내게 서문을 써 달라고 청탁하였다. 나는 붓조차 제대로 잡지 못하는 주제이니 그야말로 "무염을 부각시킬 욕심에 서자를 능욕하고 마는 격"[27]이 아니겠는가! 그러니 나로서는 아무래도 "키 질 해서 까부르니 겨만 앞에 남더라"[28]라고 변명하는 수밖에 없을 듯하다.

임신년[29] 겨울날에 수향거사가 서문을 짓고 쓰다

---

27 무염을 부각시킬 욕심에~[刻画無鹽, 唐突西子] : 명대의 유행어. '무염(無鹽)'은 중국 전설에 등장하는 고대의 추녀, '서자(西子)'는 중국 춘추시대 월(越)나라의 미녀 서시(西施)를 가리킨다. 글자 그대로 풀면 추녀를 무리하게 미화하려고 애쓰다가 도리어 미녀가 무색해지게 만든다는 뜻으로, 주객이 전도된 상황을 가리키는 말로 사용되었다. 때로는 앞의 '무염을 부각시킨다(刻画無鹽)'만 사용하기도 하였다.

28 키 질 해서 까부르니~[簸之揚之, 糠秕在前] : 명대의 유행어. '공자 앞에서 문자를 쓴다'의 경우처럼, 재주가 없음에도 불구하고 과분한 자리를 지키고 있는 것을 겸손하게 표현하거나 비꼬는 말이다. 남북조시대 유송의 유의경이 지은 『세설신어』에 따르면, "왕문도와 범영기는 둘 다 간문제 때의 중신이다. 범씨는 나이가 많지만 자위가 낮았고 왕씨는 나이는 적지만 지위가 높았다. 그를 앞에 세우니 도로 서로 앞자리를 양보했는데 그렇게 오래 옮기고 옮긴 끝에 왕씨가 결국 범씨 뒤에 서게 되었다. 그래서 왕씨가 '키 질 해서 까부르니 겨만 앞에 남았군요!' 하고 계면쩍어 하니 범씨도 '체 질 해서 걸렀더니 모래가 뒤에 남았습니다 그려!' 하며 서로 겸양했다고 한다.(王文度范榮期俱爲簡文所要. 范年大而位小, 王年小而位大, 將前, 更相推在前, 旣移久, 王遂在范後. 王因謂曰, 簸之揚之, 糠秕在前. 范曰, 洮之汰之, 沙砾在後)" 여기서 '겨'는 왕문도가 자신을, '모래'는 범영기가 자신을 각각 겸손하게 빗대어 표현한 말이다.

29 임신년[壬申] : 숭정제 재위기간의 임신년을 말한다. 서기로는 1632년에 해당한다.

二刻拍案驚奇序

嘗記博物志云, 漢劉襃畵雲漢圖, 見者覺熱, 又畵北風圖, 見者覺寒. 竊疑畵本非眞, 何緣至是. 然猶曰, 人之見, 爲之也. 甚而僧繇點睛, 雷電破壁, 吳道玄畵殿內五龍, 大雨輒生煙霧, 是將執畵爲眞, 則旣不可, 若云贋也, 不已勝於眞者乎.

然則操觚之家, 亦若是焉則已矣. 今小說之行世者無慮百種, 然而失眞之病, 起於好奇, 知奇之爲奇, 而不知無奇之所以爲奇. 舍目前可紀之事, 而馳騖於不論不議之鄕, 如畵家之不圖犬馬而圖鬼魅者, 曰, 吾以駭聽而止耳. 夫劉越石淸嘯吹笳, 尙能使群胡流涕, 解圍而去. 今擧物態人情, 恣其點染, 而不能使人欲歌欲泣於其間, 此其奇與非奇, 固不待智者而後知之也.

則爲之解曰, 文自南華沖虛, 已多寓言, 下至非有先生馮虛公子, 安所得其眞者而尋之. 不知此以文勝, 非以事勝也. 至演義一家, 幻易而眞難, 固不可相衡而論矣. 卽如西遊一記, 怪誕不經, 讀者皆知其謬. 然據其所載, 師弟四人各一性情, 各一動止. 試摘取其一言一事, 遂使暗中摸索, 亦知其出自何人. 則正以幻中有眞, 乃爲傳神阿堵而已, 有不如水滸之譏. 豈非眞不眞之關, 固奇不奇之大較也哉.

卽空觀主人者, 其人奇, 其文奇, 其遇亦奇. 因取其抑塞磊落之才, 出緖餘以爲傳奇, 又降而爲演義, 此拍案驚奇之所以兩刻也. 其所捃撫, 大都眞切可據. 卽間及神天鬼怪, 故如史遷紀事, 摹寫逼眞. 而龍之踞腹, 蛇之當道, 鬼神之理, 遠而非無, 不妨點綴域外之觀, 以破俗儒之隅見耳. 若夫妖艶風流一種, 集中亦所必存, 唯汚纇世界之談, 則戞戞乎其務去. 鹿門子常怪宋廣平之爲人, 意其鐵心石腸, 而爲梅花賦, 則淸便艶發, 得南朝徐庾體. 繇此觀之, 凡託於椎陋以眩世, 殆有不足信者夫. 主人之言固曰, 使世有能得吾說者, 以爲忠臣孝子無難, 而不能者, 不至爲宣淫而已矣. 此則作者之苦心, 又出於平平奇奇之外者也.

時剞劂告成, 而主人薄游未返. 肆中急欲行世, 徵言於余. 余未知搦管, 毋乃刻畵無鹽, 唐突西子哉. 亦曰簸之揚之, 糠秕在前云爾.

壬申冬日 睡鄕居士 題幷書

『이각 박안경기』소인

　정묘년[1] 가을의 일은 뜻을 이루는가 싶었으나 급제하지 못하고 말았다. 그래서 미련을 떨치지 못하고 남경으로 돌아와 전해 들은 고금의 신기한 이야기들 중 특기할 만한 것들을 우연히 재미 삼아 골라 살을 붙이고 이야기로 만들어 잠시나마 마음속의 응어리를 풀고자 했다. 애초에는 널리 전하려고 한 것이 아니라 잠시나마 장난 삼아 응어리 진 마음이라도 후련하게 풀자는 생각이었다. 그런데 지인들 중에서 나와 내왕하던 이들이 한 편을 받아서 읽고 나면 한결같이 책상을 치면서 '참 기이하기도 하구려 이 이야기는!' 하는 것이 아닌가. 그 일이 서상[2]의 귀에까지 들어가고, 그것이 계기가 되어 '정식으로 출판하자'며 알음 알음으로 사람을 통해 요청해 왔다. 그래서 그 이야기들을 베끼고 모아 책으로 엮은

1　정묘년[丁卯] : 서기로는 1627년에 해당한다. 이 해는 명나라 황족으로 제14대 황제 희종(熹宗)의 배다른 동생인 주유검(朱由檢, 1611~1644)이 제15대 황제로 즉위한 숭정(崇禎) 원년에 해당한다. 능몽초가 과거시험에서 낙방한 일을 거론한 것을 보면 "정묘년 가을"에 숭정제의 즉위를 축하하기 위하여 특별히 과거시험이 거행되었음을 알 수가 있다.

2　서상(書商) : 명대에 서점의 일종인 서방(書坊)을 경영하면서 동시에 도서의 판각·인쇄·출판·판매를 도맡았던 도서 관련 전문 상인. 중국에서 영리성 서점의 역사는 오대(五代) 시기의 서사(書肆, 서점)로부터 시작되었으나 서상이 출판과 판매에 본격적으로 나서기 시작한 것은 송대부터이다. 근세인 명·청대에는 서상의 활동이 행정수도로 북방에 위치한 북경과 문화수도로 남방에 위치한 남경을 중심으로 활성화 되었다. 일부 지역의 서상들은 북경에 개설한 상인들의 사교 장소인 회관(會館)을 거점으로 삼았는데 강서지역 서상들의 문창회관(文昌會館), 하북지역 서상들의 북직문창회관(北直文昌會館), 강남지역 서상들의 숭덕회소(崇德會所, 소주)이 그것들이다. 명대 강남지역의 서상과 출판사업에 관한 문화사적 고찰은 문성재의 논문 「明末 희곡의 출판과 유통― 江南지역의 독서시장을 중심으로」(『중국문학』, 제41집, 2004)를 참조하기 바란다. 전후 맥락을 따져 볼 때 여기서 능몽초가 언급한 "서상"은 박안경기를 두 차례에 걸쳐 출판해 준 소주 상우당(尙友堂)의 운영자 안소운(安少雲)을 가리킨다.

것이 마흔 편이나 된 것이다. 그것들은 억지로 지어낸 말이거나 투박한 이야기들이어서 장독을 덮기에도 부족한 내용들이었다. 그런데 그럼에도 불구하고 날개가 돋아 날고 다리가 생겨 달리기라도 하는 것처럼 빠르게 유행하였다. 그렇다 보니 수염을 꼬고 피를 토하며 글공부[3]에만 몰두할 때와 비교해 보면 팔리는 쪽과 안 팔리는 쪽이 되려 하늘과 땅만큼 큰 차이를 보일 정도였다.

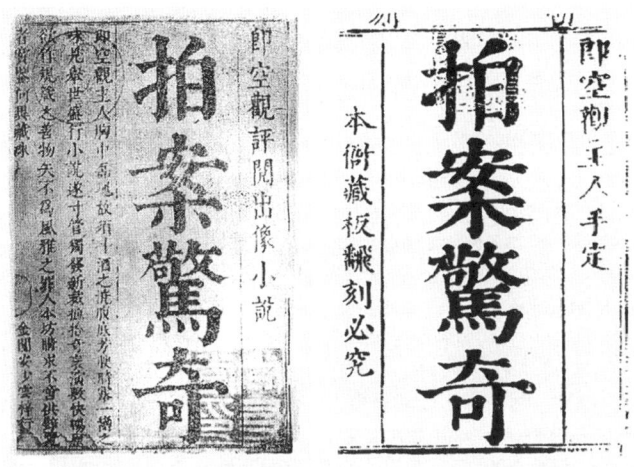

능몽초의 전작 『박안경기(拍案驚奇)』의 초판본 표지(좌)와 중판본 표지(우).
중판본 맨위에 '초각' 두 글자가 추가되어 있다

아아, 글에 언제 정해진 값이 있었다던가! 서상이 무심코 한번 시도해 보았다가 성공을 거두자 '또 내겠다'고 하길래 나는 웃으면서 "한번으로

---

3 필총(筆塚) : 글자 그대로 풀면 '붓무덤' 정도의 뜻이다. 당나라의 명필인 회소(懷素)는 오래 써서 닳은 붓을 그냥 버리지 않고 산 아래에 묻어 주고 그 자리를 '필총'이라고 불렀다고 한다. 나중에는 부지런히 글씨 또는 글을 공부하는 것을 가리키는 표현으로 사용되곤 하였다.

도 충분하지 않소?" 하고 말하였다. 그리고는 세상에 알려지지 않은 일화나 새로 나온 이야기들을 되돌아 보았다. 그랬더니 화제로 삼을 만한 데도 지난번에는 미처 책으로 엮지 못했던[4] 작품들 중에도 백량대[5]를 짓고 남은 목재나 무창의 남은 대나무[6] 같은 소재가 꽤 많았다. 그래서 '도중에 멈출 수는 없다'고 여겨 일단 이번에도 마흔 편을 엮기로 한 것이다. 그 작품들 중에서 귀신을 언급하고 꿈을 거론한 것들은 실제로 있었던 일도 있고 황당무계한 것도 있었지만 이번 책 역시 독자들을 설득하여 경계로 삼게 하는 데에 그 취지를 두었다. 교화의 죄인이 되기를 바라지 않는 심정은 이번이나 지난번이나 매 한 가지인 셈이다.[7]

---

4 미처 책으로 엮지 못했던[未及付之于墨] : '부지우묵(付之于墨)'은 글자 그대로 풀면 '글로 짓다' 정도의 뜻이다. 여기서는 서상이 『이각 박안경기』 출판을 제안하기 전까지만 해도 작자 능몽초는 과거에 수집해 놓았던 의화본 소재들을 소장만 하고 있었을 뿐 창작(2차 창작)으로 옮길 생각은 하지 않고 있었다는 뜻으로 해석된다. 그러다가 서상이 정식으로 출판을 제안하자 소장했던 소재들을 추리고 자신만의 언어로 재창작하여 『이각 박안경기』를 선보인 것으로 보인다. 중화서국판 『이각 박안경기』에서는 세 번째 글자가 '아들 자(子)'로 나와 있으나 '어조사 우(于)'를 잘못 읽은 것이다.
5 백량대[栢櫟] : '백량(栢櫟)'은 한대에 지어진 백량대(柏梁臺)를 가리킨다. 지금의 섬서성 서안시 미앙구(未央區)의 장안 고성(長安故城) 안에 지어졌다고 전해지며 때로는 궁전을 뜻하는 말로 사용되기도 한다. "백량대를 짓고 남은 목재[栢櫟餘材]"는 글자 그대로 풀면 '황제의 궁전을 짓는 데에 사용하고 남은 목재' 정도의 뜻이므로 품질이 아주 좋은 고급 목재를 말한다. 여기서는 재능이 출중한 인재를 뜻하는 말로 사용되었다.
6 무창의 남은 대나무[武昌剩竹] : 『진서(晉書)』의 「도간전(陶侃傳)」에 따르면, 동진 시기에 강서지역의 관리이던 도간은 공정하게 국법을 집행하고 성실하게 백성들을 대했는데 무창태수(武昌太守)를 지낼 때에는 매사에서 백성들의 권익을 최우선으로 두었다고 한다. 물자의 절약을 강조했던 그는 배를 건조하고 남은 나뭇조각들을 모아 놓았다가 겨울에 땅바닥에 깔아 물자나 행인들이 쉽게 이동할 수 있게 했으며, 남은 대나무는 전선의 대못으로 만들어 그 배를 고정하는 데에 사용하여 백성들로부터 칭송을 받았다고 한다. 원래는 그럭저럭 쓸 만한 목재를 가리키는데 여기서는 쓸 만한 인재를 뜻하는 말로 사용되었다.
7 이번이나 지난번이나 매 한 가지인 셈이다[後先一揆] : '이번[後]'은 이각 박안경기, '지난번[先]'은 그보다 먼저 간행된 『박안경기』(초각)를 두고 한 말이다. 능몽초가 초심(初

축건씨[8]는 이 정도의 작품들조차 '야릇한 말로 업보를 짓는 짓'으로 여긴다. 그런 시각에서 본다면 아무리 패관[9]의 몸을 빌어 불법을 설파한 다고 해도 '유마거사[10]가 과거시험을 감독하는 격'이니 시험장에서 면박을 당하고 쫓겨나는 수모를 피할 수 없으리라.

숭정 임신년[11] 겨울에 즉공관주인이 옥광재에서 글을 짓다

心)를 저버리지 않고『박안경기』에 이어『이각 박안경기』의 집필·간행 과정에서도 "교화의 죄인이 되지 않는 것[不爲風雅罪人]"을 가장 중요한 가치로 두었음을 알 수 있다.

8 축건씨(竺乾氏) : 명대의 유행어. 원래는 불교의 비조 석가모니를 가리키지만 때로는 불교 또는 불가를 일컫는 말로 사용되기도 한다. 여기서도 '불가'의 의미로 사용되었다.

9 패관(稗官) : 중국 고대의 하급 관리를 낮추어 일컫던 이름. 한대의 역사가인 반고(班固, 32~92)는 자신이 편찬한『한서漢書』의 「예문지(藝文志)」에서 소설의 유래와 관련하여 "소설가 부류는 대개가 하급 관리들에서 비롯되었다. 거리의 대화나 골목의 이야기들이나 길가에서 듣거나 길에서 하는 말을 토대로 지은 것이다.(小說家者流, 蓋出於稗官. 街談巷語, 道聽途說者之所造也)"라고 소개하였다. 반고의 설명에 등장하는 하급 관리 즉 '패관'과 관련하여 당대의 훈고학자이던 안사고(顔師古, 581~645)는 삼국시대 위나라의 학자인 여순(如淳, 3세기)의 "자잘한 알곡을 '패'라고 한다. 거리의 대화나 골목의 이야기, 그런 것은 하찮고 맥락 없는 말들이다. 임금은 민간의 풍속을 알고자 하기 마련이다. 그래서 '패관'을 두고 그들로 하여금 그런 이야기들을 소개하고 이야기하게 했던 것이다.(細米爲稗. 街談巷說, 其細碎之言也. 王者欲知里巷風俗, 故立稗官, 使稱說之.)"라는 설명을 근거로 "패관은 하급 관리이다.(稗官, 小官)"라고 설명하였다.

10 유마거사(維摩居士) : 인도 고대 불교의 고승으로 알려진 유마힐(維摩詰)을 말한다. 불교의 비조인 석가모니와 같은 시대 사람으로 '비마라힐(毗摩羅詰)'로 불리기도 하는데, 그 의미대로 풀면 '무구칭(無垢稱, 티 없는 이름)' 또는 '정명(淨名, 깨끗한 이름)' 정도의 뜻이라고 한다. 전설에 따르면 불제자인 사리불(舍利佛)·미륵(彌勒)·문수사리(文殊師利) 등과 함께 대승불교의 교리를 해설했다고 하며, 현재 전해지는『유마경소설경(維摩經所說經)』에는 그가 여러 불제자들과 나눈 문답이 소개되어 있다. '유마거사가 과거시험을 감독한다'는 말의 경우, 유마거사는 불가의 성인이고 과거시험은 유가의 행사이므로 앞뒤가 맞지 않는 이율배반(二律背反)의 상황을 두고 한 말로 이해할 수 있겠다.

11 숭정 임신년[崇禎壬申] : 서기 1632년에 해당한다.

二刻拍案驚奇小引

丁卯之秋事, 附膚落毛, 失諸正鵠, 遲迴白門, 偶戲取古今所聞一二奇局可紀者, 演而成說, 聊舒胸中磊塊. 非曰行之可遠, 姑以遊戲爲快意耳. 同儕過從者索閱一篇竟, 必拍案曰, 奇哉, 所聞乎. 爲書賈所偵, 因以梓傳請. 遂爲鈔撮成編, 得四十種. 支言俚說, 不足供醬瓿, 而翼飛脛走, 較撚髭嘔血筆塚研穿者, 售不售反霄壤隔也. 嗟乎, 文詎有定價乎.

賈人一試之而效, 謀再試之. 余笑謂一之已甚, 顧逸事新語可佐談資者, 乃先是所羅而未及付之于墨, 其爲栝樑餘材武昌剩竹, 頗亦不少. 意不能恝, 聊復綴爲四十則. 其間說鬼說夢, 亦眞亦誕. 然意存勸戒, 不爲風雅罪人, 後先一指也. 竺乾氏以此等亦爲綺語障, 作如是觀, 雖現稗官身爲說法, 恐維摩居士知貢擧, 又不免駁放耳.

　　　　　　　　崇禎壬申冬日　即空觀主人題於玉光齋中

제16권

뒤늦게 문서 챙긴 모열이
원금을 가로채고
몸 잃고 넋 돌아온 거간 승려가
남은 목숨 요구하다

遲取券毛烈賴原錢　還魂牙僧索剩命

해제

  남송의 소흥紹興 연간에 여주廬州 합강현合江縣의 조씨촌趙氏村에 사는 부
유한 평민인 모열毛烈은 탐욕스럽고 의롭지 못한 사람이었다. 창주昌州의
진기陳祈 역시 마음이 고약하고 본분을 지키지 않는 사람으로, 모열과는
사이가 좋았다. 진기에게는 형제가 셋 있었는데, 나이가 아직 어려서 재
산을 독차지할 생각으로 모열과 몰래 계책을 내어 농지를 싼 값에 모열
에게 잡히고 분가한 뒤에 돌려주기로 한다. 아울러 문서를 작성해 대승
사大勝寺의 고공高公을 증인으로 세운다. 나중에 진기의 부모가 세상을 떠
나자 진기의 형제 4명은 각자 재산을 나누어 받는다.

  진기는 3천 냥을 들고 모열에게 가서 땅을 돌려줄 것을 요구하지만,
모열은 은자를 받고나서도 땅문서를 돌려주지 않고 가로채려 한다. 그러
자 진기는 관아에 고소하고 모열은 관아에 뇌물을 써서 진기에게 남의
재산을 노렸다는 죄목을 씌워 은자를 날리고 송사에서도 지게 만든다.
분노한 진기는 동악묘東嶽廟로 가서 동악신에게 모열을 고발한다. 이튿날,
모열과 고공은 돌연사 하고 진기도 의식을 잃고 죽고 만다. 저승으로 간
세 사람은 저승의 판관이 공정하게 판결하여 모열을 사형에, 고공과 진
기는 고향으로 돌려보낸다. 그러나 고공의 시신은 이미 제자들 손에 화
장되어 소생할 수 없게 되자 떠돌이 넋이 되어 모열의 집에서 사람들을
해코지한다. 한편 의식을 되찾은 진기는 모열의 아내로부터 땅문서를 돌
려받자마자 심장병에 걸린다. 그는 형제들에게 자신이 과거에 가로챈 재
산을 돌려준다.

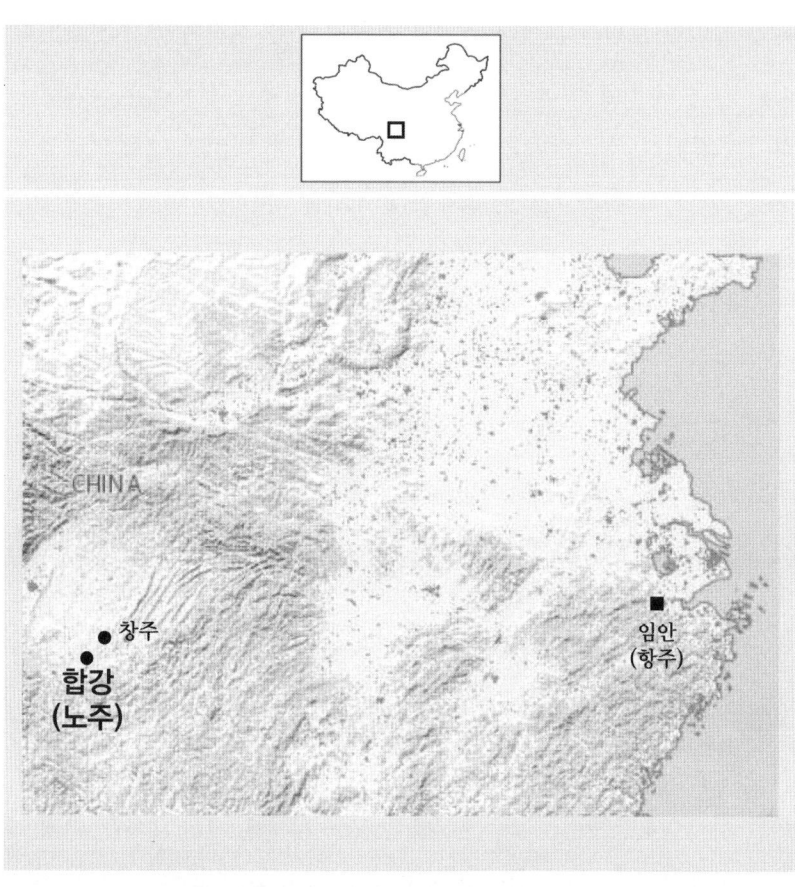

번역

이런 시가 있습니다.

한 무더기 돈이면 죽은 사람도 되살리니   一陌金錢便返魂,

공이든 사든 어디서나 무사 통과로구나.   公私隨處可通門.

귀신에게 살 길 열어주는 덕이 있다면   鬼神有德開生路,

해와 달도 억울함 풀어줄 빛 잃고 말겠지.   日月無光照覆盆.

가난뱅이 무슨 인연으로 부처의 가호 입을꼬?   貧者何緣蒙佛力,

부잣집이 하늘의 은혜 받기 오히려 쉽단다.   富家容易受天恩.

선이든 악이든 응보가 없다는 것 알았거든   早知善惡多無報,

황금 모아 자손들에게나 물려줄 것을!   多積黃金遺子孫.

이 시는 바로 영호선[1]이 지은 것입니다. 그의 이웃에는 '오로烏老'라는 사람이 살았습니다. 그는 가산이 만 금이나 되었지만 평소 욕심이 많고 정의롭지 못했지요. 그런데 그가 죽고 사흘이 지나서 다시 의식을 되찾았지 뭡니까. 까닭을 물어 보았더니 그가 말하는 것이었습니다.

---

1 영호선(令狐譔) : 명대 소설가 구우(瞿佑, 1347~1433)가 지은 문어체 소설집『전등신화(剪燈新話)』에 수록된 단편소설『영호생 명몽록(令狐生冥夢錄)』에 등장하는 주인공. 저승의 비리를 성토하는 시를 지은 죄로 염라대왕에게 끌려간 영호선은 논리정연하게 문제들을 지적하여 염라대왕을 감동시킨다. 그이 결백을 확인한 염라대왕은 역사 속의 탐관오리 간신 역적들이 벌을 받는 지옥들을 두루 구경하고 이승으로 돌아가게 한다.

"내가 죽은 뒤에 집에서 불사佛事를 두루 지내고 지전을 많이 살라 준 덕분에 저승의 관리님네들께서 몹시 흐뭇해하시면서 돌려보내 주셨지 뭐야!"

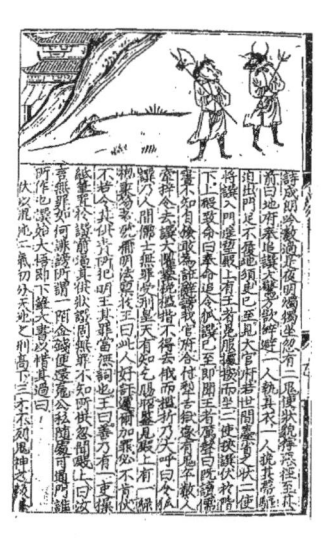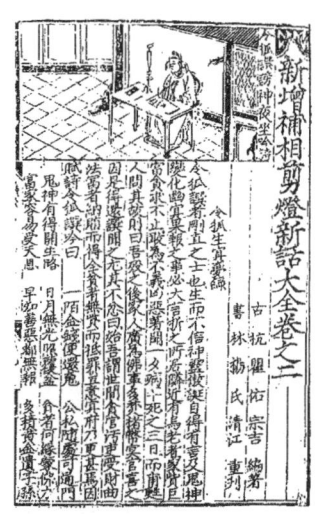

『전등신화(剪燈新話)』의 삽화와 본문

그 소문을 들은 영호선은 상당히 불만스럽게 여기면서 말했습니다.

"이승에서만 탐관오리가 재물을 받고 법률을 저버리면서 부자에게는 아부하고 가난한 이는 함부로 부리는 줄로만 알았다. 그런데 저승에서조차 그럴 줄이야!"

그리고 나서 이 시를 지었다고 합니다. 나중에 저승의 관청에서는 그

를 끌고 가서 저승을 비방한 죄를 다스리려고 했다가 되려 영호선에게
한 바탕 조목조목 반박만 당하고 말았답니다. 그러자 저승에서는 그 주
장이 무척 올바르다고 여기고 그를 풀어 주어 의식을 되찾게 해 주고 원
래대로 오로를 끌고 와서 지옥에 가두었답니다.

　무릇 세상에서 하소연할 곳이 없는 억울한 사정은 전부 저승에 가서
시비를 가리곤 하지요. 그런데 저승조차 이처럼 흐리멍텅해서 부귀영화
를 누리는 자들은 대놓고 못된 짓을 일삼으며 업보를 짓고도 사후에 집
안사람들에게 부탁해 불공을 좀 더 많이 드리고 지전을 좀 더 많이 사르
게 해서 모조리 어영부영 넘어간다고 생각해 보십시오.[2] 그거야말로 이
승과 마찬가지로 사리를 분별하지 못하는 격이 아니겠습니까? 그래서
영호선이 수긍하지 못하고 이 시를 지었던 것입니다. 그러나 사실 저승
에서 내리는 인과응보에는 한 치도 어긋남이 없답니다.

　송나라 순희[3] 연간에 명주[4] 고을에 '하夏 주부[5]'라는 사람이 살았습니
다. 그는 평민 출신 부자인 임林씨와 같이 밑천을 모아서 관청의 인가를
받은 술 도가를 사 들여서 술 장사[6]를 했습지요. 그때 하 씨네는 밑천을

2　【즉공관 미비】造業者恃有此耳. 업보를 지은 자는 이런 경우를 믿고 있을 테지.
3　순희(淳熙) : 남송의 제11대 황제 효종(孝宗) 조신(趙眘, 1127~1194)의 연호. 1174~
　1189년까지 16년 동안 사용하였다.
4　명주(明州) : 송대의 지명. 지금의 절강성 영파시(寧波市) 일대에 해당한다.
5　주부(主簿) : 중국 고대의 관직명. 한대부터 중앙 정부 및 지방의 각급 관청에 설치하고
　문서・장부 관련 업무와 관인의 관리를 담당하였다.
6　술 장사[沽拍生理] : '술'을 뜻하는 단어의 경우, 상우당본(제786쪽)『이각 박안경기』에
　는 '고박(沽拍)'으로 되어 있으나 '두드릴 박(拍)'은 '배 댈 박(泊)'의 오각(誤刻)으로,

좀 더 많이 내고 임 씨네는 좀 적게 냈습니다. 그런데도 장사며 경영은 죄다 임 씨네 집안사람들이 맡고 있었지 뭡니까. 하 씨네는 기껏 안에서 장부와 대조하면서 회계나 맡고 명목상의 이윤만 좀 나누어 받을 뿐이었지요. 하 주부는 성실하고 너그러운 사람이었습니다. 그렇다 보니 그런 잔꾀에 대비하지 않고 그저 몇 년 동안 묵혔다가 한꺼번에 이문을 분배받을 작정이었지요. 그래서 비록 사소한 부분에서야 편차가 좀 있겠지만 얼추 따져 봐도 거기서 최소한 이천 꿰미는 받아야 했습니다. 은자로 치자면 딱 이천 냥이 되는 셈이지요. 그래서 임 씨네로 가서 그 돈을 달라고 했더니 아 글쎄 임 씨네 가게에 장부를 관리하는 자가 여덟 명이나 있으면서도 너도 미루고 나도 미루면서 '결산이 아직 끝나지 않았다'고 둘러대기만 하고 돈을 주려고 들지 않지 뭡니까! 두 차례나 집요하게 요구했더니 임 씨네에서는 대뜸 이렇게 경우 없는 말을 늘어놓았습니다.

"우리 집은 몇 해째 고생을 하고 있소이다. 헌데 댁에서는 쉬운 돈을 챙기기만 하더니 그 돈이 다 어디로 갔습니까?"

엉뚱한 소리를 하는 것을 본 하 주부는 그들이 자기 돈을 떼어먹으려든다는 것을 눈치챘습니다. 그래서 하는 수 없이 주 관아에 송사를 제기했지요. 임 씨네에서는 그가 송사를 제기한 일을 알고 웃으면서 말했습니다.

원래는 '고박(沽泊)'으로 써야 옳다.

"우리 집이야 '고양이 꼬리를 고양이 밥이라고 섞어 내놓는다'[7]는 격으로 … 어차피 당신네 몫의 돈으로다가 절반을 때우면 그만이지. 송사야 그래 봤자 우리가 이기게 돼 있시다!"

그리고는 이백 냥을 주의 관원에게 바치고[8] 그날 밤새 수완 좋은 종복 여덟 명을 시켜 장부들을 모조리 뜯어고치게 해서 숫자며 글자를 전부 다 바꾸었습니다. 그리고는 되려 '하 씨네가 가불해 가고도 고소까지 했다'고 둘러대지 뭡니까. 주의 관원이야 뇌물을 받았으니 어디 옳고 그른 것을 따지기나 하겠습니까? 오히려

'하가네가 임가네에 이천 냥의 빚을 졌구나!'

하고 단정하고는 하 주부를 감옥에 가두고 돈의 행방을 추궁하는 것이었지요.

그 때 그 고을에는 '유팔랑劉八郞'이라는 사람이 살았습니다. 이름이 원原이어서 남들은 '유원 팔랑劉原八郞'이라고 불렀는데, 평소 상당히 올곧은 성품을 가지고 있었지요. 그 일을 본 그는 몹시 부당하다고 여기고 사람

---

7   고양이 꼬리를 고양이 밥이라고 섞어 내놓다[將猫兒食拌猫兒飯] : 명대의 속담. 고양이가 먹던 먹이를 빼앗어서 도로 밥으로 준다는 뜻으로, 눈속임으로 사람을 우롱하거나 남의 재물로 생색을 내면서 전혀 아까와 하지 않는 것을 두고 한 말이다. 때로는 『이각 박안 경기』 제32권에서와 같이 "고양이 꼬리를 잘라다 고양이 밥으로 섞어 준다[割猫兒尾拌猫兒飯]" 식으로 사용되기도 한다.
8   【즉공관 미비】 何不還了寃家. 원수 집에 갚지 않고서 쯧쯧.

들 앞에서 팔을 걷어 부치고 주먹을 휘두르면서 고함을 질렀습니다.

"우리 마을에서 그런 억울한 일이 다 벌어지다니! 주부께서 임가한테서 돈을 받아야 할 판에 고소했다가 되려 감옥 살이를 하다니 … 그 따위 관아가 다 무슨 소용이 있어? (…) 그 분이 만약에 상급 관청에 송사를 제기하고 나를 증인으로 삼으신다면 내 기필코 그 분의 억울함을 풀어 드리고 임가 같은 경우 없는 것들은 모조리 몽둥이질을 하고 말 테다!"

그는 가는 곳마다 이렇게 목청을 높였습니다. 그의 그런 행동을 본 임 씨네의 그 종복 여덟 명은 관아에서 그 사실을 알고 도의적으로 옳지 않다고 여겨 당초의 판결을 번복할까 봐서 겁이 더럭 났습니다.

"유원 팔랑은 가난뱅이니까 … 그 놈한테 물건을 좀 쥐어 주고 매수해서 그 주둥이를 닥치게 만드세!"

이렇게 상의한 그들은 그 중에서 말재주가 있는 사람을 둘 추려 팔랑을 초대하여 요릿집에 데려다 앉혔지요.

"두 분은 … 어째서 이렇게 호의를 베푸시는 게요?"

하고 팔랑이 묻자 그 두 사람이 말하는 것이었습니다.

"팔랑 나리의 의협심을 흠모하던 참이어서 외람되게도 이렇게 술 한 잔 대접하게 되었지요!"

그렇게 팔랑이 술을 마시다가 하 씨네 일을 화제로 삼자 두 사람이 말했습니다.

"팔랑께서는 남의 집 괜한 일에는 신경 쓰지 마시고 일단 술이나 드시지요!"

술을 마시고 나자 두 사람은 소매 속에서 어음[9] 이백 장을 꺼내 팔랑에게 건넸습니다.

"상전인 임 나리가 팔랑께서 형편이 어려우신 것을 알고 특별히 … 약소하나마 물건을 보태 드리겠답니다. 허니 … 다음부터는 괜한 신경일랑 쓰지 마십시오."

그 말을 듣고 난 팔랑은 얼굴이 빨갛게 달아오르더니 벌컥 성을 내면서 말했습니다.

"너희들이 그런 경우 없는 짓을 저질러 놓고 이번에는 거기다가 이런

---

9   어음[官券] : '관권(官券)'은 관청에서 직접 발행하거나 나아가 관청이 그 공신력을 보증하는 어음을 말한다. 여기서는 편의상 "어음"으로 번역하였다.

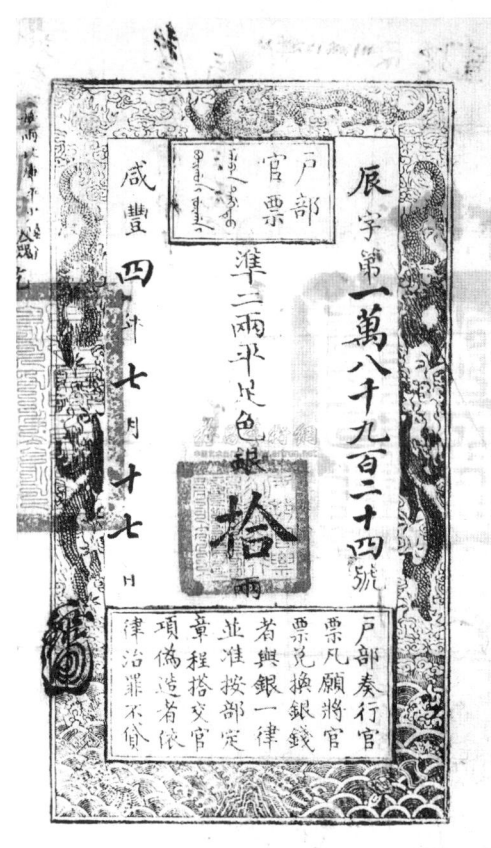

경우 없는 물건으로 날 매수하려 들어? 내 굶어서 죽는 한이 있어도 이 따위 재물은 절대로 바라지 않는다!"

그리고는 한숨을 쉬더니 말했습니다.

"이제 보니 너희들이 재물이 많고 권세가 대단하여 하 씨댁 일도 이승에서는 진상이 밝혀질 수가 없겠구나? (…) 저승에도 관청은 있다! 저승에서라면 하소연하고 억울함을

청대 함풍 4년(1854) 호부에서 발행한 10냥 짜리 관표

풀 길이 분명히 있을 게야! 두고 보거라, 두고 봐!"

그는 노발대발하면서 술집 주인을 부르더니 묻는 것이었습니다.

"우리 셋이 얼마치나 먹었소이까?"

"세어 보니 … 한 꿰미 팔백 푼인 것 같습니다요."

"셋이 같이 먹었으니 나는 육백 푼을 내야 겠군!"

그는 옷을 한 점 벗더니 옆집 전당포에서 그 옷을 잡히고 육백 푼을 받아 주인에게 주었습니다. 그리고는 두 사람을 보고 두 손을 모으면서 말하는 것이었지요.

"데려와 주어서 고맙소이다! 난 하도 깨끗하게 사는 놈이어서 이 따위 의롭지 못하고 명분도 없는 술은 못 먹겠소!"[10]

하더니 성큼성큼 혼자 자리를 떠나 버리는 것이었습니다. 두 사람은 낭패를 당했다 싶었던지 술값을 치르고 각자 헤어졌답니다.

계속 이야기를 들려 드리지요. 하 주부는 그런 변고를 당하고 난데없이 탐욕스러운 고을 수령을 만나는 바람에 감옥에까지 갇히는 신세가 되고 말았습니다. 그는 뼈대 있는 집안 출신이어서 그런 고생은 당해 본 적이 없었지요. 거기다가 남에게 돈을 떼이고도 되려 감옥에까지 갇히게 되자 속에서 부아가 치민 데다가 감옥의 전염병까지 옮아서 병이 들고 말았습니다! 그래서 집안사람들이 남에게 보석을 부탁하고 나서야 간신

---

10 【즉공관 미비】果是淸白漢子. 참으로 청렴한 사나이로구나!

히 감옥을 나올 수 있었답니다. 그러나 이미 병세가 위독해져서 오늘내일 하는 상황이었지요. 그는 죽을 때가 닥치자 아들에게 당부했습니다.

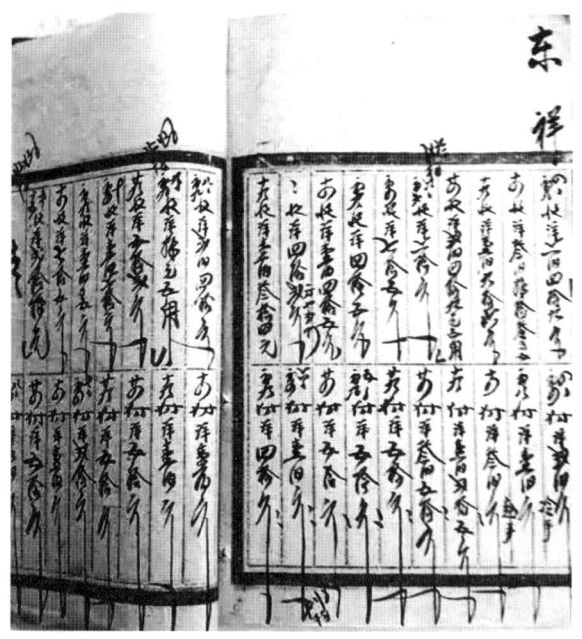
중국의 전통적인 장부 예시

"내가 이런 억울한 일을 다 당하더니 이제 곧 죽게 생겼구나! 그동안 관청에서 인가를 받은 술 도가 하고 임가네가 꾸어갔던 빚 장부, 그리고 그 집에서 장부를 관리하는 그 여덟 놈의 이름을 모두 내 관 안에 넣어 다오. 내 저승에서라도 시비를 가리고 말겠다!"

그렇게 세상을 등진 지 한 달 째 되었을 때였습니다. 임씨와 그 여덟 명의 종복들이 차례로 죄다 갑자기 급살병이 들더니 죽고 말았지 뭡니까. 누가 보더라도 저승에서 하 주부가 송사에서 이긴 것이 분명했지요.

그로부터 한 달 남짓 더 지났을 때였습니다. 유팔랑이 집에 있다 보니 별안간 머리가 어지럽고 눈이 침침해지는 것이 아닙니까. 그는 아내를 보고 이렇게 말했습니다.

"눈 앞이 침침한 것을 보니 하 주부께서 나를 증인으로 세우시려나 보오. 아무래도 곧 죽을 것 같구려! (…) 다만 … 나는 평소에 악업을 지은 적이 없으니 대질이 끝나면 되살아나게 될 것이오. 그러니 한 동안 입관하지 않도록 하시오! 사흘이 지나도 의식이 돌아오지 않으면 그때 가서 방법을 강구하도록 하시오."

그리고 나서 정말로 죽더니 이틀이 지나서 되살아났지 뭡니까. 그는 손뼉을 치고 웃으면서 이렇게 말했습니다.

"내 오늘에서야 분을 풀었구나!"

그래서 집안사람들이 그 까닭을 물었더니 팔랑이 말하는 것이었습니다.

"처음에 보니 저승의 관리 둘이 나를 불러 갑디다. 백 리는 넘게 간 것 같은데 … 웬 관청에 도착했는데 푸른 관복의 웬 관리가 복도 방에서 나오길래 자세히 보니 하 주부님이시지 뭐요! 주부님이 몇 번이나 내게 고

마워하면서 말합디다. '여기까지 오시느라 고생하셨소! 이곳에서 문서
는 전부 처리를 마쳤고 팔랑께서 대충 증언만 해 주시면 되니 걱정하지
마시오!' 그래서 내가 눈을 들어 계단 아래를 보니 임가와 장부를 관리
하던 여덟 놈이 죄다 긴 칼을 쓰고 있습디다. 그 칼은 길이가 얼추 한 장
丈[11] 하고도 대여섯 자나 되는데 머리 아홉 개가 나란히 칼 위로 나와 있
더구려.[12] 해서 내가 그들을 조롱하려는데 별안간 염라대왕께서 전각으
로 나오신다고 알리는 소리가 들리지 뭐요. 저승의 관리가 나를 안내하
길래 인사를 올렸더니 대왕께서 이렇게 말씀하십디다. '하가네 일은 다
밝혀졌으니 이야기할 것 없고 … 술집에서 술을 먹은 대목만 분명하게
진술하도록 하라.' 그래서 내가 '둘이서 잔꾀를 부려 술을 마셨는데 관권
이백 장을 주었으나 받을 엄두를 내지 못했사옵니다!' 하고 아뢰었지.
그러자 대왕께서 측근들을 보시면서 이렇게 개탄하십디다. '세상에 이처
럼 훌륭한 이가 다 있었구나! 상의해서 그에게 보답함이 옳다. 명부를 펼
쳐서 따져 보도록 하라!' 그래서 판관이 '그는 칠십구가 옳사옵니다!'[13]
하고 아뢰더구려. 그러자 대왕께서는 '가난하면서도 돈을 받지 않았다니
더더욱 갸륵한지고! 어찌 상을 내리지 않을 수가 있겠느냐? 그에게 이승
에서의 수명을 한 주기 더 늘여 주도록 하라!' 하고 말씀하십디다. 그러
자마자 바로 처음에 나를 데려 온 관리가 나를 배웅해서 귀가시켜 주더

---

11 장(丈) : 중국의 전통적인 도량형 단위. '장'은, '10(十)'을 손으로 들고 있는 글자의 형태
     에서 짐작할 수 있듯이, 열 자[十尺]를 가리킨다. 중국에서 한 자는 역사적으로 진·한대
     에는 23cm, 당대에는 30cm 등, 시대마다 조금씩 차이가 존재하는데, 명·청대에는 대략
     31cm 정도였다고 한다. 명대의 한 장은 310cm이므로 얼추 3m 정도 되는 셈이다.
12 【즉공관 미비】此處用賄不着了. 거기서는 뇌물이 먹혀들지 않았던가 보군.
13 【즉공관 방비】元不少了. 그 만해도 적은 수는 아니지.

군. 그런데 저승 관청 대문을 나설 때 가만 보니 줄줄이 칼을 쓴 그 패거리는 지옥으로 끌려갑디다! 분명히 그의 목숨값을 톡톡히 갚게 될 테지. 판결이 흐리멍텅한 인간세상 하고는 전혀 딴판이더군! 그런데 나는 지금 의식이 되돌아왔으니 속이 다 후련하지 뭔가!"

나중에 이 양반은 꼬박 아흔한 살까지 살고 나서 병치레도 하지 않고 세상을 떠났답니다. 이승에서 억울한 일이 있으면 저승에서는 일 처리가 절대로 흐리멍텅하지 않다는 것을 알 수가 있는 셈입니다. 다만, 이 일의 경우 저승에서의 인과응보가 아무리 분명하다고 해도 이승에서 꾸어 주었던 돈은 결국 돌려받지 못했으니 썩 후련하다고는 할 수가 없겠군요.

이제부터는 이승에서 빚을 떼어 먹었지만 저승에서 판결을 내려 원래대로 이승에서 갚게 한 이야기를 들려 드릴 텐데요, 이 이야기보다 더 재미가 있답니다.

이승에서는 종이 한 장에만 의존하니	陽世全憑一張紙,
시비가 뒤집히는 것도 모두 이 때문이라네.	是非顚倒多因此.
어찌 저승의 업경대처럼	豈似幽中業鏡臺,
속이려는 마음 조금도 쓸 수 없을 수 있겠나?	半點欺心沒處使.

이야기를 들려 드리도록 하지요. 송나라의 소흥[14] 연간에 여주[15] 고을

---

14 소흥(紹興) : 남송의 개국 황제인 고종(高宗) 조구(趙構, 1107~1187)가 1131~1162년까지 32년 동안 사용한 연호. "소흥 20년"은 서기 1150년에 해당한다.

원대 화가 육중연(陸仲淵)의『십왕도(十王圖)』에서 저승의 귀졸이 업경대에 망
자의 전생을 비추어 보는 모습(일본 나라 국립박물관 소장)

---

15 여주(廬州): 송대의 지명. 장강과 타강(沱江)이 합류하는 사천 분지 서남부에 자리잡고
있다. 북으로는 내강시(內江市), 동으로는 중경시(重慶市), 남으로는 귀주성(貴州省) 북
부, 서로는 의빈시(宜賓市)와 접하고 있다. 기존의 지명사전에서는 여주의 첫 글자에 대
한 한자 표기가 '오두막 려(廬)'로 되어 있으나 '강이름 로(瀘)'가 옳다. 여주는 지금의
강소성 합비시(合肥市) 일대에 해당하고 노주는 지금의 사천성 중경시 일대에 해당한다.
그런데 이 뒤에 이어지는 두 강이 합쳐지는 고을인 합강현(合江縣)이나 창주(昌州)은 모
두 사천성에 있는 지명이기 때문이다. 그렇다면 송대에는 '여주'이던 것이 시간이 흘러
훗날에는 '노주'로 잘못 와전된 것이 아닌가 싶다.

합강현[16] 조씨촌趙氏村에 평민 출신의 부자가 한 사람 살았는데 성이 모毛, 이름이 열烈이었지요. 그는 평소에 욕심이 많고 간사한 데다가 의롭지 못하여 양심을 속이고 속임수를 써서 남을 속이고 해치기에만 바빴답니다. 남들이 좋은 땅 마지기나 멋진 주택을 가지고 있기만 하면 온갖 꾀를 다 써서 기어이 손에 넣고야 말았지요. 그렇게 하늘만큼과도 같이 쌓인 재산을 모았지만 속으로는 터럭만치도 만족하는 기색이 없었지 뭡니까. 그는 남들에게 조금이라도 빈틈이 보이면 당장 그 사이에서 부추겨서 거기서 잇속을 챙기곤 했습니다. 덕 볼 일이 없으면 일을 벌이는 법이 없었지요.

이때 창주[17] 고을에 어떤 사람이 살았는데 성이 진陳, 이름이 기祈였습니다. 그 역시 마음이 모질고 분수를 지킬 줄 모르는 자였는데 모열 하고는 아주 사이가 좋았지요. 왜 그런지 아십니까? 진기 역시 아주 엄청난 가산을 가지고 있었기 때문이지 왜는 왜이겠습니까! 그에게는 같은 생모 소생의 동생이 세 사람 더 있었지요. 그 동생들은 나이가 다 어렸고 그 한 사람만 나이가 차서 혼자 집안일을 관리하고 있었습니다. 그는 늘

---

16 합강현(合江縣) : 송대의 지명. 타강이 장강에 합류되는 지금의 사천성 노주시(瀘州市) 동쪽에 자리잡고 있다. 『대청일통지(大淸一統志)』 "노주(瀘州)"조에서는 "이 현은 30리를 가서 고을의 동북쪽에 이르면 장강이 타강과 합류하기 때문에 '합강현'이라는 이름을 붙였다[三十里至州東北合沱江, 名曰合江]"라고 하였다.

17 창주(昌州) : 송대의 지명. 지금의 사천 분지 동남부인 중경시 서남부 및 장강 상류 북안에 자리잡고 있다. 송대에는 영천(永川) · 대족(大足) · 창원(昌元) · 정남(靜南)의 4개 현을 관할하였다. 남송의 저명한 지리학자 왕상지(王象之, 1163~1230)의 지리서인 『여지기승(輿地紀勝)』 「정남지(靜南志)」에 따르면 "창주는 첩첩 산중에 자리잡고 있는데 토질이 해당화 재배에만 적합하다. 고을 사람들은 그 땅에 해당화 향기가 있는 것을 꽤 중시하여 '해당화 향기 가득한 나라'라고 부를 정도이다[昌居萬山間, 地獨宜海棠, 邦人以其有香, 頗敬重之, 號海棠香國]."

자기 동생들이 다 크면 그 가산을 네 몫으로 나누게 될 것이 걱정되었습니다. 그래서 권한이 자기 수중에 있는 틈을 타서 꾀를 내어 손을 좀 쓰고 이득을 좀 챙기려 들었답니다. 그는 모열이 셈이 아주 **빠른** 자임을 알고 언젠가는 그를 이용해 먹을 작정이었습니다. 그래서 그와 내왕하면서 사이좋게 지냈지요.[18] 모열은 모열대로 진기에게 어린 아우가 셋이나 있고, 혼자서 집안일을 돌보고 있기는 하지만 분명히 양심을 속이는 비리가 있다는 것을 눈치채고 있었지요. 그래서 언젠가는 상황을 봐서 어부지리를 좀 챙길 속셈이었지요. 그렇다 보니 둘이서 아주 살갑고 가까운데다가 말마다 죽이 잘 맞아서 한 배에 난 동기 사이보다 더 낫다고 할 정도였지 뭡니까.

그러던 어느 날이었습니다. 진기가 모열을 보고 의논했지요.

"우리 집의 어린 아우들이 차츰 장성하면 가산을 네 몫으로 나눌 수밖에 없습니다. 날더러 그 녀석들 챙기느라 쓸데 없이 이런 종 노릇을 하라는 데에는 승복할 수가 없어요! (…) 어떻게 하지요?"

그러자 모열이 말하는 것이었습니다.

"어차피 큰 몫은 진형 손에 있습니다. 요긴하거나 좋은 것들을 좀 …

---

18 【즉공관 미비】臭味相投. 유유상종이로군 그래!

숨기시면 되지 않습니까?"

"숨길 수 있는 것들은 다 숨겼지. 허나 … 밭뙈기는 한 데에 드러나 있
는 것이다 보니 숨길 도리가 없군요!"

"잘 궁리만 해서 숨기려 들면야 … 밭뙈기라도 숨길 수는 있지요."

"땅인데 어떻게 숨길 궁리를 하겠소!"

"지금 그냥 '공적으로 쓸 데가 있다'고 둘러대시면서 좋은 밭뙈기들을
팔아치우고 은자를 챙기는 족족 감추십시오. (…) 그러면 밭뙈기를 감추
는 것 하고 매 한 가지 아니겠습니까?"

"조상들께서 일구신 좋은 밭 좋은 땅들이라서 팔아치우기가 더더욱
아깝습니다."

그러자 모열이 말하는 것이었습니다.

"그렇다면 더 쉽지요. (…) 좋은 땅마지기를 골라 놓기만 하시고 … 경
비를 좀 아껴서 일단 우리 가게에 잡혀 놓으시지요.[19] 지금 은자를 좀 받

아서 쓰시고 … 나중에 댁의 아우님들이 땅마지기를 네 몫으로 나누고 나면 그때 가서 진형께서 알아서 당초의 은자를 갚고 우리 가게에서 돌려받으시면 됩니다! (…) 그렇게 하면 그 땅마지기가 몽땅 … 진형 것이 되지 않겠습니까?"

"그 말씀이 정말 그럴듯하군요. 다만 … , 묘형과 내 사이가 아무리 좋다고는 하지만 … 부동산을 주고받을 때에는 문서를 작성할 수밖에 없습니다. 중개인도 써야 되구요."

"우리 집에서 금전을 출납하거나 부동산을 매매할 때에는 대부분 대승사[20]의 고高공이 거간을 맡곤 했습니다. 이번의 이 일도 그 분이 중간에서 처리하게 합시다!"

"고공이라면 나도 잘 아는 사이이지요. (…) 내가 가서 땅마지기를 확실히 조사하고 문서를 작성한 다음 보증을 서 달라고 하면 되겠습니다."

사실 이 고공이라는 양반은 법명이 지고智高였습니다. 승려라고는 하지만 출가한 사람 같지 않은 구석이 한둘이 아니었지요. 무엇보다도 이득 챙기는 것을 좋아하는 데다가, 무슨 일이라도 생겨 돈을 벌 거리가 좀

---

20 대승사(大勝寺) : 중국의 불교 사찰 이름. 지금의 사천성 내강시(內江市) 동흥구(東興區)에 자리잡고 있다. 당나라의 유명한 승려인 삼장법사(三藏法師) 현장(玄奘)이 17살 때 사천지방에 왔을 때 머물면서 대사 도회(道會, 579~649)를 사사하면서 3년 동안 대승불교를 공부한 곳으로 유명하다.

생길라 치면 바로 끼어들곤 했답니다. 그의 주머니와 주발은 늘 가득 차 있었고 장사 일에도 밝았지요.[21] 그래서 대갓집에서 거간을 의뢰하고 보증을 세워야 할 적에는 어김없이 그를 쓰곤 했습니다. 영락 없이 머리카락만 없는 거간꾼이었지요. 모 씨네에서 빚이나 이자를 출납할 때면 대부분 그의 손을 거쳤습니다. 설사 양심을 속이는 몇몇 일들을 꾸밀 때에도 그와 공모하기 일쑤였지요.

진기는 그래서 그에게 거간을 맡기고 토지계약서는 모열에게 잡혔습니다. 그래도 나중에 되사기 수월하기 위해서 큰 액수로 잡히지 않고 삼분의 일 값만 받아서 교역을 하는 시늉만 내었답니다.

진기의 집안에서는 땅마지기를 많이 소유하고 있었는데 그런 땅이 한두 군데가 아니었습니다. 그러나 자신이 속으로 탐내고 있던 것은 바로 모열의 가게에 잡혀서 은밀한 재산으로 빼돌렸지요. 이런 식으로 밑천으로 삼천 냥이 넘게 모아 놓았답니다. 그리고 그의 밭뙈기만 해도 만 금 어치가 넘는 것은 말할 필요도 없었지요. 모열은 그것으로 돈놀이로 이문을 얻고 있었으니 그 정도만 해도 남는 장사였습니다. 그러나 진기가 양심을 속이는 구석이 있다 보니 이득을 기꺼이 모열에게 안겨 주기를 자청한 것이었지요.[22] 그 뒤로 진기의 모친이 세상을 떠나자 그는 그때까지 소유하고 있던 집안의 부동산을 네 몫으로 나누고 세 몫을 세 아우에게 나누어주고 자신은 나머지 한 몫을 챙겼습니다. 그러나 아우들은 그

---

21 【즉공관 미비】豈僧人所爲. 이게 어떻게 승려가 할 짓인가?
22 【즉공관 미비】何不便宜了兄弟. 아우들에게 이득을 챙겨 주지 않고 쯧쯧!

와중에 자신들이 손해를 본 것도 모른 채 눈 앞에서 공평하게 나누어 준 것만 보고 한결같이 이의를 제기하지 않았답니다.

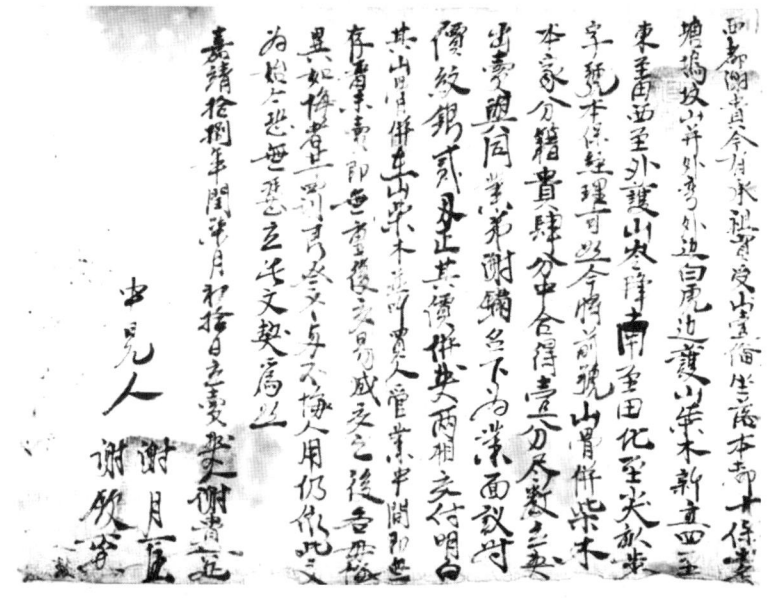

명대 가정 18년(1539)의 전답문서

그로부터 얼마 지났을 때였습니다. 진기는 밭뙈기를 잡히고 받은 돈을 모두 준비해서 곧바로 모열의 가게로 가서 땅을 되사려고 했지요. 그런데 모열이 웃으면서 말하는 것이었습니다.

"이제 그 밭뙈기들은 진형의 것이 되었지요?"

"모형의 고견이 고마울 따름이지요! (…) 이제 아우들도 할 말이 없게 되었으니 되사가서 직접 관리해야 되겠습니다."

그리고 나서 원래의 값대로 일일이 정확하게 돈을 치루었습니다. 모열은 그 금액대로 받아서 가지고 안으로 들어가더니 아내 장張씨에게 건네 잘 보관하게 하는 것이었지요.

이때에 모열이 만약에 생각이 있는 자였다면 응당 자신이 낸 밑천이 처음부터 자신이 적었으므로 그가 몇 해 동안 챙긴 이자만 해도 남는 장사라는 생각이 들었어야 옳았습니다. 그랬다가 이제 밑천이 생겼으니 자진해서 그에게 돌려주었다면 무슨 뒷말이 나올 리가 있었겠습니까? 그러나 고약한 심보를 가진 자이다 보니 그렇게 하지 않을 줄이야 누가 알았겠습니까!

'그 밭뙈기들은 진기가 양심을 속이면서까지 얻어낸 것이다. 이제 되사서 독차지하게 되었는데 호락호락 넘겨 줄 수는 없지!'

이렇게 생각한 그는 나쁜 마음을 품고 밖으로 나가서 진기를 보고 말했습니다.

"당초의 계약서는 제 처한테 있습니다. 헌데 … 갑자기 몸이 좀 안 좋아져서 찾기에 불편하군요. 내일 돌려 드리겠습니다."

"그럼 영수증이나 한 장 써 주시지요."

그러자 모열은 웃으면서 말하는 것이었습니다.

"제가 글을 별로 잘 못 쓴다는 건 진형도 잘 아시면서[23] 왜 저를 난처하게 만드십니까! 저와 진형이 어떤 사이입니까? 꼭 그렇게까지 하셔야겠어요? (…) 하루 이틀 있다가 찾아내면 바로 돌려 드린다니까요!"

"몇천 냥이 오고 가는 일인데 농담을 하시면 곤란합니다. 내가 그렇게 많은 돈을 건넸는데 설마 증거 하나 못 받아 간단 말씀입니까?"

"바로 그 몇천 냥이 걸린 일이라서 진형이 주신 건데 제가 설마 잡아떼기라도 하겠습니까 어쩌겠습니까? 그런 것을 무슨 증거를 달라고 하시는 건지 원! (…) 진형께서 생각이 너무 많으시군요!"

그래서 진기는 진기대로 그것을 대수롭지 않게 여겼습니다.

'모열은 그동안 사이 좋게 지냈으니 그 말도 믿을 만하다. 별 일 없겠지.'

그렇게 이틀이 지나고 나서 진기는 모열의 집으로 지난번 계약서를 가지러 갔습니다. 그런데 모열이 이번에도 '당장은 찾아낼 수가 없다'고 둘러대지 뭡니까 글쎄. 그래서 다시 이틀이 지난 뒤에 가지러 갔겠다? 그

---

23 【즉공관 미비】有錢者大都無字. 돈 가진 작자들은 대부분 일자무식이더군.

런데 모열은 그 자리를 비운 채 뜻밖에도 '집에 없다'고 둘러대는 것이 아닙니까! 두 번이나 그렇게 당하고 나니 진기는 더 이상은 참을 수가 없었지요. 거기다가 모열의 얼굴조차 볼 수가 없게 되자 그제서야 다급해지기 시작했습니다. 그는 대승사의 고공에게로 가서 상의하고 그에게 '가서 모열의 행방을 좀 물어봐 달라'고 부탁했지요. 그런데 고공이 말하는 것이었습니다.

"귀하께서 은자를 주실 때 내막을 제게 알려 주지 않으셨으니 저로서는 끼어들기가 난처하군요."

진기는 어쩔 도리가 없자 하는 수 없이 또 그 집으로 가서 모열을 기다렸지요. 그러던 어느 날 그와 마주치자 좋은 말로 계약서를 돌려 줄 것을 그에게 부탁했습니다. 그러자 모열은 코웃음을 치면서 말하는 것이었지요.

"이 세상에서 양심 속이는 짓을 당신 혼자서만 하라는 법 있습니까? 몇이나 되는 아우들 밭뙈기를 몰래 나한테 잡히더니 이제는 가져가서 혼자 다 삼키시겠다? (…) 나는 말이요, 도의를 지키려고 양심을 속인 것뿐이올시다. 이천 꿰미를 더 달라고 한들 지나친 요구는 아니지요."

"애초에 겨우 그 액수로 잡혔는데 어째서 더 많이 챙기려고 듭니까!"

"안 주겠다면 나도 계약서를 돌려드리지 않겠소. 그러면 당신도 그 밭

뙤기를 가질 수 없게 되겠지."[24]

진기는 버럭 성을 내면서 말했지요.

"지난번에 하신 약속인데 어째서 저를 속이려 드십니까? 원님 앞에 가서 이야기 합시다! 내 밑천만이라도 받아야 겠소!"

"잘됐구려, 잘됐어! 원님 앞에서 해명을 못하면 그때 당신한테 돌려주면 되겠구려!"

성이 난 진기는 집으로 돌아와 고발장을 쓰자마자 그 길로 현縣 관아로 가서 모열을 고발했습니다. 그러나 모열은 미리부터 그 수에 대비하고 있었지요. 그는 미리 돈을 좀 챙겨서 현의 관리 구대丘大를 찾아가 건네고 그 일을 해결해 줄 것을 부탁했고 구대도 그렇게 해 주기로 승락한 터였지요. 그래서 진기가 찾아 갔을 때, 구대는 일단 시치미를 떼고 그가 고소하게 된 이유부터 물었습니다. 그래서 진기가 그간의 경위를 자세하게 고해 바쳤지요. 아 그런데 구대가 도리질을 치면서 이렇게 말하는 것이었습니다.

"말이 되지 않아. 그 많은 은자를 주면서 어떻게 증명서 하나 없을 수

---

24 **【즉공관 미비】** 毛烈惡矣. 以之處陳祈, 亦快. 모열이 흉악하구나. 이 방법으로 진기를 응징했으니 후련하기는 하다.

가 있나? 나로서도 자네를 도와주기 어렵겠어!"

"서로 좋은 사이이다 보니 그 놈이 파렴치한 짓을 벌일 줄은 생각조차 못했지 뭡니까. 지금 관아에 고발했으니 전부 제공께서 확실하게 해결해 주십시요!"

그러자 구대는 건성으로 고발장을 받아들였습니다. 아 그런데 지현[25] 앞에서는 모열 편을 들면서 그쪽 주장만 늘어 놓는 것이 아닙니까. 거기다가 모 씨네를 위해서 '그가 성의 표시를 좀 하겠다고 한다'라고 지현에게 고하는 바람에 지현까지 그 말에 넘어가고 마는 것이었습니다. 급기야 쌍방에게 판결이 내려질 때에 가서는 모열이 진기가 은자를 준 일을 일언지하에 딱 잡아떼는 바람에 진기는 증명서 하나 제대로 제출할 수가 없었습니다. 지현은 지현대로 말끝마다 모열 편을 들기에 바빴지요. 진기는 초조해진 나머지 지현 앞에서 거짓이라면 '천지신명에게 천벌을 받겠다'고 맹세까지 했답니다.

"설사 은자가 있다 치더라도 관청에서는 오로지 문서를 근거로 삼을 뿐이다. 문서도 없으면서 무슨 근거로 네놈에게 돌려주라는 판결을 내리

25　지현(知縣) : 중국 중세·근세의 관직명. 송대에는 중앙 정부의 관리를 현의 장관으로 내려 보내 그 행정을 관장하게 하고 그들을 '지현사(知縣事)'라고 불렀다. '지현사'란 '현의 일을 보살핀다'라는 뜻으로, 보통 '지현(知縣)'으로 약칭하였다. 명·청대에는 현의 정식 장관으로 삼았으나 품계는 정7품(正七品)으로 상당히 낮아서 속칭 "깨알 같은 7품 벼슬아치[七品芝麻官]"로 일컬어지곤 하였다.

란 말이냐? 허튼 수작을 부리는 것이 분명하다!"

이렇게 말한 지현은 되려 진기에게 대 회초리로 스무 대를 치게 했습니다. 그리고는 "남에게 책임을 전가해서는 안된다[不合圖賴人]"는 형법 조항을 근거로 그의 등에 곤장을 치라는 판결까지 내리는 것이었지요. 그러면서도 정작 그 삼천 냥의 은자에 대해서는 동쪽 바다 저 멀리로 날아가 버리기라도 한 것처럼 아예 언급조차 하지 않지 뭡니까.

그 판결에 승복할 수 없었던 진기는 이번에는 주州 관아로 가서 송사를 제기하고 고발장을 넣었습니다. 그러나 그 관아에서도 정작 심문할 때가 되자 현에서 이미 판결이 난 사안임을 알고 재심도 하지 않은 채 당초의 판결만 되풀이하는 것이 아닙니까. 그래서 이번에는 전운사[26]로 가서 송사를 제기했지요. 그랬더니 현급 관청으로 공문을 내려 보냈는데 하필이면 당초에 판결을 내린 가 관아였습니다. 결국 소송 절차만 늘어났을 뿐 무슨 쓸모가 있었겠습니까? 고생은 고생대로 하고 노자는 노자대로 날려 버리고 말았지요. 모열은 이득을 챙기자 속으로 기뻐했습니다. 그러나 진기는 은자를 잃고 거기다가 매질에 처벌까지 당했지만[27] 어디도 하소연 할 데가 없었지요. 그야말로

---

26 전운사(轉運司) : 송대의 관직명. 정식 명칭은 전운사사(轉運使司)이다. 각 도(道)마다 설치하고 전운사(轉運使)와 부사(副使)가 현지의 조세·재물들을 도성으로 수송하여 국가 재정에 충당하는 업무를 관장하게 하였다. 직능이나 소속 관원의 규모에는 다소 차이가 있지만 요·금·원·서하 등 주변 국가들도 이 제도를 모방하여 시행하였다.

27 【즉공관 미비】世間事每如此. 세상 일이라는 것이 늘 이런 식이지.

온몸에 입 달렸어도 말하기 곤란하고	渾身似口不能言,
온몸에 이 났어도 해명할 수 없구나.	遍體排牙說不得.
양심 속이고 거기다 고약한 자까지 만나니	欺心又遇狠心人,
도적이 훔친 것을 딴 도둑이 가로챈 격일세!	賊偸落得還賊沒.

　손님들, 어떻습니까? 이 일화는 오로지 진기가 아우들을 속이면서 벌어진 일입니다. 그런 간교한 꾀를 쓰는 바람에 되려 남이 가산을 가로채는 낭패를 당하고 만 거지요. 이만 하면 하늘께도 보는 눈이 있다고 할 수 있겠습니다. 그런데 모열은 그렇게 양심을 저버리는 짓을 벌이고도 정말 가로챈 은자들을 그렇게 잘 쓸 수가 있었을까요? 서두르실 것 없습니다. 이야기가 뒤에 더 남아 있으니까요.[28]

토지신을 모신 명대의 토지묘

계속 이야기를 들려 드리도록 하겠습니다. 진기는 그런 억울한 일을 당했건만 하늘까지 치솟는 억울함을 하소연할 데조차 없었습니다. 아무리 성이 나도 풀 길이 없었지요. 그는 돼지와 닭을 한 마리씩 잡고 물고기 한 쌍과 술 한 주전자를 샀습니다. 그리고는 왼편 가까이에 사공社公[29]의 사당이 하나 있길래 제물들을 사당 안으로 가져가서 차려 놓고 신상 앞에 꿇어 앉아서 말했습니다.

"소인 진기는 은자 삼천 냥을 모열한테 주고 밭을 되사려 했습니다. 헌데 그놈이 은자만 챙기고 문서는 떼먹었지 뭡니까요! 해서 관아에 고했지만 되려 기각하는 바람에 소인이 하소연할 곳조차 없나이다! (…) 하늘의 이치는 분명하며 신명의 눈은 번개와도 같다지요.[30] 그래 모열이놈이 소인을 속인 것입니까요 소인이 그 놈을 속인 것입니까요? 모쪼록 사흘 안에 천벌을 내려 주소서!"

그는 몇 번이나 머리를 찧고 나서 눈물을 머금고 사당을 나왔습니다. 집에 도착한 그는 밤에 꿈을 꾸었는데 그 꿈에 아까 그 사신社神이 나타나 그를 보고 말하는 것이었지요.

---

28 이야기가 뒤에 더 남아 있으니까요[還有話在後頭]: 송·원 화본의 상투적인 표현. 이야기꾼은 아마 여기서 일단 이야기를 멈추고 후일을 기약했을 것이다. 이어서 나오는 "계속 이야기를 들려 드리도록 하겠습니다"와는 시간적으로 다소 간격이 있다.
29 사공(社公): 중국 민간에서 전통적으로 숭배한 신의 하나. 고대의 사신(社神)으로부터 유래했으며 농업·제당업·요업 등에 종사하는 이들이 일종의 보호신으로 섬겼다고 한다.
30 【즉공관 미비】此時亦知有神乎. 이 마당에 신이 있다는 것도 다 알고 있었는가?

"낮에 하소연한 일이라면 내 분명히 알아듣기는 했다마는 해결해 줄 수가 없느니라. 그러니 너는 동악 행궁[31]으로 가서 사정을 고하도록 하라. 그러면 자연히 억울함을 풀 수가 있을 것이니라!"

이튿날, 진기는 누런 종이에 사연을 쓰고 초 한 쌍과 향 한 대를 받쳐 들고 그 길로 동악행궁으로 향했습니다. 이윽고 행궁 대문을 들어서는데 그 광경을 볼작시면

전각은 웅장하고	殿宇巍峩,
위엄 있고 조용하구나.	威儀整肅.
이루가 왼쪽에서 바라보니	離婁左視,
천리 밖 광경을 눈 앞을 부듯 하누나.	望千里如在目前,
사광이 오른쪽에 있으니	師曠右邊,
구천의 소리를 귓가에서 듣는 것 같구나.	聽九幽直同耳畔.
초참정 안에서는	草參亭內,
화로에서 백합명의 향을 피우고	炉中焚百合明香,
축헌대 앞에서는	祝獻臺前,
잿상에 만령배의 교를 바치네.	案上放萬靈杯珓.
밤에는 진흙 신상이 대답하는 소리 들리고	夜聽泥神聲喏,

아침엔 나무 말이 울부짖는 소리 들리누나.　　　朝聞木馬號嘶.

대종에 빗대면 형체를 갖추었지만 자잘하니　　　比岱宗具體而微,

아무리 행궁이라지만 부르면 대답이 있단다.　　　雖行舘有呼必應.

만약 정말 억울한 사정이 아니라면　　　　　　　若非眞正寃情事,

어찌 감히 장엄한 법상 앞에 올 수 있겠나?　　　敢到莊嚴法相前.

초참정 전경

　진기는 하늘까지 치솟는 원한과 분노를 품고 걸음마다 절을 하면서 본
전으로 올라갔습니다. 그리고 속에 담아 두었던 사연을 이러쿵저러쿵 하
면서, 사신 앞에서 그랬듯이, 한 바탕 고해 바쳤지요. 그런데 가만 들어
보니 휘장 안에서 누군가가 귀에 대고 이렇게 말하는 것 같았습니다.

　"밤에 오거라."

진기는 감짝 놀랐지만 신이 암시를 내린 것을 눈치채고 서둘러 일어나 본전을 나왔습니다. 그리고는 그렇게 날이 어두워질 때까지 기다렸지요.

진기는 속에서 부아가 치밀었습니다. 그렇다 보니 그곳이 아무리 그윽하고 음산한 곳이어도 그는 전혀 두려워하거나 겁내는 기색이 없었지요.[32] 그 길로 곧장 본전까지 들어갔습니다. 그리고는 누런 종이에 적은 고발장을 초에 갖다대고 불을 붙여 신상 앞 향로 안에서 사른 다음 아까처럼 정성껏 절을 하면서 기도를 했지요. 그러고 났을 때였습니다. 이번에도 나지막히 이런 소리가 들리는 것이었지요.

"나가거라."

진기는 그처럼 영험한 신을 직접 뵈었으니 반드시 응보가 내려질 것임을 믿어 의심치 않았습니다. 그래서 기도문을 더 이상 읽을[33] 엄두도 내지 못하고 오싹한 기분으로 집으로 돌아왔지요. 이때가 소흥 사년 사월 스무날이었습니다.

그리고 나서 진기는 수시로 모열의 집으로 가서 소식을 알아 보았지요.

---

32 【즉공관 미비】平素欺心者亦宜畏怯. 평소에 양심을 속인 자들도 두려워하고 겁낼 것이다.
33 [교정] 읽을[讀] : 상우당본 원문(제807쪽)에는 '더러워질 독(瀆)'으로 되어 있으며 천진고적판(제602쪽)과 강소고적판(제325쪽) 역시 같은 글자로 나와 있다. 그러나 전후 맥락을 따져 볼 때 '읽을 독(讀)'으로 새기는 것이 옳다고 보아 "더 이상 읽을 엄두를 내지 못하고" 식으로 번역하였다.

그렇게 사흘이 지났을 때였습니다. 가만 들어 보니 모열이 죽었다지 뭡니까 글쎄! 진기는 이상한 낌새를 눈치채고 이웃집들을 찾아가서 물어보았지요. 그러자 다들 이렇게 말하는 것이었습니다.

"모열이 대문을 나서는 길에 웬 누런 옷을 입은 사람을 마주쳤는데 대문으로 들어와설랑 그를 붙잡지 뭐유. 그 손을 벗어난 모열이 집안으로 나는 것과도 같이 달아나면서 '웬 누런 옷을 입은 자가 날 잡아가려고 하니 다들 와서 좀 구해 주시오!' 하고 고함을 지르더라구. 그런데 몇 마디 내뱉지도 못한 채 땅바닥에 고꾸라지더니 죽고 말았지 뭐유 글쎄! 여지껏 그렇게 빨리 죽는 경우는 한번 도 본 적이 없었는데 말이야."

진기는 말은 하지 않았지만 속으로는 은근히 이렇게 생각했습니다.

'신께 하소연했더니 대답을 주시어 이렇게 내 눈 앞에서 천벌을 내리셨구나!'

그리고 다시 사흘이 지났을 때였습니다. 가만 보니 누가 하는 말이 대승사의 고공 역시 갑자기 병에 걸려 죽었다지 뭡니까. 진기는 속으로 이상하게 여겼지요.

"고공은 당초에 거간을 선 것뿐인데 동시에 죽다니! (…) 그렇다면 혹시 … 내가 저승에 가서 이 일을 고해야 되는 것이 아닐까?"

그런데 자기도 모르게 정신이 좀 어지러워지더니 귀가하자마자 바로 의식을 잃고 말았습니다. 얼마 뒤에 정신을 차린 그는 집안사람들에게 이렇게 분부했지요.

"웬 사람 둘이 날 데려 가서 모열에 관한 일들을 맞추어 보더군. 그러면서 내 '이승에서의 수명이 다하지 않으니 아직은 입관해서는 안된다'는 말을 하더라. 그러니 나를 열흘 정도 지키고 있거라. 어쩌면 되살아날지도 모르니 말이다!"

그는 이렇게 분부하자마자 바로 고개를 떨구고 드러누웠는데 입과 코는 모두 벌써 숨이 끊어진 뒤였습니다. 집안사람들이 그의 말을 좇아서 시신을 함부로 움직일 엄두도 내지 못한 채 우두커니 지키고 있었던 것은 두 말 할 필요도 없었지요.

계속 이야기를 들려 드리도록 하겠습니다. 진기는 그를 데리러 온 두 사람을 따라서 그 길로 저승의 관청으로 갔습니다. 그런데 정말 모열과 고공이 먼저 그곳에 와 있는 것이 아닙니까. 그들까지 함께 데리고 판관에게 인사를 하니 판관이 한 사람 한 사람 이름을 확인하고나서 묻는 것이었습니다.

"남악³⁴에서 고발장을 보내 왔다. 모열이 진기의 삼천 냥을 떼먹었다는데 … 이것이 어찌 된 일이냐?"

"소인이 저 자한테 밭뙈기를 넘겼고 저 자가 직접 그것을 받았습니다. 헌데 나중에는 애초의 그 문서를 돌려주기는커녕 아예 그런 적이 없다고 잡아떼지 뭡니까 글쎄. 소인 이승에서는 저 자와의 송사에서 이길 수 없길래 하는 수 없이 남악대왕 행궁으로 가서 그 일을 고했던 것입니다요!"

진기가 이렇게 말하자 이번에는 모열이 말했습니다.

"판관 나리, 저 자 헛소리는 듣지 마십시요! 만약 은자를 주었다면 분명히 소인이 저 자의 증명서를 받아 놓았을 겁니다요!"

그러자 판관은 웃으면서

"이것은 네가 이승에서 남을 속이고 그 일을 빌미로 잡아떼려는 것일 테지?"

하더니 모열의 가슴을 가리키면서 말했습니다.

"우리 저승에서는 오로지 이것만 증거로 여긴다. 증명서 따위는 필요 없단 말이다!"[35]

---

34 남악(南嶽) : 중국 고대의 대표적인 산인 '5악(五嶽)'의 하나. 일반적으로 호남성 중부에 자리잡고 있는 형산(衡山)을 말하며, 때로는 수악(壽嶽)·남산(南山) 등으로 불리기도 하였다.
35 【즉공관 미비】 所以陰司公道. 그래서 저승이 공정한 게지.

"소인 정말로 저 자 것을 받은 적이 없다니까요!"

그래도 모열이 이렇게 말하
자 판관은 관리를 시켜 업경業鏡
을 가지고 오게 했지요. 그러자
옆에 있던 관리는 즉시 구리 대
야만 한 거울을 하나 들고 와서
모열을 비추었습니다.

모열·진기·고공 세 사람이
다 함께 그 거울 속을 들여다
보는데 가만 보니 거울에 진기
가 은자를 건네자 모열이 받아
서 들어가더니 아내 장씨에게
건네고 장씨는 그것을 보관하
는 모습을 보여주는 것이 아닙

남악대제 초상

니까. 그날의 상황들이 있었던 그대로 보이는 것이었지요.

"그래도 우리 저승에 증명서 따위가 필요하다고 생각하느냐?"

하고 판관이 말하자 모열은 입도 벙긋하지 못하는 것이었습니다. 진기는
두 손을 모으고 허공을 향하여 말했지요.

뒤늦게 문서 챙긴 모열이 원금을 가로채다

"오늘에서야 진실이 드디어 밝혀졌군요! 이승의 관아에서 그런 것은 어따 쓰려고 그랬는지 원!"

그러자 고공은 고공대로 이렇게 말하는 것이었습니다.

"이제 보니 그 은자를 정말로 받기는 받아 놓고 모형이 잡아뗀 것이었군요!"

즉석에서 판관은 붓을 들고 무엇인가를 쓰더니 세 사람을 데리고 웬 큰 뜰로 갔습니다. 그런데 가만 보니 옆에 호위병들이 잔뜩 늘어서 있지 뭡니까! 거기다가 본전에 앉은 것이 누구인지는 모르겠지만 멀리 보이기로는 면류관을 쓰고 곤룡포를 입은 무슨 왕 같았습니다. 판관이 올라가서 한 동안 말을 하자 본전의 왕 같은 사람은 벌컥 성을 내더니 죄인이 쓰는 칼을 가지고 오게 해서 모열에게 씌우게 한 다음 큰 소리로 이렇게 분부하는 것이었습니다.

"현령은 심문과 판결이 공정하지 못했으니 이후의 관작을 삭탈하라! 현의 관리 구대는 그 집을 불 태우고 현령과 마찬가지로 이승에서의 수명을 반으로 줄이도록 하라!"

그리고 나서 승려 지고를 불러서 물었지요.

곤룡포(당태종)와 면류관(유비) 예시

"모열이 양심을 속인 일 ··· 너와 같이 상의한 적이 있느냐?"

"처음에 밭을 잡힐 때 중간에서 중개인을 맡은 적은 있습니다. 그 뒤의 일은 전혀 모릅니다요!"

그러자 이번에는 진기를 부르더니 묻는 것이었습니다.

"밭은 되사려던 은자는 물론 모열이 떼먹으려고 양심을 속인 짓이다. 허나, 밭을 잡히게 된 까닭은 바로 네가 양심을 속인 탓이렷다!"

"그것도 모열이 시킨 것입니다요!"

진기가 이렇게 말하자 왕으로 보이는 그 사람이 말했지요.

"그것은 남을 탓할 일이 아니다.[36] 명색이 중이라는 지고가 거간 노릇을 한 것과 마찬가지로 더 무겁게 처벌해야 옳다! 둘은 다 죽을 죄에는 해당되지 않으니 이승에서 천벌을 받게 할 것이다. 모열은 지은 업보가 많으니 지옥으로 끌고 가서 벌을 받게 하렷다!"

그가 말을 마치자 가만 보니 모열 옆에서 수많은 쇠머리 야차[37]들이 철편[38]과 쇠몽둥이를 들고 그를 몰고 가는 것이었지요. 모열은 걸음을 옮기면서 한편으로는 통곡을 하면서 진기와 고공을 보고 말했습니다.

"나는 이곳을 벗어나기 틀렸군요! 두 분이 제 아내한테 말씀 좀 전해 주십시오. 어서 불사를 지내서 저를 구해 달라고 말입니다! 진형! 당초의 그 문서는 침상 옆 나무상자 속에 있습니다. 그리고 … 제가 평소 욕심을 부려 억지로 남을 속이고 가로챈 남의 집 전답과 가옥 문서도 열세 장

---

36 【즉공관 미비】此處瞞不過了, 心不易欺也. 이곳에서는 속여 넘길 수가 없지. 마음은 속이기 어렵다.

37 쇠머리 야차[牛頭夜叉] : 불교 전설에 등장하는 귀신. 소의 머리를 하고 있다고 해서 '우두귀(牛頭鬼)'로 불리며, 때로는 우귀(牛鬼) · 아방(阿傍) · 우두아방(牛頭阿傍) 등으로 불리기도 한다. 불교 경전인 『능엄경(楞嚴經)』 권8에서는 "다섯째는 접촉하는 업보가 나쁜 결과를 불러오는 것이다. 이러한 접촉하는 업보가 닥치면 최후를 맞을 때 우선 큰 산들이 사방에서 닥쳐서 합쳐지므로 다시는 벗어날 길이 없게 된다. 이어서 망자의 넋에게는 커다란 철옹성에 불뱀 불개에 범, 이리, 사자, 쇠머리의 옥졸과 말머리의 나찰이 눈에 들어온다[五者觸報招引惡果, 此觸業交, 則臨終時, 先見大山四面來合, 無復出路. 亡者神識見大鐵城, 火蛇火狗, 虎狼獅子, 牛頭獄卒, 馬頭羅利]"라고 묘사한 바 있다. 또, 『오구신경(五句辛經)』에서는 "옥졸은 '아방'이라고 하는데 쇠머리에 사람 손, 두 다리는 쇠발굽이 달렸는데 기운이 장사여서 산까지 밀어제긴다[獄卒名阿傍, 牛頭人手, 兩脚牛蹄, 力壯排山]"라고 묘사하고 있다.

38 철편(鐵鞭) : 중국 고대의 병기. 쇠로 만든 몽둥이의 일종이다. 전설에 따르면 황개(黃蓋) · 위지공(尉遲恭) · 호연찬(呼延贊) 등의 장수가 사용했다고 한다.

도 마찬가지로 상자 속에 있습니다. 그 열세 집의 사람들을 불러서 전부 돌려주고 제 죄를 줄이게 해 주십시요![39] 두 분 부디 잊지 마십시요!"

우두나찰

당초 계약서[문서]를 돌려주겠다는 말을 들은 진기가 다시 분명히 물어보려고 하는 찰나였습니다. 야차 하나가 쇠몽둥이로 진기의 등짝[40]을 후려치면서

"냉큼 가거라!"

하고 호통을 치지 뭡니까! 진기는 허둥지둥 물러서다가 갑자기 놀라 깼습니다. 그가 온 몸에 식은 땀을 흘리는데 가만 보니 아내가 침상 가를 지키고 있는 것이 아닙니까. 그래서 그녀에게 물어 보니 벌써 이레나 지났다는 것이었습니다.

"서방님께서 분부하셔서 입관도 못 하고 있었습니다. 더욱이 가슴이

---

39 【즉공관 미비】還券望減則可, 佛事不足恃也. 문서를 돌려주고 죄를 줄이려는 것은 상관 없지만 불사를 벌이는 것은 자랑할 일이 못 되지.

40 등짝[後心窩] : '후심와(後心窩)'는 명치, '심와(心窩)'는 명치의 뒷부분으로 등에서 심장의 위치에 해당하는 지점을 가리킨다

따뜻하길래 하는 수 없이 앉아서 지키고 있었지요. 다행스럽게도 정말 의식이 돌아 오셨군요. 드디어 모열의 일을 확실하게 입증하신 거지요?"

아내가 이렇게 말하자 진기가 말했습니다.

중국 '5악' 중 하나인 태산과 숭배대상으로 형상화한 동악대제 신상

"동악 대제께서 정말 영험하시고 저승의 판관도 정말 사심이 없어서 조금도 속이지 못합니다. 흐리멍청한 이승의 관아 하고는 아주 딴 판이 더군!"

그 일을 계기로 죽어서 본 일들을 자세하게 한 차례 이야기해 주었지요. 그는 정신을 추스르고 한 동안 마음을 가라앉힌 다음 일단 사람을 현 관아의 관리 구대의 집에 보내어 살펴보게 했습니다. 아 그랬더니 사흘 전에 벌써 불에 홀라당 다 타 버렸는데 그 집이 다 타고 나자마자 불이 바로 꺼졌다지 뭡니까. 그러자 진기는 더더욱 동악 신을 존경하고 믿게 되었답니다. 그는 이어서 사람을 대승사로 보내어 고공을 찾아가 보게 했습니다. 정말 자기처럼 의식을 되찾았다면 그와 약속해서 증인으로 삼아서 모 씨네 문서를 받아 낼 작정이었지요. 그런데 진기가 보낸 사람이 돌아와서 이렇게 보고하는 것이었지요.

"사흘 전에 절의 스님과 신도들이 벌써 그의 다비茶毗를 치루어 버렸답니다요!"

이야기꾼 양반, 헌데 '다비'가 뭐요?

손님, 그건 바로 불가의 서방[41] 쪽에서 쓰는 말이랍니다. '도유'[42]라고 부르는 경우도 있는데, 어쨌든 간에 우리 중국말의 '화화火化'와 같은 말이랍니다.

진기는 고공을 벌써 화장했다는 말을 듣고 깜짝 놀랐습니다.

---

[41] 서방(西方) : 불교 용어. 일반적으로 중국에서 서쪽에 있는 불교의 나라인 인도, 그 중에서도 특히 천축국(天竺國)을 가리킨다.

[42] 도유(闍維) : 불교 용어. 산스크리트 어 '쟈피타(Jhapita)'를 발음대로 한자로 표기한 것으로, 화화(火化) 즉 시신을 불로 화장하는 것을 말한다. 진(晉)나라의 승려 법현(法顯)이 지은 『불국기(佛國記)』에서는 "불이 타오르면 사람들이 존경하는 마음으로 저마다 저고리 및 깃 우산으로 시신을 덮어 불 속에 멀리 던져 넣고 도유(화장)를 돕는다(火然之時, 人人敬心, 各脫上服及羽儀傘蓋, 遙擲火中, 以助闍維)"라고 소개하였다. 우리나라에서 사용하는 다비(茶毘, 원래는 '차비'로 읽어야 맞다) 역시 '쟈피타'의 또 다른 표기이다.

'그와 내가 저승에 있을 때 '이승의 수명이 아직 다하지 않았으니 같이 석방하여 이승으로 돌아가게 해 주라'고 하셨는데 … 어째서 화장해 버렸단 말인가? 그더러 어디에 넣이 깃들라고? (…) 이거 참 놀랄 노자로구나! 어떻게 수습하라고!"

진기는 속으로 안절부절하면서도 일단 모 씨네로 가서 문서를 받아내기로 했지요. 그는 모 씨네 아들을 발견하고 물었습니다.

"춘부장께서 세상을 떠나시고 댁에 무슨 동정이라도 있었습니까?"

그러자 모 씨네 아들이 말했습니다.

"어째서 그렇게 물으십니까?"

"소생도 이레 동안 죽은 동안 춘부장 어른하고 한번 만난 적이 있소.[43] 해서 물어본 겁니다."

"선친을 만나보시니 어떠시던가요? 무슨 말씀이라도 하시던가요?"

"소생은 춘부장 하고는 원래 다년간 가깝게 지낸 사이올시다. 다만 내

---

43 【즉공관 방비】他鄕故知. 타향에서 오랜 지인을 만난 격이로고.

불교 다비식의 예시. 『진무영응도책(眞武靈應圖册)』의 「주씨사리(朱氏舍利)」대
목에 묘사된 불교 다비식 장면

가 잡힌 전답문서를 돌려주지 않으시는 바람에 송사를 벌였었지요. 그런
데 어제 다행히도 저승에서 대질했더니 춘부장께서 '문서가 침상 앞 나
무상자 속에 있다'고 하십디다. 해서 오늘 가지러 온 거지요."

그러자 모 씨네 아들이 말하는 것이었습니다.

"문서야 어쩌면 나무 상자 속에 있을 수도 있습니다. 그건 그렇고 …
저승에서 말씀을 나누었다고 하시는데 … 누구를 증인으로 삼아 물건을
가지러 오셨습니까?"

"증인이 있기는 있지요. 그때 대승사 지고 스님께서 현장에서 같이 들

고 다같이 석방되어 되살아났으니까요. 허나···, 애석하게도 그 절에서 벌써 그 스님 시신을 화장하는 바람에 산 증인은 없어진 셈입니다. (···) 그래도 한 가지 믿을 만한 증거가 있기는 있소이다. 춘부장께서 제 것 말고도 '열세 집의 문서가 있는데 전부가 출처를 알 수 없는 부동산이니, 그 열세 집 사람들을 불러 돌려주고 자신이 받는 벌을 좀 줄여달라고 하십디다. 또 자기를 위해서 불사를 좀 많이 지내 달라고 하시더구려. 이건 내가 지어낼려야 지어낼 수 없는 말이지요."

원대 화가 육중연(陸仲淵)이 그린 『십왕도(十王圖)』에 묘사된 저승의 모습
(일본 나라 국립박물관 소장)

그 이야기를 들은 모 씨네 아들은 좀 얼떨떨해졌습니다. 왜 그런지 아십니까? 알고 보니 저승에서 거울로 모 씨네 아내 장씨가 은자를 받는 광경을 비출 때 장씨는 장씨대로 이승에서 마치 꿈을 꾸기라도 하는 것처럼 저승의 대질 장면을 꿈에서 보고 있으니까요. 아들에게 그 이야기

해 준 적이 있었지요. 그래서 아들은 진기가 저승에서 겪은 일을 듣고는 '정말인가 보다' 하는 생각을 한 거지요. 그래서 이들은 안으로 들어가서 모친에게 그 사실을 알렸습니다. 그러자 장씨가 말하는 것이었지요.

"그 은자는 … 정말 있단다. 너희 선친이 '그 자한테 이득이 돌아간다'면서 애를 먹이면서 돌려주지 않았단다. 그 분한테서 추가로 좀 더 받아낼 생각으로 말이다. 그런데 그 분이 그 길로 관아에 가서 송사를 제기했지 뭐니? 그래서 아예 한 마디로 잡아뗐단다. 그러다가 뜻밖에도 그렇게 이상하게 돌아가셨지. (…) 지금 너희 선친이 저승에서 편치 않으실까 두렵구나. 그러니 그 분한테 돌려주는 것이 옳다. 열세 장이 더 있다니 내일 전부 끄집어내서 차례로 돌려주도록 하거라!"

모 씨네 아들은 진기를 보고 모친의 말을 들려주었지요. 그래서 진기가 말했습니다.

"또 지난번처럼 '내일 돌려주겠다'고 해 놓고 발뺌 하면 안됩니다? 이 일은 댁의 춘부장께서 저승에서 받을 벌과 상관이 있소이다. 이승에서 아이들처럼 장난치는 것 하고는 다르다구요!"

"그거야 … 어떻게 감히 그럴 수가 있겠습니까?"

그렇게 해서 진기는 바로 그 자리를 떠나고, 모 씨네 아들은 문을 잠그고 안으로 들어 왔지요.

그런데 밤이 되어 가만 들어 보니 누가 문을 두드리는 것이 아닙니까. 그래서 문을 열었지만 아무도 보이지 않길래 문을 잠갔더니 이번에도 급하게 문을 두드리는 것이었지요.

"누구요?"

진기가 이렇게 물었더니 바깥에서 큰소리로 대답하는 것이었지요.

"나는 대승사의 지고화상이오. 댁의 선친이 밭을 잡힌 은자를 떼먹고 내가 당초의 중개인을 맡는 바람에 저승에 붙잡혀 가서 증인을 섰소이다. 헌데, ⋯ 저승에서 나를 돌려 보내셨건만 내 몸을 화장하는 바람에 지금은 돌아갈 곳이 없게 되었구려! 이건 이 댁에서 나를 해친 셈이요. 그러니 댁에서 내 문제를 어떻게든 해결해 주셔야겠소!"[44]

모 씨네 아들은 화들짝 놀라서 안으로 들어가서 모친에게 그 이야기를 했습니다. 그러자 장씨는 장씨대로 겁이 났던지 등불을 옮겨 아들과 함께 나와서 바깥의 소리를 좀 들어 보았지요. 그런데 밖에서 갈수록 더 다급하게 문을 두드리면서 말하는 것이었습니다.

---

44 **【즉공관 미비】** 人猶不易處, 況于鬼乎. 사람도 해결하기 어려운데 하물며 귀신에게 있어서랴!

失還魂牙僧
索剩命

몸 잃고 넋 돌아온 거간 승려가 남은 목숨 요구하다

"열지 않으면 내가 문 틈으로 비집고 들어갈 테다!"

장 씨가 들어 보니 정말 고공의 평소 목소리이지 뭡니까. 그래서 억지로 용기를 쥐어짜면서 이렇게 대답했습니다.

"스님께 피해를 드린 사실을 이제야 알았습니다. 허나 … 지금 이렇게된 이상 저희 모자로서도 어쩔 도리가 없군요. (…) 그저 불사라도 좀 드려서 스님을 제도해 드리는 수밖에요."

그러자 바깥의 귀신이 말하는 것이었습니다.

"나는 아직 죽어서는 안 될 목숨이어서 저승에서도 붙잡아 두려 하지않았다. 거기다 이승에서의 수명도 다하지 않은 데다가 그렇다고 다시태어나 사람이 될 수도 없다. 그러니 아무리 너희들이 불사를 지내고 넋을 위로한다고 해도 아무 쓸모가 없다. (…) 내 이승에서의 수명이 다해야만 다시 태어날 수가 있는데 … 그동안 날더러 어디서 지내라는 말이냐? 내 끝까지 너희 집에 붙어서 떠나지 않을 것이다!"

모 씨네 모자는 하는 수 없이 지전을 좀 사르고 술과 밥을 바치면서 그가 물러가기를 빌었지요. 그러자 귀신이 말했습니다.

"날더러 갈 곳도 없게 만들었으니 빌어도 소용 없다!"

모 씨네 모자는 어쩔 도리가 없어서 몸을 바짝 웅크린 채로 두려움에 떨면서 하룻밤을 지샐 수밖에 없었지요. 이튿날 두 사람은 허둥지둥 승려와 도사를 찾아가서 도량[45]을 차려 모열의 넋을 위로하는 한편 고공의 원혼도 제도해 줄 것을 부탁했습니다. 모자는 그런 기이한 일을 직접 겪은 마당에 어떻게 믿지 않을 수가 있겠습니까? 모자는 열세 집의 문서를 모두 보내서 당사자들에게 돌려주었답니다.

그런데 뜻밖에도 진기는 전답문서를 돌려받은 뒤로 갑자기 가슴에 협심증을 앓기 시작했지 뭡니까. 그래서 한번 통증이 생기기만 하면 아파서 죽을 지경이었습니다. 가만히 생각해 보니 저승에 있을 때 야차가 쇠몽둥이로 가슴등짝?을 내려친 탓이었습니다. 거기다가 왕으로 보이는 그 사람이 "진기는 양심을 저버렸으니 이승에서 응보를 받아야 한다"라고 하는 것을 직접 들은 참이었습니다. 그래서 그는 양심을 저버렸다는 것이 당초에 밭뙈기를 잡혔던 일을 두고 한 말임을 깨달았지요.

그는 하는 수 없이 동생 세 사람을 불러서 모 씨네에서 돌려 준 밭뙈기를 공평하게 네 몫으로 나누어 주었습니다. 아 그런데 가슴의 통증이 그래도 멈추지 않는 것이 아닙니까.[46] 그것은 모두가 과거에 집안 살림을 맡고 있을 때 밭뙈기를 잡힌 일 말고도 양심을 속인 일이 많았기 때문이었지요. 어쨌든 이때부터 통증이 도질 때마다 승려나 도사들을 모셔서

---

45 도량(道場) : 불교·도교 용어. 승려가 불법을 선양하거나 도사가 수련을 하는 장소. 또는 그 장소에서 거행하는 불교나 도교의 종교의식을 말한다.

46 【즉공관 미비】田終于分, 落得心痛, 幷前之受杖, 皆利錢也. 전답을 결국 나누어 주고도 가슴이 아픈 것이나, 앞서 쇠몽둥이에 매질을 당한 것은 모두 이자인 게지.

액땜을 하거나 동악행궁 묘에서 지전을 사르고 제물을 바치곤 했습니다. 그렇게 해마다 들이는 돈은 이루 헤아릴 수조차 없을 정도였지요. 그런데도 그 병은 몸에 붙어 다니면서 내내 떨어질 줄을 모르는 것이었습니다. 그 바람에 나중에 가서는 그 재산이 되려 세 동생보다 훨씬 많이 줄어들고 말았답니다.

모 씨네는 모 씨네대로 고공의 귀신이 집안을 떠나지 않고 밤만 되면 어김없이 찾아 와서 괴롭히는 바람에 집안 식구들이 마음 편할 날이 없었습니다. 그래서 집을 처분하고 다른 데로 이사도 가 보았지요. 아 그런데 귀신도 자신들을 따라 다니면서 도무지 떨어지지 않지 뭡니까요. 그래서 날마다 원혼을 제도하고 때마다 불사며 고사를 지내 줄 수밖에 없었답니다. 그러자 나중에는 귀신 목소리가 차츰 멀어지는가 싶더니 이렇게 말하는 것이었지요.

"너희 집에서 공덕을 많이 쌓는구나. 내게는 아무 보탬도 되지 않는다마는 늘 신명과 부처가 집안에 버티고 있으니 나로서도 좀 편치는 않다. 내 일단 잠깐이나마 이 집을 떠나기는 하겠다마는 끝까지 너희 집을 용서하지 않을 테다!"

원귀는 나중에 정말 며칠이 지나고 나서야 다시 나타났습니다. 그러자 이쪽에서는 고사를 지내 퇴치합네 불사를 벌여 원혼을 제도합네 난리도 아니었지요. 그런 식으로 오랫동안 끈질기게 괴롭히는 바람에 더 이상

배겨 내지 못하고 급기야 나중에는 모 씨네가 가난해져 그런 불사나 고사조차 감당할 수가 없게 되어 버렸지요. 고공의 원귀도 그제서야 자취를 감추는 것이었습니다.[47]

이로써 남을 속여 얻은 재물은 아무리 여러분이라도 자기 것인양 누리고 쓸 수가 없다는 것을 알 수가 있습니다. 저승은 이승보다 공정해서 간사한 속임수는 통하지 않지요. 그래서 응보에는 터럭만치도 착오가 없는 것입니다. 이 두 집안이 그런 천벌을 받은 것 역시 두 말 할 필요가 없지요. 다만, 고공이라는 승려는 재물과 이문을 탐내어 괜한 일에 끼어 드는 바람에 이승에서의 수명이 다하기도 전에 몸이 불태워지고 말았습니다. 비록 그 일로 모 씨네 일가를 패가망신시켰다고는 하지만 따지고 보면 그 또한 그 승려의 업보인 셈이지요. 만약에 당시에 그 제자들이 그의 시신을 화장하지 않아서 다시 살아날 수 있었다손 칩시다. 그렇더라도 결국에는 진기의 경우와 마찬가지로 그 같은 이승에서의 천벌을 받았을 것임은 말할 나위도 없는 것입니다. 그러니 사람으로 사는 동안 처신을 하면서 어떻게 자신을 되돌아보지 않을 수가 있겠습니까!

이승에서는 정당해도 호소할 데 없건만	陽間有理沒處說,
저승에선 말하지 않아도 분명하구나.	陰司不說也分明.
만약 세상 사람들에게 죽음이란 것 없다면	若是世人終不死,

---

47 【즉공관 미비】 病耶, 鬼耶, 皆所以斃不義之財者也. 병에 귀신에 그 모든 것이 의롭지 못한 재물 때문에 죽은 것이다.

마음 놓고 제멋대로 처신할 테지.	方可橫心自在行.

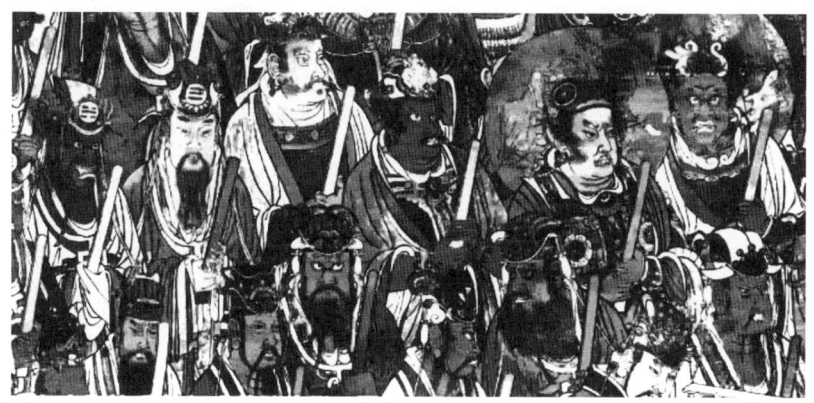

불교 제신도

  아울러 어떤 이가 위의 시로는 미흡하다고 여기고 손질을 좀 해서 이렇게 읊기도 했답니다.

이승에서 시비 가리지 못해 저승에 가서	陽間不辨到陰間,
저승에서 그대로 판결받고 이승으로 돌아오네.	陰間仍舊判陽還.
세상 사람들에게 죽음이란 것 없다 한들	縱是世人終不死,
끝까지 마구 행동하게 내버려 두진 않을 터!	也須難使到頭頑.

제17권

동창 친구가 가짜를 진짜로 착각하고
여 수재가 꽃을 다른 나무와 맺어 주다

同窗友認假作眞 女秀才移花接木

해제

사천의 성도부成都府에 사는 수재인 문준경聞俊卿은 어려서부터 사내 차림을 하고 동창인 두자중杜子中·위찬지魏撰之 등과 함께 글공부를 한다. 나중에 성인이 된 준경은 두 사람 중 한 사람을 골라 출가하려 했지만 결정을 내리기 어렵자 화살을 쏘아 짝을 정하려 한다. 우연히 그 화살을 주운 두자중은 갑자기 일이 생기는 바람에 화살을 가까운 벗이던 위찬지에게 건넨다. 위찬지가 화살을 가지고 있는 모습을 본 준경은 당초의 다짐대로 그를 평생의 반려자로 받아들인다. 얼마 뒤에 문준경은 부친이 모함으로 감옥에 갇히자 서울로 가서 구명운동을 벌이기로 결심한다.

서울로 향하던 길에 한 객줏집에서 투숙한 문준경은 그 집 주인의 외조카딸 경방련景方蓮과 우연히 마주친다. 준경의 재능과 외모에 반한 방련은 '그?'가 남자인 줄 알고 사람을 보내 '그'에게 혼담을 넣게 한다. 그러자 입장이 난처해진 준경은 그녀를 두자중에게 짝 지어 줄 생각으로 일단 그 혼담을 받아들이는 척 한다. 그리고 서울에 올라와 문준경과 한 방에서 기거하던 두자중은 '그'의 비밀을 간파하고 '그녀'가 사실은 그동안 사내 차림을 하고 사내 행세를 해 왔다는 사실을 알게 된다. 즉시 준경에게 청혼을 한 그가 화살을 줏은 경위를 들려주고, 두 사람은 마침내 부부가 되어 고향으로 돌아가기로 한다. 준경은 그 사실을 찬지에게 알리는 한편 스스로 중신을 서서 그를 경방련과 혼인시킨다. 이렇게 해서 두자중과 문준경, 위찬지와 경방련 이 두 쌍의 젊은 남녀는 우여곡절을 거친 끝에 드디어 나란히 백년가약을 맺는다.

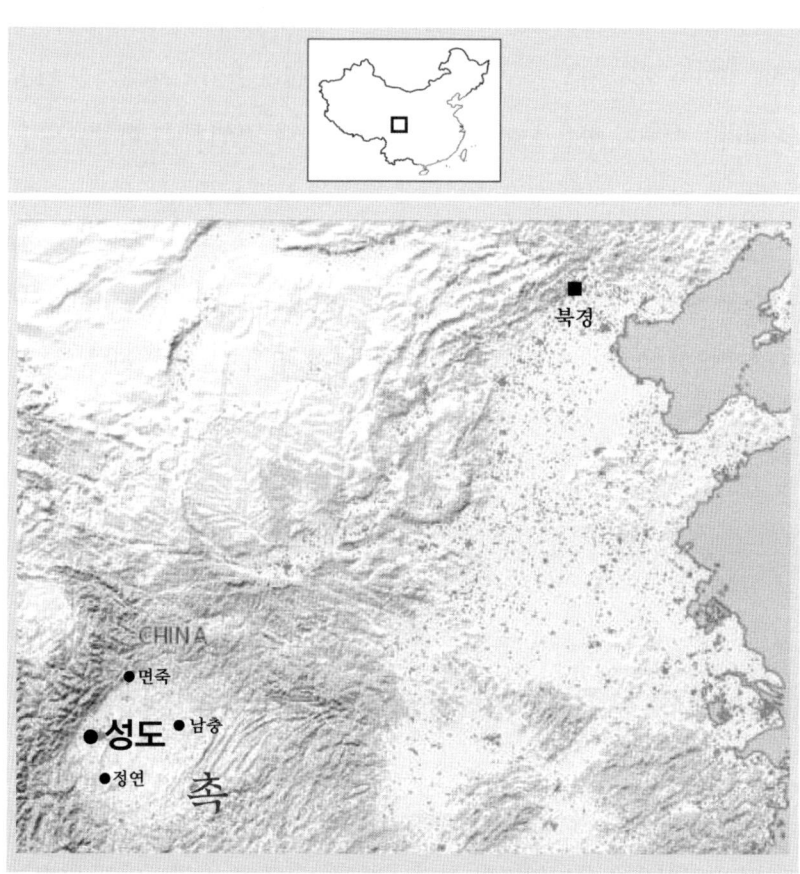

번역

이런 시가 있습니다.

만리교[1] 어귀의 설 교서는	萬里橋邊薛校書,
비파꽃 핀 창 아래서 문 닫고 지내니	枇杷窗下閉門居.
그처럼 뛰어난 재주 가진 이 몇이나 되던고?	掃眉才子知多少,
아무리 대단한 학문 가진 이도 그보다 못하지!	管領春風總不如.

이 네 구절의 시는 당나라 사람[2]이 촉[3] 땅의 기생 설도[4]에게 준 작품입니다. 이 설도라는 이는 여자들 중에서도 재능이 있는 인물이었습니다. 남강왕南康王 위고[5]가 서천 절도사西川節度使로 있을 당시 황제에게 표를 올려

---

1 만리교(萬里橋) : 중국 사천성 성도시 남쪽에 있었다는 다리.
2 당나라 사람[唐人] : 당대의 시인 왕건(王建, 768~835)을 말한다. 왕건은 자가 중초(仲初)로, 영천(潁川, 지금의 하남성 허창시) 사람이다. 미천한 집안 출신으로 어렵게 지내다가 군대에 들어가면서 46살 무렵부터 벼슬 길에 나서서 소응현승(昭應縣丞)·태상시승(太常寺丞) 등을 역임하다가 나중에 섬주사마(陝州司馬)를 지냈기 때문에 '왕사마(王司馬)'로 일컬어졌다. 장적(張籍)가 사이가 좋은 데다가 두 사람이 악부(樂府)에서 남다른 재능을 보였기 때문에 '장·왕 악부'라는 명성을 얻기도 하였다. 그가 설도에게 준 이 시는 제목이 「기촉중설도교서(寄蜀中薛濤校書)」이다. 대략 헌종(憲宗) 원화(元和) 연간(805~820)에 교분이 있던 설도를 위하여 지은 작품이다.
3 촉(蜀) : 중국 고대의 지역명. 지금의 사천성(四川省) 지역에 해당한다.
4 설 교서(薛校書) : 당대의 여성 시인인 설도(薛濤, 768?~832)를 말한다. 설도는 자가 홍도(洪度)로, 장안 사람이다. 본래는 양가집 딸이었으나 부친 사후에 집안 형편이 가난하여 기생이 되었다. 음악을 다루다 보니 음률에 밝은 데다가 시가에도 능하여 촉(蜀) 땅에 주둔하던 위고가 불러 들여 술시중과 함께 시를 짓게 해서 '교서(校書)'로 불렸다.
5 위고(韋皐, 746~805) : 당대의 장수. 10대 시절에 과거시험에서 낙방하고 옷차림도 누추하였다. 한번은 장연상(張延賞)이 사위감을 고르기 위해 베푼 잔치에 참석하였다. 그러나 위고의 신분이 낮아 장연상은 그를 무시했지만 그 아내 묘씨는 그의 장래가 유망하다고 말하면서 자신의 딸을 출가시켰다고 한다. 그러자 장연상은 아내의 결정을 존중하고 위고도 장모의 기대를 저버리지 않고 일심히 노력하여 벼슬이 검남서천 절도사(劍南

군중교서[6]로 삼게 했을 정도이지요. 그래서 사람들이 다들 '설 교서(薛校書)'라고 불렀답니다. 그녀가 교분을 가진 인물들로는 고천리[7]·원미지[8]·두목지[9] 같은 명사들이 있었습니다. 그녀는 또 완화계[10] 시냇물로 작은 편지지를 만들었는데 '설도전(薛濤箋)'이라고 불렀지요. 가객이나 문인들은 이 편지지를 얻으면 마치 무슨 보물이라고 되는 것처럼 여길 정도였습니다. 참으로 그 명성이 한 시절에 높았고 그 향기가 오랫동안 전해졌답니다.[11]

西川節度使)·검교태위(檢校太尉) 등에 이르더니 나중에는 '남강군왕(南康郡王)'에 책봉되었다.

6 【즉공관 미비】便奇. 신기한 일이다.

7 고천리(高千里) : 당대 후기의 장수이자 시인인 고병(高駢, 821~887)을 말한다. 유주(幽州, 지금의 북경시 서남부) 사람이며, '천리'는 자이다. 원적이 발해(渤海)[군] 수현(脩縣)으로 남평군왕(南平郡王) 고숭문(高崇文)의 손자여서 '발해 고씨' 명문의 후예로 불렸다. 무신이면서도 문학에서 남다른 재능을 보여서 '낙조시어(落雕侍御)'로 일컬어질 정도였다.

8 원미지(元微之) : 당대 후기의 시인 원진(元稹, 779~831)을 말한다. 하남 사람으로, '미지'는 그의 자이다. 현종의 원화(元和) 원년(806) 과거에 일등으로 급제하여 좌습유(左拾遺)에 임명된 것을 시작으로 감찰어사(監察御史)·통주자사(通州刺史)·지제고(知制誥)·동중서문하사(同中書門下事) 등을 역임하였다. 장생과 최앵앵의 사랑을 다룬 그의 전기 소설 『앵앵전』은 나중에 왕실보가 『서상기』를 짓는 데에 영감을 주었다.

9 두목지(杜牧之) : 당대 말기의 시인인 두목(杜牧, 803~852?)을 말한다. 경조(京兆) 만년(萬年, 지금의 섬서성 서안시) 사람으로, 호는 번천거사(樊川居士)이며, '목지'는 자이다. 재상으로 유명한 두우(杜佑)의 손자로, 문종(文宗) 대화(大和) 2년에 26살의 나이로 진사로 급제하여 홍문관 교서랑(弘文館校書郎)에 제수되었다. 나중에는 강서관찰사(江西觀察使) 등의 막부에서 활동하고 국사관 수찬(國史館修撰)·선부(膳部)·비부(比部)·사훈원외랑(司勳員外郎)을 거쳐 황주(黃州)·지주(池州)·목주(睦州) 등지의 자사(刺史)를 역임하였다. 만년에는 장안 남쪽 번천(樊川)의 별장에서 지냈기 때문에 번천거사 또는 '두번천'으로 불렸다. 시성(詩聖)으로 일컬어진 두보(杜甫)와 비교되면서 '소두(小杜)'로 불렸다. 절도서기(節度書記)의 신분으로 우승유(牛僧孺)를 수행해 양주(揚州)로 내려갔을 때 이름난 기방을 자주 출입했다고 한다.

10 완화계(浣花溪) : 사천성 성도시 서쪽의 개천. 금강(錦江)의 지류로, 탁금강(濯錦江)·백화담(百花潭) 등으로 불리기도 하였다. 그 옆에 당나라의 유명한 시인인 두보가 완화초당(浣花草堂)을 짓고 살았기 때문에 '완화초당 옆 개천'이라는 뜻에서 '완화계'로 불리게 되었다.

11 그 향기가 오랫동안 전해졌다[芳流百世] : '방류백세(芳流百世)'는 원래 일반적으로 '유

명대 소설집 『전등여화(剪燈餘話)』의 전수 이야기 대목

　우리 왕조의 홍무[12] 연간이었습니다. 광동廣東의 광주부[13] 사람으로, 전수田洙라는 사람이 살았지요. 그는 자가 맹기孟沂로, 부친 전백록田百祿을 따라 성도成都에 교관[14]으로 부임했습니다. 맹기는 풍류가 넘치고 인물이 훤한 데다가 재능과 학문이 남달랐습니다. 글씨·그림·거문고·바둑 같은

　방백세(流芳百世)'로 사용된다. 그러나 여기서는 앞 구절인 '명성이 한 시절에 높았다'의 '명중일시(名重一時)'와 대구로 만들기 위해서 순서를 뒤집어 놓은 것으로 이해하면 좋겠다.

12　홍무(洪武) : 명나라의 개국군주인 태조(太祖) 주원장(朱元璋, 1328~1398)이 1368~1398년까지 사용한 연호.

13　광주부(廣州府) : 명대의 지명. 지금의 광동성 광주시 일대에 해당한다.

14　교관(敎官) : 원·명·청대의 관직명. 각 부·주·현의 관학(官學)에서 교육을 관장한 교수(敎授)·학정(學正)·교유(敎諭)·훈도(訓導) 등의 관리들을 통틀어 일컫는 호칭.

것들도 어느 하나 정통하지 않은 것이 없을 정도였지요. 그래서 학당에서는 제생[15]들이 날마다 그와 어울리면서 친혈육처럼 아꼈답니다.

그로부터 한 해가 지났을 때 백록은 그를 데리고 고향집으로 돌아가게 되었습니다. 맹기의 모친은 그가 떠나는 것이 못내 아쉬웠지요. 더욱이 남편이 미관말직이다 보니 노잣돈을 구할 길이 막막하지 뭡니까. 그래서 백록은 학당의 몇몇 수재[16]와 상의한 끝에 그 지역에서 글방을 하나 찾아 아들과 앉혀 놓으면 주야로 글공부도 할 수 있고 학비를 받아 노자로 삼을 수 있겠다는 생각이 들었습니다. 이 수재들은 수재들대로 그를 붙잡고 싶은 마음이 간절했습니다. 그래서 성곽 부근의 대갓집인 장張씨댁을 찾아가서 글방의 훈장을 한 사람 초빙할 것을 요청했고, 사람들은 맹기를 장씨에게 적극적으로 추천했지요. 장씨는 계약서를 보내 내년 정월 원소절[17] 뒤에 글방에 도착하겠다고 약속했지요.

약속한 날이 되었을 때였습니다. 학당의 많은 유명한 젊은 친구들은

---

15 제생(諸生) : 원·명·청대에 관학에서 수학하는 선비(유생)들을 통틀어 일컫던 이름. 때로는 수재(秀才)를 가리키기도 한다.
16 수재(秀才) : 중국 고대에 선비들을 높여 부르던 호칭. '수재'는 한대(漢代) 이래로 인재를 발탁하는 절차로서 존재했으며, 당대(唐代)에도 과거시험 과목으로 존립하다가 나중에 폐지되었다. 당대의 제도를 계승한 송대에는 과거시험에 급제한 선비들만 한정해서 '수재'로 불렸지만 명대에는 과거시험에의 당락과는 상관없이 선비들에 대한 통칭으로 사용되기도 하였다.
17 원소절(元宵節) : 중국 고대의 명절들 중 하나인 음력 정월 대보름을 말한다. 때로는 상원절(上元節)·소정월(小正月)·원석(元夕)·등절(燈節) 등으로 불리기도 한다. 중국에서는 예로부터 연말연시에 등불과 연관된 민속활동이 많이 거행되었는데, 정월 대보름이 되면 사람들은 집집마다 문 앞에 등불을 내걸고 이 날의 명절 음식인 '원소(元宵)'를 먹으면서 등불을 감상했다고 한다. 원소절이 등불을 감상하는 '등절'로 정착된 것은 당대 중기부터이다.

다 함께 맹기를 장 씨댁으로 데리고 왔습니다. 백록은 백록대로 자진해
서 그를 데려갔지요. 장 씨댁 주인은 왕년에 운사[18]를 지내서 집안 형편
이 풍족했습니다. 그는 노광문老廣文이 걸출한 사람들을 여럿 데리고 집에
오자 무척 반가워하면서 술자리를 마련해 대접했지요. 그렇게 술자리가
끝나고 다들 흩어지고 나서 맹기는 글방에서 묵게 되었답니다.

명대의 서당(구영, 『소주청명상하도』)

이월의 화조일[19]이 되자 맹기는 부모에게 인사 차 고향으로 돌아가기
로 했습니다. 그래서 주인이 그에게 명절 선물로 두 냥을 주었지요. 맹기
는 소매 속에 넣고 걸어서 고향으로 향했습니다. 그런데 무심코 어떤 곳
에 이르렀을 때였습니다. 멀리 바라보니 복사꽃이 흐드러지게 피었지 뭡

---

18 운사(運使) : 중국 고대의 관직명. 일반적으로 수륙운사(水陸運使)·전운사(轉運使)·염
    운사(鹽運使) 등을 줄여서 부르는 호칭으로 사용된다.
19 화조일(花朝日) : 중국에서 음력 2월 12일이나 15일에 정한 온갖 꽃들의 생일을 말한다.

니까. 그래서 도중에 지나면서 보니 지경이 무척 외진 곳이었습니다. 맹기는 은근히 마음이 끌렸던지 잠시 멈추어 서서 경치를 감상했지요. 그러면서 문득 보니 복숭아 나무숲에서 웬 미인이 꽃 아래에 모습이 가려져 있는 것이 아닙니까.

맹기는 양갓집 여인임을 눈치채고 돌아볼 엄두도 내지 못하고 곧바로 그곳을 지나갔습니다. 그러면서도 멋을 내느라 소매를 늘어 뜨렸는데 그 서슬에 소매 속에 넣어 두었던 은자가 자기도 모르는 사이에 땅에 떨어져 버리는 것이었습니다. 그것을 본 미인은 자신의 시중을 드는 어린 여종더러 그것을 줍게 해서 맹기에게 돌려주었지요. 웃으면서 그것을 받은 맹기는 고맙다는 인사를 하고 작별을 했답니다.

이튿날, 맹기는 의도적으로 그쪽을 지나서 길을 갔습니다. 그런데 가만 보니 미인과 여종이 어제와 마찬가지로 대문 앞에 서 있는 것이 아닙니까. 맹기가 그 쪽을 바라보면서 문 앞을 지나가자 여종이 그를 가리키면서 말하는 것이었지요.

"어제 금을 흘린 도령님이 왔네요!"

그러자 미인은 몸을 빼서 대문 안으로 피하는 것이었습니다. 맹기는 여종을 보더니 이렇게 말했지요.

"어제 아가씨께서 호의로 떨어뜨린 금을 주워 주셨길래 오늘 일부러

… 고맙다는 인사를 드리러 왔소이다!"

그 말을 들은 미인은 그를 안채 대청으로 안내하도록 여종에게 이르는 것이었습니다. 명기가 몹시 반가워하면서 허둥지둥 옷차림과 모자를 바로잡고 문 안으로 들어갔더니 미인은 벌써 그를 마중 나와 있는 것이 아닙니까. 안채로 가서 서로 인사를 나누고 나니 미인이 먼저 입을 열었습니다.

"도령님께서는 혹시 … 장 운사 댁의 훈장이 아니신지요?"

그래서 맹기가 말했습니다.

"그렇습니다. 어제 글방에서 고향집으로 돌아가게 되어서 가는 길에 이곳을 지나게 되었지요. 그런데 뜻하지 않게도 물건을 흘린 것을 부인께서 호의를 베푸시어 시녀로 하여금 돌려주게 하셨으니 참으로 감격스럽습니다!"

"장 씨댁은 일가 친척이니 그 댁의 훈장님이 곧 우리 집 훈장님이신 셈입니다. (…) 금을 돌려 드린 것은 사소한 일입니다. 어디 인사를 받을 만한 일이라고요."

"부인 댁의 성씨가 어떻게 되십니까? 저희 주인 댁과는 어떤 친척이신지요?"

"저희 집안은 성이 '평平'입니다. 성도의 내력 있는 집안이지요. 저는 바로 문효방文孝坊에 사는 설 씨네 딸이온데, 평 씨댁 자강子康에게 출가했답니다. 그러나 불행하게도 지아비가 일찍 세상을 떠나는 바람에 저는 이곳에서 홀로 과부살이를 하고 있습니다. 도령님의 주인 댁은 바로 고향 이웃이자 인척 사이지요. 그러니 도령님은 한 집안과 다를 바가 없는 셈입니다!"

맹기는 '과부살이를 한다'는 말을 듣더니 더 이상 머물 엄두를 내지 못하고 차 두 잔을 마시자마자 일어나 작별인사를 고했습니다. 그러자 미인이 말하는 것이었지요.

"도령님…, 저희 집에서 밤을 쇠고 가시지요. 만약에 … 주인댁에서 도령님께서 이곳에 오셨는데도 제가 오래 모시고 후한 대접을 하지 못한 일을 알기라도 하시면 … 섭섭하게 여기실 텐데요."

그러더니 당장 여종에게 분부해서 어서 술과 음식을 준비하게 하는 것이었습니다. 이윽고 그녀는 두 번째 술자리를 마련하고 맹기와 마주보고 앉았습니다. 두 사람은 술자리에서 다정하게 술잔을 주고받았는데, 웃고 대화를 나누는 동안 미인은 방탕하게 희롱하는 말투가 역력했답니다. 맹기는 그녀가 장 씨댁의 가까운 인척임을 알고 나서는 아무리 온 몸이 근질거려도 각별히 몸을 사리면서[20] 드러내 놓고 방자한 모습을 보일 엄두를 내지 못하는 것이었지요. 그러자 미인이 말했습니다.

"듣자니 … 도령님께서는 호탕한 준걸이시라고 하던데 … 어째서 유생처럼 고지식한 모습을 보이십니까? (…) 제가 아무리 아둔하다고는 하지만 그래도 제법 시가를 압니다. 지금 지음^{知音}을 만났으니 추한 것을 사랑할 엄두는 낼 수 없으나 도령님과 함께 문필을 감상하고 시가를 주고받는 것이 도리입니다. (…) 도령님께서 상스럽게 여기지 않으신다면 저로서는 큰 다행이겠습니다!"

그리고는 여종을 시켜 당나라 때의 문필가들이 남긴 서예 작품들을 꺼내 오게 해서 맹기에게 보여 주었지요. 맹기가 첫 장부터 자세히 살펴보니 모두가 당나라 때 명사들의 진품 육필 시가들이었습니다. 그 중에서도 원진^{元稹}·두목^{杜牧}·고병^{高駢}의 작품들이 가장 많았는데 먹으로 쓴 흔적이 마치 방금 막 쓴 것 같지 뭡니까.[21] 맹기는 그것들을 어루만지고 감상하면서 손에서 놓지 못하는 것이었지요.

"이건 … 세상에서 보기 드문 보물들이로군요! (…) 부인께서 이런 작품들에 애정을 쏟으시다니 참으로 천고에 남을 풍류객이십니다!"

---

20 【즉공관 미비】嬬居而可茶可酒矣, 尚何拘束爲? 과부살이를 하면서도 차든 술이든 마실 수야 있다면 못할 일이 무엇이 있겠나?
21 【즉공관 미비】文趣勃然. 글씨에 대한 흥미가 대단하군.

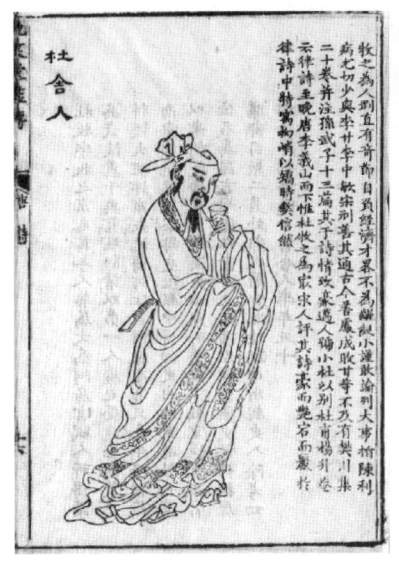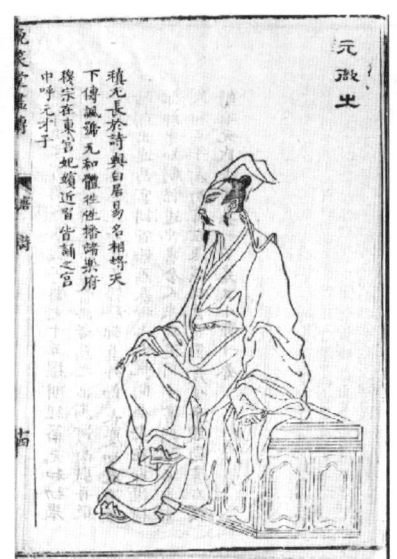

청대에 간행된 『만소당화전』의 두목(좌)과 원진(우) 초상

그러자 미인은 겸손하게 고맙다고 인사를 했습니다.

그렇게 두 사람이 재미 있게 이야기를 나누다 보니 어느새 벌써 이경[22]
이 넘었지 뭡니까. 맹기가 술을 사양하며 마시지 않자 미인은 그를 침실
로 안내하더니 베개와 이불을 건네면서 말하는 것이었지요.

"저는 오랫동안 홀로 지내 왔는데 이번에 고아한 도령님을 뵈오니 무
정하게 대할 수가 없군요. (…) 잠자리를 함께 하기를 바랍니다!"

"부탁을 드릴 처지는 못 되오나 … 참으로 바라던 바입니다[23]!"

---

22 이경[二鼓] : 밤 9시에서 11시 사이에 해당하는 '이경(二更)'을 말한다. 편의상 여기서는
"이경"으로 번역하였다.

옷을 벗고 잠자리에 든 두 사람은 물고기와 물처럼 환락을 즐기면서 그 사랑을 극진하게 나누었답니다.

그리고 나서 미인은 베개 맡에서 이렇게 간곡하게 당부했습니다.

"함부로 말을 옮기는 일이 없도록 하십시오. 만약에 … 주인 댁에서 알기라도 하면 우리 둘 다 명예와 절개를 모두 잃고 말 것입니다!"

이튿날, 그녀는 드러누운 사자의 모습으로 만든 옥 문진을 맹기에게 정표로 선물했습니다. 그리고 대문 밖까지 배웅해 주고 말하는 것이었지요.

"별 일 없으시면 들르도록 하십시오. 무정한 인간들을 배우지 마시고요!"

"그거야 당부하실 필요도 없지요!"

글방에 간 맹기는 주인을 속이고 말했습니다.

"노모께서 그리우신지 소생더러 꼭 좀 고향집에 돌아와서 머물라고 하십니다! (…) 소생, 그 당부까지 어기면서 이곳에 남을 엄두가 나지 않는군요. 앞으로는 일찍 글방에 왔다가 밤에는 집에 돌아가 보아야 될 것

---

23 부탁을 드릴 처지는 못 되오나~[不敢請耳, 固所願也] : 전국시대의 사상가인 맹자(孟子, BC372~BC289)의 『맹자』「공손축 하(公孫丑下)」에 나오는 말. 전국시대 제후들에게 착취 당하던 백성들의 처지를 동정하고 전쟁에 반대하면서 군주들이 백성들에 대한 착취와 억압을 줄이고 '왕도(王道)'와 '인정(仁政)'을 베풀어 줄 것을 요청할 때에 한 말이다.

같습니다."

그러자 주인은 그 말을 믿고 말했지요.

"편하신 대로 하시지요!"

이때부터 맹기는 장 씨댁에 있을 때에는 '집에 쉬러 간다'는 핑계를 대고 집에서는 '글방에서 잔다'고 둘러대면서 그 길로 밤이면 밤마다 미인의 처소로 가서 잠을 잤답니다. 꼬박 반년 동안을 그렇게 하는데도 그 사실을 아는 사람이 하나도 없었지요.

맹기와 미인은 꽃을 감상하고 달을 구경하기도 하고 술을 마시고 시를 읊기도 하면서 인간세상의 즐거움을 만끽했습니다. 두 사람은 그때마다 한쪽이 시가를 지으면 다른 쪽이 화답하는 식으로 연작시를 짓곤 했지요. 예를 들어 『낙화 24운落花二十四韻』·『월야 50운月夜五十韻』 같은 작품들은 서로 공교로움과 아름다움을 견주면서 그야말로 훌륭한 맞수가 되었답니다. 시들이 하도 많아서 손님들이 다 듣기 지겨우실까 봐서 일일이 들려 드릴 수는 없고 … 두 사람이 지은 『사시 회문시四時回文詩』 한 편만 한 번 읊어 드리도록 하겠습니다. 미인의 시는 이렇습니다.

봄	春
보드라운 꽃송이 몇 가지 곁에 포개져 있고	花朵幾枝柔傍砌,

가녀린 천 가닥 버들가지 바람에 흔들리네.　　柳絲千縷細搖風.
밝은 노을 진 고개 중턱에서 해 기울고　　　　霞明半嶺西斜日,
달 뜬 외로운 마을에는 소나무 한 그루.　　　月上孤村一樹松.

여름　　　　　　　　　　　　　　　　　　　夏
서늘함 감도는 푸른 대자리에서 빙인은 차고　　涼回翠簟氷人冷,
이 시리는 맑은 샘물에 여름달은 차구나.　　　齒沁淸泉夏月寒.
향 연기는 바람 타고 맑게 하늘거리고　　　　香篆裊風淸縷縷,
종이창의 밝은 달은 환하고 둥그렇구나.　　　紙窓明月白團團.

가을　　　　　　　　　　　　　　　　　　　秋
갈대꽃 물가에 덮이니 가을물 하얗고　　　　蘆雪覆汀秋水白,
버들바람 시든 나무에 부니 저녁 산이 푸르네.　柳風凋樹晩山蒼.
홀로 잠들었던 나그네 빈 글방에서 놀라 깨고　孤幃客夢驚空館,
외로운 기러기 먼 고향집에 서신 전해 주누나.　獨雁征書寄遠鄕.

겨울　　　　　　　　　　　　　　　　　　　冬
날 춥고 비 찬데 아침에 문 닫혔더니　　　　天凍雨寒朝閉戶,
눈 내리고 바람 차매 밤에 성문 잠그네.　　　雪飛風冷夜關城.
붉게 타오르는 숯불로 화롯가 따뜻하고　　　鮮紅炭火圍爐煖,
연푸른 사발에 부은 차는 맑기도 하네.　　　淺碧茶甌注茗淸.

이 시를 어째서 '회문'[24]이라고 부르는지 아십니까? 순서대로 차례로 읽든 뒤에서부터 거꾸로 읽든 간에 한결같이 뜻이 통하기 때문이지요. 그런데 이렇게 자연스러운 자들은 거의 보기 드물 정도로서, 고수가 아니고서는 불가능하답니다. 미인이 순식간에 한 편을 뚝딱 지어 내자 맹기 역시 시에 화답하는 시 네 편을 다음과 같이 지었답니다.

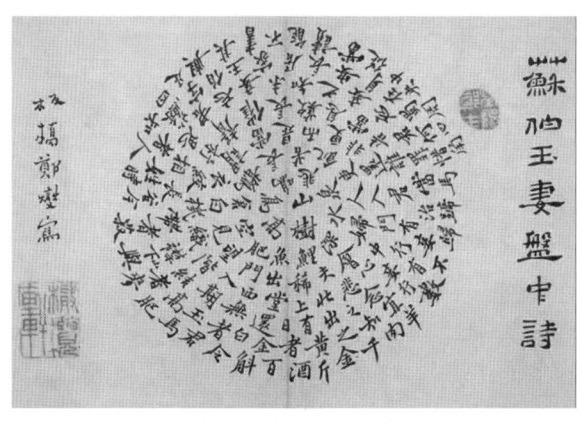

회문시 예시. 서진시기 소백옥(蘇伯玉)의 아내가 지었다는 「반중시(盤中詩)」

봄	春
꽃나무의 붉은꽃에 비 지나가고	芳樹吐花紅過雨,
발 안 들어온 버들솜은 하얗게 바람에 놀랐나.	入簾飛絮白驚風.
누렇게 새벽 동 트니 푸른빛 버들나무에 퍼지고	黃添曉色靑舒柳,
분 가루 맑은 향의 눈이 소나무 덮고 있네.	粉落晴香雪覆松.

---

24 회문(回文) : 중국의 전통적인 수사 기법. 일반적으로 시를 지을 때에 첫 구절부터 마지막 구절까지 순서대로 읽어도 뜻이 통하고 거꾸로 마지막 구절부터 첫 구절까지 읽어도 말이 되도록 짓는 것을 말한다.

여름　　　　　　　　　　　　　　　　　　夏

외가 항아리 시원한 물에 뜨니 더위 씻고　　瓜浮甕水涼消暑,

연뿌리 푸른 얼음 쟁반에 포개매 추위를 씹네.　藕疊盤氷翠嚼寒.

섬돌 곁 비스듬한 돌 뚫고 빽빽이 죽순 솟고　斜石近堦穿笋密,

작은 못 늘어진 잎새로 둥그런 연꽃 드러나네.　小池舒葉出荷團.

가을　　　　　　　　　　　　　　　　　　秋

남은 돌에 붉은 서리 묻은 잎 나오고　　　　殘石絢紅霜葉出,

얇은 이내 차가운 나무에 끼어 저녁숲 푸르네.　薄烟寒樹晚林蒼.

난새 서신에 한 부치며 수줍게 눈물로 봉하고　鸞書寄恨羞封淚,

나비꿈 시름에 놀라 깨어 두려워 고향 생각하네.　蝶夢驚愁怕念鄕.

겨울　　　　　　　　　　　　　　　　　　冬

바람이 눈 흩는데 찬 배에서 낚시 마치고　　風捲雪蓬寒罷釣,

달이 서리에 비치매 찬 딱따기로 성 두드리네.　月輝霜柝冷敲城.

짙은 향의 술 노을 잔에 가득 차고　　　　　濃香酒泛霞杯滿,

옅은 그림자 매화 종이 휘장에 맑게 펼쳐지네.　淡影梅橫紙帳淸.

　　맹기가 이렇게 화답하자 미인은 몹시 기뻐하는 것이었지요. 그야말로 유능한 남자와 아름다운 여자가 서로 의기가 투합되니 그 즐거움이란 이루 형용할 수조차 없을 정도였습니다.

그러나 '좋은 물건은 단단하지 못한 법'[25]이어서 언젠가는 헤어질 날이 있기 마련입니다. 그러던 어느 날이었지요. 장운사는 우연히 학당을 지나가다가 노광문인 전백록을 보고 말했습니다.

"아드님이 밤마다 댁에 돌아가니 오가는 데에 얼마나 고생이 많겠습니까? 차라리 예전처럼 저희 집에서 지내게 하시면 수월하지 않겠는지요."

그래서 백록이 말했지요.

"글방을 연 뒤로 줄곧 공의 댁에만 있었는데요? 나이 든 내자가 지난번에 병이 드는 바람에 며칠 머문 적은 있습니다마는 … 근래에는 집에 쉬러 온 적이 한 번도 없었는데 … 그게 무슨 말씀이십니까?"

장운사는 그 속에 곡절이 있음이 분명하다는 것을 눈치챘습니다. 그러나 맹기에게 방해가 될까 봐서 내막을 다 털어 놓을 엄두를 내지 못하고 작별했지요.

이 날 밤, 맹기가 '집에 가 보겠다'고 말하자 장운사는 그에게 사실대로 이야기하지 않고 글방에서 부리는 종복을 시켜 그의 뒤를 미행하게

---

25 좋은 물건은 단단하지 못한 법[好物不堅牢] : 당대의 유명한 시인인 백거이(白居易)의 시에 나오는 말. 그는 「간간음(簡簡吟)」에서 "대부분 좋은 물건은 단단하지 못하며, 오색구름은 취약한 유리처럼 흩어지기 쉬운 법이라네[大都好物不堅牢, 彩雲易散琉璃脆]"라고하여 세상에서 영원히 변하지 않는 것은 없다고 설파하였다. 원대 극작가 정덕휘(鄭德輝)가 지은 잡극 희곡『천녀이혼(倩女離魂)』제1절에서는 "시쳇말에도 '좋은 일은 오래가지 못한다'는 말이 있지요(常言道, 好事不堅牢)"라고 표현을 달리 하였다.

했습니다. 그런데 반쯤 왔을 때 갑자기 그의 모습이 보이지 않지 뭡니까. 종복이 쫓아가서 그를 찾아보았지만 도무지 행방을 찾을 수가 없었지요. 그래서 돌아와서 장운사를 보고 그대로 보고했습니다.

"그가 젊어서 방탕하
다 보니 … 홍등가에 간
것이 분명하다!"

"그 쪽 길에 언제 기
방 같은 것이 있었습니
까요?"

"그의 학당에 좀 가
서 물어 보게나."

"날이 저물어서 성문
을 닫으면 못 나올 텐
데요."

"전 씨댁에서 묵고
내일 아침에 내게 보고
하러 오면 되지 않느냐?"

청대의 『만소당 화전』의 백거이 초상

날이 밝자 종복이 보고하러 왔는데 하는 말이 학당에는 돌아온 일이 없지 뭡니까.

'그럼 어디를 … 간 걸까?'

이렇게 의아하게 여기고 있을 때였습니다. 마침 맹기가 왔길래 운사가 물었지요.

"선생은 간밤에 … 어디서 묵으셨소이까?"

"집에서요."

"그럴 리가 있나! 제[26]가 어제 사람을 시켜 선생이 귀가하는 길을 따라가게 했었소. 그런데 반쯤 갔을 때 선생이 보이지 않더랍니다. 종복이 학당까지 가서 물어 보았더니 선생이 댁에 간 적이 없다고 했다는구려. 그런데 어째서 그런 말을 하시오?"

"도중에 어떤 벗과 마주쳐서 … 그 집에 가서 이야기를 나누다가 날이 어두워지고 나서 집으로 돌아갔답니다. 그래서 댁의 종복이 미처 확인하

26　제[學生] : '학생(學生)'은 일반적으로 '학교에 다니는 사람(student)'의 의미를 나타내는 말이지만 원·명·청대에는 학당에 다니거나 학문을 하는 사람이 자신을 겸손하게 낮추어 부르는 호칭(겸칭)으로 사용되기도 하였다. 여기서도 자신을 낮추어 부른 경우이므로 '저'의 의미로 번역하였다.

지 못한 게지요."

그래서 종복이 이렇게 말했습니다.

"쇤네 어젯밤에 상공 댁에서 묵고 이제 막 돌아왔습니다요. 전 나리께서는 제 말을 들으시더니 몹시 놀라고 당황하시면서 직접 확인하러 오겠다고 하시던데요. 헌데 상공께서는 어째서 댁에 계셨다는 말씀을 다 하십니까요?"

맹기는 얼버무리다 못해 얼굴빛이 완전히 질려 버리는 것이었습니다. 그래서 운사가 말했지요.

"선생, … 혹시라도 다른 사유가 있다면 사실대로 이야기함이 옳소이다!"

그 말을 들은 맹기는 숨길 수 없다는 것을 눈치챘습니다. 그래서 하는 수 없이 평 씨네 설씨를 만난 일을 자세히 이야기해 주고 나서 말했지요.

"이 일은 … 댁의 친척 분이 붙잡는 바람에 그렇게 된 것이지 … 소생이 함부로 그런 무례한 일을 벌인 것이 아닙니다!"

그런데 장운사가 말하는 것이었습니다.

"우리 집안에 언제 이곳에 친척이 산 적이 있다고. 게다가 … 친척들 중에도 평씨는 없소이다! 귀신이 해코지를 하는 것이 분명하외다! (…) 이제 선생은 자중자애하시고 다시는 가시면 안됩니다!"

맹기는 말로는 그러마고 대답했습니다. 그러나 속으로야 어디 그의 말을 믿을 턱이 있겠습니까? 저녁에 또 미인 집에 갔다가 미인을 보고 행적이 이미 탄로났다는 이야기를 모두 털어 놓았지 뭡니까. 그러자 미인이 말하는 것이었지요.

"저는 벌써 알고 있었답니다. 도령님께서는 원망도 후회도 하실 필요가 없습니다. 저승에서의 운이 다 된 것뿐이니까요!"

그녀는 맹기와 실컷 술을 마시고 한껏 환락을 즐겼습니다. 그리고 날이 밝자 울면서 맹기를 보고 말했습니다.

"이제는 영원히 이별이로군요!"

그녀는 쇄묵 옥필관[27] 한 자루를 꺼내서 맹기에게 주면서 말했지요.

"이건 당나라 때 물건입니다. 도령님께서 조심해서 몸에 지니면서 기

---

27 쇄묵 옥필관(灑墨玉筆管) : 붓의 종류. 글자 그대로 직역하자면 '먹을 뿌린 것 같은 얼룩이 진 옥으로 만들어진 붓' 정도로 번역할 수 있다.

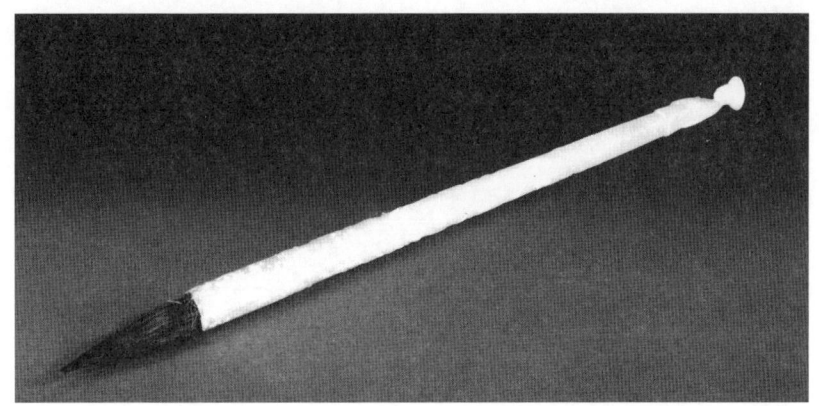

명대의 옥 필관. 붓 심지를 필관 구멍에 끼워서 글씨를 썼다

념으로 삼아 주십시요!"

그리고는 눈물을 흘리면서 작별하는 것이었습니다.

저쪽의 장운사는 맹기가 밤에 떠날 것이 분명하다고 여기고 사람을 시켜 지켜보게 했습니다. 그런데 정말 글방에 없지 뭡니까. 그러자 운사가 말했지요.

"선생의 이번 일은 기필코 진상을 밝혀야 한다. 주인인 우리의 명예가 달렸으니! 그 부친에게는 알려 드리지 않으면 안된다!"

그리고는 걸어서 학당으로 가서 맹기의 일을 자세하게 백록에게 알려 주었지요. 그러자 백록은 벌컥 성을 내더니 학당의 문지기를 하나 불러 장 씨댁 글방 종복과 함께 글방으로 가서 맹기를 불러 오게 했습니다. 맹기는 그제서야 미인과 작별하고 장 씨댁으로 돌아와서 생각했지요.

'그녀가 영원히 헤어지게 되었다고 한 것은 소문이 날까 걱정했던 것일 뿐이지! 나는 끈기를 가지고 한 동안 근신하다가 다시 가 보아야겠다. 어쩌면 … 그래도 다시 만날 수 있을 지도 모른다!'

이렇게 망설이고 있을 때 부친의 명령이 와서 따라서 돌아갈 수밖에 없었습니다.
백록은 그를 보자마자 호통을 치면서 말했지요.

"네 놈이 글공부는 하지도 않고 밤마다 어디를 싸돌아 다닌 게냐!"

맹기는 장운사도 집에 함께 있는 것을 보고 나니 할 말이 없었지요. 백록은 그가 말을 하자 지팡이를 가져다가 머리를 때리면서 말했습니다.

"그래도 사실대로 털어 놓지 못할까?"

어쩔 수 없게 된 맹기는 하는 수 없이 그녀와 만나게 된 사연과 연작시를 베껴 놓은 공책이며 선물로 받은 문진과 필관 두 물건을 모두 다 꺼냈습니다.

"이렇게 아름다운 이이다 보니 반하지 않을 수가 없었습니다! 소자를 나무라지 마십시오."

　백록은 그것들을 넘겨받아 하나씩 살펴보았습니다. 그러다가 그 옥의 빛깔을 보니 땅에서 나온 몇백 년 전의 물건이지 뭡니까. 필관에는 전서 篆書로 '발해 고씨 청완渤海高氏淸玩'이라는 여섯 글자가 새겨져 있는 것이었 지요. 이번에는 시들을 열어서 첫 장부터 자세히 읽더니 자기도 모르게 탄복하고 말았습니다. 그는 장운사를 보고 말했지요.

전서체로 재구성한 '발해 고씨 청완' (오른쪽에서 왼쪽으로)

　"물건도 희귀하고 신기한 데다가 시 또한 뛰어나군요. 그러니 어찌 평 범한 귀신이겠습니까? 우리가 이 못난 아들놈과 함께 직접 그곳으로 가 서 그 행방을 좀 조사해 보아야 겠습니다."

　그리고는 세 사람이 함께 성 밖으로 나왔지요. 복숭아나무 숲까지 거 의 다 왔을 때였습니다. 맹기가 말하는 것이었지요.

"이곳입니다!"

그래서 앞으로 다가가 보더니 맹기가 놀라면서 말하는 것이었습니다.

"어째서 … 집이 모두 사라져 버린 것일까요?"

백록과 운사도 고개를 들고 바라보았지요. 그런데 가만 보니 물은 파랗고 산은 푸르며 복숭아나무가 빽빽하게 우거져 있고 가시나무 속에 무덤이 여러 개 보이는 것이 아닙니까. 장운사는 고개를 끄덕이더니 이렇게 말하는 것이었습니다.

"그랬군, 그랬어! (…) 이곳은 당나라 때의 기생 설도의 무덤으로 알려진 곳이올시다.[28] 후세사람이 정곡[29] 시의 '작은 복사꽃 나무 숲이 설도의 무덤을 둘러싸고 있네小桃花繞薛濤墳' 구절이 있는 것에 착안하여 복숭아나무를 백 그루 심고 봄마다 거닐면서 꽃을 감상하던 곳이지요. (…) 아드님이 만난 것은 설도가 분명합니다!"

---

28 【즉공관 미비】一段佳話乃爲俗主, 俗父所敗. 한 편의 미담을 속물 주인과 속물 아비가 망치고 말았군!
29 정곡(鄭穀, 851?~910?) : 당대 말기의 시인. 자는 수오(守愚)이며, 지금의 강서성 의춘시(宜春市) 원주구(袁州區) 사람이다. 당나라 희종(僖宗) 때에 진사로 급제하고 도관낭중(都官郞中)을 지내서 '정도관(鄭都官)'으로 불렸다. 때로는 당시 사람들로부터 큰 인기를 모은 그의 「자고시(鷓鴣詩)」에 착안하여 '정자고(鄭鷓鴣)'로 불리기도 하였다. 이 이야기에 언급된 설도 관련 시는 "촉 땅에서[蜀中]"라는 제목으로 지어진 연작시들 중의 한 편이다.

그래서 백록이 말했지요.

"어째서입니까?"

"출가한 집이 평平씨로 자강子康이라고 그녀가 말했다니 분명히 평강[30] 골목일 테지요. 또, … 문효방文孝坊 이야기도 했다는데 … 이 성내에는 그런 구역이 전혀 없습니다. '문효'란 바로 '가르칠 교教'자입니다. 교방教坊[31]을 말하는 것이 분명하지요! (…) 평강항의 교방이라면 바로 당나라 때에 기생들이 살던 곳입니다. 그런데 지금 '설씨'라고 했다니 … 설도가 아니면 누구이겠습니까? 더욱이 … 붓에 '고씨'라는 글자가 새겨져 있다고 했지요. 그것은 바로 서천 절도사西川節度使 고병高駢을 말합니다. 고병이 촉 땅에 있을 때 설도가 큰 총애를 받았지요. 그러니 두 물건은 그가 설도에게 선물한 것임에 틀림이 없지요! (…) 설도는 죽은 지 오래 되었건만 그 넋이 이렇듯 그대로 남아 있었던 것입니다. (…) 이 일은 더 이상 따져 볼 필요가 없겠군요!"

---

30 평강(平康) : 중국 고대의 장안(長安, 지금의 서안시)에 있었던 홍등가 이름. 오대(五代) 시대의 왕인유(王仁裕, 880~956)가 지은 『개원천보유사(開元天寶遺事)』에 따르면, 당대에 "장안에는 평강방이 있었는데 기녀들이 거주하는 구역으로 도성의 젊은 의협들이 이곳으로 몰려들었고, 또 해마다 급제한 새 진사들도 붉은 종이를 가지고 그 구역을 순례하여 당시 사람들이 그 곳을 '풍류의 요람'이라고 일컬었다[長安有平康坊, 妓女所居之地, 京城俠少萃集於此, 兼每年新進士, 以紅箋名紙遊謁其中, 時人謂此坊爲'風流藪澤']"고 한다. 이로부터 '평강' 또는 '평강리(平康里)'는 기방이나 화류계를 가리키는 말로 사용되기 시작하였다.

31 교방(敎坊) : 중국 고대의 관청 이름. 당나라 현종(玄宗) 때 가무나 음악을 담당한 예인들을 관리하는 관청으로 설치되었으며, 명대에는 관청의 연회에서 가무나 음악으로 술자리 시중을 드는 관기(官妓)들을 관리하였다.

고병 초상

백록은 운사의 말이 아주 정확하다는 것을 깨달았습니다. 그래서 아들이 그래도 미련을 버리지 못할까 걱정하여 그를 광동廣東으로 돌려보냈지요. 나중에 맹기는 진사[32]가 되었는데 늘 사람을 만날 때마다 그 이야기를 하면서 옥으로 된 두 물건을 증거로 삼곤 했답니다. 그러나 아무리 그리워했지만 다시는 그녀를 만날 수가 없었지요. 지금도 '전수가 설도를 만난' 이야기가 전해지고 있답니다.

소생이 어째서 이 귀신 이야기를 들려 드렸는지 아십니까? 촉 땅의 여

---

32 진사(進士) : 중국 고대에 과거시험의 최종단계에서 급제한 사람에게 수여되던 칭호. 명대에 과거의 본 시험은 향시(鄕試)·회시(會試)·전시(殿試)의 세 단계로 구분되어 있었다. 향시에 통과하면 거인(擧人)의 자격을 수여하였다. 회시는 공거(貢擧)라고도 하여 이에 응시하려면 그 직전에 시행하는 거인복시(擧人覆試)에 합격되어 등록을 해두어야 하였다. 향시는 삼 년에 한 회, 즉 십이간지(十二干支)에서 자(子)·묘(卯)·오(午)·유(酉)가 들어가는 해의 8월에 실시되었고, 각각 그 다음해 3월에 전국의 거인을 북경과 남경의 공원(貢院)에 모아 회시를 실시했는데, 이 과정에서 약 1만 명 중에 200~300명이 합격되었다. 응시자들은 최종적으로 궁중에서 시행하는 전시를 보게 되며, 이 시험에 급제하면 진사라는 칭호가 부여되었다.

자들이 예로부터 재능이 많기로 정평이 나 있기 때문이지요. 문군[33]과 소군[34]을 예로 들면, 두 사람 모두 촉 땅 태생으로 글재주가 있었습니다. 그러니 설도 역시 한낱 기생일 뿐이었지만 살았을 적에 그 시의 명성은 당시의 가객들에 못지 않았고, 죽고 나서도 여전히 시에 대한 열정이 왕성했던 것이지요. 이 역시 촉 땅 산천의 **빼어난** 기운 때문입니다. 당나라 사람의 시에 이런 말이 있습니다.

금강은 번쩍이고 아미산[35]은 수려하니　　錦江膩滑峨眉秀,

문군과 설도도 귀신 되어 나타나네.　　　　幻出文君與薛濤.

이 이야기는 참으로 천고를 갈 정도의 미담이라고 하겠습니다.

황숭하[36]의 딸이 사내처럼 차려 입고 재상부의 관속을 지낸 일의 경우

---

33 문군(文君) : 전한의 문장가 사마상여(司馬相如, BC179~BC117)의 아내인 탁문군(卓文君)을 말한다. 임공(臨邛)의 부자 탁왕손(卓王孫)의 딸로, 음률에 정통하였다. 마침 탁왕손의 초대를 받아 술을 마시던 사마상여는 거문고로 「봉구황(鳳求凰)」이라는 곡을 연주하여 문군의 마음을 사로잡아 야반도주 하였다. 나중에 부부가 재산을 처분하고 임공 저자거리에 술집을 열자 그 소식을 들은 탁왕손은 어쩔 수 없이 문군에게 재산을 나누어주고 두 사람의 혼인을 인정해 주었다고 한다.

34 소군(昭君) : 중국 고대의 4대 미녀의 한 사람인 왕소군을 말한다. 남군(南郡, 지금의 호북성 형주시)의 양가집 딸로, 성이 왕(王), 이름이 장(嬙)이며 한나라 원제(元帝)의 후궁으로 들어갔다. 그러나 황제의 총애를 받지 못하고 황제의 명령으로 흉노(匈奴)의 호한야 선우(呼韓邪單于, ?~BC31)에게 출가하여 왕비인 연지(閼氏)가 되었으며, 호한야 사후에는 그 아들인 복주루 선우(復株累單于)에게 재가하였다. 왕소군은 세월이 흐름에 따라 흉노와의 화친정책에 희생된 비극적 여주인공으로 미화되었다. 왕소군의 슬픈 사연은 이 설화가 민간에 전해진 후로 중국문학에 다양한 소재를 제공하여, 한대의 악부(樂府)로부터 역대 문학가들에 의해 그녀를 소재로 한 시가·소설·희곡들이 지어졌다.

35 금강(錦江) & 아미산(峨眉山) : 사천성 성도시를 흐르는 강과 산의 이름.

아미산의 풍광을 그린 명대 화가 송욱(宋旭)의 『아미만옥(峨眉萬玉)』

는 지금 『여장원』[37]이 세간에 전해지고 있는데, 역시 촉 땅의 이야기입니다. 이로써 촉 땅의 여자들에게 재능이 많은 것은 예로부터 그러했음을 알 수가 있는 셈이지요. 지금까지 사천 지역 풍속에는 여자라도 어려서

---

36 황숭하(黃崇嘏) : 당대의 여류 시인. 사천성 임공(臨邛) 사람으로, 서른이 다 되도록 출가하지 않고 남장을 즐겼다. 소종(昭宗) 때 실수로 불을 낸 죄로 하옥되자 직접 시를 써서 자신의 무죄를 호소하면서 향시 진사를 자처하였다. 그 시를 보고 그녀를 석방한 유사부사(留司府事) 주상(周庠)은 그녀를 섭부사호참군(攝府司戶參軍)으로 천거하고 이어서 자신의 딸을 주어 혼인시키려 한다. 그제서야 자신이 여자임을 밝힌 황숭하는 벼슬을 버리고 고향으로 돌아가 은거했다고 한다.

37 『여장원(女狀元)』 : 명대의 극작가이자 서화가인 서위(徐渭, 1521~1593)가 지은 잡극 희곡 제목. 사천지방의 재능이 남다른 여자 황숭하가 사내처럼 옷을 차려 입고 과거시험을 보고 장원으로 급제한 이야기를 다루었다.

부터 스승을 모셔 학당에 가서 남자와 똑같이 글공부를 한다고 합니다. 거기다가 시험을 보고 관립 학당에 들어가 학생이 되기도 하지요. 다른 지방에서라면 어찌 엄청나게 기이한 일이 아니겠습니까?

　이번에는 어떤 집안 자제의 이야기를 들려 드릴 텐데 완곡하고 기이하여 아주 들어 볼 만합니다.

서위(徐渭)의 초상과 그가 지은 잡극 『사성원(四聲猿)』 희곡

예로부터 여자는 규방을 지켜 왔나니	從來女子守閨房,
학당 다니는 여인이 몇이나 있었더냐?	幾見裙釵入學堂.
글과 무예는 남자만 배우는 학문으로 여기고	文武習成男子業,

혼사조차 혼자서 의논하곤 하지요.　　　　　婚姻也只自商量.

　　이야기를 들려 드리도록 하겠습니다. 사천 땅 성도부의 면죽현[38]에 무
관武官이 한 사람 살았습니다. 성이 문圞, 이름이 확確으로, 바로 해당 위衛
의 세습직 지휘[39]였지요. 그는 두 단계의 무과에 급제하여 벼슬이 참장[40]
에 이르렀는데 마침 그 지방에 주둔하고 있었습니다. 그는 집안 형편이
부유하고 성품은 호탕하고 사치스러웠습니다. 본처는 이미 세상을 떠나
고 집에는 소실들이 좀 있었는데 다들 악기를 다루거나 가무를 할 줄 알
았지요. 그에게는 아들이 하나 있었는데, 소실 소생으로 아직 만으로 세
살이 되지 않은 상태였습니다.

　　그리고 딸이 하나 있었습니다. 나이가 열일곱 살로, 이름이 비아鼻娥인
데, 절세의 자태를 지니고 있었지요. 그런데도 장군 집안의 장군감으로
서 어릴 적부터 무예를 잘 익혀 말을 타고 활을 쏘기를 아주 잘 했답니
다. 그야말로 백 걸음 떨어진 곳에서도 버들잎을 관통시킬 정도였지요.
그래서 외모가 아름답기는 해도 그 뜻은 남자를 능가할 정도였지 뭡니
까. 그녀는 처음에는 부친이 무관 출신으로서 외부 사람들의 지목을 받
는 것을 보고 '무인의 집안은 자제가 학교를 다녀야만 유가의 사대부와

38　면죽현(綿竹縣) : 중국 고대의 지명. 지금의 사천성 성도시에서 관할하는 면죽시에 해당
　　한다. 수나라 양제의 대업(大業) 2년(606)에 효수현(孝水縣)을 고쳐 설치했으며 원나라
　　지원(至元) 13년(1276)에 철폐되었다가 나중에 다시 설치되었다.
39　지휘(指揮) : 원래 오대시기와 송대에 500명의 보병으로 편성된 군대를 일컫는 명칭이었
　　다. 나중에는 그 보병들을 통솔하는 군관인 지휘사(指揮使)에 대한 약칭으로 사용되기도
　　하였다.
40　참장(參將) : 명대의 관직명. 정3품의 무관직으로, 그 지위는 총병(總兵) · 부총병(副總
　　兵)보다 낮았다.

친분을 맺어 남들에게 모욕을 당하지 않을 수가 있다'고만 말하는 것이었습니다. 그러나 동생이 아직 어려서 장성할 때까지 기다릴 수가 없는지라 늘 남자로 변장하고 학당에 가서 글공부를 했지요. 그렇게 바깥을 다닐 때에는 무조건 젊은 나이의 학생으로 지내다가도, 집 내실에 도착하기만 하면 그제서야 여자 차림으로 바꾸었지요. 그렇게 하기를 몇 해 동안 하니 정말로 공부로 박학다식해지고 경전과 역사에 두루 통달하기에 이르렀습니다. 그것 역시 촉 땅에서는 일상적인 일이었습니다. 그래서 제학[41]이 행차하기라도 하면 그녀도 '승걸勝傑'이라는 이름으로 참여했지요. '호걸이나 남자를 능가한다'는 뜻이었습니다. 그녀는 자字를 준경俊卿으로 정하고 보통 사람들과 마찬가지로 무리에 섞여서 동생[42] 시험을 보러 갔다가 단번에 학당에 들어가서 수재가 되었답니다.

그녀는 사내 차림을 하도 오래 전부터 해 온지라 남들이 다들 그녀를 문 참장댁 도련님으로 여겨서 그가 진학하자 다들 축하인사를 하러 왔지 뭡니까. 부와 현에서도 그녀를 맞이하고 집까지 배웅해 주니 참장은 참장대로 내친 김에 한편으로는 기뻐하면서 잔치를 열어 주었답니다. 대체로 무관의 집안에서는 수재 되기가 무척 어려웠습니다. 그렇다 보니 이

---

41 제학(提學) : '제독학정(提督學政)'을 줄인 말로, 명대의 시험 감독관을 말한다. 명대 영종(英宗)의 정통(正統) 원년(1436)에 북경과 남경 두 도읍과 지방 행정 관청인 십삼 포정사(十三布政司)에 각각 제독학정관을 두고, 관학 생원(生員, 수재)들을 대상으로 시험을 실시하고 평가 · 퇴출 등의 업무를 관장하게 하였다. 두 도읍에서는 어사(御史)가, 포정사에서는 안찰 첨사(按察僉事)가 맡게 했고, 삼 년마다 한번 임명하고 임기내에 세고(歲考) · 과고(科考)라는 이름으로 관학의 생원들에게 두 번 시험을 보게 했다고 한다.
42 동생(童生) : 명대에 과거시험에 응시하기 위하여 글공부를 하는 사람들을 두루 일컫던 이름. 연령과는 상관없이 생원의 자격을 얻기 위한 과거를 보지 않았거나 그 시험에서 낙방한 선비들은 일률적으로 '동생' 또는 '유동(儒童)'이라고 불렸다고 한다.

때부터 참장은 관아와 왕래하고 도와주는 이가 생겨서 위풍이 당당했지요. 그래서 안팎이든 크고작은 사람들이 그녀가 딸과 같은 사람임을 잊고 무슨 일이든 어김없이 그녀를 돕곤 했답니다.

그런 그에게는 함께 공부하는 벗이 있었습니다. 하나는 위조魏造라고 하며 자가 찬지撰之였고, 하나는 두억杜億이라고 하며 자가 자중子中이었지요. 두 사람은 재능과 학식이 출중하고 영특하고 진취적인 젊은이로서, 문준경과는 서로 뜻이 잘 통하고 학업도 서로 도움을 주었답니다. 더욱이 나이가 비슷해서[43] 위찬지는 나이가 열아홉 살로, 문준경보다 두 살이 위였지요. 두자중은 문준경과 동갑이지만 문준경이 달수가 더 많았습니다.

세 사람은 한 집안 형제와도 같이 아주 사이가 좋았습니다. 그래서 그는 학당의 같은 학사에서 다함께 글공부를 하기로 약속했지요. 그런데 두 사람은 그럴 마음이 없어서 그저 짝지 같은 좋은 친구로만 여겼답니다. 그렇지만 문준경은 두 사람 중에 하나를 골라 출가할 생각을 가지고 있었습니다. 그녀가 두 사람을 비교해 보고 거기다가 두자중이 같은 해에 태어난 것을 고려해 보니 매사가 서로 좀 비슷한 것 같았지요. 용모역시 그가 더 수려해서 더더욱 마음에 들었던지 위찬지보다는 더 각별히 마음이 잘 통했습니다. 두자중은 준경이 생각도 바르고 풍채도 훌륭한 것을 보고 늘 이렇게 말하곤 했답니다.

---

43 【즉공관 미비】久假不歸, 俱當妙齡, 而以一雌伴兩雄, 得無□虞乎? 오랫동안 휴가를 가서 돌아오지 않았고, 세 사람 모두가 묘령이다. 그런데 여자 하나가 두 남자와 짝이 되었는데 □한 유려가 없을 수가 있겠나?

"나와 인형 둘 다 남자로 태어난 것이 유감이올시다. 내가 여자였다면 인형한테 출가했을 것이고, 인형이 여자였다면 인형을 아내로 맞아 들였을 텐데 말이오!"

그 말을 들은 위찬지는 이렇게 농담을 했습니다.

"요즘 세상에는 남색이 성행하여 남녀가 뒤바뀌어 버린 지가 오래 되었소이다.[44] 그러니 남자끼리 부부의 인연을 맺지 못할 것은 또 뭐가 있겠소?"

그래서 문준경이 정색을 하면서 말했지요.

"우리들은 모두가 공자 문하의 자제들입니다. 문예로 서로 인연을 맺고 서로가 몹시 애지중지하니 재미 있는 일이 아니고 무엇이겠습니까? 만약에 음탕한 것만 생각하고 있다면 그 얼굴과 눈을 어디에 둔단 말씀이십니까? 우리들은 당당한 남자올시다.[45] 누가 몸을 개구쟁이처럼 함부로 다루려 하겠습니까? (…) 위형께서 벌로 한 턱 내셔야 되겠습니다!"

그러자 위찬지가 말했습니다.

---

44 【즉공관 방비】 況不必傾倒耶. 하물며 거기에 치우칠 것도 없지 않은가.
45 【즉공관 방비】 人苦不自知. 남의 고충을 스스로 알지 못하는 법.

"방금 듣자니 자중이 준경을 사모하면서 자신이 여자였으면 좋겠다고 하더구려. 그래서 농담을 해 본 것이요. 만약에 준경이 남색을 즐기지 않는다면 자중 역시 몸을 바꿀 마음을 먹지 않았겠지요."[46]

그래서 두자중이 말하는 것이었습니다.

"나는 원래 양쪽으로 말씀을 드린 게요. 지금은 절반만 말씀드렸을 뿐인데 나를 난처하게 만드시는군요!"

"누가 두형더러 우리 셋 중에서 가장 어리라고 합디까? 막내니까 당연히 좀 낭패를 당하셔야지!"

위찬지가 이렇게 말하자 다들 한 바탕 웃는 것이었습니다.

준경이 집으로 돌아와서 남자 옷을 벗으니 역시 영락 없는 여자였습니다. 그녀는 혼자서 생각했지요.

'난 오랫동안 남자들 하고 짝이 되어 왔으니 그것만 해도 옳지 않은 일이다. 어떻게 나중에 함께 공부하는 이들을 버리고 따로 짝을 찾을 수가 있겠어? (…) 결국에는 이 두 사람 중에 하나뿐이지. (…) 비록 두 선비가

---

46 【즉공관 미비】豈知子中俊卿皆不必變. 자중과 준경 둘 다 바꿀 필요가 없는 것을 어찌 알겠나!

더 마음에 끌리지만 … 위형은 위형대로 범상한 이가 아니지. 나중에는 누구 하고 관계를 정리하고 인연은 또 누구 하고 있을지 모르겠구나!'

그녀는 속으로 결정을 내리지 못하는 것이었지요.

그녀의 집에는 작은 누각이 하나 있었는데 사방을 다 굽어볼 수가 있었지요. 그녀는 신이 나자 발 가는 대로 누각으로 올라갔습니다. 그런데 웬 까마귀 한 마리가 누각 창문 앞에서 날아 가서 백 걸음 정도 멀리 있는 웬 높은 나무 위에 앉더니 누각 창문을 보고 까악까악 우는 것이 아닙니까. 준경이 그 나무를 보니 바로 학당 학사 앞의 나무였지요.

"이 망할 것이 우는 소리 정말 못 들어 주겠구나. 내 저 놈을 요절내 버려야겠다!"

이렇게 생각한 그녀는 자기 침실로 뛰어 내려 와서 활과 화살을 들고 누각 위로 올라갔습니다. 그런데도 그 까마귀는 여전히 그 자리에서 마구 울고 있었지요.

'저 놈으로 내 속내를 한번 점 쳐 보아야겠다!'

이렇게 생각한 준경은 활을 당겨 화살을 재더니 입으로 가만히 말했습니다.

"내 인생 망치지 마라!"

　그리고는 '슝' 하는 소리와 함께 화살이 날아가자 저쪽의 까마귀가 땅으로 떨어지는 것이 아닙니까. 이쪽에서 바라보니 화살에 맞은 것 같았지요. 그녀는 서둘러 누각을 내려 와 평소처럼 사내처럼 차려 입고 그 화살의 행방을 확인하러 학당에 갈 작정이었습니다.

　계속 이야기를 들려 드리도록 하겠습니다. 두자중이 학사 앞을 한가하게 거닐고 있을 때였습니다. 까마귀가 한참 요란하게 우는 소리가 들리는가 싶더니 갑자기 '툭' 하는 소리와 함께 땅바닥에 떨어지는 것이 아닙니까. 다가가서 보니 까마귀가 머리에 화살을 맞았는데 눈이 관통된 채로 죽어 있는 것이었습니다. 자중은 화살을 뽑더니

　'이 기막힌 솜씨는 누구 솜씨일까? 정확하게 머리를 관통했군!'

　하고 생각하면서 그 화살의 살대를 자세히 살펴 보았습니다. 그런데 그 겉에는 작은 글자가 두 줄로 이렇게 씌어져 있었지요.

| "화살은 그냥 쏘는 것이 아니니 | 矢不虛發, |
| 쏘면 반드시 맞추어야 하는 법!" | 發必應弦. |

　자중은 그것을 외우면서 말했습니다.

"누군지 아주 자신이 만만한걸?"

위찬지는 위찬지대로 그 소리를 듣고 뛰어나와 급하게 그를 부르면서

"내게 좀 줘 보시오!"

하더니 두자중의 손에게 채어 가 버리지 뭡니까. 그렇게 둘이서 화살을 보고 있을 때였지요. 갑자기 자중의 집에서 누가 찾아 오는 바람에 자중은 화살을 놓아두고 혼자 그 자리를 떠나게 되었습니다. 그래서 위찬지가 자세히 살펴보니 그 아래에 여덟 자가 씌어져 있고 작은 글자로는

"비아가 쓰다"   蜚娥記

이렇게 적혀 있었지요.

'비아라면 여자의 별명인데 … 그럼 여자들 중에도 이런 명사수가 있단 말인가? (…) 거 참 이상하군! (…) 방금 자중은 이 세 글자를 보지 못했지. 만약에 보았더라면 분명히 신기하게 여겼을 텐데!'

이렇게 생각하면서 머뭇거리고 있는데 어느 새 문준경이 다가와 있는 것이 아닙니까. 그녀는 위찬지가 현장에서[47] 그 화살을 만지작거리고 있는 모습을 발견하고 급하게 물었습니다.

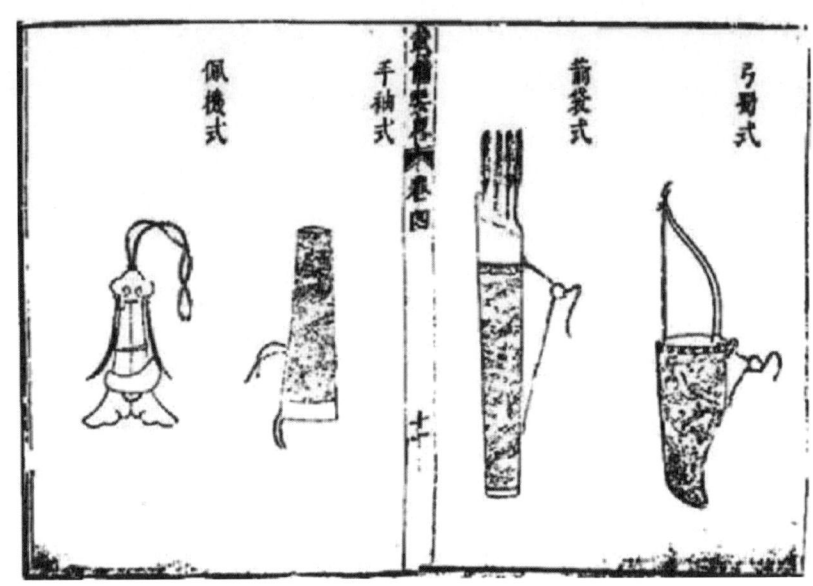

명대 병서 『무비요략(武備要略)』에 소개된 활과 화살과 궁술

"그 화살 … 위형이 주우셨소이까?"

그래서 찬지가 말했지요.

"화살이 어디서 온 왔든 간에 문형이 … 왜 그렇게 캐물으시오?"

"화살에 무슨 글자라도 있습니까?"

---

47 현장에서[在那裏] : '재나리(在那裏)'는 원·명대 구어식 표현으로, 우리말로 직역하면 '그곳에' 또는 '저곳에' 정도로 번역된다. 다만, 이 표현의 경우, 능몽초『박안경기』를 포함하여, 소설·희곡 등 원·명대 구어체 문학에서 문법적으로 바르게 사용되는 경우도 없지 않다. 그러나 어떤 경우에는 통상적인 중국어 문법에 부합되지 않는 일종의 '군더더기'로 습관적으로 따라붙는 경우가 상당히 많다. 이런 경우는 우리말로 번역하면 상당히 부자연스러운 경우가 많다. 여기서는 편의상 "현장에서"로 번역하였다.

"글자가 있길래 여기서 생각을 하던 참이올시다."

"무슨 생각을요?"

"'비아가 쓰다'라고 적혀 있구려? '비아'라면 여자가 분명하지. 그래서 생각하고 있었는데 … 이렇게 활을 잘 쏘는 여자가 있는 걸까요?"

그러자 준경은 짓궂게도 장난으로 말했습니다.

"위형께 솔직히 말씀 드리지요. '비아'는 바로 … 제 누님이올시다!"

"댁의 누님께서 이처럼 대단한 솜씨를 가지고 계시다니! 그래 어느 댁에 출가하셨는지요?"

"아직 출가는 … 안 했고요."

"용모는 … 어떠신지?"

"소생 하고 좀 닮았습니다마는…"

그러자 찬지가 말했지요.

"그럼 분명히 아주 아름다우시겠군요! 시쳇말에 '아내를 보기 전에 처남부터 본다[48]'는 말도 있지 않습니까? (…) 소생한테 아직 내자가 없는데 … 문형께서 소생을 위해서 중신아비가 되어 주심이 … 어떻겠습니까?"

"집안 일은 전부 소생이 맡아서 하지요. 연로하신 가친께 소생이 한 마디만 드려도 따르지 않으시는 일이 없을 정도올시다! 그렇기는 한데 … 누님 마음은 어떨지 모르겠군요?"

"댁의 누님께 문형께서 거들어 주신다면 양가가 교분을 나누는 것을 거절하시는 일이야 없을 테지요."

"그 말씀 이 가슴 속에 단단히 새겨 두지요!"

찬지는 기뻐하면서 말하는 것이었습니다.

"문형께서 승낙해 주기만 하시면야 열에서 아홉은 성사된 셈이지요! 인연이 바로 이 화살에 있을 줄이야! (…) 소생이 삼가 이것을 보배로 소중히 간직하고 있다가 나중에 상면의 증거로 삼겠습니다!"

---

48 아내를 보기 전에 처남부터 본다[未看老婆, 先看阿舅] : 중국의 속담. 아내의 인성이나 그 집안의 가풍을 보려면 처남의 언행이나 처신을 보면 알 수 있다는 뜻이다.

그는 그것을 배갑[49] 안에 챙겨 넣었습니다.[50] 그리고는 양지옥[51]으로 만든 요장[52] 한 개를 가져다 준경에게 건네더니 말했지요.

"이것을 누님께 드려서 일단 이 화살을 정표로 삼도록 하시지요!"

그래서 준경이 그것을 받아 허리춤에 매자 찬지가 말했습니다.

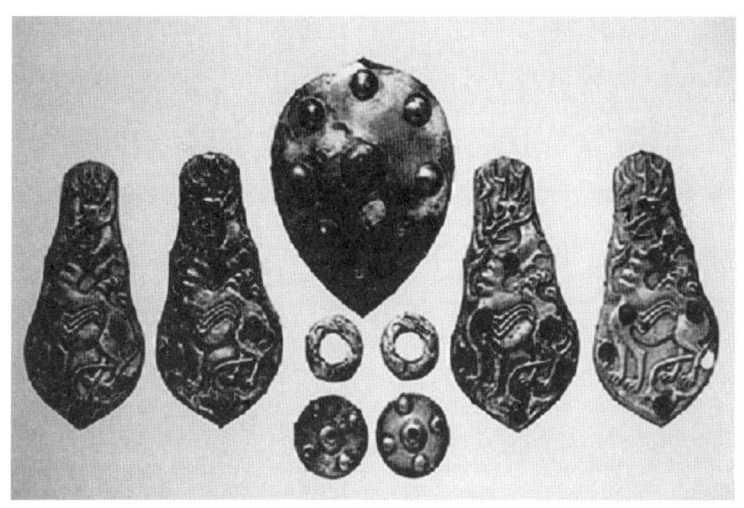

요장의 예시. 고대의 흉노족이 말 안장을 꾸미는 데에 사용된 황금 장식들

---

49 배갑(拜匣) : 예물이나 청첩을 담는 장방형의 작은 나무 곽. '배첩갑(拜帖匣)'이라고도 불렀다.

50 【즉공관 미비】誰知爲他人收藏. 그런데 남이 챙길 줄이야 누가 알았겠나?

51 양지옥(羊脂玉) : 옥의 일종. 서역의 화전(和田, 지금의 신강 위구르자치구 화전현)에서 나는 우수한 품종으로, 양의 기름처럼 불투명한 색깔이 돌며 생산량이 희소해서 가치가 높다.

52 요장(鬧粧) : 각종 금은 · 보석들을 엮어서 만든 허리띠나 안장 따위의 장식물. 때로는 '요장(鬧妝) · 요장(鬧裝)' 식으로 다른 한자로 적기도 한다. 여기서는 전후 맥락을 따져 볼 때 띠 모양으로 만든 장식물인 것으로 보인다.

"소생이 시를 한 수 지었는데 … 댁의 누님께 뜻을 일러 드리는 것이 …
어떻겠습니까?"

"말씀해 보시지요."

그러자 찬지는 이렇게 시를 읊었습니다.

"듣자니 나부는 지아비 생기기도 전에　　　　　　　　聞得羅敷未有夫,
베틀 받침돌 앞서 나루 묻는 것 허락한 적 없는가.　支機肯許問津無.
나중에 여고의 꿩[53] 쏘아 잡을 수만 있다면　　　　他年得射如皐雉,
오늘의 금복고[54]를 소중히 여기소서!"　　　　　　　珍重今朝金僕姑.

---

53 여고의 꿩[如皐雉] : '여고치(如皐雉)'는 원래 '여고사치(如皐射雉)'를 줄인 말로, '늪지
에 가서 꿩을 맞히다' 정도로 번역된다. 『좌전(左傳)』 "소공 28년(昭公二八年)"조에 따르
면, "가대부는 얼굴이 못 생겨서 혼례를 치룬 아내가 실망한 나머지 삼 년 동안 말도 하지
않고 웃지 않았다. 하루는 가대부가 마차를 몰고 늪지로 가서 화살로 꿩을 쏘아 잡아 그제
서야 웃음과 말을 하기 시작하였다. 그러자 가대부는 '재주가 없어서는 안되겠군. 내가
활솜씨가 없었더라면 아내가 말도 웃음도 하지 않았을 게 아닌가!'하고 말하였다[昔賈大
夫惡, 娶妻而美, 三年不言不笑. 御以如皐, 射雉, 獲之, 其妻始笑而言. 賈大夫曰, '才之不可以
已. 我不能射, 女遂不言不笑夫]'라고 한다. 이 대목과 관련하여 당대의 학자인 공영달(孔
穎達, 574~648)은 『시경』에서 '학명우구고'라고 했는데, 여기서의 '고'는 늪지(소택
지)이며, '여'는 간다는 뜻이다. 아내를 위하여 마차를 몰고 늪지로 갔다는 말이다[詩云
鶴鳴于九皐, 是皐爲澤也. 如, 往也. 爲妻御車以往澤也]"라고 주석을 붙였다. 나중에는 '여
고의 꿩'은 재능으로 사랑하는 여인의 환심을 사는 것을 가리키는 말로 사용되기 시작하
였다. '여고'의 경우, 당대인 대화(大和) 5년(831)부터는 지명(고유명사)으로 사용되기
시작해서, 처음에는 여고장(如皐場), 오대·송 이후로는 여고현(如皐縣)으로 불렸다. 지
금의 강소성 남통시(南通市)가 관할하는 여고시에 해당하는데 아마 가대부의 고사에서
이름이 유래했을 것이다. 이 이야기에서는 찬지가 시에서 "여고의 꿩(如皐雉)"으로 읊었
는데 아마 지명인 여고(如皐)와 이 고사의 '늪지로 가다'를 혼동한 데서 빚어진 착오가
아닌가 싶다.

준경은 웃으면서 말했습니다.

"시의 의미가 아주 기막히군요! 다만…, 위형께서는 용모가 나쁘지 않으신데 너무 겸손하신 것 같습니다!"

그래서 찬지가 웃으면서 말했지요.

"소생이 가賈 대부⁵⁵만큼 못 생기지는 않았지만 댁의 누님께는 미흡할 것이 분명하지요!"

그러자 준경은 웃음을 머금은 채 혼자 그 자리를 떠나는 것이었습니다.

---

54 금복고(金僕姑) : 중국 고대의 화살 이름. 『좌전』 "장공 11년(莊公十一年)"조에 따르면, "승구의 싸움에서 장공이 금복고를 남궁 장만에 쏘았다[乘丘之役, 公以金僕姑射南宮長萬]"라고 한다. 진(晉)나라 학자인 두예(杜預, 222~284)의 주석에 따르면 "금복고는 화살 이름이다[金僕姑, 矢名]". 청대의 전고(典故) 사전인 『패문운부(佩文韻府)』에서 인용한 원대 이세진(伊世珍)의 『낭현기(嫏嬛記)』에 따르면 "춘추시대 노나라 사람의 종이 갑자기 보이지 않았다. 열흘 만에 돌아와 이르기를 '신의 고모님이 도를 터득하시어 대낮에 승천하셨는데 어제 태산에 강림하셔서 신을 부르셔서 아주 즐겁게 술을 마셨습니다. 어느새 열흘째가 되자 작별할 때에 신에게 금화살 한 수레를 주시면서 '이 화살은 잘 쏠 필요가 없느니라. 아무렇게나 쏘아도 되돌아오니까' 하시더군요. 그래서 착에서 그 화살을 시험해 보았더니 정말로 그렇게 되는 것이었습니다!'라고 하였다. 그 일이 계기가 되어 그 화살을 '종의 고모가 하사한 금화살(금복고)'이라고 명명했으며, 그 뒤로 노나라에서 좋은 화살에는 일률적으로 이 이름을 붙였다[魯人有僕忽不見, 旬日而返. 曰, '臣之姑得道, 白日上昇, 昨降于泰山, 召臣飮極歡, 不覺旬日. 臨別贈臣以金矢一乘, 曰此矢不必善射, 宛轉射人而復歸, 于笮試之果然.' 因以金僕姑名之, 自後魯之良矢皆以此名]"라고 한다.
55 대부(大夫) : 중국 고대의 관직명. 주(周)나라 때에는 임금 아래에 경(卿)・대부・사(士)의 세 등급의 관리들을 두었는데, 대부의 지위는 경보다 낮고 사보다는 높았다고 하니 중견 관리에 해당했던 것으로 보인다. 송・원대에는 수공업 장인에 대한 존칭으로 사용되기도 하였다. 여기서는 특이하게도 도적들을 높여 부르는 이름으로 사용되었다.

이때부터 찬지는 속으로 '문준경에게 누이가 있으며 아름답고 활솜씨도 좋다'고 믿어 의심하지 않으면서 아내로 맞아들이려 했답니다.[56]

『고금현녀화상(古今賢女畵像)』에 그려진 나부(羅敷) 초상

그는 그런 생각을 하면서도 두자중에게는 전혀 알려주지 않았습니다. 화살은 그가 주운 것인데 지금 자신이 가져다 보배로 간수하게 되었는데 그가 상황을 알기라도 하면 도로 받아갈까 걱정했던 것이지요. 그러나 이 화살에 원래 내력이 있다는 사실을 누가 알았겠습니까?

준경은 활쏘기를 배울 때부터 반려자를 고르겠다는 마음을 품고 있었습니다. 그녀가 살대에 그 두 구절을 새긴 데에는 물론 자신의 백발백중의 활솜씨를 뽐내는 동시에 짝을 구하겠다는 뜻이 담겨 있었던 것입니다. 그녀는 그 까마귀를 쏠 당시 서재 쪽 나무 위에 앉은 것을 분명히 확인하고 화살을 쏘면서 속으로 점을 쳐서 그 두 사람 중 먼

---

56 【즉공관 미비】 豈知燈卽是火. 그러나 '등불도 불은 불'임을 어찌 알았으리오!

저 화살을 줍는 쪽과 부부가 되기로 마음 먹었던 것이지요. 그래서 허둥 지둥 그 행방을 찾으러 왔는데 두자중이 먼저 주웠다가 나중에 위찬지의 손에 들어갈 줄은 몰랐던 것입니다.[57] 준경은 화살이 위찬지에게 있는 것만 보고 지레 '인연이 정해져 있다'고 여기고 일부러 누님 이야기를 들이댄 것이었지요. 그러나 사실은 은근히 자신의 마음을 감추고 있었지 뭡니까. 위찬지는 그런 줄도 모르고 그녀가 장난으로 한 말만 믿고 정말 누이가 있는 것으로 믿었습니다. 준경은 준경대로 위찬지가 천생연분이라고 여기면서도 속으로는 두자중이 무척 사랑하는 처지여서 도무지 포기할 수가 없었지요. 그래서 한숨을 쉬면서 생각했습니다.

'한 마리 말에는 두 개의 안장을 얹지 않는 법![58] 나도 하늘의 뜻을 저버릴 수는 없지. 나중에 따로 단서를 발견하면 그 호의에 보답하도록 하자!'

그리고는 이튿날 위찬지에게 와서 이렇게 말했습니다.

"연로하신 가친과 누님을 무던히 설득한 끝에 드디어 허락을 받았습니다! 옥 요장 역시 누님한테 전했고요. 가친 생각으로는 가을 과거시험을 치루어 위형께서 급제하시면 그때 이 일을 상의하자고 하십니다!"

---

57 【즉공관 미비】只此一誤, 就纏出許多變態來, 人事之巧如此. 이 한 번의 실수로 말미암아 온갖 소동들이 다 연출되게 된다. 인간사의 공교로움이 다 이런 식이지.

58 한 마리 말에는 두 개의 안장을 얹지 않는 법[一馬跨不得雙鞍] : 중국의 속담. 여자는 한번 출가하면 두 서방을 섬겨서는 안된다는 뜻으로, 끝까지 한 남자에게 절개를 지켜야 한다는 말이다. 원대 극작가 관한경(關漢卿)의 잡극 희곡인 『오후연(五侯宴)』 설자(楔子)에서 보듯이 때로는 '일마불비양안(一馬不鞴兩鞍)' 식으로 사용되기도 하였다.

"그것도 좋지요. 다만 … 한 마디로 결정하셨으니 번복하지는 마셨으면 좋겠습니다!"

"소생이 있는데 누가 번복을 한단 말입니까!"

그러자 위찬지는 기뻐서 어쩔 줄을 모르는 것이었지요.

바야흐로 가을 과거시험을 거행할 때가 되었습니다. 위찬지와 두자중·문준경은 다같이 학당에서 우수한 성적을 얻어서 향시[59]에 지원하게 되었지요. 두 사람이 '함께 가자'며 준경을 보채었습니다. 그러자 준경은 부친인 참장[60]과 이렇게 상의했지요.

"아녀자이니 남들 눈을 속여 잠시 사내[61]인 척 꾸미는 수밖에 없다. 만약 향시를 보러 갔는데 덜컥 거인[62]으로 급제하기라도 해서 나중에 진상

---

59 향시(鄕試) : 중국 고대에 예부(禮部)에서 주관한 국가고시. 명대에는 성조(成祖) 이후로 양경(兩京)제도를 채택하면서 북경(北京)과 남경(南京)에서 각각 시행되었는데, 전자를 '북위(北闈)' 후자를 '남위(南闈)'라고 불렀다. 이처럼 북경과 남경에서 동시에 향시를 거행하는 과거제도는 청대까지 이어졌다.
60 참장(參將) : 명대의 관직명. 정3품의 무관직으로, 그 지위는 총병(總兵)·부총병(副總兵)보다 낮았다.
61 사내[秀才] : 원문에는 '수재(秀才)'로 되어 있으나 전후 맥락을 감안하여 여기서는 "사내"로 옮겼다.
62 거인(舉人) : 명대에 과거에 급제한 사람을 부르던 호칭. 과거제도가 실시되기 한참 전인 한대에는 인재를 등용할 때 각 군·국(郡國)에 명령을 내려 유능하고 현명한 인재들을 추천하게 하였다. 그 후 당·송대에 과거제도가 시행되면서 진사과(進士科)가 개설되자 과거에 응시하여 급제한 사람들을 '거인'으로 부르게 되었다. 명대에는 관련 호칭이 세분화되어 향시에서 급제한 사람을 '거인' 또는 '대회장(大會狀)·대춘원(大春元)' 등으로

이 발각된다면 … 천자께 상소가 올라갈 정도로 중대한 사건이 될 게야! (…) 일이 커지면 수습하기 어려우니 … 절대로 안된다!"[63]

그래서 병이 들었다는 핑계로 가지 않기로 했답니다. 위찬지와 두자중은 하는 수 없이 준경을 포기하고 과거를 보러 갔지요.

급제자 명단이 발표되는 날, 두 사람은 모두 급제했습니다. 준경은 두 사람이 급제한 것을 알고 기뻐하면서 위찬지가 금의환향 하면 혼사 이야기를 부친에게 알리고 혼사를 치르기로 결정했지요. 그런데 뜻밖에도 안安 면병비도[64]와 문 참장이 사이가 나쁜 탓에 군정軍政 평가[65]를 할 때 안원[66] 쪽에서 지출 액수를 따져 보고 보고서를 올리면서 '문 참장이 징수한 세금을 멋대로 유용하고 공적을 조작해 보고하고 군량을 빼돌려 만금이나 되는 재물을 모았다'고 무함했지 뭡니까 글쎄. 그러자 안원에서

일컬었으며, 격을 갖추어서는 '효렴(孝廉)', 속칭으로는 '거자(擧子)'나 '나리'를 뜻하는 '노야(老爺)' 등으로 높여 불렀다. 명대 이후로는 거인의 경우 계속해서 회시(會試)에 응시할 자격을 가지는 것은 물론이고 '출신(出身)' 즉 벼슬을 할 자격도 주어졌다.

63 【즉공관 미비】這秀才怕中擧人, 亦奇. 이 수재는 거인이 될까 걱정이라니 그것도 참 신기하군!

64 병비도(兵備道) : 명·청대의 관직명. 각 성(省)의 주요한 군사거점에 군사 정비를 위하여 설치하던 관원. '면 병비도'는 면죽현에 주둔하면서 현지 군사 정비를 담당하는 병비도를 가리킨다.

65 군정 평가[考察] : '고찰(考察)'은 중국 고대의 형정 용어. 주로 관리의 업적에 대한 고과 평가를 가리킨다. 여기서는 편의상 "군정 평가"로 번역하였다.

66 안원(按院) : 명대의 관직인 순안어사(巡按御史)를 높여서 부른 칭호. 참고로 명대의 정치가이자 문장가인 왕세정(王世貞, 1526~1590)의 『고불고록(觚不觚錄)』에서는 "두 관청의 경우 방백으로부터 첨헌에 이르기까지 무대(안무사)를 '노선생'이라고 하고 안원을 '선생대인'이라고 한다. 그 표현이 점잖지는 않지만 그렇게 전해진 것이 오래 되었다[二司自方伯以至僉憲, 稱撫臺曰老先生, 稱按院則曰先生大人, 其語雖不爲雅, 而相承傳已久]"라고 소개하였다.

는 상소를 올려 어명에 따라 현지의 무원[67]에서 심문을 하게 했습니다.

이 소식이 전해지자 문 씨댁에서는 온 집안사람들이 다 당황해서 어쩔 바를 모르고 있었습니다. 거기다가 관아의 많은 아전들은 단서를 찾겠다며 물고 늘어지기까지 하는 것이었지요. 그나마 다행스럽게도 문준경은 이름 난 수재이다 보니 그들도 시비를 걸 엄두를 내지 못했습니다.[68] 얼마 지나지 않아 병도는 공문을 내어 부 관아로 들이닥치더니 '어명이 내려진 범인'이라고 하면서 문 참장을 관아 감옥으로 끌고가 가두어 버렸지요. 그러자 문준경은 생원[69]의 명의로 진정서를 내고 부친의 보석을 요청했지요. 그러나 부 관아에서는 진정서를 접소하기는 했지만 보석은 허락하려 들지 않았지 뭡니까. 그래서 준경은 이번에 급제한 두 거인에게 부탁해 함께 지부 나리[70]를 만나러 갔습니다. 그러자 지부가 말하는 것이었지요.

"상급 관청의 분부 탓에 정상을 참작해 줄 수가 없네!"

그러니 세 사람은 속수무책이었지요. 이때 위찬지는 곰곰이 생각해 보

---

67 무원(撫院) : 명·청대의 관직명. 순무(巡撫) 또는 그가 공무를 처리하는 관아를 높여 부른 말이다.

68 【즉공관 미비】此時秀才值錢. 이때는 수재가 돈이 되니까.

69 생원(生員) : 명대에는 문관의 대다수가 과거(科擧)를 통해 관계에 입문했는데, 첫 단계의 급제자를 생원이라고 불렀다. 생원은 삼 년마다 한 번씩 향시(鄕試)를 볼 수 있었는데, 여기에 합격한 사람을 거인(擧人)이라고 불렀다. 이들은 북경에서 최종적으로 치루어지는 회시(會試)·전시(殿試)에 응시할 수 있었다.

70 지부 나리[府尊] : '부존(府尊)'은 명대의 지방 행정단위인 부(府)의 수장인 지부(知府)를 높여 부른 호칭이다.

았습니다.

'저 댁이 곤란을 겪고 있는 판국이니 청혼 같은 한가한 이야기는 꺼낼수도 없겠구나! 거론할 것 없이 일단 회시부터 보고 해결하는 수밖에!'

두 사람은 길을 떠날 때 다시 준경과 작별인사를 나누었습니다. 찬지가 말했지요.

"우리 세 사람은 한 마음을 가진 벗이건만 우리 둘은 운이 좋았소. 안타깝게도 준경이 병으로 때를 놓쳐 함께 급제하지 못하고 … 뜻밖에 그런 곤란까지 당했으니! (…) 지금 우리가 서둘러 들어가게 되어 마음이 찢어질 듯 하지만 어쩔 도리가 없구려! 어르신께 안부 잘 전해 드리고 일단 걱정 말고 소식을 기다리도록 하시오. 우리가 만약에 조금이라도 벼슬을 하게 된다면 기필코 힘을 모아 이 억울함을 밝히도록 도와 드리리다!"

자중은 자중대로 이렇게 말했습니다.

"이곳에서는 관아끼리 서로 비호하여 올가미를 만들어 사람을 해치곤하지요. 문형도 댁에서만 어르신 구명운동을 벌여서는 보탬이 된다고 할수 없소. 그러니 우리 둘이 서울에 들어갔다가 좋은 일이라도 생긴다면 … 문형은 차라리 곧바로 서울로 와서 상의하고 춘부장 어르신께 방법을 강구해 드리는 편이 낫겠소! 아무래도 그쪽 상부가 억울함을 밝히기에 수월하고 … 우리도 틈을 보아 힘을 보태기 좋을 테니까요. 꼭 명심하도록 하시오, 꼭!"

찬지는 그러더니 몰래 이렇게 당부하는 것이었지요.

"그 댁 누님 일 … 꼭 좀 유념해 주시구려! 뜻을 이루게 되든 말든 이번에 돌아오면 반드시 혼담을 넣을 테니!"

그러자 준경이 말했습니다.

"요장이 이렇게 있으니[71] … 위형을 실망시키는 일은 없을 것입니다!"

그렇게 해서 세 사람은 눈물을 흘리면서 헤어졌답니다.

문준경은 두 사람이 떠난 뒤로는 더더욱 부친을 구명할 방법을 상의할 상대가 없게 되었습니다. 다행스럽게도 '관아란 곳은 사흘 내내 서두르는 법은 없어도 이레 내내 여유를 부리는 법'[72]인지라 그 사이에 은자를 좀 모아 위아래로 뿌려 적절하게 쓰는 노력이 뒤따랐지요. 그 덕분에 감옥에 있는 부친은 고초를 겪지 않았답니다. 관아는 관아대로 마구 몰아

---

71 【즉공관 미비】畢竟鬧妝得力. 결국은 요장 덕을 보는군.
72 관아란 곳은 사흘 내내 서두르는 법은 없어도 이레 내내 여유를 부리는 법[官無三日急, 到有七日寬] : 관청에서 매사에서 일처리를 용두사미 식으로 시작만 하고 끝을 보는 법이 없는 것을 비꼰 말이다.

붙이지 않고 한쪽으로 제쳐 놓아 미결사건으로 남게 되었지요. 참장은 딸과 이렇게 상의했지요.

"이쪽의 송사가 아직 종결되지 않았으니 우리가 손을 쓸 때가 된 것 같구나. (…) 내가 소명하는 상소문을 꾸미고 상세한 보고문을 작성해 서울로 가서 억울한 사정을 하소연해 보려 한다. 다만 … 보낼 만한 수완 있는 인물이 없어서 속으로 내내 망설이고만 있구나!"

그러자 문준경이 말했지요.

"이 일에는 소녀가 나서야 합니다! 지난번에 위형과 두형 두 사람도 작별할 때 소녀더러 서울로 오라고 하더군요. '틈을 봐서 구명운동을 벌일 수 있다'면서 말입니다. 두 사람 중에 한 사람이라도 급제하기만 하면 믿고 의지할 수가 있을 것입니다."

"네가 '여장부'73라고는 하지만 네가 간다면 그래도 적당할 듯하다. 다만, … 만 리나 떨어진 거리이니 가는 길이 불편할까 걱정이다!"

그래서 준경이 말했습니다.

---

73 여장부(女丈夫) : 원래는 사내 기질을 가진 여자를 가리키는 표현이지만 여기서는 '사내 차림을 하고 사내 행세를 하는 여자'라는 뜻으로 사용되었다.

제영 이야기 예시

"예로부터 사람들이 저마다 제영[74]이 부친을 구한 일을 거론하며 미담으로 삼아 왔지요. 그녀 역시 여자였답니다. 하물며 소녀는 오래 전부터 사내 행세를 해 왔고 학당까지 거뜬히 다녔지요. 그동안 사내들 틈에서 지내 왔는데 못 갈 일이 어디 있겠습니까? (…) 아무리 길이 아득하고 멀지만 소녀는 활과 화살로 제 몸을 지킬 수가 있지요. 혹시 누가 캐묻기라도 하면 이 속에 든 식견으로 거뜬히 감당해낼 수 있으니 걱정하실 것 없습니다! 다만…, 남자가 저를 따라서 간다면 그건 불편한 일이 될 테지요. (…) 소녀에게 생각해 둔 것이 있습니다. 집안의 종복인 문룡文龍 부부는 내외 모두 묘족 출신으로 한결같이 활쏘기와 말타기를 잘하지요. 그 아내도 사내로 변장하게 해서 그 둘을 딸려서 소녀까지 세 사람이 함께 갈 생각입니다. 그렇게 하면 여자가 시중을 들어 주고 거기다 사내 종복이 수행하는 셈이니 안심하고 서울까지 갈 수가 있을 테지요!"

---

74 제영(緹縈) : 전한대 초기의 효녀. 한나라 문제(文帝) 때에 태창(太倉)의 수령인 순우의(淳于意)가 죄를 지어 장안(長安)으로 압송되어 감옥에 갇히자 그 딸 제영이 부친을 따라 상경하여 '자신을 관비로 충당하는 대신 부친의 죄를 사면해 달라'고 빌었다. 그러자 황제는 그녀의 효심을 갸륵하게 여기고 순우의를 석방했다고 한다.

"계획을 잘 세웠구나! 일이 지체되면 안되니 어서 채비를 해서 떠나도록 해라!"

중국 호남지역의 묘족(苗族) 미인들

준경은 부친의 지시에 따라 짐을 챙기려고 그 자리를 떠났습니다. 그런데 돌아오는 길에 들으니 길 가에서 진사 소식을 알리는데 위찬지와 두자중이 나란히 급제했다지 뭡니까. 준경은 몹시 반가워하면서 부친에게 와서 그 일을 알렸지요.

"그 두 사람이 서울에서 벼슬을 하게 되었으니 이번에 가면 일을 해결하기가 한결 수월해지겠습니다!"

그리고는 날을 골라서 서둘러 출발했답니다. 그러면서 유학 공문을 학당에서 발급받고 문서 증명을 받아 몸에 지녔습니다. 가는 길에는 성하

下에 들러 상급 관청의 동정과 소식도 확인해 보았지요. 이 문 씨댁 아가씨가 어떻게 차려 입었는지 아십니까?

나부끼는 두건은	飄飄巾幘,
두 살쩍 검푸른 머리 덮었고	覆着兩鬢青絲.
좁다란 장화는	窄窄靴鞋,
한 쌍의 옥 죽순[75] 같은 다리 싸고 있네.	套着一雙玉笋.
말 타는 옷은 뒤를 짧게 잘랐고	上馬衣裁成短後,
사자 문양 띠는 한쪽으로 드리우게 꾸몄네.	蠻獅帶粧就偏垂.
활통의 옥 장식 활로	囊一張玉靶弓,
시위 당길 적에는	想開時,
팔 펴고 허리 트는 모습 얼마나 멋지며	舒臂扭腰多體態,
몇 대의 기러기 깃 화살 꽂고서	插幾枝雁翎箭,
날아가는 쪽 바라보니	看放處,
원숭이 울고 수리 떨어져 실력을 뽐내네.	猿啼鵰落逞高強.
다투어 부러워하네	爭羨道
문무에 뛰어난 젊은 도령을	能文善武的小郎君,
그러나 어이 알겠나	怎知是
여자가 사내처럼 차려 입은 수재인 것을?	女扮男粧的喬秀士.

---

75 옥 죽순[玉筍]: 미인의 다리를 두고 한 말이다. 껍질을 벗긴 죽순이 여자의 백옥 같은 장딴지와 비슷하게 생겼다고 보았기 때문이다.

그 길로 성도부[76]까지 왔을 때 문룡은 미리 조용한 객줏집을 한 군데 찾아 묵기로 했었습니다. 뒤이어 도착한 문준경은 행장을 풀고 문룡의 아내에게 지니고 온 산나물 몇 가지를 꺼내 접시에 담고 객줏집에서 술을 한 주전자 받아서 술잔에 따른 다음 천천히 먹었습니다. 이런 말이 있지요.

| '볼 거리가 없으면 | 無巧 |
| 이야깃거리가 되지 않는다.'[77] | 不成話. |

그녀가 앉은 자리는 이웃집의 창문과 서로 마주보는 위치로, 작은 천정天井[78] 하나만 사이에 두고 있었습니다. 그런데 그렇게 한창 술을 먹으면서 가만 보니 그쪽 집 창 안에서 웬 여자가 창문을 반쯤 가린 채로 문준경을 마주한 채 눈도 돌리지 않고 바라보고 있는 것이 아닙니까. 그래서 문준경이 눈을 들자 그쪽에서도 눈치채고 몸을 안으로 숨기더니 꼭꼭 숨은 채로 끝까지 그 자리를 떠나지 않지 뭡니까. 그러다가 별안간 정통으로 눈이 마주쳤는데 그야말로 절세의 미인이었습니다. 문준경은 생각

---

76 성도부(成都府) : 명대의 지명. 지금의 사천성 성도시 일대에 해당한다.
77 볼 거리가 없으면~[無巧不成話] : 명대의 속담. 사람들의 이목을 끌 만한 관심거리나 줄거리가 없으면 이야기 거리가 되지 못한다는 뜻이다. 여기서의 '화(話)'는 '말(word)'이 아니라 '이야기(story)'로 이해해야 옳다. 때로는 '볼 거리가 없으면 책이 되지 않는다(無巧不成書)', '볼 거리가 없으면 연극이 되지 않는다(無巧不成戲)' 등으로 쓰기도 한다.
78 천정(天井) : 중국의 전통적인 가옥 구조. 가옥과 가옥 또는 가옥과 담장으로 둘러싸인 집 내부의 빈 공간을 가리킨다. 지붕과 지붕이 모이면서 그 공간이 마치 '우물 정(井)'자처럼 생겨서 '허공의 우물'이라는 뜻으로 '천정'이라고 불렀다. 『이각 박안경기』 제39권에도 같은 표현이 보인다.

했습니다.

중국 전통가옥의 천정. 위에서 내려다 보면 빈 공간이 '우물 정'자 같다

'알고 보니 세상에 이렇게 아름다운 여자가 다 있었구나!'

손님들, 어디 말씀 좀 들어 봅시다요. 이때 만약에 준경이 남자였다면 분명히 반해서 온갖 풍류風流 넘치는 모습을 다 꾸미면서 양쪽 모두 볼 만한 장면들을 연출해 냈을 것입니다. 그러나 문준경 본인 역시 여자이다 보니 어디 그런 모습을 마음에 둘 리가 있겠습니까? 밥을 가져다 먹고 나서 일단 관아 앞에 처리해야 할 일을 하러 가 버리는 것이었지요.

나간 지 반 나절이 지나 저녁나절에 돌아와서 준경이 마악 자리에 앉을 때였습니다. 이웃집에서는 이쪽 사람 기척을 듣더니 그 여자가 이번에도 창가에서 구경을 하는 것이 아닙니까. 준경은 남몰래 웃으면서 생각했지요.

'나는 왜 보누? 당신 하고 같은 여자인 줄도 모르고.'

이렇게 한숨을 쉴 때였습니다. 가만 보니 문 밖에서 웬 노파가 들어오지 뭡니까. 노파는 손에 작은 술통을 하나 들고 있다가 준경을 발견하고는 그 술통을 내려 놓았습니다. 그리고는 "복 받으세요"[79] 하는 인사를 하더니 준경을 보고 말하는 것이었지요.

"이웃집 경景 씨댁 아씨가 도령님이 혼자 술을 마시는 것을 보고 과일 두 가지를 차 하고 같이 드시라고 보내셨지 뭐에요!"

그래서 준경이 열어 보니 남충[80] 특산의 귤과 순경[81]의 자줏빛 배가 각각 열 개 정도 들어 있는 것이었습니다.

"소생은 이곳을 지나가는 사람으로, 아가씨와는 아무 사이도 아닙니다. 그런데 어떻게 이런 호의를 받아들일 수가 있겠습니까?"

---

79 복 받으세요[萬福] : '만복(萬福)'은 중국에서 고대에 부녀자들이 하던 인사말. 이 인사를 할 때는 주먹을 쥔 두 손을 포개어 가슴쪽 우측 하단에 두고서 위아래로 흔들면서 절을 하는 자세를 취했는데, 지금은 경극(京劇) 등의 중국 전통극에서 젊은 아가씨를 맡은 배우가 이런 식으로 인사를 하는 것을 볼 수 있다. 여기서는 편의상 우리 식으로 "복 받으세요"로 번역하였다.

80 남충(南充) : 명대의 지명. 그 이름은 '충국(充國) 남쪽'이라는 뜻에서 유래하였다. 지금의 사천성 남충시에 해당하며, 사천성 동북부 및 가릉강(嘉陵江) 중류에 자리잡고 있다.

81 순경(順慶) : 명대의 지명. 지금의 사천성 남충시 순경구(順慶區)에 해당한다.

준경이 이렇게 말하자 노파가 말했습니다.

"아씨께서 말씀하시더만요. '이곳에 그렇게 많디 많은 사람들이 다 오 가지만 도령님처럼 훤한 분은 본 적이 없으니 대갓집 출신이 분명하다'

사천성 아안시(雅安市)의 관광 명소 서촉천제(西蜀天梯). 해발 고도가 높은 사천지역의 지형을 상징적으로 보여 준다

고 말입니다요. 사람들한테 물었더니 '참장 댁 도령님'이시라고 했다네 요. (…) 아씨께서 '이 누추한 객줏집에는 입에 맞는 음식이 없다'고 하 시믄서 목이라도 추기시라고 이 두 가지를 보내 드리라고 하셨어요."

"그 아씨께서는 어떤 분이시길래 이 이웃에서 지내고 계십니까?"

"그 아씨는 정연井研 출신의 경소경景少卿 댁 아씨입지요. 부모님이 모두 돌아가서 외조모 댁에서 지내고 계신답니다. 그 댁에는 만 금이나 되는 재산이 있는데도 마음에 드는 낭군을 찾지 못하는 바람에 여지껏 출가를 하지 못하고 계시지 뭐에요! (…) 외조부는 이곳의 부자 원외[82]로, 이 고을에서 아주 잘 나가는 객줏집은 죄다 그 댁 소유랍니다. 그런 집이 어디 열 개뿐일까! 들어오는 돈은 또 얼마나 많다구요! (…) 이곳만은 그런 대로 조용해서 가솔들 하고 같이 이웃집에서 지내고 있답니다. 그런 그 분인데도 외조카를 출가시킬 엄두를 못 내고 있지 뭡니까. (…) 상대를 잘못 골라 줘서 나중에 원망이라도 살까 싶어서 말이에요! 해서 늘 경 씨댁 아씨를 보고 말하곤 하시지요. '마음에 드는 사람이 있을 때 솔직하게 알려 주면 내가 당장 혼사를 치루어 주마!' 아 그런데 이 아씨도 참 별나시지! 자기가 직접 신랑감을 고르려고나 하지 '누가 좋다'는 말은 아예 안 하시지 뭐에요 글쎄! 그러더니만 방금 도령님을 보더니만 몹시 칭찬을 하시는 거에요. 혹시 도령님 하고 … 무슨 인연이라도 있는 게 … 아니겠어요?"

대답하기 난처해진 준경은 빙그레 웃더니 말했지요.

"소생에게 어디 그런 복이 있겠습니까!"

---

[82] 원외(員外) : 원·명대의 존칭. 원래는 정원 이외의 관원을 뜻했지만 나중에는 매관매직으로 이 벼슬을 살 수 있게 되면서 재산이 많거나 권세가 있는 부자들을 부르는 호칭이 되었다. 여기서는 후자에 해당한다.

"별 말씀을요, 별 말씀을! (…) 쇤네는 일단 가 보겠습니다요?"

"아씨께 인사 좀 전해 주시지요. 이렇게 신세를 지건만 객지에 있다 보니 보답할 길이 없군요. 마음으로만 그 큰 호의에 감사해 할 따름입니다!"

노파가 그 자리를 떠나자 준경은 곰곰이 생각에 잠겼습니다. 그러더니 자기도 모르게 피식 웃음을 터뜨리면서 말하는 것이었지요.

"나한테 반했다니 괜히 그 속만 상하게 생겼지 않은가!"

준경은 시를 한 수 읊어 그 마음을 조금이나마 전했습니다. 그 시는 다음과 같았지요.

"몹시 목말라 하는 상여가 걱정되어	爲念相如渴不禁,
꽃다운 숲에서 난 교리[83]와 공귤 건네네.	交梨卬橘出芳林.
부끄럽게도 아직은 혼사 치룰 생각 없나니	卻慚未是求凰客,
적막한 주머니 속의 거문고인가 하노라!"	寂寞囊中綠綺琴.

이튿날 일찍 일어났더니 그 노파가 또 왔지 뭡니까. 손에는 깨끗이 간 삶은 계란 네 알을 한 공기에 담고 작은 주전자에 좋은 차까지 담아서 준

---

83 교리(交梨) : 중국 도교 전설에 등장하는 신선계의 과일. 이름으로 따져볼 때 특별한 배의 일종으로 보인다.

경에게 전해 주면서 말했습니다.

사천지역의 특산물 공귤 예시

"도령님…, 간식 좀 드시지요."

"아주머니 큰 호의에 감사드립니다!"

"이건 경 씨댁 아씨께서 간밤에 분부하신 것들인데 ⋯ 제가 가지고 온 것뿐입니다요."

"이번에도 아씨께서 호의를 베푸시다니! 소생이 어떻게 ⋯ 감당을 한담? (⋯) 시 한 수로 성의를 보일 테니 아주머니께서 전해 주시지요."

　준경은 간밤에 지은 시를 종이에 적더니 잘 봉해서 노파에게 건넸습니다. 그 시는 호의를 거절한다는 뜻이 분명했지요. 그런데 노파가 가지고 가서 경 씨댁 아가씨에게 보여 주었건만 준경을 내내 좋아 했던 그 아가씨는 준경이 자신을 상여[84]에 빗댄 것을 되려 '문군에게 마음이 있다'는 뜻으로 해석해 버렸지 뭡니까. 뒤의 두 구절은 좀 겸손하게 한 인사치레일 뿐이라고 여기고 말?이지요. 그래서 그에게 이렇게 답시를 써서 그 말운次韻에 화답했답니다. 그 시는 다음과 같았지요.

"송옥이 담장 동녘에서 몹시 그리워하면서　　宋玉墻東思不禁,
비익조[85] 되어 같은 숲에 깃들기 바랐단다.　　願爲比翼止同林.
지음에게 이미 새로 지은 시가 있는데　　知音已有新裁句,
따로 거문고를 조율할 필요 어디 있겠나?"　　何用重挑焦尾琴.

84　상여(相如) : 전한의 문장가인 사마상여(司馬相如, BC179~BC117)를 말한다. 임공(臨邛)의 부자 탁왕손(卓王孫)에게는 문군(文君)이라는 딸이 있었는데 거문고를 잘 연주하였다. 그 소문을 들은 사마상여는 마침 탁왕손의 초대를 받아 술을 마시는 자리에서 거문고로 「봉구황(鳳求凰)」이라는 곡을 연주하여 문군의 마음을 사로잡아 그녀와 함께 야반도주를 하였다. 『사기(史記)』 「사마상여전(司馬相如傳)」에 따르면, 사마상여는 얼마 후 자기 재산을 처분하고 임공 저자거리에 술집을 열었고 그 소식을 들은 탁왕손은 어쩔 수 없이 두 사람의 혼인을 인정해 주고 문군에게 재산을 나누어 주었다고 한다.
85　비익조(比翼鳥) : 중국의 고대 전설에 등장하는 새. 암수가 다 눈이 하나, 날개가 하나 뿐이어서 따로 떨어지면 날 수가 없고 둘이 하나가 되어야만 날 수가 있다고 전해진다. 중국의 고전문학에서는 금슬 좋은 부부를 상징하는 새로 소개된다.

『산해경(山海經)』에 소개된 비익조의 모습

시를 다 읊고 난 그녀가 오사견지[86]에 적어서 노파에게 전해 달라고 부탁한 것이었습니다. 준경은 그것을 보더니 웃으면서 말했지요.

"알고 보니 아씨께서 이렇게 재능이 뛰어나신 분이셨군요! 대단하십니다, 대단하세요!"

---

86 오사견지(烏絲繭紙) : 중국 고대의 종이의 일종. 송대 학자인 정초(鄭樵, 1104~1162)의 『부훤야록(負喧野錄)』에 따르면, "왕희지의 난정서는 쥐수염털 붓으로 검은 줄을 견지에 썼다. '견지'라는 것은 사실은 흰 비단이다. 검은 줄이란 바로 그 테두리 줄을 검은실로 짠 것을 말한다(蘭亭序用鼠鬚筆書, 烏絲欄繭紙. 所謂繭紙者, 蓋實絹帛也. 烏絲欄即是以黑白織其界欄也)"라고 한다.

그녀가 기를 쓰고 매달리는 것을 안 준경은 꾀를 하나 내어 노파를 보고 말했습니다.

"아가씨의 호의에 정말 감사드립니다! 사실 … 소생도 호감이 없는 것은 아닙니다. 그러나 이미 들이기로 한 아내가 있답니다. 양심을 속이고 허튼 생각을 품을 엄두를 낼 수 없으니 어쩌겠습니까! 아가씨께 전해 주십시오. '이 인연은 다음 생에 가서 맺자'고요!"

"도령님께서 혼사를 치루셨다니 제가 가서 고하도록 하지요. 아씨께서 속앓이를 하면서 괜히 애를 태우지 않게 말입니다요!"

노파가 그 자리를 떠나자 준경은 혼자서 문을 나서 관아의 일들을 보러 가서 날짜를 연기해 줄 것을 당부하는 등 여러 가지를 잘 처리한 다음, 날이 저물고 나서야 처소로 돌아왔답니다. 이날 밤에는 이야깃거리가 없었습니다.

그런데 다음날 이른 아침이었습니다. 그 노파가 또 건너와서 웃으면서 말하는 것이었지요.

"도령님! 젊은 나이에 거짓부렁도 잘 하시네요! (…) 마누라 감이 굴러들어왔는데 싫다고 뿌리치시다니! (…) 어제 아씨께 말씀을 드렸더니 절더러 '이 댁 두 집사에게 좀 물어 보라'고 하셨는데 … 두 사람 다 도령님은 부인을 들이신 적이 한번도 없다더만요? 그래서 아씨께서는 몹시 기뻐하시면서[87] 벌써 원외님한테 말씀을 드렸답니다. 잠시 뒤에 원외님께서 직접 오셔서 인사를 드리고 혼담을 꺼내시면 어쨌든 성사되겠구먼요!"

그 소리를 들은 준경은 한참 동안 얼이 나가 있다가 생각했습니다.

'이 속사정을 어디서부터 어떻게 해명한담? (…) 행장을 챙겨서 서둘러 이곳을 떠날 수밖에 없겠구나!'

준경은 문룡에게 분부하여 주인에게 돈을 치르고 서둘러 길을 나설 참이었습니다. 그런데 가만 보니 주인이 들어와서 알리는 것이었지요.

"이 객주의 주인이신 부富 원외께서 문산공께 인사 차 오셨습니다요!"

그 말이 끝나기가 무섭게 일흔 살이 넘은 웬 노인네가 싱글벙글 웃으면서 들어오더니 집 안에서 멀리로 문준경을 발견하고 지레 기뻐하면서 묻는 것이었습니다.

"이쪽 젊은 상공께서 … 바로 문 도령님이시겠지요?"

---

87 【즉공관 미비】落花有意隨流水. 지는 꽃에게 흐르는 물 따라 갈 마음이 있나 보군.

그때까지 객줏집 안에 있던 노파 역시 따라 오더니 말했지요.

"바로 이 분올습니다요!"

부원외는 두 손을 모아 인사를 하더니 말했습니다.

"이리 오셔서 인사라도 나누시지요."

인사를 한 문준경은 손님이 앉을 자리를 정리해 앉게 했지요. 그러자
부원외가 말하는 것이었습니다.

"이 늙은이한테 볼 일이 없다면 새 손님에게 폐를 끼칠 생각도 하지 않
았을 겝니다. (…) 이 늙은이에게 외조카가 하나 있는데 … 바로 경소경
의 딸로 여태 남의 댁과 정혼한 적이 없습니다. 헌데 … 제 조카는 평범한
자들하고는 호락호락 부부가 되지 않겠다고 맹세를 했지 뭡니까. 해서
이 늙은이가 함부로 말을 꺼낼 수가 없길래 '본인이 마음에 드는 상대를
알아서 보라'고 했답니다. 아 그런데 어제 이 늙은이를 보고 말하더군요
… '문 도령님이라는 분이 이 객주에 묵고 계신데 풍채가 비범하여 그 아
내가 되기를 바란다'고 말입니다. 그러면서 이 늙은이더러 와서 인사를
드리고 이 혼담을 꺼내라고 했답니다. (…) 지금 귀하를 만나 보니 정말
로 남달리 준수하시군요! (…) 제 조카도 제법 미모가 뛰어나고 … 글도
대충 할 줄 안답니다. 참으로 잘 어울리는 한 쌍이시니 귀하께서도 … 이

좋은 기회를 놓쳐서는 안될 것이외다!"

그러자 문준경은 이렇게 말했지요.

"어르신께 사실대로 말씀을 드리겠습니다! 소생이 조카따님의 잘못된 사랑을 과분하게 받으니 … 어디 남의 일처럼 여길 수가 있겠습니까? 먼저, 조카따님은 높은 벼슬을 하신 집안 출신이지만 소생은 무관 집안 출신이니 격이 맞지 않을까 걱정입니다. 또, … 나이 많으신 부친이 어려움을 당하신 일로 소생이 마침 억울한 사정을 하소연하러 서울에 들어가려던 참입니다. 이 일은 … 부친께 말씀드린 바도 없거니와 이 일로 부친의 구명운동을 지체하기도 난처합니다. 그래서 … 어르신의 뜻을 받들기가 어려울 것 같습니다!"

"도령님은 대대로 벼슬을 해 온 뼈대 있는 집안 출신이시지요. 거기다가 학당에서 수학하는 명사이기도 하지요. 조만간 입신양명 할 텐데 무슨 문신이니 무관이니 집안을 따진단 말입니까! 만약에 … 춘부장 어른 일 때문에 서둘러 서울로 들어가야 한다면 … 차라리 혼사부터 결정하고 돌아가는 길에 춘부장께 말씀드린다면 혼사를 치를 수 있지 않겠소이까? 그렇게만 된다면야 … 조카딸도 마음을 놓을 것이고 귀하의 일도 그르칠 일이 없는데 … 안될 일이 어디 있소이까?"

문준경은 핑계를 댈 방법이 없자 속으로 생각했습니다.

'이 댁에서는 내 속사정을 모르니 이렇게 다그쳐 대는 게지. (…) 그렇다고 해서 도를 넘겨서 비밀을 털어 놓을 수도 없고 … 내 생각에는 위찬지에게 화살의 인연이 있으니 말할 것도 없고 … 두자중은 두자중대로 더욱 두터운 사이이니 그를 저버리면 안될 것이다! (…) 그동안 '친척 여자들 속에서 인연이 될 사람을 따로 구해서 그에게 짝을 지어 줄까' 하는 생각을 가지고 있었지. 지금 이런 일이 생겼으니 차라리 일단 승락해서 이 댁과 정혼을 해 놓고 … 나중에 두자중과 인연을 맺게 해 주면 안성맞춤이 아니겠나?[88] 그때 가서 내가 여자인 것을 알게 되더라도 내가 거짓말을 했다고 탓하지는 못할 거야! 만에 하나 … 두자중과 인연이 닿지 않더라도 그때 가서 정리하기 수월할 테니 지금만큼 당혹스럽진 않을 게야.'

이렇게 계획을 정한 그녀는 원외를 보고 말했습니다.

"어르신과 조카따님의 호의를 입었는데 소생이 어디 그 배려를 받아들이지 않을 수가 있겠습니까? 다만, … 이 댁에 정표를 하나 남겨 정혼한 셈 치시지요. 소생이 서울에서 돌아오면 댁으로 찾아 뵙고 혼사를 치루는 방법 밖에 없을 것 같습니다."

준경은 말을 마치자마자 몸에서 그 양지옥 요장을 끌러서[89] 두 손으로

---

88 【즉공관 미비】此轉甚妙, 眞絶處逢生. 이 반전이 참으로 기막히군. 참으로 궁지에서 살아난 셈이다.
89 【즉공관 미비】閙妝方得實際. 요장이 이제야 쓰일 데가 생기는군!

원외에게 건네더니 말했습니다.

"이것을 조카따님에게 정표로 남기겠습니다!"

부원외는 뛸 듯이 기뻐하면서 그것을 넘겨받더니 노파와 함께 가서 경
씨댁 아가씨에게 알렸지요.

"한 마디에 바로 정혼하기로 했단다!"

원외는 객줏집 사람들을 시켜 술을 준비하게 해서 문'도령'을 배웅해
주었습니다. 준경은 거절할 수가 없어서 실컷 술을 먹고 나서 작별인사
를 나누었지요.

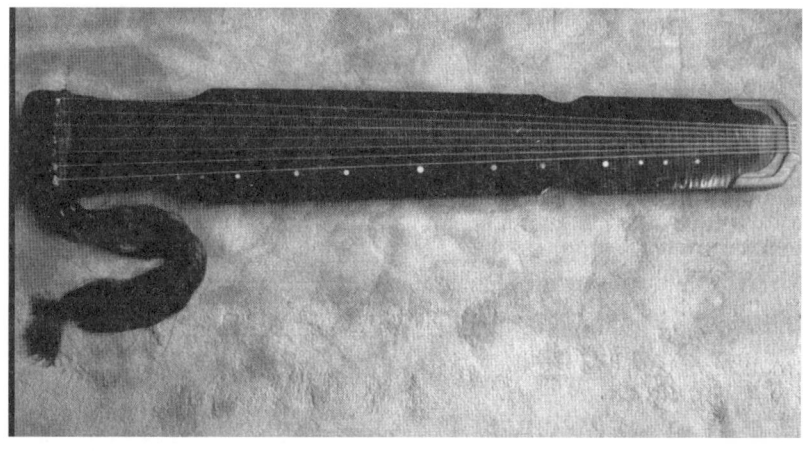

중국의 전통 악기 거문고

그렇게 출발해 상경 길에 올랐습니다. 그리고 한 데에서 밥과 잠을 해결하면서 밤에는 묵고 새벽 일찍 길을 나서곤 했지요.

그렇게 하루가 지나지 않아[90] 서울에 당도했답니다. 준경은 문룡을 시켜 먼저 가서 위찬지와 두자중 두 신참 진사가 머무는 곳을 알아보게 했습니다. 그리고 두자중의 거처를 확인했지요. 알고 보니 위찬지는 이미 예부에서 휴가를 받아 고향집으로 돌아간 뒤였습니다.

두자중은 문준경이 왔다는 말을 듣더니 몹시 반가워하면서 서둘러 장반[91]을 보내 자기 거처로 맞아들이게 했지요. 두 사람이 서로 만나 안부 인사를 나누고 나서 준경이 말했습니다.

"소생이 연로하신 가친의 일 때문에 지난번에 작별할 때 두 분께서

90 하루가 지나지 않아서[不一日] : 송대 화본, 명대 의화본 · 장회소설의 상투적인 표현. '불일일(不一日)'을 글자 그대로 풀이하면 '하루가 지나지 않아'로 번역되지만 그 실제의 의미가 무엇인가에 대해서는 논란이 있다. 일부 학자는 유명한 무협소설가 김용(金鏞)이 "승지 등은 북경을 나와 북쪽으로 떠나 며칠만에 성경에 당도하였다(承志等出京向北進發, 不一日到了盛京)"(『벽혈검(碧血劍)』) 등과 같이, 자신의 작품 여러 곳에서 사용한 '불일일'의 용례들이 물리적으로 하루 만에 도달할 수 없는 거리(북경에서 심양까지는 직선거리도 1,400리나 됨)임을 근거로 들면서 '며칠이 지나[過了幾天]'의 의미로 해석하기도 한다. 그러나 김용의 사례는 현대 중국어에서 사용되는 '불일일'은 원 · 명대 백화문학(구어문학) 작품 속에 사용된 관용적인 표현을 차용한 경우이므로 그것을 원 · 명대의 '불일일'을 '며칠이 지나'로 번역하는 근거로 삼기는 어렵다. 여기서는 편의상 일단 기존의 해법대로 "하루가 지나지 않아"로 번역하였다.

91 장반(長班) : 명대에 경직(京職) 관리의 시중을 들던 수행 종복을 가리킨다. 명대의 심덕부(沈德符, 1328~1401)가 지은 『만력야획편(萬曆野獲編)』에 따르면, "【경직 관리】손님을 접대하는 일은 모두 장반의 조언을 통해 이루어진다. 조정에 나가 중요 인사들을 뵙는 일 이외에도 이러저러한 일들 및 뵙기를 청하고 집안으로 들어가고 문밖으로 나갈 때 안내하고 지휘하는 일은 그들이 도맡아 하였다[【京官】拜客則皆出長班授意, 除赴朝會謁貴要之外, 遠近遲速以及當求面, 當到廳, 當到門, 導引指揮, 惟其所適]"고 한다.

'서울로 들어와서 편의를 도모하라'던 분부를 내내 마음에 새기고 있었습니다. 나중에 듣자니 두 분께서 급제하여 벼슬을 얻게 되셨다는 소식을 들었지요. 그래서 먼 길을 마다하지 않고 일부러 부탁을 드리러 이렇게 왔답니다. 뜻밖에도 위찬지는 벌써 돌아갔지만 지금 다행스럽게도 두 형께서는 서울에 남아 계시니 소생 이제야 마음이 놓입니다!"

그러자 두자중이 말하는 것이었지요.

"문형, 먼저 어르신께서 무고를 당하신 일을 공고문으로 붙이고 차례로 분명히 밝히고 목판에 새겨 조문[92] 밖에서 마주치는 사람마다 주도록 하시오. 그리고 공론화되기를 기다려서 소생이 병부兵部에 있는 친한 급제 동기에게 부탁해 다른 안건들을 상소할 때 그 속에 끼워 넣게 하겠습니다. 그렇게만 하면 본향으로 가서 구해 드리기 수월해지겠지요."

"가친께 당초에 작성하신 초고가 있는데 … 올려도 되겠습니까?"

"지금은 문신을 중시하고 무관은 경시하는데 … 어르신께서는 안원에서 문제를 제기하셨지요. 만약 무관이 나서서 스스로 밝히려 하면 그들이 용납하기는커녕 되려 격노해서 일을 망칠 우려가 있습니다. 차라리 소생이 방금 말씀드린 대로 하는 편이 좋지요. 문형께서는 경솔한 행동

---

92 조문(朝門) : 중국 고대의 대궐의 정문. 고대의 군신들은 이 대문을 통하여 조회를 여는 조당(朝堂)으로 들어가 정사를 논의했다고 한다.

조문

을 하지 않도록 하십시요!"

"가르쳐 주셔서 감사합니다! 소생은 서생書生의 소견일 뿐이니[93] 역시 두형께서 적극적으로 일을 맡아 주시지요!"

"성씨는 다르지만 형제와도 같은 사이올시다. 따지고 보면 자기 일인 셈인데 부탁까지 할 필요가 어디 있습니까!"

그러자 준경이 말했지요.

"찬지는 … 어째서 돌아간 겁니까?"

"찬지는 처음에는 한동안 소생 하고 같이 지내고 있었습니다. 그런데 '돌아가서 문형 하고 상의할 일이 하나 있다'고 그러더군요. '무슨 일이냐'고 물어도 이야기하려 들지 않고 말입니다. 그래서 소생이 '문형이 우리 두 사람이 급제한 것을 알면 서울로 들어오지 않을 리가 없다'고 했지

---

93 【즉공관 미비】書生不止, 只怕是女流之見. 실은 서생에서 그치지 않고 여자의 소견이 아닐까 싶구나.

요. 그래도 그는 '그건 기약할 수가 없습니다. 더욱이 집에서 처리해야 할 일이어서[94] 꼭 먼저 가야 합니다' 하더군요. 그렇게 해서 휴가를 내고 가 버렸답니다. 지금 뜻밖에도 문형이 여기까지 오실 줄 몰랐을 테니 서로 길이 엇갈려 버린 것이 아니겠습니까? 문형께 감히 여쭙겠습니다. 위형이 대체 무슨 … 일을 상의하려 한 겁니까?"

준경은 그것이 혼사 이야기임을 분명히 알고 있었습니다. 그러나 짐짓 모르는 척 이렇게 둘러대었지요.

"소생도 그 분이 왜 그러셨는지 영문을 모르겠군요. 제 생각에는 집안 일 … 때문이 아닐까요?"

"소생 생각으로도 그에게 별 일이 없을 것 같습니다마는 어째서 … 그렇게 안달복달 했던 걸까요?"

두 사람은 그렇게 한 동안 이야기를 나누었습니다. 그리고 나서 자중은 술을 준비해 환영 잔치를 열도록 분부했습니다. 문 씨네 하인에게는 짐을 잘 정돈하고 따로 거처를 찾을 것 없이 그곳에서 함께 지내면 된다고 일렀지요. 이것은 두자중이 지금까지는 위 씨네와 함께 지내다가 지금 위 씨네가 떠나서 그 집 건물이 비자 문 씨네 주종 세 사람이 묵게 해

---

94 【즉공관 미비】正不知事體不必家裏做也. 그 일은 굳이 집에서 처리할 필요가 없다는 것을 몰랐던 게지.

줄 수 있겠다 싶었던 것이지요. 자중은 이어서 문'도령'의 침실을 치우도록 분부하고 자기 침대를 옮겨 와 나란히 갖다 놓더니 말했습니다.

"밤에는 침대를 나란히 한 채 이야기를 나누십시다!"

그 모습을 본 준경은 속으로 좀 갑작스럽다는 생각이 들었습니다.

'과거에 함께 공부할 때는 낮에만 같이 어울리며 글월을 읽고 술을 마시는 정도에서 그치고 내가 자거나 일어난 모습은 전혀 본 적이 없었지. 그래서 눈치를 채지 못했던 거야. 하지만 지금은 한 방에서 부대끼게 되면 피할 수 없을 텐데 … 마각이 드러나기도 하면 어쩐담?'

그렇다고 해서 핑계를 대고 따로 잘 수 있는 구실거리도 없었습니다. 그러니 자신이 경각심을 단단히 가지고 피하는 수밖에 없었지요.

아무리 그렇다고는 해도 세상 일이라는 것이 진짜를 가짜라고 둘러댈 수도 없고 가짜를 진짜라고 우길 수도 없는 노릇입니다. 게다가 하루 종일 함께 지내다 보면 그런 사소한 거동들이나 대소변처럼 불편한 일들을 어디 많이 감출 수나 있겠습니까? 문준경의 입장에서는 낮에는 장안가[95]

---

95 장안가(長安街) : 명대의 도읍인 북경의 거리 이름. 장안(長安)은 원래 당나라의 도읍인 지금의 섬서성 서안시(西安市) 일대를 부르는 이름이다. 다만, 명대의 구어체 문학 작품들에 등장하는 '장안'은 '서울'의 별칭으로서의 북경을 가리키며, 더 정확하게는 지금의 천안문(天安門) 앞을 가로지르는 거리를 말한다.

1950년대 북경 장안가의 모습

에서 공고문을 내려 가서 사내 행세를 하면 그만이었습니다. 그러나 밤
에 자고 쉴 때에는 두자중의 눈 앞에서 이런저런 허점들을 드러낼 수밖
에 없는 상황이었지요. 자중은 똑똑한 사람인데 모르는 일이 어디 있겠
습니까? 좀 이상한 낌새를 눈치채기라도 하면 그럴수록 주의깊게 살필
것이고 그렇게 살필수록 꼬리를 잡힐 것이 뻔했지요.

  그런데 이 날 준경이 외출을 하면서 배갑[96]에 자물통을 채우는 것을
잊어 버렸지 뭡니까. 그래서 자중이 몰래 열어서 보니 죄다 서신이며 편
지 같은 것들 뿐이었습니다. 그 속에는 초고도 한 장 있는데 이렇게 적혀

---

96 배갑(拜匣) : 예물이나 청첩을 담는 장방형의 작은 나무 곽. '배첩갑(拜帖匣)'이라고도 불
    렀다.

있었지요.

"성도 면죽현의 여신도인 문씨가 향을 사르며 관진군신[97] 앞에 아뢰나이다. 바라옵건대 문확의 억울한 사정이 하루빨리 밝혀져 스스로 편안하게 고향으로 돌아갈 수 있도록 지켜 주소서! 대나무 화살의 기약이며 요장의 약속도 모두 뜻대로 이루게 해 주소서! 삼가 이 글을 올리나이다!"

成都綿竹縣信女聞氏, 焚香拜告關眞君神前. 願保父聞確寃情早白, 自身安穩還鄕. 竹箭之期, 鬪粧之約, 各得如意. 謹疏.

그것을 본 자중은 손뼉을 치면서 말했습니다.

"이제 보니 여기에 비밀이 있었군! 나는 사내도 아니야! 그녀한테 여태까지 속고 지냈으니! (…) 지금은 그녀가 하늘로 솟아 오른다고 해도 끄떡도 없다! 그건 그렇다마는 … 뒤의 두 구절은 무슨 뜻인지 알 수가 없군? (…) 남의 집과 정혼을 한 건 아닐까? 그럼 어쩐다지?"

그는 마음이 싱숭생숭해졌습니다. 그러는 사이에 불쑥 준경이 돌아왔지 뭡니까. 자중은 방 안에 맞이해 앉더니 준경을 보면서 내내 웃기만 했습니다. 준경은 이상하게 여기고 자신의 몸 위아래 앞뒤를 살피고 또 살

---

97 관진군신(關眞君神) : 중국의 도교에서 삼국시대 촉나라의 명장 관우(關羽)를 신격화 하여 높여 부르는 호칭. 이를 통하여 문준경이 관우 사당에서 부친 문확의 신원(伸寃)과 자신의 혼사가 성사되기를 기도했음을 알 수 있다.

피면서 물었지요.

"소생 … 오늘 행동에 무슨 문
제라도 있습니까? 두형께서 저
를 보면서 웃으시니 … 웬일이십
니까?"[98]

그러자 자중이 말하는 것이었
지요.

"그대가 날 잘도 속였구려!"

"소생 … 여기에 와서 하는 일
이라면 … 두형을 조금도 속인
것이 … 없는데요?"

도교에서 '관진군신'으로 신격화된 관우의 초상

"아주 많소! 준경이 잘 생각해 보시구려?"

"정말로 … 없다니까요!"

---

98 【즉공관 미비】絶好光景. 아주 훌륭한 장면이다!

그래서 자중이 말해 주었습니다.

"준경은 당초에 학사에서 함께 지낼 때 한 말을 기억하시오? 처음에 '소생이 여자라면 반드시 문형에게 출가할 것이요, 문형이 여자라면 반드시 문형을 아내로 삼을 것'이라고 했었지요. (…) 소생이 여자가 될 수 없는 것을 아쉽게 여겼는데 … 뜻밖에도 문형이 정말 여자이면서도 소생을 속일 줄이야! (…) 그렇지 않았더라면 이미 오래 전에 문형을 아내로 삼았을 것이요. 그래 놓고 어째서 '속이지 않았다'고 하시는 게요?"
준경은 그동안 숨겨 왔던 비밀을 들키자 얼굴이 빨개지는 것이었지요.

"누가 … 그런 말을 하던가요?"

그러자 자중은 소매 속에서 문제의 그 글이 적힌 종이를 꺼내더니 말했습니다.

"이건 준경의 친필일 테지요?"

준경은 한 동안 고개를 푹 숙인 채 아무 말도 하지 못 했지요. 그러자 자중은 바짝 다가와서 같이 앉더니 웃으면서 말했습니다.

"그동안 내내 사내끼리여서 짝이 될 수 없는 것을 안타깝게 생각해 왔는데 … 이제는 내 바라던 바를 이루게 되었구려!"

그러자 준경이 벌떡 일어나더니 말하는 것이었습니다.

"행적을 두형께 들키고 말았으니 이제는 발뺌 할 수가 없군요. 다만 한 가지 … 그동안 두형으로부터 분에 넘치는 사랑을 받아 왔고 … 두형을 사모하는 마음 역시 없는 것은 아닙니다. 그러나 … 연분에 관해서는 이미 찬지에게 당부한 이상 이제는 두형을 섬길 수가 없게 되었습니다. 그러니 양해해 주시지요!"

그러자 자중은 놀란 표정으로 말했습니다.

"소생과 찬지는 똑같이 준경의 동창이올시다! 서로 의기가 투합하는 걸로 따지자면 소생이 그보다는 더 가깝다고 생각했는데 … 어째서 찬지만 편애하고 소생을 박대하시는 게요? 더욱이 … 찬지가 여기에 있는 것도 아닌데 멀쩡히 있는 종은 치지 않고 새로 구리를 녹이려 들다니요[99]? 이게 어떻게 된 영문입니까?"

"두형께서 모르시는 것이 있습니다. 그 상소 글에서 '대나무 화살의 기약'이라고 한 대목을 보셨습니까?"

---

99 멀쩡히 있는 종은 치지 않고~[現鐘不打, 又去煉銅] : 원·명대의 속담. 눈 앞의 것은 안중에도 두지 않고 엉뚱한 것에만 매달려 사서 고생을 한다는 뜻이다. 이보다 이른 원대 극작가 마치원(馬致遠)의 잡극 희곡 『청삼루(靑衫淚)』에는 "종을 보고도 치지 않고 구리부터 녹이려 든다[見鐘不打, 更去煉銅]"로 나와 있다.

"그 대목이 소생이 이해할 수 없는 말이올시다!"

"소생은 두 분과 함께 공부를 한 사이여서 내심 점괘가 나오는 대로 따르기로 했었지요. 그 날 하늘을 우러러 몰래 '제 화살이 날아갔을 때 그것을 먼저 줍는 이와 바로 부부의 인연을 맺게 해 주십사' 기도를 들였답니다. 그런데 나중에 그 화살이 공교롭게도 찬지에게 있길래 소생이 '우리 집 누님이 쏜 것'이라고 거짓말을 했지요. 그러자 찬지는 그때부터 사모하는 마음을 품고 옥으로 만든 요장을 정혼의 정표로 삼았습니다. (…) 그때 소생은 드러내 놓고 말하지는 않았지만 속으로는 이미 정혼을 하기로 결심했지요. (…) 이 일은 하늘의 뜻이 그런 것이지 소생이 누구를 편애하고 박대하는 것이 아닙니다!"

그러자 자중은 껄껄 웃으면서 말했습니다.

"정말 그렇다면 준경은 의심할 것도 없이 내 아내가 되어야 옳소이다!"

"무슨 말씀이십니까?"

"지난번에 학사의 그 화살 … 사실은 소생이 주운 것이었소! 살대에 작은 글씨가 두 줄 적혀 있는 것을 보고 신기하게 여기면서 소리 내어 읽고 있었지. 그런데 찬지가 그 소리를 듣고 오더니만 이 손에서 나꿔채 가서 봅디다. 그런데 그때 뜻하지 않게도 집에서 소생을 데리러 왔길래 그 화살을 찬지에게 남겨 놓고 찾아가지 않았지요. 그러니 어디 찬지가 주운 것이겠습니까? (…) 만약에 준경이 점 친 하늘의 뜻으로 치자면야 더더욱 바로 이 몸이야말로 점괘대로 된 셈이지요. 찬지는 … 다음에 물어보시면 부정하지는 않을 겁니다!"

"화살의 글씨를 보았다고 하시니 … 지금 기억해낼 수 있으시겠습니까?"

"볼 때는 갑작스럽기도 하고 무심결이기는 했습니다마는 … 그래도 '矢不虛發, 發必應弦화살은 그냥 쏘는 것이 아니니 쏘면 반드시 맞추어야 하는 법' 여덟 글자였던 것만은 기억하고 있지요. 소생이 지어내기라도 했을려구요!"[100]

그 말이 사실임을 안 준경은 마음이 진작에 누그러졌는지 이렇게 말했습니다.

"정말 그러시다면 그것은 하늘의 뜻입니다! 다만 … 위찬지가 그렇게 오랫동안 그리워한 보람도 없이…[101] 거기다가 지금은 거기다가 고향집에 돌아가 버렸으니 나중에 알기라도 하시면 심정이 어떻겠습니까?"

"그건 … 장담 할 수가 없지요. 예전부터 '선수를 치는 이가 이긴다[先下

---

100 **【즉공관 미비】**卽非拾箭, 此時豈能不相偶乎? 화살을 줍지 않았다고 해도 지금 이 상황에서 어떻게 짝이 되지 않을 수가 있겠나?
101 보람도 없이[枉了] : 명대의 구어체 표현인 '왕료(枉了)'는 일반적으로 구문 앞쪽에 사용되어서 그 뒤의 상황이 허사로 돌아간 것을 가라키는 경우가 많다.

手爲强'고 했소이다. 더욱이 … 당초부터 내 것이었던 것을요!"

그러더니 준경을 껴안고 그 일을 벌이면서 말하는 것이었지요.

"사이 좋던 형제가 이제는 비단 금침을 함께 덮는 사이가 되었으니 …
천상과 인간세상에 이 같은 즐거움은 없을 게요!"

준경은 뿌리치지도 못하고 부끄러워 하면서 휘장 안으로 들어가 자중
이 하는 대로 몸을 맡기는 수밖에 없었지요. 그 일을 묘사한 [가조畣[102]調]
【산파양山坡羊】[103] 한 수가 있답니다.

이 젊은 수재님 요상도 하시더니	這小秀才有些兒怪樣,
비단 휘장 안으로 들어가더니	走到羅帷,
어느 새 본 모습 드러내었네.	忽現了本相.
본래 학당에선 급제 목표 삼은 도령이더니	本來是个黌宮裏折桂的郎君,
이제 장대에선 꽃 지키는 장수 되었구나.	改換了章臺內司花的主將.
금란의 약조는	金蘭契,

---

102 【즉공관 협주】音可. 발음은 '가[kě]'이다.
현대 중국어에서 '畣'의 발음은 '대(tǎi)'이다. 그래서 중국에서 출판된 『박안경기』 판본
들은 모두 "畣調"를 '대조[tǎi diào]'라고 적고 있다. 그러나 상우당본 원문(제1418쪽)에
능몽초가 해당 글자 옆에 붙인 협주(夾注)에는 "발음은 '가'[音可]"라고 되어 있다. 그렇
다면 적어도 여기서의 "畣調"는 '대조'가 아니라 '가조[kě diào]'로 읽어야 옳다.
103 【산파양(山坡羊)】: 명대 정덕(正德) 연간(1506~1521)에 민간에 유행한 민요 가락. 여
기서 '가조(畣調)'는 원래의 가락을 살짝 비틀어 새로 만든 변주곡이라는 뜻이다.

동창 친구가 가짜를 진짜로 착각하다

이제 살 냄새 향기롭게 느껴지고	只覺得肉味馨香;
붓과 벼루로 친분 맺더니	筆硯交,
정말로 창 같은 붓을 가졌구나!	果然是有筆如鎗.
눈썹 찌푸리고	皺眉頭,
아픔을 참으며	忍着疼,
좋은 벗의 침술 받고는	受的是良朋針砭;
가슴 속 파고 들고	趁胸懷,
구멍 문지르노라니	揉着竅,
마음이 다 후련해질 줄 누가 알았겠나.	顯出那知心酣暢.
한 차례 서로 절차탁마 하는데	用一番切切偲偲來也,
아이쿠, 멀리서 온 것이 분명한데	哎呀, 分明是遠方來,
즐겁기 그지 없구나.	樂意洋洋.
생각해 보니	思量,
하나는 내고 하나는 들이니	一耀一耀,
연작시의 싯구런가?	是聯句的篇章,
허둥지둥	慌忙,
구름 생기고 비 내리니	爲雲爲雨,
여태 용양군인 줄 잘못 보았었구나!	還錯認了龍陽.

일을 치르고 나서 문 씨네 아가씨는 외모를 바로 잡고 자리에서 일어나더니 한숨을 쉬면서 말하는 것이었습니다.

"소녀 평생의 중대사를 서방님께 맡겼으니 … 이제 소원을 이룬 셈입니다! 다만 … 위찬지를 속인 일은 … 그에게 뭐라고 해명하지요?"

그러다가 갑자기 생각을 해 보더니 손으로 침상을 두드리면서 말했지요.

"방법이 생각났다!"

그러자 두자중 쪽에서 되려 깜짝 놀라면서[104] 말했습니다.

"이 일에 … 무슨 방법이 있는 게요?"

"서방님께 일러 드리지요. (…) 소녀 지난번에 성도에 갔을 때 객줏집에서 묵었었답니다. 그때 주인 집 외조카딸이 소녀를 훔쳐 보더니 그 외삼촌[105]에게 이야기해서 저와 정혼하겠다고 난리도 아니었습니다. 그래서 소녀가 꾀를 내어 정표로 잠시 정혼을 한 셈 치고 귀향할 때에 혼사를 치르겠다고 둘러대었지요. 그때 소녀 생각에 위찬지와는 화살의 기약이 있으니 서방님이 소외 당하지 않을까 걱정이 되더군요. 거기다가 그 여자는 재능과 미모를 모두 갖추어서 서방님이 배필로 삼을 만하다 싶었습

---

104 【즉공관 미비】不得不驚, 此處用不得兩全之術. 놀라지 않을 수가 없지. 이 상황에서는 양쪽을 모두 만족시킬 수 있는 방법을 찾으려야 찾을 수가 없으니.

105 외삼촌[外公] : 현대 중국어에서는 '외공(外公)'이 '외할아버지'라는 뜻으로 사용되고 있다. 그러나 명대 구어체 중국어에서는 '외삼촌'을 가리키는 말로 사용되었으므로 그 의미에 각별히 유념할 필요가 있다.

니다. 그래서 그 인연을 남겨 놓았었지요. (…) 이제 소녀는 서방님과 인연을 맺었으니 나중에 돌아갔을 때 위찬지가 당초의 언약을 물었을 때 이 댁 일로 중신을 서서 그의 혼사를 이루어 준다면 … 그보다 좋은 일이 어디 있겠습니까? 더욱이 … 당시에는 그저 '누님'이라는 말만 해서 위형도 속으로는 바로 소녀임을 눈치채지 못했을 테니 그를 속인 것도 아닌 셈이구요."

그러자 자중이 말했습니다.

"그 방법이 아주 기막히는구려! 벗을 생각하는 아가씨의 갸륵한 마음을 엿볼 수가 있소이다! (…) 이 해결책이 생겼으니 그 아가씨 하고 짝을 지어 주면 찬지로서도 싫지는 않을 게요. 여기까지 오는 길에 그런 신기한 일이 다 있을 줄이야! (…) 또 한 가지 물을 일이 있소이다. 오는 길에 여자라는 정체를 들키지 않은 것은 말할 것도 없소. 다만, … 아가씨가 아무리 남장을 하기는 했다지만 사내 종복을 둘이나 데리고 다니기에는 … 정말 불편했을 것 아니오?"

그 말에 아가씨는 웃으면서 말했지요.

"같이 온 사람이 둘 다 사내라고 누가 그러던가요? 그 두 사람은 사실은 부부 사이입니다. 한쪽은 남자이고 한쪽은 여자인데 똑같이 차려 입게 한 것뿐이지요. 그래서 오는 길에도 시중을 잘 들어 주어서 거동할 때

피하거나 꺼릴 필요가 없었지요!"

그러자 자중도 웃으면서 말했습니다.

"'그 상전에 그 종복'[106]이라더니 재주 있는 사람이 벌이는 일이 하나 같이 신기한 일뿐이로구려!"

아가씨는 경 씨댁 여자가 화답한 시를 꺼내서 자중에게 보여 주었습니다. 그러자 자중이 말하는 것이었지요.

"세상에 그런 여자가 다 있다니! 위찬지가 그 여자를 아내로 삼으면 아주 만족하겠구려!"

아가씨가 이번에는 부친 일을 상의하니 자중이 말하는 것이었습니다.

"이제는 내 장인어른이시니 글을 쓰고 힘을 보태기가 훨씬 수월해졌소이다! 이부에 내 지인이 하나 있소. 먼저 그에게 부탁해서 앙숙지간인 병도를 다른 곳으로 전출시킨다면 일을 처리하기 수월해질 게요!"

"그것이 최선의 방법이니 … 서방님께서 꼭 염두에 두십시요!"

---

106 그 상전에 그 종복[有其主必有其僕] : 명대의 속담. 성격이나 처신이 비슷한 부류끼리 어울린다는 뜻으로, 4자 성어 '유유상종(類類相從)'과 대체로 비슷한 말이다.

자중은 실제로 이부로 가서 그 일을 부탁했습니다. 그리고 며칠 사이에 그를 영전시키라는 상소를 올려 병도를 광서廣西 지방으로 전출시켰지요. 그리고 나서 자중은 아가씨에게 이렇게 알려 주었습니다.

"앙숙이 전출되었으니 이제 서둘러 출장을 신청하여 당신과 함께 돌아가 장인어른을 구해 드리고 이 사건을 마무리해야겠소! 이쪽에서는 확실하게 소명했으니 무안無按에서 슬쩍 상소를 올리기만 해도 만사 다 잘 해결될 것이오."

더더욱 감격한 아가씨는 금슬이 훨씬 돈독해졌지요.

문비아(좌)와 두자중(우)의 이야기를 영화로 각색한 홍콩 쇼 부라더스 영화사의 『여수재女秀才』(1966). 문비아로 분한 사람은 당시 큰 인기를 모으던 여배우 능파(凌波)이다

그렇게 해서 자중은 출장을 신청하여 군량을 산동山東으로 수송하고 나서 그 길로 고향으로 돌아갔습니다. 아가씨는 지난번처럼 사내 차림으

로 바꾸어 입고 문룡 부부와 함께 활과 화살을 지닌 채 이전의 옷차림 그대로 말을 타고 자중의 관용 가마 옆에 붙어 다녔지요. 그래서 두 씨댁 하인들조차 처음부터 '도련님'이라고 불렀답니다.

그렇게 며칠을 가서 막주[107]를 지날 즈음이었습니다. 드넓은 들판에서 명적[108] 한 대가 자중의 가마를 스쳐 날아오는 것이 아닙니까! 아가씨는 나쁜 자가 접근하는 줄 알고 가마꾼들에게 분부했습니다.

"너희들은 무조건 앞으로 달려라! 내가 여기서 놈을 상대하겠다."

그야말로

허둥대는 자는 제대로 할 줄 모르고	忙家不會,
제대로 하는 자는 허둥대지 않는 법.	會家不忙.

아가씨는 활집의 활을 뽑아 시위를 걸고 화살을 재었습니다. 그런데 가만 보니 백 걸음 밖에서 말 한 마리가 나는 것과도 같이 달려오는 것이 아닙니까. 아가씨는 활을 당긴 채로 큰 소리로 말했지요.

---

107 막주(鄚州) : 명대의 지명. 지금의 하북성 임구시(任丘市) 일대에 해당한다.
108 명적[鳴鏑] : 살촉의 쇠 부위에 구멍이 나 있어서 공기와의 마찰로 소리가 나는 원리에 따라 특수제작된 화살. 주로 싸움이 시작되거나 특정한 신호를 알려야 할 때에 쏘았다고 한다.

"받아라!"

그쪽 사람은 미처 대비를 하지 않은 탓에 어느 사이에 화살을 맞고[109] 말에서 굴러 떨어지더니 땅바닥에서 버둥거리는 것이었습니다. 그러자 아가씨는 재빨리 말에 채찍질을 해서 앞서 간 가마를 따라가더니 큰 소리로 말했습니다.

"도적을 처치했으니 안심하고 갑시다!"

함께 길을 가던 사람들은 다들 '젊은 도련님께서 활솜씨가 대단하시네' 하고 칭찬을 하면서 저마다 두려워하는 것이었지요. 가마 안의 자중까지 덩달아 의기가 양양해진 것은 말할 나위도 없었답니다.

문준경은 이렇게 공무를 다 마치고 무사하게 집으로 돌아갔답니다. 부친 문 참장은 병도가 승진해 전출되면서 외지에서 조정의 처분만 기다리면 되게 되었지요. 들어가 참장을 만난 아가씨는 서울에서 있었던 일들과 두자중의 도움으로 병도를 전출시킨 일을 자세히 이야기해 주었습니다. 그러자 참장은 감격해 마지 않으면서 말했습니다.

"이렇게 큰 은혜를 무엇으로 갚는단 말인가!"

---

109 【즉공관 미비】此技又勝同窗者一籌. 이 솜씨 역시 동창들보다 한결 뛰어나군.

아가씨는 이어서 자신이 여자임을 들켜서 이미 그와 부부의 인연을 맺고 함께 집으로 돌아온 사연도 들려주었지요. 그러자 참장은 참장대로 기뻐하면서 말하는 것이었습니다.

"이 역시 '신랑은 유능하고 신부는 아름답다'는 경우가 아니겠느냐? 헛되지 않은 인연이니라! (…) 너는 어서 화장을 고치거라. 그가 이번에 금의환향한 이 좋은 날을 만난 김에 너를 출가시키도록 하겠다!"

그러자 아가씨가 말했습니다.

"화장은 아직 고치기 곤란하오니 … 일단 위찬지부터 만나 보아야 할 것 같습니다."

"그렇지 않아도 너를 보면 이야기하려던 참이었다. (…) 위찬지가 서울에서 돌아온 뒤로 어쩐 일인지 사람을 시켜 확인을 하러 와서 그러더구나. 내게 딸이 있는데 자기가 청혼을 하려 한다고 말이다. (…) 나는 그 선비가 네 소문을 눈치채고 네 혼담을 넣으러 온 줄로만 알았단다. 헌데 막상 물어 보니 동창인 우리 집 도령이 자기한테 약속했다고 대답하더구나. 그것을 보면 … 네가 여자라는 사실을 아직 모르고 있는 것 같다. 나는 대답하기 난처해서 그냥 네가 집에 돌아올 때까지 기다려 보자고 둘러대고 말았다. 그런데 지금 그를 만나서 어쩌려고?"

"거기에는 곡절이 많답니다! 당장은 말씀드릴 수가 없고 … 아버님도 나중에는 아시게 될 겁니다."

명대 병서 『무비요략』에 소개된 활쏘기 예시

이렇게 이야기를 나누고 있을 때였습니다. 위찬지가 인사를 하러 왔지 뭡니까. 알고 보니 위찬지는 지난번 혼인 일 때문에 마음을 놓지 못해서 고향 집으로 돌아온 것이었습니다. 그런데 뜻밖에도 '문 씨댁 도련님이 또 서울로 가셨다'는 대답이 돌아왔지 뭡니까. 그는 사람을 시켜 '문 씨댁 도령에게 누님이 있는지' 확인하게 했지요. 그런데 그럴수록 별별 이야기가 다 나와서 당최 갈피를 잡을 수가 없었습니다. 어떤 사람은 이렇게 말했지요.

"참장께서는 도련님만 두 분 두셨는데 장남과 차남 뿐입니다. 따님은 전혀 없굽쇼!"

또 어떤 사람은 이렇게 말했답니다.

"참장께 따님이 있다니 … 바로 그 도령 말인가?"

이렇다 보니 위찬지는 긴가민가 하면서 별별 생각을 다 했지 뭡니까. 그러다가 문 씨댁 도령이 돌아왔다는 소식을 들었던 것입니다. 그래서 허둥지둥 인사를 하러 와서 확실하게 확인하려던 참이었지요.

문 씨댁 아가씨는 예전에 했던 대로 그를 맞아 들였습니다. 그런데 안부 인사를 나누기가 무섭게 찬지가 다급하게 묻는 것이었습니다.

"문형! 누님 이야기는 … 어떻게 된 게요? 소생은 그 일 때문에 돌아온 건데 말이요!"

그래서 아가씨가 말했지요.

"위형께 아주 근사한 부인이 생기실 테니 맡겨만 주십시오!"

"소생이 사람을 시켜 댁에 와서 확인해 보게 했지만 … 대답이 오락가락 하던데 … 어떻게 된 영문이요?"

"위형께서는 의심하실 것 없습니다. 옥 요장은 이미 당사자 처소에 있으니까요! 소생이 조금만 더 중재하고 나서 부인을 맞이할 준비만 하시면 됩니다!"

"문형께서 그렇게 말하는 걸 보면 … 댁의 누님은 아니신가 보오?"

그러자 아가씨는 이렇게 말했습니다.

"두자중은 경위를 모두 다 알고 있습니다. 그에게 가서 물으시면 분명하게 알게 되실 것입니다!"

"어째서 지금 당장 확실하게 이야기하지 않고 … 물으러 가라고 하시는 게요?"

"거기에는 곡절이 많아서 소생이 말씀드리기 곤란합니다. 자중 말고는 소상하게 이야기를 들려 드릴 사람이 없군요!"

그 말은 위찬지를 갈수록 의아스럽게 만드는 것이었지요. 그는 두자중에게 인사를 가기 위해서 서둘러 몸을 일으켰습니다.
두자중의 집에 도착한 그는 다른 이야기는 꺼낼 틈도 없이 다짜고짜 문준경이 말한 일부터 묻지 뭡니까. 그래서 두자중은 서울에서 두 사람이 자기 처소에서 함께 지내다가 그가 여자임을 간파하고 부부의 인연을 맺은 경위와 사연을 자세하게 들려주었지요. 그러자 위찬지는 하도 놀라서 얼이 다 나갈 정도였습니다.

"지난번에도 누가 그렇게 이야기 합디다. 그래도 나는 절대로 안 믿었지요. 그런데 문준경이 정말로 여자였을 줄이야! (…) 그녀는 내 인연이 분명했는데 … 지난번에 흘러버리고 말았으니!"

그래서 자중이 말했지요.

"어째서 위형의 인연이었다는 게요?"

그러자 찬지는 당초에 화살을 주웠을 때에 옥 요장을 정표로 삼았던 일을 들려주었지요. 그러자 자중이 말했습니다.

"그 화살 … 애초에 소생이 주운 것이었지요! 원래는 그녀가 하늘을 우러러 남몰래 점을 친 것이었답니다. 소생이 당시에는 그 영문을 알지 못했을 뿐이지요. 위형께서 그 화살을 얻은 일은 없었지요. (…) 이제 원래대로 소생에게 돌아온 것도 알고 보면 하늘의 뜻이신 게지요! 위형이야 지난번에 그저 그녀의 '누님'인 줄로만 알고 있었지 애초부터 그녀 본인에게는 관심을 두신 적이 없었소이다. (…) 이 일은 후회하실 필요도 없습니다. 위형 입장에서는 요장의 언약만 허사가 되지 않으면 되지 않겠습니까?"

"날 다 새 버렸는데[110] 허사가 되지 않는다니 무슨 말씀입니까? 정말로 … 그 댁에 누님이 있기는 한 겁니까?"

자중은 이어서 문 씨댁 아가씨가 서울에 가는 길에 경 씨댁에서 겪은
일을 자세하게 이야기해 주고 말했지요.

"그 여자는 재주며 미모가 남다르답니다. 그때는 순간적으로 뿌리칠
수가 없어서 위형의 요장을 임시로 그곳에 정표로 주었다는군요. (…)
이제 생각해 보면 그렇게 될 운명이었던 셈이니 … 위형의 인연이 아니
고 무엇이겠습니까?"

"어쩐지 문준경이 '자신은 이야기하기 난처하다'고 한다 했더니 이제
보니 그런 곡절이 있었군요! 다만 한 가지 … 아무리 문준경이 그곳에서
정혼을 했다고는 하지만 … 그 댁에서는 분명히 알고 있었던 것도 아니
고 … 소생도 제 혼사에 중신을 설 입장도 못되는데 … 어디 성사될 리가
있겠습니까?"

"소생과 문씨가 이미 부부 사이가 되기는 했지만 여태 장인어른을 뵙
지도 못했습니다. 바로 오늘 신부를 맞아들일 참인데 … 중신아비의 도

---

110 날 다 새 버렸는데[符已去矣] : 명대의 유행어. '부이거(符已去)'는 글자 그대로 직역하면
'부적은 벌써 떼어 버렸는데' 정도로 번역된다. 중국에서 대문 앞에 붙이는 대련(對聯)은
처음에는 복숭아나무로 만든 나무 패찰[木牌]에 글을 써서 대문 양쪽에 걸어서 사악한
기운과 잡귀를 쫓아내는 식이었다. 이 나무 패찰을 '부(符)'라고 불렀는데, 해마다 음력
설이 되면 지난 해에 걸렸던 패찰은 떼고 새해의 새로운 패찰을 걸곤 하였다. 이를 "새
복숭아나무로 예전 부를 갈아 치운다[新桃換舊符]"고 하였다. 이 같은 습속은 후대에까
지 전승되다가 오대(五代)에 이르러 대련의 내용을 종이에 적어 대문 양쪽에 붙이는 식
으로 바뀌었다. 여기서의 '부이거'는 '효력이 다 했다'는 뜻으로 사용된 것으로 해석되어
서 편의상 "날 새다"로 번역하였다.

움을 받을 수밖에 없는 형편입니다. 지금 수고스러우시겠지만 … 위형께서 소생을 위해서 좀 맡아 주시지요! 소생이 혼례를 치루고 나면 그 보답으로 소생이 중신을 서 드리면 그만이지요!"

그러자 찬지는 껄껄 웃으면서 말하는 것이었지요.

"그래야지요, 그래야지요! 다만, … 우습게도 소생이 내내 그렇게 꿈을 꾸었건만 이번에도 두형한테 선수를 빼앗기고 말았군요! (…) 이제 소생이 허사가 되지 않게 해 주시겠다니 그것만으로도 잘된 셈이지요. (…) 그럼 소생이 먼저 문 씨댁으로 가서 그 뜻을 전해 드릴 테니 두형께서는 뒤따라 오도록 하십시오!"

위찬지는 큰 옷을 달라고 해서 갈아입더니 그 길로 가마를 타고 문 씨댁으로 향했습니다.
이때 문 씨댁 아가씨는 벌써 화장을 고치고 신부 방을 지키고 있었습니다. 그래서 문 참장이 직접 나와서 그를 맞이하는 것이었지요. 위찬지가 두자중의 말을 전하자 문 참장이 말했습니다.

"저희 집 딸이 철 없이 학문을 흠모하다가 훌륭한 분께서 관심을 가져 주신 덕분에 이제 다행스럽게도 이처럼 좋은 인연을 맺게 되었으니 한낱 갈대가 귀한 옥의 짝이 된 격이올시다! 정말 몸 둘 바를 모르겠구려!"

문 참장은 딸에게서 이야기를 들은지라 매사를 잘 준비하느라 경황이 없었습니다. 그런데 문지기가 이렇게 알리는 것이었지요.

"두 나리께서 신부를 맞이하러 오셨습니다요!"

풍악이 하늘까지 쩌렁쩌렁 울리는 가운데, 두자중이 큰 붉은 옷을 입고 가마를 타고 대문 안으로 들어오는 것이 아닙니까. 그야말로 젊은 나이의 서방님이다 보니 저마다 칭찬을 하면서 부러워하는 것이었지요. 그는 정당[堂中]으로 들어가 정해진 자리에 서더니 문 참장에게 절을 했습니다. 그리고는 아가씨를 나오게 해서 다시 함께 맞절을 하고, 위찬지에게 고맙다는 인사를 하더니 가마에 타고 길을 나섰습니다.

신랑 집에 당도해서는 신부를 집안으로 맞아 들여 하늘과 땅에 절을 올리고 조상님네 계신 사당에 인사를 드렸지요. 두자중과 문 씨댁 아가씨는 신혼 부부이지만 오랜 친구이기도 하다 보니 내내 싱글벙글 기뻐하면서 큰일을 마무리하는 것이었습니다.

그러나 유독 위찬지만은 좀 부러웠던지[111] 속으로 이렇게 생각했지요.

'똑같은 동창 친구인데 하필이면 그 두 사람이 부부가 되었구나! 평소에 두자중은 유난히 서로 사랑하면서 늘 '남자에서 여자로 바뀌어서라도 부부가 되면 좋겠다'고 안타까워했지. 그런데 뜻밖에도 오늘 이렇게 그

---

111 【즉공관 미비】不得不眼熱. 부러워하지 않을 수가 없지.

소원을 이루었으니 이 또한 희한한 이야깃거리인 셈이다! 다만…, 내게 약속한 일은 정말 어떻게 될지 알 수가 없구나!'

이튿날, 위찬지는 바로 자중의 집으로 축하 인사를 갔습니다. 그리고 겸사겸사 지난번 일을 물어 보았더니 자중이 말하는 것이었지요.

"간밤에 제 아내가 소생과 상의한 끝에[112] 오늘 바로 그 일로 함께 성도로 가기로 했습니다. 제 아내가 그 일로 위형께 보답하여 그 약속을 지키기 위하여 기필코 희소식을 가지고 돌아오겠다고 맹세하더군요!"

"고맙습니다, 고마워요! 같은 동창 사이이니 제 외로운 처지를 생각해 주셔야지요. 그건 그렇고 … 그 분이 정말 어떤 분인지 모르겠군요?"

자중은 안으로 들어가서 경 씨댁 아가씨가 지난번에 화답한 시를 꺼내더니 찬지에게 보여 주었습니다. 그러자 찬지가 말했습니다.

"정말 이런 여자를 얻는다면 … 소생도 두형을 시샘할 필요도 없겠군요!"

"아내가 내내 칭찬을 하는 걸 보면 실망하는 일은 없으실 겁니다!"

---

112 【즉공관 미비】 不知新婦幾時開言的. 신부가 언제 말을 했는지 모르겠군.

"이 일이 성사된다면 정말 더더욱 희한한 일이 되겠군요. 그럼 소생은 집에서 학수고대 하고 있겠습니다!"

두 사람은 껄껄 웃으면서 작별했답니다.

두자중은 그 이야기를 문 씨댁 아가씨에게 들려주었습니다. 그러자 아가씨가 말하는 것이었지요.

"그 분은 오래 전부터 바라고 있던 터이니 그러실 만도 하지요. 무조건 서둘러 성도로 가서 이 일을 성사시켜 드려야 겠어요!"

아가씨는 지난번처럼 문룡 부부를 데리고 두자중과 함께 성도로 왔습니다. 그리고 지난번 객줏집을 찾아가서 그곳에 묵었지요. 두자중은 문룡에게 시켜 명첩을 들려서 그 길로 부 원외에게 인사를 갔습니다.[113] 원외는 이번에 급제한 진사가 인사를 왔다는 말을 듣고 영문을 알지 못했지요. 그래서 허둥지둥 그를 맞이해 안으로 들어가더니 앉자마자 말했지요.

"어쩐 … 일로 대인께서 이 미천한 곳까지 왕림하셨습니까?"

그래서 자중이 말했지요.

---

113 【즉공관 미비】新進士可以止兒啼. 신참 진사가 아이 울음도 그치게 할 수 있군 그래.

"소생이 이곳을 지나다가 경 씨댁 아가씨 이야기를 들었습니다. 어르신의 외조카따님으로 재능이며 외모가 남다르다고 하더군요. (…) 제 벗한 사람도 이번에 과거에 급제했는데 … 부인으로 삼고 싶어 하길래 … 해서 특별히 이렇게 찾아뵈었습니다!"

"이 늙은이에게 외조카딸이 하나 있기는 있습니다마는 … 그 아이가 직접 짝을 고르겠다고 하더니 지난번에 서울에 들어간 문 도령에게 반해서 벌써 예물을 받은 상태올시다. 대인께서 좀 늦으셨군요!"

"그 문 도령이라는 이도 제 벗이지요. (…) 소생이 알기로는 … 그가 다른 분과 부부가 되었으니 … 조카따님을 아내로 맞으러 오지는 않을 것입니다. 해서 이렇게 중신을 서러 올 엄두를 낸 것을요."

"문 도령도 글공부를 한 군자인데 … 정표까지 남기고 서로가 혼인을 하기로 해 놓고 어떻게 남의 집 자녀 앞길을 망칠 수가 있단 말입니까! 제 조카딸은 조카딸대로 그 자의 답장을 기다리려고 할 겝니다!"

그러자 자중은 지난번에 경 씨댁 아가씨가 시를 적은 편지지를 꺼내더니 말했습니다.

"어르신…, 이 종이를 한번 보시지요. (…) 조카따님이 문 도령에게 써 준 것이 아닙니까? (…) 문 도령이 신부를 맞이하러 올 마음이 없기 때문

입니다. 그래서 이것을 증거물로 소생에게 주길래 제 벗을 위하여 조카
따님에게 혼담을 넣으러 온 것입니다. 바로 이것이 … 문 도령의 답신입
니다!"

원외가 받아서 보니 외조카딸의 글씨가 분명하지 뭡니까. 원외는 망설
이더니 말했습니다.

"지난번에 문 도령도 자신이 아내 감을 정해 놓았다고 했었지요. 그 말
을 믿지 않고 '꼭 청혼을 받아들여야 된다'고 몰아 부쳤었는데 정말 그런
일이 있었구려! (…) 이 늙은이가 일단 조카딸 하고 좀 상의를 해 보지요.
그리고 나서 대인에게 답변을 드리겠소이다!"

원외는 작별하고 잠시 들어갔다가 나오더니 말하는 것이었지요.

"방금 조카딸이 그 이야기를 듣더니 몹시 속상해 하더군요. (…) 그 자
말이 옳기는 합니다. 허나 … 아무리 문 도령이 신의를 저버렸다고는 하
지만 그래도 직접 얼굴을 내비치는 것이 도리지요. 그래야 그 자의 옥 요
장을 돌려주고 확실하게 결별하는 것으로 알겠습니다. 그래야 그 분과의
혼사를 새로 의논할 수가 있겠소이다!"[114]

---

114 【즉공관 미비】說話未嘗不是, 然畢竟是愛根未斷耳. 말은 틀린 적이 없었지. 그러나 어쨌든
　　사랑이 다한 것은 아닌 셈이다.

그러자 자중은 웃으면서 말했습니다.

"어르신께 솔직하게 말씀 드리지요. 그 옥 요장도 … 바로 제 벗인 위찬지의 예물이지 문 도령 것이 아닙니다! (…) 문 도령은 자신에게 아내감이 이미 있는 상태여서 댁에 확답을 드리기 난처하자 다른 벗을 위하여 대신 정혼을 한 것입니다! 그 날 그런 복선을 깔아 놓은 것이니 오늘 이유 없이 찾아 뵌 것이 아니라는 말씀이지요."

"대인이 그렇게 말씀하시지만 … 조카딸이 어디 포기하려 하겠습니까? 기필코 문 도령이 직접 해명하러 와야 결정을 내릴 수가 있겠소이다."

"문 도령은 다시 올 수가 없습니다. (…) 제 처가 여기 있는데 … 들어가서 조카따님을 한번 만나 보면 될 겁니다. 처가 조카따님에게 그런 경위를 들려주면 조카따님도 분명히 믿을 것입니다!"

"부인께서 여기 계신다니 조카딸 하고 좀 만나 보시고 하실 말씀을 모두 털어 놓으시면 소식을 전할 수고도 덜 수 있겠군요. 아주 잘됐습니다, 아주 잘됐어요!"

그러더니 지난번의 그 노파를 시켜 두 부인을 안내하게 했지요.
문 씨댁 아가씨를 본 노파는 행동거지며 외모가 왠지 낯이 좀 익은 느낌이 들었습니다. 그러나 화장을 고치고 난 뒤이다 보니 당장은 누구였는지 기억해내지 못했지요. 그렇지만 발걸음을 옮기며 생각하면서도 내내 이상하게 여겼답니다. 그렇게 이웃집까지 안내하자 안에서 경 씨댁 아가씨가 나와 그녀를 맞이하더니 서로 '복 받으세요' 하고 인사를 주고받았지요. 그리고는 두 부인은 경 씨댁 아가씨를 보고 말했습니다.

"문 도령님을 … 아십니까?"[115]

경 씨댁 아가씨가 보니 모습이 닮은 것 같았지만 그래도 '도령의 자매인가 보다' 하고 여기면서 대답했지요.

"부인께서는 … 문 도령님 하고는 어떤 … 사이이신지요?"

그러자 두 부인이 말했습니다.

"아가씨가 이렇게 눈썰미가 없으시다니요! (…) 지난번에 여기에 왔을 때 분에 넘칠 정도의 사랑을 받았던 그 도령은 … 바로 이 몸이올시다!"

경 씨댁 아가씨는 깜짝 놀라서 자세히 다시 확인해 보았습니다. 그랬더니 정말로 조금도 틀림이 없지 뭡니까 글쎄! 노파는 노파대로 옆에서 손뼉을 치면서 말하는 것이었지요.

115【즉공관 방비】妙, 妙. 장면이 기막히군, 기막혀!

여 수재가 꽃을 다른 나무와 맺어 주다

"그랬네, 그랬어! 저도 방금 전에 낯이 익기는 아주 익다 싶었는데 … 아 지난번 그 도령님이실 줄 누가 알았겠어요 글쎄!"

"부인께 여쭙겠습니다만 … 지난번에는 어째서 그런 행색을 하고 계셨던 겁니까?"

경 씨댁 아가씨가 이렇게 말하자 두 부인이 말하는 것이었습니다.

"연로하신 가친께서 곤란한 일을 당하셔서 서울로 들어가 억울한 사정을 밝혀야 했지요. 그래서 교묘하게 남장을 하고 편히 길을 가려고 한 것입니다. 지난번에 분에 넘치는 사랑을 입고도 몇 번이나 혼담을 받아들이지 않으려 한 것도 바로 그 때문이었지요! 나중에는 댁의 요청을 거부하기 어렵다는 것을 알았고 … 그렇다고 해서 사실대로 솔직하게 말씀드릴 엄두도 나지 않길래 … 그래서 벗을 대신해 예물을 드리고 나중에 해명하기로 했던 것입니다! (…) 이제 그 예물의 주인공은 벌써 진사[116]로 급제하셨는데 연배도 아가씨와 비슷하지요. 그래서 우리 부부가 특별히 부탁을 드리러 왔답니다. (…) 아가씨를 위해서 이 혼사를 마무리해서 지난날의 각별한 호의에 보답할 생각으로 말입니다!"

---

116 진사[黃甲] : '황갑(黃甲)'은 '누런 종이의 갑과 진사 명단'이라는 뜻으로, 명대에 과거에서 갑과(甲科) 진사(進士)로 급제한 급제자 명단을 누런 종이에 작성했기 때문에 이렇게 불렀다고 한다. 여기서는 '황갑'을 "진사"로 번역하였다.

경 씨댁 아가씨는 그 말을 듣고 한참 동안 아무 소리도 하지 못하는 것이었지요. 그러자 노파가 옆에서 말했습니다.

"부인의 호의에 감사드립니다! 헌데 … 그 나리께서는 성은 뭐고 이름은 어째 되신답니까요? 부인께서 어째서 그 분을 '벗'이라고 하시는 겁니까요?"[117]

그러자 두 부인이 말했지요.

"어린 시절에 한 학당에서 공부한 사이입니다. 나중에 학궁에서도 같이 지냈지요. 우리 집 상공과 세 사람이 나이와 외모가 다 비슷해서 그야말로 성씨만 다를 뿐 한 피붙이와 같은 사이랍니다. (…) 그 분이 아직 혼사를 치루지 않은 것을 알기에 지난번에도 그 분을 위하여 인연을 맺어 드릴 마음을 가졌던 거지요. 그 분은 성이 위魏로, 용모도 준수한데 바로 우리 상공과 동갑이랍니다. 그러니 아가씨에게도 부끄럽지는 않을 것입니다. 아가씨는 같이 가시기만 하면 부인夫人이 되실 거에요."[118]

경 씨댁 아가씨는 그 이야기를 다 듣고 나서 상대가 젊은 나이의 진사라는 것을 알았지요. 그러니 싫어할 리가 어디 있겠습니까? 그래서 노파를 시켜 두 부인을 잘 모시게 한 뒤에 몰래 원외에게 가서 그 이야기를

---

117 【즉공관 미비】原該疑心. 원래는 의심하는 것이 옳지.
118 【즉공관 방비】要緊的. 아주 중요한 일이지.

아주 소상하게 들려주었지요. 원외는 원외대로 진사와 정혼을 한다는데 설득하지 않을 리가 어디 있겠습니까? 말 그대로 '불감청이나 고소원'[119]인 격이었지요.[120] 그래서 그 뜻을 두 부인에게 전하니 그 말을 다시 두자중에게 알려서 한 마디에 정혼이 이루어졌지요. 부원외는 술자리를 마련해 중신을 서 준 것에 고맙다는 인사를 했습니다. 바깥채에서는 두자중을 융숭하게 대접하고 안채에서는 안채대로 경 씨댁 아가씨가 직접 두 부인을 융숭하게 대접했지요. 그리고 두 아가씨는 이야기에 아주 의기가 투합되어 그 시간을 마음껏 즐기고 헤어졌답니다.

그렇게 정혼을 하고 돌아온 두 사람은 먼저 위찬지에게 폐백을 보내고 길일을 골라서 그 댁 아가씨를 아내로 맞이하여 고향으로 돌아오게 했습니다. 화촉을 밝힌 날 밤에 신부의 모습을 보니 마치 천상의 선녀를 붙잡아 놓은 것 같지 뭡니까. 그 일을 계기로 두 부인이 요장을 예물로 건넸던 일을 꺼냈더니 찬지가 말하는 것이었습니다.

"그 예물은 원래 내 것이었소."

그래서 경 씨댁 아가씨가 물었지요.

---

119 불감청이나 고소원[一讓一个肯] : 명대의 속담. 글자 그대로 직역하면 '부탁할 때마다 어김없이 승낙한다'라는 뜻으로 부탁하는 족족 무조건 승낙하는 경우나 사람을 두고 하는 말이다. 명말·청초의 소설 『성세인연전(醒世姻緣傳)』 제13회의 경우처럼 때로는 '일앙일개긍(一央一个肯)' 식으로 사용되기도 하는데 그 의미에는 큰 차이가 없다.
120 【즉공관 미비】進士之妙如此. 진사의 잇점이 이런 것이지.

"그런데 어째서 그 분 수중에 있었던 겁니까?"

그러자 위찬지는 지난번에 글자가 적혀 있는 대나무 화살을 두자중이 주워서 그에게 넘겨 주었고, 두 부인에게 따로 누님이 있는 줄로만 알고 옥 요장을 예물로 삼았던 일을 다시 자세하게 이야기해 주었지요. 그리고는 다함께 웃으면서 말했습니다.

"서로의 운명적인 인연이 뒤죽박죽이 되기는 했지만 그 모두가 우연만은 아니었군요!"

다음날, 찬지는 그 화살을 꺼내서 경 씨댁 아가씨에게 보여 주었습니다. 그러자 아가씨가 말했지요.

"이제는 그 분한테 돌려드려야지요!"[121]

그래서 찬지는 바로 붓을 들더니 이렇게 서신을 써서 자중 부부에게 건넸지요.

"옥환을 돌려받고 그대의 화살을 돌려 드립니다. 두 인연이 이렇게 각자 자기 인연을 만났군요. 우습고도 우습군요."

---

121 【즉공관 미비】似有醋意. 시샘하는 것 같군 그래.

既歸玉環, 返卿竹箭. 兩段姻緣, 各從其便. 一笑, 一笑.

서신을 다 쓴 그는 화살을 잘 싸서 함께 보내 주었습니다. 그것을 받은 두자중이 문 씨댁 아가씨와 함께 그것을 펼쳐서 보는데 한 눈에 그 여덟 글자 아래에 또 '비아가 쓰다[畀娥記]'라는 글귀가 보이는 것이었습니다. 그래서 물었지요.

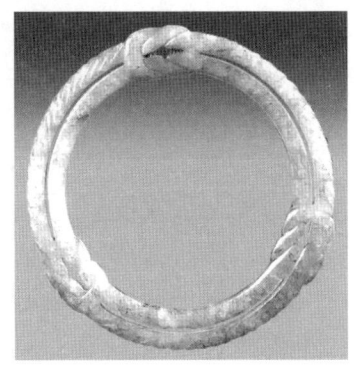

중국 남경박물관에 소장된 고대 옥환. 노끈 매듭 문양이 인상적이다

"'비아'가 … 무슨 뜻이었소?"

그러자 문 씨댁 아가씨가 말하는 것이었습니다.

"그건 … 제 본명이랍니다!"

"위찬지가 당신 언니로 착각한 것이 바로 이 두 글자 때문이었구려! 만약에 이몸이 그때 이 글귀를 보았다면 … 이 화살을 그에게 양보했을 리가 없지!"

그러자 문 씨댁 아가씨가 말했지요.

"그 분이 만약에 이 화살로 그 구실거리들을 찾아내지 않았더라면 어떻게 경 씨댁의 혼사를 이끌어낼 수가 있었겠습니까!"

두 사람은 그렇게 한 동안 웃고 나서 그를 놀리는 서신을 한 장 썼습니다.

"옥환은 예전의 물건이요 화살 역시 주인을 찾았군요. 서로가 착각하기는 했지만 둘 다 헛수고는 하지 않았으니 우습고도 우습군요."

環衣舊物, 箭亦歸宗. 兩俱錯認, 各不落空. 一笑, 一咲.

이때부터 두 집안은 서로 내왕하면서 친형제자매와도 같이 가깝게 지냈답니다.

이렇게 해서 두 갑과[122] 진사가 문 참장을 위하여 전날의 누명을 밝혀 주었습니다. 그러니 세상 인심이 어디 사대부[123] 사정을 봐 주지 않을 리가 있겠습니까? 그 많은 독직죄가 석방으로 마무리되고, 그는 해직되어 원적지로 돌아가는 처분을 받는 것으로 마무리 되었지요. 문 참장은 문 참장대로 그 일을 개의치 않았습니다. 나중에 위찬지와 두자중 두 사람은 모두 고관대작이 되었고 문 씨와 경 씨 두 아가씨는 각자 아들과 딸을 낳아 서로가 혼인을 맺어 대대로 왕래를 끊지 않았답니다.

---

122 갑과(甲科) : 중국 고대에 시행된 과거시험의 과목 이름. 한대에 관리들을 평가할 때에는 갑·을·병의 3과(科)로 구분했으며 당·송대에는 과거시험에 급제한 진사를 갑·을의 2과로 구분했는데 갑과의 시험문제가 가장 어려웠다고 한다. 명대 이래로는 진사를 일컫는 또다른 이름으로 사용되기도 하였다.

123 사대부[縉紳] : '진신(縉紳)'은 홀(笏)을 큰 띠와 가죽띠 사이에 끼운다는 의미로, 고대 중국 관리들의 옷 차림을 묘사한 말이다. 명대에는 이를 근거로 벼슬살이를 했거나 하고 있는 관원이나 그 집안에 대한 또다른 이름으로 사용되었으며, 일종의 직관록(職官錄)인 『진신편람(縉紳便覽)』이 발간되기도 하였다. 편의상 여기서는 "사대부"로 번역하였다.

이렇듯 촉 땅에 재능 있는 여자들이 많다 보니 이처럼 기기묘묘한 기막힌 이야기들이 다 있는 것입니다. 탁문군이 성도에서 술장사를 한 일이나 황숭하가 재상부에서 서기를 지낸 일조차 평범하게 여겨질 정도로 말이지요. 그래서 이런 시가 있답니다.

세상에서는 여장부라며 자랑해 대지만   世上誇稱女丈夫,
여자가 글공부 한다는 말은 듣지 못했지.   不聞巾幗竟爲儒.
조정에서 만약 과거로 인재 등용했다면   朝廷若也開科取,
팔리길 기다리는 인재는 없었을 테지.   未必無人待賈沽.

제18권

진 감생이 신비의 명약을 꿀꺽 삼키고
여종 춘화가 실수로 과거를 누설하다

甄監生浪吞秘藥 春花婢誤洩風情

해제

　명대에 산동 조주부曹州府의 국자감 감생監生이던 진정조甄廷詔는 집안 형편이 풍족하여 정실에 소실 둘까지 거느리고 평생 방중술에만 집착한다. 그러던 어느 날, 현현자玄玄子라는 방사方士를 초빙한 정조는 방중술에 효험이 있는 단약을 만들게 해서 그 환약을 먹더니 그날 밤에 목숨을 잃는다. 이에 분노한 그의 아들 진희현甄希賢이 현현자를 묶어 현 관아로 끌고 가고 지현知縣은 그를 초죽음이 될 때까지 매질을 하고 나서 사형수 감옥에 가둔다. 나중에는 결국 진정조가 환약을 먹고 욕정이 절정에 이른 순간 몰래 여종 춘화春花와 관계를 가지다가 약을 오용하는 바람에 목숨을 잃고 엉뚱하게도 현현자까지 매질을 당한 사실이 드러난다. 그같은 변고를 겪은 진희현은 집안에 남아 있던 단약 관련 도구들을 모두 부순 다음 춘화를 같은 동네에 사는 이종인李宗仁에게 판다.

　그러던 어느 날, 남편 이종인과 술을 마시던 춘화는 술에 취한 상태에서 진 씨네에서 왕년에 있었던 일을 털어 놓고 진정조가 죽은 진짜 원인을 실토한다. 그 이야기에 충격을 받은 이종인은 춘화에게 환멸을 느끼고 시부모는 시부모대로 '사내를 잡아먹은 천한 탕녀'라고 욕하며 매질까지 하니 온갖 수모를 다 겪은 춘화는 결국 스스로 목을 매어 죽는다. 산동 순무山東巡撫 허공許公은 까닭을 심문한 끝에 '돌팔이 짓으로 사람을 죽게 만든' 죄를 물어 현현자에게 곤장 100대를 때리고 먼 곳으로 추방한 뒤 사건을 마무리 짓는다.

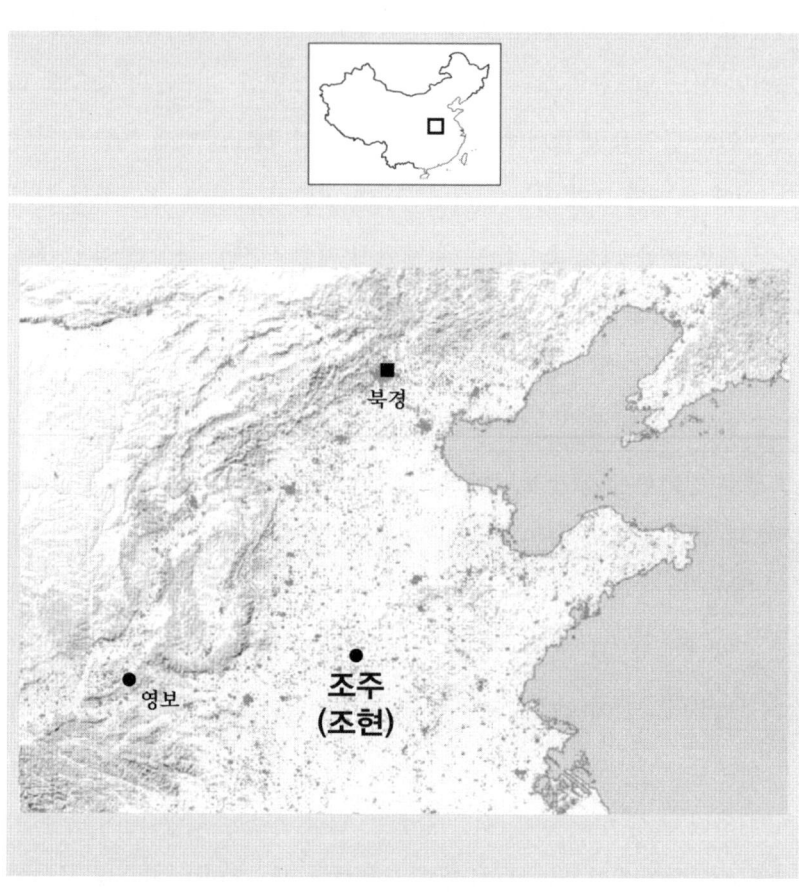

북경

영보

조주
(조현)

번역

이런 시가 있습니다.

예로부터 신선 되려면 인연이 있어야지	自古成仙必有緣,
인연 닿지 않으면 결국은 허사라네.	仙緣不到總徒然.
세상에 거기에 집착하는 그 많은 이들	世間多少痴心者,
날마다 불사약 얻겠다며 화로 마주보고 있구나.	日對丹爐取藥煎.

이제 이야기를 들려 드리도록 하겠습니다. 옛날에 어떤 나이 많은 노인장이 살았습니다. 그는 도술을 아주 지극하게 받들어서 도사[1]가 지나가는 것을 보기라도 하면 꼭 극진하게 예우를 하면서 소홀하게 대하는 법이 없었지요. 그러던 어느 날이었습니다. 머리 양쪽에 상투를 한 웬 도인이 일부러 그를 찾아 왔지 뭡니까. 그는 차림새가 볼썽사나울 정도로 몹시 남루했지만 안색은 느긋하고 환했습니다. 노인장은 기이한 사람으로 여기고 그를 집안으로 맞아들여 잘 대접했지요. 그 도인은 술을 마시고 고기를 먹었습니다. 게다가 엄청난 대식가였지요. 노인장은 그래도 그를 챙겨 주면서 전혀 싫어하는 기색이 없었습니다. 그렇게 도인은 여러 차례 그 집을 드나들었지만 노인장은 끝까지 한결같이 대해 주었답니다.[2] 그런데 도인이 하루는 노인장을 보고 말하는 것이었지요.

---

1 도사[方外人] : '방외인(方外人)'은 일반적으로 속세를 떠나거나 속세의 법도에 구애되지 않는 사람을 일컫는 말로 사용되는데, 주로 불교의 승려나 도교의 도사 또는 은자들을 가리킨다. 여기서는 편의상 '도사(道士)'로 번역하였다.
2 【즉공관 방비】 也自難得. 그것 자체가 쉽지 않은 일이지.

"빈도³가 어르신께 폐를 끼친 지가 오래 되었습니다. 그런데도 어르신께서는 싫어하지 않으시는군요! (…) 어르신을 빈도가 지내는 산의 거처로 모시고 들판의 푸성귀를 몇 가지 구해서 약소하나마 어르신의 두터운 은덕에 보답하고 싶은데 … 괜찮으신지요?"

역대 신선을 소개한 명대 『선불기종(仙佛奇蹤)』 속의 전형적인 도인의 모습

그러자 노인장이 말했습니다.

"여태껏 선생 댁이 어디인지 여쭌 적이 없었지요. (…) 얼마나 먼 지도 모르는데 … 이 늙은 것이 갈 수나 있을지 모르겠습니다."

"거처가 산 깊은 곳에 있다 뿐이지 사실은 그리 멀지는 않습니다. 빈도를 따라만 가시면 금방 도착하실 겁니다."⁴

"그렇다면야 꼭 찾아뵈어야지요!"

3　빈도(貧道) : 중국 고대의 호칭의 일종. 글자 그대로 풀이하면 '(학식이나 경륜이) 많이 부족한 도인'이라는 뜻으로, 중국 고전소설이나 희곡에서 도교의 도사가 자신을 낮추어 겸손하게 부를 때 주로 사용하는 호칭이다. 이런 경우 불교 쪽에서는 일반적으로 '빈승(貧僧)'이라고 부르지만, 원·명·청대 소설이나 희곡에서 볼 수 있듯이 '빈도'로 부르는 경우도 더러 보인다.
4　【즉공관 미비】語有深意. 말에 깊은 뜻이 있군.

그렇게 해서 도인이 앞장을 서고 노인장이 뒤를 따라서 시골의 북적거리는 저잣거리를 벗어났습니다. 그리고 한걸음 한걸음 황량한 밭과 들길까지 갔지요. 이어서 산길로 접어드니 경계가 청정하고 은근한 데다가 수풀이 잔뜩 우거져 있었습니다. 그렇게 구불구불 몇 개의 산등성이를 지나자 오목한 산의 분지에 초가가 몇 간 모습을 드러내는 것이었지요. 도인은 손으로 가리키면서 말했습니다.

"여기가 제 거처올습니다."

몇 걸음 가지도 않아 집 앞에 이르자 도인은 문을 열더니 노인장 손을 끌고 같이 안으로 들어갔습니다. 노인장이 그 안의 광경을 보니

비록 화려한 저택의 웅장한 기운은 없지만	雖無華屋朱門氣,
기이한 꽃과 풀은 향기가 완연하구나!	却有琪花瑤草香.

도인은 노인장을 가운데의 본채에 앉혔습니다. 그리고는 한 동안 안에 들어가 있다가 나와서 말하는 것이었지요.

"푸성귀 반찬이 다 준비됐습니다. 노인장께서는 일단 잠시 편안하게 앉아 계십시오. 빈도가 도반道伴을 몇 사람 초대해 같이 모시고 이런저런 이야기를 나누도록 하겠습니다."

노인장은 도술에 종사하는 벗을 반기는 입장이었습니다. 그래서 더더욱 반가워하면서 말했지요.

"사부께서 편한 대로 하시지요. 이 늙은이는 알아서 앉아 기다리겠습니다!"

그러자 도인은 그 길로 밖으로 나가는 것이었습니다.

노인장이 우두커니 앉아 있는데 한참을 기다려도 도인이 돌아올 기색이 보이지 않지 뭡니까. 노인장은 좀 지루해졌는지 일어나서 그 주변을 둘러보았습니다. 이때 뱃 속도 허기가 좀 져서 뭐라도 좀 찾아서 먹고 싶어져서 '주방에는 분명히 뭐라도 있겠지' 싶어서 옆문을 통해 주방으로 들어갔지요. 아 그런데 뜻밖에도 주방에는 솥도 부뚜막도 없고 고작 야자껍질 바가지며 가시나무 숟가락 같은 것들밖에 없지 뭡니까! 거기다가 도기로 된 물 항아리가 두 개 있는데 삿갓 모양의 덮개에 덮여 있는 것이었습니다. 다가가서 그 중 하나를 열어 본 노인장은 깜짝 놀라고 말았습니다. 알고 보니 대야에 맹물만 들었는데 그 안에 눈처럼 하얀 강아지가 한 마리 들어 있는 것이 아닙니까. 털도 깨끗하게 다 뽑아 놓은 상태였지요. 노인장은 속으로 생각했습니다.

'그 자가 술도 고기도 삼가지 않는 것이 이상하다 싶었는데 그걸로도 모자라서 개고기까지 먹을 줄이야!'

이번에는 이쪽 항아리를 열어 보았지요. 그랬다가 이번에도 적잖게 놀라고 말았습니다. 물에 웬 작은 아이를 담가 놓았지 뭡니까요 글쎄! 손과 발은 다 그대로 붙어 있는데 숨이 끊어져 있었지요. 주인장은 그제서야 의심을 품었습니다.

"이 도인 … 좋은 사람은 아닌가 보다. 술 먹고 고기를 먹지를 않나 … 이 황량한 산에서 살고 인적도 없는 곳인데 집안에 이런 것을 놓아 두다니! (…) 강아지는 그렇다 쳐도 어떻게 이런 죽은 아이까지 있을 줄이야! (…) 설마 불을 놓고 사람을 죽이는 부류는 아닐까? (…) 내가 그동안 사람을 잘못 보았군! 지금 여기에 있다가는 좋은 일은커녕 흉한 꼴을 당하게 생겼어!"[5]

그렇다고 그곳을 떠나자니 왔던 길을 찾을 수가 없지 뭡니까? 하는 수 없이 일단 참는 수밖에 없었습니다.

그렇게 한창 괴이하게 여기고 있을 때였습니다. 도인이 동료 도인들과 함께 왔는데 다들 얼굴도 눈썹도 백발인데 서너 사람이나 되었습니다. 초가에 들어온 그들은 노인장을 만나 인사를 나누고 자리에 앉는 것이었습니다. 노인장은 속마음을 감춘 채 그들이 어떻게 행동하는지 두고 볼 참이었습니다. 그런데 가만 보니 도인이 이렇게 말하는 것이었지요.

---

5 【즉공관 미비】着眼. 조심해야지.

청대 화가 황신(黃愼)의 『팔선도(八仙圖)』

　"여러분께 알려 드립니다. 이쪽은 빈도의 주인이십니다. 그동안 후한 대접을 받았는데 그 은덕을 보답할 길이 없었지요. 해서 오늘 마침 들판의 푸성귀를 이렇게 두 가지 구하고 특별히 여러분을 모셨습니다. 모시고 같이 즐김으로써 조금이나마 성의를 보이려 합니다!"

　말을 마친 도인은 안으로 들어가더니 오지 대야로 두 물건을 담아 와서 탁자에 늘어 놓았습니다. 그리고는 사람마다 그 앞에 가시나무 숟가락을 한 쌍씩 놓더니 노인장을 향해 말하는 것이었습니다.

　"거친 음식이라고 마다하지 마시고 좀 드시지요."

노인장이 탁자 위에 늘어놓은 두 물건을 보니 바로 물 항아리 안에 놓았던 아까 그 강아지와 어린 아이이지 뭡니까요 글쎄. 다른 도인들은 수염을 펄럭이고 손뼉을 치면서

"노형은 어디서 이런 귀한 것들을 구하셨소이까?"

하더니 누구랄 것 없이 먹을 준비를 하고 먼저 노인장에게 양보하는 것이었습니다. 노인장은 질겁을 하면서 말했지요.

"나는 젊어서부터 개고기는 먹은 적이 없습니다 하물며 사람 고기라니요! (…) 이제 벌써 인생의 늘그막에 이르렀는데 어떻게 이런 것을 먹을 수가 있겠습니까!"

그래서 도인이 말했지요.

"이건 모두 식물입니다. 드셔도 괜찮습니다!"

"굶어 죽는 한이 있어도 절대로 못 먹겠습니다!"

그러자 다른 도인들이 다같이 말하는 것이었습니다.

"정말 기어이 안 자시겠다면 강요할 수는 없지요."

노인장은 두 손을 모으면서 말했지요.

"무례를 용서해 주십시요!"

그러자 너댓 사람이 한 덩어리가 되어서 두 물건을 남김 없이 다 먹어 치우는 것이 아닙니까. 심지어 대야 군데군데에 튄 즙까지 다 깨끗하게 핥아 먹는 것이었습니다. 노인장은 얼이 나간 표정으로 말을 할 엄두도 내지 못하고 묵묵히 쳐다보기만 할 뿐이었지요.

"노인장께서 이것을 안 드시면 이번에 저희 집은 헛걸음을 하신 격입니다. (…) 대접해 드릴 음식이 마땅치 않은데 허기라도 지면 어쩌시려고요?"

이렇게 말한 도인은 이어서 안에서 흰 떡을 좀 가지고 나오더니 노인장에게 건네면서 말했습니다.

"이건 집에서 만든 떡입니다. 허기를 채울 만하니 한 조각 드십시오."

노인장이 보니 떡이지 뭡니까. 사실 뱃 속이 출출하기도 하고 해서 하는 수 없이 가져다가 씹어 먹었습니다. 약간 쓴 맛이 나기는 했지만 몹시 허기가 져 있던 참이어서 그런 것을 따질 겨를이 없었지요. 그런데 그것을 목으로 넘기기가 무섭게 금세 기력이 되돌아오는 것이었습니다.

'장안이 아무리 좋다고 해도 언제까지나 미련을 둘 곳은 아니다.[6]'라고 했지. 허기를 채웠으니 돌아가자.'

그는 도인에게 작별인사를 했습니다. 그러자 도인도 더 이상 말리지 않고 그저 이런 말만 남기는 것이었지요.

"이번 모임은 아쉽게 되었습니다! 노인장께 대접이 소홀해서 되려 불안하게 만들어 드렸군요. 빈도가 그렇지 않아도 배웅해 드리려던 참입니다."

그는 다른 도인들과 함께 문을 나왔습니다. 그들은 그들대로 큰 소리로 고맙다는 인사를 하고 저마다 제 갈 길로 떠나는 것이었습니다. 도인은 노인장을 비교적 가깝고 사람들이 북적거리는 곳까지 배웅해 주었습니다. 그리고는 노인장이 길을 아는 것을 눈치채고 작별인사도 하지 않고 그 자리를 떠나는 것이었지요.

혼자 집으로 온 노인장은 속으로 무작정 이렇게 의심했습니다.

'그 자들이 죄다 좋은 사내나 좋은 친구들이 아니라 개고기나 먹고 사

---

6 장안이 아무리 좋다고 해도~[長安雖好, 不是久戀之家] : 명대의 속담. 지금의 중국 섬서성(陝西省) 서안시(西安市) 서북방 일대에 해당하는 장안(長安)은 한대와 당대의 도읍으로, 나중에는 '도성'을 두루 일컫는 말로 사용되기도 하였다. 이처럼 역사적으로 유서가 깊고 번화한 도시이지만 외지 출신자들의 입장에서는 언젠가는 떠나 고향으로 돌아가야 하기에 영원히 머물 수는 없는 곳이다. 여기서도 그런 의미를 담아서 볼 일이 끝나면 떠나야 한다는 뜻으로 해석된다.

람고기조차 즐겨 먹는 것을 보면 출가하고 나서도 생물을 해치고 못된 짓을 일삼는 강도들일지도 모른다.'

『선불기종』에서 총각머리를 하고 박을 연주하는 신선 남채화(藍采和)의 모습

그렇게 이틀이 지났을 때였습니다. 총각 머리[7]를 한 그 도인이 이번에도 노인장 집에 나타났지 뭡니까. 그는 노인장을 보고 두 손을 모으며 말하는 것이었습니다.

"지난번에는 노인장께 대접이 소홀했습니다!"

"해괴한 음식을 보았더니 아직도 두려움이 가시지 않았습니다!"

그러자 도인은 웃으면서 말했습니다.

7 　총각 머리[總角] : 중국 고대의 두발 양식. 10살 미만의 아이로부터 성년이 되지 않은 20살 미만의 남성이 양 쪽으로 뿔처럼 머리를 묶던 양식이다. 우리나라에서는 역사적으로 그런 두발 양식이 확인되지 않지만 중국 문화의 영향으로 지금까지도 10~20대 젊은 남자에 대한 호칭으로 남아 있다. 원·명대에 지어진 소설이나 희곡에는 남채화(藍采和)처럼 천진난만한 동심을 가진 신선의 모습으로 정형화 되기도 하였다. 이에 관해서는 역자가 번역한 지만지판 원대 잡극 희곡 『남채화』를 참조하기 바란다.

"그건 노인장께 인연이 없어서인 게지요. 빈도는 몇 겁劫이나 도를 닦은 끝에 그 두 물건을 발견했답니다. 혼자 즐기기에는 아깝더군요. 해서 노인장께서 평소에 잘 대해 주신 두터운 은덕을 생각해서 특별히 산 속까지 모셨던 것입니다. (…) 여러 동료들과 같이 그 별미를 먹은 덕분에 다들 장생불로하게 되었지요. 그런데 뜻밖에도 노인장께서는 신선계와는 인연이 아직 닿지 않아 맛을 보지 못하셨으니!"

그래서 노인장이 말했지요.

"그 강아지와 어린 아이가 어떻게 신선계의 별미란 말씀이십니까!"

"그것들은 만년이나 장수할 수 있는 신묘한 약입니다. 그 모습이 닮기는 하지만 피나 살로 된 것이 아닌 것을요! (…) 강아지 같이 생긴 것은 바로 만년 묵은 구기자

구기자와 그 뿌리

뿌리였습니다. 먹으면 천년을 살 수 있지요. 어린 아이 같이 생겼던 것은 바로 만년 묵은 인삼이 그렇게 모양이 만들어진 것입니다. 먹으면 만년을 살 수가 있지요. 두 가지 모두 연기나 불을 가까이 해서는 안되고 오

로지 날것으로만 먹을 수 있답니다. 그게 아니라면 우리도 모두 사람들인데 어떻게 범이나 이리처럼 그런 강아지나 사람의 날고기 같은 것을 먹을 수가 있겠습니까? 심지어 **뼈**조차 남기지 않고 말입니다!"

노인장은 그제서야 지난번에 그것들을 먹을 때의 상황을 뇌리에 떠올렸습니다. 아닌게 아니라 다들 날로 먹으면서도 **뼈**를 뱉는 것을 본 적이 없었지요. 그는 그제서야 그 말이 참말임을 믿고 속상해 하면서 말했습니다.

"이 늙은 것이 지난번에 그토록 아둔했다니! (…) 사부께서는 왜 분명하게 말씀 안 해 주셨습니까!"

"그건 타고 나는 인연인 것을요. 인연이 없는데 어떻게 천기[8]를 누설할 수가 있겠습니까? 오늘은 그 일이 지나가서 일러 드리는 것입니다."

그러자 노인장은 가슴을 치고 발을 동동 구르면서 말했습니다.

"바로 눈 앞에서 신선이 될 인연을 놓치다니! (…) 이제 와서 뉘우친들 무슨 소용이 있겠나! (…) 사부님, 지금 좀 남은 것이라도 있으면 한 개만 맛을 보여 주십시요!"

---

8   천기(天機) : 하늘의 뜻 또는 천상의 비밀. 일반적으로 비밀스러운 일을 가리키는 데에 주로 사용된다.

"그런 영험한 뿌리를 호락호락 어떻게 또 찾을 수가 있겠습니까? 노인 장께서 지난번에 그 두 별미를 맛보지는 못하셨지만 그래도 천년 묵은 복령[9] 맛은 보셨습니다. 이제는 평생 아무 병 없이 백년 넘게 장수하실 것입니다."

"복령이라니요?"

"바로 지난번에 드신 흰 떡 말씀입니다. 노인장의 인연 은 그 정도였던 거지요. 빈도 가 도와 드리고 싶지 않아서 가 아니랍니다."

복령

말을 마치고 그 자리를 떠난 도인은 그 뒤로 다시는 나타나지 않았습 니다. 이때부터 노인장은 딱 백 살 남짓까지 살고 나서 아무 병 없이 세 상을 떠났답니다.

이렇듯 신선이 되는 데에는 저마다 인연이 있다는 것을 알 수 있는 것

9 복령(茯苓) : 한약재로 사용되는 구멍장이버섯과의 버섯. 일반적으로 땅속에서 원형 또 는 타원형의 덩어리로 이루면서 소나무 따위의 뿌리에 기생한다. 껍질은 검은 갈색으로 주름이 많고 속은 엷은 붉은색으로 무른 성질을 가지고 있는데, 말리면 딱딱해지고 흰색 을 띤다. 이뇨 효과가 있어 한방에서는 수종(水腫) · 임질(淋疾) · 설사 등의 질환을 치료 하는 데에 사용된다.

입니다. 신선이 될 약이 바로 눈 앞에 있고, 또 누가 의도적으로 이끌어 준다고 해도 인연이 없다면 아무리 애를 써도 입에 넣을 수가 없답니다. 아닌게 아니라 영약에 빠진 사람들은 방사[10]의 말만 듣고 장생불사 하는 약을 만들기를 바라곤 하지요. 그러나 치명적인 비상이나 수은처럼, 금속이나 암석의 독을 뱃속에 털어넣으면 더더욱 되살릴 수가 없게 됩니다. 그래서 옛날 사람들이 말씀하셨지요.

> "약을 먹고 신선이 되기를 바라지만 　　服藥求神仙,
>
> 모두들 그 약에 목숨을 그르치더라!"[11]　　多爲藥所誤.

진晉나라 사람들이 저 오석산五石散[12]이나 한식산寒食散이니 하는 것들에 흥미를 가지기 시작한 이래로 얼마나 많은 똑똑한 사람들이 서로 목숨을 망쳤는지 모릅니다. 신하들은 물론이고 황제들 중에도 약기운이 퍼져 목숨을 잃은 경우가 많았지요. 이처럼 미련에 빠져 깨닫지 못하는 것은 도

10　방사(方士) : 도교 용어. 고대 중국에서 신선(神仙) · 연단(鍊丹) · 방술(方術)을 통하여 장생불사를 추구하던 도사를 일컫는 말이었다.

11　약을 먹고~[服藥求神仙, 多爲藥所誤] : 명대의 속담. 약을 먹고 신선이 되려 하는 사람들이 결국 번번이 약을 오용하여 낭패를 보는 것을 두고 한 말이다.

12　오석산(五石散) : 중국 고대에 유행한 장생불사약. 종류석 · 유황 · 백석영(白石英) · 자석영(紫石英) · 적석지(赤石脂)의 다섯 가지 돌을 갈아 복용하면 장생불사한다고 믿었다. 이 처방대로 복용할 때에는 몸이 더워졌기 때문에 차게 입고 · 마시고 · 먹고 · 누울 것을 요구하면서 몸을 차게 유지하면 할수록 효과가 커진다고 믿고 이를 차게 먹는 가루약이라는 뜻에서 '한식산(寒食散)'이라고 부르기도 하였다. 이 같은 비과학적인 민간처방은 진(晉)나라 때부터 황족이나 고관대작들 사이에서 유행하면서 많은 부작용을 낳았다. 역사 기록에 따르면, 진나라 쇠제(衰帝) 사마비(司馬丕)나 후위(後魏)의 개국군주인 탁발규(拓跋珪), 그리고 당나라의 경우 7~8명이나 되는 황제가 이 같은 비과학적인 처방으로 목숨을 잃었다고 한다.

『천공개물(天工開物)』에 소개된 단약 제조 장면

대체 무엇 때문일까요? 그것은 바로 조제한 약의 경우, 그 처방을 신선가에서 남기고 전한 것이 아닌 경우가 없기 때문이올시다. 그러나 신선들이 이런 약을 조제할 때에는 반드시 몸과 마음을 차분하고 조용하게 만들고 터럭만큼의 탐욕도 품지 않아야 합니다.[13] 그래야 그 약을 복용하면 몸에서도 물과 불이 저절로 고르게 잘 섞이고, 그래서 기력을 굳세고 강하게 만들어 장생불사 할 수 있는 거지요. 그런데 요즘 세상에서 약을 조제하는 자들은 미리부터 재물을 탐내고 여색을 밝히는 마음이 난무하곤 합니다. 그렇다 보니 그 약의 기운을 빌어 수명을 연장하겠다고 기를

---

13 【즉공관 미비】只此是丹頭. 이것만이 단약의 재료지.

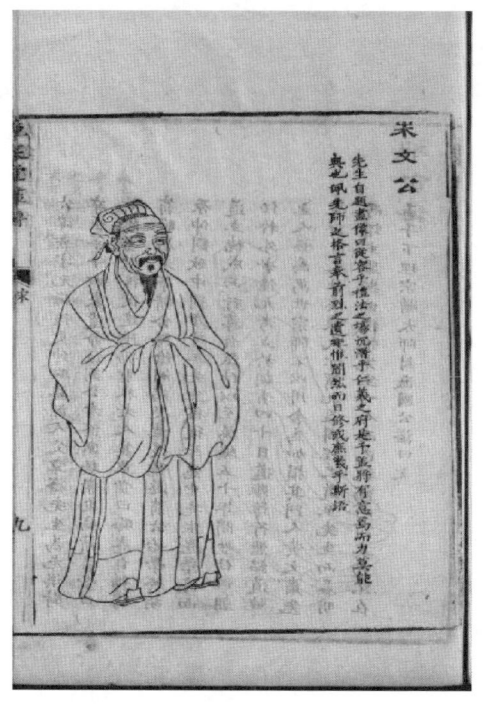

『만소당화전』의 주희 초상

써서 그런 행각을 멋대로 벌일 수야 있겠지만 발상부터가 잘못된 것이지요.[14] 더욱이, 정기가 고갈되고 심신이 지친 그런 육체를 가지고 금속이나 암석을 졸여 조제한 그런 약을 제압하려 한들 그것을 어떻게 버텨 낼 수가 있겠습니까? 그렇다 보니 열에서 아홉은 허물어지고 마는 것입니다. 그래서 주문공[15]은 「감우感遇」라는 시에서 이렇게 읊었지요.

옷자락 나부끼며 신선 배우는 무리들   飄搖學仙侶,
이 세상 떠나 구름 낀 산 속에 있구나!   遺世在雲山.
현묘한 생명의 신비를 훔쳐 열어   盜啓元命秘,
생사의 관문을 남 몰래 홀로 지키누나.   竊當生死關.

---

14 【즉공관 미비】透極世人之弊. 세상 사람들의 병폐를 간파한 말이로군!
15 주문공(朱文公) : 남송대 사상가로 주자학(朱子學)의 비조가 된 주희(朱熹, 1130~1200)를 말한다.

용과 범 서리어 있는 금 솥에서　　　　　　　金鼎蟠龍虎,

삼 년 동안 신묘한 단약 만들고　　　　　　三年養神丹.

그 약 한 술 입에 넣으면　　　　　　　　　刀圭一入口,

대낮에도 날개가 돋아 난다.　　　　　　　　白日生羽翰.

내 가서 그들 따라 하고자　　　　　　　　　我欲往從之,

신발 벗는 것은 어려운 일이 아닐 테지만　　脫屩諒非難.

하늘의 섭리 거스를 것이 두려울 뿐이니　　但恐逆天理,

오래 살기만 바라는 일이 어찌 속 편하겠나?　偷生詎能安.[16]

　문공의 이 시를 보니 그 역시 '신선이 되는 약이 있기는 하지만 만들어 내었다가는 하늘의 금기를 범하는 격이어서 배우기를 바라지 않는다'고 이야기해 놓았군요. 그러나 이치를 모르는 그런 자들이 마구 약을 만들고 마구 먹기에만 급급하는 것을 어찌 알겠습니까? 어떻게 천상에 대해서 이렇게 무지하면서 신선을 여러분 같은 보통 사람들에게 시켜 주려다가 생떼같이 다 죽게 만들 수가 있단 말입니까!

　이제부터는 어떤 사람 이야기를 해 드리도록 하겠습니다. 이 사람은 방사를 신봉하고 단약을 제조하는 처방이나 단약을 제조하는 솥에 집착하다가 자기 목숨을 잃고, 심지어 하마터면 여러 사람의 목숨까지 줄줄

---

16 【즉공관 미비】果能偸得生來, 不必如此講道學. 정말로 오래 살 수만 있다면야 이렇게 도학을 떠들 필요도 없을 테지.

이 잃게 만들 뻔했답니다.

<blockquote>

신선이 되려 한다면   欲作神仙,

먼저 그 욕심부터 없애야 하는 법인데   先去嗜欲.

어리석은 자들은 탐욕스럽고 음탕하게 굴면서   愚者貪淫,

세월이 모자란다고 야단이네.   惟日不足.

영약의 힘을 빌어   借力藥餌,

잠자리에서 환락을 즐기지만   取歡枕褥.

짓는 약 망치기만 하면   一朝藥敗,

금도 돌도 죄다 독이 된단다.   金石皆毒.

솥의 효력을 떠벌리지만   誇言鼎器,

솥 엎어지면 그 맛난 음식 쏟아지고 마는 것을! 鼎覆其餗.

</blockquote>

이야기를 들려 드리도록 하지요. 우리 왕조에서 산동山東 조주[17] 고을
에 진정조甄廷詔라는 사람이 살았습니다. 바로 국자감[18]의 감생[19]이었지

---

17 조주(曹州) : 중국 고대의 지명. 지금의 산동성 하택(荷澤) 조현(曹縣) 일대에 해당하며,
예로부터 모란꽃의 도시로 유명하다였다. 산동성의 서남부에 자리잡고 있으며 하남성
개봉시 동북쪽에 있다. 명대 이래로 산동성에 속했지만 송대에는 개봉 즉 변경(汴京)의
관할하에 있었던 것으로 보인다.
18 국자감(國子監) : 중국 고대의 국립 고등 교육기관. 우리로 치면 지금의 서울대학교 정도
에 해당한다. 수나라 때 처음 설립된 이래로 명대까지 인습되었다. 우리나라에서는 고려
(高麗) 성종(成宗) 11년(992)에 개경(開京)에 최초로 설립되었다.
19 감생(監生) : 국자감의 학생을 가리킨다. 처음에는 학정(學政)이나 황제의 특별 허가를
거쳐서 선정되었으나 나중에는 헌금을 통해 그 칭호를 얻을 수도 있었다.

북송 휘종의 〈서학도(瑞鶴圖)〉

요. 그는 집안 형편이 부유하여 본처 하나와 소실 둘을 두고 있었는데 어려서부터 한 가지 버릇을 가지고 있었습니다. 바로 신선가의 황백黃白의 비술[20]에 유난히 집착한 것이지요.

　무엇이 "황·백의 비술"일까요? 방사方士나 단객丹客[21]은 사람들에게 단약[22]을 조제한다고 바람을 잡으면서 황아[23]를 키워 흰 눈(과도 같은 은괴들)

20　황·백의 비술[黃白之術] : 중국 고대의 도교 용어. 한대의 방사(方士)들이 단약을 졸여 금과 은을 만들어내는 법술을 일컫던 말로, 『후한서(後漢書)』「환담전(桓譚傳)」의 '황백의 비술'에 대하여 이현(李賢, 655~684)은 "황·백은 단약으로 금·은을 만드는 것을 말한다(黃白謂以藥化成金銀也)"라고 설명한 바 있다. 여기서 '황(黃)'은 황금, '백(白)'은 백은을 말한다.

21　단객(丹客) : 단약을 만드는 방사에 대한 별칭. 여기서는 방사가 현지 토박이가 아니라 외부인이어서 '~객(客)'이라고 부른 것이다.

22　단약(丹藥) : 고대 중의학에서 단사(丹砂) 등 광물을 주재료로 배합해 만든 약물. 주로 신선이 되거나 장생불사를 추구하는 도교 도사들 사이에서 유행했는데, 단약을 제조하는 것을 '연단(鍊丹)'이라고 불렀다. 넓은 의미에서는 우황청심환(牛黃淸心丸) 등의 환

을 만들고, 약을 점화點化해서 단丹을 만들어내면 납과 수은[24] 같은 것들을 모두 황금과 백은으로 만들 수 있다고 말하곤 합니다. 그래서 단약을 조제하는 이런 기술을 "황·백의 비술"이라고 부르곤 하지요. 그런데 어떤 자들은 오로지 은자만 탐내서 그저 '단약이 만들어지기를 바랍니다. 어떤 자들은 단약을 복용하기만 하면 신선이 될 수 있다'고 하면서, 거기다가 장생불사까지 하려고 들지요.[25]

어떤 자들은 또 '내단[26]이 이루어지면 외단[27] 역시 만들어진다'고 떠듭

약도 단약의 일종으로 볼 수 있다. 그러나 고대인들에게 전문적인 의학지식이 부족했던 데다가, 이들이 조제하는 단약에 함유된 수은(水銀) 등의 중금속으로 인한 체내 침착이나 중독 등의 부작용이 많았다. 도교가 성행했던 당대만 하더라도 290년 동안 총 21명의 황제 중에 태종(太宗)·헌종(憲宗)·목종(穆宗)·무종(武宗)·선종(宣宗) 등 적어도 5명이 단약을 복용했다가 중독사하였다. 연단술은 명대까지 이어져 사회 전반에서 유행하면서 많은 폐해를 남겼으며, 세종(世宗) 주후총(朱厚熜, 1507~1567)은 그 대표적인 인물이라고 할 수 있다. 그래서 당대부터 장생불로를 추구하는 단전호흡(丹田呼吸)이나 방중술(房中術) 등의 대안적인 수련법이 유행하기도 했는데, 일반적으로 전자를 '외단파(外丹派)', 후자를 '내단파(內丹派)'라고 한다.

23 황아(黃芽) : 납을 녹여 추출된 정수. 때로는 단약을 조제하는 데에 사용되는 납 그 자체를 가리키는 말로 사용되기도 한다.

24 납과 수은[鉛汞] : 고대 중국에서 도사가 조제하는 단약(丹藥)의 원료. 중국에서는 전통적으로 이것을 끓여서 조제한 단약이 무병장수하게 만든다고 믿어져 왔다.

25 【즉공관 미비】其說未有不相兼者. 그 주장들은 서로 겹쳐지지 않는 경우가 없었다.

26 내단(內丹) : 도교 용어. 도교 수련자가 음양의 변화나 천인합일(天人合一)사상을 토대로 하되, 사람의 신체를 정로(鼎爐, 화로)로 삼고 정기(精氣)를 약물로 삼아 수련을 통하여 체내에서 정(精)·기(氣)·신(神)을 응결시켜 만들어내는 단(丹).

27 외단(外丹) : 도교 용어. '내단'의 상대적인 개념으로, 연단술(鍊丹術)·선단술(仙丹術)·금단술(金丹術)·소련법(燒鍊法)·황백술(黃白術) 등으로 일컬어지는데 일종의 연금술이다. 단약을 제조하는 정로(鼎爐)에서 금석(金石)을 졸이고 약이(藥餌)를 더해서 장생불사의 금단(金丹)을 만들어내는 것을 말한다. 연단술은 중국에서 이미 한나라 무제(武帝) 때 비롯된 것으로 전해진다. 당시의 방사 이소군(李少君)은 "단사를 녹여 황금으로 만들었다[化丹沙爲黃金]"고 하며, 후한의 위백양(魏伯陽, 151~221)은 『주역참동계(周易參同契)』를 지어 음양의 이치로 금단의 원리를 설명하여 '만고 단경왕(萬古丹經王)'으로 추앙

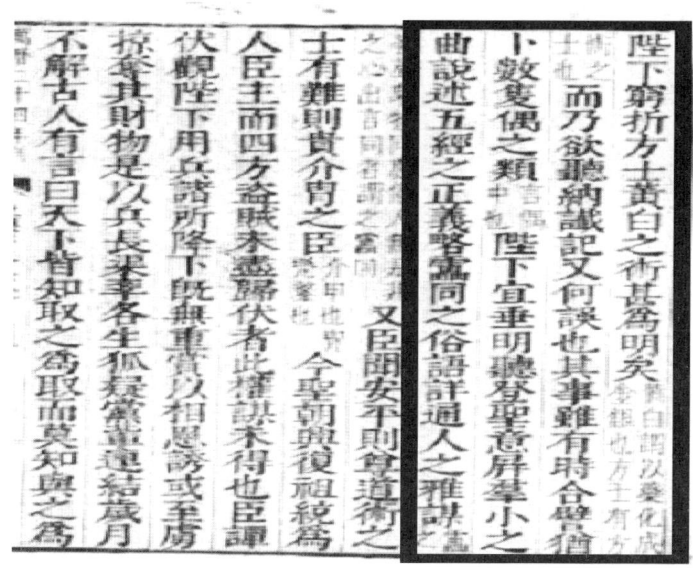

『후한서』「환담전」의 황·백 비술 대목

니다. 그래서 여자를 단약을 만드는 솥으로 간주하고 합궁 과정에서 음기를 모아 양기를 보충하고 감坎의 기운을 모아서 리離의 기운을 채우면[28] 아기나 미녀가 만들어진다'하여 이를 '내단'으로 삼고 '채전 공부[29]'라고

되었다. 동진(東晉)의 도학자 갈홍(葛洪, 284~364)은 당시까지 전해지던 외단의 이론을 집대성하여 도교 수련서인『포박자(抱朴子)』를 짓고, 외단은 신단(神丹)·금액(金液)·황금(黃金)의 세 가지로 구분하였다. 아울러 금단을 약으로 삼되 오래 졸일수록 변화가 더 기막혀서 그것을 복용하면 장생불사 할 수 있다고 주장하였다. 외단의 이론은 당대에 이르러 전성기를 맞아 손사막(孫思邈)·진소미(陳少微)·장과(張果) 등의 유명한 연단술사들이 배출되고, 외단의 복용이 유행이 되기도 하였다. 물론, 외단술은 터득이 어려운 데다가 단약에 독성이 함유되는 경우가 많아서 송대 이후로 쇠퇴하는 양상을 보이지만 명나라 세종 주후총의 경우에도 볼 수 있듯이 그 명맥은 후대에까지 인습되었다.

28 감(坎)·리(離):『주역(周易)』의 64괘(六十四卦)에 속한 두 괘상. '감(坎)'과 '리(離)'는 원래 각각 물과 불을 상징하는 서로 대립되는 괘이다. 여기서 "감·리를 쌓는다"는 것은 기공(氣功)의 단련을 통하여 건강을 유지하고 수명을 연장하는 것을 말한다.

부르기도 합니다. 이는 바로 황제[30] · 용성공[31] · 팽조[32]가 여인을 상대할 때에 사용한 도술로서, 즐거움을 얻을 수도 있고 수명을 연장할 수도 있다고 합니다. 그러나 그 중에 실력이 딸려 여인의 정기가 이르기도 전에 먼저 무너지는 사내는 약의 기운을 빌릴 수밖에 없지요. 그렇게 되면 자연히 굳세고 강하게 오래 버티는 데다가 핑계로 삼을 거리도 많기 때문에 혈기가 안정되지 않은 젊은이들을 속여 넘기곤 하지요. 그러나 사실은 아주 참되고 상세하며, 아주 재미있고 생생한 것처럼 여겨집니다.

---

29 채전공부(採戰工夫) : 중국 도교의 방중술(房中術)의 일종인 '채전 신축술(採戰伸縮術)'을 말한다. '채전'은 정사의 기교, '신축'은 성기의 단련에 주목한 개념이다. 도교 일각에서는 정사를 일종의 전투에 빗대고 여성의 몸을 진단(眞丹)을 제조하는 정로(鼎爐)로 삼아 순수한 납과 순수한 수은[眞鉛眞汞] 즉 원기(元氣)를 캐내어 보양하는 과정으로 여겨서 '채전(採戰)'으로 일컬었다. 채전술은 도교의 방사들과 궁정 · 사대부들 사이에서 '삼봉채전(三峯採戰)'으로 일컬어지면서 장생불로의 비결로 유행했다고 한다.

30 황제(黃帝) : 중국 고대 신화에 등장하는 제왕. '삼황(三皇)'을 이어 중국을 다스린 '오제(五帝)' 중 첫번째 임금이다. 전설에 따르면 그는 소전(少典)과 부보(附寶)의 아들로 본래 성씨는 공손(公孫)인데, 나중에 희씨(姬姓)로 바꾸어서 '희헌원(姬軒轅)'으로 일컬어지게 되었고, 헌원의 동산에 살아서 '헌원씨(軒轅氏)'로 불렸으며, 유웅(有熊)에 도읍을 정해서 '유웅씨(有熊氏)'로 불렸다고도 한다. '황제'라는 존칭은 그가 재위하는 기간 동안 누런 용이 나타났기 때문에 그를 토덕(土德)의 상서로운 징조를 지닌 성인으로 간주하여 붙였다고 한다. 황제는 중국 문명의 시조로 여겨지는 한편 전통적으로 도교의 시조로 추앙되어 왔다.

31 용성공(容成公) : 중국 고대 전설에 등장하는 신선. 황제(黃帝)의 신하이면서 황제에게 양생술(養生術)을 가르친 스승이기도 하다. 그에 관한 소개는 『열자(列子)』「탕문(湯問)」에서 최초로 보이는데, 황제와 함께 "공동산 위에 머물며 함께 3달 동안 재개한 끝에 득도하여 마음이 차분해지고 몸의 존재를 망각할 정도였다[居空峒之上, 同齋三月, 心死形廢]"고 한다. 초기의 기록들에 따르면 방중술의 전파와도 직접적으로 관련되어 있다고 한다. 동진의 도학자인 갈홍은 『신선전(神仙傳)』에서 그를 "용성자로도 일컬어졌으며, 자는 자황이고 도동 사람[或稱容成子, 字子黃, 道東人]"이라고 소개하기도 하였다.

32 팽조(彭祖) : 중국의 고대 전설에 등장하는 인물. 전하는 바에 따르면, 팽조는 성이 전(籛), 이름이 갱(鏗)으로, 요(堯) 임금이 팽성(彭城)에 그를 봉했으며 800년을 살았다고 한다.

진 감생이라는 사람은 속으로 은자도 만들어내고 싶고 신선도 되고 싶고 여자와 즐거움도 만끽하고 싶었습니다. 그야말로 좋아하지 않는 것이 없었지요.[33] 그래서 방사가 말하는 것은 따르지 않는 것이 없을 정도였습니다. 그런 부류에게 몇 번이나 속임수를 당하고 몇 번이나 귀한 물건들을 사기 당

팽조 초상

했는지 모릅니다. 그런데도 뉘우칠 줄 모르고 끝까지 거기에 빠져서 그 대단한 가산을 거의 다 날려 버리고 땅까지 전부 팔아 치워 쓸 돈이 차츰 부족해지게 되었지요. 그래서 동향 사람인 주대경朱大經이라는 거인[34]이 몇 번이나 간곡하게 설득했건만 그래도 끝까지 깨우치지 못하는 것이 아

---

33 【즉공관 미비】願力大矣. 世間豈有如許便宜事. 바라는 것이 너무 크구나. 세상에 어디 그렇게 쉬운 일이 있다는 말인가?

34 거인(擧人) : 중국 고대에 과거에 급제한 사람을 부르던 호칭. 글자 그대로 '천거 받은 사람'이라는 뜻으로, 그 유래는 한대에서 찾을 수 있다. 과거제도가 실시되기 한참 전인 한대에는 인재를 등용할 때 각 군·국(郡國)에 명령을 내려 유능하고 현명한 인재들을 추천하게 했는데 이것이 '거인'의 어원이 된 것이다. 그 후 당·송대에 과거제도가 시행되면서 진사과(進士科)가 개설되자 과거에 응시하여 급제한 사람들을 '거인'으로 부르게 되었다. 명·청대에는 관련 호칭이 더욱 세분화되어 향시(鄕試)에 합격한 사람을 '거인' 또는 '대회장(大會狀)·대춘원(大春元)' 등으로 일컬었으며, 격을 갖추어서는 '효렴(孝廉)', 속칭으로는 '거자(擧子)'나 '나리'를 뜻하는 '노야(老爺)' 등으로 불려졌다. 명대 이후로는 거인에게는 기본적으로 계속해서 회시(會試)에 응시할 자격을 가지는 것은 물론이고 여기에 추가로 '출신(出身)' 즉 벼슬을 할 자격도 주어졌다. 적합한 설명이 될지 모르겠지만 이를 쉽게 설명하자면, 당시의 거인에게는 향시에 합격한 후 다시 바로 '출신'하여 말단 관리(9급 공무원)부터 시작하거나 일정 기간의 준비를 거쳐 추가로 그보다 단계가 높은 회시에 지원하여 고급 관리(5급 공무원)으로 시작하는 선택권이 주어졌던 셈이다.

닙니까! 결국 구호³⁵ 시를 지어서 그를 이렇게 비웃었답니다.

조주에 진정조라는 이가 있는데   曹州有个甄廷詔,
진짜배기 강도 떼를 먹여 살리고 있지.   養着一夥眞强盜.
단약 만든답시고 맹세를 하고   養砂乾汞立投詞,
음기 따서 양기를 보충하고자 기도를 하지. 探陰補陽去禱告.

한 줄기 푸른 연기는 흔적도 보이지 않고 一股靑煙不見踪,
열 마지기 좋은 땅은 남 차지가 되었네. 十頃好地隨人要.
집안의 처자식은 고개 숙이고 울분 터뜨리고 家間妻子低頭惱,
거리의 친척 친구들은 손뼉 치고 비웃누나. 街上親朋拍手笑.

아울러 가사를 써서 이렇게 그에게 경고하기도 했지요.

그대는 지혜롭다고 들었건만   聞君多智兮,
어찌 하여 그른 것 바른 것도 모르시오? 何邪正之混施.
그대는 도를 좋아한다고 들었건만   聞君好道兮,
어찌 하여 처자식은 한숨을 내쉬는 게요? 何妻子之嗟咨.
나는 그대가 불효하여   予知君不孝兮,

---

35 구호(口號) : 명대에 유행한 시의 일종. 현재는 구령(口令)이라는 뜻으로 사용되지만 원래
는 문구를 다듬지 않고 즉흥적으로 읊는 시를 부르는 말이었다. 당나라의 이백(李白,
701~762)이 지은 「구호오왕미인반취(口號吳王美人半醉)」도 구호시의 하나로 분류된다.

조상의 기업 버려 남은 것 없는 걸 압니다.　　弃祖業而無遺.
아울러 그대가 장수하지 못하고　　　　　　又知君不壽兮,
원기가 메말라 고치기 어려운 것을 압니다.[36]　耗元氣而難醫.

진 감생은 그 사실을 알고 속으로는 분노했지만 코웃음을 치면서 말했습니다.

"주 거인은 안목이 좁은 속물이니 그 속 사정을 어떻게 알겠나? 내가 '조상들께서 물려주신 기업을 탕진했다'고 하는데 … 그건 그 자가 눈 앞의 일만 보고서 하는 소리일 뿐이다. 그러니 그들이 하는 소리를 탓할 것도 없지. 아서라! (…) 그러면서 어떻게 내게 '장수하지 못할 거'라고 말할 수가 있나? 그러는 너희들은 신선이 될 성 싶으냐?"

그러나 그 사람이 비아냥거렸던 그대로 이번에도 집을 처분할 수밖에 없었습니다. 그는 처분해서 얻은 일이백 냥의 은자로 여종을 넷 사고, 그 종들을 데려다 정기를 얻는 솥으로 삼았지요. 그 중에서 '춘화春花'라는 여종은 아름다움이 남달라서 진 감생이 가장 좋아한 것은 말할 필요도 없었답니다.

그러던 어느 날이었지요. 그는 방사를 한 사람 초대했는데 성과 이름

---

36 【즉공관 미비】歌不見佳, 如何能動人. 노래가 훌륭해 보이지는 않는군. 그러니 어떻게 사람들을 감동시킬 수 있겠나.

은 없고 도호道號가 '현현자玄玄子'였습니다. 그가 진 감생과 함께 내단과 외단에 관한 이야기를 나누는데 무척 정통하지 뭡니까. 진 감생은 의기가 투합되자 자기 집에 며칠이나 붙잡아 놓고 그동안 입수한 예전의 비방들을 가지고 가르침을 줄 것을 부탁했습니다. 그러자 현현자가 말하는 것이었지요.

"처방도 썩 좋지는 않고 … 재료도 완벽하지 않습니다. 그러니 만들어 질 턱이 없지요! 성사시키고 싶으시다면 재료들을 제대로 키우고 졸이셔야지요. 그 재료들은 꼭 길 어귀의 시장에 가서 사셔야 됩니다!"

그러자 진 감생이 말했지요.

"단약 재료는 내일 저와 사부님이 직접 사러 가시지요. 사 와서 차분하게 졸이기로 하고 … 내·외단에 관한 구결37부터 먼저 가르쳐 주십시오!"

현현자는 먼저 외단양사간홍外丹養砂乾汞의 많은 주문를 전수했습니다. 이어서 내단채전內丹採戰의 추첨38을 원활하게 전환시키거나 호흡을 강화

---

37 구결(口訣) : 불가(佛家)·도가(道家)가 도법(道法)이나 비술(秘術)을 (구구단과 같이) 외우기 쉽도록 요점만을 정리하여 만든 어구.

38 추첨(抽添) : 도교의 단술(丹術) 관련 용어. 원래는 천지 음양과 사시 절기의 변화를 가리키는 말로, 글자 그대로 풀면 '빼고 더하기'이다. 도교의 내단파는 이를 근거로 잡념을 없애고 정신과 기운을 키우는 수련법을 발전시켰는데, 원대의 『청암영섬자어록(清庵瑩蟾子語錄)』에서는 "몸을 움직이지 않아 기운을 안정시키는 것을 '추'라고 하고, 마음을 움직이지 않아 정신을 안정시키는 것을 '첨'이라고 한다[身不動氣定, 謂之抽, 心不動神定, 謂之添]"고 정의한 바 있다.

시키는 데에 요긴한 요령들도 일러 주었지요. 그러자 진 감생은 흥미진진하게 듣더니 말했습니다.

"소생도 이쪽에 대해서는 오래 전부터 제법 열심히 연구해서 그 방법을 꽤 익혔습니다. 다만…, 마지막 단계만 되면 버티지를 못하겠더군요! 어떨 때에는 기운을 잘 끌어올리고 단단한 상태로 아주 잘 버팁니다. 하지만 일단 흥이 깨지면 섰던 것도 저절로 풀리고 쪼그라드는 바람에 제대로 일을 치룰 수가 없더군요. 그래서 소원을 이룰 수가 없었습니다!"

"그 일이 가장 어렵습니다. 그 위치에서는 반드시 몸은 나누되 정신은 나누지 말아야 합니다. 그래야 단단한 상태를 유지할 수가 있지요. 그러나 공력이 무르익지 않은 상태에서는 한쪽은 정신을 나누면 안된다는 것에만 집착하곤 하지요. 때문에 의욕이 없어지면서 바로 저절로 풀리고 쪼그라드는 거지요. 그렇기 때문에 초심자는 반드시 약 기운을 빌려야 하는 것입니다. 발기가 풀리지 않는 약이 있어야 오래도록 버티는 기술을 쓸 수가 있지요.[39] 오래 버티는 공력만 있으면 여자 몸 속에서 정기를 거두는 도움을 받을 수 있게 됩니다. 그렇게만 하면 나중에 가서는 거두는 정기도 많아져서 저절로 단단하게 만들고 푸는 것이 자유자재로 되어서 약을 쓸 필요가 없게 되는 거지요. 만약에 먼저 약 기운을 빌리지 않고 무턱대고 혼자서 그 방법을 궁리하면 결국 '말은 쉬워도 실천은 어려

---

39 【즉공관 미비】便是旁門外道. 바로 방계의 외도였던 게지.

운[40]' 상황이 벌어져 민망스러운 꼴을 당하게 되고, 결국에는 원기를 상하고 마는 거지요!"

현현자가 이렇게 말하자 진 감생이 말했습니다.

"약은 방중술 처방에 불과하지요. (…) 몸을 상하게 될 텐데요."

"방중술 처방은 하찮은 자들의 잡기일 뿐인데 어찌 신선가에서 쓸 수가 있

도교에서 『소녀경』은 방중술의 비조로 일컬어진다. 사진은 명대 중기에 지어진 『소녀묘론(素女妙論)』

겠습니까! 소생에게는 직접 조제한 신비로운 약이 있습니다. 오랫동안 복용하면 뼈마디가 굳세고 강해져서 장생불사할 수 있지요. 시험 삼아 여자 손을 쓰실 때에는 양물이 우람하고 단단하고 뜨거워져서 아교로 붙여 놓은 듯이 떼어 놓을 수가 없을 정도가 됩니다. 게다가 늘어났다 줄어

---

40 말은 쉬워도 실천은 어려운[說時容易, 做時難] : 명대의 속담. 책상에 앉아서 이론만 떠드는 것은 어렵지 않지만 막상 그것을 현실에서 실천하려 하면 제대로 이루어지는 일이 드물다는 뜻이다.

들었다 하는 것도 자유자재로 할 수 있게 되지요. 그래서 여자의 정기가 바로 몰리기 때문에 하룻밤에 열 명을 상대해도 황금으로 만든 창처럼 꼿꼿한 상태를 유지하게 되는 것입니다. 이거야말로 아주 보배로운 단약이요 만 금의 가치가 있는 훌륭한 약이지요!"

"그거 … 당장 필요합니다!"

그러자 현현자는 곧바로 가서 호리병을 기울여 환약을 열 개 정도 가져 오더니 진 감생에게 건넸습니다.

"이 약을 매번 한 알씩만 복용하십시오. 허나, … 함부로 쓰시면 안될 것입니다. (…) 해독약이 있습니다. 그 해독약을 조제하자면 아직 재료가 하나 부족합니다. 해서 반드시 내일 같이 그 약 재료들을 사러 가셔야합니다!"

환약을 넘겨받은 진 감생은 이번에는 현현자에게 내단 구결의 차이점과 공통점을 알려줄 것을 요청했습니다. 그러자 현현자가 말하는 것이었지요.

"그건 … 밤에 침대 위에 올라가야 혈도[41]를 확실하게 짚어 드릴 수 있

---

41 혈도(穴道) : 중의학 용어. 인체의 경락(經脈)들이 모이는 곳을 가리킨다. 일반적으로 밀집된 말초 신경이나 주간 신경이 지나가는 지점을 가리킨다.

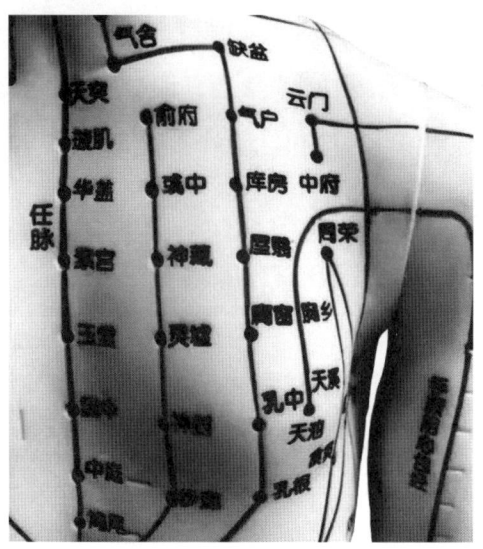

고, 방법이나 손놀림도 분명하게 전수해 드릴 수가 있습니다만 …"[42]

"어쨌든 내일은 꼭 아침 일찍 일어나셔서 길 어귀 시장에 가서 약을 사야 합니다. 오늘밤 소생이 사부님하고 서재에서 같이 자면서 궁리해 보도록 하지요."

한의학 교재 침구동인(針灸銅人)에 새겨진 혈도도(穴道圖)

진 감생은 이렇게 말하고 나서 곧바로 하인에게 분부했습니다.

"일찍 일어나 밥을 지어라. 날이 밝기 전에 일어나야 하니 내가 혹시 잠이 들었거든 밥이 다 되었을 때 와서 깨우도록 해라."

하인은 그 지시를 받고 그 자리를 떠났지요.

이날 밤은 그렇게 해서 현현자와 함께 서재에서 잤습니다. 그는 방중술을 화제 삼아 대화를 나누면서 구결을 전수받다가 얼추 초경 전후가 되어서야 잠을 청하는 것이었습니다.

---

42 【즉공관 미비】再得一女子當面教道爲妙. 따로 여자 하나를 얻어 눈 앞에서 그 이치를 가르치는 편이 낫지.

이튿날 날이 밝기도 전이었습니다. 하인들은 일어나 밥을 잘 지어 놓고 상전에게 와서 일어나라고 깨웠습니다. 그런데 연거푸 몇 번이나 불렀지만 진 감생이 대답하는 소리는 들리지 않고 엉뚱하게 현현자가 놀라서 깼지 뭡니까. 현현자는 침상을 더듬어 보다가 집 주인이 보이지 않자 이렇게 대답했습니다.

"밤새 같이 잠을 잤는데 잠이 든 사이에 어디로 가셨는지 모르겠구려. 지금은 침상에 안 계시는데요?"

"그럴 리가 있나요!"

하인들이 문을 열고 들어가서 불을 비추어 보는데 가만 보니 침상 안쪽에는 현현자가 자고 있던 참이었습니다. 그런데 바깥쪽에는 벗어 놓은 속옷 하나만 남아 있을 뿐 상전은 보이지 않는 것이 아닙니까! 하인들이 다들 '원래대로 안채에 주무시러 가셨나' 싶어서 안채로 가서 문을 두드리고 물어 보았지요. 그러나 거기서는 '어젯밤에는 들어오지 않았다'지 뭡니까요 글쎄! 온 집안사람들이 놀라 깨서 서재 바깥의 한 쪽방 안을 뒤지고 있을 때였습니다. 가만 보니 진 감생이 땅바닥에 뻣뻣한 상태로 누워 있지 뭡니까. 입과 코를 살펴 보니 벌써 숨이 끊어진 상태였습니다. 사람들은 당황해서 말했지요.

"이건 … 기이하게 돌아가셨지 않은가!"

진 감생이 신비의 명약을 꿀꺽 삼키다

그 아들 진희현甄希賢은 그 소리를 듣고 다급하게 달려 왔지요. 그리고 자세히 살펴보니 입가에 피가 흘러나와 있는 것이 아닙니까.

"이건 중독되어 돌아가신 것이다. (…) 분명히 방사 탓인 게야!"

희현은 평소에 부친의 행태를 보면서 속으로 못마땅하게 여기며 방사를 탓하곤 했습니다. 그러나 부친이 이렇게 의문의 죽음을 당하게 될 줄은 상상조차 하지 못했지요. 그러니 방사를 원망하지 누구를 원망하겠습니까?[43] 희현은 하인들을 데리고 통곡을 하면서 걸어서 서재로 달려갔습니다. 그리고는 현현자의 멱살을 쥐고 다짜고짜 주먹에 발까지 동원해서 일단 흠신 매질부터 했겠다? 도무지 영문을 알지 못한 현현자는 매를 맞으면서 마구 소리를 질러 대는 것이었지요.

"어르신…! 나리…! 아버지! (…) 이 하찮은 목숨 좀 살려 주십시요! 말로 … 말로 하십시다요!"

"어서 우리 아버지를 살려 놓아라!"

그러자 현현자는 당황해서 말했습니다.

---

43 【즉공관 미비】元不差, 只是李代桃僵. 원래는 차이가 없다. 그저 오얏나무가 복숭아나무 대신 죽는 격이다.

"나리께서 … 어떻게 되셨길래요?"

그러자 하인들이 달려들어 소리가 날 정도로 따귀를 때리더니 말했습니다.

"어떻게 되셔? 어떻게 되시다니! 몰라서 하는 소리냐? 아니면 시치미를 떼는 게냐?"

하인들은 그를 덥썩 붙잡더니 쇠사슬로 진 감생의 시신 옆에 채워 놓고 있습니다. 그리고는 뒷일을 수습하는 것이었지요.

날이 훤하게 밝자 전희현은 고발장을 써서 현현자를 현 관아로 끌고 왔습니다. 지현이 재판정에서 그 사정을 캐묻자 진희현이 말했지요.

"이 놈이 단약을 만들어 준다고 속이고 간밤에 같이 자고 나서 독약으로 소인의 부친을 독살했습니다요! 입에서 피가 흘러나온 것을 보면 재물을 노리고 목숨을 해친 것이 분명합니다!"

그러자 현현자는 이렇게 억울함을 호소했습니다.

"간밤에 같이 잔 것은 사실입니다요. 하지만 소인은 잠이 들어서 언제 방을 나갔는지 몰랐고, 그 뒤에 또 어떻게 해서 죽었는지도 모르겠습니다요. 정말 조금도 영문을 모르겠다굽쇼!"

"허튼 소리! 같이 잤다면서 어떻게 영문을 모를 수가 있느냐? 더욱이
너희 같은 뜨내기 부랑자들이야 무슨 짓인들 못할까?"

지현이 이렇게 말하자 현현자가 말했습니다.

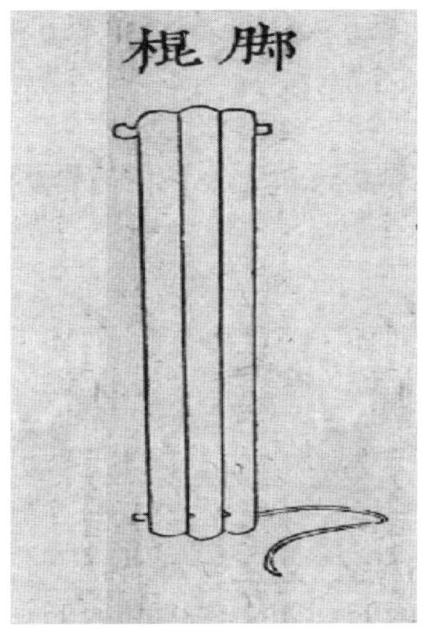

"소인이 보니 그 감생이 도술
을 좋아하길래 … 그를 속여서 재
물을 좀 뜯으려고 한 일은 있습니
다. 허나 그의 죽음에 대해서는
정말 아는 것이 없습니다요!"

그러나 지현은 코웃음을 치면서

"네놈이 스스로 '어떻게 죽었
다'고 말할 리가 있느냐? 당연히
발뺌을 할 테지!"

『삼재도회』에 소개된 주릿대(脚梱)의 모습.
장대를 벌려 그 사이로 다리를 넣고 양쪽에서
조이는 방식으로 고통을 준 것으로 보인다

하더니 아전들에게 명령을 내렸습니다.

"강도를 다스리는 가장 큰 주릿대⁴⁴를 가져와서 이 부랑자놈의 주리를

틀렸다!"

아이구 불쌍한 현현이 같으니!

'현묘하고 또 현묘'[45]하면 무엇하나?	管什麽玄之又玄,
당장 자기부터가 죽어나게 생긴 것을!	只看作熬得不得.
소리 외치며 들이는 기운 무거우니	呿呵力重,
이거야 골수 씻고 털 미는 격[46]이요	這算做洗髓伐毛.
외치는 소리 우렁차니	叫喊聲高,
기력 키우고 숨 고를 필요도 없겠구나.	用不着存神閉氣.
입에서는 흰 눈 같은 거품 다 흐르고 나면	口中白雪流將盡,
목구멍에서 콩나물까지 끄집어 내겠구나.	穀道黃芽挣出來.

그날 현현자는 주리를 틀리는 통에 몇 번이나 까무라쳤다 되살아났다[47] 했지 뭡니까. 거기다가 장도리로 일이백 대나 맞았습니다.[48] 현현자

---

44 주릿대[夾棍] : '협곤(夾棍)'은 중국에서 범인이 지은 범죄를 자백받기 위하여 가하는 형
    벌의 하나인 주리를 트는 데에 사용되었던 두 개의 긴 막대기를 말한다. 이때 사용되는
    주릿대는 길이가 3자였기 때문에 주리를 '삼척목의 형벌(三尺木之刑)'으로 부르기도 하
    였다. 서로 연결된 3개의 막대기를 죄인의 다리에 끼우고 그것을 조여서 고통을 주는 식
    으로 형벌을 가하였다. 이 형구는 남송의 이종(理宗) 때부터 사용되었으며, 명·청대까지
    그 제도가 인습되었다.
45 현묘하고 또 현묘[玄之又玄] : 춘추전국시대의 사상가 노자(老子)의 『도덕경』 제1장에
    나오는 말. 우주의 운행법칙인 천도(天道)가 신비롭고 오묘한 것을 두고 한 말이다.
46 골수 씻고 털 미는 격[伐毛洗髓] : 과거의 행태를 완전히 바꾼 것을 두고 하는 말. 환골탈
    태(換骨奪胎), 나아가 개과천선(改過遷善)의 의미로 사용되기도 한다.
47 몇 번이나 까무라쳤다 되살아났다[一佛出世, 二佛生天] : 명대의 유행어. 글자 그대로 직

가 아무리 강호[49]에서 감언이설로 사람들을 속이는 협잡꾼으로, 상습적으로 남들 등을 쳐서 좋은 술에 좋은 음식을 얻어 먹으며 '선생'입네 '사부'입네 불리고 존경을 받아오기는 했습니다마는 이런 고초를 당한 적은 없었지요. 그렇다 보니 도저히 견딜 수가 없었던지 어쩔 수 없이 이렇게 자백하고 마는 것이었습니다.

"약으로 독살하고 재물을 가로채려 한 것이 사실입니다요!"

그래서 지현은 서명을 하게 하고 사형 판결을 내렸습니다. 그리고 그를 끌고 가 사형수 감옥에 가둔 다음 공문을 작성해서 상급 관청에 보고하려고 했지요. 그런데 고을사람들 중에 그 소식을 들은 이들이 모두 말하는 것이었습니다.

역하면 '첫번째 부처가 인간 세상에 태어나고 두 번째 부처가 천당에 태어나다' 정도로 번역할 수 있다. 형벌이 하도 가혹하여 의식을 잃었다 돌아왔다를 몇 번이나 거듭하는 상황을 가리킨다. 『이각 박안경기』에도 같은 표현이 보인다.

48 【즉공관 미비】雖非其罪, 然方士花報, 固宜有此. 그의 죄는 아니지만 방사가 허튼 소리로 꼬드겼으니 의당 그렇게 응징해야지.

49 강호(江湖) : 세간, 세속. 『장자(莊子)』「대종사(大宗師)」의 "샘이 말랐을 때 물고기들이 그 땅에 서로 함께 있으면서 아무리 물기를 서로에게 불어주고 거품을 서로에게 적셔준다고 한들 강과 호수에서 서로 잊고 사는 것만은 못한 법이다[泉涸, 魚相與處于陸, 相呴以濕, 相濡以沫, 不如相忘于江湖]"라는 말에서 유래한 것이다. 그러나 '강호'는 의미상으로 하천이나 호수와는 무관할 뿐 아니라 실제로 존재하는 특정한 장소를 가리키는 것도 아니다. 이 단어는 조정이나 공직사회에서 멀리 떨어져 국가의 통제나 법률적 구속으로부터 유리된 민간을 가리키는 말로 사용되는 것이 보통이다. 중국문학(특히 무협소설)의 영역에서 '강호'는 협객들이 활동하는 세계, 심지어 암흑사회의 대명사로 받아들여지곤 한다.

"진 감생이 방사를 존경하고 따르더니 결국 방사한테 독살당하고 말았구나! 도술에 미련을 가지고 깨닫지 못하는 바람에 불행을 자초한 셈이야. (…) 방사놈들이 그렇게 무도할 줄이야! 이제 관아에서 분명하게 밝히고 놈을 잡아와서 처벌하셨으니 이거야말로 이승에서 천벌을 받은 셈이 아니겠나?"

감생의 친척이나 친구들도 기뻐하지 않는 사람이 없었지요.

그 집 하인들은 평소에 다들 그 방사들을 몹시 미워하던 참이었습니다. 그런데 이번에 상전이 그렇게 죽어 버리자 당장 그의 살을 씹어먹지 못하는 것을 분하게 여겼지요. 결국 그가 감옥에서 사형 판결을 받자 다들 후련해 한 것은 말할 나위도 없었습니다.

그러나 세상에는 억울한 일도 있다는 것을 어떻게 알겠습니까. 알고 보니 진 감생은 소실 둘과 여종 넷을 거느리고 있으면서도 오직 춘화만 가까이하며 총애했답니다. 그래서 그는 하루 종일 규방 안에서 지내면서 번갈아 잠자리 시중을 들고 채전의 즐거움을 누렸지요. 그러나 그것이 오래되어 남들 보는 귀와 눈이 많다 보니 춘화와의 궁합이야 꽤 좋은 편이었습니다마는 동료들이 몰래 들을까 봐서 신경을 쓰는 바람에 마음껏 즐길 수가 없었지요. 그래서 그녀와 몰래 거기서 한 바탕 요란스럽게 즐길 생각이었던 것입니다.[50]

---

50 **【즉공관 미비】** 此豈成仙根器耶. 이것이 어디 신선이 될 자질을 키우는 것이겠나!

그날 밤에도 말로는 '서재에서 자겠다'고 했습니다마는 사실은 몰래 춘화와 약속해서 밤에 서재를 나와 함께 옆의 쪽방으로 가서 방사를 즐기기로 했고 춘화도 그렇게 하기도 했던 것이었습니다. 그래서 진 감생은 먼저 현현자와 함께 자는 동안 현현자가 도술을 지도하여 초경이 넘을 때까지 전수하자 아주 잘 익혔답니다. 그리고 배운 것을 시험 삼아 시도해 볼 생각으로 현현자가 잠든 것을 확인하자마자 침상에서 내려와 옷을 걸치고 살그머니 나왔던 것입니다.

진 감생이 바깥으로 나오니 마침 춘화도 안에서 나오지 뭡니까. 그렇게 합류한 두 사람은 손을 마주잡고 그 길로 옆의 쪽방으로 들어갔지요. 그 방에는 평소에 앉아서 기를 다스리던 좌선 의자[51]가 하나 있었습니다. 그래서 춘화에게 하의를 벗고 그 위에 잘 앉게 했더니 기량을 발휘하기 시작했지요. 그는 현현자가 가르쳐 준 방법에 따라

좌선 의자 '선상(禪床)' 예시. 일본 법륭사(法隆寺)의 홍법대사상(弘法大師像)

---

51 좌선 의자[禪椅] : 중국 불교에서 승려가 참선(參禪)을 하는 데에 사용한 의자.

서 아홉 번은 얕게 한번은 깊게 서로가 숨을 주고 받으면서 한참 동안을 즐겼습니다. 춘화는 꽃가지와도 같은 여린 나이였지요. 그렇다 보니 한 껏 흥분을 해서 온몸이 다 저릿저릿해질 정도였습니다. 그래서 온갖 귀엽고 매혹적인 모습들을 다 연출하면서 가쁜 숨소리까지 내는 것이었지요. 몸은 몸대로 마치 거미가 거미줄을 치는 것처럼 엉덩이를 앞으로 들이밀고 또 들이밀었습니다. 두 다리는 다리대로 뻗었다 움츠렸다 수레 발판을 디디는 것과도 같이 멈추지 않는 것이었지요.[52] 급기야 절정의 순간에는 진 감생을 단단히 끌어안고

"아버지! (…) 너무 좋아요!"

하고 소리를 지르는데 어느새 여자의 애액이 흘러 나왔습니다. 그 광경을 보고 진 감생은 잔뜩 흥분하고 말았지요. 그러나 숨이 가빠져 참을 수가 없자 서둘러 몸을 누르며 숨을 죽인 채 꽁무니를 위로 세우더니 대변을 참는 것처럼 했더니 사정 욕구가 그제서야 진정되는 것이었습니다. 그 맑은 물 같은 애액은 그 순간에도 쉬지 않고 흘러 나왔습니다. 가까스로 참아내기는 했지만 선 채로 꼼짝도 하지 않고 그것을 음문陰門 안에 비축하는 수밖에 없었지요. 계속 몸을 흔들다가는 자칫 흘러버릴 수도 있으니까 말입니다. 다급해진 진 감생은 불현 듯 생각했습니다.

---

[52] 【즉공관 미비】秘戱圖. 그야말로 춘화로군.

"낮에 현현자가 준 신비로운 약을 일단 한 알만 먹어 보자. (…) 분명히 오래 버틸 수 있을 거야!"

그는 소매 속을 더듬어 종이 보자기를 꺼내더니 한 알을 가져다 고인 침으로 목 안으로 삼켰습니다. 그렇게 삼키자마자 뜨거운 기운이 곧장 단전丹田으로 치닫는가 싶더니 순식간에 양물이 마구 흔들리는 것이 아닙니까. 그것은 불처럼 뜨겁고 쇠처럼 단단해져서 당초 사정하려 했던 욕구가 싹 가시는 것이었습니다. 그래서 작정을 하고 힘껏 밀어 넣자 춘화도 즐거운지 신음을 흘리는 것이었지요.

진 감생은 그녀의 음문이 많이 좁아졌다고만 여겼습니다. 그러나 사실은 약 기운을 받는 바람에 자신의 양물이 오이와도 같이 커진 것이었지요. 그래서 손으로 더듬어 보니 양쪽으로 살이 꽉 낀 채로 조금도 빈 틈이 없는 것이었습니다. 진 감생은 이 약에 기막힌 효력이 있는 것을 알고 나니 갈수록 신이 났습니다. 그러나 음문이 꽉 차다 보니 양물을 움직이기가 만만치 않았지요. 그런데 그 약이 정말 신통하게도 양물을 움직일 필요도 없이 안으로 밀어 넣은 부분이 저절로 늘어났다 줄어들었다 하지 뭡니까. 그런 식으로 춘화를 까물어쳤다 되살아났다 하게 만들면서 또 한번 절정의 순간[53]까지 이르는 것이었습니다.[54]

진 감생은 약 기운 덕분에 이번에는 가까스로 버텨낼 수가 있었습니

---

53 절정의 순간[丟精] : '주정(丟精)'은 여성의 몸에서 애액이 분비되는 것을 가리키는 말이다. 여기서는 편의상 의역하였다.

54 【즉공관 미비】樂事也, 妙藥也! 何異成仙. 只恐樂極悲來耳. 즐거운 일이요 기막힌 약이로고! 신선이 된 것과 무엇이 다르겠나? 다만 즐거움이 다하고 슬픔이 찾아올까 걱정이로다!

다. 아 그런데 뜻밖에도 그의 양물이 여자의 정기의 도움으로 더더욱 뜨겁고 단단하게 변하면서 음문 속의 애액을 다 말리고 양쪽이 서로 빨아들이는 바람에 뺄 수가 없지 뭡니까요!

'방사가 낮에 해독약이 있는데 아직 완성하지 않았다고 해서 방금 전에 흥분한 나머지 먹어 치웠는데 … 지금 무슨 수로 약을 구해서 이 낭패를 해결한담?'

이런 생각에 마음이 다급해진 진 감생은 목이 마르고 숨이 가빠 오자 춘화를 보고 말했지요.

"어떻게 물 한 모금만 좀 먹으면 좋으련만!"

그러자 춘화가 말했습니다.

"저를 놓아 주시면 물을 가져 와서 먹여 드릴게요."

그래서 진 감생이 빼려고 했지만 살과 살이 달라붙어 무슨 뿌리라도 박힌 것처럼 살짝만 움직여도 두 사람 다 아파서 신음 소리가 절로 나올 지경이었습니다.

"안되겠다, 안되겠어! (…) 네가 큰소리로 사람을 불러서 물을 가져 오라고 해야겠다!"

진 감생이 이렇게 말하자 춘화가 말했습니다.

"이렇게 뒤얽혀 있는 광경을 사람을 불러서 보이시면 … 부끄러워서
어째요?"

"그럼 어떻게 해야 풀 수가 있겠느냐?"

"사정 … 하시면 안될까요?"

"맞는 말이다! (…) 안에 비축한 정기를 함부로 흘릴 수 없는 거지만
… 지금 이 지경이 되었으니 어쩔 수 없지!"

그래서 기를 쓰고 사정을 하려고 했습니다. 그러나 세상에 이런 해괴
한 노릇이 어디 있습니까? 아까는 참지 않아도 기어이 뚫고 나오려고
하던 것이 지금은 아무리 사정을 하려고 해도 약 기운 때문에 꽉 막혀 버
렸지 뭡니까요.[55]
그는 머리가 빨개지고 얼굴이 달아오르면서 그 화기火氣가 역류해서 위
로 치솟기 시작했습니다. 그러자 그는 끙끙거리면서 말하는 것이었지요.

---

55 【즉공관 미비】 不如意事常八九. 마음대로 되지 않는 일이 늘 열에서 여덟아홉은 되는 법.

"미치고 환장하겠구나!"

이를 악 문 그는 딱딱 소리를 내다가 급기야 큰소리로

"이제는 틀렸다!"

하고 소리치더니 두 팔을 늘어뜨리면서 털썩 하고 땅바닥으로 고꾸라져 버리는 것이었습니다. 춘화는 춘화대로 음문이 따갑고 아픈 느낌이 들었습니다. 그러나 다행스럽게도 그에게서 자유의 몸이 되자 서둘러 두 다리를 풀고 몸을 일으키더니 말했지요.

"이게 웬 일이람?"

춘화는 진 감생을 부축했지만 소리도 숨도 없이 사지는 뻣뻣하게 굳어 있었습니다. 몸은 아직 뜨거웠지만[56] 아무리 부르고 물어도 반응이 없는 것이 아닙니까. 춘화는 당황해 어쩔 줄을 모르는 것이었지요.

"난리가 났네! (…) 만약에 소리라도 질렀다가는 남 부끄러운 건 둘째 치고 내 죄도 피하기 어려울 텐데! (…) 어쨌든 밤이어서 아무도 아는 사람이 없으니 모른 척 속이고 넘어가야겠다!"

---

56 【즉공관 미비】藥力未散. 약 기운이 미처 사라지지 않았군.

그녀는 상전이야 죽든 살든 살그머니 그 자리를 나와서 자기 침실을 향해 무작정 내뺐습니다. 그렇게 방으로 들어가서 잠을 자는 바람에 아무한테도 들키지 않았지요.

날이 밝고 나서 집안사람들은 간밤에 벌어진 일을 알 게 무엇이겠습니까? 엉뚱하게도 '현현자'인가 하는 자에게 죄를 뒤집어 씌워서 평소에 쌓였던 울분을 풀 뿐 그의 억울한 사정은 전혀 입도 벙긋 해 주지 않는 것이었습니다. 오로지 춘화만 속으로 진실을 알면서도 초조해 하면서, 입을 다문 채 눈만 멀뚱멀뚱 뜨고 그저 '그 현현자가 재수가 없었다'고 여길 뿐이었답니다.

손님들, 이 방사라는 자들이 참 괘씸하시지요? 그렇기는 합니다마는 이 사건의 경우는 진 감생 자신이 그 약을 잘못 쓰고 해독 방법을 알지 못하는 바람에 약 기운이 퍼지면서 죽게 된 것이니 방사가 손을 써서 일부러 죽은 것은 결코 아니었습니다. 더욱이 평소에 남의 재물을 가로채고 감언이설로 속인 것 역시 다른 패거리로, 이번의 이 방사와는 상관이 없었지요. 다만 그 분야에 종사하는 자들은 남들이 미워하는 대상으로 번번이 송사에 연루되다 보니 그야말로 '술을 마신 쪽은 장씨인데 이씨가 술에 취한 격'[57]이요, 또 '누런 소를 말이라고 우기는 격'[58]이었습니다.

---

57 술을 마신 쪽은 장씨인데 이씨가 술에 취한 격[張公吃酒李公醉] : 명대의 유행어. 우리 속담 '빛 좋은 개살구'의 경우처럼, 실속은 엉뚱한 사람이 챙기고 누명(비난)은 내가 뒤집어 쓰는 경우를 두고 하는 말이다.

58 누런 소를 말이라고 우기는 격[拿着黃牛便當馬] : 명대의 유행어. 중국 성어 '지록위마(指鹿爲馬)'의 경우처럼, 본질을 호도하여 남을 속이는 것을 두고 하는 말이다.

게다가 연고가 없는 뜨내기이다 보니 그를 변호하고 진정서를 써 줄 친척이나 친구가 없었지요. 그야말로 멀쩡하게 죄를 뒤집어 쓰고 말았던 것입니다. 그러나 하늘의 뜻을 속일 수는 없었지요. 애초부터 그가 해치려고 든 것이 아니었기 때문에 결국에는 시간이 흐르자 진상이 밝혀지게 됩니다. 이 이야기는 접어 두었다가 나중에 들려 드리도록 하지요.[59]

계속 이야기를 들려 드리도록 하겠습니다. 진희현은 현현자를 감옥에 가두고 집으로 돌아와서 부친상을 치루었습니다. 그리고는 부친이 그동안 해 온 일들을 전부 뜯어 고쳤지요. 단약을 졸이는 화로며 아궁이 같은 것들은 모조리 박살내고[60] 오로지 집안 살림에만 몰두했습니다. 그리고 우선 내단을 만드는 솥 삼아 거느렸던 여종들도 팔아 치우려고 했지요. 그런데 그때 같은 동리 사람으로 이종인李宗仁이라는 사람이 살았습니다. 그는 부잣집 자제로 얼마 전에 아내를 사별한 상태였지요. 그런데 진 씨네의 여종들이 다들 예쁘다는 소문을 듣고 큰 돈을 아까워하지 않고 선을 보러 왔지 뭡니까. 그래서 희현이 여종들을 불러내서 선을 보였지요. 그러자 첫째로 춘화를 점 찍고 육십 냥이 넘는 은자를 써서 집으로 데리고 가는 것이었습니다.

종인은 춘화가 처녀는 아니지만 용모가 빼어나고 애교가 넘친다는 사실을 잘 알고 있었습니다. 게다가 두 사람 다 젊은 나이이다 보니 서로가

---

59 이 이야기는 접어 두었다가 나중에 들려 드리도록 하지요[放着做後話] : 명대 이야기꾼의 상투어로, 청중에게 이야기를 들려주다가 화제를 바꿀 때에 주로 사용되었다.
60 【즉공관 미비】幹父之蠱. 그 아비가 이루지 못한 일을 해내었군.

애지중지 하면서 무척 금슬 좋게 지냈지요. 춘화는 심성이 소탈하고 술도 잘 마셔서 술만 있으면 그 즐거움이 더 컸답니다. 거기다가 진 씨네집에서 단련한 덕분에 방사에도 남다른 수완을 가지고 있는 것이었지요. 종인은 닭살이 돋을 정도로 초반에 즐거울 때에는 그녀에게 진 씨네에 있을 때의 채전 때의 상황을 캐물었습니다. 춘화는 썩 내키지는 않았습니다. 그러나 술이 들어가자 그제서야 조금씩 털어놓는 것이었지요.

종인은 어느 날 친척 집에서 맛난 술 한 항아리를 보내 주자 부부 둘이 그것을 가지고 와서 서로 마주앉자 술을 마셨습니다. 종인은 춘화에게 술을 권하다가 반쯤 취하자 둘이 같이 침상에 올랐지요. 그리고 술기운이 얼근히 오른 틈을 타서 그 일을 벌였습니다. 종인이 이때 '진 씨네에서 어떻게 했는지' 묻자 춘화는 두 눈으로 째려 보면서 말하는 것이었습니다.

"그 댁에서는 걸핏하면 약을 먹고 방사를 치르곤 했답니다. 어찌나 황홀하던지! (…) 그러던 어느 날 한참 아주 즐겁게 놀다가 그만 … 아쉽게 서둘러 끝내 버렸지요?"

"어째서 서둘러 끝냈는데?"

"사람이 다 죽게 생겼는데 안 끝내고 어쩌게요?"

春花悮洩風情

여종 춘화가 실수로 과거를 누설하다

"난 진 감생이 방사한테 독살당했다고 알고 있었는데도?"

"방사한테 독살당하기는요 무슨! (…) 그건 억울한 꼴을 당한 거고요. 사실은 그냥 주인님이 약을 먹었다가 해독을 못 하는 바람에 자기를 죽이고 만 거예요!"

"해독을 하지 못해서 자기를 죽여?"

춘화는 지난번 밤에 있었던 일을 미주알고주알 낱낱이 자세하게 이야기해 주었습니다. 그러자 종인이 말하는 것이었지요.

"그럼 … 당신은 그때 사람들을 속일 생각을 하지 말고 서둘러 사람들을 불러냈어야지! 그랬더라면 어쨌든 목숨은 구할 수 있었을 게 아닌가!"

"저는 그때 당황한 상태였어요. 내 몸만 멀쩡하고 그 상황만 벗어나면 그만이지 그분이 죽든 말든 따질 겨를이 어디 있었겠어요?"[61]

"그러면 당신도 인정머리가 없는 사람이군 그래?"[62]

"만약에 그때 살려냈더라면 … 지금 당신 차례는 오지도 않았을 걸요?"[63]

---

61 【즉공관 방비】破綻處. 허점이 드러났군.
62 【즉공관 방비】利害. 무섭구나!

그러면서 두 사람은 동시에 웃음을 터뜨리는 것이었습니다. 아무리 한 바탕 웃자고 한 소리이기는 했지만, 이때부터 종인은 내심 어쨌든 춘화를 얕보는 감정을 가지게 되었답니다. 자신의 기대에 미흡했던 거지요.

손님들, 제 말씀 좀 들어 보십시오. 무릇 사람의 감정이라는 것은 한 가지 이상한 구석이 있답니다. 진심으로 사랑할 때에야 미흡한 구석이 좀 있더라도 좋은 점만 보기 마련입니다. 그러나 조금이라도 못마땅한 구석이 좀 있다고 칩시다. 그러면 당신이 아무리 상대의 기분을 맞추어 주어도 미워할 빌미가 생기게 되지요. 게다가 그동안 보이던 좋은 모습들조차 밉상스럽게 보이기 시작합니다.[64] 그 모두가 그 속에 연법緣法[65]이 작용해서 그런 것입니다. 그런 연법이 다한 이들을 단적으로 다룬 짧은 가사가 하나 있지요.

연법이 다하고 나면	緣法兒盡了,
모든 것은 바뀌기 마련.	諸般的改變.

---

63 【즉공관 방비】談話亦好. 말은 잘 한다.
64 【즉공관 미비】彌子瑕以餘桃駕車得罪, 正此意. 미자하가 남은 복숭아와 마차를 몬 일로 죄를 지은 고사가 바로 이 경우이겠지.
미자하(彌子瑕, ?~?)는 중국 춘추시대 위(衛)나라 대부(大夫)로 당시의 군주이던 영공(靈公)의 총애를 받았다. 하루는 모친이 아프다는 소식을 듣고 영공의 수레를 타고 문병을 다녀 왔다. 그러자 사람들은 월형(刖刑)에 처해야 한다고 공격했지만 영공은 그가 효자라면서 그 죄를 용서해 주었다. 또 한번은 영공의 과수원에서 복숭아를 먹다가 남은 것을 영공에게 바쳤다. 그러자 영공은 이번에도 자신을 사랑하는 마음이 지극하다면서 그를 칭찬하였다. 그러나 나중에 그에 대한 사랑이 식은 영공은 과거에 그가 저지른 무례와 범법을 다시 거론하며 그를 쫓아내었다고 한다.
65 연법(緣法) : 불교 용어. 같은 불교 용어인 '인연(因緣)'과 비슷한 표현이다.

연법이 다하고 나면	緣法兒盡了,
아무리 좋게 보려 해도 어렵지.	要好也再難.
연법이 다하고 나면	緣法兒盡了,
은정이 원한으로 변하지.	恩成怨,
연법이 만약에 다하고 나면	緣法兒若盡了,
덕담도 악담으로 변한다네.	好言當惡言.
연법이 다하고 나면	緣法兒盡了,
걸핏하면 표정이 바뀌게 된단다!	動不動變了臉.

오늘 이야기하자면 춘화의 연법 역시 장차 다하려는 참이었습니다. 그녀도 술김에 그런 구설 거리는 털어 놓지 말았어야 했습니다.[66] 사나이들 마음이란 것은 약으로 채전을 하는 온갖 일들을 들으면 지레 질투를 하고 참지 못하면서 몹시 가볍고 천박하게 여깁니다. 또, 사람이 땅바닥에 죽어 있는데 다짜고짜 일단 혼자 피신했다고 하면 인정머리도 없고 물정도 모르는 여자라고 여겨 마음이 상당히 심드렁해집니다. 그렇게 아침저녁으로 애정이 차츰 어그러지게 되기 마련이지요. 춘화는 그런 상황을 간파하고 속으로 몹시 후회했습니다. 그러나 그야말로

한 마디 말도 일단 내뱉고 나면	一言旣出,
사두마차로도 따라잡을 수 없다네.	駟馬難追.

---

66 【즉공관 미비】夫妻且說三分話, 正以此. 부부 사이라도 일단은 말을 아껴야 하는 것도 바로 이 때문이다.

한대의 4두 마차. (사천성 성도박물관 소장)

이제 와서는 혀를 자르고 입을 꿰매도 아무 짝에도 쓸모가 없었습니다. 이렇게 생각을 하니 가슴을 치고 발을 굴러도 내내 마음이 편치 않았지요. 무슨 변고가 생길 것이 뻔했습니다.

그러던 어느 날이었습니다. 시부모 쪽에서 무슨 불만이 있었는지는 모르지만 그녀한테 욕을 하는 것이었지요.

"사내를 잡아먹은 천하고 음탕한 년!"

춘화가 들어보니 공교롭게도 자신이 마음속에 담아 둔 일을 두고 하는 말이었지 뭡니까. 그렇다 보니 화가 나기도 하고 후회가 되기도 했습니다. 그렇다고 어디 하소연 할 곳도 없었지요. 그래서 여자의 짧은 생각으로 방으로 들어가서 목을 매고 말았지 뭡니까요 글쎄! 아무도 대비한 사람이 없었으니 어느 누가 구해 줄 수 있었겠습니까? 한 시진[67]도 되지 않아 어느새 목숨이 끊어지고 말았답니다!

그저 장생불사의 명약에 집착하더니	只緣身分延年藥,
복용하는 바람에 상전 목숨 달아났지.	一服曾經送主終.
오늘은 목을 매니 하늘의 뜻이런가?	今日投繯殆天意,
두 목숨이 채전 탓에 저승길 가는구나!	雙雙採戰夜臺中.

다시 이야기를 들려 드리겠습니다. 춘화는 모멸감을 느끼고 스스로 목을 매고 죽었습니다. 한참이 지나고 나서 이종인은 바깥채에서 방으로 들어왔다가 무심결에 그네처럼 흔들리는 그녀의 시신을 발견하고 깜짝 놀라고 말았습니다. 허둥지둥 끌어 내렸지만 벌써 숨은 끊어진 뒤였지요. 조인은 감정을 주체하지 못하고 통곡을 했습니다. 그러자 부모가 그 소리를 듣고 다급하게 와서 보니 서럽게 울부짖고 있는 것이 아닙니까. 연로한 시부모 두 사람은 서로를 탓하면서 말했지요.

"괜히 욕을 하는 바람에! (…) 그런 심성에 자살을 할지 누가 알았나 그래?"

---

67 시진(時辰) : 고대 중국에서는 하루를 열두 시진으로 나누고 간지(干支)로 불렀으므로, 한 시진은 지금의 두 시간에 해당된다. 현대 중국어에서 한 시간을 '소시(小時)'라고 하는 것은 이 시진을 염두에 둔 표현이라고 할 수 있다.

종인은 그녀가 자격지심에 자살을 선택한 것을 잘 알고 있었지만 섣불리 이야기를 꺼낼 수는 없었지요. 그래서 이웃과 구역 담당관도 그 소식을 듣고 와서 캐물어도 그저 애매하게 이렇게 말할 뿐이었습니다.

"아내가 효성스럽지 못해서 시부모 험담을 하더니 그 죄가 두려웠는지 죽어 버렸지 뭡니까."

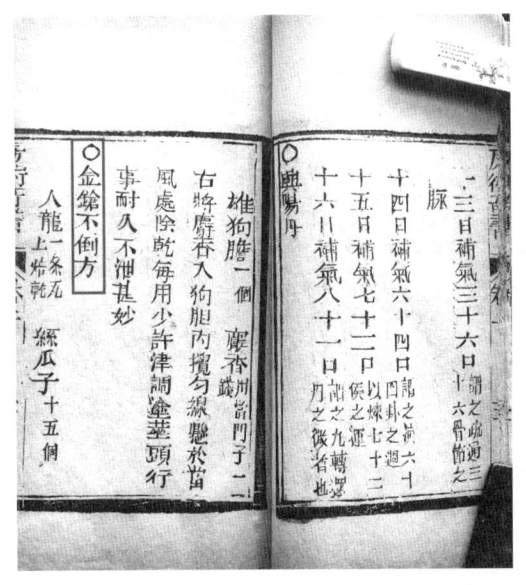

중국 방중술 책 『방서기서(防暑奇書)』

불행 중 다행으로 춘화는 진 씨네가 멀리서 데려와서 친척이 없었습니다. 꼬투리를 잡고 사람이 죽었다며 고발할 사람이 없었지요. 아무리 그래도 구역담당관 등의 사람들 입장에서는 관아에 보고해서 공문을 올리고 증명서를 제출하고 검시를 하는 등 여러 단계의 절차를 거쳐야 했습니다. 종인은 종인대로 하도 시달려서 도저히 견딜 수가 없자 상당한 돈을 들이고 나서야 상황을 진정시킬 수가 있었답니다. '엄청스레 재수가 없었다'고 여기면서 말이지요.

춘화가 죽고 나자 진 감생 집에서 일어난 일은 더더욱 증인을 서 줄 사람이 없었습니다. 그 방사 현현자는 영원히 누명을 벗어날 날이 없게 돼버린 것이지요. 그러나 하늘의 뜻이 깃들어 있었던 것일까요? 일이 이 지경에 이르자 자연히 감옥을 나올 기회가 생겼으니까요. 당시에 산동지방의 순안[68]은 영보靈寶 출신의 허양의許襄毅공이었습니다. 그는 조주曹州를 시찰하면서 중죄인들을 회심[69]하던 중에 현현자의 안건을 발견하고 속으로 이상하게 여겼습니다.

양의공 허진 초상

"'이 무리가 불량하여 약으로 사람을 독살했습니다'라고? (…) 정말 이런 일이 있다는 말인가? 그건 그렇고 … 사람이 죽었는데 어째서 도주하지 않은 걸까?"

다음날 아침, 그는 이 사건을 심문했습니다. 먼저 진희현을 불러 심문하니 희현은 부친이 억울한 죽음을 당한 정황을 자세히 고하는 것이었지요.

---

68 순안(巡按) : 명대의 관직명. 정식 명칭은 순안어사(巡按御史)이며, 어명에 따라 각지를 순시하면서 관리 고과, 사건 심리 등의 임무를 수행했으며, 지부(知府) 이하의 관리는 그 명령을 따라야 하였다.
69 회심(會審) : 명대의 사법제도. 명대에 중요한 사건이나 억울한 사안이 발견될 경우, 삼대 사법기관[三法司]인 형부(刑部)·도찰원(都察院)·대리시(大理寺)가 공동으로 사건을 심리하고 판결을 내렸는데 이를 '삼사 회심(三司會審)'이라고 불렀다. 이때 형부는 중앙 심판기관으로서 심판권을, 대리시는 중앙 사법행정기관으로서 재심권을, 도찰원은 중앙 감찰기관으로서 감찰권을 각각 행사했다고 한다.

"네 아비가 그 자와 같이 자다가 독살 당했다고? (…) 그렇다면 그 방 안에서 죽었겠구나?"

허공이 이렇게 말하자 희현이 말했지요.

"바깥의 쪽방 안에서 돌아가셨습니다!"

"어째서 지금은 또 '바깥에 있었다'는 것이냐?"

"아마 약 기운이 퍼지자 버티다 못해 마구 뛰쳐나가 사람을 찾으시다가 순간적으로 쓰러지신 것 같습니다!"

"그러면 그 방사는 어째서 도망치지 않은 게냐?"

"그때 온 집안사람이 다 놀라 일어나서 바로 사로잡았습니다. 그래서 도망칠 수가 없었을 겁니다요!"

"죽고 나서 얼마나 지나서 너희 집에서 알게 되었느냐?"

"다음날 아침에 같이 약을 사러 가기로 약속하셨지요. 그런데 하인이 불러도 반응이 없고 행방도 안 보이길래 주변을 찾아다니다가 가까스로 돌아가신 시신을 발견했습니다!"

"그러면 그 자가 도주할 생각이었다면 충분히 그러고도 남았을 것이 아닌가?[70] 그 자의 진술서에는 '재물을 노리고 목숨을 빼앗았다'고 되어 있던데 … 너희 집 재산을 얼마나 노렸더냐? 그 재산은 지금 어디에 있는가?"

"그저 약을 살 정도의 밑천 뿐이었습니다. 아주 적었지요. 부친 시신 곁에 있는 것을 보면 가져가지는 않았더군요."

"그러면 그 자가 너희 아비를 독살한들 무슨 소용이 있겠는가?"

"그렇습니다. 무엇 때문에 그렇게 독살했는지 모르겠습니다요!"

허공은 즉시 현현자를 불러내서 먼저 기박[71]을 한번 내려치더니 말했습니다.

"너희 부류는 죽어 마땅하다! (…) 네가 진정조를 독살한 것은 무엇 때문이었느냐?"

---

70 **【즉공관 미비】** 識事肯如此精細, 未有不得情者. 일을 파악함에 있어 이처럼 치밀하고 자세하게만 한다면 사람들의 마음을 얻지 않는 경우가 없을 것이다.

71 기박(氣拍): 명대에 재판정에서 죄수를 놀라게 하거나 소란스러운 분위기를 정돈하고 주의를 환기시키기 위하여 탁자를 두드려 소리를 내는 데에 사용한 나무토막. '재판정의 사람들을 놀라(집중하)게 만드는 나무'라는 뜻에서 '경당목(驚堂木)'이라고 부르기도 하였다. 민간에서는 이야기꾼이 졸거나 산만한 청중의 이목을 집중시키는 데에 사용하기도 했는데 이때는 '성목(醒木)'으로 불렸다.

기박

그러자 현현자는 이렇게 말했습니다.

"정조가 소인에게 자기한테 외단을 조제해 달라고 하길래 '그의 은자를 좀 가로채야겠다' 그런 마음은 가지고 있었습니다. 그러나 사실 약은 산 적도 없고 … 같이 사러 가려고 하다가 사달이 난 겁니다요! (…) 소인이 왜 무턱대고 그를 독살하겠습니까요? 지난번에는 형벌을 견디지 못하고 하는 수 없이 거짓으로 자백한 겁니다요!"

"너와 같이 잔 것은 사실이냐?"

"처음에는 한 침상에서 잤지요. 그런데 나중에 잠이 들어서 언제 나갔는지 알 수 없습니다요. 소인이 한참 꿈을 꾸고 있는데 가만 보니 하인들이 밀고 오더니만 소인을 붙잡고 '주인을 살려내라'고 하지 뭡니까요. 그제서야 주인장이 죽은 사실을 안 것이지[72] 사실은 조금도 영문을 모르겠습니다요!"

"어째서 너와 같이 자게 된 것인가?"

"소인더러 방중 비술을 전수해 달라고 했습니다요. 해서 구결을 좀 전수해 주고 또 환약을 좀 준 다음 소인은 혼자 잠을 청했습니다요!"

"환약은 어디에 쓰는 것이냐?"

"방 안에서 … 은밀한 … 놀이를 하는 데에 쓰는 약이었습니다요."

허공은 고개를 끄덕이면서

"그랬군, 그랬어!"[73]

하더니 이번에는 진희현을 불러서 물었습니다.

---

72 【즉공관 미비】自是眞情景, 可聽. 여기서부터가 진짜 상황이니, 들어볼 만하지.
73 【즉공관 미비】只因口訣方藥, 便想出試用之故來, 可謂精察. 그저 구결 처방을 근거로 시험해 볼 (핑계)거리를 생각해낸 게지. 자세히 살핀 셈이다.

"너희 아비는 여인을 몇이나 두었더냐?"

"소실 두 사람과 여종 넷을 두셨었습니다요!"

"소실을 둘이나 두었으면서 어째서 여종이 넷이나 필요했단 말이냐!"

"선친께서 도술을 좋아하셔서 … 정기를 키우는 솥으로 삼으셨지요."

"여섯 사람 중에서 누구를 가장 아꼈더냐?"

"두 소실은 연배가 있어서 여종 넷이 교대로 시중을 들었는데 … 춘화
를 가장 아끼셨습니다요!"

"춘화는 어디에 있느냐?"

"벌써 출가했습니다!"

"어디로 출가했느냐? 어서 불러 오도록 하렷다!"

"얼마 전에 죽었습니다요."

"어쩌다가 죽었는가?"

"스스로 목을 매고 죽었다고 들었습니다!"

그러자 허공은 큰 소리로 껄껄 웃으면서 말했습니다.

"그야말로 '사안마다 사연이 있다'는 격이로구만! (…) 그 남편은 이름이 어떻게 되는가?"

"이종인입니다요."

허공은 명첩[74]을 하나 뽑아 형리를 보냈습니다. 그러자 얼마 지나지 않아 이종인을 끌고 오는 것이었지요.

명대 삽화 속의 명첨

---

[74] 명첨(命籤) : 명대의 고을 수령이 내리는 명령을 상징하는 신표. 글자 그대로 따져볼 때 제비뽑기에 사용되는 제비(찌)처럼 좁고 길게 만들어졌던 것으로 보인다.

"네 아내는 어째서 목을 매고 죽은 것이냐?"

허공이 이렇게 묻자 종인은 머리를 조아리면서 말했습니다.

"시부모님께 불효하더니 죄가 두려워서 죽었습니다요."

허공은 일부러 성을 내면서 말했지요.

"네놈이 죽게 만든 것이 분명한데 그래도 허튼 소리를 하는 게냐!"

그러자 종인은 당황하면서 말했습니다.

"아내와 소인은 지금까지 금슬이 좋아서 전혀 뒷말이 나오지 않았습니다. 구역 담당관과 이웃들은 누가 살해했다고 여기고 관아로 끌고 왔습니다. 그러나 정말로 소인 부모님께 불효를 저질렀길래 부모님께서 몇 마디 꾸지람을 하셨더니 자기 잘못을 알고 목을 매고 죽은 것뿐입니다요!"

"그럼 그녀가 어떻게 불효를 저질렀는지 이야기부터 해 보렷다!"

종인은 순간적으로 말문이 막혀서 그냥

"시부모를 험담했습니다요!"

하고 둘러대는 것이었습니다.

"허튼 소리! 감히 험담을 할 정도라면 파렴치한 여인네인데 무엇이 두렵다고 자살을 한단 말이냐!"

이렇게 말한 허공은 종인을 가리키면서 말했습니다.

"그 여인이 두려워한 게 아니라 네가 두려워했을 테지?"

"소인에게 두려울 것이 무엇이 있겠습니까?"

"너는 진 씨네 집의 추문이 드러나면 동리에서 듣기 민망한 소리를 듣게 될까 두려웠던 것이다![75] 그래서 '불효를 저질러 그 죄를 두려워했다'는 둥 하면서 둘러댄 게지! (…) 그렇지 않느냐?"
　종인은 허공이 사실을 이야기하는 것을 보고 얼굴을 붉히면서 입을 열지 못하는 것이었습니다.

"네가 사실대로 고한다면 내 매질은 하지 않겠다. 허나, … 만약 감추는 것이 있다면 … 기필코 네놈으로 하여금 목숨으로 대가를 치르게 하리라!"

---

75 【즉공관 미비】可謂神明矣. 그야말로 신이로군 그래!

프랑스 문헌에 소개된 곤장 형벌

　당황한 종인은 아내 춘화가 술에 취해 진 씨네 살인사건의 진실을 고백하고 진 감생과 어떻게 약속을 하고 어떻게 채전을 하고 어떻게 약을 먹었다가 해독하지 못하고 순식간에 죽고 말았는가 하는 이야기를 사실대로 낱낱이 자세하게 털어 놓는 수밖에 없었지요.

　"그때 이후로 속으로 그녀를 싫어하게 되었습니다. 솔직히 좋은 감정을 가지고 대할 수가 없었습니다요! (…) 아내는 실언을 한 것을 깨닫고 뉘우치면서 스스로 목을 매었습니다. 이것은 사실입니다요! 그러나 동리사람들이 비웃을까 두려워서 '시부모를 험담하더니 겁을 먹고 죽었다'고 둘러댄 것입니다요. 방금 나리께서 하신 말씀이 직접 보신 듯이 분명하니 소인 한 마디도 속일 엄두를 내지 못하겠습니다. 그저 살려만 주십시오 나리!"

"사실대로 고백했고 너는 원래부터 죄가 없었으니 내 너에게는 죄를 묻지 않겠다."

이렇게 말한 허공은 진술서를 작성하고 나서 현현자를 불러 오게 해서 말했습니다.

"나는 진정조의 죽음이 너와는 무관하다는 사실을 안다. 그러나 … 너의 약이 그처럼 일을 그르치거늘 어째서 경솔하게 남에게 주었더란 말이냐!"

허공이 이렇게 말하자 현현자가 말했습니다.

"소인의 약은 원래 해독법을 씁니다. 이번에는 진정조가 혼자서 멋대로 쓰다가 목숨을 잃은 것이지 소인의 죄는 아닙니다요!"

"허나 사람을 오도한 죄가 작지 않다!"

허공은 붓을 들더니 이렇게 썼습니다.

"심문 결과 진정조는 약물을 오용하고 음행을 벌이다가 죽었다. 춘화라는 여종은 술김에 진상을 실토하고 후회 끝에 죽었다. 모두가 스스로 불행을 자초한 셈이니 배상할 것이 없는 바, 두 목숨으로 갚아도 충분할 것이다. '현현자는 재물을 교섭하기도 전에' 어째서 잔꾀를 부렸단 말인가? 죽기는 했으나 몸은 남았으니 독살 당한 것은 아님이 분명하다. 그러나 미약으로 사람을 그르쳤으니 그 죄는 또한 피하기 어렵다. 진희현은 아비의 집착에 통분하며 고소한 것이니 무고한 것이 아니요, 이종인은 무심결에 처를 잃었으니 그 정상이 더욱 딱하여 둘 다 사면하고 석방하고자 한다."

審得甄廷詔誤用藥而死于淫, 春花婢醉洩事而死于悔. 皆自貽伊戚, 無可爲抵, 兩死相償足矣. 玄玄子財未交涉, 何邊生謀. 死尙身留, 必非毒害. 但淫藥誤人, 罪亦難免. 甄希賢痛父執命, 告不爲誣. 李宗仁無心喪妻, 情更可憫. 俱免擬釋放.

그는 곧바로 현현자에게 곤장 스무 대를 쳤습니다. 그리고는 돌팔이 의사가 사람을 죽인 경우에 해당하는 형률에 따라 곤장 백 대를 판결하고 경내에서 추방하여 원적지로 압송하게 했습니다. 이어서 산동의 여섯 부府에 다음과 같은 공문을 돌렸습니다.

"무릇 군인 평민들 중에 감히 술사나 도인의 연단을 만든다는 사악한 술수를 믿는 자가 있다면 모두 그 죄를 물어 귀양을 보내도록 하라!"

凡軍民之家敢有聽信術士道人邪說採取鍊丹者, 一體問罪. 發放了畢.

진희현은 집으로 돌아가 집안사람들에게 판결 내용을 이야기해 주었습니다. 사람들은 그제서야 그날 진 감생이 죽은 이유가 춘화에게 있었으며, 춘화 역시 그 일로 목을 매고 죽은 것을 알고 몹시 기이하게 여겼지요. 그래서 다들 말했습니다.

　　"아무리 그 방사 하고 상관이 없는 일이라지만 어쨌거나 평소에 그 패거리를 잘못 믿는 바람에 그런 불행을 당한 게지!"

　　산동 여섯 고을의 사람들은 찰원[76]에서 보내 온 공문을 내걸고 널리 알리는 것을 보더니 두셋씩 모이기만 하면 저마다 '진 씨네 집에서 벌어진 그 일이 바로 찰원의 현명한 판결로 해결되었다'고 입에서 입으로 전하면서 새로운 화젯거리로 삼았지요. 그리고 그 방면의 도술을 좋아하는 그 많은 사람들도 더 이상은 경거망동할 엄두를 내지 못했답니다. 참으로 내단과 외단을 즐기는 자들에게는 본보기로 삼을 만하다고 하겠습니다!

예전부터 안팎으로 단술이 있었으나	從來內外有丹術,
재물 탐내거나 여색 밝히자는 것이 아니었지.	不是貪財與好色.
외단은 원래 널리 구제를 베풀자는 취지요	外丹原在廣施濟,

---

76 찰원(察院) : 명대의 감찰기관인 도찰원(都察院)의 약칭. 도찰원은 좌·우로 각각 도어사(都御史)·부도어사(副都御史)·첨도어사(僉都御史)를 중심으로 예하 기관을 거느리고 절강(浙江) 등 13개 도(道)에 분소를 두고 내·외직 관리들을 감찰하였다. 때로는 어사가 어명에 따라 외지로 파견되었을 때 현지에 임시로 구성되는 집무 장소도 '찰원'으로 일컬어졌다.

내단은 호흡을 조절하는 데에 응용했다네.　　　　內丹却用調呼吸.

그런데 지금은 단약 만들어 돈을 벌려 들고　　　而今燒汞要成家,

채전은 응급조치 도모하지 않은 것이 없구나.　採戰無非圖救急.

설사 신선이 있더라도 수련에 누가 되리니　　縱有神僊累劫修,

범상한 부류의 안목만도 못하도다.　　　　　不及庸流眼前力.

불 한 대야로도 단약은 만들 수가 있고　　　一盆火內鍊能成,

두 조각 눈꺼풀에서도 뽑아낼 수 있단다!　　兩片皮中抽得出.

제19권

농가 노인이 수시로 일을 관리하고
목동이 밤마다 존귀하게 영화를 누리다

田舍翁時時經理 牧童兒夜夜尊榮

해제

춘추시대 노魯나라의 남화산南華山 자락에 사는 막광莫廣이라는 농민은 비옥한 농지를 가지고 있어서 살림살이가 풍족하였다. 게다가 집에서 기르는 소 등의 가축들은 갈수록 수가 늘어나서 관리하기가 어려워지자 같은 동네의 까막눈 젊은이 언기아言奇兒를 고용하여 가축 치는 일을 맡긴다. 그러던 어느 날, 길을 가다가 우연히 기아의 얼굴을 본 어떤 도인이 다섯 글자의 주문을 전수해 주고 잠자리에 들 때마다 주문을 100번 외우면 금방 잠이 들게 될 거라고 일러 준다. 도인이 시킨 대로 주문을 외우고 잠을 청한 기아는 꿈에서는 선비의 신분으로 벼슬을 얻자 이름을 기화奇華로 바꾸는 것은 물론이고, 저작랑著作郎을 거쳐 부마駙馬가 되어 변방의 소요를 평정하고 여러 차례 전공을 세워 조정으로부터 제후로 책봉되는 등, 온갖 부귀영화를 다 누린다. 그러나 잠에서 깨고 나면 꿈 속의 행복은 간 데 없이 사라져 버리고 여전히 들판에서 가축을 치는 목동 신세를 벗어나지 못한다.

그러다가 어느 날 꿈에서 깨어난 기아는 소 두 마리가 사라져 버린 사실을 발견한다. 사방으로 찾아다니던 기아는 한 마리가 범에게 물려 상처를 입은 채 산비탈 앞에 죽어 있고 다른 한 마리는 강에서 물을 먹다가 불어난 물에 떠내려간다. 기아가 서둘러 그 사실을 알리자 분노를 억누르지 못한 주인 막광은 기아에게 매질을 한다. 그날 밤, 또 꿈을 꾸고 깨어난 기아는 이번에는 가축이 병을 앓는 것을 발견하고 산으로 가서 풀을 먹이다가 뜻밖에도 움 안에 가득 들어 있는 금과 은을 발견한다. 이번에도 그 사실을 알리자 후사가 없었던 막광은 성실하고 충직한 기아의 모습에 감동하여 그를 양자로 들인다. 그 뒤로 기아는 이상하게도 날마다 연달아 악몽을 꾸고 다섯 글자의 주문 역시 더 이상 효험을 보이지 않는다. 나중에 다시 나타난 왕년의 그 도인은 기아에게 '과거에는 낮에 하는 일이 고되다 보니 꿈에서 행복을 누렸지만 지금은 낮에 누리는 행복이 넘치는 탓에 밤마다 악몽을 꾸게 된 것'이라고 일러 준다. 그 말을 듣는 순간 큰 깨달음을 얻은 기아는 바로 출가를 결심하고 그 도인을 따라 속세를 떠난다.

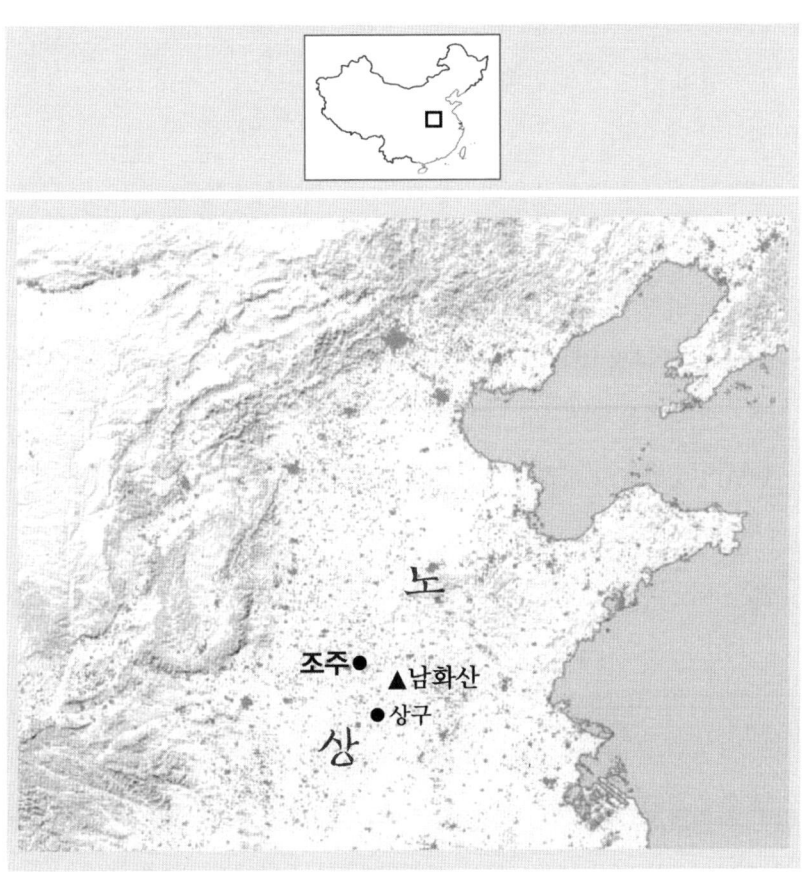

노

조주● ▲남화산
　　　●상구
상

번역

이런 가사가 있습니다.

번잡스럽고 고된 인생	擾擾勞生,
만족하려 한들 언제 만족할 수 있겠나?	待足何時足.
정한 뜻에 따라	據見定,
집안이 풍요로우냐 검소하냐에 따라	隨家豐儉,
거북처럼 움츠릴 수 있네.	便堪龜縮.
자신감 넘칠 때 되려 달려 들지 말라.	得意濃時休進步,
세상 일은 곡절 많음을 명심해야 하나니	須防世事多翻覆.
괜스레 사람을 검은머리 백발 만들고	枉敎人白了少年頭,
빈털터리 만들지 마소.	空碌碌.

이 가사는 바로 송나라 때 '시승詩僧'으로 불렸던 회암¹이 지은【만강홍滿江紅】의 앞 부분입니다. 인생에서 부귀와 영화는 언제나 뒤집힐 때를 대비해야 하며 지나치게 믿어서는 안된다는 교훈을 주고 있습니다. 고된 인생 분주하게 뛰어다니며 이리저리 머리를 쓰면서도 번번히 성에 차지 않아 하지만 괜히 머리만 백발이 될 뿐 아무 쓸모도 없는 것입니다. 그래서 차라리 불가의 인연을 따라 살아가는 편이 낫다는 말이지요.

송나라 때만 보더라도 그렇습니다. 가우² 연간에 선의랑³으로 만연지

---

1   회암(晦庵, ?~?) : 송대의 승려 출신 가객. 남송의 이학자로 같은 별명[號]을 쓴 주희(朱熹, 1130~1200)와는 다른 사람이다.

萬延之라는 사람이 있었습니다. 그는 전당[4]의 남신南新 사람인데, 과거의 을과[5]에 급제하여 벼슬길로 나온 사람이지요. 그는 기질이 군세고 올곧아서 두세 주·현州縣의 관리를 지냈습니다. 그러나 윗사람에게 굴종하지 못하여 중년에 이르러 그 자리를 박차고 낙향했답니다.

그는 여항[6]으로 이사를 가서 살면서 물이 풍족한 고장으로, 연못이 많은 것을 보고 '땅을 갈아 밭을 만들면 되겠다' 싶었지요. 그런데 지대가 낮고 오목해서 물만 들면 잠기고 땅값도 무척 싸지 뭡니까. 그래서 만씨는 그리 많지 않은 밑천을 들이고도 땅을 아주 많이 살 수 있었습니다. 그러자 형편이 피려고 그랬던지 몇 해씩이나 큰 가뭄이 들었건만 이곳의 저지대 밭에서는 곡식이 풍작을 이루어 해마다 소작농으로부터 걷는 쌀이 만 석石이 넘었지요. 만 선의는 기뻐하면서 사람을 볼 때마다 이렇게 말했습니다.

"나는 성씨가 '일만 만'인데 올해도 만 석을 수확했으니 나로서는 이 정도면 만족한다!"

---

2 가우(嘉祐) : 북송의 제4대 황제인 인종(仁宗) 조정(趙楨, 1010~1063)이 1056~1063년) 까지 8년 동안 사용한 9번째 연호.

3 선의랑(宣議郞) : 당·송대의 관직명. 품계는 종7품 하(從七品下)로서, 명대까지 계승되었다.

4 전당(錢塘) : 명대의 지명. 지금의 절강성 항주시(杭州市) 일대에 해당한다. 이 일대를 흐르는 전당강은 물줄기가 갈 지(之) 자로 구부러져 흐르기 때문에 때로는 절강(浙江)·곡강(曲江)·지강(之江)으로 불리기도 하였다.

5 을과(乙科) : 중국 고대의 과거 용어. 전한의 무제(武帝) 때부터 '오경(五經)' 박사를 설치하고 제자원(弟子員)을 두고 연말에 시험을 보여 성적이 우수한 이들을 갑과(甲科), 중급인 이들을 을과, 그 아래인 이들을 병과(丙科)로 구분하여 임용하였다.

6 여항(餘杭) : 중국의 지명. 지금의 절강성 항주시 여항구에 해당한다.

그는 이때부터 저택을 짓는다 전원을 사 들인다 혼맥을 만든다 부산을 떨었습니다. 그러자 웬 사람이 비위를 맞추어 중매를 서서 그 집 셋째 도령에게 부마도위[7] 왕진경王晉卿 댁 손녀를 정실 부인으로 맺어 주기로 하고 얼추 이만 꿰미의 돈을 들여서야 그 혼인을 성사시켰지요. 그 아들은 부마의 손자사위이다 보니 '삼반차직'[8]에 전보되면서 순식간에 부귀가 넘쳐나면서 백성들을 셀 수조차 없을 정도로 갈취했지 뭡니까.

명대의 청화문 대야

그의 집에는 오지로 된 대야가 하나 있었습니다. 세상에서 보기 드문 보물이었지요. 그가 처음 관리로 제수되었을 때 마침 도성에서는 구리 사용을 엄격하게 금하고 있었습니다. 그래서 엽전 열 닢으로 그 오지 대야를 사서 세수를 하곤 했답니다. 그때 날이 몹시 추웠습니다. 더운 물을 부어 세수를 하고 나서 남은 물을 버릴 때 다 버리지 못하고 조금은 대야에 남곤 했지요. 그것이 하룻밤만

---

7   부마도위(駙馬都尉) : 중국 고대의 관직명. 줄여서 '부마'라고 부르며 한나라 무제(武帝) 때 처음으로 설치되었다. 한대에 황제가 출행할 때 황제가 타는 어가 즉 정거(正車)를 봉거도위(奉車都尉)가, 황제의 시중을 맡은 측근들의 수레인 부거(副車)는 부마도위가 각각 관장하였다. 공주와 혼인하는 사람에게 이 벼슬을 내린 것은 위(魏)·진(晉)시대 이후부터이다.
8   삼반 차직(三班借職) : '삼반(三班)'은 송대 무신의 가장 낮은 직급인 동반(東班)·서반(西班)·횡반(橫班)을 말한다. 벼슬길에 나서면 먼저 이 세 반에 관직을 내리고 차례대로 승진시켰으며 최종적으로는 절도사(節度使)까지 오를 수 있었다.

지나면 얼음이 얼어 붙었습니다. 그런데 가만히 보니 신기하게도 가지에 복사꽃이 핀 것 같지 뭡니까. 그것을 본 사람들은 다들 신기해 하면서 선의에게 그 이야기를 해 주었습니다. 그러자 선의는 그것을 보더니

"얼음이 얼어서 달라붙으면 원래 무늬가 만들어지기 마련일세. 우연히 복사꽃 하고 비슷해진 것뿐이니 신기해 할 일은 아닐세!"

하면서 대수롭지 않게 넘겼답니다. 그런데 이튿날 다시 물을 대야에 남기고 얼마 뒤에 보니 따로 활짝 핀 모란꽃처럼 얼어붙어 있지 뭡니까. 꽃봉오리는 흐드러지고 가지와 잎은 무성한 것이 도저히 인공적으로는 만들 수 없는 것이었습니다. 그 사실을 누가 선의에게 알려 보러오게 한 뒤에 말했지요.

중국 근대 화가 장대천(張大千. 1899~1983)의 『도화도(桃花圖)』(1933)

"오늘도 모양이 바뀌었는데 … 이래도 우연입니까?"

선의는 그제서야 좀 놀라고 이상해 하면서 말하는 것이었지요.

"이건 … 신기하구나! (…) 일단 시험을 좀 해 봐겠군."

그는 직접 오지 대야를 깨끗하게 닦았습니다. 그리고 새로 그 안에 물을 좀 뿌려 놓았지요. 그런데 다음 날 다시 와서 보니 더더욱 기이하게 얼어붙어 있었습니다. 바로 차가운 숲이 펼쳐져 있고 물가 마을과 대나무 집, 홀로 남은 기러기며 해오라기, 그리고 여기저기에는 안개가 낀 산봉우리 등 그야말로 그림과도 같았지요.

깜짝 놀란 선의는 그 대야가 신기한 보물임을 깨달았습니다. 그래서 은장이를 불러 백금으로 바깥 테를 두르고 비단으로 보자기를 만들어 겹겹이 싸고 또 싸서 소중하게 간수했지요. 그러다가 얼음이 얼 정도로 추운 날이 되면 미리 약속해 두었던 손님을 초대해 술자리를 마련하고 그 대야의 경치를 감상했답니다. 그럴 때마다 처음에 이런 모양이면 다음에는 다른 모양으로 얼어붙어서 같은 모습을 보여 주는 법이 없었지요. 그러나 아무리 이름난 화가라도 그것을 보고 나면 실력이 미치지 못한다고 부끄러워할 정도였으며, 매번 모양이 하도 다채로워서 일일이 기록할 수가 없을 정도이지 뭡니까.

그 중에서도 가장 기이했던 때는 바로 상황上皇이 등극했을 때였습니다. 조정에서는 은전恩典을 내리고 은퇴한 관리들을 모두 한 품계씩 승진시키면서 선의랑을 선덕랑9으로 전보했지요. 어명이 내리던 날은 마침 그의 생일이었습니다. 그
래서 친척과 지인들이 찾
아와 축하인사를 하느라
본채 안에 사람들이 가득
차 있었지요. 그 날은 날씨
가 무척 추워서 술자리에
그 대야를 놓아두고 그 안
에 물을 뿌리자마자 금세
얼어붙어 모양을 만들어내

장수의 신을 그린 중국 민화 『수성도』

는데 거기에는 산 속 바위에 웬 노인이 앉아 있고 왼편에는 거북이가 있
고 오른편에는 학이 서 있는 것이 그야말로 한 폭의 '수성도'[10]이지 뭡니
까 글쎄! 술을 마시던 그 많은 사람들 중에서 기뻐하고 찬탄하지 않는 이
가 없을 정도였습니다. 개중에 고금의 이치에 해박한 어떤 선비는 이렇
게 논평하기까지 했지요.

"이것은 오지 그릇입니다. 불로 구워서 만든 것이지 무슨 천지의 정화
가 오행[11] 사이의 기운이 응집되어 만들어진 건 아니지요. 그런데도 이

---

9 선덕랑(宣德郎) : 송대의 관직명. 황제의 어지나 명령을 선포하는 일을 관장한 관원. 북송
   대 정화(政和) 3년(1113)에 선교랑(宣敎郎)에서 고쳐 설치하였다. 종8품의 문신으로 기
   록계관(寄綠階官), 즉 품계와 녹봉은 있으나 실질적인 직무는 없었다.
10 수성도(壽星圖) : 중국의 고대 전설에 등장하는 장수의 신인 수성(壽星)을 그린 그림. 남
   쪽 하늘에 빛나는 별인 노인성(老人星, Canopus)은 예로부터 장수의 상징으로 신봉되어
   서 '수성'으로 일컬어졌다. 민간에서는 일반적으로 머리가 벗겨지고 호호 백발에 지팡이
   를 든 노인의 형상으로 묘사되곤 하였다.
11 오행(五行) : 도교 용어. 우주 만물을 구성하는 목(木) · 화(火) · 토(土) · 금(金) · 수(水)

같은 기이한 모습을 보이니 합리적으로는 이해가 되지 않는군요. 정말 희한한 물건입니다 그려!"

이번에는 다른 소인배가 어깨를 움츠리고 얍삽하게 웃으면서 아부를 떠는 것이었습니다.

"만수무강 하시라는 조짐이 분명합니다요! 이 세상에서 큰 복을 받은 분이 아니고서는 이런 기이한 보물을 가지기 어렵지요!"

그리고는 다들 마음껏 술자리를 즐기고 나서 헤어졌답니다.

이때 만씨는 부유하고 존귀한데 거기다가 황실의 국척[12]과 혼맥까지 쌓고 있었습니다. 그래서 호화롭기가 짝이 없었고 권세도 대단했지요. 그렇다 보니 다들 써도 써도 끝이 없는 금은보화와 누려도 누려도 다함이 없는 부귀영화를 부러워할 정도였지 뭡니까. 그러나 눈 앞의 구름과 안개가 쉬이 사라져 버릴 줄을 누가 알았겠습니까! 선덕랑 만연지가 세상을 떠나니 삼반에 충원되었던 셋째 아들도 세상을 등지고 말았습니다. 부마댁에서는 사위가 죽자 자기네 고명딸을 데려 가 버렸습니다. 그러면서 '만 씨네 가산은 모두 도위부에서 가져온 것'이라면서 이삼십 명의 사

다섯 가지 기본물질을 통틀어 일컫는 이름이다. 고대 중국에서는 사람의 운명을 오행과 결부시켜 해석했으며, 도가의 도사나 음양가의 점쟁이들이 이 오행으로 사람들의 길흉, 화복을 점치기도 하였다.

12 국척(國戚) : 황제의 처가 또는 황실의 인척.

내와 어멈들을 데려 와서 집 안팎에서 강탈하여 모조리 쓸어가 버리지 뭡니까!

만 씨댁의 두 큰 아들은 두 눈 멀쩡히 뜬 채로 그들이 세도를 부리고 행패를 부리는 것을 지켜만 볼 수밖에 없었습니다. 그 바람에 실랑이 한 번 벌여 보지도 못한 채 집안의 재물이 다 거덜나고 말았지요. 집에서 소유했던 저지대의 밭 천 마지기 역시 큰 홍수나 날 때마다 물에 잠겼습니다. 그 바람에 오히려 곡식을 물어내야 했지요. 그래서 '차라리 남들에게 넘기는 편이 더 낫겠다'고 생각해서 저마다 너도 나도 차지해 버리는 것이었습니다. 그렇게 가산이 모두 사라지는 바람에 두 아들은 친척과 지인들 집에서 더부살이를 하면서 떠돌다가 죽고 말았답니다.[13] 그때 그 보물 대야는 부마댁에서 챙겨 갔다가 나중에 채경[14] 태사[15]가 차지해 버렸지요. 그래서 물정을 좀 안다는 사람이 말했다고 합니다.

"그 대야가 얼음이 얼어 꽃 모양을 만들었던 것은 만씨의 부유함에 따

---

13 【즉공관 미비】可人『五行誌』. 인간판『오행지』라고 할 수 있을 정도로군!
　　'인간판『오행지』'란 운명이 기구하여 온갖 풍파를 다 겪은 것을 가리키는 것으로 보인다.
14 채경(蔡京, 1047~1126) : 북송의 권신. 자는 원장(元長)이며, 흥화(興化, 복건성) 선유(仙遊) 사람이다. 조정에서 재상을 4번, 총 17년 동안 지냈다. 그러나 재임기간 동안 응봉국(應奉局) · 조작국(造作局) 등을 설치하고 화석강(花石綱)의 토목공사를 크게 일으켜 연복궁(延福宮) · 간악(艮岳) 등을 건설하면서 만금이 넘는 국고를 축내는가 하면, 백성들의 전답을 대대적으로 침탈하여 재정 손실을 채웠으며 염법 · 차법을 졸속으로 뜯어고치고 화폐 개혁을 강행하는 바람에 '여섯 도적들 중의 괴수[六賊之首]'라는 원성이 자자하였다. 정강(靖康) 원년(1126)에 휘종이 즉위하자 영남(嶺南, 지금의 광동지방)으로 좌천되었다가 가는 길에 담주(潭州, 지금의 호남성 장사시)에서 죽었다.
15 태사(太師) : 중국 고대의 관직명. 일반적으로 태사 · 태부(太傅) · 태보(太保)를 '3공(三公)'으로 일컬었는데 그 중에서 태사의 지위가 가장 높았다.

송나라 휘종이 그린 『청금도(聽琴圖)』에 그려진 채경의 모습(오른쪽)

른 것이었지. 허나 얼음꽃과 마찬가지로, 사실은 단단하고 오래가는 형
상이 아니라네. 사실은 상서롭지 못한 조짐인 게지!"

　그러나 이 역시 그 일이 벌어지고 난 뒤에 그렇게 넘겨 짚은 것뿐이었
지요. 그가 한창 잘 나갈 때에야 어느 누가 그렇게 생각하려 들고, 이렇
게 말할 엄두를 내었겠습니까. 물론 나중의 양상을 보자면 정말이지 한
바탕 봄날의 꿈과도 같지요. 그래서 옛 사람들은 우화로 철리를 설명하
고자 『한단몽기』[16]나 『앵도몽기』[17] 같은 작품들을 짓고, 어김없이 부귀

16 　『한단몽기(邯鄲夢記)』: 명대 후기에 정치가이자 극작가인 탕현조(湯顯祖, 1550~1616)
　　가 지은 전기(傳奇) 희곡 제목.
17 　『앵도몽기(櫻桃夢記)』: 명대 말기의 극작가 진여교(陳與郊, 1544~1611)가 지은 전기
　　희곡 제목.

영화는 그야말로 꿈과도 같다는 이치를 설파했던 것입니다. 그러나 한 사람이 한 가지 꿈을 꾸고 삶을 끝낸다는 식의 이야기는 오히려 장자莊子가 이야기해 준 저 목동이 꿈을 꾼 이야기만한 것이 없습니다. 낮에는 현직 재상이다가 밤에는 왕후장상이 되니 이렇게 한 세상을 사는 것은 더더욱 기이할 수밖에 없는 것입니다. 소생이 부연해서 들려 드리는 말씀을 들어 보십시오.

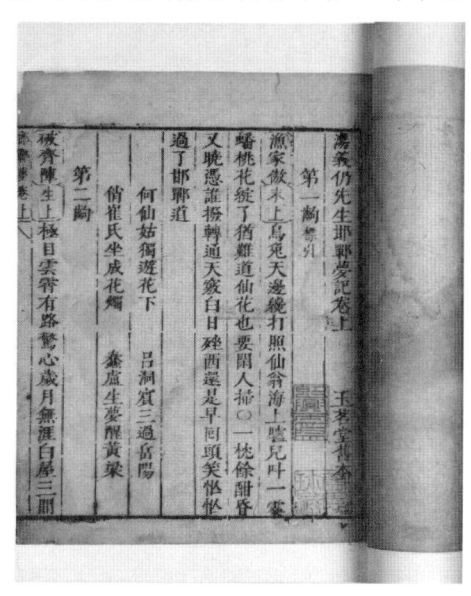

명대 극작가 탕현조(湯顯祖)의 『한단몽기』

인간 세상이 사실은 한 바탕 꿈 같으니	人世原同一夢,
꿈 속이 깨어 있는 때와 무엇이 다르리?	夢中何異醒中.
만약 정말 밤에 부귀를 누렸다면	若果夜間富貴,
나머지 반 평생은 가난할 팔자인 셈!	只等半世貧窮.

이야기를 들려 드리도록 하겠습니다. 춘추시대에 노魯나라 조주[18]에

---

18 조주(曹州) : 중국 고대의 지명. 지금의 산동성 하택(荷澤) 조현(曹縣) 일대에 해당하며, 예로부터 모란꽃의 도시로 유명하였다. 산동성 서남부에 자리잡고 있으며 하남성 개봉시 동북쪽에 있다. 명대 이래로 산동성에 속했지만 송대에는 변경(汴京, 지금의 하남성 개봉시) 관할하에 있었던 것으로 보인다.

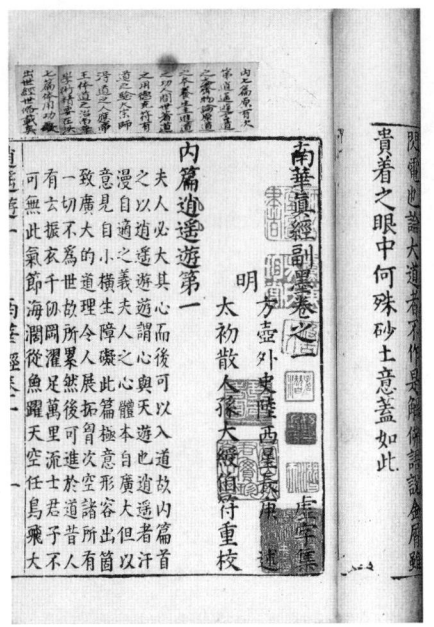

남화산[19]이라는 산이 있었습니다. 宋나라 상구[20] 소몽성小蒙城의 장자휴莊子休가 이곳으로 흘러들어와 더부살이를 하면서 은거하는 동안 책을 저술하고 도를 얻어 신선이 된 곳이지요. 후세 사람들이 장자를 '남화 노선南華老仙'이라고 부르고 저술한 책에 『남화경』[21]이라는 제목을 붙인 것도 모두 여기에서 비롯된 것이랍니다.

명대에 간행된 『남화진경(南華眞經)』

그때 산기슭에는 시골 노인이 한 사람 살았지요. 성이 막莫 이름이 광廣으로, 오로지 농사를 생업으로 삼고 있었습니다. 그 집에는 기름진 밭을 수십 마지기, 밭 가는 소를 몇 마리, 일 하는 농부를 몇 사람 거느리고 있었지요. 띠로 처마를 얹은 초가이기는 해도 입고 먹는 것이 풍족하니 산기슭의 땅 부자라고 할 수 있는 셈이었습니다. 그는 대를 이을 아들이 하나도 없이, 장원의 노부인과 함께 부부 두 식구가 주야로 궁리를 하고 성

---

19 남화산(南華山) : 중국의 산 이름. 같은 이름의 산이 여러 군데에 있으나 장자가 은거한 남화산은 조주 인근의 것이었을 것이다.
20 상구(商丘) : 중국의 지명. 지금의 하남성 상구시에 해당한다.
21 『남화경(南華經)』 : 전국시대 사상가인 장주(莊周, BC369?~BC286?)의 어록과 일화를 그 후학들이 책으로 엮은 『장자(莊子)』의 다른 이름. 노자의 『도덕경(道德經)』및 『주역(周易)』과 함께 '3현(三玄)'으로 일컬어진다.

찰하곤 했는데 그저 밭 갈고 땅을 고르거나 소를 기르고 돼지를 치는 일이 고작이었지요. 장원의 이 노인장의 행적을 다룬 시가 몇 수 있습니다.

품성도 느긋하신 농가의 노인장	田舍老翁性夷逸,
작은 산 외딴 곳에 조용한 초가 짓고	僻向小山結幽室.
백 마지기 안 되는 밭으로 생계 잇고	生意不滿百畝田,
힘써 농사 지으며 어렵게 먹고 사네.	力耕水耨艱爲食.
봄 저녁에는 뻐꾸기 요란스레 울고	春晚喧喧布谷鳴,
뭉게뭉게 봄 구름은 빗물 듣는 처마 끝에	春雲靄靄簷溜滴.
아이 불러 써레 싣고 직접 농사를 짓고	呼童載犁躬負鋤,
손으로 누런 송아지 끌고 삿갓을 썼구나.	手牽黃犢頭戴笠.
첫 농사는 자신이 짓지 않고,	一耕不自己,
두 번째에는 스스로 농사 짓네.	再耕還自力.
세 번째에는 일단 모부터 심고 보자.	三耕且插苗,
보아하니 작물이 실하고도 크구나.	看看秀而碩.
여름에는 열심히 김 매고 가을도 마찬가지	夏耘勤勤秋復來,
구름 같은 벼와 기장은 수확할 만하구나.	禾黍如雲堪刈銍.
광주리 메고 자루 진 채 분주히 수확해 돌아와	擔籮負囊紛斂歸,
곳간 차고 볏가리 가득하나 사느라 틈이 없네.	倉盈囷滿居無隙.

아내더러 술 담아 농사의 신께 고사 드리고	敎妻囊酒賽田神,
양 삶고 돼지 잡아 친척들과 나누어 먹네.	烹羊宰豚享親戚.
둥둥 북 치면서 그 즐거움 끝이 없는데	擊鼓鼕鼕樂未央,
문득 동쪽에 밝게 뜬 보름달 보이누나.	忽看玉兎東方白.

막웅은 부지런하고 열심히 일한 덕분에 소 등 가축들이 차츰 늘어났습니다. 장원에는 농부가 부족해서 가축 방목을 전담할 아이를 따로 하나 구할 참이었지요. 당시 그 마을에는 아이가 하나 살았는데 조상 때에는 언늠씨였답니다. 그런데 부모가 모두 세상을 떠나면서 남의 집에 맡겨져 길러졌기 때문에 '기아寄兒'[22]라고 불렸답니다. 태어나서부터 아둔한 데다가 까막눈이다 보니 다른 일을 할 재주가 없었습니다. 그래서 열심히 머슴살이나 하면서 지낼 수밖에 없었지요.

그러던 어느 날이었습니다. 산기슭에서 풀을 뽑고 있는데 갑자기 총각머리를 한 웬 도인이 하나 지나가는 것이 아닙니까. 그 도인은 그 동자를 한동안 꼼꼼히 뜯어보더니 말했습니다.

"그 놈 참 훤하게 생겼다! (…) 온통 도인의 소질을 지니고 있는데 … 아깝게도 아둔함이 꽤 심하다 보니 고생의 업장이 여태 사라지지 않았구나! (…) 나를 따라 출가하겠느냐?"

---

22 기아(寄兒) : 글자 그대로 풀면 '맡겨진 아이'라는 뜻이 된다.

田舍翁持
經理

농가 노인이 수시로 일을 관리하다

그러자 기아가 말했지요.

"따라갔다가 그 가난을 어떻게 감당한데유?"

"날 따라가지 않고서야 그 번뇌를 어떻게 감당하려고? (…) 아서라! 내게 방법이 하나 있느니라. (…) 밤마다 즐겁게 해 주면 … 배울 테냐?"

"밤에 즐겁다면 좋은 일인데 왜 안 배우겠어유? (…) 사부님, 나한테 가르쳐 줘유!"

"글자는 아느냐?"

"한 글자도 모르쥬."

"몰라도 되느니라. (…) 내게 진언眞言[23]이 하나 있는데 다섯 글자밖에 되지 않는단다. 글자를 몰라도 말로 전하고 마음으로 가르치면 쉽게 기억할 수 있을 게다."

그러더니 기아에게 귀를 대게하고 말했습니다.

---

23 진언(眞言) : 불교 용어. '참되고 조금도 거짓이 없는 말씀'이라는 뜻으로, 산스크리트어의 원음을 따서 '다라니(陀羅尼)'로 부르거나 그 뜻을 의역하여 주(咒)명(明)·신주(神咒)·밀언(密言)·밀어(密語)·밀호(密號) 등으로 부르기도 하였다. 우리나라에 사용되는 '주문(呪文)'과 비슷한 말이다.

"네게 일러 줄 테니 … 단단히 기억해야 하느니라?"

그 다섯 글자가 무엇이었느냐 하면 바로

"바산 바연저!"

였습니다. 도인은 이렇게 말했습니다.

"잠자리에 들 때 이 진언을 백 번만 외우거라. 너한테 좋은 일이 생긴다고 장담하마!"

그러자 기아는 그것을 마음속에 단단히 새겼습니다.

"내 말대로만 하면 나중에 다시 만날 날이 올 것이니라."

이렇게 말한 도인은 어고[24]와 간판[25]을 들고 도정[26]을 부르더니 표연히

---

24 어고(魚鼓) : 불교의 의식용 도구. 국내에서 '어고'는 일종의 악기로서, 나무를 물고기 형상으로 가공하고 배 부분을 파 낸 상태에서 악기로 만든 후 물 속에 사는 중생들을 구제하기 위하여 배 속에 나무 막대기를 넣어 내벽을 두드려서 소리를 낸다. 그 형상이 물고기와 동일하기 때문에 글자 그대로 '나무 물고기'라는 뜻에서 '목어(木魚)'라고 부르기도 한다. 때로는 '어판(魚板) · 목어고(木魚鼓)' 등으로 불리기도 한다. 반면에, 중국에서는 '목어'가 사찰에서 승려들이 불경을 외울 때 두드리는 목탁(木鐸)을 가리키는 말로만 사용될 뿐 우리나라와 같은 '나무 물고기'는 존재하지 않는다.

25 간판(簡板) : 중국의 고전음악에 사용하는 반주용 타악기. 한 자 남짓 길이의 나무나 대나무 널판 두 쪽으로 만드는데 주로 전통극이나 도정(道情)의 반주에 사용한다.

26 도정(道情) : 중국의 민간 연희의 일종. 당대에 상연된 『승천(承天)』 · 『구진(九眞)』 등의

불교 종교의식에 사용되는 악기 어고(좌)와 간판(우)

사라져 버리는 것이었습니다.

이날 밤 기아는 정말 도인의 말대로 딱 백 번을 외우고 나서 잠자리에 들었습니다. 그는 잠이 들자마자 바로 꿈나라로 들어갔습니다. 그야말로

고되고 분주한 인생 얼마나 힘든가?	人生勞擾多辛苦,
산간에서 돌 베고 자는 것만도 못하구나.	已遜山間枕石眠.
하물며 꿈 속에서 거닐며 즐기는 거라면	況是夢中游樂地,
천년을 잔다 한들 무슨 상관 있으리오!	何妨一覺睡千年.

손님들, 화두[27]를 단단히 기억해 두십시오. 이번 이야기의 경우 어떤

도교 가곡들에서 유래한 것으로 알려져 있다. 노래를 위주로 하면서 이야기를 곁들이는 식으로 이야기 구연(story-telling)이 이루어졌는데 남송 때부터 어고나 간판 등의 반주 악기를 사용했기 때문에 '도정어고(道情漁鼓)'으로 불리기도 하였다. 지역에 따라 섬북 도정(陝北道情)·강서도정(江西道情)·호북어고(湖北漁鼓)·사천죽금(四川竹琴) 등 다양한 형태와 이름으로 전해지고 있다.

27 화두(話頭) : 이야기의 단서. 때로는 제17권의 '화두'처럼 은밀하게 전수되는 비법을 가

대목에서는 꿈 속 이야기를 들려 드리고 어떤 대목에서는 현실 이야기를 들려 드릴 것입니다. 그러니 혼동하시면 안됩니다?

다시 이야기를 들려 드리지요. 잠이 든 기아는 꿈 속에서 유생이 되어서 대충 글월의 의미를 알고 있었습니다. 그는 마침 거리에서 의젓한 기상으로 어슬렁거리고 있었지요. 그런데 문득 누군가가 이렇게 말하는 것이었습니다.

"화서국華胥國의 왕께서 어명을 내리시어 인재들을 모시는 중이오. 가서 공명을 구하고 출세를 도모하지 않으시겠소?"

그 말을 들은 기아는 서둘러 정식 이름을 '기화'[28]로 지었습니다. 그리고는 하도 아련해서 무슨 내용을 깨작거렸는지는 모르겠지만 '만언 장책萬言長策'이라는 명목으로 가져다 국왕에게 바쳤지요. 그래서 국왕이 평가관에게 넘겨 평가하게 하자 기화는 마제금[29]을 '상견례'로 좀 돌렸습니

___

리키는 표현으로 사용되기도 한다.

28 【즉공관 미비】莫廣者, 廣莫也, 言寄者, 寄言也. 華者, 華言不實也. 總是子虛無是之類. 막광이란 '광대함이 없다'이고, 언기란 '부치는 말'이며 화는 화려한 말은 참되지 못하다는 뜻이다. 어쨌든 허황되어 옳은 구석이 없다는 말들인 것이다.

29 마제금(馬蹄金) : 중국 고대에 금을 녹여 말 발굽처럼 만든 금덩이의 일종. 마제금(馬蹏金)으로 적기도 한다. 후한의 역사가인 반고(班固)가 편찬한『한서(漢書)』「무제기(武帝紀)」에서는 "이제 황금을 녹여 기린 발굽이나 말 발굽 모양으로 만듦으로써 그 상서로운 의미에 어울리게 하고자 한다(今更黃金爲麟趾裊蹄, 以協瑞焉)"라고 하였다. 이에 관하여 당대의 학자 안사고(顏師古)는 주석을 붙여 "한나라 무제가 상서로운 징조를 표현하기로 마음먹었다. 그래서 기존의 모양을 두루 고쳐 기린 발굽과 말 발굽의 모양으로 주조함으로써 옛 법도를 바꾼 것이다. 지금 왕왕 땅 속에서 발견하는 말 발굽 모양의 금들은 품질

다. 그러자 평가관은 몹시 기뻐하면서 말하는 것이었지요.

마제금(馬蹄金)의 예시. 해혼후(海昏侯) 묘에서 출토된 한대의 마제금

"이 글은 그야말로 경천동지할 재능으로, 고금에 보기 드물 정도로구나!"

그리고는 평가 소견을 덧붙여서 국왕에게 바쳤습니다. 그러자 국왕은 그를 '저작랑[30]'에 제수하고 천하의 문장과 관련된 업무를 관장하게 했

이 아주 정교하고 양호한 데다가 제작기법도 공교롭고 절묘하다(武帝欲表祥瑞, 故皆改鑄 爲麟足馬蹄之形以易舊法耳. 今人往往於地中得馬蹄金, 金甚精好, 而製巧妙)"라고 설명하였 다. 2011년에 호북성 남창(南昌)에서 발견된 전한대 해혼후(海昏侯) 묘에서 실물이 출토 된 바 있다.

30 저작랑(著作郎) : 중국 고대의 관직명. '저작'으로 줄여서 부르기도 하며, 삼국시대 위나 라 명제(明帝) 때에 중서성(中書省)을 두고 국사를 편찬하게 하면서 처음 설치되었다.

지요. 이리하여 깃발을 펄럭이고 풍악을 울리면서 커다란 준마를 타고 관아까지 전송하여 임지에 도착했답니다. 기화는 이때 몸이 마치 구름이나 안개 속에 있는 것처럼 정말로 가벼웠습니다. 그야말로

전광석화 같은 꿈 속의 몸	電光石火夢中身,
흰 말에 붉은 술 단 저고리는 때깔도 새롭다.	白馬紅纓衫色新.
내가 부귀와 영화 다 누려도 그대 부러워 마소.	我貴我榮君莫羨,
벼슬살이에 굳이 글공부가 무슨 필요 있겠소?	做官何必牘書人.

기화는 몸을 날려 말을 내리다가 발을 헛디디면서 그 서슬에 놀라 깨고 말았습니다. 눈을 비비면서 둘러보니 자신이 처음처럼 풀밭에 누워 있는 것이 아닙니까. 그는 큰소리로 말했습니다.

"퉤, 퉤! 참 별 꼴이 다 있네! (…) 난 한 글자도 모르는데 꿈에서 무슨 대책을 올립네 벼슬살이를 합네 무슨 천하의 문장들을 관리합네 난리를 다 떨다니!"

그것이 진짜 꿈이었을까요? 일단 그것이 어떻게 들어맞는지 두고 보도록 하시지요.[31]

그 속관(屬官)으로는 저작좌랑(著作佐郎)·교서랑(校書郎)·정자(正字) 등이 있었다. 관서와 관원의 명칭은 왕조마다 조금씩 편차가 있지만 그 제도는 송·원대까지 계승되었다. 송대에는 국사 편찬은 따로 국사원(國史院)을 두고 있었기 때문에 저작랑이 매일 일어나는 일의 기록에만 집중하였다. 명대에 폐지되었다.

그가 씩씩거리면서도 마음을 가라앉히고 그 꿈 속 상황을 떠올리고 있을 때였습니다. 가만 보니 평소에 알고 지내던 이웃집 사삼沙三이 다가와 기아를 부르면서 말하는 것이었습니다.

"기형! 앞마을 막나리 댁에서 소치기를 구한다는데 그 댁에 안 가 보슈? (…) 품팔이 짝 나지 않도록 해요. 하루를 놀아도 밑천을 까 먹으니깐!"

"그 댁에 들어가면야 좋기야 좋지! 그치만 나를 소개해 주는 양반이 없는 걸?"

"어제 벌써 그 댁에 기형 이야기를 드렸소이다. 오늘 나 하고 기형 같이 갑시다. 계약서만 쓰면 됩니다!"

"호의로 알려 주셔서 정말 고맙슈!"

두 사람은 이렇게 이야기를 주고 받으면서 함께 막 씨댁으로 왔지요. 막옹이 두 사람에게 온 이유를 묻자 사삼은 '기아가 남다르게 부지런하다'며 그 집에 들어가 소를 치고 싶다고 자세하게 이야기했습니다. 기아

---

31 그것이 진짜 꿈이었을까요?~[你道是眞夢麼] : 이 두 구절의 경우 강소고적판(제389쪽)과 천진고적판(제636쪽)에서는 따옴표를 넣어 기화가 한 말에 포함시켰다. 그러나 전후 맥락을 보거나, 원문에 이야기꾼이 관중(손님)에게 상투적으로 사용하는 표현인 "니도(你道)"가 들어가 있는 것을 볼 때 이 두 구절은 이야기꾼의 말로 이해하는 편이 합리적이라고 생각한다.

가 모습이 성실하고 기운이 센 것을 본 막옹은 반가워하면서 흔쾌히 고용할 생각으로 계약서를 쓰게 했지요.

"저는 까막눈이라서 … 못 쓰겠슈."

기아가 이렇게 말하자 사삼이 말하는 것이었지요.

"내가 쓸 테니까 기형은 서명이나 해요."

사삼은 왕년에 시골 학당에서 두 해 동안 글공부를 한 사람이었습니다. 그 덕분에 몇 글자 정도는 쓸 줄을 알았지요. 그래서 '고용되어 방목하는 가축 관리하는 일을 하기를 바랍니다'라는 내용의 문서를 한 장 썼습니다. 문법적으로는 말이 되지 않았지만 뜻만 알아들으면 그만이었지요. 나중에 날짜 아래에 서명을 하라고 하자 사삼이 서명을 했습니다. 기아는 붓을 들기는 했지만 '왼쪽 획인가 오른쪽 획인가' 긴가민가 혼자 생각해 보더니 은근히 기뻐하면서 말하는 것이었지요.

"간밤에는 무슨 수로 만언장책을 다 바쳤나 몰러?"

그러면서 붓을 잡고 있노라니 천 근만큼이나 무겁게 느끼지지 뭡니까요. 사삼이 그 손을 단단히 붙잡아 주자 그제서야 '열 십十'자를 하나 그릴 수가 있었습니다. 막옹은 그 자리에서 한 계절치 삯³²을 주었습니다.

그리고 그로 하여금 산기슭 초가에서 묵으면서 방목을 맡게 했지요.

중국 현대 화가 이가염(李可染, 1907
~1989)의『피리 부는 목동(牧童吹笛)』

열쇠를 받은 기아는 사삼과 함께 초가로 들어갔습니다. 그리고는 기아는 사삼에게 사례로 관례적인 거간비를 좀 쥐어 주었지요. 그리고 그날 밤은 초가에서 묵으면서 도인의 말대로 그 다섯 글자의 진언을 백 번 외우고 고꾸라지마자 잠이 들었답니다.

손님들, 지금까지는 그저 이야기를 들려 드리는 소생만 전생의 인연을 일러 드렸었지 어디 꿈 꾸는 쪽이 앞의 이야기를 계속 이어나가는 경우가 있었습니까? 그런데 지금은 참으로 이상하지요? 기아가 잠에 들었더니 간밤의 언기화의 신분과 그대로이지 뭡니까요.

그는 관을 쓰고 띠를 묶은 채 저작랑의 관아에 이제 막 부임하여 재판정에서 공무를 처리하고 있었습니다. 그런데 가만 보니 점잖은 걸음으로 유생의 무리가 과거 시험 답안지를 가지고 저마다 지도를 부탁하는 것이 아닙니까. 기화가 일일이 평가해서 좋은 것이든 나쁜 것이든 동그라미를 치기도 하고 지우기도 하면서 평가해서 돌려주니 다들 앞다투어 구경을

---

32 삯[工食] : '공식(工食)'은 명대에 장인이나 머슴에게 주는 품삯을 가리키는 말로, 기본적으로 음식도 제공되었기 때문에 '공식'이라고 했다고 한다.

하는 것이었지요. 개중에는 그 평가에 승복하는 경우도 있고 그렇지 않은 경우도 있어서 떠들썩하게 소란이 일어났습니다. 기화는 조항을 만들고 분부했지요.

"다들 언약을 준수하시오. 복종하지 않으면 채찍질을 할 것이요!"

유생들은 그제서야 귀를 세우고 경청하면서 함부로 행동하지 못하고 다들 각자 점잖은 걸음으로 멈칫멈칫 하면서 물러가는 것이었습니다.[33]
이날, 같은 관아의 관리들은 연회 자리를 마련하고 특별히 그의 부임을 축하해 주었습니다. 맛난 술에 훌륭한 안주에 온갖 산해진미들이 차려지고 노래를 부를 이는 노래를 부르고 춤을 출 자는 춤을 추면서 다들 즐거움을 만끽했지요. 그렇게 날이 밝을 때까지 먹고 마시고 나서야 연회가 끝나고 관아로 돌아왔답니다.

그리고 보니 그쪽 꿈 잠자리에 들어야 이쪽 현실에서 깨어나는 셈이었지요. 생각을 해 보니 간밤의 상황이 또렷하게 기억이 나지 뭡니까. 그는 자기도 모르게 웃음을 터뜨리더니 말했습니다.

"참 이상햐? (…) 뭐라고 해야 하남? (…) 이번에도 어제 그 꿈을 이어서 꾸었네! 높은 벼슬아치가 되설랑 … 떼를 지은 선비들을 통제하는가

---

33 【즉공관 미비】字俱有. 글자는 다들 챙겨서.

하면 무슨 글을 읽기도 하고 … 내가 문자가 맞난지 안 맞난지 알게 뭐여. 어쨌든 술자리에서 먹고 마시기까지 하니까 정말 신이 나기는 하네!"

그는 일어나 옷을 털다가 자기 옷차림이 남루한 것을 보고 한숨을 쉬면서 말했습니다.

"간밤의 관복이며 옥대는 … 전부 어디로 간 겨?"

그가 헤진 베 저고리를 잘 챙겨 입고 침상을 내려 올 때였습니다. 가만 보니 장원의 웬 늙은 종 하나가 상전인 막옹의 명령을 받들어 특별히 건너와서 그에게 소들을 넘겨주는 것이었습니다.

소는 모두 일고여덟 마리나 되었지요. 기아는 한 마리 한 마리 차례로 상을 보고 손으로 그 고삐를 잡아 끌었습니다. 그 소들은 기아를 본 적이 없었습니다. 아무래도 낯이 설다 보니 몇 마리는 꿈쩍도 하지 않았고 몇 마리는 날뛰기까지 하는 것이 아닙니까. 그래서 늙은 종이 채찍을 건네자 기아는 소들을 끌고 가서 아까 날뛰던 소를 채찍으로 몇 차례 때렸지요. 그러자 그 소들은 기아의 뜻을 거역할 엄두도 내지 못하고 고분고분 기아에게 이끌려 한 곳에 묶이는 것이었습니다. 기아가 천천히 여물을 주고 풀어 놓자 늙은 종이 말했습니다.

"자네가 우리 주인님 댁에 새로 왔으니 우리가 술을 좀 냄세! 어제 벌써 사삼 형 하고 약속을 잡았으니께 곧 올 거구만?"

그 말을 마치기도 전이었습니다. 사삼이 술 한 주전자에 바구니 하나
를 들고 바구니에 고기 한 사발, 토란 한 사발, 콩 한 접시를 담아서 다가
오는 것이 아닙니까. 그러자 늙은 종이 말했습니다.

"사삼 형이 오면 술 몇 잔 할까 하던 참인데 미리 잘 준비하셨구랴? 내
가 사삼 형 몫을 더 드리지!"

"여러분한테 돈을 쓰게 해 드리는 것이 무슨 경우랍니까? (…) 아직 보
답도 안 했으니 나도 거기다 한 몫을 보태면 되쥬."

기아가 이렇게 말하자 늙은 종이 말했습니다.

"무슨 대단한 일이 났다고 의논을 하네 마네 하남? (…) 우리 실컷 마
시기나 하세!"

세 사람은 땅바닥에 앉더니 술을 마시기 시작했습니다.[34]

"간밤에 꿈 속 연회 자리는 참 번듯하더니만 … 오늘은 이런 음식을 먹

---

34 【즉공관 미비】如此會飮, 未必不樂于衙門公酒. 이렇게 모여서 술을 마시다가는 관아 연회
에서 술을 마시는 것도 즐겁지 않게 될 지도 모르겠다.

으니 정말 하늘과 땅 차이이지 뭐야!"

기아는 이렇게 생각하면서도 남들이 비웃을까 두렵기도 해서 꿈에서 있었던 일을 남에게 들려 줄 엄두도 내지 못했지요. 그야말로

사람들 마주하고 꿈 이야기 한들	對人說夢,
그 이야기 들으면 다들 '미쳤다' 할 테지.	說聽皆痴.
물고기가 물을 마시는 것과 같으니	如魚飲水,
물이 차고 따뜻한 것이야 저절로 아는 법.[35]	冷暖自知.

기아는 주량이 원래 적어서 그다지 많이 먹지 못했습니다. 그래서 한 잔 더 마셨더니 좀 얼큰해지는 것이 아닙니까. 두 사람은 작별인사를 하고 그 자리를 떠났답니다.

기아가 그렇게 풀밭에 눕자마자 그 몸은 이번에도 화서국으로 와 있는 것이었습니다. 그 나라 국왕은 어명을 내려 저작랑을 찾아가 보니 많은

---

[35] 물이 차고 따뜻한 것이야 저절로 아는 법[冷暖自知] : 직접 몸으로 겪어 보아야 누가 옳은 지 알 수 있다는 뜻이다. 당대의 배휴(裵休)의 『황벽산단제선사전심법요(黃蘗山斷際禪師傳心法要)』나 송대 도원(道原)의 『경덕전등록(景德傳燈錄)』나 명대 녹계선(鹿繼善)의 『여범경룡서(與范景龍書)』나 청대 유희재(劉熙載)의 『예개(藝槪)』등에는 공통적으로 "사람이 물을 마실 때처럼 차갑고 따뜻한 것은 저절로 아는 법[如人飲水, 冷暖自知]"으로 되어 있으나 송대 악가(岳珂)의 『정사(桯史)』나 이 이야기의 경우 등 소수의 사례에만 "물고기가 물을 마실 때처럼 차갑고 따뜻한 것은 저절로 아는 법(如魚飲水, 冷暖自知)"으로 되어 있다. 이를 통하여 행위주체가 처음에는 전자(사람)로 사용되다가 나중에 더러 후자(물고기)로 변용되었음을 짐작할 수가 있다.

병력을 통솔할 능력을 갖추었 길래 중용하기로 단단히 약조 했습니다. 특별히 비단옷과 관 과 띠 일습[36]과 누런 일산 한 자 루, 길잡이 풍악대를 하사했지 요. 그리고는 드나들 때마다 길 잡이가 앞에서는 호령을 하며 길을 열고 뒤에서는 자신을 호 위하니 정말 신바람이 절로 났 습니다. 그런데 문득 보니 사방 에서 불이 나는 것이 아닙니까. 갑자기 놀라 잠에서 깼더니 자 신은 땅바닥에 누워 있고 동녘 이 훤하게 밝아 해가 이글거리 며 모습을 드러내고 있었습니

중국 연대시(煙臺市) 박물관의 명대 중기 대신 남전(藍田) 초상. 일반적으로 _일습_은 상하의는 물론 거기에 맞춤으로 갖추어지는 모자·신·허리띠 (때로는 장신구)까지 아우르는 표현이다

다. 그는 일어나서 간식을 좀 먹고 나서 소를 타고 사방으로 소를 치러 다녔지요. 그러다가 햇볕을 쪼여 몸이 뜨거워져서 견딜 수가 없자 막옹 에게 와서 사정을 이야기했습니다. 그러자 막옹이 말하는 것이었지요.

---

36 일습(一襲) : 중국 고대에 의복을 세는 단위사. 보통은 상의와 하의를 따로 세어서 '점 (點)', 합쳐서 '벌'로 부르는데, 여기에 곁들여지는 모자·띠·신·목걸이 나아가 지갑 등 등의 장신구까지 포함해서 일컬을 때에 사용되었다.

"여기에는 원래 도롱이와 삿갓이 있었네. 소치기들이 지금까지 입었던 걸세. 또 짧은 피리도 하나 있는데 역시 목동에게는 기본 맞춤일세. 이제 꺼내서 자네한테 주지. (…) 소들을 잘 보살펴 주게. 만약에 소가 야위기라도 하면 자네한테 할 말은 하겠네!"

"우산도 한 자루 주시면 몸도 가리면 좋쥬. 삿갓만으로는 머리만 가릴 수 있을 뿐이지 몸은 햇볕에 그을리지 않겠습니까!"

"군이 우산이 있을 필요가 어디 있나? 못에 널린 것이 커다란 연닢일세. 자네가 날마다 따서 몸을 가리면 되지 않는가!"

기아는 '예, 예' 하면서 도롱이 삿갓과 짧은 피리를 넘겨 받았습니다. 그리고 정말 연못에서 큰 연닢을 따서 받쳐들고 소를 타고 그 자리를 떠났지요. 기아는 소 등에서 혼자서

'난 화서국에서는 귀인인데 지금은 우산 하나 받지 못하고 고작 연닢으로 몸을 가리다니!'

하고 생각하다가 보니 불현 듯 이런 생각이 드는 것이었습니다.

'이게 바로 꿈 속의 그 누런 일산이었구나? (…) 도롱이 하고 삿갓은 바로 비단 관복과 관모인 셈이군!'[37]

그는 피리를 비껴들더니 몇 번 불고 나서 웃으면서 말했습니다.

"이게 바로 풍악대가 아니고 뭔가? (…) 이제 생각해 보니 그냥 신바람 나게 잠 한 숨 잔 것뿐이었어!"

이 이야기를 증명하는 시가 있습니다.

풀이 덮인 예닐곱 리 들판에서	草鋪橫野六七里,
저녁바람에 피리를 서너 차례 불다가	笛弄晚風三四聲.
해거름에 돌아와 밥 배 불리 먹고	歸來飽飯黃昏後,
달 밝은 밤 도롱이 삿갓도 안 벗고 잠 청하네.	不脫蓑笠臥月明.

이때부터 잠만 자기만 하면 화서국에서 부귀영화를 누리고 깨고 나면 그저 산비탈에서 목동 일만 했답니다. 그렇게 되지 않는 날이 없었고 그렇게 되지 않는 꿈이 없었지요.

소생 매일 낮 매일 밤을 일일이 자세하게 이야기 드릴 필요는 없을 것 같군요. 그저 볼 만한 장면들만 좀 골라서 가져다 이야깃거리로 삼도록 하겠습니다.

---

37 【즉공관 미비】牧童大慧. 목동이 아주 지혜롭구나.

명대 화가 육치(陸治)의 『한강조정도(寒江釣艇圖)』에 묘사된 삿갓
과 도롱이(대만고궁박물관 소장)

그러던 어느 날이었습니다. 꿈 속에서 국왕의 어떤 공주 하나가 그를 부마로 맞아들이려고 했습니다. 그러자 누가 이렇게 아뢰는 것이었지요.

"저작랑 언기화는 재능과 용모가 출중하고 글솜씨도 탁월하니 부마로 적합하다고 사료되옵니다!"

그러자 국왕은 그 상소를 받아들여 곧바로 어명을 내렸습니다.

"저작랑을 부마도위로 삼노니 범양공주范陽公主를 섬기도록 하라!"

이리하여 공주를 부마 집으로 맞아 들여 혼례를 치르게 되었지요. 이 날 등불과 촛불도 눈이 다 부시고 그 의식도 번쩍번쩍 하는 것이 그렇게 부귀로울 수가 없었습니다. 【하신랑賀新郞】 가사가 그 일을 증명해 주지요.

맑은 이른 아침에 상서로운 기운 가득한데	瑞氣籠淸曉.
구슬 발 걷으니 일제히 풍악을 울리네.	捲珠簾一時齊奏.
수많은 신선들이 봉래 섬을 떠나	無限神仙離蓬島,
봉황 가마며 난새 수레가 마악 당도하누나.	鳳駕鸞車初到.
보니 아리따운 선녀를 호위하는데	見擁個仙娥窈窕.
옥 패물이 바람에 쨍그렁거리고	玉佩叮瑙風縹緲,
아리따운 자태는 하늘거리는 수양버들 같이	嬌姿一似垂楊裊.
천상에만 있고	天上有,
세간에는 드물겠구나!	世間少.

범양공주는 얼굴이 길고 귀가 크게 생겼는데 구성진 소리로 휘파람을 잘 불었습니다. 그리고 행동거지며 응대에도 꽤나 능숙했지요.[38] 기화는 왕의 사위라는 신분으로 주야로 공주 앞에 마주앉아 식사를 했답니다. 이전보다 훨씬 존귀하고 극진하게 대우를 받았던 거지요.

그런데 날이 밝아 잠을 깨고 나니 주인 막옹이 와서 부르는 것이었습니다. 집안에 방아를 돌리는 암컷 나귀가 있었는데 주인이 그놈까지 건네주더니 '끌고 가서 풀을 먹이라'는 것이었지요. 그놈을 끌고 나온 지아는 몰래 웃더니 말했습니다.

"간밤에 공주님을 모실 때에는 얼마나 비까번쩍하던지 원! (…) 그런

---

38 【즉공관 미비】 字句有眼. 자구가 절도가 있군.

목동이 밤마다 존귀하게 영화를 누리다

데 오늘은 이 돈벌이가 생겨서 이 녀석 하고 짝이 되었구나!"

그는 나귀 등에 걸터앉더니 소를 타듯이 타고 산기슭으로 갈 참이었습니다. 아 그런데 올라 탄 그놈의 나귀가 무조건 맴을 돌기만 할 뿐 당최 앞으로 갈 생각을 하지 않지 뭡니까.

연자방아를 돌리는 나귀

아마도 평소에 연자방아를 돌리다 보니까 그게 습관이 된 것 같았지요. 기아는 어쩔 도리가 없자 뛰어내려 채찍질을 몇 번씩 하면서 끌고 가는 수밖에 없었습니다. 그때부터 새로 가축이 늘어나다 보니 달아나 버리기라도 할까 싶어서 음식조차 먹을 겨를이 없지 뭡니까. 하는 수 없이 말린 식량을 챙겨서 여기저기로 방목하러 다녀야 했지요. 막옹은 그런 뒤로도 수시로 점검을 하러 왔으므로 조금도 게으름을 부릴 수가 없었습니다. 그렇게 하루 종일 고생을 하고 나면 밤에는 잠을 푹 잘 생각밖에 없었지요.

이날 밤, 그는 이번에도 꿈 속에서 부마의 집에 있는 것이었지요. 그가 마침 공주와 함께 즐거움을 만끽하고 있을 때였습니다. 이웃나라인 현토[39]와 낙랑[40] 두 나라가 화서국을 침범했지 뭡니까 글쎄! 국왕은 어명을

39 현토(玄菟) : 중국 고대의 군·국(郡國) 이름. 전한의 무제(武帝) 유철(劉徹)이 위만조선을 멸망시키고 설치했다는 '한 4군(漢四郡)'의 하나. 그 위치와 관련하여 ①『삼국지(三國志)』「동옥저전(東沃沮傳)」에 근거하여 오늘날의 함경도일대로 본 주장(한진서·안정복·정약용·김정호·이케우치 히로시), ② 압록강 중류에서 함흥에 이르는 교통로를 따라 동서로 길게 설치되었다는 주장(와타 기요시·양수경), ③ 압록강 중류 일대에 설치되고 고구려를 군의 치소로 삼았다는 주장(이병도) 등이 있다. 그러나 이 주장들은 모두 조선시대의 반도사관(半島史觀)을 토대로 이루어진 것들이어서 재고가 필요하다. 현토의 위치와 관련하여 주목할 것은 ① 후한의 학자 응소(應劭, 153~196)가『사기(史記)』「조선열전(朝鮮列傳)」에 "현토는 본래의 진번국이다[玄菟本眞番國]"라는 주석을 붙였다는 사실이다. 후한의 현토군이 있던 곳이 바로 진번국 자리라는 것이다. 응소의 주석은 현토군이 존재하고 있던 후한대의 기록이자 진번의 좌표에 관한 가장 오래 된 기록이어서 사료적 가치가 대단히 높다. 만일 응소의 주장이 역사적 사실에 근거한 것이라면 현토군과 진번군은 한 자리 또는 서로 가까운 위치에 자리잡고 있었던 셈 이다. ②수·당대의 학자 구양순(歐陽詢, 557~641?)이 지은「직공도 찬(職貢圖贊)」의 "북으로는 현토까지 오가고 남으로는 주익까지 이른다"라고 한 구절도 그 증거이다. 6~7세기의 중국인들은 중원을 중심으로 놓았을 때 그 북쪽에 현토가 있다고 믿었던 셈이다. 당나라의 도읍이 장안(서안시) 또는 낙양(낙양시)였으므로, 이 두 곳을 축으로 삼아 그 좌표를 구하면 현토가 있다는 북쪽은 지금의 하북성 북부 또는 동북부와 대체로 일치한다. 만약 기존의 통설처럼 현토가 한반도 인근에 있었다면 구 양순은 당연히 "동쪽으로는 현토까지 닿고" 식으로 표현했을 것이다. 참고로 국내 학계에서는 대부분 '玄菟'를 '현도'로 읽는데 ① 문헌적·역사적 근거가 없는 데다가, ②현토태수의 병부(兵符) 등 중국측 유물·기록들을 보면 '토끼 토(兔)'를 써서 '현토(玄兔)'라고 적혀 있으므로 '새삼 토(菟)'의 발음이 '토끼 토'와 일치함을 확인할 수 있다. 이상의 문제들에 관해서는 문성재,『한국고대사와 한중일의 역사왜곡』, 제7~11쪽을 참조하기 바란다. 여기에서는 그 이름이 역사 사실과는 상관없이 다분히 관념화된 이름으로 제시되고 있다.

40 낙랑(樂浪) : 중국 고대의 군·국(郡國) 이름. 전한의 무제 유철이 위만조선을 멸망시키고 설치했다는 '한 4군'의 하나. 국내외 학계에서는 낙랑군을 지금의 평안도 일대, 그 치소(조선현)를 지금의 평양시(平壤市) 일대로 비정하고 있다. 그러나『조선사연구』에서의 정인보(鄭寅普)의 낙랑 유물 진위 판정,『한사군은 중국에 있었다』에서 일제 강점기에 일본인 학자들이 독점한 고고조사들의 의혹들 및 세키노가 낙랑 유물을 엉뚱하게도 중국 북경에서 대량으로 구입해 국내로 들여 왔다는 것을 확인한 문성재(역자)의 증언 등을 종합해 볼 때 고고적으로 이미 평양낙랑설은 성립되기 어렵다. 학계에서는 낙랑이 멸망한 해로 알려진 313년 이후인 5~6세기에도 낙랑군이 존재하는 모순에 대하여 낙랑교치설(樂浪僑置說)을 주장하기도 한다. 그러나 교치는 강남으로 남하한 남조(南朝)가 원래 화북에 있던 행정 관청을 강남으로 이관하는 과정에서 임시로 적용한 행정개념이다. 한사군에는 해당되지 않는다는 뜻이다. 따라서 이때의 낙랑군은 조선 대방 등과 마찬가지로 중국의 하북성 동북부에 있었다고 보는 편이 합리적이다. 이에 관해서는 문성재

내려 부마도위 언기화로 하여금 두 나라의 군사를 물리칠 대책을 상의하게 했습니다. 언기화는 왕년에 저작랑 관아에서 거느렸던 문사들을 모아 왔지요. 그러나 어떻게 대비해야 할지 대책도 세우지 않고 어떻게 백병전을 벌여야 할지 의논도 하지 않은 채 그저 '바르고 성실한 마음으로 대하면 강한 이웃나라가 반드시 자진해서 굴복할 것'이라는 막연한 소리만 늘어 놓을 뿐이었지요.[41] 문사들 중에는 기꺼이 맞서 싸우겠다는 이도 있었습니다. 그러나 그 주장들은 전부 물리치고 받아들이지 않는 것이었지요. 오로지 두 문사만 하나는 현토로 가고 하나는 낙랑으로 가서 몸을 바쳐 볼모가 되므로써 화친을 맺자는 대책을 내놓았습니다. 그러자 언기화는 몹시 반가워하면서 엄청난 금품과 비단을 내리고 두 사람을 각각 두 나라로 보냈지요. 두 문사는 자신을 낮추고 그의 명령을 따라 자신들이 제안한 대로 대응했지요. 그랬더니 정말 그 두 나라가 더 이상 침범하지 않는 것이었습니다. 그래서 언기화는 자신의 공적을 부풀려서 국왕에게 상소를 올렸답니다. 그러자 국왕은 몹시 기뻐하면서 그의 공로를 기록하고 언기화를 '흑첨향후黑甜鄉侯'로 봉하고 구석[42]의 특권까지 내렸습니다. 그 지위가 문무 백관의 으뜸으로 부귀영화가 절정에 이른 셈이지요! 이 일을 증명하는 시가 있습니다.

『한국고대사와 한중일의 역사왜곡』, 제284~327쪽을 참조하기 바란다. '현토'와 마찬가지로, 역사 사실과는 상관없이 다분히 관념화된 이름으로 제시되고 있다.
41 【즉공관 미비】大人派頭如此. 나리님네 거드름이 이런 식이지.
42 구석(九錫) : 중국 고대에 천자가 제후나 대신들에게 하사한 아홉 가지 기물. 후한대의 학자인 하휴(何休, 129~182)는 『공양전(公羊傳)』 「장공 원년(莊公元年)」조에 주석을 붙여 "예법에서 '구석'이란 것이 있는데, 거마·의복·악칙·주호·납폐·호분·궁시·부월·거창이 그것이다[禮有九錫, 一曰車馬, 二曰衣服, 三曰樂則, 四曰朱戶, 五曰納陛, 六曰虎賁, 七曰宮矢, 八曰鈇鉞, 九曰秬鬯]"라고 설명하였다.

구석의 예시. 명나라 황제 홍치제 초상에서 발 위 양쪽으로 도끼(부월)이 보인다. 부월은 황제의 권위와 결단력을 상징하였다(대만고궁박물관 소장)

당시 위강이 오랑캐와 화친을 도모할 때	當時魏絳主和戎,
어디 재물을 갖다 바친 적이 있었던가?	豈是全將金幣供.
그 뒤로 송나라 사람들 득의양양하다 보니	厥後宋人偏得意,
도학자 무리가 스스로 태연자약했던 게지.	一班道學自雍容.

　언기화는 왕후로 책봉되고 구석까지 얹은 데다가 푸른 끈에 면류관을 쓰고 어가에 말까지 타고 붉은 활 검은 화살을 지니고 왼쪽에는 붉은 도끼를 들리고 오른쪽에는 황금 도끼를 들리는 한편 손에는 규찬[43]까지 잡

43　규찬(圭瓚) : 중국 고대에 하늘에 제사를 지낼 때에 사용하던 옥제 도구. 모양은 국자를 닮았으며 규(圭)를 자루로 삼았다.

으니 행차하는 길이 휘황찬란하기 그지 없었답니다. 그렇게 조정에서 부마의 집으로 돌아갈 때였습니다. 웬 선비 하나가 고삐를 붙잡더니 아뢰는 것이었습니다.

"해도 중천에 뜨면 기울고 달도 차면 이지러지는 법이올시다!⁴⁴ 명공⁴⁵께서는 공명을 거기까지 이루었으니 더 이상 붙일 것이 없습니다. '급류를 만나면 의연하게 물러나야 하는 법'⁴⁶인 바 지금이 바로 그때입니다. 행복이 지나가고 불행이 생길 때까지 기다리시다가는 뉘우쳐도 때는 늦소이다!"

언기화는 이때 그 권세가 기염을 토하던 때였습니다. 그러니 어디 그의 말을 듣겠습니까? 그는 비웃으면서 말했지요.

"나는 팔자를 잘 타고 났다. 그러니 당연히 남보다 부유하고 존귀한 것이다. 복이 있으면 누리면 그만이지 지나치게 걱정할 필요가 어디 있겠는가? 그냥 지금을 즐기면 충분하다. (…) 선비 따위가 무엇을 안다고 감히!"⁴⁷

---

44 해도 중천에 뜨면 기울고~[日中必昃, 月滿必虧] : 중국 고대의 격언. 글자대로 의역하면 '만물은 번성의 정점에 올랐을 때부터 쇠락이 시작된다' 정도로 번역되며 세상에 영원한 것은 존재하지 않는다는 의미로 한 말이다. 때로는 "일중칙이, 월만칙휴(日中則移, 月滿則虧)" 또는 "일중칙측, 월영칙식(日中則昃, 月盈則食)" 식으로 사용되기도 한다.

45 명공(明公) : 중국 고대에 사회적 지위와 명성을 지닌 인사를 높여 부르던 호칭.

46 급류를 만나면 의연하게 물러나야 하는 법[急流勇退] : 위험한 상황이나 일을 만나면 서슴 없이 물러나야 몸을 지킬 수 있다는 뜻이다.

47 【즉공관 미비】富貴人只據現在胸中, 人人如此. 부유하거나 존귀한 이들은 그저 현재 상황에만 안주하려 들지. 누구나 다 그렇다.

그리고는 큰 소리로 웃다가 수레에서 떨어지는 바람에 깜짝 놀라 잠에서 깨 버렸습니다. 그는 소 마릿수를 세다가 보니 죽는 소리가 다 나올 지경이었습니다. 아 그런데 그 중에 두 마리가 보이지 않지 뭡니까. 그는 산 앞과 산 뒤를 구석구석 찾아 다녔습니다. 그런데 알고 보니 한 마리는 범에게 물려서 산비탈 앞에서 죽어 있고, 한 마리는 강에서 물을 마시다가 물결이 밀려오는 바람에 강물에 빠져 버리고 말았지 뭡니까요 글쎄! 그 모습을 보고 당황한 기아는 펄쩍펄쩍 뛰면서 말했습니다.

"꿈에 두 나라가 쳐들어오느니 어쩌느니 하더니 … 내가 맡은 가축 두 마리를 잃게 될 줄이야!"

그는 그 길로 서둘러 막옹에게 가서 알렸습니다. 그러자 막옹은 그 말을 듣고 버럭 성을 내면서 말했습니다.

"두 마리는 바로 네놈이 지키던 소가 아니냐! (…) 남들이 다들 네놈은 마냥 잠만 잔다고 하더라. 그런데 이제 보니 내 가축을 해치고 말았구나!"

막옹은 멜대를 가져와서 매질을 하려 들었습니다. 그러자 기아는 억울했던지 이렇게 변명을 둘러대었지요.

"범이 들이닥치면 소도 당해내지 못하는 법이쥬. 그런데 지가 그놈 하고 맞서서 구해 내라구유? 또 물 속은 소가 늘 있는 곳이쥬. 물결이 밀려

『소주청명상하도』에서 멜대를 매고 땔감이나 짐을 나르는 모습

드는 바람에 순간적으로 예상도 못한 사태가 벌어진 일이에유. 제 힘으
로 막을 수 있는 일이 아니잖아유!"

막옹은 그의 변명에 일리가 있다고 여겼습니다. 그러나 검소하게 지내
던 사람이 소 두 마리가 죽은 것을 어떻게 그냥 넘길 수가 있겠습니까?
씩씩거리면서 멜대로 열 대라도 매질을 할 기세였습니다. 그런데 기아가
애절하게 부탁하면서 용서를 빌지 뭡니까. 그래서 한 대는 봐 주기로 하
고 아홉 대까지 매질을 하고 나서야 손을 멈추는 것이었지요.[48] 기아는
눈물이 그렁그렁한 채로 초가로 들어가서 아픈 엉덩이를 문지르면서 말
했답니다.

"구석이니 뭐니 하더니만 궁뎅이를 아홉 번이나 맞고 말았네!"

----

48 【즉공관 미비】夢境甚奇幻. 꿈나라가 아주 기이하기도 하지.

그러면서도 이렇게 생각했지요.

'꿈에서 선비가 날더러 '이제는 멈추시라' 설득했었지. 그게 ⋯ 나한테
소를 맡지 말라는 소리였나? (⋯) '꿈은 현실 하고는 정반대'라고 하더니
꿈에서 복을 받으니 현실에서 재앙을 만나고 꿈에서 웃는가 싶었더니 현
실에서는 우는 꼴을 당하는구나! (⋯) 이 진언을 외우면서부터 밤마다
부귀영화를 누리는 꿈을 꾸더니 ⋯ 그래서 낮에는 낭패를 당한 거였어!
(⋯) 이제는 진언 따위 외우지 않을 테다 어디 어떻게 되나 두고 보자!'

그런데 뜻밖에도 이렇게 빈정거리면서 그 진언을 외우지 않더니 공포
가 엄습해 올 줄이야 누가 알았겠습니까! 이날 밤 꿈 속에서 범양공주
는 등에 악성 종기가 생기는 바람에 드러누운 채 꼼짝도 하지 못하는 것
이었습니다. 기화가 온 정성을 다해서 병 구완을 했지만 그래도 낫지 않
는 것이었지요. 그러자 나라에서 새로 벼슬길에 나온 하급 관리 두세 명
이 공주의 병세가 위태로우니 기화의 권세도 끝날 것으로 여기고 과거의
잘못들을 다 끌어 모아 그를 규탄하는 상소를 올렸지 뭡니까.[49] 거기다
가 그가 적을 막을 때 대책을 세우지 못했고 권세를 빌어 남의 공로를 가
로채 국왕을 속이고 나라를 그르치는 등의 잘못들을 저질렀다고 비판하
는 것이었습니다.

국왕은 국왕대로 상소문을 보고 버럭 성을 내었습니다. 언기화의 작위

---

49 【즉공관 미비】世情如此. 세상 민심이 늘 이런 식이다.

를 취소하는 한편 다시 저작랑의 관아에 복귀하는 것도 허락하지 않았지요. 뿐만 아니라 쇠사슬을 채워 큰 구덩이에 가두고 처벌을 기다리게 하는 한편, 공주는 따로 좋은 신랑감을 찾아 출가시켰습니다. 어명이 내려지자 힘 센 장사 둘이 은빛 사슬을 언기화에게 채우더니 두엄 구덩이 옆에다 밀어 넣는 것이 아닙니까 글쎄. 기화가 보니 더러운 똥이 낭자하고 악취가 참을 수 없을 정도였지요. 그는 한숨을 쉬면서 말했습니다.

"끝까지 부귀영화를 누릴 줄 알았더니 이런 낭패를 당할 줄이야! (…) 그 선비 말이 … 오늘 적중했구나!"

그러면서 자기도 모르는 사이에 울부짖으며 통곡을 하는 것이었지요. 그러다가 이쪽 현실에서 눈물을 글썽이면서 깨어난 그는 냅다 이렇게 내뱉었습니다.

"이런 얄궂은 노릇이 있나! 이번에는 이런 악몽을 다 꾸었구나!"

그리고는 가축들을 쳐다보았지요. 그런데 그 나귀가 절뚝거리다가 땅바닥에 드러눕는 것이 아닙니까. 채찍을 휘둘러도 일어날 줄 모르는 것이었지요. 그래서 나귀의 등과 목 사이를 보니 밧줄에 다쳐서 무척 큰 뾰루지가 잔뜩 나 있었습니다. 기아는 당황하면서 말했습니다.

"지난번에 소를 두 마리 잃어버리는 통에 흠씬 두들겨 맞았었는데 …

이번에는 이 녀석이 병이 들었구나! (…) 만에 하나 죽기라도 하면 이번에도 내 잘못이라고 할 게 아닌가!"

그는 서둘러 물을 길어 왔습니다. 이어서 썩은 살을 씻어 주고 싱싱하고 좋은 풀을 좀 뜯어서 먹였지요. 그리고는 낫을 들고 산 앞 땅에 가서 꼴을 벨 때였습니다. 웬 풀이 무척 억세어서 낫으로도 베어지지 않지 뭡니까. 성이 난 기아가 뿌리째 뽑았더니 흙째로 딸려 나오는 것이었습니다. 그런데 풀을 뽑은 자리에서 돌널이 드러났습니다. 그 풀의 뿌리는 그래도 돌널 틈 안까지 얽히고 섥혀 있었지요.

기아가 낫으로 널을 뜯어서 열었더니 널 밑으로 주위를 돌로 쌓아 만든 큰 움이 드러났는데 그 속에 금과 은이 꽉 차 있지 뭡니까요! 그것을 발견한 기아는 어쩔 줄을 모르고 눈을 비벼 대면서 말했습니다.

"벌건 대낮에 … 또 꿈을 꾼 거여 뭐여?"[50]

---

50 【즉공관 방비】蕉中鹿. '땔감 속 사슴'(개꿈)이로군.
   땔감 속 사슴[蕉中鹿] : '초중록(蕉中鹿)'은 참과 가짜가 뒤섞이고 득과 실이 얽혀 있는 헛된 꿈에 빗대어 한 말로, 『열자(列子)』「주목왕(周穆王)」에서 유래한 말이다. 그 내용에 따르면, 하루는 들판에서 땔감을 구하던 정나라 나뭇꾼이 무심코 쫓기는 사슴을 마주쳤다. 놀란 사슴이 어쩔줄을 모르는 틈을 타서 때려 죽이고 남들이 눈치챌까 두려워서 허둥지둥 물이 없는 구덩이 속에 감추고 땔감으로 가려 놓고는 기뻐서 어쩔 줄을 몰랐다. 그리고는 얼마 지나지 않아 그 자리에 대한 기억을 잃어 버린 그는 그것을 꿈으로 여기고 그 일을 노래로 흥얼거리면서 집으로 돌아왔다. 길에서 그를 본 어떤 사람이 그 노래대로 그 자리를 찾아가서 가려 두었던 사슴을 찾아내서 즐거운 마음으로 집으로 돌아 왔다고 한다. 여기서는 편의상 "개꿈"으로 번역하였다.

기아는 시선을 집중해 그곳을 응시했습니다. 그러자 풀과 나무와 돌과 햇빛과 구름 그림자 속에서 눈 앞에서 갯수를 똑똑히 셀 수 있을 정도였지요. 꿈이 아님을 직감한[51] 그는 당장 낫으로 풀 뿌리를 치켜 들면서 말했지요.

"앞으로 그 일은 안 해도 되겠군 그래!"

그는 쉰 여나믄 냥은 됨 직한 큰 은덩이를 손에 들더니 임시로 돌널을 덮었습니다. 그리고는 원래대로 흙과 풀로 덮어 놓고 그 길로 막옹의 집으로 막옹을 만나러 왔지요. 그는 직설적으로 물을 엄두가 나지 않아서 일단 막옹을 보고 말했습니다.

"지가 어르신 부탁으로 그동안 탈 없이 소를 쳐 드렸습니다요. 헌데 근래에 운이 나쁜지 일전에는 소 두 마리를 잃더니 이번에는 다리 저는 나귀까지 병이 들어서 제대로 관리를 못하겠네유. (…) 지금 큰 은을 한 덩이 드리겠습니다유. 어르신 뜻대로 당초 주신 삯을 빼고, 남는 것은 저한테 먹고 살 수 있도록 돌려주서유. 지가 따로 다른 집에서 방목을 맡을 수 있게 해 주서유!"

그 큰 은덩이를 본 막옹은 깜짝 놀라면서 말했습니다.

---

51 【즉공관 미비】將得財而夢臭穢, 吾人之解夢也. 재물을 얻을 때는 더러운 똥 꿈을 꾼다는 것은 인간들 방식의 해몽법이지.

"나 같이 밭뙈기나 부쳐 먹는 사람들이야 평생을 뼈 빠지게 아끼고 모아도 고작 자잘한 은 조각들 뿐으로 이런 큰 덩어리는 본 적이 없었다. (…) 너 … 대체 어디서 이걸 찾은 게냐? (…) 네가 외간사람들 하고 작당해서 국법에 어긋나는 못된 짓을 저지른 건 아니냐? 냉큼 분명히 말해라! 내력이 불분명한 재물이라면 네놈을 관아에 끌고 가서 은 덩이의 행방을 추궁하게 해야겠다!"

"말씀 드릴께유. 이런 물건이 아주 많아유. 지는 그냥 그 중에 하나만 본보기로 가져 왔을 뿐이라구유!"

"어디에 있는데?"

막옹이 놀라서 말하자 기아가 말했지요.

"산기슭 어떤 곳에 있슈. 지가 풀을 베다가 발견한 거에유. 지금은 돌 널로 덮어 놨구유."

그것이 장물임을 눈치챈 막옹은 서둘러 기아에게 소문을 내지 말도록 이르고 은밀히 기아와 함께 그곳까지 갔습니다. 그랬더니 기아가 막옹에게 가리켜 보이는 것이었지요. 그래서 돌널을 열어서 보았더니 정말로 움 가득 금과 은이 들어 있는 것이 아닙니까! 개수는 일일이 셀 수조차 없을 정도였지요. 발을 동동 구르며 기뻐하던 막옹은 기아의 등을 두드리면서 말했습니다.

"애야, 이 만큼의 금과 은이라면 나 하고 너 둘이 평생을 쓰고도 남을
정도란다! (…) 이제는 소를 봐 줄 필요도 없다. 내 장원에서 편안하게
차와 밥을 먹으면서 장부 관리나 해 다오. 이 소들은 … 따로 사람을 사서
관리하게 하자꾸나!"[52]

이렇게 의논한 두 사람은 풀더미로 움 안팎을 어지러운 풀로 꼭꼭 채
웠습니다. 그리고 그 안에는 움에 보관하곤 하는 예삿 물건들을 넣어 놓
았지요. 그리고 나서 막옹은 앞서 걷고 기아는 그것들을 등에 진 채 그
뒤를 따랐습니다. 그리고는 집안까지 운반해 잘 부려 놓고 아까처럼 다
시 방금 전과 같은 방법으로 챙겨 왔답니다. 그렇게 여러 번을 나른 끝에
돌 움은 속이 텅 비게 되었지요.

집에 온 막옹은 몹시 기뻐하면서 따로 종을 하나 불러 소들을 수습하
게 했습니다. 그리고 그날 밤 바로 기아를 집에 남아 머물게 해 주었지
요. 기아의 침상도 일체를 모두 바꾸어 주었답니다. 그러자 기아는 생각
했습니다.

"간밤에 꿈에서 애를 먹었는데 뜻밖에도 두엄 구덩이가 횡재를 만날
운이어서[53] 오늘은 되려 이득을 보았구나! (…) 정말로 꿈은 현실 하고

---

52 【즉공관 방비】幷主公別降矣. 주공과 나란히 '다른 집으로 출가'하는 셈이로군!
53 【즉공관 미비】凡事俱看銀子面. 그 모든 것이 은자를 보고 한 일이다.

정반대였어. 내가 꿈 속에서 부귀영화를 누리면 뭘 하겠어? 이제 다섯 글자의 그 진언도 외우지 말자!"

　그날밤 잠이 들었을 때였습니다. 기아가 꿈에서 보니 국왕이 언기화의 가산을 수색해 모조리 몰수하고 그를 양제원[54]에 보내서 지내게 하지 뭡니까! 그런데 가만 보니 왕년에 말 고삐를 잡았던 그 선비가 큰 소리로 이렇게 노래를 부르면서 다가오는 것이었습니다.

지는 잎은 가지를 떠나는 법인데	落葉辭柯,
인생이 어떠 하더뇨?	人生幾何.
여섯 나라 싸우는 통에 사람 피 흥건히 흐르고	六戰國而漫流人血,
신비의 세 산[55]은 만경 창파 너머 멀리 있네.	神山而杳隔鯨波.
밝은 구슬 엄청나게 가졌다 자랑하며	任誇百斛明珠,
심모원려를 낸다마는	虛延遐筭,
만약 맛난 술 한 잔이라도 있다면야	若有一卮芳酒,
일단 함께 우렁차게 노래부터 부르리라.	且共高歌.

　노래를 듣던 기화는 그 사람을 알아보고 가로막더니 말했습니다.

54　양제원(養濟院) : 중국 고대에 부양할 가족이 없는 과부·홀아비·고아·독신자들을 수용하던 시설.
55　신비로운 세 산[三神山] : 중국 고대 전설에서 신선들이 사는 것으로 전해지던 산동반도 동쪽 바다의 세 산을 말한다. 일반적으로 봉래(蓬萊)·방장(方丈)·영주(瀛洲)의 세 산을 가리킨다.

"지난번에 선생의 가르침을 받았으나 제대로 따르지 못 했쥬. 헌데 오늘 여기에 오셨네유! (…) 저를 구하실 좋은 방법이라도 있으신감유?"

그러자 그 선비는 당황도 하지 않고 이렇게 네 마디를 내뱉었습니다.

뒤집히고 또 뒤집히니	顚顚倒倒,
언제나 그 국면이 끝나려나?	何時局了.
칠원[56]을 만나고 나면	遇着漆園,
그대도 깨닫게 되리라!	還汝分曉.

그 말을 마친 선비는 표연히 그 자리를 떠나는 것이었습니다. 기화는 그를 부여잡고 놓지 않다가 그가 두루마기 소매를 뿌리치는 바람에 균형을 잃고 그대로 넘어지고 말았습니다. 그 바람에 바로 놀라서 잠을 깨고 말았지요. 그는 눈을 뜨더니 말했습니다.

"그래도 됐다, 됐어! (…) 갈수록 희망이 없게 되어서 양제원까지 갈 팔자였으니…"

---

56 칠원(漆園) : 중국 고대에 국가에서 정책적으로 옻나무를 재배하던 농원. 춘추전국시대에 중국에서는 제후국들이 저마다 옻나무 농원을 운영했으며 이를 관리하고 옻칠을 제작하는 관리인 '칠원리(漆園吏)' 또는 '칠원색부(漆園嗇夫)'를 두었다. 전설에 따르면 전국시대의 사상가인 장주는 송나라 몽현(蒙縣)에 있는 칠원을 지키는 관리를 지냈다고 한다. 때로는 이를 지명으로 보아 그 위치를 지금의 하남성 상구시(商丘市) 북쪽, 산동성 하택시(荷澤市) 북쪽, 안휘성 정원현(定遠縣) 동쪽 등으로 비정하기도 한다. 여기서는 칠원리를 지낸 장주를 가리키는 말로 사용되었다.

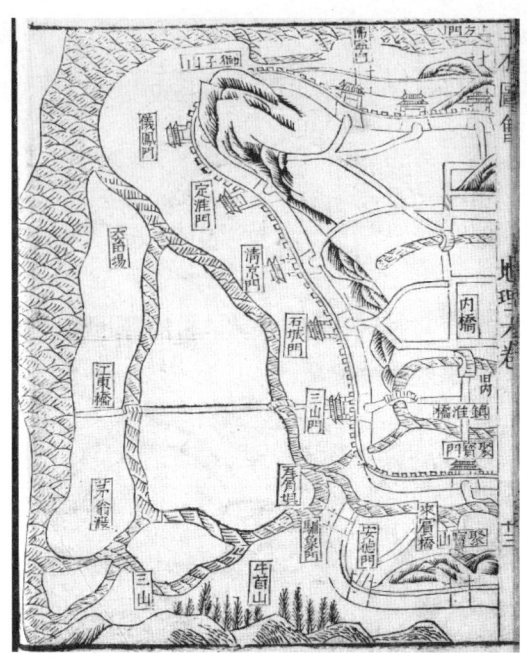

『삼재도회』의 명대 응천부(남경) 지도. 가운데에 삼산문(三山門)으로부터 가로로 길게 조성된 삼산가가 보인다

그리고는 얼마 지나서 막옹이 본채로 왔습니다. 알고 보니 막옹은 금과 은을 얻자 밤에 아내에게 이렇게 이야기해 주었지요.

"이건 모두 기아 덕분 찾아낸 것이니 그 공을 잊을 수가 없소. (…) 나와 당신한테는 자식이 없어서 가산을 줄 데가 없지. 그런데 지금 뜻밖에도 엄청난 금과 은이 생겼구려. 그 아이한테서 얻을 만한 것이야 없겠지만서두 … 차라리 그 아이를 양아들로 들이는 것이 좋겠어!⁵⁷ 재산을 그

---

57 【즉공관 미비】親之如兄, 所以愛之如子. 형 만큼 가까운 사이이기에 이렇게 사랑하는 게지.

아이한테 맡기고 살림을 하게 해 줍시다. 그 아이가 늙은 우리를 봉양해 준다면 그거야말로 우리에게 받은 은혜를 갚는 것 아니겠소?"

"일리 있는 말씀이유! 우리한테 지금 대를 이을 아이가 없는데 다른 데서 난데없이 구해 와서 재산을 맡겨야 한다면 우리로서도 달갑지만은 않지요.[58] (…) 지금 기아라는 아이 … 아주 많은 금과 은을 우리 집에 넘겨 주었으니 이참에 아들로 받아들이고 우리 재산을 넘겨 줍시다. 어쨌거나 그 아이 것이 우리 것보다 많으니 과분한 건 아니니께!"

이렇게 의논을 한 막옹은 그 길로 안채를 나와서 그 뜻을 기아에게 일러 주었습니다. 그러자 기아가 말하는 것이었지요.

"그건 … 지한테는 황공한 일이쥬! 지가 어디 그 일을 감당할 수가 있겠어유?"

"그렇게 하지 않는다면 … 이것들을 내가 무슨 명분으로 받겠느냐? (…) 우리 두 늙은이가 밤새 의논하고 나서 결정한 것이니 거절하면 안 되느니라!"

그러자 기아에게는 대꾸할 말이 없었지요. 그는 그 자리에서 고개를

---

58 【즉공관 미비】是女人的話. 부녀자들이 하는 말이지.

숙이고 네 번 절을 하고 안채로 들어가서 노마님에게도 절을 했습니다. 그리고 성과 이름을 '막계莫繼'로 바꾸고 막 씨댁 장원의 양아들이 되었답니다.

본래는 나귀들 틈에서 자란 아이가	本是驢前厮養,
이제는 부잣집 양자가 되었구나.	今爲舍內螟蛉.
어쩌서 각별히 가깝고 따뜻하게 대해 주었노?	何緣分外親熱.
오로지 가득 찬 황금 보고 그런 거란다.	只看黃金滿籯.

그런데 이 날 이후로는 밤에 잠이 들기만 하면 험악한 꿈을 꾸는 것이었습니다. 불에 타거나 물에 잠기는가 하면 도적에게 강도를 당하거나 관가에서 형벌을 받는 꿈이지 뭡니까요. 그래서 처음에는 속으로 이렇게 생각했지요.

'꿈은 좋지 않지만 해가 뜨면 좋아지것지. 낮에 생고생을 하던 지난번 하고는 다를 거야!'

하면서 아주 자신이 만만하지 뭡니까. 그런데 밤이면 밤마다 그런 식으로, 번번이 가위에 눌려 깨지 못하는 것이었지요. 그제서야 당황하면서 이전처럼 다섯 글자의 그 진언을 외워 보았습니다마는 그래도 별로 효험을 보지 못했답니다. 왜인지 아십니까? 오로지 재물과 이득에 집착하면서 자신과 집안을 생각하는 일이 잦아지고 수시로 도둑을 맞거나 화재를 당하지 않으려고 궁리하곤 했기 때문이지요. 그러다 보니 자연히 마음이 들떠 있기가 일쑤였습니다. 그러니 목동 일을 할 때처럼 아무 시름도 없이 배불리 먹고 편히 자며, 밤이면 밤마다 꿈 속을 노닐면서 왕후장상의 즐거움을 누릴 때와 어떻게 같을 수가 있겠습니까?[59] 막계는 예전의 그 꿈나라로 가 보려고 애썼습니다. 그러나 다시는 그렇게 할 수가 없었지요. 그래서 속으로 어리둥절해져서 술에 취한 듯 무엇에 홀린 듯 하더니만 급기야 병까지 들고 말았지 뭡니까![60]

그의 그런 모습을 본 막옹은 의원을 수소문해서 그 병을 고쳐 주려고 애썼습니다. 그런데 가만 보니 대문 앞에서 머리 양쪽으로 상투를 튼 웬 도인이 다가오더니 자신이 '인간세상의 얼이 달아난 병을 잘 고친다'고 말하는 것이었습니다. 막옹은 그를 거실로 맞아들인 다음 막계를 불러내서 인사를 시켰지요. 그런데 알고 보니 그는 바로 왕년에 진언을 전수해 주었던 바로 그 도인이었지 뭡니까 글쎄! 그는 막계를 보더니 말했습니다.

"너는 꿈을 아직 깨지 않았느냐?"

"사부님! 사부님께서 전에 가르쳐 주신 진언을 저는 잊은 적이 없습니다요. 다만…, 지난번에는 그 진언을 외우면 밤마다 써 먹을 수가 있었습니다. 그런데 나중에는 밤에 좋은 일이 많아져서 낮의 나쁜 일에 대응하

---

59 【즉공관 미비】觀者着眼. 보는 분들은 주의해야 할 일이다.
60 【즉공관 미비】飽病難醫. 병이 깊어져 고치기 어렵게 되었구나.

느라 한 동안 외울 엄두를 내지 못했지요. 그랬더니 어느 사이에 더 이상 즐거운 꿈을 꾸지 못하게 되었지 뭡니까요. (…) 지금은 아무리 외우고 또 외워도 아무 쓸모가 없게 돼 버렸답니다. 이게 어찌 된 영문인지 모르겠어요!"

그러자 그 도인이 말했습니다.

"그 다섯 글자의 진언은 바로 '밤을 지배하는 신의 주문[主夜神呪]'이니라. 『화엄경』[61]에서 이르기를 '선재동자'[62]가 선지식을 만나고 염부제 마갈제국의 가비라성에 이르러 밤을 지배하는 신을 만났는데 이름이 '바산바연저'였다. 신은 말하기를, 나는 보살이 온갖 중생의 집착과 어둠을 깨뜨리는 법을 터득하여 광명과 해탈을 얻었다고 하였다[善財童子參善知識, 至閻浮提摩竭提國迦毘羅城, 見主夜神名曰婆珊婆演底. 神言, 我得菩薩破一切生痴暗法, 光明解脫]'라고 했느니라. 그래서 주문을 받들어 백번을 외우면 기쁜 꿈을 만들어낼 수가

---

61 『화엄경(華嚴經)』: 불교 경전의 일종. 화엄종의 대표적인 경전으로, 정식 제목은 『대방광불화엄경(大方廣佛華嚴經)』이다. "법성은 본래 순결하다[法性本淨]"라는 인식에 입각하여 우주의 일체의 현상들은 모두가 '청정심(淸淨心)'으로부터 인연에 따라 생기는 것이라고 해석하였다. 이 같은 해석에 따라 마치 티끌 속에 세계가 담겨 있고 찰나 사이에 영원이 깃들어 있는 것처럼 객관적으로 존재하는 세계를 주관적인 정신의 산물이라고 주장하였다. 경전의 내용은 오랜 세월동안 모이고 엮어졌는데 대략 2~4세기에 남인도를 시작으로 서북인도·중인도로 확산되고 다시 동남아 각국과 중·한·일 세 나라에까지 전파되어 아시아인들의 정신문화에 큰 영향을 주었다.
62 선재동자(善財童子): 『화엄경』「입법계품(入法界品)」에 나오는 젊은 구도자의 이름. 태어날 때 온갖 보물이 다 쏟아져 나왔다고 해서 '선재(善財)'라는 이름을 지어 주었다고 한다. 문수보살(文殊菩薩)의 교화를 받아 각지를 편력하면서 53명의 선지식(善知識)을 방문하고 마지막으로 보현보살(普賢菩薩)을 만나면서 비로소 성불했다고 하여 대승불교에서 '즉신성불(卽身成佛)'의 실례로 자주 언급된다.

있지. (…) 지난번에 보니 네가 몹시 괴로워하길래 꿈에서라도 즐겁게 지내게 해 주려 한 것이다. (…) 네가 이제는 낮에 큰 부귀영화를 누리려 드니 밤에는 두렵고 무서운 일들을 당할 수밖에!⁶³ 그건 필연적인 이치 이니라. 인간세상에는 좋은 일이 있으면 어김 없이 나쁜 일도 있고, 번성 이 있으면 어김 없이 쇠락이 뒤 따르기 마련이다. 너도 지난번 꿈에서 보 지 않았느냐?"

그 말에 큰 깨달음을 얻은 막계는 넙죽 엎드려 큰 절을 하더니 말했습 니다.

"사부님! 소생 이제야 세상에는 완벽한 것은 없다는 것을 깨달았습니 다! (…) 부귀영화를 누린들 무슨 소용이 있겠습니까? 따지고 보면 제가 예전에 왕후에 봉해지고 장군에 배수된 경우와 마찬가지인 것을요. 차라 리 사부님을 따라 출가하는 편이 낫겠습니다!"

그러자 도인이 말하는 것이었지요.

"나는 바로 남화 노선南華老仙께서 칠원에 계실 적에 두었던 수제자이니 라. 노선께서는 네가 도인의 자질을 지니고 있다고 하시면서 특별히 나 를 보내 너를 깨우치게 하셨느니라! (…) 네 전생의 모습들을 보았으니

---

63 【즉공관 미비】一部南華. 그야말로 한 편의 『남화경』이로군.

이제는 어서 돌아가도록 하자꾸나!"

전남 여수 흥국사(興國寺)『수월관음도(水月觀音圖)』 속의 선재동자. 총각머리를 하고 있다

막계는 그래서 막옹 내외에게 그 경위를 이러쿵저러쿵 다 이야기해 주었지요. 두 사람은 진선眞仙이 그를 깨우치러 온 것을 알고 나니 막계를 말릴 수가 없었습니다. 게다가 그가 떠나면서 헤아릴 수조차 없을 정도로 많은 금은보화를 남겨 주었으니 두 사람이 그것을 다 쓰고도 남을 정도였지요. 그러니 보내 주지 않을 이유가 어디 있겠습니까? 그가 뜻대로 하도록 들어 주는 수밖에 없었지요.

막계는 늘어뜨린 머리를 돌돌 말아 상투 두 개를 튼 다음 도인을 따라서 정처 없는 구름처럼 그곳을 떠났답니다. 나중에는 그의 행방을 알 수 없게 되었지요. 아마도 신선이 되어 진리를 터득하고 천상으로 떠난 것이 분명합니다. 손님들께서 믿지 못 하시겠다면『남화진경南華眞經』을 한번 보도록 하십시오. 이 인과因果에 관한 이야기가 다 들어 있으니까요!

이야기를 다 들려 드렸으니 일단 이번 마당은 마무리 하도록 하겠습니다.[64]

늘 그놈의 노파심 때문에 　　　　　　　　　總因一片婆心,

낮에는 미친 사람에게 꿈 이야기 하곤 했지. 　日向痴人說夢.

그 과정에서 진리를 깨달았으니 　　　　　　此中打破關頭,

깨우침에 무슨 계기가 필요하겠나! 　　　　棒喝何須拈弄.

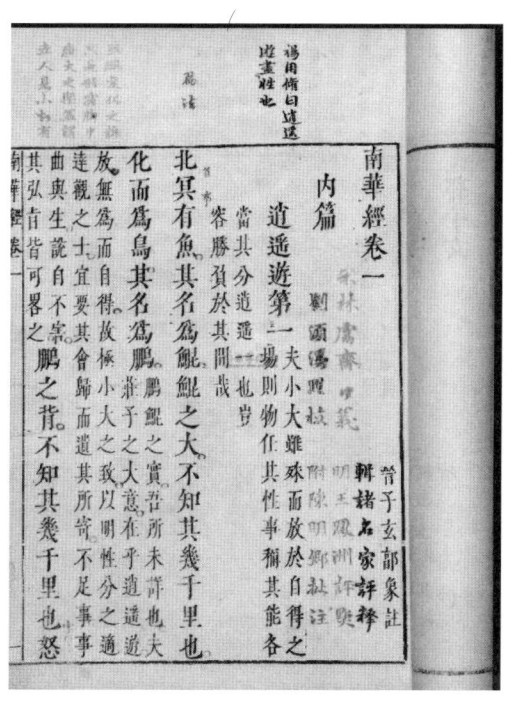

명대 만력(萬曆) 연간의 4색 인쇄본 『남화진경』

---

64 이야기를 다 들려 드렸으니 일단 이번 마당은 마무리 하도록 하겠습니다[話本說徹, 權作散場] : 송·원대 이야기꾼의 상투적인 표현. 여기에 사용된 '일단은[權]'이라는 표현을 통하여 중국 근세의 설화(說話) 공연장에서 길이가 긴 이야기는 중간중간에 휴식시간을 안배하거나 여러 대목으로 쪼개어 연출했음을 짐작할 수 있다. 하나의 이야기를 여러 대목으로 쪼개는 이 같은 연출 기법의 목적이 추가적인 이윤 창출에 있었을 것임은 물론이다.

제20권

가 염방이 공문을 위조해 사돈을 속이고
상공보가 저승에 가서 강변을 순시하다

賈廉訪贋行府牒 商功父陰攝江巡

해제

송대의 제로염방사諸路廉訪使 가모賈謀는 물욕이 강하고 간계를 많이 썼다. 그 고을의 상商 지현은 부유했으나 부인과 사별하고 첩을 두고 있었다. 슬하에는 아들이 둘 있었으나 나이가 어리고 딸은 아직 출가하지 않은 상태였다. 가모는 상 지현에게 재산을 관리할 사람이 없는 것을 보고 그 딸을 아내로 들여 재산을 가로채려 한다. 나중에 지현이 죽고 그 첩이 혼자 재산을 관리하자 지현의 딸은 마음을 놓지 못해 수시로 본가로 와서 어린 동생들을 살피고 재산을 확인한다. 그러던 어느 날, 어떤 승국承局이 상 씨댁에 와서 공문을 보이고 금은으로 만든 기명들을 빌려간다. 지현의 첩은 함부로 결정을 내리지 못하고 의논하기 위해 가 씨댁에 사람을 보낸다. 그런데 가모는 독단적으로 승국이 요구하는 금은 기명들을 내 주게 하고 지현의 첩은 하는 수 없이 그 결정을 따른다. 며칠 뒤에 본가를 찾은 지현의 딸은 집안 물건들을 확인하다가 깜짝 놀라며 어찌 된 영문인지 묻는다. 그러나 가 씨댁에서 발뺌을 하자 첩은 남이 훔쳐 간 것으로 여기고 그 사실을 관아에 고발하고 집포사신은 수사에 착수하지만 한 동안 사건을 해결하지 못한다. 나중에 알고 보니 그 물건들을 빼돌린 범인은 가모임이 밝혀진다. 그는 금은 기명들을 손에 넣은 뒤 그것들을 녹여 형태를 바꾼 다음 전당포에 처분한다. 전당포 주인은 의심을 품으면서도 증거가 없어서 그냥 넘기고 만다. 20년 뒤에 가 씨댁 부자는 차례로 병으로 죽고 상 씨댁 아들은 장성하여 성인이 된다. 차남 상무商懋는 제법 재능이 있고 과부인 지현의 딸이 멀지 않은 곳에 살아서 서로 왕래하며 가깝게 지낸다. 그러던 어느 날, 상무는 갑자기 병을 얻었는데 의식이 몽롱한 동안 저승에서 가혹한 형벌을 받고 있는 가모를 만난다. 가모가 그제서야 자신의 잘못을 자백하자 의식을 되찾은 상무는 선행을 베풀며 종교에 귀의한다.

이 이야기는 홍매『이견지 보』권20에 소개된「가 염방賈廉訪」이야기를 소재로 지어졌다.

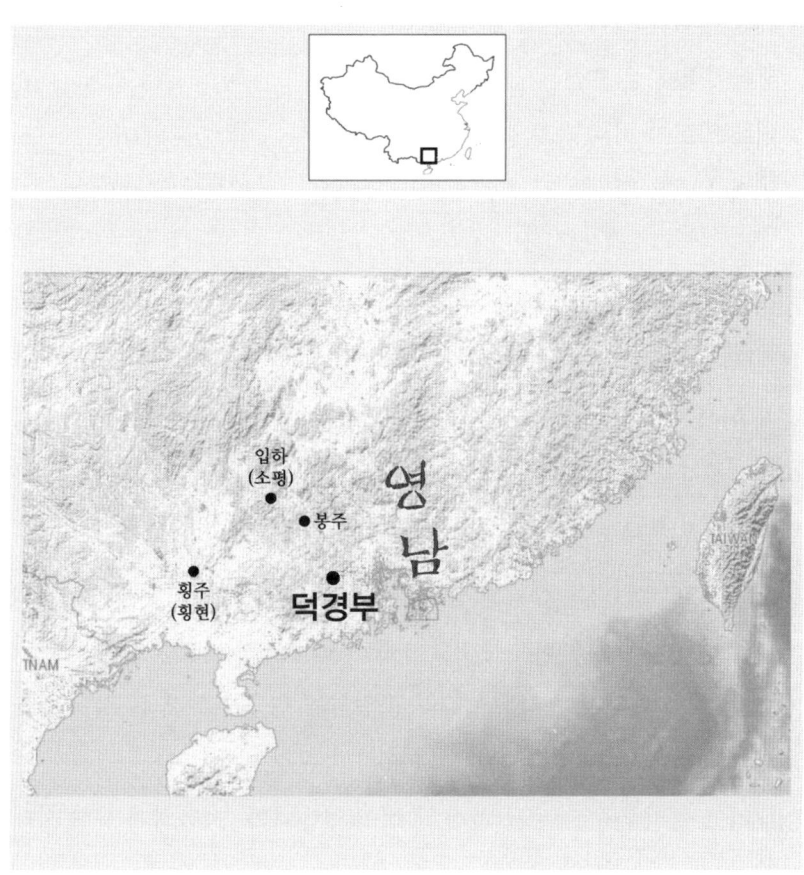

입하
(소평)

봉주

영
남

횡주
(횡현)

덕경부

TAIWAN

TNAM

번역

이런 시가 있습니다.

세상 사람들 사귀자면 황금이 있어야 하나니	世人結交須黃金,
황금이 많지 않으면 사귐이 깊지 못 하더라.	黃金不多交不深.
비록 말로야 친분 맺고 잠시 내왕하더라도	總令然諾暫相許,
언제나 마음 멀기가 길 가는 나그네 같더라.	終是悠悠行路心.

이 네 구절은 바로 당나라 사람의 시[1]입니다. 세상에서 대부분의 사교는 권세와 이득을 노린 것으로, 황금이 없이는 서로가 친분을 쌓을 수 없음을 이야기한 것이지요. 그러나 이 의미조차 가볍게 이야기한 것이랍니다. 세상 사람들이 황금을 보기만 하면 그동안 내왕이 있던 사람조차 아랑곳하지 않는다는 것까지는 알지 못했으니까요. 내왕은 고사하고 아무리 가까운 피붙이라도 재물에 연연하면서 마음을 바꾸고 머리를 굴리며, 얼굴을 맞댄 상태에서조차 당신을 우롱하고 당신을 해치려 들기 마련이지요. 친척을 위해서 은자도 마다하고 일하는 경우를 언제 본 적이 있습니까?[2] 친척이 잘 사는 것을 보기라도 하면 온갖 방법을 다 동원해서 뜯어내려고 들지 않는 경우를 언제 본 적이 있습니까? 예측하지 못한 사태

---

1 당나라 사람의 시[唐人之詩] : 당대 중기의 시인 장위(張謂, ?~?)가 지은 7언 절구(七言絕句) 「제장안벽주인(題長安壁主人)」을 가리킨다. 장위는 자가 정언(正言)으로, 하내(河內) 사람이며, 시어가 정련되고 의미가 심장하며 격률을 중시한 것으로 유명하다. 이 시는 당대 중기에 장안의 어떤 상인 집에 머물 때 벽에 쓴 것이라고 한다.

2 【즉공관 미비】最透世情. 세태에 아주 밝군.

들을 당하여 어려움에 처했을 경우에도 평소에 가깝게 지내던 사이일수록 처음부터 일단 당신을 속이려 들곤 합니다.

직예[3] 상주부[4]의 무진현[5]에 성이 진陳 이름이 정定인 어떤 부자가 살았습니다. 그에게는 본처와 소실이 있었는데, 본처는 소巢씨이고 소실은 정丁씨였지요. 본처는 이미 중년으로 접어들었고 소실은 그래도 젊은 나이였습니다. 진정은 평소 정분이 소씨에게는 좀 덜하고 정씨에게는 좀 두터웠지만 그럭저럭 집안이 평안하고 탈이 없었지요. 소씨에게는 소대랑巢大郞[6]이라는 동생이 하나 있었습니다. 못된 짓이나 일삼는 자인데, 자형과 누이의 비위를 맞추어 주는 데에는 도사였지요. 그런데 진정이 그에게 집사 일을 맡게 해 주자 그는 집 안팎으로 권력을 휘두르면서 온갖 방법을 다 써서 남들을 무시하고 우롱하곤 했습니다. 그래서 자형에게 변고라도 생겨서 얻어내거나 쓰기에 수월해져서 그것으로 치부하기만 간절히 바라고 있었지요.

그러던 어느 날이었습니다. 소씨가 우연히 병이 들었지 뭡니까. 일반적으로 사람이 병을 앓으면 성미가 괴팍해지기 쉽습니다. 거기다가 남편

---

3 직예(直隸) : 명대에는 '양경제도(兩京制度)'를 시행하여 황제의 직할지인 직예가 북경을 행정 중심지로 한 '북직예'와 남경을 행정 중심지로 한 '남직예'로 구분 운영되었는데, 여기서는 '남직예'를 말한다.
4 상주부(常州府) : 명대에 남직예에 속한 도시 이름. 지금의 강소성 상주시에 해당한다.
5 무진현(武進縣) : 명대의 지명. 지금의 강소성 상주시 무진구(武進區)에 해당한다.
6 대랑(大郞) : 명대에 한 집안의 장남을 부르던 호칭. 여기서 소대랑은 소씨의 동생이지만 아들로서는 첫째이기 때문에 '대랑'으로 부른 것이다.

에게 소실이라도 있으면 더더욱 의심이 생기기 쉽지요. 그래서 그녀는 걸핏하면 심사가 뒤틀려서 이렇게 말하는 것이었습니다.

"내가 죽어야지! 그래야 당신들이 편안하고 즐거워져서[7] 당신들 눈엣가시 신세를 면하겠지!"

진정도 사내는 사내였습니다. 그렇다 보니 본처가 병으로 몸져 누운 것을 보면서도 유난히 소실과 닭살 돋는 행각을 벌이는 일이 더러 있었지요. 결국 소씨가 참다 못해 날마다 화를 내고 욕을 퍼붓는 지경에 이르고 말았답니다.

아무래도 진정과 정씨에게 재수가 없으려고 그랬던 걸까요? 평소에 멀쩡하게 잘 지냈으면 소씨가 환자인 것을 감안하여 좀 참았으면 그만이었을 겁니다. 그런데 진정은 그녀가 바가지를 긁자 대꾸를 몇 마디 해 버렸지 뭡니까. 그러자 소씨는 병이 든 틈을 타서 죽네 사네 하면서 한 바탕 난리를 부렸습니다. 진정은 진정대로 기분이 언짢아졌는지 더 이상 그녀의 상태를 살피러 오지 않았지요. 이렇게 해서 소씨는 이때부터 병세가 악화되기만 하고 나아질 줄을 모르는 것이었습니다. 당황한 진정이 치료를 합네 기도를 드립네 온갖 애를 다 썼지만 아무 효과도 없었지요. 정씨 역시 정성껏 병구완을 했습니다마는 병이 악화되는 바람에 결국 일어나기는커녕 숨이 져 버리고[8] 말았지 뭡니까요 글쎄!

---

7 【즉공관 방비】原自厭隙. 처음부터 미워하고 틈이 있었군.
8 숨이 져 버리고[嗚呼哀哉] : '오호애재(嗚呼哀哉)'는 고대에 제사를 지낼 때 낭독한 제문

진정은 평소 집에서 배 부르고 등 따숩게 지내면서 본처에 소실까지 두는 복을 누렸습니다. 그래서 동리의 이웃들 중에는 그를 몹시 싫어하는 사람도 많았지만[9] 그를 보고 싶어 하는 사람들도 적지 않았지요. 그러다가 이번에 그 본처가 죽었다는 소식을 듣고 그가 본처가 병치레를 할 때 다툰 일을 아는 자가 소대랑을 이렇게 부추겼지요.

"들자니 소형 누님께서 돌아가신 것이 시앗싸움 때문이라면서요. 소형은 동생이면서 어째서 누님의 목숨값을 보상받는 소송을 제기하여 그를 고발하지 않습니까? 소형이 송사를 제기하기만 하면 우리 이웃들이 댁의 누님의 죽음의 진실을 밝히는 데에 증인으로 나서도록 하겠습니다! 사람들이 부수입도 좀 … 챙기고 말입니다."

소대랑은 영악한 자였습니다. 그래서 바로 이렇게 말했지요.

"나는 종일토록 자형 집에서 동분서주 하면서도 얼굴 한번 붉힌 적이 없구려. 차라리 … 여러분은 관아에 출두하겠다고 목소리를 높이고 나는 뒤에서 좋은 사람 행세를 하는 편이 낫습니다. 그렇게 되면 내 말대로 처벌이 내려져서 내가 여러분을 돕기가 한결 수월해질 겝니다. 다만…, 여러분이 좀 강경하게 밀어붙여야 합니다. (…) 관아로 사건을 가져 가야

(祭文)에서 망자의 죽음을 애도하는 비통한 감정을 나타내는 데에 상투적으로 사용하는 표현으로, "아아, 슬프구나!" 정도로 번역할 수 있다. 중국의 전통 소설이나 희곡에서는 죽음을 완곡하게 표현하는 말로 사용되기도 하였다.

9 【즉공관 미비】□爲之災. □로 인한 불행이로군.

큰 돈을 벌 수가 있으니까! 무조건 지나치게 말을 해 주시기만 하면 …
공평하게 절반을 나누어 드리지요.”

“그거야 물론이지요!”

두 사람은 그렇게 양쪽 다 계약서를 작성했습니다. 그리고 나서는 정
말로 이웃에서 일이 터지기를 바라고 남 잘 되는 꼴을 못 보는 서너 사람
을 모아[10] 진정의 집으로 쳐들어 가더니 큰소리로 말했지요.

“사람이 의문의 죽음을 당했으니 관아의 판결을 거쳐야 옳소. 그 전에
는 입관하면 안됩니다!”

그런데 소대랑은 오히려 안에서 그들을 말리면서 은밀히 진정을 보고
말하는 것이었습니다.

“저는 친동생인데도 아무 이의가 없습니다. 외간사람들을 두려워 할
필요가 있겠습니까?”

그래서 진정이 고마워하면서 말했지요.

---

10 【즉공관 미비】世間無此輩, 天下治平矣. 세상에 이런 무리만 없다면 천하가 다스려지고
   평안해질 것을!

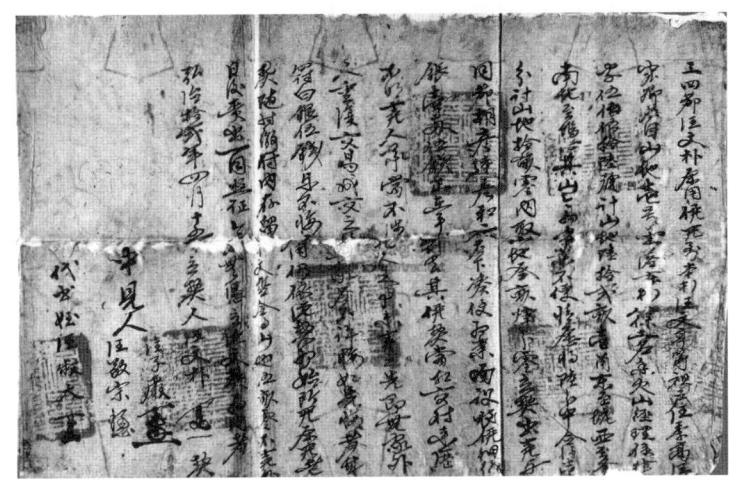
명대의 계약서 예시. 홍치 12년(1499)에 작성된 것으로 되어 있다

"마음씨 좋은 우리 처남! (…) 처남이 저 작자들 몰아내면 내가 단단히 사례를 함세!"

그러자 소대랑은 즉시 목소리를 높여 말하는 것이었습니다.

"제 누님은 병으로 돌아가셨습니다! 동생인 제가 여기에 있는데 굳이 여러분들이 나서실 필요가 있겠습니까?"

그러나 이웃사람들은 다들 그 속을 잘 알고 있었습니다. 그래서 소대랑이 착한 사람인 척 둘러 대는 말임을 눈치채고 일부러

"당신이야 이기적으로 자형 회유를 받아서 우리를 쫓아내려 하나 본

데 우리도 다 하소연 할 데가 있소이다!"

하고 떠들썩하게 소란을 떨다가 뿔뿔이 흩어지는 것이었습니다.

　진정은 속으로 소대랑에게 무척 감격했습니다. 물론 그가 몰래 이웃과
내통해서 벌써 스스로 무진현에 출두한 사실을 알 리가 없었지요.

　무진현의 지현[11]은 욕심이 많은 자였습니다. 그런데 그때 마침 어떤
고향 사람이 그곳에서 돈을 뜯으러 왔는데 미처 돌려보내지 못하고 있었
지요. 그 사람은 이 고소장에 사람 목숨이 걸려 있는 것을 발견했습니다.
게다가 '진정'이 부자의 이름인 것도 눈치를 채고 그에게서 무엇이라도
좀 긁어내기로 작정했지요. 그래서 그 고향사람을 돌려 보내고[12] 즉시 그
고발장을 접수했습니다. 그리고는 명령패를 뽑더니[13] 진정을 체포해 관
아로 끌고 오게 해서 다짜고짜 감옥에 가두었지요. 당황한 진정은 다급

11　지현(知縣) : 중국 중세·근세의 관직명. 송대에는 중앙 정부의 관리를 현의 장관으로 내
　　려 보내 그 행정을 관장하게 하고 그들을 '지현사(知縣事)'라고 불렀다. '지현사'란 '현의
　　일을 보살핀다'라는 뜻으로, 보통 '지현(知縣)'으로 약칭하였다. 명·청대에는 현의 정식
　　장관으로 삼았으나 품계는 정7품(正七品)으로 상당히 낮아서 속칭 "깨알 같은 7품 벼슬
　　아치[七品芝麻官]"로 일컬어지곤 하였다.
12　【즉공관 미비】奸縣官! 是處皆作興此道矣. 간교한 현령 같으니! 이런 때에 어김 없이 이런
　　수법을 벌이지.
13　명령패를 뽑더니[僉牌] : 명대에 관청의 수장이 특정인이나 범죄 용의자를 소환·체포·
　　심문해야 할 때 대나무로 만든 신주(神主) 모양의 명령패를 뽑아 아전이나 포졸에게 건
　　네서 그것을 신표로 삼아 상부의 명령을 집행하게 하였다. 지금도 『포청천(包靑天)』 등
　　의 중국 사극에서는 판관이 명령패를 뽑아 던지는 장면을 자주 찾아볼 수 있다. 상우당본
　　원문(제988쪽)에는 '뽑다'의 글자가 '고를 첨(僉)'으로 되어 있지만 일반적으로 '찌 첨
　　(簽)'을 사용하는 것이 보통이다.

하게 소대랑을 감옥 문 어귀로 부르더니 그에게 따지고 '어서 분상[14]을 찾아 달라'고 요구했지요. 그러자 소대랑은 그가 속임수에 걸려 들었다 싶어서 말했습니다.

"분상이야 필요하긴 하지만 … 당초 고발한 사람들한테 좀 뿌려야 됩니다. 그래야 그들이 항소하지 않겠지요. 그렇게만 되면 거리낄 것도 없이 위기를 벗어날 수가 있습니다."

"무조건 처남 말대로 하겠네. 원하는 만큼 글을 적어서 소실한테 적어 보내겠네. 부른 액수대로 처남한테 주라고 말이야!"[15]

그러자 소대랑이 말하는 것이었습니다.

"그건 … 액수를 정하기가 어렵습니다. 제가 일단 써 보고 한 푼이라도 줄여 드리도록 하지요."

"빨리 일을 수습할 수만 있다면야 액수가 좀 많아도 상관 없네!"

소대랑은 진정과 헤어지자마자 바로 그 고향사람을 찾아 갔습니다. 그

---

14 분상(分上) : 이 이야기에서 3번 사용되었으나 자세한 의미는 알 수가 없다. 다만 전후 맥락을 따져 볼 때 '분배 받는 몫 또는 지분'을 뜻하는 은어로 보인다.

15 【즉공관 방비】若如此, 訟安得息. 이런 식이라면 송사가 어찌 사라질 리가 있겠는가!

리고는 그에게 '은자를 드릴 테니 진정이 무사하게 해 달라'고 요청했지요. 그는 진정 앞에서는 백 냥을 요구했지만 그 돈이 손에 들어오자 실제로는 고향사람에게는 마흔 냥만 주었답니다.

그 고향사람은 서둘러 돌아가야 할 사람이었습니다. 그래서 지고 온 바구니 속에는 푸성귀로 가득했지요. 그렇게 편지를 들여보내니 바로 진정을 석방하는 것이었습니다. 소대랑은 이번에는 진정을 위하여 구역 담당관과 이웃들을 설득하느라 얼추 백 냥 정도의 은자를 썼지요. 그러자 그 사람들도 모두 다 입을 닫는 것이었습니다. 소대랑은 소대랑대로 거짓 명목들을 꾸며내서 그들과 몰래 돈을 반씩 나누는가 하면 그를 대신해 이런저런 거래를 해서 관아에서 일을 마무리 지은 것은 물론이었습니다.

고향사람은 은자가 생기자 바로 출발해서 고향집으로 돌아갔습니다. 그러나 소대랑의 욕심은 끝이 없는지 이렇게 생각했지요.

'자형의 송사는 칼자루가 전적으로 나한테 있으니 중단하고 싶으면 중단하면 되지. 지난번 고향사람의 분상은 감옥을 나오는 것까지만 보장한 것이었지. 그러니 무슨 대단한 돈이 필요했겠어? 그러나 지금 벌써 여기를 떠났으니 그 사람을 겁낼 필요도 없지. (…) 길 중간까지 쫓아가서 도로 받아내야겠어!"[16]

---

16 【즉공관 미비】狼人盡做, 每害大事. 고약한 자가 별별 짓을 다 벌이는군. 그때마다 큰일을 그르치다니 원!

이렇게 생각한 그는 진정에게는 알리지도 않고 밤새 단양[17]까지 쫓아 갔습니다. 그런데 그 고향사람이 마침 단양 사교寫橋에 있는 것이 아닙니까. 그래서 그를 덥썩 붙잡더니 그때 주었던 것을 빼앗았습니다.

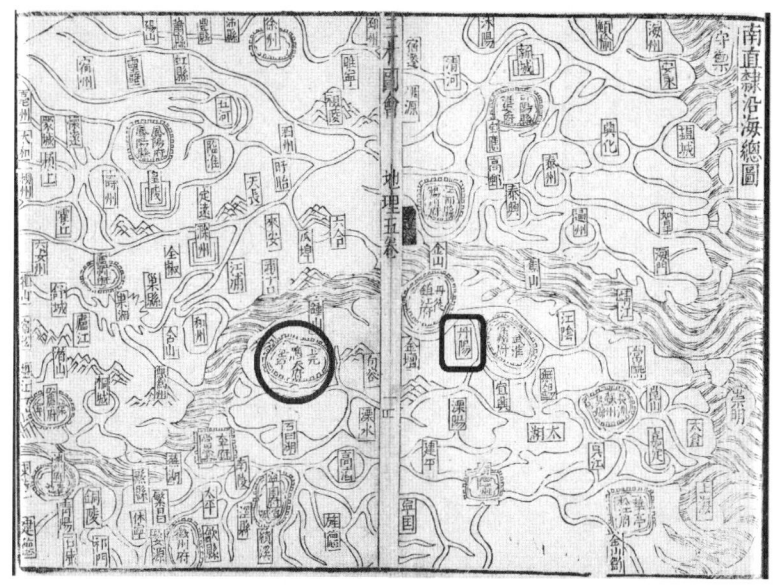

『삼재도회』의 「남직예연해총도」 속의 단양(네모). 왼쪽의 동그라미가 남경이다

"그때 '효과를 보았다'고 하지 않으셨소이까! 어째서 이제 와서 말을 바꾸시는 게요?"

그러자 소대랑이 말했습니다.

---

17 단양(丹陽) : 중국 강소성 남부의 도시. 태호 유역에 자리잡고 있으며 동과 남으로는 상주, 서와 북으로는 진강과 접해 있다.

"송사를 물어 보았더니 구역 담당관[18]은 애초부터 아무 의견이 없었고, 검시를 받아야 할 유가족들은 송사를 중단하기를 바라기 마련입니다. 그러니 당연히 별 일이 없는 게지. (…) 애초에 보증인만 있으면 그만인 일인데 많은 은자를 줄 필요가 어디 있겠소!"

두 사람은 서로가 인정하지 않고 한참동안 실랑이를 벌였습니다. 그러자 소대랑은 죽네 사네 하면서 거기다 '관아에 가서 해결하자'며 겁까지 주었지 뭡니까. 그 고향사람은 점잖은 데다가 서둘러 길을 가야 하는 입장이었습니다. 그렇다 보니 이렇게 추근거리는 꼴을 어떻게 견뎌 낼 수 있었겠습니까. 탈이라도 날까 싶어서 울분을 참으면서 그 돈을 꺼내어 그에게 돌려주고 말았지요. 소대랑은 그제서야 몹시 기뻐하면서 발길을 돌렸답니다.

그렇게 손해를 본 고향사람은 속으로 승복하지 않고 인편에 편지로 그 일을 무진현의 지현에게 일러 바쳤습니다. 그러자 지현은 벌컥 성을 내면서 아전에게 명령패를 주고 그 일을 다시 심문하기로 했지요. 그리고 소대랑까지 소환대상에 포함시켜 그가 '사람 목숨이 걸린 치사사건을 은밀히 합의 보려고 했다' 하여 끌고 와서 화풀이를 하려고 했습니다.[19] 겁이 난 소대랑은 지현이 고향사람의 원수를 갚으려 든다는 것을 눈치채고

---

18 구역 담당관[地方] : '지방(地方)'은 현대 중국어에서 ① 지역, ② 동네이웃 등의 뜻으로 주로 사용된다. 그러나 명·청대 강남지역 구어에서는 ③ 지역사회의 특정 구역을 담당한 말단 관리인 보정(保正)·이장(里長)·갑장(甲長) 등을 아울러 일컫는 별칭으로 사용되기도 하였다. 여기서는 편의상 "구역 담당관"으로 번역하였다.

19 【즉공관 미비】此亦爲官者所恒有. 이 역시 관리들에게 늘 있는 일이지.

먼저 도망쳐 버렸지 뭡니까.

  난처해진 것은 진정 쪽이었습니다. 지현은 소실 정씨와 싸잡아서 관아로 끌고 오게 하더니 다짜고짜 일단 모질게 매질부터 하고 감옥에 가두었습니다. 그리고는 명령패를 내려 시신을 내걸고 구역 담당관 등을 소환해서 시신을 부검하게 했지요. 진정으로서는 어디서 잘못된 것인지 알 수가 없었습니다. 그러나 어떻게 손을 써 볼 도리가 없었지요.

  작심을 한 지현은 기어이 중벌을 내리기로 결심했습니다. 그는 먼저 검시관[20]들에게 그 소실의 시신이 입은 부상이 심각한지 보고하도록 분부했지요. 검시관들은 지현의 의중을 눈치챘지요. 그래서 없는 일까지 지어내어 모두가 '주먹으로 치고 발로 차는 바람에 치명상을 입었다'고 보고했답니다. 소씨는 어릴 때부터 단 음식을 좋아해서 앞니가 하나 빠져 있었습니다. 그런데 그것조차 단단한 물건에 부러진 것으로 조작해서 급기야 진정에게는 싸우다가 사람을 죽인 죄를 적용했습니다. 정씨는 정씨대로 손윗사람을 협박해 죽게 만들었다는 죄를 적용하여 각각 교수형을 선고했지 뭡니까요 글쎄! 그래서 진정은 몇 명의 분상이 나서서 변호를 해 주기를 통사정했지만 한사코 들어주려 하지 않는 것이었습니다. 여자 감옥에 갇힌 정씨는 생각했습니다.

---

20 검시관[作作] : '오작(作作)'은 고대 중국에서 관청에 배속되어 피살되거나 의문사 한 사람의 시신을 검사하고 사인을 분석하는 일을 담당한 관리를 말한다. 제33권에서는 '오작인(作作人)'으로 나온다. 여기서는 "검시관"으로 번역하였다.

'바로 나 하나 때문에 서방님께서 이처럼 큰 불행을 당하시고 말았구나! (…) 차라리 내가 곤혹을 치르더라도[21] 어떻게든 서방님만큼은 내 보내 드려야겠다!'

이렇게 결심한 정씨는 찰원[22]으로 압송되어 심문을 받을 때 진정을 만나 그 뜻을 일러 주었습니다. 그리고 판관 앞에서 이렇게 진술했지요.

"큰 마님과 다툰 것이 잘못입니다. 손에 걸상을 들고 앞니를 부러뜨리자마자 정신을 잃고 쓰러지더니 돌아가시고 말았습니다! 지아비 진정과는 전혀 상관이 없습니다!"

그래서 찰원에서는 진술에 의거하여 원심 기관인 현 관아로 내려 보냈습니다. 그리고 나서 형관刑館에서 다시 심문하니 정씨가 그 사실을 바로 인정하는 것이었습니다.[23] 정씨는 '이 진술만 판결문에 들어가면 지아비가 어쨌든 죄를 벗을 수 있다'는 것을 알고 있었지요. 그러나 자신이 죽

---

21 나 한 사람이 곤혹을 치르더라도[做我一个不着] : 명대의 구어체 중국어에서 「做+명사+不着」 구조는 일반적으로 "아무개를 희생양으로 만들다" 또는 "무엇을 거덜내다"라는 의미를 나타낸다. 이때 그 사이에 들어가는 명사는 해당 행위나 상황을 당하는 객체이다. 여기서는 편의상 '做 / 不着'을 '곤혹을 치르다' 식으로 번역하였다.

22 찰원(察院) : 명대의 감찰기관인 도찰원(都察院)의 약칭. 도찰원은 좌·우로 각각 도어사(都御史)·부도어사(副都史)·첨도어사(僉都御史)를 중심으로 예하 기관을 거느리고 절강(浙江) 등 13개 도(道)에 분소를 두고 내·외직 관리들을 감찰하였다. 때로는 어사가 어명에 따라 외지로 파견되었을 때 현지에 임시로 구성되는 집무 장소도 '찰원'으로 일컬어졌다.

23 【즉공관 미비】 丁氏難其人. 정씨도 그 사람을 뭐라고 할 수 없지.

어야 심문관들이 그 진술을 사실로 믿고
참된 증거로 삼아 의심하지 않을 것이며,
지아비에 대한 판결 역시 신속하게 결정
될 수 있다고 여기고 그날 밤 감옥에서
스스로 목을 매고 죽었지 뭡니까 글쎄!
그러자 감옥에서는 이렇게 상부에 보고
했습니다.

말대로 장사 도구를 운반하는 사람.
뒤쪽에 걸상이 끼워져 있다

"형관이 소씨의 주검을 자세히 살핀 결과 정씨가 생전에 범행 사실을
진술하였다. 더우기 지금은 이미 죄를 두려워하여 자결했으니 이로써 그
죄를 상쇄시킬 수 있다. 애초부터 소실 사후에 엉뚱한 혐의를 추가해 발
뺌 하려 한 것이 아니므로 진정은 곤장만 쳐서 죗값을 갚는 것으로 처벌
하라는 판결을 내린다."

진정은 사랑하던 소실이 죽었지만 자신은 풀려났으니 '그것만으로도
큰 다행'이라고 여겼습니다. 그러나 그렇게 기뻐하면서도 한편으로는 착
잡한 심정을 금할 길이 없었지요. 그가 집안에 도착하자 그제서야 누가
소대랑이 그동안 자행한 짓들을 일러 주는 것이 아닙니까.

"이번 시비는 모두 그놈이 일으킨 것이다. 중간에서 몰래 손을 썼지.
그렇게 많은 재물을 챙기고도 만족할 줄 모르고 나중에는 지현과 그 고
향사람까지 찾아가서 사람을 곤경에 빠뜨린 것이었구나! 그래서 거듭

이런 짓을 저지르고 도망을 치는 바람에 애먼 정씨만 아까운 목숨을 잃고 말았다!"

진정은 정씨가 목숨을 버리면서까지 자기 죄를 벗게 해 준 호의에 생각이 미치자 자기도 모르게 소대랑을 더더욱 증오하게 되었습니다. 그러나 도망쳐 돌아오지 않았으니 만나볼 도리가 없었지요.

나중에 지현이 조정에 황제를 알현하러 가자, 소대랑은 진정의 송사가 종결된 것을 눈치채고 간이 부어서 보란 듯이 집으로 돌아왔던 것입니다.[24] 그리고는 진정이 자기 교활한 행각을 여태 모르고 있는 것으로 여기고 전처럼 인사를 하러 왔지 뭡니까. 진정은 내막을 밝히지는 않았지만 감정은 상당히 차가워져 있었습니다. 소대랑은 소대랑대로 그것을 눈치채기는 했지요. 그러나 다행스럽게도 재물을 많이 빼돌려 놓아서 한동안은 충분히 쓸 수 있을 정도였습니다. 그래서 자형이 자신을 나무라도 대수롭지 않게 여기는 것이었습니다.

---

24 【즉공관 미비】此卽施施外來之景. 이것이 바로 '의기양양하게 밖에서 돌아왔다'의 경우지. 강소고적판(제416쪽)에는 "施施外來" 부분을 "施□外來"으로 적고 두 번째 글자가 흐릿해서 판독할 수가 없다고 설명하였다. 그러나 상우당본 원문(제993쪽)에 분명하게 "施施外來"로 되어 있으므로 그 의미를 그대로 살림이 옳다. "施施外來"는 『맹자(孟子)』「이루하(離婁下)」에 소개된 우화에 나오는 말이다. 『맹자』「이루 하」에 따르면, 옛날에 제(齊)나라에 본처와 첩을 둔 사람이 살았는데 늘 한참 동안 집 밖에 나갔다가 돌아올 때는 늘 의기양한 모습으로 들어오는 것이었다. 그는 그때마다 자기 입으로 날마다 고관대작의 집에 초대되어 가서 산해진미를 대접받는다고 허풍을 떨었다. 그래서 하루는 이상하게 여긴 본처와 첩이 그 뒤를 쫓아갔더니 날마다 남의 집 묘지로 가서 구걸해서 배를 채우고 있었다고 한다.

그러나 하늘의 법도는 그를 용납하지 않았습니다. 자형을 만나고 집에 돌아오자마자 그의 아내가 미쳐 날뛰기 시작했습니다. 게다가 입으로 내뱉는 것이 모두 누이인 소씨의 말이지 뭡니까. 그녀는 소리를 지르면서 말했습니다.

"동생아! 내가 무단히 죽은 것도 … 바로 네놈이 은자를 탐내는 바람에 내 몸이 산산조각 나고 뼈까지 으스러져서 저승에서도 편안하지 못하게 되었다! 냉큼 내 위령제를 지내지 못할까! 그렇지 않으면 너희 집에 와서 해코지를 하고 너희 둘을 잡아갈 테다!"

소대랑은 놀란 나머지 자신의 잘못을 인정하면서 용서를 빌었습니다. 그리고 승려와 도사를 불러 불경을 외우고 제사를 지내 주었지요. 그런데 이틀 정도 잠잠하더니 또다른 목소리로 바뀌어서 말하는 것이었습니다.[25]

"나는 진씨의 소실인 정씨이니라! 큰 마님이 병 들어 죽은 것이 나 하고 무슨 상관이 있느냐? 네놈이 재물을 탐내고 나를 비명횡사하게 만들었으니 이제 그 목숨값을 갚거라!"

그러자 소대랑은 더더욱 겁을 집어 먹고 지전을 사르고 제물을 바쳤습니다. 그러면서 돈을 아낄 엄두도 내지 못한 채 무조건 아무 탈도 없기만

---

25 【즉공관 방비】 妙. 기막히군!

을 바랄 뿐이었지요. 그러나 진정의 본처와 소실 둘이 번갈아 나타나 괴롭히니 어떻게 견딜 수가 있겠습니까?[26] 얼마 지나지 않아 자신이 챙겼던 재물을 완전히 거덜내고 말았습니다!

지전 예시. 현실세계에서 사용되는 화폐가 아니어서 금액이 1천억 원으로 찍혀져 있다

그러나 차라리 손해를 좀 볼지언정 남들에게 그 일을 털어놓을 수는 없었습니다. 자형 쪽은 그 쪽대로 아무 것도 하지 않고 병색이 완연해지고 정신까지 놓아버리더니 병이 들어 죽고 말았습니다. 물론 그것은 재물을 탐내고 사람을 해친 데 대한 천벌이었지요. 이로써 재물 문제에 있어서만은 아무리 가까운 피붙이라도 믿을 수가 없으며, 할 줄 아는 것이라고는 남을 속이고 해치는 것뿐이었음을 알 수 있는 셈입니다.

소생 이제부터는 송나라 때의 이야기를 들려 드리도록 하겠습니다. 이번에도 아주 가까운 피붙이에게 속은 이야기입니다. 그러나 나중에는 결

---

26 【즉공관 미비】懼極. 정말 두렵구나.

국 천벌을 받고, 거기다가 해괴한 일들까지 줄줄이 겪게 되지요. 이 이야기를 몸이야기[27]로 삼도록 하겠습니다.

> 이문이 사람 마음 흔들면 피붙이도 없나니　　　利動人心不論親,
> 교묘한 모략으로 속에 자루 속의 은자 챙기지.　巧謀賺取橐中銀.
> 강에서 순시하고 돌아오는 날　　　　　　　　　直從江上巡回日,
> 비로소 저승에 귀신 있음을 믿겠노라!　　　　始信陰司有鬼神.

이제 이야기를 들려 드리도록 하겠습니다. 송나라 정강靖康 연간의 난리[28]로 중원의 사대부들은 앞다투어 피난을 갔는데 대다수가 복건·광동 일대로 흘러 들어갔지요. 그런데 보문각[29] 학사 가당賈讜의 아우로 가모賈謀라는 사람이 있었습니다. 그는 용맹스럽다 하여 관리로 발탁되었고, 선화[30] 연간에는 제로 염방사자[31]가 되었지요. 그러나 사람 됨됨이가 재물

---

27 몸이야기[正話] : '정화(正話)'는 '주요한 이야기(main story)'라는 뜻이지만 여기서는 편의상 '몸이야기'로 번역하였다.

28 정강 연간의 난리[靖康之亂] : 북송의 제9대 황제 흠종(欽宗) 조항(趙恒, 1100~1156)의 재위기간인 정강(靖康) 연간(1126~1127)에 금(金)나라가 남침한 사건을 일컫는 말. 정강 2년 4월 금나라 군은 남하하여 북송의 도성인 동경(東京, 지금의 하남성 개봉)을 유린한 후 흠종과 그 부황인 휘종, 그리고 다수의 황족과 후궁, 대신 등 3천여 명을 포로로 끌고 본국으로 돌아갔다. 송나라는 이 사건을 계기로 그동안 동경에 축적되었던 경제적 부를 방화와 약탈로 하루아침에 날려버렸을 뿐 아니라, 정치적 거점이 갑작스럽게 강남으로 이동하면서 강역의 절반 이상을 금나라에게 빼앗기고 사회, 문화적으로도 커다란 혼란에 휩싸이게 된다.

29 보문각(寶文閣) : 송대의 관직명. 원래 이름은 수창각(壽昌閣)이었는데 경력(慶曆) 원년(1041)에 개명되었다. 건물 안에는 인종(仁宗)의 어제 문집(御制文集)은 물론이고 인종·영종(英宗)이 직접 작성한 어서(御書)들을 보관하였다. 치평(治平) 4년(1067)에 즉위한 신종(神宗)은 보문각에 학사(學士)·직학사(直學士)·대제(待制) 등의 관직을 두고 건물 및 도서의 관리를 담당하게 하였다.

을 탐내고 품행이 좋지 않은 데다가 온갖 속임수를 다 일삼았지 뭡니까. 영남[32]지역으로 이주해 온 뒤로는 덕경부[33]에서 살았습니다. 그때 제남[34] 출신의 상商 지현이라는 사람이 있었는데, 바로 상 시랑[35]의 손자로, 역시 덕경부에서 더부살이를 하고 있었습니다. 상 지현은 부인이 세상을 떠나서 따님만 하나 있었는데 벌써 출가할 나이가 되어 있었지요. 상 지현에게는 소실이 하나 있어서 두 아들을 낳았는데 둘 다 젖먹이였습니다. 지현은 가산이 제법 많았는데 모두 이 소실이 관리하고 있었지요. 따님도 안에서 보살펴 주어서 그럭저럭 화기애애하게 지내고 있었답니다.

가 염방은 수소문 해 본 끝에 상 씨댁이 아주 부유하고 따님은 아직 출

---

30 선화(宣和) : 휘종 조길이 1119년부터 1125년까지 7년 동안 사용한 6번째 연호.
31 제로염방사자(諸路廉訪使者) : 중국 근세의 관직명. 중앙정부에서 지방의 민정을 시찰하기 위하여 파견하던 관리로, 일반적으로 '염방사(廉訪使)'로 부르며 때로는 '염방'으로 줄여서 부르기도 하였다. 당대에는 관찰사(觀察使), 송·원대에는 염방사, 명대에는 안찰사(按察使)로 시대별로 달리 부르기는 했지만 업무의 성격은 대체로 동일하였다.
32 영남(嶺南) : 중국 남방에 있는 '5령(五嶺)' 이남 지역, 즉 지금의 광동(廣東)·광서(廣西)·해남(海南) 및 홍콩·마카오 지역을 아울러 일컫는 이름. 원래 당대에 설치한 영남도(嶺南道)에는 베트남 홍강 삼각주 일대까지 포함되었으나 송대 이후로 베트남 북부가 중국에서 분리되면서 '영남'에서도 제외되었다. 지리적으로는 물론이고 문화·민속에 있어서도 서로 공통점이 많은 중국 남방문화의 중심지이다.
33 덕경부(德慶府) : 남송대의 지명. 고종의 소흥(紹興) 원년(1131)에 강주(康州)를 승격시켜 설치한 것으로, 치소는 서계현(瑞溪縣) 즉 지금의 광동성 덕경현(德慶縣) 일대에 해당한다. 송대에는 광남동로(廣南東路)에 속해 있었고, 지금의 덕경·나정(羅定)·울남(鬱南)·운부(雲浮) 등지를 관할하였다. 원대 세조의 지원(至元) 17년(1280)에 '덕경로'로 개칭되고 명대에는 홍무(洪武) 원년(1368)에 다시 덕경부로 개칭되었다.
34 제남(濟南) : 중국 산동성(山東省)의 행정관청 소재지인 제남시(濟南市) 일대를 말한다.
35 시랑(侍郎) : 중국 고대의 관직명. 한대에 설치한 낭관(郎官)의 하나로, 본래는 궁정에서 황제를 모시는 측근 내시였다. 후한대 이후로는 상서(尙書)의 관리로 갓 임용되었을 때는 '낭중(郎中)', 한 해가 지나면 '상서랑(尙書郎)', 삼 년이 지나면 '시랑'으로 불렸다. 당대 이후로는 중서성(中書省)·문하성(門下省)·상서성(尙書省)에서 시랑을 각 부(部) 수장의 부관으로 삼으면서 벼슬이 점차 높아져서 지금의 장·차관급에 이르렀다.

가 염방이 공문을 위조해 사돈을 속이다

가를 하지 않았다는 것을 확인했습니다. 그리하여 자신의 아들 가성지賈
成之를 위하여 예물을 보내고 그녀를 며느리로 맞아들였지요. 나중에 상
지현이 죽자 그의 아내는 혼자서 안팎의 집안일을 두루 관리하면서 그
두 아들을 양육했답니다. 그래도 상 지현의 따님은 마음이 놓이지 않았
습니다. 그래서 열흘 정도 지났을 때마다 집에 와서 어린 두 동생을 살펴
보고, 이어서 지현의 소실과 함께 집안에 남겨진 상자들 속의 누런 것 허
연 것[36]들도 점검하곤 했지요. 그리고 매일 지출하는 돈은 소실과 상의하
고 따져 본 뒤에 집행하는 것이[37] 일상화 되어 있었습니다.

그러던 어느 날이었습니다. 상 씨댁 소실이 집에 있는데 문득 보니 승
국[38] 차림을 한 웬 사람이 본채 앞으로 오더니 말하는 것이었습니다.

"우리 고을에서 천중절[39] 행사를 준비하게 되었소. 그러니 온 고을의

---

36 누런 것 허연 것[黃白之物] : '황백지물(黃白之物)'이란 글자 그대로 '누런 물건과 허연
   물건'이라는 뜻으로, 전자는 황금, 후자는 백은을 각각 말한다. 여기서는 편의상 "누런
   것 허연 것"으로 의역하였다.
37 【즉공관 미비】此女不私夫家而顧其異母弟, 亦是賢媛. 이 여인은 시가만 편애하지 않고 자
   기 배 다른 동생을 보살폈으니 역시 현명한 여자이다.
38 승국(承局) : 송대의 관직명. 전전사(殿前司)에 소속된 금군(禁軍)의 하급 군관을 부르는
   호칭이었다. 나중에는 아전에 대한 존칭으로 사용되기도 하였다.
39 천중절(天中節) : 중국의 전통적인 명절의 하나인 단오절(端午節)의 별칭. 때로는 '단양
   (端陽)·단오(端五)·중오(重五)·목란(沐蘭)·포절(蒲節)' 등으로 불리기도 한다. 처음
   에는 조국의 망국을 걱정하면서 강물에 투신한 전국시대 초(楚)나라 시인 굴원(屈原,
   BC340?~BC278)의 죽음을 애도하는 날이었으나 위(魏)·진(晉)·남북조(南北朝) 시기
   에 댓잎에 싼 찰밥인 종자(粽子)를 먹고 용으로 장식된 용주(龍舟) 경주가 추가되면서
   범국가적인 축제로 자리잡았다. 웅황주(雄黃酒)를 마신다거나 향주머니를 찬다거나 창
   포(菖蒲)를 꽂는다거나 풀 싸움을 한다거나 하는 풍습은 송대를 전후하여 추가되었다고
   한다.

부잣집에서는 금이나 은으로 된 그릇, 비단이며 능라 등의 견직물들을 모두 빌어 쓰고 행사가 끝나면 모두 돌려 드리리다. 만약에 숨겨 놓고 따르지 않는 집들은 당장 그 가솔을 잡아가서 죄를 묻고 재물은 재물대로 모두 관아에 귀속시킬 것이오. 여기에 공문이 있소이다."

상 지현의 소실은 제법 글자를 알고 있었습니다. 그래서 덕경부의 공문을 보고 나니 믿지 않을 수가 없었습니다. 그러나 자신에게는 이렇다 할 생각이 없다 보니 어떻게 해야 좋을지 몰라서 쩔쩔 매는 것이었지요.

"저희 집에는 남자 장정이 없습니다. (…) 아들들도 어려서 스스로 결정을 내릴 수가 없습니다. 그러니 아무래도 가 염방댁에 가서 우리집 아씨와 그 서방님인 가 도련님[40]에게 좀 물어보아야 결정을 내릴 수가 있겠습니다."

그러자 승국 차림의 사람이 말했습니다.

"상의를 하려거든 서둘러 하시오! 덕경부에서 정한 기한이 머지 않은 데다가 나는 다른 고을에도 가서 전하고 보고를 올려야 하니 실수가 있어서는 안되오!"

---

40 도련님[衙內] : '아내(衙內)'는 중국 고대에 관원의 자제를 높여 부르는 호칭이었다. 원래 당대에는 경비 업무를 담당한 관리에 대한 호칭이었으나 오대(五代)와 송대에 이 직무를 대신의 자제들에게 맡기는 것이 관례가 되면서 나중에는 관료의 자제를 두루 일컫는 말로 전용되었다. 여기서도 편의상 "도련님"으로 번역하였다.

상 지현의 소실은 그 말을 듣고 곧바로 종[41] 하나를 가 씨댁에 보내 이 일을 물어 보게 했습니다. 그런데 얼마 지나지 않아서 그 하인이 돌아 와서 보고하는 것이었습니다.

"쇤네가 가 씨댁에 가서 대문을 들어가자마자 염방 대감[42]께서 온 이 유를 물으시더군요. 그래서 '아씨와 서방님을 뵈어야 한다'고 고했더니 염방 대감께서 '만나서 어쩌려고' 하시더군요. 해서 우리 댁의 일을 자세 하게 고했습니다요. 그랬더니 염방 대감께서 말씀하셨습니다. '그 댁에 서 빌리러 왔는데 어찌 주지 않을 수가 있겠느냐? 너는 너희 댁 작은 마 님에게 이렇게 고하면 되느니라. 서방님과 아씨 쪽에는 내가 대신 알리 도록 하지.' 쇤네는 염방께서 그렇게 말씀하시는 것을 보고 돌아왔습니 다. 우리 댁에 관아의 나리들이 독촉하러 올까 걱정이 되어서 서방님과 아씨는 뵈러 가지 않았습니다요."

상 지현의 소실은 염방 대감이 자신에게 빌려 주기로 했다는 말을 듣 고 별 문제가 없을 거라고 여겼습니다. 그래서 공문에 나열한 대로 물목 을 작성했는데 액수가 제법 적지 않았지요. 그러나 아무래도 아녀자의 식견이다 보니 상황을 제대로 파악하지 못하여 제대로 분별도 하지 않은

---

41 종[當直的] : '당직(當直)'은 원래 '당직·당번'을 뜻하는 말이지만 『박안경기』 등 명대 소설들에서는 때로 '종복·하인'의 뜻으로 사용되기도 하였다.
42 대감[相公] : '상공(相公)'은 원래 재상이나 재상급 고위 관리를 높여 부르는 존칭이었으 며, 나중에는 일반 관리나 남편을 높여 부르는 데에 사용되었다. 염방사는 송대의 고위급 관원이었으므로 여기서는 편의상 "대감"으로 번역하였다.

채로 모두 옮겨내더니 그 승국 차림을 한 자에게 전부 넘겨 주었답니다.

"천중절 행사를 마치자마자 돌려주도록 하십시요. 그렇게만 해 주시면 알아서 사례하도록 하겠습니다!"

소실이 이렇게 말하자 승국 차림을 한 자가 말했습니다.

"그거야 말할 필요도 없지요! 벼슬을 하시는 대갓집에서 어떻게 물건이 없을 수가 있겠습니까? 무조건 안심하시라니까요! 이 공문을 간수하시다가 혹시 문제라도 생기면 증거 삼아서 관아에 가서 받아가시면 됩니다."

그 자리에서 공문을 받은 상 지현의 소실은 그것을 잘 간수했습니다. 승국 차림의 그 사람은 약간의 물건들을 받쳐 들고 선뜻 그 자리를 떠나는 것이었지요.

며칠이 지났을 때였습니다. 상 씨댁 아씨는 가 씨댁에서 본가에 들른 길에 방으로 와서 상 지현의 소실을 만나 안부 인사를 나누었습니다. 그리고는 평소처럼 상자들을 열고 보는데 가만 보니 전부 텅 비어 있는 것이 아닙니까. 금이나 은으로 된 그릇들은 하나도 보이지 않고, 테두리를 친 표 한 장만 그 안에 들어 있는 것이었지요. 그래서 그것을 집어서 보니 공문이지 뭡니까. 깜짝 놀란 그녀는 지현의 소실에게 물었습니다.

"이게 뭡니까?"

"며칠 전에 승국 차림을 한 웬 사람이 이 공문을 들고 와서 '부 관아에서 천중절 행사를 하는데 집집마다 물건들을 빌어다 진열한다'고 하더군요. 그날 속으로 이상한 생각이 들어서 사람을 시켜 아씨와 서방님한테 여쭙게 했었습니다. 그런데 여쭈러 갔던 사람이 돌아와서 말하더군요. 대감 마님을 우연히 뵈었는데 '빌릴 물건'이라고 하셨습니다요. 해서 저도 그 말 대로 빌려 주었지요. 요 며칠 사이에 물건들을 가지고 와서 돌려줄 줄 알았는데 여태껏 오지 않는군요. 그래서 그렇지 않아도 아씨와 서방님 하고 상의해서 가 씨댁으로 가서 돌려받으려던 참입니다. 어떻게 … 괜찮겠습니까?"

소실이 이렇게 말하자 상 씨댁 아씨는 얼굴이 흙빛으로 변하는 것이었습니다.

'좀 난처하게 되었구나!'

이렇게 여긴 그녀는 무심결에 눈물을 흘리면서 말했습니다.

"그 많은 물건들은 모두가 아버님의 유물이다. 그런데 그놈한테 사기를 당한 건 아닐까! 어쩌면 좋지? (…) 일단 돌아가서 서방님 하고 궁리를 하고 잘 조사해 보아야겠다!"

그리고는 가 씨댁으로 와서 남편 가성지를 만나 그 일을 자세히 이야기해 주었지요. 그러자 가성지가 말했습니다.

"그 아주머니도 참 황당하구려! 그런 일을 어째서 우리한테 와서 물어보지도 않고 혼자서 처리했단 말이요!"

"아주머니가 그러더군요. 사람을 시켜 시댁에 여쭈러 왔다가 시댁 대감님을 마주쳤을 때 그 일을 알려 드렸더니 '그 자에게 빌려 주어야 한다'고 하셨답니다. 그래서 우리에게 물으러 왔던 사람이 저와 서방님을 뵙지 않고 바로 돌아가서 아주머니에게 보고하는 바람에 빌려 주었다는군요!"

"그런 일이 있었을 리가 있나? 내가 아버님께 여쭈어 보리다!"

가성지는 부친 가 염방의 방으로 들어가서 물었습니다.

"상 씨댁에서 물건들을 부 관아에 빌려 주면서 아버님께 여쭈러 왔을 때 아버님께서 빌려 주라고 분부하셨다던데 … 그런 이야기를 하던가요?"[43]

그러자 가 염방이 말했습니다.

---

43 【즉공관 미비】夫子自道也. 영감이 자기 이야기를 하고 있군!

"정말 부 관아에서 빌리러 왔다면 어디 안 빌려 줄 수가 있겠느냐? 다만…, 엉뚱한 자가 호가호위[44]로 속이고 가져갔을지도 모른다. 그렇다면 돌려줄지는 장담할 수가 없지."

"그렇다면 … 부 관아의 원님에게 가서 고해야 겠군요. 분명히 행방을 찾을 수가 있을 것입니다!"

이렇게 해서 가성지는 상 씨댁 소실과 함께 그 공문을 가지고 덕경부에 진정서를 넣었답니다.

덕경부의 태수는 그 이야기를 듣고 자신도 놀랐습니다. 그리고 그 공문을 가져다 보니 위조한 것이 분명했지요. 그러나 그 교활한 자가 누구인지는 알 수가 없었지요. 태수는 그 자리에서 문서를 한 장 꺼내어 집포사신[45]에게 주었습니다. 그리고는 상 씨댁에 명령을 내려 쉬흔 꿰미의 돈을 상금으로 내걸고 그 못된 짓을 저지른 범인을 체포하게 했지요. 그러나 한참을 수소문했지만 아무 동정[46]도 없지 뭡니까요. 상 씨댁은 그 냥

---

44 호가호위(狐假虎威) : 『전국책(戰國策)』「초책(楚策)」에 나오는 말. 여우가 범의 위세를 빌어 거만하게 군다는 뜻으로, 남의 권세를 빌어 허세를 부리거나 자기 잇속을 챙기는 것을 두고 하는 말이다.
45 집포사신(緝捕使臣) : 송대에 죄인 체포 등의 업무를 전담한 하급 무관. 각 주(州)·군(郡)마다 몇 명씩 인원을 배치하였다.
46 동정[影響] : 현대 중국어에서 '영향(影響)'은 어떤 사물이나 현상을 통해 얻어지는 효과(effect)를 뜻한다. 그러나 명대 중국어에서는 '동정(movements)' 또는 '흔적(vestige)'이라는 의미로 사용되었다. 여기서는 '무영향(無影響)'을 편의상 "아무 동정도 없다"로 번역하였다.

패를 당하고 거의 만 금이나 되는 물건들을 잃어버리는 바람에 가세가 기울기 시작했습니다. 상 씨댁의 소실과 아씨는 두 사람대로 그 이야기만 꺼내면 서로 마주보고 통곡을 그치지 않는 것이었지요.

가성지는 장인 집안이 이처럼 몰락하고 거기다가 아내까지 수시로 슬퍼하는 광경을 보고는 속으로 몹시 딱하게 생각했습니다. 그래서 자신에게 생긴 일로 여기고 백방으로 힘을 쓴 것은 말할 나위도 없었지요. 그런데 뜻밖에도 처갓집 사람들을 속이고 물건들을 **빼돌린** 것은 다른 사람이 아니었습니다. 그야말로

| 멀다면 천 리도 멀지 않으며 | 遠不遠千里, |
| 가깝다면 바로 눈 앞에 있는 법.[47] | 近只在眼前. |

손님들, 상 씨댁의 물건들을 **빼돌린** 것이 누구인지 아십니까? 정말로

| 사람 마음은 예측하기 어렵고 | 人心難測, |
| 바닷물은 재기 어려운 법.[48] | 海水難量. |

알고 보니 바로 가 염방이었지 뭡니까 글쎄! 이 늙은이는 상 씨댁에 재산이 많은데다가 고아와 과부만 남아 있어서 속여 넘길 수 있다는 것

---

47 멀다면 천리도 멀지 않고~[遠不遠千里, 近只在眼前] : 명대의 속담. 찾는 것이 가까이에 있는 것을 가리키는 말이다.
48 사람 마음은 예측하기 어렵고~[人心難測, 海水難量] : 명대의 속담. 바닷물을 말로 일일이 잴 수 없듯이 사람 속도 헤아릴 수가 없다는 말이다.

을 눈치 챘습니다. 그 집안에 금이나 은으로 만든 집기가 많다는 사실은 이전에 며느리인 상 씨댁 아씨가 확인해 준 바 있었고, 아들인 가성지도 훤히 잘 알고 있었지요. 상 씨댁 아씨가 장부 한 부를 가지고 돌아왔기 때문에 가성지가 때때로 꺼내서 보면서 '처가가 잘 산다'고 자랑하곤 했으니까요. 그것을 염방이 눈 여겨 보고 가져가서 항목별로 외워 두었던 거지요. 그 일을 가성지가 잠시 방심했던 것입니다. 설마 하니 자기 아버지를 의심하는 경우가 어디 있겠습니까?[49]

그러나 '이득이 사람 마음을 흔들리게 만든다'는 것을 누가 알았겠습니까! 염방은 속임수를 생각해내어 부 관아의 공문을 위조하고 사람을 시켜 상 씨댁에 가서 그 집 사람들을 속이게 했던 것입니다. 상 씨댁에서야 빌리는 물건들의 물목을 보니 모두가 집안에 있는 것들인지라 거절하기 곤란했던 거지요. 거기다가 소실이 하인을 보내서 그 낮도둑[50]한테 확인까지 했으니 어떻게 믿지 않을 수 있었겠습니까요! 그때만 해도 상 씨댁에서는 사돈집을 전혀 의심하지 않았던 거지요. 가성지 부부 두 사람만 해도 그렇습니다. 그저 무슨 대단한 사기꾼이 빼돌려 간 것으로만 여기고 있었지 신령님조차 그게 자기집 아버지인 줄을 상상조차 못한 거지요. 그러니 그렇게 시간이 지났는데 포졸들이 어떻게 수소문해서 찾아낼 수가 있었겠습니까요 글쎄!

---

49 【즉공관 미비】如此老子, 爲之子者亦信不過. 이런 아비라면 아들 되는 자도 믿을 수가 없지.
50 낮도둑[日裡鬼] : 명대 중국어에서 '일리귀(日裡鬼)'는 대낮에 도둑질을 벌이는 자를 가리키는 말이다. 여기서는 사돈집의 재물을 탐내고 사기 행각을 벌인 염방사 가모(賈謀)을 두고 한 말이다.

이보슈 이야기꾼 양반, 당신 이야기대로라면 지금은 어떻게 알게 된 게요?

손님, 제 이야기를 좀 들어 보십시오. '세상 일이란 것이 남들이 모르게 하려면 애초부터 하지 않는 길 밖에 없는 법'이올시다! 염방은 그 횡재한 물건들을 자기 손으로 빼돌리기는 했지만 허점도 드러낼 수밖에 없었습니다. 시쳇말에도 이런 말이 있지요.

"할아버지 돈은 훔쳐 봤자 쓸 수가 없다."[51]   偸得爺錢沒使處.

염방은 그것들을 가져다가 돈으로 바꾸어 쓸 계획이었습니다. 그러나 아무래도 전부 다 현물 그릇들이다 보니 만약에 꺼냈다가 누가 알아보기라도 할까 걱정이 되었지요. 그래서 몇 개를 녹일 수밖에 없었습니다. 그것조차 남에게 맡길 수밖에 없는지라 아예 숯을 태워 가며 직접 녹이기로 했던 거지요. 그렇게 막상 녹이기는 했지만 그것을 부어서 덩어리를 만들 장소가 없지 뭡니까.

그는 속으로 꾀를 하나 내서 모죽[52]을 작은 대롱처럼 잘랐습니다. 그리고 나서 녹인 은물을 부어 둥근 떡처럼 만든 다음 그것들을 전당포로

---

51 할아버지 돈은 훔쳐도 쓸 데가 없는 법[偸得爺錢沒使處] : 명대의 속담. 한 집안이나 같은 마을의 재물은 출처를 누구나 다 알고 있기 때문에 아무 데서나 대놓고 쓸 수가 없다는 말이다.
52 모죽(毛竹) : 중국에서 나는 대나무의 일종. 일반적으로 높이 20m, 직경 10~20cm까지 자라며 고급 건축 자재나 기물 제작에 주로 사용된다. 장강(長江) 이남에서 난다고 하여 '남죽(南竹)', 또는 '맹종죽(孟宗竹)' 등으로 불리기도 한다.

가져가서 돈으로 바꾸었지요. 전당포에서는 염방 댁에서 근래에 낸 것이 죄다 그런 대나무 마디처럼 생긴 은뿐임을 발견했습니다. 다른 모양의 것은 없었지요. 그래서 더러 물건 값을 치르느라 잘라서 쓰더라도 그 둥근 모양으로 그 출처를 확인할 수가 있을 정도였습니다. 그래서 속으로 이상하게 여기고 전당포에서 염방 댁 하인에게 물었지요.

"그 댁 은자는 어째서 죄다 대나무 통에 부어서 만드셨소? 어떻게 된 게요?"

그래서 하인이 말했지요.

"우리 댁 염방 대감께서 직접 녹여 만드시고 남한테는 맡기신 적이 없습니다. 무슨 이유인지는 … 모르겠습니다!"

이 일은 이 사람 저 사람들에게로 소문이 퍼져 갔습니다.

'가 씨댁에서는 대나무 통에 은을 녹여서 은덩이를 만든다는군? 정말 해괴한 일이야!'

그러나 설사 누가 상 씨댁에서 물건들을 잃어버린 일을 눈치챘다고 해도 그렇지요. 그 두 집안의 아들과 딸이 부부 사이이니 어느 누가 증언을 하려고 들겠습니까? 그저 그들끼리 입방아만 찧고 마는 수밖에요. 그러나 어떤 이는 말했습니다.

"그 양반들은 한 집안과 다를 바가 없
는데 설마 그런 일이 있기야 할려고?"

또 어떤 사람은 이렇게 말하기도 했지요.

"명색이 고관대작 집안에서 은쟁이를
불러 물건들을 녹이지 않고 직접 할 턱
이 있나? 분명히 남의 이목이 거슬려서
제대로 손을 쓸 수가 없어서 그렇게 했
겠지. 하물며 전에는 그 댁에서 그런 일
이 생긴 적이 없었잖은가? 어쨌든 좀 수
상하기는 해!"

원대 화가 오진(吳鎭)의 『모죽도(毛竹圖)』

　그러나 그저 이런 식으로 넘겨짚을 뿐이지 누구 하나 옳다 그르다 딱
잘라 말하는 사람은 없었습니다. 상 씨댁의 입장에서는 아버지를 의심하
는 것부터가 자식으로서 도리가 아니었습니다. 그러니 그저 괴로움을 참
고 자신만 후회하고 원망할 수밖에 없었지요. 집포사신 같은 이들은 이
런 이야기를 들어도 귓전으로 들으면서도 그저 웃기만 할 뿐이었습니다.
어느 누가 감히 그 댁 일에 대해서 왈가왈부 할 수가 있단 말입니까?
그래서 이 일은 애초에 없었던 일인양 넘기는 수밖에 없었답니다.

그러나 우습게도 도적이나 벌일 그런 짓거리를 저지른 것은 바로 당당한 고관대작인 염방이었습니다! 예전에 이름 모를 누군가가 이런 시를 지은 일이 기억나는군요.[53]

도적을 압송할 때는 징 한 번에 북 한번   解賊一金幷一鼓,

관리를 맞이할 때는 북 두 번에 징 한 번   迎官兩鼓一聲鑼.

징이든 북이든 보아하니 다 똑같으니   金鼓看來都一樣,

관리나 도적이나 다를 바 없어서인가 하노라!   官人與賊不爭多.

또, 극악한 도적인 정광[54]이 조정의 회유를 받아들여 벼슬을 얻었을 때였습니다. 예전에 관리들이 시를 지어 주자 자신도 구두로 이렇게 시를 한 수 읊었다고 합니다.

---

53 이름 모를 누군가[無名子] : 명대의 문학가인 엽자기(葉子奇, 1327~1390)를 말한다. 그는 자신의 저서인 『초목자(草木子)』에 가렴주구를 일삼은 원대의 탐관오리들을 풍자한 「관적가(官賊歌)」를 소개하였다. 그의 소개에 따르면 원대 말기의 탐관오리들은 백성들을 가렴주구할 때에 온갖 명목을 다 붙여서 "부하가 신참일 경우에는 '배견전', 별 일 없이 거저 뜯는 것은 '살화전', 명절이 오면 '추절전', 남의 일에 끼어들어 뜯는 '상례전', 상관을 전송하고 영접할 때 '인정전', 죄인을 구인하거나 추적할 때 '뇌발전', 자신을 변호하거나 진술할 때 '공사전', 돈을 많이 찾아내면 '득수', 부임지가 좋은 고을이면 '호지분', 도읍에 가까운 고을에 전보되면 '호과굴' 하는 식이니 무엇을 임금에게 충성하고 백성들을 어여삐 여기는 것인지도 전혀 모른다(所屬始參曰拜見錢, 無事白要曰撒花錢, 逢節日曰追節錢, 管事而索曰常例錢, 送迎曰人情錢, 勾追曰賚發錢, 論述曰公事錢, 覓得錢多曰得手, 除得州美曰好地分, 補得職近曰好窠窟, 漫不知忠君哀民之爲何事也)"라고 개탄하였다. 이 노래는 탐관오리들이 백성들의 어려움에는 아랑곳하지 않고 가렴주구로 사리사욕을 채우는 모습이 도적과 다를 바가 없음을 생생하게 폭로하였다.

54 정광(鄭廣) : 남송대의 해적. 고종의 소흥 5년(1135)에 무리를 이끌고 바다로 들어가 '곤해교(滾海蛟, 바다를 누비는 용)'로 자처하면서 해적질을 일삼다가 이듬해인 소흥 6년에 조정의 회유에 따라 투항해 보의랑(保義郎)에 임명되어 복주 연상채(延祥寨)의 군사를 통솔했다고 한다.

정광이 여러 관리들에게 바친 시가 있나니 　　鄭廣有詩獻衆官,

관리들과 정광은 매 한 가지라네. 　　　　衆官與廣一般般.

관리들은 벼슬을 살면서 도적질을 하고 　　衆官做官却做賊,

정광은 도적질 하다가 관리가 되었단다. 　　鄭廣做賊却做官.

지금 가 염방이 한 짓이 바로 이 두 시에서 말한 "관리와 도적이 다를 바가 없다"거나 "벼슬을 살면서 도적질을 한다"와 비슷한 경우인 것입니다. 아주 가까운 피붙이인 아들 내외에게까지 그런 짓을 하여 고아를 기만하고 과부를 속였으니 더더욱 괘씸하지요! 이런 식으로 재물을 남기고 자손들에게 호강시킨다면 정말이지 하늘께서 눈이 먼 격입니다. 그러나 손님들, 성급해 하실 것 없습니다. 일단 나중에 염사가 받은 천벌부터 보시지요.

정말 세월은 쏜 살과도 같고 베틀의 북과도 같아서, 눈 깜짝 할 사이에 스무 해가 지났습니다. 가 염방은 이미 세상을 떠나고 가성지는 벼슬을 얻어 지금은 월서⁵⁵ 땅 영녕永寧 횡주⁵⁶의 통판⁵⁷을 지내고 있었지요. 왕년

---

55 월서(粵西) : 중국 광동성 서부 연해지역을 두루 일컫는 이름. 지금의 담강(湛江)·무명(茂名)·양강(陽江)·운부(雲浮) 등지에 해당한다.

56 횡주(橫州) : 중국 고대의 지역명. 지금의 광서성(廣西省) 서남부의 횡현(橫縣) 일대에 해당한다. 서강(西江)의 지류인 울강(鬱江)이 그 관할지역을 가로지르기 때문에 '횡주'로 불렸다고 한다.

57 통판(通判) : 송대의 관직명. 주의 사무를 두루 판정한다는 뜻의 '통판주사(通判州事)'의 약칭으로, 지주나 지부를 보좌하는 관리로, 양운(糧運)·가전(家田)·수리(水利)·소송(訴訟) 등의 업무를 관장하는 한편, 지주·지부 등 관리들에 대해서도 감찰의 책임이 있었다.

의 상 씨댁 소실의 맏아들은 어릴 때에 죽고 둘째아들은 이름이 상무商懋, 자가 공보功父였습니다. 상공보는 족보의 항렬로는 예순다섯 째였고, 모친과 함께 덕경부에 살지 않고 임하[58]지방으로 이사했는데 횡주와는 그리 멀지 않았지요. 상공보는 성격이 강직하고 제법 재능이 있었습니다. 그리고 매사에 거리낌이 없는 데다가 열성적이고 다정했지요.

가성지는 본래 처가의 형편을 딱하게 여기고 있었습니다. 그런데 나중에는 염방이 양심을 저버리고 그 댁 재물을 가로챈 일을 어렴풋이 들어 알게 되자 갈수록 마음이 편치 않았지요. 그래서 어린 처남을 볼 때마다 무척 따뜻하게 대해 주었답니다. 상 씨댁 아씨는 아씨대로 동생이 어려서는 모자가 의지할 데 없이 지냈는데 지금은 동생이 장성해서 물정을 알게 된 것을 보더니 자신도 상공보를 좋아했지요. 그렇다 보니 가성지는 횡주 관아에 있다가도 어린 처남이 오기라도 하면 몹시 반가워하면서 백 냥이 넘는 노자를 주어 보내곤 했습니다. 아씨는 아씨대로 따로 개인적으로 돈을 챙겨 주곤 했습니다. 남한테서 뇌물로 얻은 돈은 논외로 하고 말입니다. 한번 올 때마다 매번 그런 식이었지요. 상공보는 과부인 모친을 봉양하면서 지냈고, 가 씨댁 아씨와 자형이 이렇게 도와주는 데에 힘입어 차츰 집안을 풍족하게 키워 나갔습니다. 그리고 임하에서 농지와 집을 소유하고 두루 이윤을 불려 갔지요. 거기다가 부잣집 딸을 아내로

---

58 임하(臨賀) : 중국 고대의 지명. 전한대 원정(元鼎) 6년(BC111)에 무제(武帝)가 남월(南越)을 정벌하고 그 지역에 설치한 현으로, 지금의 광서성 하주시(賀州市) 북부와 소평현(昭平縣) 일대에 해당하였다.

맞아들이고 나서는 살림 규모가 나날이 커져 갔습니다. 모자가 객사에서 처량하게 지내던 왕년의 처지와는 달랐지요. 그러다가 얼마 지나서 가성지가 공무를 보다가 세상을 떠났습니다. 상 씨댁 아씨는 서둘러 임하로 사람을 보내 공보를 불러서 뒷일을 상의했습니다. 뒷일들을 모두 잘 처리하고 가성지의 시신을 운구해 고향집으로 가서 장례를 치루려고 할 때였습니다. 상공보가 누이를 이렇게 설득하는 것이었지요.

"어쨌거나 덕경은 객지일 뿐 원래는 고향이 아닙니다. 저는 이제 임하에서 집안을 일으켰으니 누님도 함께 임하로 가셔서 좋은 땅을 찾아 자형을 모신 다음 임하에 정착하시는 것이 옳습니다. 서로 한 집안끼리 의지하면서 수시로 돌보기에도 좋으니 서로 편한 일이 아니겠습니까?"

그러자 아씨가 말하는 것이었지요.

"나는 아녀자인 데다가 홀몸의 과부이니 친척에게 의지하면서 지내기를 간절하게 바란다. 그저 편안하게 지낼 수만 있다면야 그곳이 바로 살 만한 곳이지. (…) 덕경은 내 고향도 아닌데 거기는 가서 무엇 하겠니? 동생 말대로 임하에서 함께 지내면서 자네 자형을 모셔서 큰일을 잘 마무리할 수만 있다면 나도 마음이 편안해질 것 같네!"

알고 보면 상 씨댁 아씨는 자녀가 없었던 것입니다. 데려온 몸종에게서 두 아들을 얻기는 했었지만 너무 어렸습니다. 그래서 아씨는 전적으로 상공보가 일깨우고 행동하는 대로 의지할 수밖에 없었지요. 이때에도 아씨는 마음이 정해지자 곧바로 가산을 챙겨 함께 임하로 향했답니다. 얼마 후에 임하에 도착하자 상공보는 자신이 사는 집 바로 옆에 집을 하나 장만해서 아씨와 두 어린 조카가 머물게 해 주었지요. 이렇게 해서 두 집은 서로 의지하면서 지냈고, 공보의 모친과 상 씨댁 아씨 두 사람은 아침저녁으로 짝이 되어 이 집에서 저 집으로 저 집에서 이 집으로 드나들면서 서로가 격의 없이 지냈답니다. 상 씨댁 아씨는 중년에 과부가 되다 보니 은근히 편안히 지내기를 바라던 참이었지요. 게다가 동생이 원체 싹싹해서 매사를 주도면밀하게 처리하는 것을 보더니 집 안팎의 크고 작은 일들을 모두 그가 처리하도록 맡겼지요. 돈과 재물이 나가거나 들어오는 것도 어김없이 그의 손에 맡기고 일체 액수도 따지지 않았답니다. 거기다가 그에게 부탁해 가성지의 못자리를 구해서 무덤을 만들고 안장하게 했는데 들인 돈이 무척 많았습니다.

상공보는 성격이 거리낌이 없다 보니 가 씨댁 물건들을 자기 것처럼 여기고 전부 헤프게 쓰곤 했지요. 비록 외조카가 둘이나 있기는 했습니다마는 아씨가 낳은 아들이 아닌 데다가 젖내조차 가시지 않았다고 할 정도로 어렸습니다. 그러니 어느 누가 그를 단속할 수가 있겠습니까? 물론 상공보야 올바른 사람으로 사심을 채우려는 것이 아니라 그저 신바람에 따라 매사를 직접 처리하고 관리하면서 마음대로 하곤 했을 뿐이지만 말입니다. 그렇다 보니 어디 네 것 내 것을 구분할 줄 알아야지요! 물건을 오랫동안 빌려 가서 돌려주지 않으면서 공보조차 자신이 주인인가 헷갈릴 정도였답니다. 가 염방이 왕년에 속임수를 써서 가로챘던 물건들이 이제는 고스란히 상 씨댁에서 사용되고 있었던 것입니다. 국에서 나온 것이 밥으로 들어가는 것[59]은 하늘의 이치상 돌고 도는 영원한 법칙인가 봅니다. 유감스럽게도 가 염방의 눈에는 그것이 보이지 않았던 것뿐이지요!

그러던 어느 날이었습니다. 상공보는 열병[60]에 걸려 몸에서 열이 많이 났습니다. 그런데 갑자기 그 몸이 '붕' 떠오르는 것 같더니만 바로 침상 천장을 나가고 다시 집 건물 귀퉁이까지 올라가지 뭡니까. 그러더니 차츰 내려와서 넓은 들판을 휘젓고 다녔지요. 그런데 그곳은 망망하기가 마치 바닷가와도 같았으며 길동무 하나 없었습니다. 그렇게 한가하게 돌아다니고 있을 때였습니다. 문득 보니 웬 관리 차림을 한 사람이 걸어오는 것이 아닙니까. 그래서 서로 인사를 나누고 이름을 물었더니 그 관리가 말하는 것이었습니다.

"귀하는 수명이 아직 여기에 올 때가 되지 않았소이다. 다만, 지금 처리해야 할 일이 하나 있는데 … 귀하가 와서 좀 보아야 할 것 같구려. 관아로 좀 가실까요?"

상공보는 그곳이 어디인지도 모른 채 그 관리를 따라서 갔습니다. 그

---

59 국에서 나온 것이~[羹裡來的飯裡去] : 명대의 속담. 떳떳하지 못한 방법으로 얻은 재물은 남에게도 역시 떳떳하지 못한 방법으로 빼앗기게 된다는 뜻으로, 의롭지 못한 짓을 저지른 사람은 언젠가는 정의의 심판을 의미한다.

60 열병[傷寒] : '상한(傷寒)'은 중의학 용어로, 장티푸스(Typhoid fever)를 말한다. 편의상 여기서는 '열병'으로 번역하였다.

런데 어떤 관아 대문 앞에까지 왔더니 웬 죄수가 보이는 것이었습니다. 그는 머리에 검은 모자를 쓰고 목에는 쇠칼을 쓴 채로 서쪽의 두 짝으로 된 문 밖에 서 있는데, 그 문을 자세히 보니 바로 옥문이었습니다. 그 모습을 볼작시면

음산한 바람 오싹하고	陰風慘慘,
살기는 충만한데	殺氣霏霏.
귀신 울고 부는 소리만 들릴 뿐	只聞鬼哭神號,
맑은 하늘 밝은 해는 보이지 않는구나.	不見天淸日朗.
사나운 옥졸들 나란히 서 있고	猙獰隷卒挨肩立,
쑥대머리 죄수들 곁눈질로 훔쳐 보니	蓬垢囚徒側目窺.
무쇠 같은 사나이조차 넋이 나가고	憑敎鉄漢銷魂,
미친 사나이조차 안색을 잃게 만드누나!	任是狂夫失色.

그래서 상공보가 시선을 집중해서 보았지요. 그런데 가만 보니 그 죄수가 있는 쪽에 좌우로 두 사람이 큰 부채를 들고 서로 마주보고 서 있었습니다. 그리고 그 두 사람이 큰 부채를 휘두르니 칼을 쓴 그 죄수가

"어허!"

하는 소리와 함께 순식간에 피투성이 몸으로 변해 버리는 것이 아닙니까! 그리고는 썩어 문드러지면서 땅바닥이 피범벅이 되더니 죄수는 간

당대 화가 염립본(閻立本)의 『보련도(步輦圖)』에 그려진 큰 부채. 보련에 앉은 인물은
당 태종 이세민이다

곳도 없이 사라져 버리고 빈 칼만 덩그러니 남아 있었습니다. 잠시 쉬고
나서도 아까와 마찬가지였지요. 그 광경을 본 공보는 온몸을 벌벌 떨면
서 얼이 나간 채 서 있었습니다. 바로 그때 그 죄수가 갑자기 눈을 부릅
뜨고 큰 소리로 부르면서 말하는 것이었습니다.

"상 씨댁 육십오형! 나를 … 알아 보시겠소이까?"

상공보는 하도 갑작스럽게 벌어진 일이다 보니 제대로 확인하지 못한
탓에 순간적으로 미처 대답을 하지 못하고 있었습니다.[61] 그러자 죄수가

말하는 것이었지요.

"나는 바로 가 염방이올시다! (…) 생전에 나쁜 짓을 제법 많이 저질렀
는데 … 지금 일일이 증언을 해야 한다오. 그 많은 일들을 한번에 종결지
을 수는 없어서 그대가 여기까지 오게 된 것이요. 그러니 잠시 나를 위해
서 한 가지만 해결해 주시구려! (…) 내 왕년에 당신네 재물을 갖다 썼었
소. 이승에서 거의 다 갚기는 했지만 이 저승에서 아직 그 일이 마무리되
지 않아서 … 판결을 내리지 못한 일이 나올 때마다 한 가지씩 고통을 받
게 된다오! (…) 오늘 수고스럽겠지만 그대가 진술서를 써서 이승의 빚
을 모두 갚았다는 사실을 확인해 주시오. 그렇게만 해 주면 내 이 부채
바람의 고통에서 헤어날 수가 있겠소이다!"

말을 마치는 순간 아까 그 두 사람이 이번에도 부채를 한번 휘두르는
것이었습니다. 그러자 아까처럼 또 피가 한 바탕 낭자하게 튀는 것이 아
닙니까 글쎄.

상공보는 그 참혹한 광경을 정말 견딜 수가 없었습니다. 그러다가 아
까 그가 한 말을 근거로 과거에 집안에 일어났던 일들을 뇌리에 떠올려
보았지요.

---

61 【즉공관 미비】暢極. 속이 다 후련하구나!

'평소에 어머니 말씀을 들으니, 예전에 남이 속임수를 써서 가산 만 냥을 빼앗아 갔다고 하셨는데 그게 누구인지는 모르고 있었다. (…) 나중에 누가 그 자가 가 염방이라고 일러 주기는 했지만 친척 집안이어서 그런 소리는 믿지 않았었다. 헌데 지금 그가 하는 말을 들어 보니 그 일이 정말 사실이었나 보구나! (…) 그래서 이런 천벌을 받는 게로군.⁶² (…) 그가 저렇게 고초를 당하는 모습을 보니 내 마음이 편치 않구나! 하물며 우리 집은 자형으로부터 여러 모로 도움을 받았지. 그리고 … 지금은 그 댁 가산이 내 수중에 있다. (…) 이제 보니 전생의 인연상 그렇게 될 수밖에 없었던 것이었어! (…) 이제 나도 진술서를 내고 그의 이 사건⁶³을 매듭지어 드려야겠다!'

그리고 나서 죄수를 보면서 말했습니다.

"제가 진술서를 내 드리겠습니다!"

그 죄수는 곁에 있던 두 사람에게 종이와 붓을 가져다 공보에게 건네줄 것을 부탁했습니다. 두 사람은 공보가 진술서를 써 주겠다고 하는 것을 보고 바로 부채질을 멈추는 것이었지요. 그런데 공보가 그 종이를 보

---

62 【즉공관 미비】欺心事做在世上了, 做鬼也難見至親之面. 양심을 속이는 짓을 세상에 있을 때 저질렀다면 귀신이 되어서도 가까운 피붙이 낯을 볼 면목이 없지.

63 사건[公案] : '공안(公案)'은 원래는 송대에 관청의 재판정에 두는 탁자를 일컫는 이름이었다. 나중에는 이를 근거로 '공문', 나아가 '안건(case)'을 뜻하는 말로 사용되기도 하였다. 여기서는 '안건'의 의미로 해석된다.

니 어느 사이에 글자가 적혀 있지 뭡니까.

"사돈총각[64]이 서명만 하면 됩니다요!"

하고 그 죄수가 말하자 공보는 그 말대로 붓을 들어 서명을 한 다음 그 죄수에게 건넸습니다. 그 두 사람이 손을 뻗어 죄수에게서 받자마자 큰 소리로 말하는 것이었지요.

"어서 들어가거라!"

그 죄수는 공보를 마주보고 대성통곡 하면서 말했습니다.

"이제 사돈 총각과 헤어지고 나면 언제 가서 벗어날 수 있을지! (…) 정말 고통스럽소, 정말로!"

그는 그렇게 통곡을 하면서 부채를 든 두 사람에게 이끌려 옥문 안으로 들어가는 것이었습니다.

그가 그 자리를 떠나는 것을 본 공보는 잠시 한숨을 쉬더니 발 닿는 대로 걸어서 그 관청 대문 밖으로 나왔습니다. 그런데 가만 보니 당초에 자

---

64 사돈 총각[舅舅] : '구구(舅舅)'는 원래 모친의 형제 즉 외숙부를 가리키는데, 때로는 아들은 없이 딸만 있을 때 그 중 한 딸의 남편을 데릴사위로 들이고 그 사위를 '구구'로 부르기도 하였다. 여기서는 가모가 며느리인 상 씨댁 아씨의 이복 동생인 상공보를 부르는 호칭으로 사용되었으므로 편의상 "사돈 총각"으로 번역하였다.

신과 함께 왔던 그 관리가 손에 부적을 하나 든 채 졸개 수백 명을 거느리고 오는 것이 아닙니까. 그들은 모두가 관아에서 일 하는 아전들 같았습니다. 개중에는 깃발을 어깨에 맨 자도 있고, 우산을 든 자도 있는데, 다가와서 큰 소리로 인사를 하는 것이 마치 새로 부임한 관리를 영접하는 것 같았지요.[65] 그래서 공보가 속으로 이상하게 여기고 있을 때였습니다. 그 관리가 앞으로 다가와서 절을 하더니 무릎을 꿇은 채로 고하는 것이었습니다.

태산 동악묘 입구에 서 있는 화려한 패방

---

65 【즉공관 미비】 報應其常, 此段事情却幻. 인과응보야 늘 있는 일이지만 이 대목의 상황은 허황된 것이다.

"태산부군[66]께옵서 말씀하셨습니다. '그대[67]는 강직하고 의롭거늘 이렇게 저승까지 왔는데 빈손으로 돌아가는 것은 옳지 않다. 그러니 잠시 하강[68]지방의 순안사[69]로 부임하도록 하라!' 부군께서 명령을 내리셨으니 지금 당장 출발하도록 하시지요!'"

공보가 몸이 말을 듣지 않아 미처 대답을 하기도 전에 관리와 졸개들이 앞장을 서서 어느 사이에 강가에까지 와 있는 것이 아닙니까. 공중에서는 가는 곳마다 현지의 신령들이 인사를 하러 몰려 들었지요. 그 면면을 볼작시면

화개산華蓋山 · 목암산目巖山 · 백운산白雲山 · 영산榮山 · 가산歌山 · 태산泰山 · 몽산蒙山 · 독산獨山 등 온갖 산의 신들부터

소담동昭潭洞 · 평락계平樂溪 · 효반간考槃澗 · 용문탄龍門灘 · 감응천感應泉 · 이

---

66 태산부군(泰山府君) : 중국의 4대 산의 하나인 태산(泰山)을 관장하는 신을 도교식으로 높여 부른 이름. 곡부(曲阜)에 위치한 태산은 예로부터 역대 제왕들이 제천의식을 거행한 인연으로 성산으로 숭배되었다. 이 산은 지리적으로 중원의 동부에 있다고 하여 '동악(東嶽)'으로도 불렸기 때문에 태산부군은 때로는 '동악대제(東嶽大帝)'로 일컬어지기도 하였다.

67 그대[郎君] : '낭군(郎君)'이 우리나라에서는 신혼기의 여자나 주변 사람들이 그 남편을 높여 부르는 호칭으로 주로 사용되는 경향이 있다. 그러나 명대에는 남의 집 아들을 높여 부르는 호칭으로도 사용되었다. 여기서는 혼동을 피하기 위해 "그대"로 번역하였다.

68 하강(賀江) : 중국 남부의 하천 이름. 물줄기가 광서성 하주(賀州)지역을 지나기 때문에 '하강'으로 일컬어졌으며, 때로는 역시 같은 이유로 '하수(賀水) · 임하수(臨賀水)' 등으로 불려지기도 하였다.

69 순안사(巡按使) : 명대의 관직명. 정식 명칭은 순안어사(巡按御史)이며 때로는 '순안'으로 줄여서 부르거나 또다른 관직인 순무(巡撫)와 함께 '무안(撫按)'으로 일컬어지기도 하였다. 황제의 어명에 따라 각지를 순시하면서 관리 고과, 사건 심리 등의 임무를 수행했으며, 지부(知府) 이하의 관리는 그 명령을 따라야 하였다.

상공보가 저승에 가서 강변을 순시하다

강灘江·부강富江·여강荔江 등 온갖 물의 신들까지

운무가 자욱하게 낀 화개산의 모습

　모두 몰려 와서 차례로 서로 인사를 하고 공보를 상관으로 예우하는 것이었습니다. 그들은 저마다 공문과 장부를 그에게 바쳤고, 당초의 그 관리는 공보에게 일일이 조사해 줄 것을 부탁했지요. 그것들을 살펴 보니 '경내의 아무개 집이 착한 일을 하고 여러 해가 지났는데도 신령이 보답을 내리지 않아 오랫동안 궁핍한 처지를 벗어나지 못하고 있다'는 내용이었습니다. '아무개 집은 못된 짓을 일삼아 악행이 차고도 넘치는데도 신령이 벌을 내리지 않아 온갖 복택을 다 누리고 있다'는 내용도 있었지요. '아무개 집은 겉으로 헛된 명성을 빌어 못된 심보를 쓰는데도 좋은 사람으로 착각하여 좋은 보답을 받고 있다'는 내용도 있었습니다. '아무개 집은 행적은 애매모호하지만 심성이 정직한 것을 나쁜 자로 착각하여 오랫동안 신령들로부터 버림받고 있다'는 내용도 있었지요. 거기다가 산에서 범과 이리가 사람을 잡아먹고 개천에서 물결이 일어 사람이 빠져죽는 등, 저승의 수명은 그렇지 않음에도 불구하고 그 사연들을 구분하지도 않고 잘못해서 목숨을 상하게 한 경우들에 대해서도 한결같이 일일이 책임을 추궁하고 사안별로 각 부서에서 판결을 내리게 했습니다.[70] 그렇게 당사자의 선악이나 죄의 경중에 따라서 저마다 그에 상응하는 벌을 내렸습니다. 그리고 신령들에게는 '직무를 소홀하게 했다' 하여 저마다 등급을 매겨 처벌을 요청했지요. 그러자 신령들은 연거푸 깎듯이 대답하면서 모두가 '판결이 공평하다'며 복종하는 것이었습니다.

그렇게 돌고 돌아서 봉주[71]의 큰 강 어귀에 이르렀을 때였습니다. 당초의 그 관리가 말하는 것이었지요.

"공무를 다 마치셨습니다! 지금 복신[72]이 영접하러 왔으니 상공께서는 이제 돌아가셔도 됩니다."

그렇게 해서 곧바로 공중에서 하주[73]로 돌아갔답니다.

---

70 【즉공관 미비】世間如此案牘多矣. 安得巡江使者——核之. 세간에는 이런 사건들이 많을 것이다. 그러니 어떻게 순강사자가 일일이 그것들을 확인할 수 있겠는가.

71 봉주(封州): 중국 고대의 지명. 지금의 광동성 봉개현(封開縣) 일대에 해당한다. 수나라 문제(文帝) 개황(開皇) 10년(590)에 처음으로 설치되었다. 그러나 다음 해에 윤주(允州)로, 13년에 다시 강주(岡州)로 개칭되었다. 다음 황제인 양제(煬帝)의 대업(大業) 원년(605)에는 창계군(蒼桂郡)·임봉군(臨封郡)으로 개칭되었다. 당나라에 들어와서는 고조의 무덕(武德) 4년(621)에 도로 강주로 환원되었다.

72 복신(福神): 중국의 고대 민간신앙에서 사람들에게 복을 내리는 것으로 믿어지는 신.

73 하주(賀州): 송대의 지명. 지금의 중국 광서성 동북부에 있는 하주시(賀州市) 일대에 해

고향 집에 돌아온 그는 당초처럼 집 건물 위에서 날아 내려와 걸어서 침상 안으로 들어갔습니다. 그런데 온 몸에서 식은 땀이 나는데 놀라서 정신을 차리고 보니 꿈이었지 뭡니까! 그리고도 땀이 그치지 않고 흐르더니 병이 낫는 것이었지요.

공보는 허리도 펴 보고 눈도 부릅 떠 보더니

명대 복신의 이미지

"기이하구나!"

하고 소리를 지르면서 침상을 내려 왔습니다. 그런데 가만 보니 모친과 아내 두 사람이 마침 현천상제[74]의 초상화를 침상 가에 걸어 놓고 향불을 피우면서 기도를 하고 있었습니다. 알고 보니 공보의 몸은 침상에 드러누운 채로 비몽사몽으로 인사 불성이어서 아무리 부르고 물어도 대답이

당한다.

74 현천상제(玄天上帝) : 중국 도교의 존신(尊神). 북방의 태음(太陰)을 상징하는 신으로 진무대제(眞武大帝)·우성진군(佑聖眞君)·현무대제(玄武大帝)·탕마천존(蕩魔天尊)·보은조사(報恩祖師)·피발조사(披髮祖師) 등 다양한 존칭으로 불려지며, 때로는 '현제(玄帝)·현무(玄武)' 등으로 줄여 부르기도 하였다. 현무신에 대한 신앙은 송대에 비롯되었는데 명대에 지금의 호북성(湖北省)에 자리잡은 무당산(武當山)에 사당을 세우면서 현천상제에 대한 숭배와 신앙이 성행하였다.

없었지요. 마시고 먹는 것조차 하지 않아서 죽었는지 살았는지 도 모르게 된 지가 벌써 이레나 되었다지 뭡니까 글쎄!

모친과 아내는 공보가 거동하는 것을 보고 기뻐하면서 말했습니다.

"모두가 성제 나리께옵서 보우해 주신 덕택이다!"

명대 삽화에 묘사된 현천상제의 모습

공보는 그제서야 당초의 관리가 '복신이 영접하러 왔다'고 한 것이 바로 집안에서 성제에게 기도를 한 데 대한 보답임을 깨달았습니다. 공보는 모친과 아내에게 저승에서 본 일을 일일이 들려주었지요. 그러자 모친이 말하는 것이었습니다.

"예전부터 남들이 다들 그 노인네가 우리집 물건들을 빼돌렸다고 입방아를 찧어 대도 사돈댁이다 보니 전혀 의심할 엄두조차 내지 못했었다. 그런데 이제야 그런 일이 실제로 있었다고, 그래서 그런 천벌을 받고 있다는 것을 깨달았다. (…) 이로써 사람 노릇을 할 때 재물 문제에서만큼은 그런 식으로 양심을 속여서는 안된다는 이치를 알겠구나!"

이렇게 한숨을 쉬고 있을 때였습니다. 상 씨댁 아씨가 마침 건너와서 동생의 상태를 묻는 것이었지요. 그러다가 '거동을 하기 시작했다'는 말을 듣더니 몹시 반가워하는 것이었습니다. 누이를 발견한 상공보는 이번에도 저승에서 목격한 일들을 들려주었습니다. 상 씨댁 아씨는 시아버지가 그같은 고초를 당하고 있었다는 이야기를 듣고 나서 그의 도움에 속으로 감동해 마지 않는 것이었지요. 그리고는 상의 끝에 초제[75]를 지내는 제단을 세워 염방사의 죄업을 풀어 주려고 했습니다. 그러자 공보가 말했지요.

"당연히 그래야지요! 천지신명께서 하시는 일은 불처럼 분명하고 무서운 것입니다. (…) 제가 오늘 직접 겪어 보니 절대로 허황된 말이 아니었어요!"

공보는 누이의 말대로 좋은 날을 잡았습니다. 그리고는 내내 가 씨네 돈만 거덜 났답니다. 그렇게 한 바탕 큰 고사를 성대하게 거행하여 세상을 떠난 상 씨댁과 가 씨댁 양가의 망혼들을 구제해 주었지요.

그렇게 이레 동안의 위령제[76]를 지낸 뒤였습니다. 공보가 꿈을 꾸니 염방이 와서 고맙다고 인사를 하는 것이었습니다.

---

75 초제(醮祭) : 중국 도교 용어. 도사가 제단을 세우고 도교에서 숭배하는 신들에게 제사를 지내고 기도하는 종교 의식을 가리킨다.
76 위령제[道場] : '도량(道場)'은 불교·도교 용어로, 승려가 불법을 선양하거나 도사가 수련을 하는 장소. 또는 그 장소에서 거행하는 불교나 도교의 종교의식을 말한다.

형차기에 묘사된 명대의 고사 장면

"사돈 총각이 신통력으로 양가의 망혼들을 구제해 주었구려! 그 덕택으로 다들 좋은 곳으로 가서 환생하게 되었습니다! 이 몸 역시 고통스러운 지옥에서 헤어나 내세의 인연을 따라 새 생명을 얻어 떠나게 되었소이다."[77]

공보가 염방을 보니 의관을 예전처럼 차려 입고 있는 것이 아닙니까.

---

[77] 【즉공관 미비】妙在商家不疑不恨, 而冥中原自灼然, 所以可畏. 기막힌 것은 상 씨네는 의심도 원망도 하지 않지만 저승에서는 처음부터 분명히 알고 있더라는 것이다. 그래서 두려워할 만한 것이다.

지난번처럼 헝클어진 머리에 꾀죄죄한 얼굴의 죄수 행색이 아니었습니다. 꿈에서 깬 공보는 가족들에게 이 이야기를 들려주었지요. 그러자 상씨댁 아씨가 말하는 것이었습니다.

"간밤에 꿈에서 염방 대감을 뵈었더니 역시 그렇게 말씀하시더구나. 인과응보가 사실이었어!"

공보는 이때부터 선행에 힘쓰고 신령과 부처를 경건하게 받들기 시작했답니다. 그는 나중에 나이가 여든이 넘었을 때 꿈에서 왕년의 관리를 다시 보았습니다. 그는 문서를 하나 들고 공보에게 교대해 줄 것을 요청하러 온 것이었지요. 예전처럼 졸개들을 수백 명 데리고 영접하러 온 모습은 마치 왕년에 꿈에서 보았던 강에서의 광경과 똑같았습니다. 공보는 목욕재계 하고 의관을 차려 입은 뒤 아무 병치레도 없이 세상을 떠났답니다. 당연히 저승에 들어간 뒤에는 신이 되었을 테지요!

사돈이 모질게도 고아와 과부를 속이니	周親忍去騙孤孀,
그쯤에서 양심은 이미 사라지고 만 셈.	到此良心已盡亡.
선과 악을 끝까지 만약 갚지 않으면	善惡到頭如不報,
허공에서 매번 강가 순시할 날만 기다리겠네!	空中每欲借巡江.

제21권

허 찰원이 꿈의 계시로 중을 잡고
왕 씨네 아들이 바람 덕분에 도둑을 잡다

許蔡院感夢擒僧 王氏子因風獲盜

해제

　명대 정덕正德 연간에 섬서陝西 땅에는 왕작王爵과 왕록王祿 두 형제가 살았는데 각각 일고一皋와 일기一夔라는 아들을 둔다. 왕작과 왕록은 관상官商 집안 출신으로 어려서부터 학당에 들어가 글공부를 하여 나중에 왕작은 생원이 되고 왕록은 가업을 계승해 상업에 종사한다. 그러던 어느 날, 왕록은 은자 1,000냥을 지니고 장사를 하러 산동山東으로 간다. 그러나 천성이 여색을 탐하여 과도하게 엽색 행각을 벌이다가 중병을 얻자 하인 왕은王恩을 시켜 마지막으로 아들을 보고 싶다는 서신을 집으로 보낸다. 그 서신을 받은 왕작은 동생에게 돈이 있는 것을 보고 욕심이 생겨 혼자 먼저 산동으로 가고 이어서 왕은에게 아들 일고 조카 일기를 데리고 뒤따라 오게 이른다. 왕록은 형을 만나자 뒷일을 당부하고 세상을 떠난다. 왕작은 은자를 지니고 영구를 운반해 고향으로 향하면서 만일의 도난을 대비해 대량의 금은을 은밀한 곳에 감추고 수중에는 약간의 은자만 남겨 노자로 사용한다.

　그런데 가는 길에 자신들의 수레를 끌어 준 수레꾼 이왕李旺은 이들의 재물에 욕심이 생겨 은자를 담은 쇠상자를 훔쳐 도망친다. 왕작으로부터 도난신고를 받은 관아에서는 포졸 이표李彪를 보내 이왕을 체포하려 하지만 난항을 겪는다. 개하집開河集까지 온 일행은 휴식을 취하고 왕작은 우연히 거리를 산보하던 중 비구니 암자에 들렀다가 미모의 비구니 진정眞靜과 밀회를 가진다. 며칠 뒤, 그는 객줏집에서 누군가에게 살해되고 객줏집 주인 장선張善과 이표는 각자 상대를 범인으로 지목하지만 사건은 해결되지 않는다. 지부가 형벌을 가하자 장선은 거짓자백을 하고 비보를 접한 왕 씨네 하인 왕혜王惠는 애통해 하면서 찰원察院에 고발장을 제출한다. 이 사건을 심리한 순무 허공許公은 장선과 이표 모두 범인이 아님을 눈치챈다. 꿈 속에서 네 구절의 게어偈語를 들은 그는 그 진짜 범인이 비구니와 관련이 있다고 확신한다. 그는 사람을 보내 진정을 체포하고 나서야 그녀가 비구 무진無塵과 정을 통하는 사이임을 알게 된다. 무진은 왕작이 진정을 가로챈 데 앙심을 품고 재물을 뺏고 그를 죽인 것이다. 범인이 체포되자 왕은은 일고·일기와 함께 장물인 은자를 되찾고 이표 등과 함께 영구를 운반하여 귀가하는데 개하를 지날 때 갑자기 광풍이 분다. 어떤 객줏집에 도착한 일행은 탁자 위의 쇠상자가 왕작이 은자를 담을 때 쓴 것임을 알아보고 이왕을 체포하고 부뚜막에서 도난당했던 은자를 찾아낸다. 그간의 경위를 파악한 허공은 왕작이 관 속에 은자를 감춘 것을 깨닫고 관을 열어 은자를 모두 꺼내 왕 씨네 사람들에게 은자를 돌려준다.

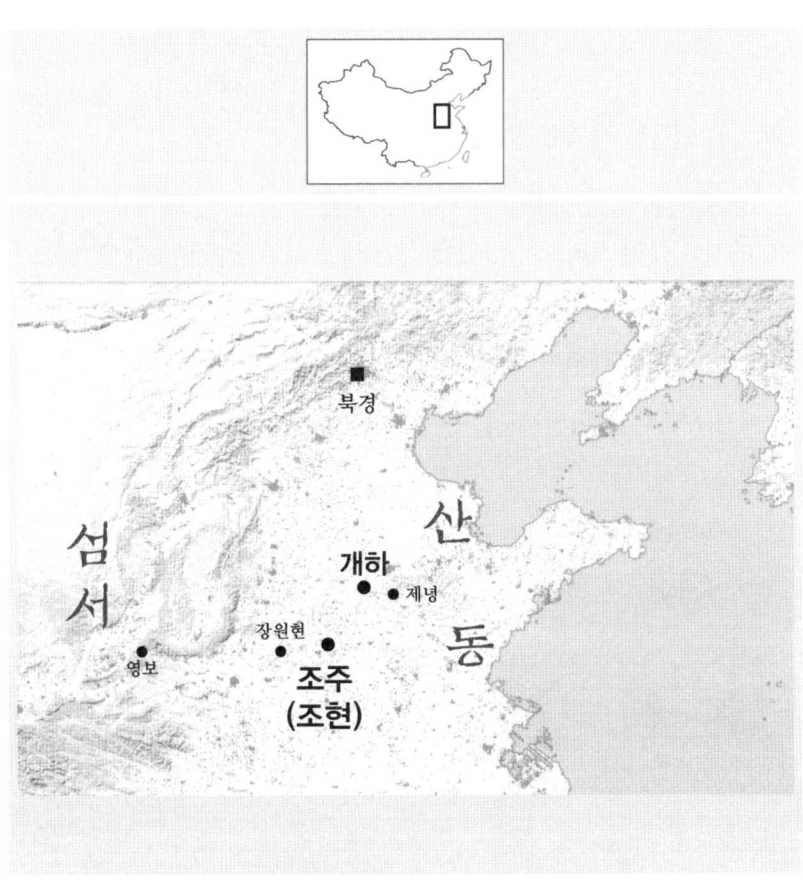

번역

옥사는 본래 억울한 일 당하기 쉬우니   獄本易寃,
하물며 도둑의 경우에 있어서랴?   況於爲盜.
만약 신처럼 밝은 사람 아니라면   若非神明,
좀처럼 억울한 사정 뒤집기 어렵단다!   鮮不顚倒.

이야기를 들려 드리도록 하겠습니다. 세상 일들 중에서 감옥에서 벌어지는 상황들은 가장 예측하기 어렵지요. 심판관은 자기 생각에 따라서 그렇다고 여기면 재판정 위에 앉아서 무조건 매질이나 해대기 일쑤입니다. 예로부터 이런 말이 있지요.

회초리 아래에서야   箠楚之下,
무엇인들 얻지 못하리오?[1]   何求不得.

그러면 그것이 어떤 일이든 간에 무조건 자백하고 말지요. 그래서 이런 말이 있습니다.

---

1 회초리 아래에서야 무엇인들 얻지 못하리오[箠楚之下, 何求不得] : 한대 역사가 반고(班固, 32~92)가 편찬한 『한서(漢書)』「노온서전(路溫舒傳)」의 "무릇 사람이란 존재는 편안하면 사는 것을 즐거워하지만 아프면 죽을 생각밖에 들지 않는 법이다. 회초리 아래에서야 무엇이든 얻지 못하겠는가?[夫人情安則樂生, 痛則思死, 箠楚之下, 何求而不得]"에서 유래한 말. 가혹한 형벌을 가하기만 하면 그 어떤 자백이라도 받아낼 수가 있다는 뜻이다.

"중대한 옥사인 경우에는 몇 번이고 추리하고 심문하라!"

한결같이 모두 당장의 안건만 붙잡고들 있으니 몇이나 억울함을 풀 수가 있겠습니까? 도적과 관련된 일들의 경우는 특히 억울한 사람을 만들기 십상입니다. 일단 '그 놈'이라고 판단하기만 하면 그의 말투며 행동이 하나하나가 다 의심스럽게 여겨지고[2] 따져보면 볼수록 정말 그런 것처럼 단정해 버리곤 하지요. 하늘의 법도가 밝게 드러나 감응이 나타난다면 어쩌다가 진상을 분명히 밝힐 수 있을 때도 있습니다. 그러나 만약 국문鞠問 하나에만 의존할 때라면 모두가 억울하게 죽는다 하더라도 어디 가서 하소연할 데가 없기 일쑤이지요.

송 왕조의 융흥[3] 원년의 일을 떠올려 볼까요? 진강군[4]의 장수 오초吳超가 초주[5]를 지키고 있었습니다. 위승魏勝은 동해[6]에서 오랑캐들과 항전을 벌이다가 군대에서 상으로 내리는 재물이 부족해지자 통령관統領官인 성언盛彦을 보내어 가져 오게 했지요. 그래서 별장[7] 원충袁忠이 황금과 비단

2　【즉공관 방비】皆竊鈇也. 한결같이 '작두 도둑놈' 같아 보이지.
3　융흥(隆興) : 남송의 황제인 효종(孝宗) 조신(趙昚)이 1163~1164년의 2년 동안 사용한 첫 번째 연호.
4　진강군(鎭江軍) : 중국 고대의 행정구역 이름. 당나라 지덕(至德) 원년(756)에 형남(荊南)을 쪼개어 기주방어사(夔州防御使)를 설치하고 나중에 기협절도사(夔峽節度使)로 격상시켰다. 지금의 사천성 봉절현(奉節縣) 동북쪽에 해당한다.
5　초주(楚州) : 중국 고대의 지명. 지금의 강소성 중북부 강회평원(江淮平原) 동부에 자리잡고 있는 회안시(淮安市) 일대에 해당한다.
6　동해(東海) : 중국의 동북방에 있는 발해(渤海)와 동남방에 있는 황해(黃海)를 아울러 일컫는 이름.
7　별장(別將) : 중국 고대의 관직명. 주력군과 공조하여 작전에 참여하는 부대의 지휘관.

한 짐을 단양[8]에서 수송해 왔답니다. 성언은 배로 가서 서로 인사를 나누고 나서 배에 허연 것들[9]이 쌓여 있는 것을 보더니 웃으면서 말했지요.

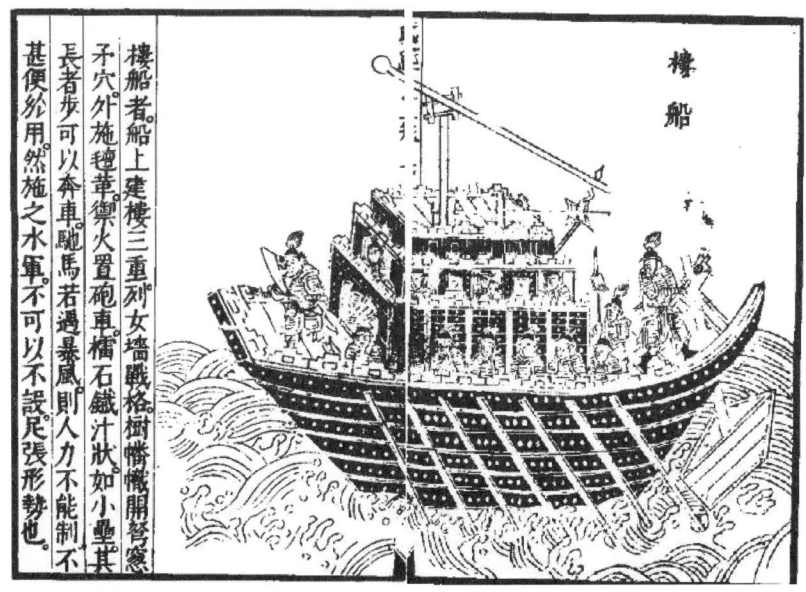

송대의 병서인 『무경총요(武經總要)』에 소개된 누선의 모습. 무게중심이 윗쪽으로 쏠린 탓에 내륙 하천이나 운하와는 달리 파도가 심한 바다를 횡단하는 것은 불가능했다

"'재물은 남들 앞에 보이는 게 아니다'[10]라고 하던데 … 황금과 비단을

---

8 단양(丹陽) : 중국 강소성 남부의 도시. 태호 서북쪽에 자리 잡고 있으며 동과 남으로는 상주(常州), 서와 북으로는 진강(鎭江)과 접해 있다.
9 허연 것들[白物] : '백물(白物)'은 명대의 속어로 하얀 색을 띠는 은자(銀子), 즉 백은을 가리킨다.
10 재물은 남들 앞에 보이는 게 아닙니다[財不露白] : 재물은 사람의 욕심을 부르고, 나아가 그것을 갖기 위하여 범죄를 부추기므로 아예 불행의 근본인 재물을 남들에게 드러내지 않는 것이 옳다는 뜻이다. 『기로등(歧路燈)』 제72회의 "객지를 다니는 나그네의 경우만 해도 그렇다. 매사에서 어디서든 신중하고 은밀해야 한다. 시쳇말로 '재물은 남들 앞에 보이는 게 아니다'라고 했나니![單講行路客人, 凡事要處處愼密. 俗話說財不露白]"에도 같은 표현이 보인다.

온 배에 잔뜩 쌓아 놓고 이렇게 사람 눈을 다 부시게 만드시는군요!"

그래서 원충이 말했습니다.

"관가의 물건을 어느 놈이 감히 호락호락 넘본단 말이오?"

"내가 오늘 밤에 건장한 무사한테 명령해서 '여기에 와서 챙겨 가라' 고 하기라도 하면 … 어쩌시려고요?"

성언이 농담으로 이렇게 말하자 원충도 웃으면서 말했습니다.

"그럴 담력이 있으면 가지러 오시오. 얼마든지 가져 가십시오!"

그렇게 사람들은 웃으면서 작별했답니다.

아 그런데 이날 밤 정말로 스무 명이 넘는 강도들이 배 위로 뛰어 올라와서 원충을 꽁꽁 묶고 배에 있던 은덩이 사백 개를 약탈해 가 버렸지 뭡니까요! 이튿날, 원충은 원수부로 가서 오 원수에게 울면서 보고했습니다.

"어제 통령관 성언에게 은덩이 사백 개를 강탈 당하고 … 거기다가 포박까지 당했습니다요! (…) 제발 장물을 회수하시고 그 죄를 다스려 주십시오!"

그래서 오 원수가 말했지요.

"어째서 성언이 강탈해 갔다는 게냐?"[11]

"지난번에 소장이 배로 단양에서 올 때 성 통령이 바로 달려와서 인사를 나누었습니다. 헌데, … 은자를 보더니만 욕심이 생겼는지 '오늘 밤에 건장한 무사를 보내 가져 가겠다'고 하는 것이 아닙니까. 소장은 그 자가 농담을 하는 줄 알았는데 … 뜻밖에도 밤이 되자 정말 배에 올라와 은덩이 사백 개를 약탈해 가 버렸습니다! 그러니 그 자가 아니면 누구이겠습니까?"

그러자 오 원수는 벌컥 성을 내면서 말했습니다.

"그렇게 간이 큰 놈이 다 있다니!"

그는 당장 포졸 네 명을 시켜 성언과 그를 수행하던 측근 교위[12]를 모조리 결박해 오게 했습니다. 군령이 엄격하니 누가 감히 어길 수가 있겠습니까? 천 명이나 되는 무리가 꽁꽁 묶인 채로 원문[13]으로 들어가 재판

---

11 【즉공관 미비】自是告者憒憒. 여기서부터 고발하는 이가 헷갈리는구나.
12 [교정] 측근 교위[親校] : 상우당본 원문(제1023쪽)에는 두 번째 글자가 '견줄 교(較)'로 나와 있으나 전후 맥락을 따져 볼 때 '교위(校尉)'를 뜻하므로 '가르칠 교(校)'를 써야 옳다.
13 원문(轅門) : 중국 고대의 군영 출입문. 고대에는 황제가 영토를 둘러보거나 사냥을 나갔을 때에는 행궁 주위에 수레들을 늘어놓아 울타리로 삼았는데, 출입구 쪽에는 수레 두

정 아래에 이르렀지요. 성 통령은 자신들이 끌려 온 까닭을 물었습니다.
그러자 오 원수가 말하는 것이었습니다.

원문 예시. 중국 드라마『삼국연의』에서 여포가 방천화극에 화살을 쏘는 대목. 원문 가운데에
방천화극이 세워져 있다

"네놈이 '병졸들을 이끌고 배 위의 은덩이 사백 개를 약탈해 갔다'고
원충이 보고해 왔다. 그래도 죄가 없다고 할 테냐?"

"그럴 리가 없습니다! 소인이 미천하기는 하오나 명색이 관리입니다.
어찌 법도를 어기고 그런 목숨이 달아날 짓을 벌인단 말입니까?"

그러자 원충이 무릎을 꿇고 증언하는 것이었지요.

대를 하늘을 바라보도록 뒤집어 놓고 '원문'이라고 불렀다고 한다. 나중에는 군대를 통솔
하는 장군의 군영을 드나드는 문을 가리키는 말로 사용되었다.

"네놈이 낮에 그렇게 말하고 나서 밤에 도둑질을 당한 것이다. 그런데 누구한테 죄를 떠넘기는 게냐!"

"낮에 당신이 재물을 보란 듯이 벌여 놓은 걸 보고 농담을 했던 것뿐이오.[14] 어디 정말 그런 짓을 벌일 리가 있겠소!"

"그런 일에 어찌 농담 짓거리를 할 수 있는가! 당연히 그럴 속셈이 생겼으니 그런 말을 지껄였을 테지!"

오 원수가 이렇게 말하자 성언은 당황하면서 말했습니다.

"만약 소인이 저 자의 재물을 약탈할 작정이었다면 어디 미리 스스로 비밀을 누설할 리가 있겠습니까?"

그러자 오 원수는 성을 내면서 말했습니다.

"네놈에게 욕심이 생겨서 입에서 자기도 모르게 그런 말을 스스로 흘린 것이다! 이렇게 엄청난 사건을 … 네놈이 그래서 실토하지 않을 작정인 게로구나!"

---

14 【즉공관 방비】也不該. 그래도 그러지 말았어야지!

그는 형리에게 호령하여 형벌을 가하게 했습니다. 그러자 성언은 돼지 멱을 따기라도 하는 것처럼[15] 억울하다고 울부짖는 것이었지요. 그러나 오 원수가 어디 곧이들으려 하겠습니까? 무조건 가혹한 고문을 가하면서 참혹하게 다루는 것이었습니다. 성언은 형벌을 견디다 못하여 결국 죄를 자백할 수밖에 없었지요.

"은덩이를 보고 욕심을 내지 말았어야 했을 것을! (…) 측근 병사들을 이끌고 야밤에 약탈을 벌인 것이 사실입니다!"

이 일로 말미암아 그를 수행해 온 측근 교위들에게 차례로 고문을 가했습니다. 개중에는 그 죄를 인정한 사람도 있고 인정하지 않은 사람도 있었지요. 물론 인정하지 않는 사람들은 모두가 온갖 고문을 다 받았습니다. 그러나 부인한들 무슨 쓸모가 있겠습니까? 당신이 아무리 되는 대로 하지 않으려고[16] 기를 써도 일률적으로 진술서에 서명을 할 수밖에 없

---

15 돼지 멱을 따기라도 하는 것처럼[殺豬也似]：중국의 설화(說話) 대본인 송·원대 화본과 이를 모방한 명·청대 의화본에는 "X也似"구조의 비유법이 자주 보인다. 이 경우, '也似'의 앞과 뒤에는 일반적으로 명사나 동사[구]가 와서 '명사 / 동사+也似+명사 / 동사' 구조를 이루는데 앞의 "X也似" 부분은 그 뒤에 명사가 오면 그 대상을 수식하는 한정어로, 그 뒤에 동사가 오면 그 행위를 묘사하는 상황어로 각각 작동한다. 문성재(2010)에 따르면, 여기에 사용된 '야(也)'는 해당 부분을 읽거나 노래할 때 엑센트를 주거나 리듬을 주기 위해 추가된 것이다. '문법적' 용도를 위하여 필연적으로 추가된 성분이 아니라 '음악적' 효과를 위하여 인위적으로 추가한 장치라는 뜻이다. 『이각 박안경기』에서 이 "X也似"구조의 표현들은 '야(也)'의 리듬감을 살려 일률적으로 "X와도 같은" 식으로 번역하였다.
16 되는 대로 하지 않으려고[不胡盧提]：송·원·명대의 구어식 표현. 어떤 일을 되는 대로 아무렇게나 처리하는 것을 두고 하는 말로, '되는대로, 멋대로, 대충' 등의 의미로 해석된다. 해당 용례가 가장 먼저 보이는 문헌은 송대의 문인 오증(吳曾)의 『능개재만록(能改齋漫錄)』이다. 이 책의 「변오3(辨誤三)」에는 "그런데 내가 왕낙도가 경박스러운 자를 기록

는 것입니다. 그러나 애초에 그의 장물을 찾아 보았으나 조금도 보이지 않았습니다. 그래서 일행의 행낭들을 샅샅이 뒤져 보았지만 별다른 흔적이 보이지 않았지요. 그래서 이번에도 고문을 가했습니다. 결국 성 통령은 어쩔 수가 없는지 되는 대로 허튼 소리를 늘어 놓았습니다.

"그 일이 있고 나서 바로 친척이 호상[17]으로 왔길래 그것들을 모두 그에게 넘겨 물고기와 쌀을 사게 했습니다요!"

호북성 동정호와 상강 일대의 풍광

할 때에 장등공의 「파정시」를 고쳐 '지금 내 관직을 버리고 떠나게 되었으니 서방님에게 '골로제'를 맡기나이다.'라고 했던데 '골로제'라고 한 것은 왜일까?[然余見王樂道記輕薄者, 改張鄧公罷政詩云'如今我得休官去, 一任夫君鶻露蹄', 乃作鶻露蹄, 何邪]"라고 하여 '호로제'를 '골로제(鶻露蹄)'로 사용한 용례를 확인할 수 있다. 이를 통하여 이미 송대부터 이 같은 표현이 사용되기 시작했음을 짐작할 수 있다. 나중에는 이 밖에도 '호로제(胡蘆蹄)·호로제(胡盧蹄)·호로제(胡蘆提)·호로제(葫蘆題)' 등으로 다양하게 표기되기도 했는데 의미에는 큰 차이가 없다.

17 호상(湖湘) : 중국 고대의 지역명. 호남성의 동정호(洞庭湖) 및 상강(湘江) 일대를 가리키며, 일반적으로 호남지역을 뜻하는 말로 사용되는 경우가 많다.

오 원수는 진술서를 작성하기는 했으나 군법이 걸려 있다 보니 장물을 찾고 사건을 종결시키기도 전에 사흘 내에 저잣거리로 끌고 가서 먼저 머리를 매달아 사람들에게 본보기로 보이기로 했습니다. 성 통령은 순간적으로 하지 말았어야 할 농담 때문에 그 지경에 이르고 만 것입니다. 그야말로

온 몸이 입이라고 해도 말을 할 수 없고　　　　　渾身是口不能言,
온 몸에 이가 나 있더라도 해명하기 어렵네!　　　遍體排牙說不得.

계속 이야기를 들려 드리도록 하겠습니다. 진강[18]의 저잣거리에 파락호破落戶가 하나 살았습니다. 그는 성이 왕王, 이름이 림林으로, 평소에 성질이 막무가내였는데, 양자강[19]에서 밑천이 들지 않는 짓을 벌이곤 했답니다. 그에게는 용모가 아리땁고 나이가 젊은 아내가 있었습니다. 가게에서 술을 팔면서 은밀히 겸사겸사 잘 생긴 사내를 몇 사람 사귀면서 밀회를 즐기곤 했답니다. 이 날은 왕림이 외출을 해서 마침 이웃의 젊은이와 방 안에서 서로 수작을 벌이다가 서로 끌어안고 그 일을 벌이려던 참이었지요. 그런데 일곱 살 배기 아들이 방 안으로 들어와 놀면서 당최 나가려 들지 않지 뭡니까 글쎄. 급기야 왕림의 아내는 이렇게 욕을 했습니다.

18　진강(鎭江) : 중국 강소성 서남부에 있는 도시. 남경에서 장강을 따라 동쪽에 자리잡고 있으며, 장강과 경항 대운하(京杭大運河)가 만나는 지점이어서 예로부터 군사·경제적으로 중요한 거점 역할을 하였다.
19　양자강(揚子江) : 중국 최대의 하천인 장강(長江)의 한 구간. 옛날 남경에 있었던 나루인 양자진(揚子津)에서 유래한 이름으로, 남경에서 황해 어귀에 이르는 장강 하류 구간을 가리킨다.

양자강 풍광. 중국에서는 남경 구간을 흐르는 장강을 '양자강'이라고 불렀다

"이 망할 놈의 자식! 안 꺼지고 뭐 해?"

그러나 그 아들은 한창 놀이에 몰두해 있었습니다. 그러니 어디 비켜 주려 하겠습니까?[20] 나이는 어리지만 물정은 좀 아는지 이렇게 모질게 말하는 것이었습니다.

"둘이서 그 짓 하면 될 거 아냐! 나 하고 무슨 상관이라고 기어이 방해를 놓고 그래?"

---

20 【즉공관 미비】天籟. 거침 없는 자연의 소리로군.

왕림의 아내는 아픈 데를 찔리자 무안해졌습니다. 그래서 일어나 쫓아가서 꿀밤을 때리더니 번쩍 들어 밖으로 내 보냈지요. 아이는 꿀밤이 아프자 머리를 싸 쥐고 세상이 다 떠나가라 울면서 입으로는 온갖 험한 욕이란 욕

홍두깨(국수 밀대)

은 다 퍼붓는 것이었습니다. 화가 난 왕림의 아내는 일단 사내를 내버려 두고 홍두깨를 들고 쫓아가서 아이를 때렸습니다. 아이는 고함을 지르면서 뛰어서 허둥지둥 거리 한 가운데로 달려 나갔지만 어미한테 머리를 실컷 얻어맞은 뒤였지요.[21] 아이는 아픈 머리를 싸 쥐고 입으로 고래고래 소리를 질렀습니다.

"엄마는 집에서 뭐 대단한 일을 한다고 나를 패고 그래? 멀쩡한 부뚜막을 헐어서 … 남의 집 엄청난 은자를 훔쳐다가 안에 넣고 꼭꼭 숨기더니 … 말하면 안된다고 나한테 입단속까지 시켰잖아!"[22]

울먹거리면서 이렇게 고함을 지르지 뭡니까. 비밀을 폭로하는 것을 본

---

21 【즉공관 미비】 □□□□□□□□□□□□□□天意也. □□□□□□□□□□□□□□ 는 하늘의 뜻이야.
22 【즉공관 미비】 天籟. 자연의 소리로군.

왕림의 아내는 허둥지둥 거리 한 가운데로 나오더니 아이를 끌고 들어가 버리는 것이었지요. 그 이야기를 엿들은 관아의 아전이 가서 동료에게 이렇게 일러 주었습니다.

"꼬맹이가 한 말 … 지어낼 수 있는 게 아닐세. 까닭이 있는 것이 분명해! (…) 이번에 원 나리가 은덩이를 사백 개나 잃어버렸지. '성 통령이 강탈했다'고 모함해서 머잖아 처형될 판인데 장물이 발견되지 않았지. (…) 그 왕림이라는 자는 꾼이니 … 다 이유가 있지 않겠어? (…) 우리 일단 가서 소식을 알아보도록 하세!"

그는 동료 대여섯 사람과 약속해 왕림의 가게로 와서 술을 사 먹었습니다. 그렇게 반쯤 취할 정도로 먹고 나서 큰소리로 말했지요.

"주인 양반! 물고기나 고기가 있거든 안주로 좀 내 오슈!"

그러자 왕림의 아내가 대답했지요.

"저희 가게에는 싸구려 술만 있고 고기 요리는 없는데요?"

"공짜로 먹겠다는 것도 아닌데 … 왜 안된다는 게요?"

아전이 이렇게 말하자 왕림의 아내가 말했습니다.

"그런 안주는 저희 집에서 판 적이 없습니다. 못 구한다는 거지 누가 '공짜를 밝힌다'고 했나요 어디?"

그러자 다른 아전이 술기운을 빌어 트집을 잡을 요량으로 몸을 일으키더니 말했습니다.

"그 말 못 믿겠어! 내가 어디 … 뒤져 볼까?"

그리고는 안으로 들어가길래 한 사람이 달려와서 말리는 것이었습니다. 그 서슬에 그는 벌써 부엌으로 들어가다가 일부러 아궁이에 부딪치는 바람에 벽돌 하나가 떨어져 아궁이가 박살 나 버렸지 뭡니까! 왕림의 아내는 그러자 화를 내면서 말했지요.

"남의 집에 그렇게 멋대로 들어가도 됩니까![23] 어째서 술을 먹더니 정신을 못 차리고 남의 집 부엌까지 밀고 들어가서 아궁이 받침을 다 박살을 내놓는데요?"

---

23 남의 집에 그렇게 멋대로 들어가도 됩니까[人家屋里, 各有内外] : '인가옥리, 각유내외 (人家屋里, 各有内外)'는 명대의 속담으로, 글자 그대로 직역하면 '남의 집안에서도 저마다 내외를 한다' 정도로 번역된다. 때로는 청대 중기의 소설『신루지(蜃樓志)』제10회의 "남의 집에도 저마다 내외가 있는 법. 어떤 막돼 먹은 자가 남의 집 안으로 마구 들이닥친단 말이냐![人家各有内外. 什么鳥人, 往裏頭亂闖]"에서처럼 "인가각유내외(人家各有内外)" 식으로 압축해 사용하기도 한다. 원문대로라면 "누구 집이라고 안팎이 없을쏘냐?" 정도로 풀이할 수 있지만 여기서는 혼동이 없도록 의역을 하였다.

중국 전통 주방의 아궁이

그러자 아전은 성을 내다가 기뻐하면서

"주인 댁! 화 낼 것 없소이다! 아궁이 받침이야 … 아무 것도 아니지!
(…) 내 잘 치워서 돌려 드리리다!"[24]

하더니만 손으로 그 깨진 곳을 더듬는 것이었지요. 그러자 왕림의 아
내는 허둥지둥 손으로 그곳을 가리더니 말했습니다.

---

24 【즉공관 미비】好做法. 수단이 좋군 그래!

"괜찮습니다! (…) 우리가 알아서 고치지요!"

아전은 상황이 좀 얄궂게 돌아가자 다짜고짜 아예 힘껏 밀어서 아궁이 귀퉁이를 모두 허물어 버렸습니다. 아 그랬더니만 안에서 허옇고 반짝거리는 큰 은덩이가 한 무더기나 드러나는 것이 아닙니까! 그러자 그는 호각을 불더니 말했습니다.

"여기 있다!"

그러자 사람들은 일제히 일어나 안으로 몰려 들어가서 보더니 일단 왕림의 아내부터 꽁꽁 묶는 것이었습니다. 그리고는 마악 왕림의 행방을 추궁하려고 할 때였지요. 가만 보니 웬 사람이 들이닥치더니 말하는 것이었습니다.

"누가 우리집에서 행패를 부리는 거요?"

사람들이 쳐다보니 바로 왕림이길래 냅다 큰소리로 외쳤습니다.

"잡아라, 잡아!"

왕림은 상황이 심상치 않자[25] 몸을 돌려 달아나려고 하는 것이었습니다. 그러나 아전들은 매가 제비와 참새를 덮치듯이 오랏줄로 그를 꽁꽁 묶었지요. 그리고는 다함께 손을 써서 아예 아궁이를 허물어 뜨렸습니다. 그렇게 은자를 꺼낸 다음 세어 보니 사백 개가 모두 있고 하나도 오차가 없지 뭡니까. 그래서 범인과 장물을 함께 원수부로 압송해 갔지요.

오 원수가 진술서를 가져다 자백을 받자 왕림이 실토하는 것이었습니다.

"원 나리 배에서 은자를 약탈한 것이 사실입니다요!"

그래서 공범을 추궁했더니 바로 평소에 그 아내와 내왕하던 이웃의 불량배 패거리인데 다 합쳐서 스무 명이 넘지 뭡니까요. 오 원수는 그 패거리를 은밀히 잡아들여서 한 사람도 놓치지 않았지요. 그리고 진술한 내용과 상황이 일치하자 즉시 군법에 따라 처리하여 당장 머리를 베어 매달고 그 아내는 관아에서 종으로 팔아 치웠습니다.[26] 오 원수는 그제서야

---

25 상황이 심상치 않자[不是頭] : '부시두(不是頭)'는 명대의 구어식 표현으로, 상황이 여의치 못한 것을 두고 하는 말이다. 『수호전』 제46회의 "사방의 머슴들은 (…) '불리하다'고 생각했던지 죄다 물러갔다[四下裏莊客 (…) 思量不是頭, 都退去了]"에서도 같은 표현을 확인할 수 있다.

26 관아에서 팔아 치웠습니다[官賣] : '관매(官賣)'란 중국 중·근세에 관청에서 역적이나 죄인의 가솔을 공공연하게 일정한 금액을 받고 대중에게 노비로 처분하던 것을 말한다. 당대에는 이 같은 관청의 인신매매가 한 동안 금지되기도 하였다. 그러나 송대에는 다양한 인신매매의 사례들이 포착되었으며 정부에서도 이를 무조건 금지시키기보다는 적정한 수준에서 관리하면서 인신매매 과정에 개입하고 쌍방이 정식으로 계약을 하도록 유도하는 대신 소정의 세금을 징수하는 등 인신매매를 양성화 하는 쪽으로 입장을 바꾸었다. 이 같은 방식은 그 뒤를 이은 명·청대에도 그대로 인습되었다. 명·청대에는 약탈이나 유인을 통한 불법 인신매매인 경우에는 후환을 피하기 위하여 현지가 아닌 외지에서 음성적으로 거래가 이루어지곤 하였다. 그러나 관청에서 직접 인신매매 주체가 되는 경우에는 합법적인 거래로 간주되어 현지에서 거래가 이루어지는 경우가 많았다고 한다. 현지에서 이루어진 관청의 합법적인 인신매매의 사례는 풍몽룡의 『경세통언(警世通言)』「황태수단사해아(況太守斷死孩兒)」에서도 그 일단을 엿볼 수가 있다. "지현이 "또 '수고'라는 시녀가 있는데 관아에서 팔아 치웠습니다"라고 말하자 황 나리가 말했습니

지난번에 성 통령과 그 측근 교위들이 억울한 일을 당한 것을 깨닫고 모두 감옥에서 풀어 주었답니다. 만약에 이 날 왕림의 일이 발각되지 않고 하룻밤을 더 끌었더라면 성 통령과 그 측근 교위들의 머리는 예외없이 목에서 사라지고 말았을 테지요.

이처럼 세상 일이란 상황이 좀 의심스럽다고 해서 무턱대고 남에게 죄를 뒤집어씌우면 안된다는 것입니다.[27]

이번에도 도둑 맞은 일 때문에 두 사람을 의심하고, 나중에는 청렴한 판관이 진상을 밝혀낸 이야기입니다. 여기에는 억울한 사정들이 무척 많답니다. 소생이 자세하게 이야기해 드리도록 하지요.

송사란 것은 예로부터 거짓된 것	訟獄從來假,
그걸 뒤집어 꿈 속 일조차 진실로 둔갑시키지.	翻令夢寐眞.
꿈에서 있었던 일만 가지고	莫將幽暗事,
눈 앞에 있는 사람 억울하게 만들지 말라!	冤卻眼前人.

이야기를 들려 드리도록 하겠습니다. 우리 왕조의 정덕[28] 연간에 섬서

다. "관아에서 팔더라도 반드시 현지에서 팔아야 하는 법이오"(知縣道, 還有個使女, 叫做秀姑, 官賣去了. 況爺道, 官賣一定就在本地.)"

27 【즉공관 미비】刑官念之. 형률을 책임지고 있는 관리들은 각별히 유념해야 할 것이다.

28 정덕(正德) : 명나라 제10대 황제인 무종(武宗) 주후조(朱厚照, 1491~1521)가 1506~1521년에 16년 동안 사용한 연호.

陝西지방에 형제가 두 사람 살았습니다. 하나는 이름이 왕작王爵이고 하나는 이름이 왕록王祿이었지요. 그의 조부는 공도貢途의 지현으로, 벼슬을 마치고 집에서 지내고 있었습니다. 부친은 소금상인으로, 모친과 함께 집에 있었지요. 그리고 왕작은 일고一皐라는 아들을, 왕록은 일기一夔라는 아들을 하나씩 두고 있었습니다. 왕작과 왕록 두 사람은 어린 시절부터 글공부를 했답니다. 그래서 왕작은 학당에 들어가 생원[29]이 되었지요.

반면에 왕록은 학업을 그만 두고 장사와 부기 같은 일들에서 재능을 드러내었습니다. 그래서 그 부친은 그를 산동山東으로 데리고 가서 소금을 만드는 일을 돕게 했지요. 그러다가 그에게 제법 일머리가 있는 것을 깨달았지요. 그래서 나중에는 그 부친은 현지에 나가지 않고 은자 천 냥을 그에게 맡겨 그가 혼자 산동으로 가서 소금장사를 하게 했지요. 이때 하인 둘이 그를 수행했는데, 하나는 왕은王恩, 하나는 왕혜王惠였습니다. 둘 다 산전수전을 다 겪고 강호[30]를 익숙하게 다닌 사람이었습니다. 왕록이 산동으로 가게 되었는데, 이 상전과 하인 세 사람은 눈도 밝고 손도

---

29 생원(生員) : 명대에는 문관의 대다수가 과거(科擧)를 통해 관계에 입문했는데, 첫 단계의 급제자를 생원이라고 불렀다. 생원은 삼 년마다 한번씩 향시(鄕試)를 볼 수 있었는데, 여기에 합격한 사람을 거인(擧人)이라고 불렀다. 이들은 북경에서 최종적으로 치루어지는 회시(會試)·전시(殿試)에 응시할 수 있었다.

30 객지[江湖] : '강호(江湖)'는 『장자(莊子)』 「대종사(大宗師)」의 "샘이 말랐을 때 물고기들이 그 땅에 서로 함께 있으면서 아무리 물기를 서로에게 불어주고 거품을 서로에게 적셔준다고 한들 강과 호수에서 서로 잊고 사는 것만은 못한 법이다[泉涸, 魚相與處于陸, 相呴以濕, 相濡以沫, 不如相忘于江湖]"라는 말에서 유래한 것이다. 그러나 '강호'는 의미상으로 하천이나 호수와는 무관할 뿐 아니라 실제로 존재하는 특정한 장소를 가리키는 것도 아니다. 이 단어는 조정이나 공직사회에서 멀리 떨어져 국가의 통제나 법률적 구속으로부터 유리된 민간을 가리키는 말로 사용되는 것이 보통이다. 중국문학(특히 무협소설)의 영역에서 '강호'는 협객들이 활동하는 세계, 심지어 암흑사회의 대명사로 받아들여지곤 한다. 편의상 여기서는 전후 맥락에 따라 '객지'로 번역하였다.

빠릿빠릿한 것이 남들보다 셈에 밝았습니다. 거기다 시운까지 있었는지 사들인 소금이 싼 것이어서 얻는 이문이 많았지요.

예로부터 이런 말이 있습니다.

배 부르고 등 따뜻하면	飽暖,
음욕이 생기기 마련이다.	思淫欲.

왕록은 수중에 여유가 생긴 데다가 재물도 쉽게 모이는 것을 보고 음탕한 마음을 품기 시작했습니다. 그는 창기를 두 사람 집으로 들였는데, 하나는 '요요夭夭', 하나는 '진진蓁蓁'이었지요. 그는 처음에는 기방을 다녔지만 묵다가 정이 깊어지자 아예 은자를 가져 와서 그 두 사람을 빌려 왔습니다. 뿐만 아니라 하인 왕은과 왕혜에게도 각각 첩을 하나씩 들이게 해서 나이도 젊고 용모도 아름다운 여자를 골라 주었지요. 그러나 명목상으로는 하인의 아내이며 요요와 진진의 시중을 든다고 둘러 대었지만 실제로는 왕록이 번갈아 가면서 동침했습니다. 그렇다 보니 왕은과 왕혜는 정작 함께 지내는 시간이 아주 적었지요. 물론 흥분이 절정으로 치달을 때에는 넷이 한 침상에 들어가 다함께 음탕하게 놀면서 서로가 거리낌이 없었답니다. 그렇게 밤낮 없이 즐기고 노래하며 술과 여색으로 방탕하게 지내다 보니 두 해도 되지 않아 결국 폐결핵에 걸리는 바람에 심신이 다 지쳐서 곧 죽게 되었지 뭡니까. 왕록은 이제 틀렸다는 것을 알고 왕은을 보내 서신을 집의 부친과 형에게 부쳤습니다. 그리고는 아들 왕일기로 하여금 왕은과 함께 산동으로 와서 장부를 넘겨 받게 했지요.

왕작은 서신에서 '은자가 무척 많다'고 한 것을 보더니 속으로 욕심이 생겼습니다. 그래서 이렇게 추측했지요.

'조카는 나이가 어려서 가더라도 제대로 처리하지 못할 게 뻔하다. 더욱이 병세가 좋지 못하니 … 만에 하나 우리가 도착할 때까지 기다리지 못하면 그 많은 은자를 다 날려버릴 게 아닌가!'

그래서 먼저 때맞추어 도착할 요량으로 아들 일고로 하여금 일기와 함께 길을 나서게 했습니다. 그리고 나서 왕은에게 분부했지요.

"두 도련님과 천천히 수습하고 나서 같이 뒤따라 오도록 해라. 나는 밤길을 나서 먼저 가서 둘째 도련님을 뵙도록 하마!"

그러나 바로 이 걸음 덕분에 다음과 같은 일이 벌어지게 됩니다.[31]

뽀얀 얼굴의 샌님이   白面書生,

---

31 다음과 같은 일이 벌어지게 됩니다[有分交] : 명대 (의)화본 및 장회(章回)소설에서 장면이 끝나거나 바뀔 때마다 사용하는 상투어. 보통 이 앞에는 "바로 이 걸음 덕분에[只因此一去]"라는 말이 관용적으로 사용되며, 이 뒤에는 다음 장면에서 벌어지게 될 사건이나 상황들을 사전에 미리 암시하는 두 구절의 시를 사용함으로써 청중들이 이야기에 몰입하도록 이끄는 역할을 하는데, 엄밀한 의미에서는 독서를 목적으로 한 일반 소설의 관용적인 표현이라기보다는 극장에서의 공연을 목적으로 한 공연물에서 주로 사용하는 연극적 장치의 일종으로 이해하는 것이 더 좋을 듯하다. "분교(分交)"는 '분교(分教)'로 표기하기도 한다. 여기서는 "유분교(有分交)"를 편의상 "다음과 같은 일이 벌어지게 된다" 식으로 번역하였다.

난데없이 객지의 귀신 되어 버리고	遽作離鄕之鬼,
검은 옷의 불제자가	緇衣佛子,
감옥에 갇히는 죄수로 전락하누나.	翻爲入獄之囚.

그야말로

복이 연달아 들어온단 말은 믿기 어려워도	福無雙至猶難信,
불행은 홀로 다니지 않는단 말 정말 진짜로다.	禍不單行果是眞.
형제가 여색에 탐닉하지 않았더라면	不爲弟兄多濫色,
어찌 둘 다 객지에서 죽게 만들었겠나?	怎敎雙喪異鄕身.

왕작은 얼마 지나지 않아[32] 산동 땅에 도착했습니다. 그가 동생인 왕
록을 찾아가서 보니 병세는 위급했지만 아직은 죽지 않은 상태였지요.

알고 보면 이 성병이라는 것은 결국에는 목숨을 살릴 수 없다고는 해
도 바로 죽는 것은 아닙니다. 그래서 의식은 멀쩡하기 마련이지요. 어쨌
든 다행스럽게도 형제 두 사람이 가까스로 만난 것입니다.

왕록은 형을 보더니 눈물을 뚝뚝 흘렸습니다. 동생의 병세가 이미 갈
데까지 간 것을 직감한 왕작은 울면서 말했지요.

---

32 얼마 지나지 않아[不則一日] : '부즉일일(不則一日)'을 글자 그대로 풀면 '하루가 되지 않
아서'로 번역할 수 있다. 그러나 이는 송·원대의 화본소설, 명대의 의화본소설 등 구어체
문학작품들에서 화자가 거론하는 '부즉일일'이 실제에 근거한 표현이 아니라 이야기꾼
의 상투적이고 관용적인 표현으로 굳어졌음을 시사해 주는 셈이다. 이 같은 상황은 『박안
경기』의 다른 이야기들에서도 마찬가지이다. 따라서 여기서는 '부즉일일'을 편의상 "얼
마 지나지 않아"로 번역하기로 한다.

"어쩌다가 이런 낭패를 당한 게야?"

"이 아우가 불행하게도 병이 위급해져 몸져 누웠지만 … 악착같이 버티면서 피붙이를 보기만을 기다리고 있었습니다! (…) 이제 형님이 오셨으니 이 아우 … 죽어도 여한이 없소이다!"

"아우야, 객지에서 오래 지내면서 이문이 많이 생긴 건 … 모두 네가 고생해서 얻은 것이다! 허나 이제 병이 들어 위태로운데 만에 하나 안 좋은 일이라도 생긴다면 … 부모님께 고할 유언이라도 있느냐?"

그러자 왕록이 말하는 것이었지요.

"이 아우가 먼 곳에서 지내느라 부모님과 형님께 효도를 하지도 못했건만 그저 몇 푼 하찮은 이문을 벌려다가 이 지경이 되고 말았군요! (…) 형님이 절더러 고생했다고 하시니 그 말씀 한 마디만으로도 고생은 했지만 원망은 없습니다! (…) 지금 원금인 은자 천 냥을 부모님께 돌려 드려 부모님을 평생 봉양해 드리는 돈으로 삼고자 합니다![33] (…) 그 나머지 이문인 삼천여 냥은 … 제 아들 일기에게 절반, 조카 일고에게 절반, 이렇게 두 몫으로 나누어 주겠습니다. (…) 형님이 여기까지 오신 덕분에 무

---

33 **【즉공관 미비】** 不私其子, 亦是□□. 然不若是, 恐其子反不得與耳. 자기 아들만 편애하지 않다니 이 역시 □□(의인?)이로구나. 그러나 이렇게 하지 않았더라면 아마 그 아들이 (유산으로 남긴) 은자를 받을 수 없었을 지도 모르지.

사히 은자를 맡겼으니 … 저는 죽어서 저승에서라도 눈을 감을 수가 있겠군요!"

이렇게 분부를 마치자 왕작은 하인 왕혜를 시켜 은자 액수를 잘 확인하게 했지요. 그리고 나서 왕록은 몇 마디 말을 더 하더니 차츰 기운이 빠지더니 땅거미가 질 무렵에는 날숨만 있고 들숨은 없이[34] 세상을 등지고 마는 것이었습니다![35]

왕작과 왕혜는 서로 얼싸 안고 통곡을 했습니다. 네 여인은 네 여인대로 덩달아서 슬퍼하면서도 절제하면서 눈물을 흘렸습니다. 왕작은 왕혜를 시켜 좋은 목관을 사서 입관하게 했습니다. 그리고 관을 내릴 때 왕작은 '일진이 좋지 않다'는 이유로 왕혜로 하여금 부녀자 네 사람을 감시하면서 한 방에 가두고 아무도 보러 가지 못하게 막았지요. 그리고 염습을 잘 하고 나서야 풀어 주었습니다. 그는 이어서 요요와 진진의 기생어멈

---

34 날숨만 있고 들숨은 없이[只有出的氣, 沒有入的氣] : 원·명대의 구어 표현. 사람이 죽을 때 마지막 숨을 내쉬고 죽기 때문에 '날숨만 있고 들숨은 없다'고 한 것이다. 일반적으로 숨이 오락가락하면서 목숨이 경각에 달려 있는 경우를 가리킨다. 『수호전전(水滸全傳)』 제3회의 "가만 보니 정도가 땅 바닥에 쓰러져 있는데 입에는 날 숨만 있고 들 숨은 없이 꼼짝도 하지 않는 것이었지요[只見鄭屠挺在地下, 口裏只有出的氣, 沒有入的氣, 動彈不得]" 등에서도 같은 표현이 보인다. 때로는 '나는 숨만 있고 드는 숨은 없다[只有出的氣, 沒有進的氣]' 식으로 쓰기도 한다.

35 세상을 등지고 마는 것이 아닙니까[嗚呼哀哉, 伏惟尚饗] : 상우당본 원문(제964쪽)에는 뒤의 "아아 슬프구나, 엎드려 바라옵나니 제삿음식이나마 마음껏 받으소서(嗚呼哀哉, 伏惟尚饗)"에 죽음을 간접적으로 암시하는 구절이 나온다. 여기서는 상우당본 원문에는 없지만 앞뒤를 부드럽게 연결하기 위하여 그 앞에 죽음을 직접적으로 시사하는 "세상을 등지고 말았지 뭡니까 글쎄"를 추가하였다.

을 불러 와서 확인서를 쓰고 두 사람을 데려가게 했지요. 나머지 두 여인 역시 당초 중신을 섰던 중매쟁이를 불러서 데리고 가서 그 본가로 돌려 보내게 했답니다. 눈 앞의 왕혜가 좀 아쉬워하는 것도 아랑곳 하지 않고 뒤의 왕은이 작별을 고하기도 전에 그는 무조건 방법을 강구해서 최대한 가벼운 몸으로 길을 나설 참이었습니다.[36]

그 자리에서 한편으로는 왕혜와 함께 짐을 챙기고 꾸리면서 은자 오백 냥을 큰 곽에 담았습니다. 그리고 백여 냥의 부스러기 은자와 금 장신구 두 개를 휴대용 행낭에 넣어서 오는 길에 쓰기로 했지요. 그러자 왕혜는 이상한 생각이 들어서 물었습니다.

"둘째 도련님의 그 많던 은자가 어째서 … 이것밖에 안 남았습니까요?"

그래서 왕작이 말했습니다.

"도중에 길을 가기 곤란할까 걱정이 돼서 말이다. 모두 내가 기발한 방법으로 숨겨 놓았으니 집에 도착하면 나타날 게다. 그래서 겉으로는 이 정도만 남겨 놓은 게다."

"기발한 방법이 있으시면 이 오백 냥도 숨기지 그러세요? 길에서 노잣 돈이야 쓰기에 충분한 걸요."

---

36 【즉공관 미비】此時處分甚老成, 何他日復以己敗. 이때는 처분을 아주 물정 밝게 해 놓고 어쩌자고 나중에는 되려 자신의 신세를 망쳤을꼬.

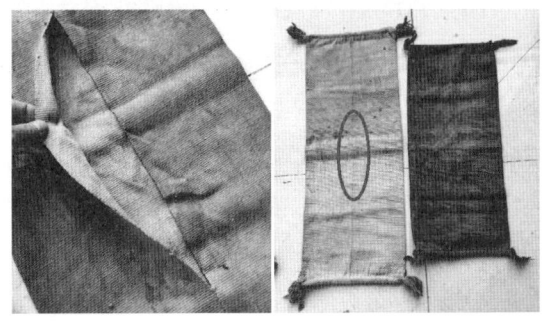

중국에서 먼 길을 다니는 상인들이 귀중한 문서나 금품을 휴대할 때에 한쪽 어깨에 걸치고 다니던 답련(褡褳). 바닥에 펴 놓았을 때 안쪽의 가운데(동그라미)나 양 끝에 주머니를 덧대어 물건을 보관하였다

그러자 왕작이 말했지요.

"대단한 객상[37]의 시신을 운구해 돌아가는데 설마 은자가 몇백 냥도 없겠느냐? (…) 남들이 이상하게 여기면 되려 꼬치꼬치 따지고 들 테니 난처해진다. 차라리 이 곽을 행장 안에 넣으면[38] 꽤 묵직해 보이기도 하고 … 남들도 '또 뭐가 있나' 싶어서 더 이상 이상하게 여기지 않을 게다."

"지당하신 말씀이십니다요!"

이렇게 계획을 정하고 수레를 한 대 대절해 왔는데 수레꾼은 이름이 이왕(李旺)이었습니다. 왕작은 수레에는 관을 싣고 행장을 가득 담더니 자

---

37 객상(客商) : 출신지에서만 머물지 않고 여러 군데를 왕래하면서 물건을 매매하는 상인.
38 【즉공관 방비】原打點送與別人了. 애초부터 다른 사람한테 줄 요량이었지.

신과 왕혜는 가벼운 차림으로 나귀를 타고 나란히 길을 나섰지요.

그렇게 계속 서쪽으로 가다가 조주³⁹ 동관東關에 이르러 객줏집에서 여장을 풀었습니다. 수레는 수레대로 밀고 가서 객줏집 안 빈 터에 세워 놓았지요. 그런데 수레꾼 이왕이 며칠 동안 길을 가다 보니 묵직한 곽이 수시로 눈에 띄었습니다. 그는 은자가 그 안에 들어 있다는 것을 눈치챘지요. 그래서 한밤중에 자리에서 일어나 그 길로 그 곽을 끌어안더니 남들이 단잠을 자고 있는 틈을 타서 객줏집을 나와서 수레조차 팽개치고 도망을 쳐 버리는 것이었지요.

날이 밝고 잠자리에서 일어난 손님들은 수레를 밀고 가도록 시키려고 이왕을 불렀습니다. 그런데 행방을 알 길이 없지 뭡니까. 허겁지겁 행장과 물건들을 확인해 보니 문제의 그 곽만 사라지고 없었지요. 그러자 왕작은 주인을 보고 말했지요.

"그 곽에는 은자가 오백 냥이나 들어 있었네. 그러니 자네도 혐의를 벗을 수가 없어!"

그러자 객줏집 주인이 말하는 것이었습니다.

"만약에 저희 객주에서 분실하셨다면 당연히 저희가 찾아서 돌려 드려

---

39 조주(曹州) : 중국 고대의 지명. 지금의 산동성 하택(荷澤) 조현(曹縣) 일대에 해당하며, 예로부터 모란꽃의 도시로 유명하다였다. 산동성의 서남부에 자리잡고 있으며 하남성 개봉시 동북쪽에 있다. 명대 이래로 산동성에 속했지만 송대에는 개봉 즉 변경(汴京)의 관할하에 있었던 것으로 보인다.

야지요. 허나 … 지금 수레꾼이 도망치기는 했지만 그 수레꾼은 손님들께서 길에서 고용하셨으니 … 저희 객주 하고 무슨 상관이 있습니까요?"

그가 한 말에 일리가 있다고 여긴 왕작이 말했습니다.

"상관이 없다고는 하지만 자네의 객줏집 안에서 사라졌네. 그러니 자네가 우리를 안내해서 그 놈이 간 길을 찾아 주어야겠어!"

"손님! 그 수레꾼을 … 어디서 고용하셨습니까요?"

"성(城)에서 고용해서 북쪽에서 돌아오는 수레였네."

"그렇다면 … 그놈은 동쪽이 아니라 서쪽으로 가는 길이었을 게 분명합니다. 더욱이 무거운 물건을 들고 있어서 다니기에 불편할 테지요. 서둘러 쫓아간다면 붙잡을 수가 있을 겝니다! 그건 그렇고 … 관아의 사령하고 같이 가셔야 합니다. 그래야 쫓아가 붙잡았을 때 잃어버리는 일이 없지요."

"그건 상관 없네. 내가 의관을 차려 입고 자네 하고 같이 가서 고을 원님께 고해서 포졸을 파견하도록 부탁드리면 되니까."

왕작이 이렇게 말하자 주인이 말했습니다.

"이제 보니 벼슬을 하는 나리이시군요? 그럼 더더욱 어려울 염려가 없지요!"

그래서 고을 수령에 대해서 물어 보니 섬서 땅 사람이라는 대답이었습니다.

"나와 동향이라니 더 잘 됐군 그래!"

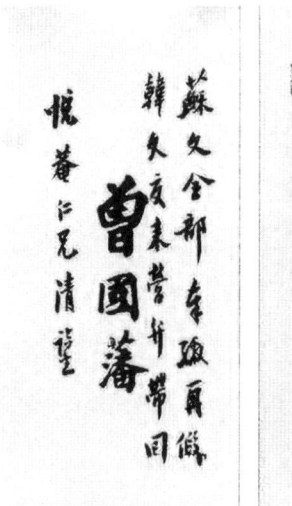

왕작은 명첩을 하나 쓰더니 이어서 분실 신고서도 한 장 썼습니다. 고을 수령은 그가 같은 고향 사람인 것을 알고 각별히 신경을 써 주었지요. 수령은 즉시 포졸 이표李彪를 파견해 왕작을 수행해 가서 도둑을 체포하게 했지요. 그리고 '반드시 붙잡아야 임무를 완수한 것

명첩 예시(아트론넷 사진)

으로 여기겠다'고 말하는 것이었습니다. 왕작은 객줏집 주인에게 부탁해 따로 수레꾼을 고용하여 수레를 밀고 가게 하고 주인과 작별한 뒤 포졸 아전 세 명과 함께 길을 나섰답니다.

그렇게 개하집[40]까지 왔을 때였습니다. 왕작이 말하는 것이었지요.

"산더미 같이 쌓인 물건들을 지니고서야 어떻게 찾아다닐 수가 있겠소? (…) 차라리 큰 객줏집을 찾아서 여장을 풀고 몸부터 쉬도록 합시다. 그런 다음에 패를 나누어서 소식을 수소문하는 편이 낫겠소이다!"

그러자 이표가 말했습니다.

"아주 일리 있는 말씀을 하셨습니다요! 저희들도 하루 만에 찾아낼 수 있는 것이 아니니까요. 저희가 찾아내지 못하면 나리께서도 떠나실 수가 없으니 (…) 이곳에는 장선張善의 객주가 아주 큽니다. 영구를 잠시 안에 세우시고 상공께서 이틀 동안 머무시지요. 저희는 사방으로 찾아다니면서 행방을 수소문해 보겠습니다. 저희가 상공께 보고 드릴 때쯤 되어야 실마리가 좀 보일 테니까요!"

"나도 바로 그런 생각이요!"

왕혜를 시켜 수레꾼에게 분부해서 그 길로 수레를 밀어 장선의 객줏집

---

40 개하집(開河集) : 명대의 지명. 산동성 양산현 성(梁山縣城) 동남쪽 26km 일대의 개하(開河)는 경항대운하가 경유하기 때문에 원대에 이곳에 개하갑(開河閘)이라는 갑문을 설치하는 한편 수상 역참(개하역)을 설치하였다. 명·청대에는 개하진(開河鎭)이 설치되면서 운하 부두가 건설되고 상인들이 왕래하고 시장이 번창하여 '개하집'으로 불리기도 하였다. 양산현 연혁지에 따르면 '개하'라는 이름은 명나라 초기인 성조(成祖) 주체(朱棣) 영락(永樂) 9년(1411)에 이곳에 대운하를 준설한 데서 유래했다고 한다.

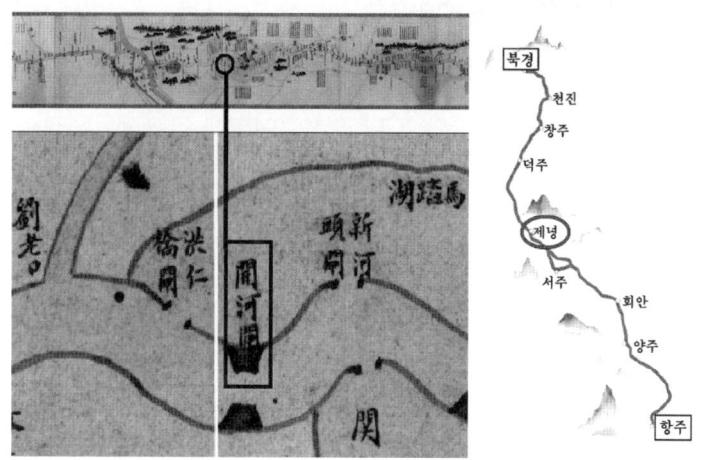

운하를 통한 청대 조운의 전 구간을 그린 『산동운하전도(山東运河全图)』(1884)에 표시
된 개하집의 위치(네모)

안에 들여 놓게 했습니다. 이윽고 객줏집 주인이 나와서 일행을 맞이하
자 이표가 분부하는 것이었지요.

"이쪽 나리께서는 우리 고을 원님과는 동향 분이시네. 영구를 모시고
돌아가시다가 공무가 좀 있으셔서 이곳에서 이틀 동안 머물 계획이시네.
임자 객줏집에서 정갈하고 괜찮은 방을 골라 두 칸을 치워 놓으면 우리
가 묵도록 하겠네. 각별히 신경써서 모시도록 하게나!"

그런데 주인인 장선이 이표를 보니 관아의 아전이지 뭡니까. 소홀하게
대할 수가 없어서 이렇게 대답했지요.

"저희 객주는 이 저잣거리에서는 제법 넓습니다. 나리들께서는 마음

놓고 며칠 동안 묵으시면 되겠습니다요!"

그러면서 한편으로는 의례적인 술과 밥을 차려 내는 것이었습니다. 왕작은 좋은 방에 혼자 묵으면서 따로 먹고 왕혜와 이표는 함께 먹었지요. 그렇게 다 먹고 나자 이표가 말했습니다.

"날이 아직 이르니 소인은 저잣거리의 아전 동료들과 약속해 만나서 다같이 신경써서 수소문해 보도록 하겠습니다!"

"그러셔야지! (…) 그놈을 찾아내기만 하면 단단히 사례를 하리다."

"당연히 최선을 다해 모셔야지요!"

말을 마친 그는 혼자서 그 자리를 떠났습니다.
왕작은 내내 우울하게 있다가 주인에게 물었지요.

"거리로 나가서 산보라도 좀 하려고 하는데 … 길동무가 없으니 자네도 같이 좀 가세나."

"그럽지요!"

왕작은 왕혜에게 남아서 행장을 지키면서 방에 누워 있도록 일렀습니다. 그리고 나서 자신은 장선과 함께 거리로 나와 북적거리는 저잣거리를 인파에 떠밀리며 돌아다녔지요.

"나를 조용한 … 곳으로 좀 안내해 주겠나?"

왕작이 이렇게 말하자 장선이 말했습니다.

"이리로 오시지요. (…) 조용하고 괜찮은 곳이 저기 있습니다요!"

왕작이 장선을 따라서 야외를 통과해서 어떤 곳에 이르렀는데 바로 비구니 암자였습니다. 장선이 말하는 것이었습니다.

"여기가 아주 조용합지요! (…) 안에 반반한 비구니도 있으니 … 들어가서 차라도 한 잔 드시지요."

그렇게 해서 장선이 앞장을 서고 왕작이 그 뒤를 따라서 암자로 들어갔습니다. 그런데 가만 보니 웬 비구니가 안에서 천천히 걸어 나오는 것이 아닙니까. 그 모습을 본 왕작은 놀라면서 말했습니다.

"세상에 저렇게 고운 여자가 다 있다니!"

그 비구니가 어떻게 고왔는지 아십니까?

머리칼 흔적 뽀족뽀족	尖尖髮印,
인상도 좋고 갓 깎은 민머리	好眉目新剃光頭,
좁다란 검은 두루마기	窄窄緇袍,
아리따운 몸에 딱 어울리네.	俏身軀雅裁稱體.
번소[41] 닮은 앵두 같은 입은	櫻桃樊素口,
향기롭게 숨 쉬며 경 읽기에 열심이고	芬芳吐氣只看經,
소만[42] 닮은 버들가지 같은 허리는	楊柳小蠻腰,
하늘하늘 사람 만나자 인사를 하네.	嫋娜逢人旋唱喏.
선녀께서 인간 세상에 내려 오셨나	似是摩登女來生世,
늙은 아난[43]조차 마음 흔들리지 않겠나!	那怕老阿難不動心.

비구니를 본 왕작은 놀란 나머지 얼이 다 달아나고 넋이 다 날아가 버
릴 지경이었습니다.[44] 비구니가 아주 곱게 생기기도 했거니와 객지를 전

---

41 번소(樊素) : 당대의 시인 백거이(白居易)가 집에서 육성한 가기(歌妓). 또다른 가기인
소만과 쌍벽을 이루었으며, 나중에는 그 이름이 노래를 잘 부르는 여가수를 일컫는 말로
사용되기도 하였다.

42 소만(小蠻) : 백거이가 육성한 무희(舞姬). 번소와 함께 백거이가 여는 술자리에서 춤을
추었다고 한다.

43 아난(阿難) : 불교 비조 석가모니(釋迦牟尼) 10대 제자 중의 한 사람. 원래 이름은 '기쁘
다'는 뜻의 산스크리트어 아난다(Ananda)를 한자로 표기한 '아난타(阿難陀)'이지만 중
국에 불교가 전래된 뒤로는 두 글자로 줄여 '아난'으로 불렸다. 25살 때에 불교에 귀의하
여 석가모니를 25년 동안 수행했는데 기억력이 뛰어나서 '다문제일(多聞第一, 박식하기
로는 으뜸)'이라는 칭찬을 들었다.

44 얼[三魂]과 넋[七魄] : 사람의 영혼을 두루 일컫는 말. 고대 중국에서는 일반적으로 몸을
떠나서 존재할 수 있는 정신을 '혼(魂)', 몸에 붙어서 드러나는 정신을 '백(魄)'으로 구분
하였다. 도가에서는 이를 세분하여 사람에게 혼이 세 가지가 있고 백은 예닐곱 가지가
있다고 여겨서 각각 '삼혼(三魂)'과 '칠백(七魄)'으로 일컬었다. 편의상 여기서는 전자를
'얼', 후자는 '넋'으로 구분하였다.

원대 잡극 『추매향편한림풍월(*繡梅香騙翰林風月*)』 속의 번
소(중)의 모습

전하다 보니 마음이 쉬이 흔들리는 것이었지요.

손님이 온 것을 본 비구니는 잰걸음으로 달려와 두 사람을 맞이해 들어가더니 절을 하고 차를 대접했습니다. 왕작이 얼굴을 맞대고 마주 보노라니 마치 '눈 사자가 불로 뛰어드는 것'[45]처럼, 몸 한쪽이 나른해지면서 금세 맥이 풀려 버리지 뭡니까. 그는 앉아 있는 동안 몇 마디 외설적인 말로 그녀를 희롱했습니다. 그 비구니는 식견이 넓다 보니 대놓고 거절하지 못했습니다. 그러자 왕작은 그녀의 마음을 움직일 수 있다는 것을 눈치채고 은근히 딴 마음을 품는 것이었지요. 그렇게 차를 한 잔 마시고 나서 작별하고 자리에서 일어났습니다. 그리고는 장선과 함께 객줏집으로 돌아와서 남몰래 은덩이를 하나 가져다 소매 속에 감추더니

---

45 눈 사자가 불로 뛰어드는 것[雪獅子向火] : 명대의 속담. 눈을 뭉쳐 만든 사자를 불 가까이 가져가면 순식간에 녹아 없어져 버린다. 이처럼 남녀가 상대방에게 반해 자기 몸조차 주체하지 못하는 상황을 두고 한 말이다. 때로는 '눈 사자가 불로 뛰어드는 격 —몸 한쪽이 축 늘어지네[雪獅子向火 —酥了半邊]', '눈으로 된 사자가 불로 달려드는 격 —절반이 녹아버리네[雪獅子向火 —化了一半]' 식으로, 주절과 종속절 두 개의 구문으로 된 헐후어(歇後語)의 형태로 사용되기도 한다.

왕혜에게 이렇게 분부하는 것이었지요.

"여기는 답답해서 못 있겠구나! (…) 밖에 나가서 놀 만한 곳을 찾아서 기분풀이라도 좀 해야겠다. 밤에 … 돌아올지 말지는 모르겠다. (…) 주인이 묻거든 무조건 모르는 척 하거라. 포졸 하고 같이 짐을 잘 지키도록 하고!"

"알겠습니다요. 나리 편하실 대로 하십시오!"

왕작은 객줏집 주인은 제쳐 놓고 몸을 들려 다시 그 암자를 찾아 갔습니다. 비구니는 암자 밖에 나왔다가 그를 발견하고 말했지요.

"나리께서는 … 아까 작별하고 떠나시더니 어째서 … 또 오셨습니까?"

"내심 스님의 미모가 아깝다 싶어서 … 잠시 다정한 시간이라도 가질까 해서 또 왔지요!"

"별 말씀을 다…"

"실례지만 … 스님 법명이?"

"소승은 법명이 진정眞靜이옵니다."

그러자 왕작은 웃으면서 말했습니다.

"'나무는 가만히 있으려 하지만 바람이 멈추려 들지 않는다'⁴⁶는 격이 될 까 걱정이라고들 합디다마는 … 뭐 좀 움직인들 무슨 상관이 있겠습니까!"

"나리, … 농담하지 마십시오."

"농담이 아니라 … 소생이 객지에서 아름다운 모습을 뵈었으니 삼생⁴⁷의 인연이올시다! 만약에 … 이렇게 이곳을 떠나 버린다면 … 그대 생각에 앓 다가 죽지 않겠소이까! (…) 소생 처소가 하도 번잡해서 … 백은 은덩이를 하나 지니고 왔는데 … 여기서 비는 방을 한 칸만 빌어 며칠 밤 묵으면서 … 스님의 가르침을 좀 받을까 싶은데 … 되겠습니까 어떻겠습니까?"

"빈 방이야 많습니다마는 … 밤에는 불편하실 텐데 … 어쩌지요?"

왕작은 웃으면서 말했지요.

"밤중에 나그네와 주인이 마주 앉을 수만 있다면야 그것만으로도 아

---

46 나무는 가만히 있으려 해도 바람이 멈추지 않는다[樹欲靜而風不止] : 주변 상황이 내 뜻 대로 되지 않는 것을 두고 하는 말. 한대의 학자 한영(韓嬰, ?~BC158)이 지은 『한시외전 (韓詩外傳)』의 유명한 말인 "보통은 나무는 가만히 있으려 하지만 바람이 멈추지 않으며, 아들은 부양하려 하지만 부모는 기다려 주지 않는다[夫樹欲靜而風不止, 子欲養而親不 待]"에서 유래하였다.
47 삼생(三生) : 과거의 전생(前生), 현재의 현생(現生), 미래의 후생(後生)을 말한다.

주 편한 걸요!"

그러자 비구니도 웃으면서 말하는 것이었습니다.

"참 능글능글한 손님이시군요!"[48]

알고 보니 그 비구니는 '산전수전 다 겪은 멧비둘기'[49]였습니다. 정말
능수능란한 꾼이었던 거지요. 거기다가 번쩍번쩍 하는 은덩이까지 보고
나니 마음은 벌써부터 욕심을 내고 있었습니다. 비구니는 손을 뻗어 은
자를 받더니 말하는 것이었지요.

멧비둘기

---

48 【즉공관 미비】☐☐☐☐☐☐☐☐☐☐☐☐渾閒事. ☐☐☐☐☐☐☐☐☐☐☐는 다반사지.
49 산전수전 다 겪은 멧비둘기[經彈的斑鳩 — 着實在行] : 명대의 헐후어. 글자 그대로 직역
   하면 '총알에 맞아 본 산비둘기 — 노련하고 경험 많다'정도로 번역된다. 여기서는 편의
   상 앞 구절과 뒷 구절을 분리시켜서 번역하였다.

"나리께서 누추한 이곳을 정말 개의치 않으신다면 … 며칠 묵고 가시지요."

"방금 전에 '주인께서 밤중에 마주 앉아야 한다'고 단서를 붙였소이다마는?"

그러자 비구니는 빙그레 웃으면서 말했습니다.

"째째하시기는! 누가 혼자 자래요?"

왕작은 서로 마음이 맞자 몹시 기뻐했습니다. 그리고는 이날 밤에 진정과 한 방에서 동침하면서 서로를 탐닉하고 엎치락 뒤치락 마음껏 육욕을 즐긴 것은 말 할 필요도 없었지요.

다음날 왕작은 날이 밝을 때까지 잠을 자고 나서 객줏집에 오더니 상황을 둘러보았습니다. 그리고 아전 이표에게 나가서 수소문을 하게 하고 왕혜에게는 그대로 객줏집에 남게 일렀습니다. 그리고는 저녁 나절이 되자 다시 진정의 암자로 갔지요. 그렇게 해서 두 사람은 서로가 정분이 깊어져서 떼려야 뗄 수가 없을 정도가 되었답니다. 왕혜와 이표는 상전이 객줏집을 나가서 밖에서 외박을 하는 것을 보면서 '화류계 기방에 있겠지' 싶어서 그 행방을 찾지 않았습니다. 객줏집 주인 장선은 장선대로 그의 일에 참견하지 않고 '객주에서 안 주무시나 보다' 하고 여길 뿐이었지요.

『소주청명상하도』에 그려진 명대 객줏집의 모습. 지붕 오른쪽에 '편히 쉬실 거처 있습니다' 라는
광고 문구가 적힌 간판이 달려 있는 모습이 보인다

그렇게 며칠 동안 이표는 날마다 객주를 갔다가 밤이 되어서야 객줏집
으로 돌아왔습니다. 그러나 전혀 새로운 소식을 알아낼 길이 없었지요.[50]
그래서 왕작을 보고 말했습니다.

"개하집 쪽에는 아무 동정이 없는 것 같습니다. (…) 내일은 제녕[51]으
로 은밀히 수소문하러 가겠습니다!"

"그게 좋겠구려!"

왕작은 은자를 좀 저울에 달아서 그에게 노잣돈으로 주어 보냈습니다.

---

50 【즉공관 미비】主人且留戀閑情, 而欲公差上緊訪賊乎. 주인이라는 자가 한가하게 욕정에
   빠져 있으면서 아전한테 수소문을 하고 도적의 행방을 찾게 시키다니!
51 제녕(濟寧) : 명대의 지명. 고대에는 제주부(濟州府)로 불렸으며, 지금의 산동성 제녕시
   일대에 해당한다.

그러다가 문득 이렇게 마음이 바뀌었습니다.

'그동안 탐문하느라 애를 썼는데도 전혀 행방을 못 찾아 내다니 … 예전부터 '아전들은 도둑을 잡았다 놓아 주었다 한다'고 하더니 … 무슨 수작을 벌이는 건 아닐까?'

그래서 왕혜를 불러서 일렀습니다.

"쫓아가서 저 자 하고 같이 다니거라! 그러면 잔꾀를 벌일 틈이 없겠지."

왕혜는 그 명령에 따라 그 자리를 떠났습니다.
왕작은 객줏집에 혼자 남아서 생각했지요.

'짐을 지켜야 하니 오늘 밤에는 객주에서 자야겠군!'

그래서 낮에 미리 건너가서 비구니에게 오늘 밤에는 올 수 없는 이유를 이야기해 주었습니다. 그러나 진정은 몹시 아쉬워하는 것이었지요. 왕작은 그래도 마음을 모질게 먹고 진정과 작별한 뒤에 객줏집으로 돌아올 수밖에 없었습니다. 그리고 주인이 밤참을 좀 보내 줘서 그것을 먹고 나서 방을 치우고 잠을 청했지요. 주인은 그릇들을 모두 정리하고 객줏집 문을 잘 잠근 다음 일꾼들과 다함께 잠을 자러 갔답니다.

그런데 초경이 지난 뒤였습니다. 주인 장선의 귀에 집 위 기와에서 나는 소리가 들리는 것이 아닙니까. 그는 장사를 하는 사람이었습니다. 그래서 늘 가슴을 졸이면서 지냈지요. 그는 잠도 자는 둥 마는 둥 하면서 소리를 죽이고 묵묵히[52] 가만히 귀 기울여 들어 보았습니다. 그런데 얼마 지나지 않아 누가 지붕 위에서 뛰어내리는 소리가 들리는 것 같지 뭡니까. 장선은 서둘러 옷을 걸치고 벌떡 일어나더니 고함을 질렀지요.

"앞에서 무슨 소리가 난 게냐? (…) 다들 일어나 보거라!"

장선은 일꾼들이 자리에서 일어나기도 전에 허둥지둥 바깥으로 나왔습니다. 그런데 발을 떼기도 전에 가만히 들어 보니 '삐걱' 하는 소리가 들리는가 싶더니 대문이 열려 있는 것이 아닙니까. 장선은 도둑이 든 것을 눈치 채고 자기 혼자서는 쫓아갈 엄두가 나지 않아서 속으로 생각했지요.

'일단 왕 나리가 묵는 방으로 가서 좀 물어 보자!'

왕작이 묵는 방의 문도 열려 있는 것을 확인한 장선은 연달아 왕작을

---

52 묵묵히[嘿嘿] : 현대 중국어에서는 '흑흑(嘿嘿)'이 웃는 소리를 나타내는 의성어이다. 그러나 명대 구어에서는 아무 소리도 내지 않는 것을 나타내는 의태어인 '묵묵(黙黙)'과 같은 의미로 사용되었다. 풍몽룡의『경세통언(警世通言)』의 "만약 아뭇 소리도 없이 죽는다면 인정머리 없는 자들한테 좋을 일만 시키는 꼴이다[若嘿嘿而死, 却便宜了薄情之人]"에서도 그 표현의 사례들을 확인할 수가 있다.

불렀습니다.

"왕 나리! 왕 나리! 큰일 났습니다요, 큰일! 어여 일어나서 짐을 좀 살펴 보십시오!"

그런데도 아무도 대꾸하는 사람이 없지 뭡니까. 가만 보니 객줏집 바깥에서 누가 다급하게 고함을 지르면서 들어오더니 말하는 것이었습니다.

"이렇게 늦은 시각에 어째서 대문을 여태 잠그지도 않고 … 예서 뭘 하는 게요!"

그래서 장선이 고개를 들고 보니 바로 포졸 이표였습니다.

"방금 웬 소리가 나길래 '도둑이 들었나' 싶어서 왕 나리께 여쭈어 보려고 왔지요. (…) 나리는 제녕에 가셨다더니 … 어째서 되돌아 오셨습니까요?"

"내 들고 다니던 요도腰刀[53]를 침상 안에 걸어 두고 나왔지 뭔가! 해서 챙겨 가려고 서둘러 되돌아 왔네. 헌데 … 기척이 있었다니 … 뭐 잃어버린 건 아닌가?"

---

53 요도(腰刀) : 고대 병기의 일종. '허리에 차는 칼'이라는 뜻에서 그렇게 불렀다.

"해서 왕 나리께 가서 여쭈어 보려던 참이었지요!"

"다들 깨우러 가세!"

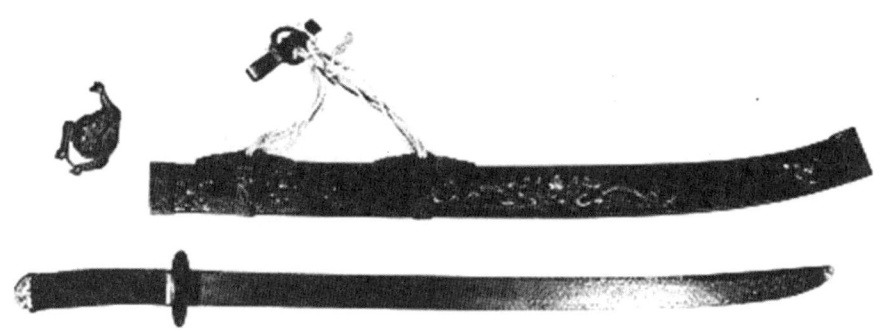

그런데 왕작의 침실 안으로 들어가서 불러도 대답이 없지 뭡니까. 그래서 등불을 붙여서 보다가 일제히 소리를 지르고 말았습니다.

"야단 났다!"

알고 보니 왕작은 벌써 침상에서 죽음을 당한 뒤였습니다. 이표는 얼이 다 나간 채로 말했습니다.

"이건 … 임자 객주 안에서 벌어진 일일세! 보다시피 우리 둘은 객주에 없었고 … 왕 수재[54] 나리는 혼자 계셨지. 그러니 … 네가 그 양반을 해친 것이렷다?"

그러자 장선은 장선대로 표정이 바뀌면서 말했지요.

"저희들은 잠결에 소리를 듣고 나서야 일어나서 캐물었지만 … 다른 사람은 없이 당신 한 사람만 보았소이다! (…) 당신은 제녕에 갔으면서 어째서 여태 여기에 있는 게요? 여기서 사람을 죽인 게 당신이 아니고 나라는 말이요?"[55]

그래서 이표는 성이 나서 눈을 부릅 뜨면서 말했습니다.

"나는 칼을 놓고 나와서 찾으러 돌아온 것이다. 헌데 가만 보니 네놈이 늦은 밤에 여태 대문을 안 잠갔길래 따져 물은 것이다! 그런데 네놈이 사람을 죽일 줄이야!"

장선은 장선대로 치를 떨면서 성이 나서 말했지요.

"당신은 칼을 가졌소. 사람을 죽인 것이 분명한데 되려 나한테 뒤집어

---

54 수재(秀才) : 중국 고대에 선비들을 높여 부르던 호칭. 당대의 제도를 계승한 송대에는 과거시험에 급제한 선비들만 한정해서 '수재'로 불렀지만 명대에는 과거시험에의 당락과는 상관없이 선비들에 대한 통칭으로 사용되기도 하였다.

55 【즉공관 미비】 兩下互疑, 俱有影似, 甚哉, 折獄之難也. 양쪽이 서로를 의심하는군. 양쪽 모두 의심할 점이 있다. 심하구나 판결의 어려움이!

씌우는구려!"

"내 칼은 침상에 있을 것이다. 아직 이 손에 잡지도 않았단 말이다!"

그리고 나서 침상 가로 가서 칼을 꺼내 오더니 등불 아래에서 장선에게 보여 주면서 말하는 것이었습니다.

"자네들 다 좀 보게들! (…) 이 칼이 방금 사람을 죽인 칼인가? 핏자국이 조금이라도 있느냐 말일세!"

이표는 관아의 아전이다 보니 말재주가 좋았습니다. 그러니 장선 쪽에서 그를 말솜씨로 어디 이길 수가 있겠습니까? 장선은 고래고래 소리를 지르면서 말했지요.

"난 도둑을 쫓아갈 작정이었단 말이오! 헌데 가다 보니 도둑은 안 보이고 마주친 거라고는 당신뿐이라고! 같이 사람을 찾아서 방으로 돌아와서야 왕 수재가 살해된 것을 발견하지 않았소? 그런데 어째서 나한테 뒤집어 씌울 수가 있어!"

두 사람은 서로가 서로를 의심하면서 다함께 뒤섞여 실랑이를 벌였습니다. 그러다 보니 구역 담당관[56]이 이웃사람들까지 다 깨워서 모조리 몰려 와서 무슨 영문인지 묻는 것이었지요. 그러자 두 사람은 너도 털어 놓고 나도 털어 놓고 난리도 아니었습니다. 구역 담당관은 살인사건인 것을 알고 말했지요.

"다툴 것 없소. 양쪽 모두 이 자리를 떠날 수 없소! (…) 날이 밝으면 같이 관아로 갑시다!"

그리고는 두 사람을 묶더니 침상 안에 가두었습니다.

어느 사이에 날이 밝자 구역 담당관 등은 다함께 그들을 주 관아로 끌고 왔습니다. 이윽고 지주知州가 재판정에 나타나자 구역 담당관은 용의자들을 데려 가서 '사람 목숨이 걸린 중대사안'이라고 보고했지요. 그래서 지주가 그 사유를 물었더니 구역 담당관이 말하는 것이었습니다.

"객줏집에서 밤중에 웬 나그네가 살해되었습니다. 이 두 사람이 서로를 의심하길래 나리께 판결을 부탁드리려고 데려 왔습니다요!"

"소인은 나리께서 지난번에 왕 수재와 함께 도둑을 체포하라며 파견하신 바로 그 포졸입니다. 개하집의 장선네 객줏집에서 머물고 있던 참인데 그 도둑은 수소문을 해도 행방을 알 수가 없었지요. 해서 어제 왕

---

56 구역 담당관[地方] : '지방(地方)'은 현대 중국어에서 ① 지역, ② 동네이웃 등의 뜻으로 주로 사용된다. 그러나 명·청대 강남지역 구어에서는 ③ 지역사회의 특정 구역을 담당한 말단 관리인 보정(保正)·이장(里長)·갑장(甲長) 등을 아울러 일컫는 별칭으로 사용되기도 하였다.

수재댁 하인 왕혜와 같이 제녕으로 현지 포졸들과 공조 체포하러 가고 왕 수재만 처소에 남았지요. 헌데 … 주인놈이 수재 혼자 있는 것을 보고 그 행장에 욕심을 내고 살해한 것입니다요!"

이표가 이렇게 말하자 장선도 말했습니다.

"소인은 객주의 주인입니다요. 왕 수재를 저희 객주에서 며칠 동안 묵게 해 드렸지요. 헌데 도둑에 대해서 수소문 했지만 행방을 알 수 없어서 길을 나서지 못하던 참에 어제는 이쪽 포졸과 하인을 제녕으로 보내시고 혼자 객주에 남아 계셨지요. 헌데 밤에 들으니 누가 대문을 여는 소리가 들리지 뭡니까요. 도둑이 든 곳이 쇤네 객주 안이어서 일어나서 캐물었답니다. 그런데 가만 보니 이 포졸이 도로 객주로 되돌아 와서는 한다는 소리가 '칼을 찾으러 왔다'고 둘러대더군요. 그래서 왕 수재를 찾아가 보니 벌써 살해된 뒤였습니다요!"

그래서 지주가 이표에게 물었지요.

"너는 객주를 나갔다가 어째서 되돌아 왔더냐? 주인이 왕 수재를 살해한 것은 어떻게 알았느냐?"

그러자 이표가 말하는 것이었지요.

"소인도 몰랐습니다요. 소인이 길을 가다 보니 요도를 놓아 두고 온 것이 생각나지 뭡니까. 그래서 같이 가던 왕혜에게 이야기해서 '앞길에서 기다리라'고 하고 소인만 혼자서 찾으러 되돌아 온 것입니다. 객주에 당도하니 일경 정도[57] 되어 있었지요. 그런데 가만 보니 객줏집 대문이 안 잠겨 있지 뭡니까![58] 주인인 장선은 당시 객줏집 안에서 당황해서 어쩔 줄을 모르고 있었지요. 그래서 가서 보니 왕 수재는 이미 살해된 뒤였습니다. 그러니 주인 놈이 죽인 것이 아니면 누가 죽였겠습니까?"

그러자 지주로서도 판결을 내릴 수가 없었습니다. 하는 수 없이 두 사람 모두에게 고문을 가했지요. 이표야 어쨌든 간에 관아에서 일하는 사람이다 보니 말하는 것도 거리낌이 없고 고문도 용케 잘 버텨내었습니다. 그러나 장선은 장사를 하는 자이다 보니 그런 고초를 당해 본 적이 없었습니다. 결국 버티지 못하고 이렇게 자백하는 것이었지요.

"소인이 재물을 보고 못된 마음을 품었습니다요! 왕 수재를 죽인 것이 … 사실입니다요!"

지주는 그에게서 진술서를 받아서 장선을 사형수 감옥에 가두고 상급 관청에 처분을 내려 줄 것을 상신했습니다. 그리고 이표에게는 집에서

57　일경 정도[更餘] : 2시간 남짓. 중국 고대의 시간 계산 단위인 경(更)은 시진(時辰)과 같은 시간이므로, '경여(更餘)'는 2시간보다 조금 긴 시간이다.

58　【즉공관 미비】豈有謀殺客人而不關店門者? 卽此可知非店主. 손님을 살해하고 객줏집 문을 잠그지 않는 자가 어디 있나? 그것만 봐도 주인은 범인이 아닌 것을 알 수가 있다.

근신하면서[59] 상부의 판결을 기다리게 했지요.

계속 이야기를 들려 드리도록 하겠습니다. 왕혜는 제녕의 객줏집에서 묵으면서 이표가 오면 함께 도둑의 행방을 수소문해서 체포할 생각이었습니다. 그런데 이튿날 하루 종일 기다려도 사람이 오지 않지 뭡니까. 더 이상 견딜 수가 없어서 소식을 알아 볼 요량으로 개하로 돌아왔지요. 그런데 객

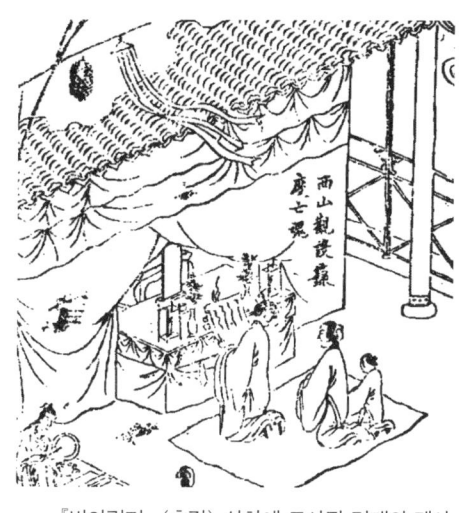

『박안경기』(초각) 삽화에 묘사된 명대의 제사

줏집에 당도했을 때 가만 보니 주인이 고래고래 고함을 지르면서 '왕 수재가 살해되었는데 나한테 억울한 죄를 덮어 씌운다'고 하는 것이었습니다. 왕혜는 앓는 소리를 하면서 방 안으로 가서 상전 왕작의 시신을 살펴보니 목 아래에 칼을 맞는 바람에 두 동강이 나 있었습니다. 왕혜는 한바탕 울부짖으며 대성통곡을 했습니다. 그리고는 서둘러 행장을 확인해 보니 은자 팔십 냥과 금 장신구 두 점이 사라지고 없지 뭡니까. 왕혜는 서둘러 가서 관을 하나 사서 시신을 입관했습니다. 그러나 관아에서 검시를 할까 싶어서 두껑에 못질까지 할 엄두는 내지 못했지요. 그래서 일

---

59 집에서 근신하면서[保候] : '보후(保候)'는 원래 죄인이 보증인을 세워 잠시 석방되어 관청의 판결을 기다리는 것을 가리킨다. 여기서는 편의상 "근신하면서" 식으로 번역하였다.

단 객줏집 안에 놓아 두고 위패를 준비해서 밤낮으로 울면서 제사를 지내 주었답니다. 그러다가 장선이 감옥에 갇히고 이표가 근신 처분을 받은 일을 알게 되었지요.

"이번 일은 원고가 없고, 아직 지난번에 분실한 장물에 대한 신고가 없다. 장선이 죽이려 한 것인지도 알 수가 없지. (…) 하급 관청은 판결을 내리고 원수를 갚을 권한이 없을 것이다. 그러니 상급 관청에 고해야 진상을 분명히 알 수 있을 테지!"

그런데 듣자니 '찰원[60]인 허許공이 미제 사건[61]을 판결하는 데에 뛰어난데 마침 예하 관청들을 순시할 목적으로 이 고을에 행차했다'지 뭡니까. 그래서 고발장을 한 장 작성한 다음에 사정을 하소연 할 생각으로 찰원으로 달려갔지요.

그 찰원은 다름 아닌 하남河南의 영보[62]에서 유명한 허 상서[63] 양의공襄

---

60 찰원(察院) : 명대의 감찰기관인 도찰원(都察院)의 약칭. 도찰원은 좌·우로 각각 도어사(都御史)·부도어사(副都御史)·첨도어사(僉都御史)를 중심으로 예하 기관을 거느리고 절강(浙江) 등 13개 도(道)에 분소를 두고 내·외직 관리들을 감찰하였다. 때로는 어사가 어명에 따라 외지로 파견되었을 때 현지에 임시로 구성되는 집무 장소도 '찰원'으로 일컬어졌다.
61 미제 사건[無頭事] : '무두사(無頭事)'는 범인이나 범행 과정에 관한 단서나 증거가 없어서 해결이 용이하지 않은 형사 사건을 가리키는데, '무두관사(無頭官事)'라고도 한다. 여기서는 편의상 "미제 사건"으로 번역하였다.
62 영보(靈寶) : 명대의 지명. 지금의 하남성 삼문협(三門峽) 인근의 영보시(靈寶市)에 해당한다.
63 상서(尙書) : 명대의 관직명. 명대의 대표적인 중앙정부기관인 이부(吏部)·호부(戶部)

毅公이었습니다. 그는 당시 산동지방을 순시하고 있었지요. 그런데 이 일이 사람 목숨이 걸린 중대사안임을 알고 주 관아에 지시를 내려 심문하게 했습니다. 주 관아에서는 당초의 자백에 따라 장선에게만 죄를 씌우고 장물인 은덩이를 압수하려던 참이었지요. 장선은 장선대로 관아에서 매질을 당할까 봐서 단번에 자백하기는 했지만 왕혜를 만나자 은밀히 그를 보고 '정말 억울하다'고 하소연했답니다. 그리고는 그날 밤 대문 소리와 함께 이표와 마주친 상황을 털어 놓았지요. 그렇게 되자 왕혜도 속으로 의심을 품지 않을 수가 없었습니다. 그저 어느 누가 진범인지 지목하기가 난처할 뿐이었지요. 그래서 관련자들이 함께 찰원으로 끌려 오자 진술서를 본 허공은 양쪽을 모두 불러 캐물었습니다. 그런데 둘 다 지난번과 같은 이야기를 하지 뭡니까. 그래서 허공이 말했지요.

"장선이 이표를 지목하더니 어째서 주 관아에서는 단번에 자백을 했더란 말이냐!"

그러자 장선이 말하는 것이었습니다.

"소인 형벌을 견디지 못하고 하는 수 없이 거짓으로 자백한 것입니다

· 예부(禮部) · 병부(兵部) · 형부(刑部) · 공부(工部) 등 '육부(六部)'의 수장을 말한다. 명나라 태조(太祖) 때에 설치된 육부는 처음에는 중서성(中書省)에 예속되었다가 중서성의 철폐와 함께 황제에 직속되었다. 각 부에는 관련 업무를 주재하는 상서와 그를 보좌하는 좌 · 우 2명의 시랑(侍郎)을 중심으로 하되 그 아래에는 낭중(郎中) · 원외랑(員外郎) · 주사(主事) 등의 관리를 두었다.

요! 사실 소인은 그 집 주인인지라 사소한 과실이라도 생기면 소인에게 책임을 추궁하게 되어 있습니다. 그런데 어떻게 대놓고 사람을 죽이고 재물을 숨길 엄두를 낼 수가 있겠습니까요? 그런 짓을 벌였다가 소인이 어디로 숨을 수가 있단 말입니까? (…) 그날 대문을 열 때에도 소인이 쫓아가다가 가만 보니 이표가 집으로 뛰어 들어왔습니다요. 헌데 어째서 이표는 아니라고 하면서 소인만 추궁을 하신단 말씀입니까요?"

이표는 이표대로 이렇게 말했습니다.

"소인은 관아의 포졸입니다. 주 관아에서 '왕 수재를 따라가서 도둑을 체포하라'고 보내셨지요. 그 수재는 소인 책임인데 그런 그를 죽인다면 어떻게 지주 나리께 복명할 수가 있겠습니까? 하물며 소인은 요도를 놓아 두고 가는 바람에 그걸 찾으러 되돌아온 것뿐이었습니다. 대문을 들어설 때 손에는 아무 것도 없었지요. 설마 맨 주먹으로 사람을 죽일 수 있다는 말입니까요? 그리고 나서 침상 밑에서 간신히 칼을 꺼내 오는 것은 사람을 죽이는 데에 쓴 칼은 아닌 게지요. 사람이 장선의 객줏집에서 죽었는데 장선에게 죄를 묻지 않고 누구한테 묻겠습니까요?"

그러자 허공은 왕혜를 불러서 물었지요.

"네가 보기에는 누구일 것 같으냐?"

"소인조차 당최 갈피를 잡을 수가 없습니다요! (…) 양쪽 모두 수상하기는 하지만 양쪽 모두 변명이 그럴 듯하니 … 어느 쪽인지 단정할 수가 없군요!"

"내가 보기에는 양쪽 모두 아니다. 다른 내막이 있는 것이 분명하다!"[64]

그러더니 붓을 들고 이렇게 판결문을 작성하는 것이었습니다.

"이표와 장선은 한쪽은 도둑의 행방을 쫓고 한쪽은 객줏집 주인이다. 자칫하면 사건에 연루될 판인데 어디 사람을 죽여 스스로 죄를 뒤집어쓸 리가 있겠는가? 다른 내막이 있는 것이 분명하니 일단 감옥에 가두고 판결을 기다리도록 하라!"

李彪張善, 一爲根尋, 一爲店主, 動輒牽連, 肯殺人以自累乎. 必有別情, 監候審奪.

그는 이표와 장선을 주 관아의 감옥에 가두었습니다. 그리고 자신은 재판정을 나와 관저로 들어갔지요.

그런데 속으로는 그 일로 내내 마음을 놓을 수가 없지 뭡니까. 그러다가 밤중에 정신이 몽롱해지면서 잠이 들었지요. 그런데 가만 보니 웬 수

---

64 【즉공관 미비】此亦易見, 恨讞者只欲了事, 不顧人寃耳. 그 점은 쉽게 간파할 수 있는 일이다. 안타깝게도 판결하는 쪽에서 사건을 종결시키는 데에만 급급해서 남의 억울한 사정을 헤아리지 않았구나!

재가 웬 미모의 여인과 함께 다가와서 고발장을 내더니 '남에게 죽음을 당했다'고 주장하는 것이었습니다.

"내 그렇지 않아도 그 일을 물으려던 참이다!"

허공이 이렇게 말하자 그 여인이 네 마디 말을 고하는 것이었지요.

머리털 없이 파르란 머리,	無髮靑靑,
서로가 다투는데	彼此來爭,
흙 위에서 사슴이 달리니,	土上鹿走,
무조건 밝은 밤만 주시하라!	只看夜明.

허공은 고개를 끄덕이면서 그 말을 외웠습니다. 그리고 나서 막 그 의미를 자세하게 물으려고 하는데 갑자기 자취가 보이지 뭡니까. 깜짝 놀라서 갑자기 정신을 차리고 보니 꿈이었습니다. 그래도 그 네 마디 말은 아주 분명하게 기억이 나길래 곰곰히 생각해 보았지요. 그래도 도무지 그 뜻을 알 수가 없어서 생각했지요.

'그 여인이 한 말 … 첫 구절에 머리털이 없다고 했지. (…) 여자에게 머리털이 없다면 비구니가 분명하다! (…) 그 수재가 비구니에게 살해된 것이 아닐까? (…) 일단 내일 자세하게 심문을 해 보고 어떻게 돌아가는지 두고 보도록 하자. 그러면 … 이 시구에 들어맞는 데가 있을 것이 분명

하다!'

이튿날 재판정에 모습을 드러낸 허공은 장선 일행을 소환해 다시 심문을 진행하기로 했습니다. 용의자들이 탁자 앞으로 오자 허공은 장선을 부르더니 물었습니다.

"그 수재가 네 객주에 온 뒤로 밤중에는 객주에서만 묵었더냐?"

그러자 장선이 말했지요.

"저희 객주에 온 뒤로 포졸과 하인만 객주에서 묵게 하고 그 분은 혼자서 어디로 가서 밤을 보내는지 알 수가 없었습니다. 그날 밤에도 두 사람 모두 제녕으로 떠나고 객주에 와서 묵다가 그렇게 살해되신 거지요!"

"그 수재가 이 고을에서 무슨 암자 같은 데에 간 적이 있었느냐?"

장선은 생각을 좀 해 보더니 말했습니다.

"그 수재는 객주에 처음 왔을 때 '조용한 곳으로 가서 산보를 하고 싶다'고 했습니다. 해서 소인이 모시고 비구니 암자를 좀 구경시켜 드리기는 했습니다만…"

"암자의 비구니들은 나이가 어떻게 되느냐? 생기기는 어떻게 생기고?"

"젊은 비구니 하나가 곱게 생기기는 했지요."

허공은 남몰래 기뻐하면서 생각했습니다.

'다 이유가 있었군!'

그래서 다시 물었지요.

"그 비구니는 이름이 무엇이냐?"

"'진정'이라고 합니다요!"

한 동안 생각에 잠겼던 허공은 탁자를 치면서 말했습니다.

"그랬군, 그랬어! (…) 꿈에서 들은 시의 첫 두 구절 '머리털 없이 파르
란 머리, 서로가 다투는데'에서 '머리털이 없다'는 건 비구니를 두고 한
말이었군! 그 뒤의 '푸를 청靑'에 '다툴 쟁爭'을 붙이면 … '고요할 정靜'이
되지 않는가! (…) 이번 살인사건은 진정과 관련이 있는 것이 분명하다!"

그러더니 작은 표[65]를 한 장 작성하고 영첨[66]을 하나 던지더니 아전 이

신李信을 보내 서둘러 비구니 진정을 찰원으로 압송해 오게 하는 것이었습니다.

이신은 영첨과 표를 받아서 그 길로 암자로 진정을 압송하러 왔습니다. 당황한 진정은 무슨 영문인지 물었지요. 그러자 이신이 말했습니다.

명대에 간행된 『장원통고(狀元通考)』 삽화에 묘사된 영첨(동그라미)

"찰원 대감께서 살인사건에 관해서 물어 볼 것이 있으시다는군. 이만저만 큰 일이 아닐세!"

"나리! 저희 암자에서 무슨 살인사건이 생길 일이 있겠습니까요?"

"장선의 객줏집에서 왕 수재가 누구한테 살해되었는데 … 지난번에 자

---

65 작은 표[小票] : '표(票)'는 '주필 관표(朱筆官票)'를 줄인 말로, 관청에서 붉은 주사(朱砂)로 글씨와 관인을 찍어 발부한 문서를 말한다. "작은 표"는 약식으로 발부한 공문서로 해석된다.
66 영첨(令簽) : 명대 관청에서 판관이나 관리가 사람을 소환·체포·심문할 경우 대나무로 만들어진 산가지(찌) 같은 모양의 영첨을 뽑아 아전이나 포졸에게 건네면 그것을 신표로 삼아 상부의 명령을 집행하곤 하였다. 『포청천(包靑天)』 등의 중국 드라마나 영화를 보면 판관이 영첨을 뽑아 던지는 장면을 쉽게 확인할 수 있다.

네 암자를 다녀갔다지 뭔가! 해서 캐물을 것이 있어서 자네를 데리러 온 걸세!"

진정은 놀라서 얼이 나가 버렸습니다.

'어쩐지 왕 수재께서 이틀 밤 동안 오신다 했지. 이제 보니 살해되신 게로구나! 괴롭구나, 괴로워!'

이렇게 생각한 진정은 이신에게 말했습니다.

"소승은 여자인지라 암자 밖에는 나간 적이 없습니다. 그러니 그 객주에서 벌어진 일을 어떻게 알겠습니까요? 패두[67]께서 어떻게든[68] 불쌍하게 여기시고 대신 말씀을 좀 고해 주십시요! 관아에 출두하지 않게만 해 주신다면 단단히 사례를 해 드리도록 하겠습니다요!"

"찰원에서 사람을 소환하는 것이 무슨 아이들 장난이라던가? 내가 어떻게 편의를 보아 줄 수가 있겠는가!"

---

67 패두(牌頭) : 명대에 관아에서 복무하던 아전들에 대한 별칭. '패두'는 담당한 업무에 따라 구분해 아전을 부른 것이다.
68 어떻게든[怎生] : 중국 원·명대의 구어체 중국어(백화)에서 '즘생(怎生)'은 일반적으로 '어떻게(how)'의 의미로 사용되지만 때로는 '어떻게든(somehow)', '어떤 방법을 써서라도(by all means)'라는 의미로 사용되기도 한다. 여기서는 후자의 뜻으로 사용되었으므로 이해에 유념할 필요가 있다.

진정은 이신이 말을 들어 주지 않자 간드러진 목소리로 울고 몸을 배배 꼬면서 온갖 애교를 다 떠는 것이었습니다. 물론 이신의 마음을 움직여서 필사적으로 몸으로 그를 유혹해서 궁지에서 벗어나겠다는 속셈이었지요. 이신도 그 의도를 눈치채기는 했지만 관아의 지엄한 법도가 두려워서 함부로 처신할 엄두가 나지 않지 뭡니까. 그저 이렇게 그녀를 다독일 수밖에 없었습니다.

"정말 자네하고 상관이 없다면 대감을 좀 뵈러 가세. 자네가 분명하게 대답만 하면 아무 문제 될 것이 없을 걸세."

그리고는 진정의 손을 잡자마자 바로 발길을 옮기는 것이었습니다. 진정은 하는 수 없이 그의 뒤를 따라 나섰지요.

진정을 찰원으로 압송해 오자 허공은 그녀를 보더니 손뼉을 치면서 말했습니다.

"그랬군, 그랬어! 이건 바로 꿈속에서 본 여인이다! (…) 참으로 신기하기도 하구나!"

허공은 그녀를 부르더니 탁자 앞에 무릎을 꿇린 다음 물었습니다.

"너는 어떻게 해서 왕 수재와 정을 통했느냐? 그리고 나중에는 그를 어떻게 살해했느냐? 사실대로 자백한다면 내 매질은 하지 않겠다. 그러나 … 한 마디라도 얼버무린다면 죽을 때까지 매질을 할 것이다!"

그 말이 떨어지기가 무섭게 재판정의 형리들이 우레와도 같이 외마디 고함을 지르는 것이었습니다. 진정은 나이가 스무 살도 되지 않아 지금까지 관아에는 가 본 적이 없었지요. 그렇다 보니 하도 놀라서 간이 다 철렁 내려앉지 뭡니까. 그래서 속일 엄두조차 내지 못하고 벌벌 떨면서 말했지요.

"그 수재님은 … 어느 날인가 암자에 오셔서 거닐다가 소승을 발견했습니다. 밤이 되자 그 분이 직접 백은 한 덩이를 가지고 오더니 '암자에서 묵어 가겠다'고 하셨지요. (…) 그 분을 붙잡지 말았어야 했는데 말입니다! 그렇게 잇따라 며칠을 함께 지내다 보니 서로가 정분이 깊어졌지요. 그 분이 소승에게 약속하시더군요. '객주에 은자 몇십 냥과 장신구 두 개가 있는데 모두 가져 와서 소승에게 주겠다'고 말입니다. (…) 사건 당일에는 '볼 일이 있어서 밤에는 객줏집 안에서 묵어야 해서 올 수가 없다'고 하셨습니다. 그렇게 떠나시더니만 그 길로 아무 소식이 없었지요. (…) 소승은 그렇지 않아도 그 분을 뵈러 올 생각이었습니다마는 … 남한테 살해되실 줄 누가 알았겠습니까!"

허공은 진정이 나이가 어리지만 외모가 아리땁고 말이 진실된 것을 보고 생각했지요.

'정을 통한 것은 사실이지만 살인을 할 사람은 아니다. 그런데 … 어째서 꿈 속의 상황과 딱 일치하는 걸까?'

그녀가 언급한 은자며 물건 같은 것 역시 분실한 장물과 틀림이 없었습니다. 그는 한 동안 망설이다가 물었지요.

"수재가 너에게 그 물건들을 주기로 약속할 때 … 그 말을 들은 자가 있었더냐?"

"베개 맡에서 나눈 이야기여서 … 들은 자는 없었습니다."

"남에게 이야기 한 적도 없었느냐?"

진정은 생각을 좀 해 보더니 얼굴이 빨개졌습니다. 그러더니 기어들어가는 소리로 말하는 것이었지요

"맞네요, 맞아! (…) 그 고약한 놈한테 이야기해 주지 말았어야 했는데! (…) 그 수재님은 … 그 놈이 죽인 게로군요!"

그러자 허공은 탁자를 치면서 말했습니다.

"그게 무슨 말이냐!"

아이가 누운 모습으로 만들어진 명대의 도자기 베개

"소승이 죽을 죄를 졌습니다! (…) 이 지경이 되었으니 더 이상 속일
수가 없군요! (…) 소승 … 전부터 어떤 스님과 남몰래 내왕하고 있었습
니다. 그러나 … 그 수재님께서 암자에 계시는 동안은 그 스님을 만나지
못했지요. 사건 당일 밤 수재님께서 암자를 떠나자 난데없이 그 스님이
오시더니만 수재님과 내왕하게 된 이유를 따져 묻더군요. (…) 제가 '수
재님은 정분이 깊어서 그 분이 나한테 은자며 물건을 좀 주기로 하셨다.
그래서 그 분을 따르기로 했다'고 대답했습니다. 그 스님이 수재의 처소
를 묻길래 제가 '그 분은 장선의 큰 객줏집에 머물고 계신다'고 했지요.
그 스님은 그 길로 허둥지둥 일어나 암자를 떠나시더니[69] 여태껏 들르지
않았습니다. (…) 이제 생각해 보니 … 그 스님이 찾아가서 그 수재님을
살해한 것이 분명합니다!"

---

69 【즉공관 미비】 可知矣. 알만 하군.

"그 중은 이름이 무엇이냐?"

"무진無塵이라고 합니다!"

허공은 그 중의 이름을 듣더니 발을 동동 구르면서 말했습니다.

"그랬군, 그랬어! '흙 위로 사슴이 달리는 것' … 그건 바로 '티끌 진塵' 자가 아닌가! (…) 그래 그놈은 어느 절에 있느냐?"

"광선사[70]에 있습니다!"

허공은 즉시 이신을 광선사로 보내어 무진이라는 중을 잡아오게 하면서 이렇게 분부했습니다.

"그 중은 그 짓을 저지르고 나서 달아났을 것이 분명하다. 그렇다면 그 제자를 데려다 행방을 묻도록 해라. 다만, … 중들은 법명이 다들 비슷하니 실수해서 사달을 내서는 안 될 것이니라! (…) 거기 비구니는 듣거라! 그 중 제자의 이름을 아느냐?"

---

[70] 광선사(光善寺) : 중국 고대의 불교 사찰. 당나라 태종의 정관(貞觀) 4년(630)에 지금의 산동성 제녕시(濟寧市) 금향현(金鄉縣)에서 입적(入寂)한 광선화상(光善和尙)을 기념하여 세웠다. 명대에는 가정 42년(1525)에 중수되었으나 1938년에 일본군이 침공할 때 파괴되고 벽돌로 만든 전탑(磚塔)만 남아 있다.

광선사 전경과 탑

"그 제자는 법명이 월랑月朗으로 ⋯ 절 뒤에서 지내고 있습니다!"

그러자 허공은 자세하게 추리해 보더니 말했습니다.

"더더욱 맞아 떨어지는군! (⋯) 꿈에서 '무조건 밝은 밤만 주시하라'고 하더니 ⋯ '밝은 밤'이라면 '월랑'이 아닌가? 글자마다 다 일치하는구나! (⋯) 월랑만 붙잡으면 경위를 알 수 있을 테지!"

이신이 허공의 밀지密旨를 받아 광선사로 무진을 잡으러 갔더니 정말로 그 제자가 이렇게 말하는 것이었지요.

"사부님은 며칠 전에 어디로 가셨는지 모르겠습니다요!"

이신이 그 제자의 이름을 물어 보니 월랑이라고 하는 것이 아닙니까. 오라줄로 묶어서 재판정까지 끌고 왔답니다.

허공이 무진의 행방을 묻자 월랑은 단번에 이렇게 말하는 것이었습니다.

"사부님은 친척 댁에 계신 것뿐입니다. (…) 서두르지 마십시오. 그 분이 달아나겠습니다! 그러니 제가 당장 포졸 하고 같이 가서 불러 내겠습니다요!"

허공은 바로 이신을 파견해 월랑을 데리고 나가서 그 행방을 찾아 보게 했지요. 그런데 월랑이 이신을 보고 말하는 것이었습니다.

"사부님이 의형제를 맺거나 내왕하는 친지가 하도 많아서 … 뉘 댁인지 알 수가 있어야지요.[71] 만약에 포졸이 사부님을 찾아온 걸 알면 놀라서 도망칠 것이 분명합니다. (…) 차라리 나리가 도사로 변장하시고 저를 따라서 집집마다 동냥을 하는 척 꾸미시는 편이 낫겠습니다. 찾아가서 맞으면 바로 손을 쓰십시오!"

"일 리가 있는 말이야!"

이신은 곧바로 도사로 변장한 다음 월랑을 따라 나섰지요. 그런데 며

---

71 【즉공관 미비】與和尙爲親眷, 必不肯認. 중과 친척 지간이라면 절대로 인정할 리가 없는데.

칠을 다녀도 행방이 보이지 않는 것이었습니다. 그러다가 어떤 마을에 이르렀을 때였지요. 이신과 월랑이 탁발을 하러 들어가는데 마침 웬 중이 안에서 술을 먹고 있는 것이 아닙니까. 그러자 월랑이 가만히 이신을 보면서 말하는 것이었습니다.

"저 스님이 바로 사부님인 무진이십니다!"

이신은 조용히 가서 현지의 구역 담당관을 부르더니 명패와 주표[72]를 내 보이고 함께 확인하러 갔지요. 이신은 덥썩 무진을 붙잡더니 말했습니다.

"네놈이 벌인 살인사건이 드러났다! 순안[73] 대감께서 네놈을 끌고 오라고 하셨느니라!"

무진은 심장병을 핑계 대고 당황해서 어쩔 줄을 모르더니 이신이 도사차림인 것을 보고 그를 부르면서 말했습니다.

"도사님! 난 도사님 하고는 원수 진 일이 전혀 없소이다. 어째서 나를

---

72 주표(硃票) : '주필 관표(硃筆官票)'를 줄여 부른 이름으로, 관청에서 붉은 주사(朱砂)로 글씨나 관인을 찍어 발부한 문서를 말한다.

73 순안(巡按) : 명대의 관직명. 정식 명칭은 순안어사(巡按御史)이며, 어명에 따라 각지를 순시하면서 관리 고과, 사건 심리 등의 임무를 수행했으며, 지부(知府) 이하의 관리는 그 명령을 따라야 하였다.

고발하겠다고 하시오!"

그러자 이신은 '철썩' 하고 따귀를 올려 붙이고 나서 말했지요.

"이 눈 먼 땡중 놈아! 내가 도사로 보이느냐?"

그는 옷을 걷어부치고 허리에 찼던 패찰을 꺼내더니 말했습니다.

"눈깔을 부릅뜨고 똑바로 보렷다!"

무진이 그가 포졸임을 눈치채고 달아나려 하는데 함께 온 구역 담당관 한 패가 저쪽에서 버티고 있지 뭡니까. '내빼기는 글렀다' 싶어서 고분고분 그들을 따라 나왔습니다. 그러다가 월랑을 발견하자 욕을 퍼부었습니다.

"못된 놈! 네놈이 여기로 끌고 왔더냐?"

그래서 월랑이 말했지요.

"관아에서 저를 끌고 와서 … 저 한 몸도 건사하기 어려운 걸요! (…) 사부님이 일을 저지르셨으면 스스로 책임을 지셔야지요. 날더러 희생양 이 되라는 겁니까?"

구역 담당관과 함께 무진을 압송해 온 이신은 허공이 재판정을 열기를 기다려서 찰원 안으로 끌고 들어왔습니다. 그러자 허공이 그에게 물었지요.

"네놈은 어째서 왕 수재를 살해했더냐?"

무진은 처음에는 발뺌을 하면서 끝까지 모른다고 둘러대었습니다. 그러다가 형벌을 가하고 이어서 비구니 진정을 불러 그와 대질시키지 뭡니까. 진정은 속으로 그를 원망하고 있었던지라[74] 이렇게 말했습니다.

"왕 수재님이 약속하신 물건은 당신한테만 들려주고 다른 사람한테는 이야기 한 적이 없었소! 그때 사납게 문을 박차고 나가서 그날 밤에 사람을 죽여 놓고 누구한테 덮어 씌우려고?"

이신은 이어서 무진이 오는 길에 제자 월랑과 서로 으르렁거린 대화 내용까지 그대로 보고했습니다. 허공은 월랑을 부르더니 주리를 틀려고 했지요. 그러자 월랑이 말하는 것이었습니다.

"나리! 주리를 틀지 말아 주십시요! (…) 지금 장신구와 은자 … 고스란히 절간 함 속에 숨겨져 있습니다! 사부님한테 캐묻기만 하시면 됩니다요!"

---

74 【즉공관 미비】果若有情, 尼姑亦是奇恨. 왕작과 정말로 정분이 있다면 비구니라 할지라도 쌓인 원한이 있을 수밖에.

허 찰원이 꿈의 계시로 중을 잡다

무진은 모든 진실이 드러나자 '괜히 형벌을 받는 건 아무 보탬이 되지 않는다'는 것을 눈치챘습니다. 그래서 구체적인 사실을 다 털어 놓았지요.

"사실은 … 그 자가 비구니를 차지해서 비구니가 초심을 바꾸게 될까 걱정이 되기도 하고 … 그 자의 재물이 탐이 나기도 해서 … 그날 밤에 객줏집으로 가서 그 수재를 죽이고 은자와 장신구를 가져 왔습니다. 정말입니다요!"

그가 진술서에 서명을 하자 끌고 가서 당초의 은자 팔십 냥과 장신구 두 개를 확보했습니다. 그리고는 그것들을 조주曹州 관아 곳간에 밀봉하고 원래의 주인에게 돌려주기로 했지요. 이어서 무진에게는 사형죄를 판결하고, 비구니는 암자에서 추방하고 그 죄를 물어 관아에서 평민의 아내로 팔아 치웠습니다. 장선과 이표는 월랑과 다같이 무죄 판결을 받고 석방해 집으로 돌아가 근신하게 해 주니 이 사건도 그제서야 잘 해결되었지요. 만약 허공이 현명하지 않았다면 엉뚱한 사람이 희생되었을 것이 아닙니까? 그야말로

양쪽이 기구한 운명 만나서	兩値命途乖,
서로가 각자 의심받는 처지 되었네.	相遭各致猜.
어이 알겠나 사람 죽이는 끔찍한 범죄가	豈知殺人者,
본래 여색을 탐해 비롯된단 것을!	原自色中來.

그 자리에서 왕혜가 장물을 인도 받기를 바랐지만 허공은 그 요구를 받아들이지 않았습니다.

"너희 집 상전이 둘 다 죽었으니 장물이 … 네 차지가 되지 않겠느냐? 너는 어서 본향으로 가서 상전의 아들들을 불러 오너라. 그래야 돌려 주겠느니라!"

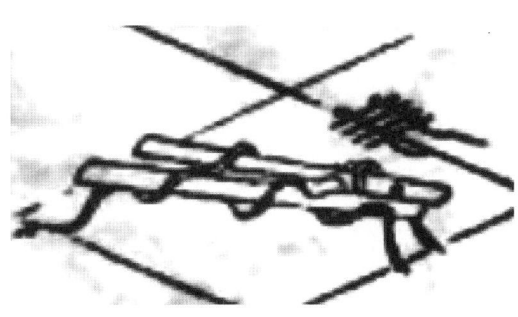

삽화에 묘사된 주릿대(좌)와 찰자(우)

왕혜는 머리를 조아리고 나서 발걸음을 돌릴 수밖에 없었습니다. 그리고는 장선의 객줏집으로 왔더니 사람들이 소리를 지르는 것이었지요.

"운이 나빴지 뭔가! (…) 그래도 푸른 하늘 같은 대감께서 수사를 잘해 주신 덕분에 무고한 사람이 해코지를 안 당한 게야!"

장선은 평안을 비는 지전을 사르고 나서 거꾸로 왕혜와 이표를 초대해서 잔뜩 취할 때까지 술 대접을 했답니다.
그리고 나서 왕혜는 이튿날 이표에게 말했습니다.

"지난번에 어떤 형제가 집으로 도련님을 모시러 갔는데 지금쯤 도착했을 겁니다. 저 하고 나리가 같이 서쪽으로 가서 그 분을 마중하시지요.
그런 다음에 바로 당초의 도둑을 잡으러 가시지요!"

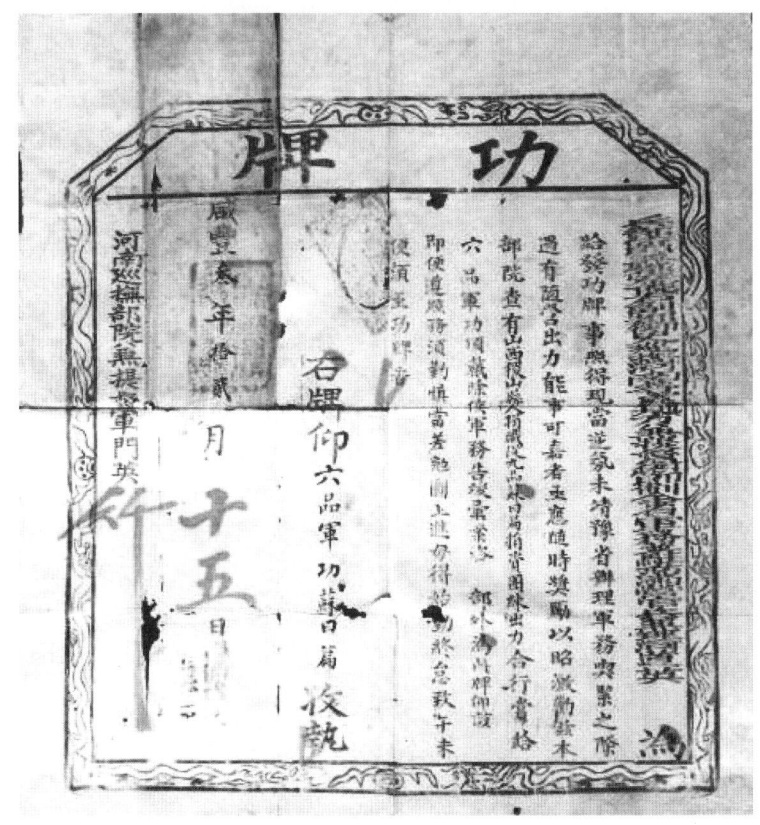

청대 함풍 3년(1853)의 패표(중국 공부자 구서망 사진)

그러자 이표는 그 제안을 받아들였습니다. 왕혜는 상전의 관에 못질을
잘 한 다음 장선에게 인계하고 잘 지키게 했습니다. 그리고 자신은 짐을
챙겨서 이표와 함께 집으로 향했지요.

그렇게 해서 북직예[75] 개주[76]의 장원현[77] 지방에 이르렀을 때였습니다. 객줏집에 여장을 푼 다음 밥을 먹고 있는데 가만 보니 객줏집에서 웬 사람이 나오는 것이 아닙니까. 지난번에 집에 간 왕은이었습니다. 왕혜는 그를 불러 서로 인사를 나누었지요. 그러자 왕은이 말하는 것이었습니다.

"두 도련님 다 안에 계시네."

왕혜는 안으로 들어가서 일고와 일계에게 머리를 조아리더니 통곡을 하면서 말했습니다.

"두 주인마님 모두 돌아가셨습니다요!"

---

75 북직예(北直隷) : 명대에 도성이 속해 있던 하북(河北) 대부분 지역과 하남(河南), 산동 (山東) 일부 지역을 일컫던 말. 명대에는 황제가 머무는 도성이 자리잡고 있는 지역을 '황제에게 직접 예속되어 있다'라는 뜻에서 '직예(直隷)'라고 불렀다. 명나라 태조(太祖) 주원장(朱元璋, 1328~1398)은 지금의 강소성 남경(南京)을 도읍으로 정하였다. 주원장 사후, 그 아들로 지금의 북경에 연왕(燕王)으로 책봉된 주체(朱棣)는 조카 건문제(建文 帝)를 제거하고 제3대 황제 영락제(永樂帝)로 즉위한 후 도성 및 중앙정부의 기능을 자신 의 근거지인 북경으로 이관하였다. 반면에 남경은 부황이 왕업을 닦은 명나라의 발상지 였기 때문에 그 격을 낮출 수 없어서 '양경제도(兩京制度)'를 채택하여 당초의 도읍이었 던 남경이 유사시의 도읍 즉 '유도(留都)'로서 북경과 동일한 정부기구를 유지하게 했는 데, 이를 계기로 북경이 속한 하북지방을 '북직예', 남경이 속한 강소지방을 '남직예'로 일컬었다. 그러나 명대에는 정치적 실권이 북직예의 정부기구에만 집중되어 있었으며 남직예는 기구는 동일하지만 그 권력이나 규모 면에서는 유명무실 해서 한직으로 간주되 었다. 청대에는 도읍을 북경에만 두고 있었으므로 남북의 구분이 없어지고 '북직예'를 그대로 '직예'로 부르는 대신 청나라와 연고가 없는 '남직예'는 '강소성(江蘇省)'으로 격 하되었다.
76 개주(開州) : 금대의 지명. 금나라 황통(皇統) 4년(1144)에 단주(澶州)를 고쳐 설치하였 다. 지금의 하남성 복양시(濮陽市)에 해당한다.
77 장원현(長垣縣) : 명대의 지명. 지금의 하남성 동북부의 장원시에 해당한다.

그가 그간 있었던 일들을 자세하게 이야기하고 나서 세 사람은 서로 머리를 끌어안고 한 덩어리가 되어서 통곡을 했습니다. 그렇게 한참을 통곡하고 났을 때였습니다. 이표가 다가와서 달래자 두 사람은 그를 알아 보지 못했지요. 그래서 왕혜가 말했습니다.

"이쪽은 이 패두[78]올습니다요. 주 관아에서 도둑을 잡으라고 파견하셨지요. 그렇게 오랫동안 애를 썼는 데도 여태 행방을 찾을 길이 없습니다요! 이번에 다행히 도련님들과 합류했으니 도중에 일을 도모해도 헛되지는 않을 겁니다. (…) 지금 관 두 개가 나란히 개하 땅에 발이 묶였습니다만. 당초 도련님들께서 곧 오실 것으로 알고 이 패두 하고 같이 마중을 왔습니다. 조주 곳간에는 현재 은자 팔십 냥, 장신구 두 개가 있으니 도련님들께서 직접 가셔야 인도받을 수가 있습니다요! 그것들이 있어야 두 주인 마님의 영구를 모시고 돌아갈 돈이 생깁니다. 다만, … 그 곽 속의 오백 냥은 행방을 알 수가 없군요. 이번에도 이 패두께서 수고해 주셔야 할 것 같습니다!"

왕혜가 이렇게 말해 주자 왕은이 말하는 것이었습니다.

"내가 떠날 때 마님께서 그렇게 많은 은자를 지니고 계셨는데 … 어째서 그것만 남았다는 건가?"

---

78 패두(牌頭) : 명대에 관아에서 복무하던 아전들에 대한 별칭. '아전들이 담당한 업무에 따라 구분해 부른 호칭으로 보인다.

"은자는 모두 주인마님께서 직접 챙겨 주신 것일세. 지난번에 겨우 그것만 내 주시길래 이상한 생각이 들어서 그렇지 않아도 주인마님께 여쭈었었지. 그랬더니 이렇게 대답하시더군. '내가 알아서 잘 간수해 두었으니 집에 도착하면 바로 알게 될 걸세!' (…) 이제 주인마님께서 세상을 떠나셨으니 여쭐 수가 없게 돼 버렸네 그려!"

왕은은 긴가민가 하면서 일고와 일계를 보고 말했습니다.

"그렇게 많은 은자가 어떻게 … 행방이 묘연할 수가 있나? 왕혜조차 못 믿을 판이로군.[79] (…) 도련님께서는 속으로만 새겨 두시고 일단 상황에 맞추어 대응하시지요. 길에서는 발설하시면 안됩니다?"

다섯 사람은 객줏집을 나왔습니다. 그리고는 왕혜와 이표까지 발걸음을 되돌려 함께 길을 가서 다시 개하로 왔지요.

그렇게 길을 갈 때였습니다. 한 줄기 큰 바람이 휘몰아치는 것이 아닙니까. 그 서슬에 모래가 다 날리는 바람에 눈앞에서 서로 마주 보는 사람조차 보이지 않을 지경으로 동서남북조차 분간할 수가 없지 뭡니까!⁸⁰ 그 대여섯 사람은 서로를 단단히 붙잡고 발길 닿는 대로 걸음을 옮겼습니다.

그렇게 해서 웬 마을 집에 이르러서야 다리를 쉬고 숨을 좀 고를 수가

---

79 【즉공관 미비】難信. 믿기 어렵고 말고.
80 【즉공관 미비】天使之也. 하늘이 그렇게 하신 게지.

있었습니다. 모래바람이 좀 잦아들고 날이 개자 일행은 술집을 하나 찾아 술이라도 한 사발 사 먹고 가기로 했지요. 그런데 웬 술집을 보니 안에 웬 여인 하나만 있는 것이 아닙니까. 그래서 왕혜가 눈을 들어 보니 웬 물건이 보이는 것이었습니다.

"해괴하구나!"

그는 즉시 이표의 손을 잡아끌면서 은밀하게 말했지요.

"저것 좀 보십시요! 술집 탁자 위의 저 곽 … 바로 우리가 은자를 담았던 그 곽입니다요! 어째서 … 여기에 있는 걸까? 무슨 까닭이 있는 것이 분명합니다!"

그래서 일고 · 일계와 왕은이 다같이 물었습니다.

"무슨 말이야?"

왕혜가 일일이 이야기를 해 주자 이표가 말했습니다.

"그렇다면 … 이 집에서 술을 사 먹으면서 기회를 봐서 저 자한테 캐물어 봅시다!"

사람들은 다함께 술집으로 들어가서 두 패로 나누어 앉았습니다. 그러자 그 여인이 다가와서 묻는 것이었지요.

"손님, 술을 얼마나 받아 드릴까요?"

"양은 상관하지 말고 마음대로 데워 오슈!"

이표가 이렇게 말하고 나자 왕혜가 말했습니다.

"이 술집 … 사내들은 다 어디 간 게요?"

"우리집 어르신과 아들 왕가ᅋᅵᆷ는 어제 술값을 받으러 갔는데 오늘 중에 도착할 겁니다!"

그래서 왕혜가 말했지요. '

"이 집은 성씨가 어떻게 되시오?"

"우리 집은 이가네올습니다!"

왕혜는 고개를 끄덕이면서

"올커니!⁸¹ 제대로 찾아 왔구만 그래!"

하더니 낮은 목소리로 사람들을 보고 말했습니다.

"지난번에 수레꾼이 이왕이라고 그랬습니다. (…) 일단 여기 앉아서 술을 먹다가 그놈이 오면 확인해 보시지요."

다섯 사람은 저마다 창날을 갈고 화살을 준비한 뒤에 도둑을 잡을 기회만 기다렸습니다.

해가 서녘으로 질 때였습니다. 가만 보니 웬 사람 둘이 비틀비틀 술집으로 들어오는 것이 아닙니까. 이때 사람들은 더 이상 술을 먹지 않고 술집에서 여유를 부리며 앉아 있었지요. 그런데 그 두 사람이 술에 취해서 묻는 것이었습니다.

"당신들 … 다들 뭐 하는 자들이슈?"

나이 젊은 쪽이 바로 수레꾼 이왕임을 알아본 왕혜는 자리에서 일어나자마자 왈칵 팔을 비틀면서 말했습니다.

---

81 올커니[慚愧] : 명대의 구어. 원래는 '부끄럽구나' 식으로 자신의 잘못이나 단점을 뉘우치고 부끄러워 하는 말로 사용되곤 한다. 그러나 당·송대 이후로 구어에서는 때로는 '잘됐다·다행이다·고맙다' 등과 같이 어떤 사람이나 상황을 반기는 말로 전용되기도 하였다. 여기서는 후자의 용법으로 사용되었으며, 편의상 "올커니"로 번역하였다.

"당신 … 나를 알아 보겠소?"

그리고 나서 네 사람이 일제히 대답하는 것이었습니다.

"우리는 모두 도둑놈을 잡는 분들이시다!"

고개를 든 이왕은 왕혜를 알아 보고 진작에 제 풀에 태도가 고분고분해지는 것이었습니다. 그러자 이표는 몸에서 명패를 꺼내더니 수레꾼 이왕이 은자를 훔친 일을 일러 주면서 쇠사슬을 꺼내 목에 채우더니 말했지요.

죄수의 목에 올가미를 씌워 끌고 가는 모습

"우리가 수레꾼들한테 물어 보니까 네놈이 여기에 숨어서 술을 판다더구나!"

그 서슬에 그 아비도 도망을 치지 못하고 오라줄에 꽁꽁 묶이고 마는 것이었지요. 이표는 역시 관아 포졸의 수완을 발휘했습니다. 그는 부뚜막으로 가서 장작을 하나 가져 오더니 먼저 이왕을 쳐서 기부터 꺾어 놓고 나서[82] 물었지요.

"은자 … 어디로 갔느냐!"

이왕은 도둑질로 잔뼈가 굵은 자였습니다. 그렇게 맞으면서도 끝까지 입을 열지 않는 것이었지요. 그래서 왕혜가 말했습니다.

"곽 안에 물증이 버젓이 있는데 네놈이 말을 하지 않으면 어쩔 테냐!"

이렇게 실랑이를 벌이고 있을 때였습니다. 그 술집 여인이 한 눈으로 부뚜막 앞 땅바닥 쪽으로 계속 입을 삐죽거리는 것이 아닙니까. 알고 보니 이 부녀자는 이왕의 계모였습니다. 그런데 사나운 심성의 이왕이 그 여인을 어머니로 대해 주지 않았던 거지요. 그 여인은 이왕의 죄상이 드러나기를 간절하게 바라면서도 말을 꺼내기 난처해서 남들 모르게 신호를 보낸 것이었습니다.

일고와 일계는 그 모습을 보더니 왕혜를 불러 말했지요.

"이제 그만 때리고 … 이 땅바닥을 파 보거라!"

왕혜는 이왕을 팽개치더니 달려 와서 식칼을 들고 그가 가리킨 곳을 따라 진흙을 팠습니다. 그러자 그 진흙 속에서 허연 물건[83] 한 더미가 나

---

82 기부터 꺾어 놓고[下馬威] : 명대의 유행어. 명대에 신임 관리가 부임하면 일부러 형벌을 내리는 등의 방법으로 관속들에게 위엄을 보이는 것을 말한다. 여기서는 이왕이 반항하지 못하도록 미리부터 장작으로 때린 것을 두고 한 말이다.
83 허연 물건[白物] : '백물(白物)'은 명대의 속어로 하얀 색을 띠는 은자(銀子), 즉 백은을

오는 것이 아닙니까. 그래서 왕혜가 고함을 질렀습니다.

"여기 있습니다!"

왕은은 곽을 가지고 안으로 들어와서 숫자를 세면서 은자를 곽 안에 담았지요. 그리고 일고와 일계는 종이와 붓을 가져다 봉함에 쓰는 띠[封皮]를 써서 밀봉한 다음 이표를 보고 말했습니다.

"패두께서 그동안 고생하셨습니다. 오늘 다행히 성공해서 범인과 장물을 모두 확보했군요! 다함께 주 관아로 끌고 가십시다!"

이표는 이어서 현지의 구역 담당관 몇 사람을 부르더니 가는 도중에 호송하게 해서 그 길로 주 관아로 왔답니다.
지주는 은자를 재판정에서 확인하고 나서 곳간에 보관하고 해원의 확인을 기다려 앞서의 은자들과 함께 일고 일계에게 돌려주었습니다. 이표는 명패를 반납하고 자신이 세운 공로를 적은 다음 그로 하여금 압송하게 해서 관련 용의자들을 찰원까지 압송해 왔답니다.

허공이 재판정에 모습을 드러내자 이표는 용의자들을 데리고 들어갔습니다. 그러자 '왕 수재의 아들과 조카인 일고와 일계는 도중에 마침 은

_____

가리킨다.

왕 씨네 아들이 바람 덕분에 도둑을 잡다

자를 훔친 도둑과 마주치자 포졸과 합세해서 붙잡은 뒤에 함께 끌고 오게 된 경위를 보고했지요. 그러자 허공은 이왕에게 곤장 서른 대를 치고 주 관아로 보내 그 죄를 묻게 했습니다. 그리고 앞서의 무진의 사건과 함께 수사를 종결시키는 한편, 이왕의 부친은 나이가 많다 하여 처벌을 면제해 주었습니다. 그리고 일고와 일계는 그 자리에서 수령장을 제출하고 앞서 주 관아 곳간에 보관했던 장물을 전부 인도하라는 지시를 내려 줄 것을 요청했지요. 허공이 그 요청을 받아들이고 나서 눈을 들어 일고와 일계를 보니 두 사람 모두 나이가 젊고 준수하지 뭡니까. 그래서

"어떤 일을 하고 있느냐?"

고 물었더니 이렇게 고하는 것이었습니다.

"둘 다 학당에 다니고 있습니다!"

허공은 기뻐하면서 분부했습니다.

"너희 부친은 본분에 충실하지 못하고 타향에서 객사한 채로 하마터면 진상조차 규명할 수 없게 될 뻔하였다. 그러다가 내가 꿈에서 받은 계시 덕분에 죄인을 붙잡을 수 있었다! 이번에 너희가 뜻밖에도 당초의 도둑을 잡게 된 것은 아마도 신의 가호가 있었기 때문이리라. 너희 둘은 복을 받을 것이 분명하다. 이제 은자를 받아 돌아가거든 각자 마음 놓고 글

공부에만 전념하되 웃대의 잘못을 본받아서는 안될 것이이다!"

두 사람은 머리를 조아리고 고맙다는 인사를 하면서 눈물을 흘렸습니다. 그러더니 이렇게 고하는 것이었지요.

"저희 두 생원生員이 또 드릴 말씀이 있사옵니다! (…) 부친이 돌아가시기 전에 집에서 서신을 보내셨는데 은자 숫자가 무척 많았습니다. 그런데 이번에 도둑에게 두 번이나 도둑 맞았다가 관아 곳간에 보관된 것을 확인해 보니 육백 금을 넘지 않더이다.[84] 하인인 왕혜의 말로는 '그것 말고는 객줏집에 세워 놓은 관 두 개가 전부로, 하나도 남은 것이 없다'고 하니 저희가 알지 못하는 내막이 있음이 분명하옵니다! 바라옵건대 주 관아에서 당초의 은자들의 행방을 확인해 주신다면 정말 큰 은혜가 될 것입니다!"

"처음에 너희 부친을 수행한 것이 누구였느냐?"

그래서 두 사람이 말했지요.

"이쪽의 왕혜뿐이었습니다!"

---

84 【즉공관 미비】此雖訴, 亦豈按君事耶. 그것이 아무리 하소연이기는 하나 어찌 안군(허공)의 소관이겠는가!

그러자 허공은 당장 왕혜를 부르더니 물었습니다.

"너희 작은 상전이 너희 큰 상전이 죽을 당시 은자가 무척 많았다고 하던데 … 지금 어디에 있는 게냐?"

그래서 왕혜가 말했지요.

"지난번에 보관된 은자는 모두 큰 주인마님 왕작 어른께서 직접 옮기셨습니다. 나중에는 이 정도만 남겨서 수레에 실으셨지요. 쇤네도 당시에 하도 이상해서 이유를 여쭈었더니 주인 마님께서 말씀하시더군요. '내게 보관할 기막힌 방법이 있느니라. 집에 돌아오기만 하면 저절로 그 은자가 나타나게 될 것이다' 하고 말입니다요. 이제 안타깝게도 주인 마님께서 살해되셨으니 물어 볼 분이 없게 되었군요! (…) 쇤네도 사실은 모르겠습니다요!"

"네놈이 양심을 속이면서 숨겨 놓고 수작을 부리는 건 아니냐?"

그러자 왕혜가 말하는 것이었습니다.

"쇤네는 보시다시피 홀몸입니다요. 길에서 어떻게 숨길만한 곳인들 있었겠습니까요? 하물며 … 장선의 객줏집에 묵을 때는 주인 마님도 같이 계셨는데 이 행장과 관뿐이었습니다요. 그건 주인과 수레꾼, 포졸 이표가 다같이 본 사실입니다요. 헌데 쇤네가 어떻게 몰래 빼돌릴 수가 있겠습니까요?"

"지난번에 왕록의 관을 내릴 때 … 너도 있었느냐?"

봉인의 예시. 죄인이 쓴 칼에 1782년 상해현이 붙인 봉인지가 양쪽으로 붙여져 있다(중국 만유기묘세계 블로그 사진)

"큰 주인마님께서 '일진이 안 좋다'고 하시면서 못 보게 하셨습니다요!"

그러자 허공이 웃으면서 말하는 것이었습니다.

"그건 너와는 상관이 없는 일이지. 은자는 처음부터 한 곳에 있었느니라!"

그는 종이를 한 장 가져 오게 해서 무엇인가를 적었습니다. 그리고는 문지기로 하여금 잘 싸게 하더니 그 위에 도장을 찍은 다음 두 사람에게 건네 주면서 말하는 것이었지요.

"은자는 여기에 있느니라. 집에 가서 열어 보면 은자를 찾을 곳을 알게 될 것이다. 여기서 머뭇거리지 마라. 또 사달이 날 테니!"

두 사람은 더 물어 볼 엄두도 내지 못하고 그것을 받아서 나왔습니다.
장선네 객줏집으로 돌아온 두 사람은 두 개의 영구가 눈에 들어오자 다함께 한 바탕 통곡을 하면서 절을 했지요. 그렇게 울고 나서 찰원에서 발행한 수령장을 들고 주 관아 곳간으로 가서 은자와 장신구를 돌려 받았지요. 지주도 사실은 동향 사람이다 보니 그 일을 빈틈없이 도와 주었습니다. 그래서 관아의 아전들도 두 사람을 갈취할 엄두를 내지 못해서[85] 한 개도 빠짐없이 원래의 액수대로 돌려 받았답니다.
객줏집에 온 두 사람은 스무 냥으로 그동안 영구를 세워 놓게 해 주고, 거기다가 송사까지 당하는 곤욕을 치룬 장선의 호의에 보답을 했습니다. 그리고는 그에게 부탁해 성실한 수레꾼을 고용하는 글을 쓰게 해서 수레로 두 영구를 모셔 고향집으로 돌아가기로 했지요. 그리고 다음 날, 제사

---

85 【즉공관 미비】州官不想染指便是大幸. 지주가 손을 대려 하지 않은 것은 큰 다행이다.

를 준비하고 죽은 두 사람의 영전에서 제사를 지내 주었습니다. 그리고 제물은 모두 주인과 수레꾼에게 주고 그 길로 영구를 모시고 길을 나섰지요.

얼마 지나지 않아[86] 집에 당도하니 온 집안사람들이 모두 울고 불면서 나와서 일행을 맞이하는 것이었습니다.

씩씩하던 두 사람 차례로 떠나더니   雄糾糾兩人次第去,
네모난 두 영구 되어 함께 돌아왔구나!   四方方兩柩一齊來.
똑같이 목숨 잃은 것이 모두가 여색 탓이고   一般喪命多因色,
만리 타향서 숨진 것도 재물 탓이었네!   萬里亡軀只爲財.

이때 왕작과 왕록의 부모는 두 사람 모두 건재했습니다. 고을의 천거로 지현까지 지낸 조부조차도 그런 대로 건강한 편이었지요. 아 그런데 두 젊은 도련님이 자기 부친의 영구를 모시고 돌아왔다는 말을 듣더니 다들 정신이 하나도 없을 정도로 통곡을 하는 것이었습니다. 그래서 그동안의 경위며 사망 원인, 그리고 허공이 명판결을 내려 준 일들을 차근차근 들려주었지요. 그러자 집안사람들은 허공이 사건을 잘 처리해 준 것을 고맙게 여겼습니다. 그가 아니었다면 하마터면 목숨 값을 치를 범

---

86 얼마 지나지 않아[不則一日] : '부즉일일(不則一日)'을 글자 그대로 풀면 '하루가 되지 않아서'로 번역할 수 있다. 이는 송·원대의 화본소설, 명대의 의화본소설 등 구어체 문학작품들에서 화자가 거론하는 '부즉일일'이 실제에 근거한 표현이 아니라 이야기꾼의 상투적이고 관용적인 표현으로 굳어졌음을 시사해 주는 셈이다. 이 같은 상황은 『박안경기』의 다른 작품들에서도 마찬가지이다. 따라서 여기서는 '부즉일일'을 편의상 "얼마 지나지 않아"로 번역하기로 한다.

인조차 찾아내지 못할 뻔 했으니까요. 왕작과 왕록의 부친이 남은 은자의 행방을 묻는 것이었습니다. 그러자 일고와 일계가 말했지요.

"그렇지 않아도 남은 은자가 보이지 않길래 허공께 그 일을 고했지요. 그랬더니 허공께서 이런 글을 써 주셨습니다. 이제 집에 도착했으니 뜯어 보아도 되겠지요!"

그리하여 지난번에 건네 받은 도장이 찍힌 작은 봉함을 가져 와서 다 함께 뜯어 보니 거기에 이런 글이 적혀 있는 것이었습니다.

"은자 액수가 많으니 종복이 감출려야 감출 수가 없었다. 너희 부친이 아주 은밀하게 숨겼다고 했으니 그 관 속에 든 것이 분명하다. 만약 관을 여는 것이 국법을 어길까 걱정 되거든 이 글을 증거로 보이도록 하라!"

銀數既多, 非僕人可匿. 爾父云藏之甚秘, 必在棺中. 若慮開棺碍法, 執此爲照.

그 글을 보고 나서 왕혜가 말했습니다.

"당초에 둘째 나리를 입관하는 광경을 쇤네들이 못 보게 하셨었지요. 나중에 관 뚜껑을 닫았을 때에는 그 많던 은자들은 보이지 않더니 허나 이 글을 보고 나니 이제야 의문이 풀리는군요!"

그래서 왕작과 왕록의 부친이 말했지요.

"허 대감께서 보증서를 써 주셨고 아비인 나도 이 자리에 있으니 관을 뜯어도 괜찮느니라!"

그래서 즉시 왕혜에게 연장을 가져 와서 조심조심 왕록의 관뚜껑을 뜯게 했지요. 그런데 시신 옆을 가만 보니 그 주위가 온통 은자로 가득하지 뭡니까. 왕혜가 소리쳤습니다.

"허 나리께서 정말 훌륭하신 분입니다! 만약에 흐리멍텅한 다른 관리를 만났더라면 이 왕혜조차 이런 복은 못 만났을 겁니다요!"[87]

일고와 일계는 나란히 달라붙어 은자들을 전부 꺼냈는데 눈으로 어림 짐작만 해 보아도 삼천오백 냥은 너끈히 넘어 보이지 뭡니까. 그 안에는 일천 냥이 들어 있고 따로 한 뭉치가 있는데 이런 글이 적혀 있었습니다.

"부모님께 당초의 은자를 돌려 드립니다!"

그리고 나머지 뭉치들에는 모두 이렇게 적혀 있었지요.

"일고와 일계에게 공평하게 나누어 주십시오."[88]

---

87 이런 복은 못 만났을 겁니다지요[造化低了] : '조화저(造化低)'는 명대의 구어식 표현으로, '운이 나쁘다, 재수가 없다'는 뜻을 나타낸다. 오승은 『서유기』 제37회의 "내일 요괴를 잡는 일은 모두 이 손오공에게 맡겨라. 다만 너는 세 가지 운이 나쁘다[明日拿妖, 全都在老孫身上, 只是要你三桩兒造化低]"에서도 같은 표현이 보인다.

그것을 본 집 안 사람들은 그들이 객지에서 죽을 때의 괴로움을 떠올리며 다함께 통곡해 마지 않았습니다. 그리고는 관을 잘 닫고 나서 은자를 그 유언대로 나누어 주었지요. 나이 많은 그 지현 출신 조부는 찰원에서 보증서를 써 준 덕분에 관을 열고 은자를 확인했다는 말을 듣더니 향을 한 대 달라고 해서 불을 붙인 다음에 하늘을 향하여 절을 하면서 이렇게 말했습니다.

"신령처럼 밝으신 허공 덕분에 원수를 갚고 은자까지 돌려받았소이다! 모쪼록 복 많이 받으시고 자손까지 행복을 누리기를 바라나이다!"

명대 소설 삽화 속의 관

그렇게 온 집안사람들이 감격해 마지 않았답니다.

이렇듯 세상의 형사사건들에는 남모를 사정들이 많으니 조금도 경솔하게 처리해서는 안 된다[89]는 것을 알 수 있습니다. 이 이야기를 증명하는

---

88 【즉공관 미비】此老正是在得之候. 이 노인은 그야말로 물욕을 경계한 게로군.
　　여기서 '재득(在得)'은 글자 그대로 직역하면 '얻는 데에 있다' 정도로 번역할 수 있다. 『논어(論語)』 「계씨(季氏)」의 "군자는 노년에 이르러 혈기가 시들고 난 뒤에는 경계해야 할 일은 얻는 데에 있다[及其老也, 血既衰, 戒之在得]"에 대하여 삼국시대 학자 하안(何晏, ?~249)은 『논어집해(論語集解)』에서 공안국(孔安國)이 붙인 주석인 "'얻는다'는 것은 탐욕스럽게 얻는 것을 말한다[得, 貪得]"를 인용하여 설명하였다. 나중에는 '재득'이 욕심을 다스리는 잠언으로 인식되는 경우가 많았다고 한다.
89 경솔하게 처리해서는 안 된다[造次不得] : 명대 구어 표현. 「동사+不得」은 '~해서는 안 된

시가 있습니다.

세상에서는 눈으로 본 것이 다 진실은 아니니	世間經目未爲眞,
따져보면 사람 그르치기 쉽지 않나 싶더라!	疑似緣來易枉人.
판관님네들께 주의하시라 말씀드리는 것은	寄語刑官須仔細,
감옥에 원한 품은 귀신 넘쳐 나기 때문이라오!	獄中儘有負寃魂.

다'라는 의미로 해석된다. 따라서 '조차부득'은 서둘러[처리하려 해]서는 안된다' 식으로 해석되는 셈이다. 「동사+不得」은 때로는 고문으로는 「不可+동사」식으로 사용되기도 한다. 그래서 『삼국연의』제105회 "이 일은 심사숙고해야지 경솔하게 처리해서는 안된다 [此事當深慮遠議, 造次不得]"처럼, 명대 구어문학에서 자주 보이는 '불가조차(不可造次) '나 '불감조차(不敢造次)' 역시 '조차부득'과 대동소이한 표현으로 이해할 수 있다.

1. 이각 박안경기의 창작과정

'이박'을 지은 능몽초凌濛初, 1580~1644는 명대 말기의 소설가·극작가이자 출판가이다. 명대 절강浙江의 오정烏程 사람으로, 자가 현방玄房이며, 호로는 초성初成과 즉공관주인卽空觀主人을 사용하였다. 그는 생전에 문학·예술·경학·역사 등 다양한 분야에서 저술을 남겼지만2 그 중에서도 가장 두각을 나타낸 것은 소설·희곡·가요 등의 통속문학 분야였다. 그가 지은 희곡을 당시의 유명한 극작가이던 탕현조湯顯祖, 1550~1616에게 보내고 조언을 부탁한 일이나, 당시 강남에서 연극 담론을 주도하던 또 다른 극작가 심경沈璟, 1553~1610의 무대 연출 스타일을 비판한 일, 또 자신이 운영하는 서방書坊을 통하여 『서상기西廂記』·『남음삼뢰南音三籟』 등, 당시 독서시장에서 인기를 끌던 희곡·가요집들을 펴낸 일 등은 능몽초가 통속문학의 소개와 창작에 얼마나 지대한 관심을 가지고 있었는지 잘 보여 준다.

동시대의 정치가이자 학자이던 사조제謝肇制, 1567~1624는 능몽초의 출판관과 관련하여 이런 평가를 내렸다.

오홍의 능씨가 간행한 책들은 책을 만들어 이익을 노리는 데에 급급한 데다

---

1 이 부분은 2023년에 선보인 학고방판 『박안경기』(전 6권)의 것을 주로 활용하였다.
2 능몽초의 각종 저술 일람표는 2023년에 학고방 출판사에서 펴낸 『박안경기』 제6권의 425~426쪽의 것을 참조하기 바란다.

가, 사람을 부리는 데에도 인색하여, 그 사이에서 엮고 다듬느라 오자가 빈번하게 나오니 이 얼마나 해괴한 일인지 모른다. 그러면서도 『수호전』·『서상기』·『비파기』니 『묵보』·『묵원』이니 하는 책들은 거꾸로 온 정신을 집중하여 정성과 심혈을 기울임으로써 천의무봉의 태세로, 쓸데없이 희곡을 눈과 귀의 놀잇감으로 꾸미는 데에만 몰두하니, 이 또한 안타까울 따름이다.[3]

『오잡조五雜俎』는 만력萬曆 병진년1616에 완성되었으니 여기에 언급된 것은 능몽초가 한창 출판활동에 전념하던 30대 시절의 상황인 셈이다. 정통문학을 중시하던 사제조로서는 능몽초가 소설·희곡·서화첩 같은 통속서들에만 지나친 정성과 투자를 집중하는 행태가 상당히 불만스러웠던 것으로 보인다. 그러나 우리는 사제조의 이 볼멘소리를 통하여 당시 독서시장의 동향에 촉각을 곤두세우고 있던 능몽초가 '경·사·자·집經史子集'의 정통문학보다는 소설·희곡 등 통속문학에 훨씬 더 깊은 애정을 가지고 있었음을 확인할 수 있는 셈이다.[4]

수향거사는 『이각 박안경기』의 서문에서 능몽초의 통속문학 창작과 관련하여 이렇게 소개하였다.

---

3   『오잡조』 권13 「사부1(事部一)」: "吳興凌氏諸刻, 急於成書射利, 又慳於倩人編摩其間, 亥豕相望, 何怪其然. 至於水滸西廂琵琶及墨譜墨苑等書, 反覃精聚神, 窮極要眇, 以天巧人工, 徒爲傳奇, 耳目之玩, 亦可惜也."

4   문성재, 「명말 희곡의 출판과 유통 - 강남지역의 독서시장을 중심으로」, 『중국문학』 제41집, 2004.5, 제156쪽. 물론, 능몽초가 이처럼 통속문학의 창작과 출판에 몰두한 것은 해당 분야에 대한 개인적인 관심이 결정적인 요인으로 작용했다고 본다. 그러나 여기에는 당시 독자들의 성격이나 독서시장의 추세에 민감한 출판가로서의 그의 판단력도 한몫했을 것이다.

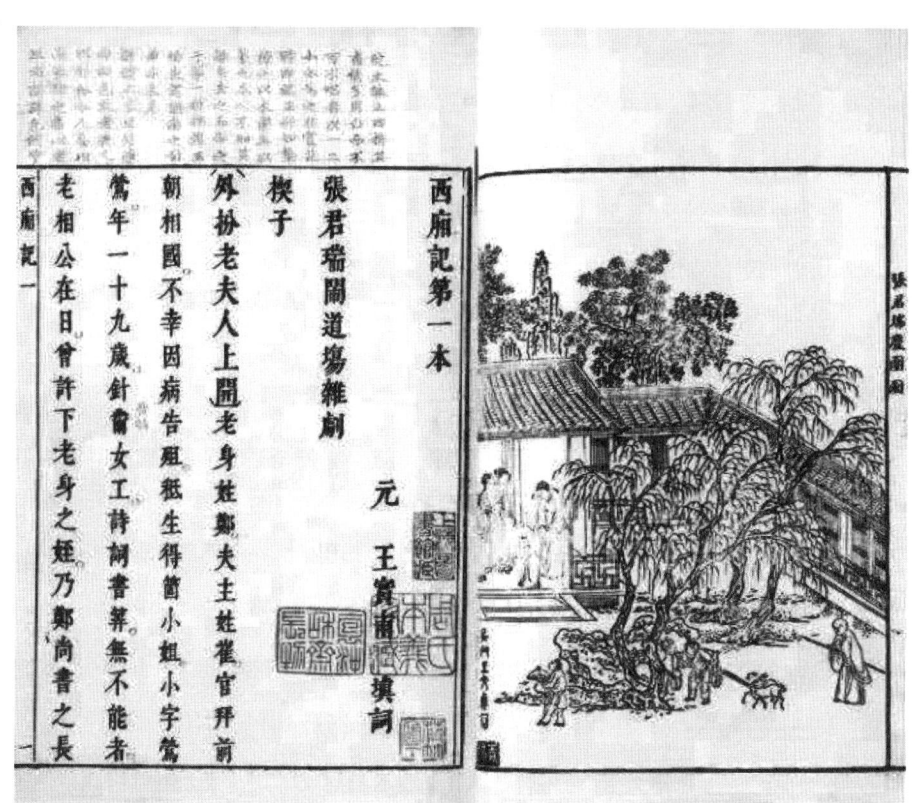

출판업을 가업으로 계승한 능몽초가 여러 색으로 인쇄해 펴낸 당시의 인기 희곡 『서상기(西廂記)』

즉공관주인이라는 분은 그 사람 자체도 기이하거니와 그 글도 기이하며 그 역정 또한 기이하다. 뜻을 제대로 펼치지는 못 했으나 원대한 그 재능을 발휘하는 기회를 만나매 남는 재능을 내어 전기를 짓고 거기서 몸을 더 낮추어 연의를 지으니, 이 박안경기를 두 번에 걸쳐 간행하게 된 까닭이다.[5]

---

5   수향거사, 「이각 박안경기 서」.

수향거사의 증언은 ①능몽초가 통속문학 저술과 출판에 종사하기 시작한 시점과, ②능몽초가 희곡과 소설을 창작한 순서에 관하여 우리에게 두 가지 사실을 시사해 준다. 수향거사의 증언에 따르면, 능몽초가 통속문학에 관심을 가지고 창작에 착수한 시점은 "과거에서 뜻을 제대로 펼치지 못한" 때부터이다. 능몽초가 과거시험에서 "뜻을 이루지 못한" "정묘년의 가을"은 그가 48세 되던 천계天啓 7년1627이었다. 이 해 가을에 응천부應天府, 지금의 남경에서 거행된 향시鄕試에 지원했다가 낙방했기 때문이다. 그러자 그는 통속문학의 창작에 본격적으로 뛰어들게 된다. "전기를 짓고 거기서 몸을 더 낮추어 연의를 지으니"라는 수향거사의 증언을 통하여 초기에는 희곡 창작에 종사하던 능몽초가 거기서 한 걸음 더 나가 창작 범위를 소설로까지 확장시켰음을 알 수 있다. 이때 몸을 낮추어 지은 소설이 바로 숭정崇禎 원년1628 10월에 소주蘇州의 상우당을 통하여 선보인 『박안경기』초각이다. 그렇게 우연히 선보인 『박안경기』의 대성공은 능몽초가 그 후속작을 준비하는 데에 결정적인 계기를 제공하였다.

억지로 지어낸 말과 투박한 이야기들이어서 장독을 덮기에도 부족한 내용임에도 불구하고 날개를 달고 날고 다리를 달고 달리는 것처럼 빠르게 유행하였다. 서상은 우연히 한번 시도해 본 것이 성공을 거두자 '또 내겠다'고 하는 것이었다. 그래서 내가 웃으면서 '한번으로도 충분하지 않소!' 하고 말은 하면서도 도중에 멈출 수는 없다고 여겨 일단 이번에도 마흔 편을 엮기로 한 것이다.[6]

---

6   즉공관주인(능몽초), 「이각 박안경기 소인」.

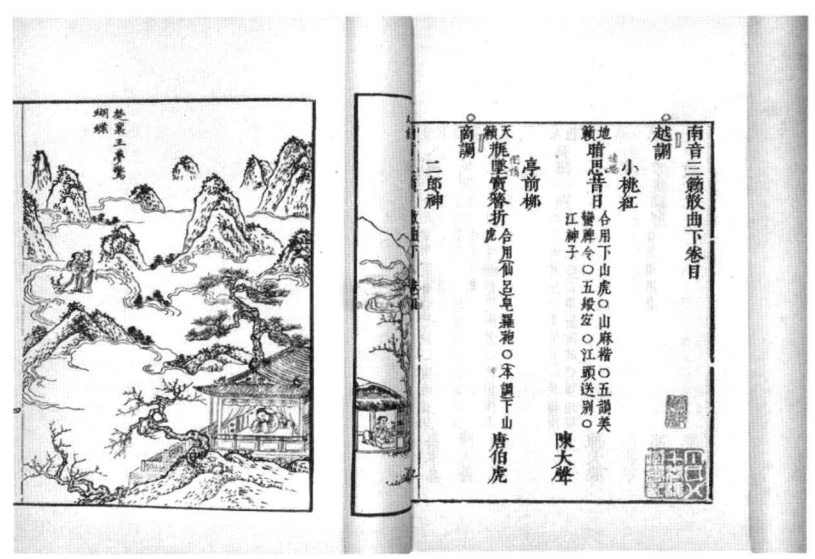

능몽초가 엮은 가곡집 『남음삼뢰(南音三籟)』의 본문과 삽화. 조판과 삽화에 상당한 공을 들인 것을 알 수 있다

　능몽초가 「이각 박안경기 소인」에서 밝힌 『이각 박안경기』 출판 경위에 따르면, 직접적인 계기는 전작 『박안경기』의 성공에 고무된 상우당 운영자 안소운安少雲의 간곡한 요청이었다. 그러나 본인 역시 "도중에 멈출 수는 없다"며 한번으로는 부족하다고 여겨 후속작을 내는 데에 동의했다는 것이다.

　그렇다면 『이각 박안경기』는 언제 정식으로 출판되었을까? 그 출판을 앞두고 수향거사와 능몽초가 각각 작성한 「이각 박안경기 서」와 『이각 박안경기 소인』을 보면 그 작성 시점이 "숭정 임신 겨울[崇禎壬申冬]"로 되어 있다. 능몽초가 살아 있을 때의 '임신년'은 명나라의 마지막 황제 주유검朱由檢, 1611~1644이 즉위한 뒤로 다섯 번째 해로, 서기 1632년에 해당

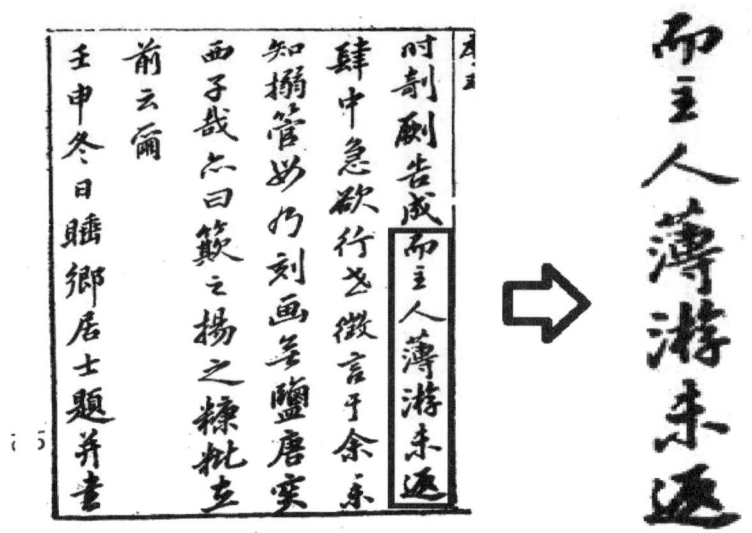

수향거사가 쓴 서문의 '박유미반' 대목. 이를 통하여 서문이 작성되던 시점에도 능몽초가 외지에 머물고 있었음을 알 수 있다

한다. 그 해의 "겨울"을 음력 11월부터 1월까지라고 본다면 양력으로는 1632년 연말보다는 그 이듬해인 1633년 연초일 가능성도 배제할 수 없다. 『이각 박안경기 소인』에는 능몽초가 그 글을 완성한 시점을 "임신년 겨울날[壬申冬日]"이라고 밝혔으나 수향거사의 서문과 날짜를 맞춘 것일 뿐 실제로는 해를 넘겼다고 보는 편이 합리적인 것이다.

『이각 박안경기』의 정식 출판이 해를 넘긴 숭정 6년[1633]에 이루어졌다는 사실은 수향거사의 증언을 통해서도 뒷받침 된다.

이제 책은 마침내 완성되었지만 (즉공관)주인이 벼슬을 지내느라 아직 돌아오지 않았다. 그러나 서사에서는 서둘러 책을 펴 내고자 하여 내게 서문을 청

탁하였다.[7]

수향거사의 증언을 정리하면, 『이각 박안경기』를 인쇄할 목판은 모두 준비되었으나 그 직전에 작자인 능몽초가 공교롭게도 작은 벼슬을 지내느라 객지에 머물고 있었고 '신상품' 출시 일정을 앞당기려는 안소운의 재촉으로 자신이 서문을 대신 작성했다는 것이다. 원문에는 능몽초의 벼슬살이를 '박유薄游'로 표현했는데, 중국의 대표적인 검색 사이트 바이두百度의 온라인사전에 따르면, 그 의미는 "하찮은 녹봉을 위하여 객지에서 벼슬살이를 하는 것爲薄祿而宦游於外"이다. 실제로 능몽초 연보를 확인해 보면 능몽초는 숭정 6년 봄에 "강서포정사 반증굉의 남창 관아에 머물렀다"고 소개되어 있다. 그렇다면 원문의 '박유'는 능몽초가 포정사 관청이 있던 남창에서 반증굉의 고문으로 잠시 재직한 일을 가리키는 셈이다. 그리고 그의 귀환을 학수고대하고 있던 상우당 안소운의 독촉으로 허겁지겁 작성한 것이 우리가 이 책 서두에서 읽은 그 짧은 「이각 박안경기 소인」이다. 『이각 박안경기』가 정식으로 출판된 것은 숭정 6년이었다고 보는 편이 합리적이라고 보는 이유이다.

2. 이각 박안경기의 체제

현존하는 『이각 박안경기』 판본들 중에서 가장 일찍 간행된 것은 숭

---

7   수향거사, 「이각 박안경기 서」.

정 5년1632에 소주의 상우당에서 간행한 판본이하 '상우당본'이다. 이 판본의 경우, 중국에는 현재 국가도서관國家圖書館에 소장된 것이 유일하다. 그러나 전체 내용에서 제13권~제30권까지의 분량이 사라진 채 절반 정도만 남아 있을 뿐이다. 그 뒤로 1941년에 일본의 닛코日光를 방문한 중국의 서지학자 왕고로王古魯, 1901~1958가 도쿄[東京]의 내각문고內閣文庫에서 또 다른 판본이하 '내각문고본'을 새로 발견하였다.

이 판본의 경우, 맨 앞에 수향거사의 「이각 박안경기 서」와 능몽초 본인의 「이각 박안경기 소인」이 차례로 배치되어 있다. 이어서 목차와 삽화가 배치되고 그 뒤에는 40편의 작품 본문이 온전하게 엮여져 있다.

1) 목차

전작 『박안경기』와 마찬가지로, 수록된 작품 총 40편의 작품의 제목이 순서대로 소개되어 있다. 각 권의 제목은 장르가 다른 제40권을 제외한 나머지 39편이 모두 전형적인 명대 장회소설章回小說의 양식에 따라 앞뒤 두 구절의 대구對句로 구성되어 있다. 또, 각 구절의 글자 수는 7자구를 쓴 것이 총 18건, 8자구를 쓴 것이 총 18건으로 가장 많다. 반면에 6자구를 쓴 것은 제4권·제6권·제33권·제40권의 4건이 불과하며 그 중에서도 제40권은 제목이 대구가 아닌 단일한 구절로 붙여져 있어서 이채異彩를 띤다.

2) 삽화

명대에 간행된 소설이나 희곡은 일반적으로 앞머리에 1~2장의 삽화를 배치하는 것이 관례였다. 『이각 박안경기』에도 제1권부터 제39권까지 총 78장의 삽화가 한꺼번에 배치되어 있다. 다만, 장르가 다른 잡극 희곡인 제40권 『송공명이 원소절에 소란을 일으키다[宋公明鬧元宵雜劇]』의 경우에는 삽화가 누락되어 있다. 능몽초 당시에는 희곡이나 소설에 일반적으로 삽화를 넣는 것이 관례였다는 점을 감안할 때, 제40권에 삽화가 누락되어 있다는 것은 이 부분이 나중에 뒤늦게 추가되었을 가능성을 시사해 준다. 만약 이 부분이 능몽초가 『이각 박안경기』를 선보이던 숭정 6년 당시의 원본이 맞다면 상식적으로 제40권에도 똑같이 삽화가 들어가 있어야 정상이기 때문이다.

3) 본문

제40권을 제외하면, 제1권부터 제39권까지는 권마다 우선 맨 오른쪽에 세로로 제목이 두 줄로 배열되고, 거기서 몇 칸을 띄운 다음부터 본문이 오른쪽에서 왼쪽으로 배열되어 있다. 본문은 쪽마다 10행씩, 행마다 대체로 200자씩 들어가 있다.

목판의 중심 하단에는 '상우당[尙友堂]' 세 글자가 표시되어 있으며, 일부 작품에는 해당 작품의 목판을 제작한 판각공[版刻工]의 이름이 표기되어 있다. 내각문고본의 경우, 제1권 상단에 '유음이 그리다[劉숲摹]'라는 문구가 들어가 있는데, 그 의미를 따져 볼 때 삽화를 그린 화공[畵工]의 이름으로

『이각 박안경기』 삽화에 표시된 판각공의 서명들. 왼쪽부터 '유음 모(劉㴆摹)', '유군유 각(劉君裕刻)', '군유 각(君裕刻)' 등의 글자들이 보인다.

추정된다. 이 밖에도 제6권 상단에 '유군유가 새기다[劉君裕刻]', 제18권 하단에 '군유가 새기다[君裕刻]'라는 문구가 표시되어 있는 것이 확인된다. 문구의 의미를 따져 볼 때, '유군유[劉君裕]'는 해당 작품의 목판을 제작한 판각공의 이름인 것으로 보인다. 화공 유음과 한 집안 사람으로 추정되는 그의 이름은 다른 도서에서도 확인할 수 있다. 역시 내각문고에 소장된 명대의 『이탁오선생비평 서유기李卓吾先生批評西遊記』 제100회의 삽화 오행산하정심원일정도五行山下定心猿一精圖에 그려진 바위 옆에 표시된 '군유 유씨가 새기다[君裕劉刻]'라는 문구가 그 예이다. 이를 통하여 유군유라는 인물이 명대 말기에 다양한 책의 삽화를 판각하면서 맹활약한 유명한 판각공이었으며, 당시에 출판용 목판의 판각 및 삽화 제작이 일종의 가업으로 전승되면서 직업화·전문화되었음을 짐작할 수 있다.

3. 평점 작자의 독특한 서사장치

각 권의 본문에는 중요한 대목마다 군데군데 작자의 입장을 피력하는 평점評點이 안배되어 있다. 일반적으로 '평評'이란 작품의 특정한 대목에 다는 작자의 소감이나 논평을 가리키는데, 그 위치에 따라 각 쪽의 꼭지에 다는 미비眉批, 본문 행간에 다는 방비旁批, 또는 본문 옆에 단다고 해서 '측비(側批)' 등이 있었다. 또, '권점圈點'은 마침표처럼 구문이 끝나는 곳을 표시하거나, 독자들에게 환기시키고자 하는 대목이나 구절을 부각시키는 역할을 하는 것으로, '。、•' 등으로 표시되었다. 이 독특한 서사장치는 원래 '설화' 시대에는 공연장에서 이야기를 들려주는 이야기꾼이 일종의 내포작가로 작품 속에 개입하면서 독자적인 목소리를 내는 데에 주로 사용되었다. 그것이 『이각 박안경기』에서는 작자인 능몽초가 그 이야기꾼의 역할을 대신하면서 독자들에게 자신이 강조하는 주제나 메시지를 전달하는 소통의 장치로 활용되었다.

명대 독서시장에서 평점은 희곡이나 소설의 주요 대목에서 이따금 요식적으로 간단하게 사용하는 것이 보통이었다. 그러던 것을 능몽초는 『이각 박안경기』에서 무려 979개의 각종 평점을 사용하였다. 그에게 있어 평점은 작품마다 자신이 강조하고자 하는 내용이나 전달하려 하는 메시지를 독자들이 쉽게 파악할 수 있도록 유도하는 장치였다. 이야기꾼이 공연장의 관중들을 염두에 둔 서사장치라면, 평점은 서재에서 책으로 이야기를 읽는 독자들을 배려한 소통장치였던 셈이다. 대단히 상세하면서도 때로는 치밀하게 안배된 이 평점들은 일종의 내포작가로 작품 속에

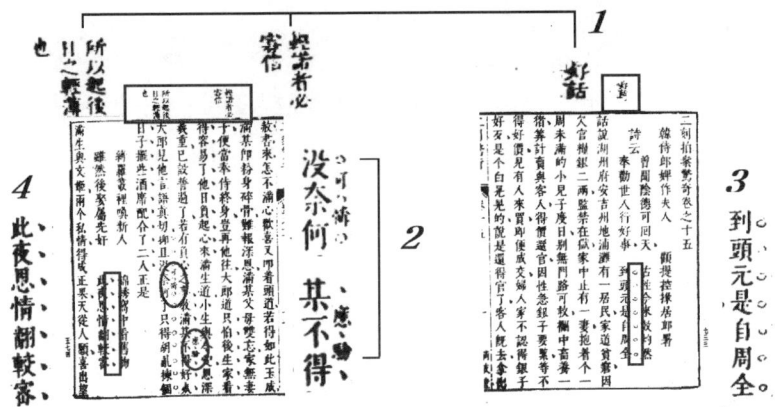

『이각 경기』의 평점 예시. 능몽초가 사용한 미비(1)와 방비(2), 권(3)과 점(4) 등 다양한 방식으로 자신의 의견을 개진하면서 독자와 소통하려 한 것을 볼 수 있다

직접 개입하면서 메시지를 전달하고 나아가 최종적인 목적'교화'을 달성하고자 하는 작자능몽초의 의지를 느낄 수 있게 한다. 그래서 일본 학자 카사미笠見는 평점이 고도로 활성화되어 작품 전체가 하나의 장편 논설과도 같은 성격을 보여 주는 것이 『박안경기』 서사의 가장 큰 특징"이라고 평가하기도 하였다.[8]

4. 내각문고본의 의문점

지금까지 살펴보았듯이, 현재 존재하는 『이각 박안경기』의 판본들 중

---

8   카사미 야요이(笠見弥生), 「『초·이각 박안경기』의 언어에 관하여 (『初·二刻拍案驚奇』の語りについて)」, 『동경대학 중국어중국문학연구실기요(東京大學中國語中國文學研究室紀要)』, 제18호, 28쪽, 2015.

에 가장 온전하게 전해지는 것이 일본의 내각문고본임은 분명하다. 다만, 이 판본이 능몽초가 숭정 6년에 당시 독자들에게 선보인 바로 그 최초의 판본인지에 관해서는 몇 가지 의문이 제기되고 있다.

1) 상이한 표지

내각문고본이 숭정 6년의 원본이 아닐 가능성은 인쇄에 사용된 목판을 통해서도 제기된다. 대표적인 사례가 제5권 「양민공이 원소절에 아들을 잃고, 열셋째가 다섯 살에 황제를 알현하다」와 제9권 「경박한 신랑이 갑자기 신부와 이별하고, 고용된 시녀가 옥 두꺼비를 알아 보다」이다. 이 두 작품의 경우, 목판 가운데에 한결같이 "이속 경기二續驚奇"라는 문구가 표시되어 있다. 문제는 이 두 이야기를 제외한 나머지 36편의 작품에는 해당 위치에 모두 "이각 경기二刻驚奇"라는 문구가 표시되어 있다는 데에 있다. "2각 경기"를 '박안경기의 속편'이라는 뜻에서 "속 경기續驚奇"라고 이해할 경우, "이속 경기"는 '속 경기의 속편'이라는 뜻으로 이해해야 하는 셈이다. '이각 경기'와 '이속 경기'가 서로 다른 판본일 가능성을 배제할 수 없다는 뜻이다.

2) 중복된 작품

능몽초는 「이각 박안경기 소인」에서 "일단 이번에도 마흔 편을 엮기로 한 것이다聊復綴爲四十則"이라고 밝힌 바 있다. 상식적으로 해석한다면 이 "마흔 편"은 모두 전작 『박안경기』를 엮고 남은 "백량대를 짓고 남은 목

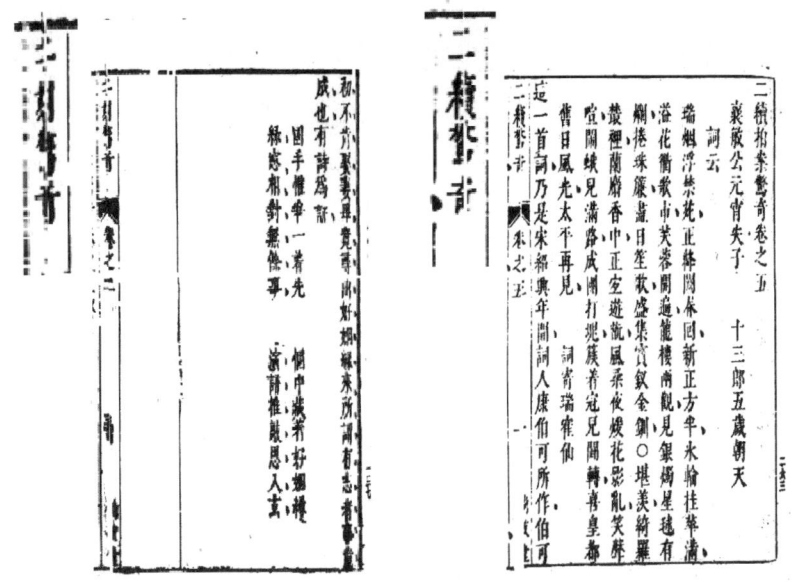

'이각 경기(二刻驚奇)'와 '이속 경기(二續驚奇)' 표시 사진. 동일한 판본에서 제목이 서로 다르게 표시되어 있는 것을 확인할 수 있다

재와 무창의 남은 대나무"를 새로 엮은 것이다. 전작에 수록된 작품들과는 '구분되는 별도의' 의화본 소설들이라는 뜻이다. 내각문고본은 문구에서 부분적으로 편차를 보이기는 하지만, 23번째 이야기인 제23권 「언니가 넋이 떠돌다 오랜 소원을 이루고 처제가 병상서 일어나 전날의 인연을 잇다」가, 그보다 4년 전에 간행된 『박안경기』초각의 제23권과 동일한 작품이다. 상식적으로 엄정한 창작관을 고수한 능몽초가 전작에서 이미 소개한 작품을 5년 뒤에 다시 끼워 넣었을 리는 없는 것이다.

3) 장르가 다른 작품

마지막 이야기인 제40권 「송공명이 원소절에 소란을 일으키다」가 장르의 성격상 소설novel이 아닌 희곡drama인 점도 납득하기 어렵다. 수향거사의 서문에서 보듯이, 희곡과 소설은 능몽초 당시에 각각 '연의演義'와 '전기傳奇'로 그 명칭이 분명히 구분되어 있었다. 그런데 장르가 다른 '전기'를 '연기'로 둔갑시켜 『이각 박안경기』에 '신작'으로 수록한다는 것은 논리적이지 않다는 뜻이다. 또, 『이각 박안경기』 목차 맨 뒤의 제40권 부분을 살펴보면 제목인 "송공명요원소 잡극宋公明鬧元宵襍劇" 바로 아래에 작은 글씨로 '부附'자가 들어가 있는 것을 확인할 수 있다. 여기서의 '부'는 정식 수록되는 본문과는 별도로 추가한 부록附錄임을 뜻한다. 이 글자의 존재만으로도 이 희곡이 능몽초가 『이각 박안경기』를 출판할 때 처음부터 "40편[四十則]"의 하나로 기획되고 수록된 작품이 아니라 제40권 자리에 나중에 누군가에 의하여 부록으로 끼워 넣어진 것임을 알 수 있는 것이다.

당시 복단대復旦大 교수였던 중국문학 사학자 장배항章培恒은 이같은 의문점들에 문제를 제기하면서 다음과 같은 결론을 내렸다.

내각문고에 소장된 『이각 박안경기』가 세상에서 유일한 판본이기는 하지만 상우당에서 처음 발간한 판본은 아니다. 원래 수록되었던 제23권과 제40권은 이미 망실되었고, 그래서 『박안경기』의 제23권과 「송공명이 원소절에

소란을 일으키다」잡극 희곡을 각각 끼워 넣음으로써 40권을 채운 것이기 때문이다.[9]

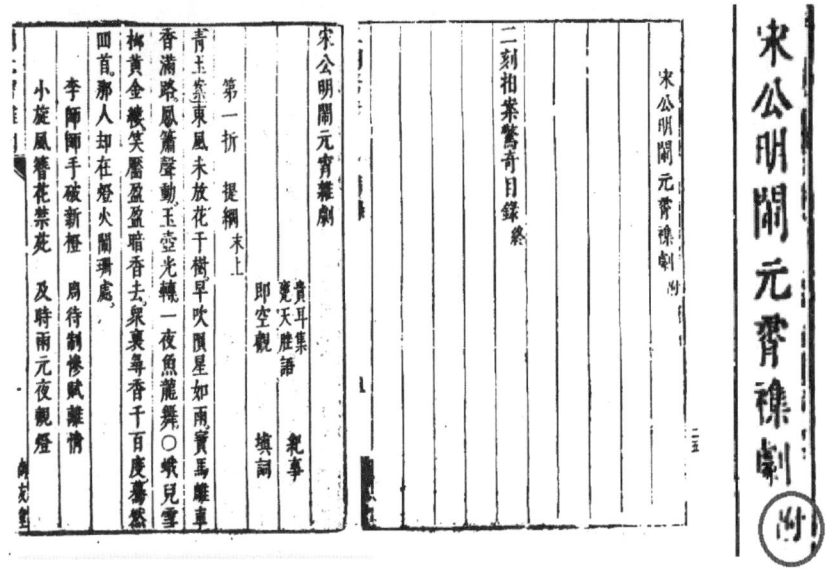

장르가 다른 제40권 희곡의 첫머리(좌)와 목차(우)의 '부(附. 동그라미 표시)'

5. 이각 박안경기의 소재들

중국 학계에서는 『이각 박안경기』를 "중국소설사에서 작자가 독자적으로 창작한 최초의 화본소설집"이라고 높이 평가하고 있다.[10] 그러나

---

9 장배항(章培恒), 「영인본 『이각 박안경기』 서」, 『이각 박안경기』, 제3쪽, 상해고적, 1985.
   "內閣文庫所藏『二刻拍案驚奇』雖爲天下孤本, 而非尙友堂原刊足本; 原刊的第二十三卷
   與四十卷業已亡佚, 故將『拍案驚奇』的第二十三卷與『宋公明鬧元宵雜劇』分別補入, 以湊
   足四十卷之數."
10 석창유, 「『박안경기』 전언」, 『박안경기』(초각), 강소고적, 제1쪽, 1990.

능몽초가 이 소설집의 줄거리와 인물들을 모두 혼자서 창조해낸 것은 아니다. 엄밀하게 말하면 『이각 박안경기』는 『이견지夷堅志』・『전등신화剪燈新話』・『제동야어齊東野語』・『정사情史』・『지낭智囊』 등, 송대와 명대에 서면체 중국어'문언'로 지어진 단편 소설이나 희곡에서 발굴한 소재를 재구성하고 당시의 독자들이 이해할 수 있도록 구어체 중국어'백화'로 쉽게 부연하고 자신의 주장을 삽입하는 방식으로 재창작한 결과물이기 때문이다. 실제로 『이각 박안경기』에 수록된 작품들의 출처를 살펴보면, 홍매洪邁의 『이견지』에서 소재를 취한 것이 제2권・제7권・제8권・제11권 등 총 12편으로 가장 많다. 그 다음이 제6권・제24권 등, 구우瞿佑의 『전등신화』에서 소재를 취한 것이다. 이와 함께 제10권 등과 같이 『제동야어』에서 소재를 취한 것도 보인다. 그 중에는 제28권・제37권 등과 같이 풍몽룡의 『지낭보智囊補』나 채우蔡羽의 『요양해신전遼陽海神傳』 등, 능몽초와 비슷한 시기인 명대에 지어진 소설에서 소재를 취한 것들도 포함되어 있다. 이 밖에도 제3권・제9권 등처럼, 능몽초 당시에 민간에서 유행하던 연극 희곡을 소설로 각색하고 재창작한 사례도 더러 보인다.

능몽초가 『이각 박안경기』에 수록한 작품들의 출처를 소개하면 다음 표와 같다.

이각 박안경기				이야기 소재 출처		
순서	제목	시대	작자	제목	편명	영향
1	進香客莽看金剛經 出獄僧巧完法會分	명		古今圖書集成・神異典一	金剛持念	
2	小道人一著饒天下 女棋童兩局注終身	송	洪邁	夷堅志補 권19	蔡州小道人	
3	權學士權認遠鄉姑 白孺人白嫁親生女	명	葉憲祖	丹桂鈿盒雜劇		撮盒緣傳奇 鈿盒奇緣(傅青眉)

순서	이각 박안경기 제목	시대	작자	이야기 소재 출처 제목	편명	영향
4	青樓市探人蹤 紅花場假鬼鬧	명				紫金魚傳奇 今古奇觀(제36회), 十三郎五歲朝天
5	襄敏公元宵失子 十三郎五歲朝天	송	岳珂	桯史	眞珠族姬	
			洪邁	夷堅志補8		
6	李將軍錯認舅 劉氏女詭從夫	원	瞿佑	剪燈新話		領頭書
			葉憲祖	金翠寒衣記	翠翠傳	
			馮夢龍	情史	劉翠翠	
7	呂使者情媾宦家妻 吳太守義配儒門女	송	洪邁	夷堅志支戊 권9	董寒州孫女	買笑局金(傅靑眉)
8	沈將仕三千買笑錢 王朝議一夜迷魂陣	송	洪邁	夷堅志補8	王朝議	
9	莽兒郎驚散新鶯燕 偽梅香認合玉蟾蜍	명	葉憲祖	素梅玉蟾雜劇		蟾蜍佳偶(傅靑眉)
10	趙五虎合計挑家釁 莫大郎立地散神奸	송	周密	齊東埜語 권20	莫氏別室子	
11	滿少卿饑附飽颺 焦文姬生讎死報	송	洪邁	夷堅志補 권11	滿少卿	死生怨報(傅靑眉)
			馮夢龍	情史	滿少卿	
12	硬勘案大儒爭閒氣 甘受刑俠女著芳名	송	洪邁	夷堅志支庚 권10	吳淑姬嚴蕊	
			周密	齊東埜語	嚴蕊	
			馮夢龍	情史	嚴蕊	
13	鹿胎庵客人作寺主 剡溪里舊鬼借新屍	송	洪邁	夷堅志補 권16	嵊縣山庵	
14	趙縣君喬送黃柑 吳宣教乾償白鏹	송	洪邁	夷堅志補8	李將仕	賣情扎囤(傅靑眉)
					吳約知縣	今古奇觀 권38
			馮夢龍	情史	李將仕	彫縣君喬送黃柑子
15	韓侍郎婢作夫人 顧提控掾居郎署	명		不可綠		
			沈齡	三元記傳奇		
16	遲取券毛烈賴原錢 失還魂牙僧索剩命	송				
17	同窓友認假作眞 女秀才移花接木	명	洪邁	夷堅志堅甲 권19	毛烈賒獄	
18	甄監生浪吞秘藥 春花婢誤洩風情	명				
19	田舍翁時時經理 牧童兒夜夜尊榮	춘추				
20	賈廉訪贗行府牒 商功父陰攝江巡	송	洪邁	夷堅志補 권24	賈廉訪	
21	許蔡院感夢擒僧 王氏子因風獲盜	명				
22	癡公子狠使噪脾錢 賢丈人巧賺回頭婿	명	邵景詹	覓燈因話	姚公子	人鬼夫妻(傅靑眉)

이각 박안경기				이야기 소재 출처		
순서	제목	시대	작자	제목	편명	영향
23	大姊魂遊完宿願 小姨病起續前緣	원	瞿佑	剪燈新話	金鳳釵記	원잡극 碧桃花와 유사
			沈璟	一種情傳奇		
			馮夢龍	情史	吳興娘	
24	庵內看惡鬼善神 井中譚前因後果	원	瞿佑	剪燈新話	三山福地志	
25	徐茶酒乘鬧劫新人 鄭蕊珠鳴冤完舊案	명	何喬遠	九朝野記		
26	憎教官愛女不受報 窮庠生助師得令終	명				
27	偽漢裔奪妾山中 假將軍還妹江上	명	王同軌	耳譚		撮盒緣傳奇
						智賺還珠(傅青眉)
28	程朝奉單遇無頭婦 王通判雙雪不明冤	명	馮夢龍	智囊補		沒頭疑案(傅青眉)
29	贈芝麻識破假形 擷草藥巧諧眞偶	명	馮夢龍	靈狐三束草	大別狐	
			馮夢龍	情史		
30	瘞遺骸王玉英配夫 償聘金韓秀才贖子	명		鴛鴦被雜劇		
			王同軌	耳譚	王玉英	
			馮夢龍	情史		
31	行孝子到底不簡屍 殉節婦留待雙出柩	명	李詡	戒菴漫筆		
			王同軌	耳譚		
			馮夢龍	情史		
32	張福娘一心貞守 朱天錫萬里符名	송	洪邁	夷堅志補 권10	朱天錫	義妾存孤(傅青眉)
33	楊抽馬甘請杖 富家郎浪受驚	송	洪邁	夷堅志丙 권5	楊抽馬	
34	任君用恣樂深閨 楊太尉戲宮館客	송	洪邁	夷堅志支乙 권5	楊戲館客	
35	錯調情賈母喝女 誤告狀孫郎得妻	?	馮夢龍	情史	吳松孫生	錯調合璧(傅青眉)
36	王漁翁捨鏡崇三寶 白水僧盜物喪雙生	?	洪邁	夷堅志支戊 권9	嘉州江中鏡	
37	疊居奇程客得助 三救厄海神顯靈	명	蔡羽	遼陽海神傳	遼陽海神	
			馮夢龍	情史		
38	兩錯認莫大姐私奔 再成交楊二郎正本	명				
39	神偷寄興一枝梅 俠盜慣行三昧戲	명				失印救火
						盜銀壺
40	宋公明鬧元宵	송	施耐庵	水滸傳 제72회		
			張端義	貴耳集		
			童甕天	甕天脞語		

6. 능몽초의 소설 창작 원칙 사실주의 고수

능몽초는 '이박'을 창작하는 과정에서 일관되게 고수한 원칙이 있었다. 그것은 바로 "교화에 죄인이 되지 않는다[不爲敎化罪人]"와 "뜻을 설득하고 경계하는 데에 둔다[意存勸戒]"는 것이다. 물론, 서둘러 작성된 『이각 박안경기 소인』에는 그것이 어떤 의미인지 구체적으로 언급되어 있지 않다. 그러나 그 전작 『박안경기』의 서문에는 그가 고수한 창작 원칙의 내용과 이유가 비교적 자세하게 언급되어 있다.

> 근래에는 태평성대가 오래 이어지다 보니, 백성들이 방탕해지고 그 뜻 또한 방종으로 치닫는 경향이 있습니다. 그래서 경박한 망나니들은 붓을 좀 놀릴 줄 알게 되기만 하면 지레 세상을 오도하고 잘못된 것들을 두루 가져다 쓰면서 황당무계한 것이 아니면 믿으려 들지 않는 바람에 그 내용이 하도 외설적이고 더러워서 차마 듣기조차 민망스럽기 일쑤이지요. 유가의 가르침에 죄를 짓고, 다음 생에 업보를 쌓기로는 이보다 더한 경우가 없을 것입니다. 더욱이 종이도 그런 책들 때문에 값이 올랐건만 그런 이야기들이 날개 없이도 퍼져나가고 다리 없이도 돌아다니곤 합니다[11]

서문에서 볼 수 있듯이, 능몽초는 유가에서 금기시하는 '괴·력·난·신怪力亂神'의 귀신 이야기와 지나친 음담패설을 다룬 책들이 당시의 독서

---

11 능몽초, 「박안경기 서」, 『박안경기』 제1권, 학고방 출판사, 2023. 아래의 인용문들 역시 『박안경기』 서문의 내용이다.

시장에 범람하면서 사람들의 도덕과 풍속을 부정적인 영향을 끼치는 데에 상당한 불만을 토로하고 있다. 유가적 교화를 무척 소중하게 여기는 정통 지식인인 그의 입장에서는 이 같은 사회병리 현상들을 일소하는 일이 정통 지식인에게 대단히 중요한 책무라고 여긴 듯하다. 그런 그에게 있어 교화의 죄인이 되지 않는 길은 소설을 통하여 어리석은 사람들을 계도하는 방법뿐이었다. 「박안경기 서」에서 밝힌 바에 따르면, 사실 능몽초가 『박안경기』를 짓게 된 가장 큰 이유도 당시 사람들의 땅에 떨어진 도덕관에 경종을 울리고, 나아가 잘못된 가치관을 바로잡자는 데에 있었다.

능몽초가 '이박'을 선보이면서 사실주의를 창작의 대전제로 표방한 것도 바로 이 때문이었다. 그는 "황당무계해서 믿을 수 없고[荒誕不足信]", "외설스러워 차마 들어 줄 수 없는[褻穢不忍聞]" 귀신 이야기나 음담패설이 횡행하는 현상을 비판하면서 "보고 듣는 범위 이내 및 일상에서 생활하는 영역[耳目之內, 日用起居]"에서 생생하고 익숙한 소재들을 토대로 소설을 창작할 것을 역설하였다. 그는 그 대안으로 기존의 퇴폐적인 창작 풍토와는 상반되는 접근방법, 즉 "보고 듣는 범위 이내 및 일상에서 생활하는 영역", 즉 일상생활을 토대로 한 소설 창작을 제안하였다. 이같은 사실주의적 접근방법은 「이각 박안경기 서」에서 수향거사가 당시의 소설가들에게 눈 앞에 펼쳐지는 '만물의 상태와 인간의 감정[物態人情]'에 주목하면서 사실주의[眞]의 예술적 경지를 지향할 것을 역설한 것과도 궤를 같이한다. 『박안경기』의 서문·범례와 상우당의 패기[牌記] 등에 "교화의 죄인이 되지 않겠다"는 몇 번이나 다짐이 등장하는 것은 소설의 사회적 교화

에 대한 그의 각성과 의지가 얼마나 확고했는지 잘 보여 준다. 능몽초의
이 같은 창작 원칙은 실제로 『박안경기』에 이어 『이각 박안경기』에서도
일관되게 고수되었다.

그가 수집한 것들은 대부분 매우 사실적이고 근거가 있는 것들이다. 비록 더
러 신이나 귀신의 이야기를 언급하기도 하지만 그래서 역사가인 사마천이 역
사를 기술할 때와 마찬가지로 묘사가 사실적이다. … 이국적인 볼거리를 곁들
이므로써 세속의 유생들이 가진 편견을 깨는 것도 나쁠 것은 없을 것이며, 요
염한 미인이나 풍류 넘치는 밀회 따위를 다룬 이야기들의 경우도 소설집에 수
록해야 할 것들이다. 다만, 세상의 풍속을 더럽히는 이야기들의 경우만큼은
모조리 배제시키려 노력하였다. 즉공관주인의 말을 빌리자면 참으로 '세상에
서 내 이야기를 구할 수 있는 이들이 충신이나 효자가 되는 데에 어려움이 없
게 해 줄 것이고 그렇게 되지 못하는 자들이라도 음행을 일삼지는 않게 될 것'
이라는 격이다.[12]

능몽초가 '이박'에서 평범한 일상의 사회와 인물에서 소설적 재미를
찾으려고 노력한 것은 바로 '평범함도 기이함으로 승화될 수 있다[平淡爲
奇]'거나 '기이함이 없는 것을 기이함으로 여긴다[無奇之所以爲奇]'라는 확고
한 신념이 있었기 때문이었다.

그렇다고 해서 능몽초가 소설의 허구적인 요소들을 완전히 부정한 것

---

12 수향거사, 「이각 박안경기 서」.

은 아니다. 능몽초는 자신의 사실주의 창작 원칙을 관철하기 위하여 "사건의 진실과 허구, 이름의 사실과 거짓이 각각 반씩 섞이게 할 것[其事之眞與飾, 名之實與贋, 各參半]"을 제안하였다. 이는 사실주의에 입각하여 소설을 창작하되 필요에 따라서는 소설의 교화효과를 배가시키기 위하여 허구적인 요소를 양념처럼 적절하게 활용하는 융통성을 허용한 셈이다. 간혹 "작품들 속에서 귀신을 언급하고 꿈을 거론한 것들도 있지만 … 그 취지역시 독자들을 설득하고 경계로 삼게 하는" 장치로서 운용한 것이라는 수향거사의 증언은 바로 이같은 배경 속에서 나온 것일 것이다. 실제로 그는 『이각 박안경기』에서 대부분 실제로 발생한 사건과 인물을 다룬 이야기들을 소개하면서 중간중간에 이국적인 볼거리나 풍류가 넘치는 남녀간의 사랑 이야기나 귀신 이야기들을 적절하게 활용하는 것을 주저하지 않았다. 그가 『이각 박안경기』에서 당시 사람들이 일상에서 볼 수 있는 각계각층의 다양한 인물들을 주인공으로 내세워 역시 일상에서 접할 수 있는 사건들을 위주로 스토리텔링을 이끌어간 것은 아무래도 "다룬 일들은 사람들의 정서나 일상과 가까운 것들이 많은 반면, 귀신·괴물 같은 허황된 것들은 그다지 다루지 않은 것이다[事類多近人情日用, 不甚及鬼怪虛誕]"라는 『박안경기』 시절부터의 초심을 고수한 결과로 해석된다.

7. 『이각 박안경기』의 해적판들

능몽초의 『이각 박안경기』는 숭정 6년에 출판된 이래로 독서시장에서 상당한 인기를 얻었던 것으로 보인다. 『이각 박안경기』가 출판되고 나서

'즉공관주인' 또는 '박안경기'라는 이름을 차용한 해적판이 잇따라 등장했기 때문이다. 대표적인 해적판이 바로『별본 이각 박안경기別本二刻拍案驚奇』이다.

　'또 다른 판본의『이각 박안경기』'라는 뜻으로 해석되는 "별본 이각 박안경기"는 정식 제목이『박안경기 2집拍案驚奇二集』이다. 현재 프랑스 파리 국가도서관에만 소장되어 있는 세계 유일본으로, 표지의 오른쪽 위에는 능몽초가 직접 엮었다는 뜻의 "즉공관주인 편차即空館主人編次"가, 왼쪽 아래에는 상우당의 목판을 사용했다는 뜻의 "본아 장판本衙藏板"이라는 문구가 들어가 있으며, 서두에는『이각 박안경기』의 것과 똑같이 숭정 6년에 작성된 「이각 박안경기 소인」이 배치되어 있다. 중국의 서지학자 유수업劉修業, 1910~1993의 분석에 따르면, 이 판본의 목판은 제1권~제10권까지는 한 쪽의 절반[半葉]이 10행, 각 행이 20자씩으로, 내각문고본『이각 박안경기』와 같은 것이지만 제11권 뒤로는 한 쪽의 절반이 9행에, 각 행이 21자씩으로 구성되어 있다. 지금까지 서지학자들이 연구한 바에 따르면, 이 판본은『이각 박안경기』에 다른 소설집에 사용된 목판을 끼워넣은 것이라는 것이다. 실제로 그 다른 목판들의 체제는 북경대학교에 소장된 제3의 의화본 소설집인『환영幻影』의 체재와 정확히 일치한다. 말하자면 "별본 이각 박안경기"는 능몽초가 직접 집필한 세 번째 소설집이 아니라 서상안소운?이 기존에 출판되어 인기를 끌고 있던『이각 박안경기』에『환영』에 수록되었던 작품들을 섞어 인쇄한 뒤에 능몽초가 새로 엮은 소설집인 것처럼 둔갑시킨 해적판이라는 뜻이다. 제목은 다른데 책

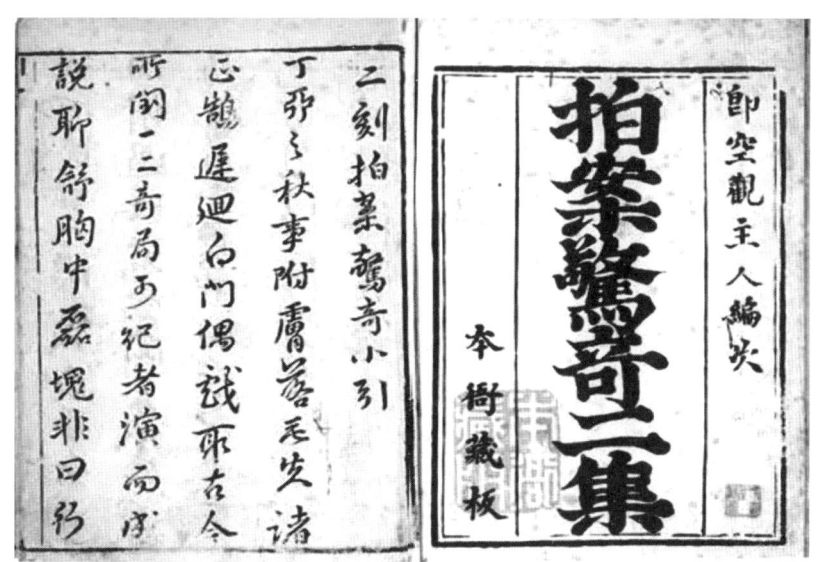

프랑스 파리 국가도서관에 소장된 『박안경기 2집』의 표지(우)와 『이각 박안경기 소인』(좌). 책 제목이 다른데 소개 글 내용은 그대로이다. 능몽초가 아닌 제3자가 만든 해적판이라는 뜻이다

을 소개하는 글의 제목은 그대로 「이각 박안경기 소인」인 것이 그 증거이다. 그 뒤에 지어진 『환영』 작품들을 끼워 넣어 34권 총 34편으로 엮어져 있다. 게다가 「이각 박안경기 소인」의 "마침내 그 이야기들을 베끼고 모아 책으로 엮은 것이 마흔 편이나 되었다[遂爲鈔撮成篇, 得四十種]" 대목의 '40四十' 부분은 교묘하게 깎아내고 '34卅四'로 바꾸어 놓았다. 제목 역시 부분적으로 편차를 보인다. 제1권~제10권까지는 『이각 박안경기』와 동일하나 『이각 박안경기』 제15권의 「한시랑비작부인, 고제공연거낭서(韓侍郎婢作夫人, 顧提控掾 居郎署)」가 여기서는 「강애낭신호주부인, 고제공연거낭서(江愛娘神護做夫人, 顧提控掾 居郎署)」제2권로 앞부분이 바뀌어져 있는 것이 그 예이다.

『환영』은 명나라 숭정 16년1643에 처음으로 간행되었다. 따라서 이 둘이 합쳐진 "별본 이각 박안경기"의 존재는 그 출판 시점이 그보다 나중, 즉 서기 1643년 이후임을 시사해 준다. 중국 근현대의 서지학자인 정진탁鄭振鐸, 1898~1958 · 유수업의 연구에 따르면, 그 수록 작품들을 『이각 박안경기』·『환영』과 비교하면 다음 표와 같다.

권수	환영 제목	출처	제목 비고
권01	滿少卿饑附飽颺 焦文姬生讎死報	이각 권11	
권02	江愛娘神護做夫人 顧提轄聖恩超主政	이각 권15	韓侍郎婢作夫人 顧提控掾居郎署
권03	美男人拾箭得婚 女秀才移花梭木	이각 권17	同窗友認假作眞 女秀才移花接木
권04	甄監生浪吞秘藥 春花婢誤洩風情	이각 권18	
권05	遲取券毛烈賴原錢 失還魂牙僧索剩命	이각 권16	
권06	李將軍錯認舅 劉氏女詭從夫	이각 권6	
권07	呂使者情媾宦家妻 吳太守義配儒門女	이각 권7	
권08	沈將仕三千買笑錢 王朝議一夜迷魂陣	이각 권8	
권09	莽兒郎驚散新鶯燕 傷梅香認合玉蟾蜍	이각 권9	
권10	趙五虎合計挑家舋 莫大郎立地散神奸	이각 권10	
권11	不苟存心終不苟 淫奔受辱悔淫奔	환영 제3회	情詞無可逗 羞殺抱琵琶
권12	李侍講無心還寶物 王指揮有意救恩人	출처 불명	
권13	恤孤仗義反遭殃 好色行凶終有寶	환영 제1회	看得倫理眞 寫出奸徒幻
권14	延名師誤子喪妻 設奸謀敗名殞命	환영 제27회	爲傳花月道 貫講差使書
권15	昵淫朋痴兒蕩産 仗義僕敗子回頭	환영 제8회	義僕還自守 浪子寧不回
권16	耽風情店婦宣淫 全孝義孤兒完節	환영 제6회	衆心還獨抱 惡計枉敎施
권17	貪淫婦圖歡偏受死 烈俠士就戮反超生	환영 제9회	淫婦情可誅 俠士心當宥
권18	老衲識書生于未遇 忠臣保危主而令終	출처 불명	
권19	富差貧夫婦拆散 尋親行孝父子團圓	출처 불명	
권20	死殉夫一時義重 生盡節千古名香	환영 제7회	生報華募恩 死謝徐海義
권21	奸淫漢殺李移桃 神明官追尸斷鬼	환영 제13회? (본문 없음)	匿計估紅顏 發棺蘇呆婿
권22	任金剛假官劫庫銀 張銅梁僞鏹誅大盜	환영 제15회?	動庫鐖雖巧 擒兇智倍神
권23	認惡友謀財害命 舍正身斷獄懲凶	환영 제16회	見白鏹失義 因雀引明冤
권24	無福官叛而尋死 有才將巧以成功	출처 불명	
권25	狠毒郎圖財失妻 老實頭憑天得婦	환영 제25회	緣投波浪裏 恩向小窗親

권수	환영 제목	출처	제목 비고
권26	忠臣死義鐵錚錚 貞女全名香撲撲	환영 제5회	烈士殉君難 書生得女貞
권27	報父仇六載伸冤 全父尸九泉含笑	환영제 2회	千金苦不易 一死樂伸冤
		이각 권31회?	行孝子到底不簡屍 殉節婦留待雙出柩
권28	痴人望貴空遭騙 賊禿貪財却受誅	환영 제28회	修齊邀紫綬 說法騙紅裙
권29	財色兼貪何分僧俗 冤仇互報那怕官人	환영 제29회	淫貪皆有報 僧俗總難逃
권30	飲盅毒禍起蕭牆 刺哲謀珠還合浦	출처 불명	
권31	積陰功徒遭極品 棄糟糠暴死窮途	출처 불명	
권32	騙來物牽連成禍種 遇故主始終是功臣	출처 불명	
권33	逞奸計以婦賣姑 盡孝道將妻換母	환영 제4회	設計去姑易 賣舟送婦難
권34	孝女割肝救祖母 眞尼避地絶塵緣	출처 불명	

　『이각 박안경기』의 명성을 차용한 또다른 해적판으로는 『삼각 박안경기三刻拍案驚奇』가 있다. 이 판본은 두 가지 판본이 있다. 먼저, ① 현재 북경 도서관에 소장된 판본은 속지에 또다른 의화본소설집으로 포옹노인抱甕老人이 엮은 『금고기관今古奇觀』의 제목에서 착안한 것으로 보이는 "형세기관形世奇觀"이라는 문구가 가로로 붙어 있으며, 제1회부터 제7회까지만 남아 있다. 또, ② 북경대학교 도서관에 소장된 판본은 총 30회가 전해지는데 명대 말기 판본과 역시 같은 시기의 것으로 추정되는 필사본이 남아 있다. 현존하는 『이각 박안경기』의 판본들을 표로 소개하면 대체로 다음과 같다.

　이 판본은 원래 제목이 『환영』이며, 저자는 "몽각도인·서호낭자 합집夢覺道人西湖浪子 合輯"으로 기재되어 있는 것을 보면 원래는 몽각도인과 서호낭자가 함께 엮은 소설집 『환영』에 '표지 갈이'를 하여 마치 그것이 즉공관주인의 세 번째 소설집인 것처럼 둔갑시킨 것으로 보인다. 『환영』에 『형

소장자	제목	분량
마렴(馬廉)	삼각 박안경기	20여 회
북경도서관(정진탁 소장본)	형세기관	환영의 제1~7회
북경시 문물 부서	형세기관?	환영 총 21회
프랑스 파리 국가도서관	별본 이각 박안경기	제11~34회 총 24권이 이각과 다름 총 15회가 환영과 동일하나 나머지 9회는 환영과 다름
일본 좌백(佐伯)문고		

세기관』, 나아가『삼각 박안경기』라고 제목을 붙였다는 것은 누가 보더라도 능몽초가 지은『박안경기』와『이각 박안경기』의 명성과 인기를 빌려 독자들을 끌어들이려고 한 것임을 짐작할 수가 있다.『형세기관』이라는 또다른 제목이『금고기관』의 명성을 차용하려 한 것과 같은 맥락이다.

이처럼 해적판이 줄줄이 만들어질 정도로 인기를 끌던 능몽초의『이각 박안경기』와『박안경기』는 명나라가 망하고 청나라로 왕조가 교체되는 난세를 거치면서 그 인기가 급격히 사그라들더니 청나라에서는 아예 '금서'라는 낙인까지 찍히면서 독서시장에서 완전히 자취를 감추었던 것으로 보인다.

1세 만력 8년 5월 7일^{1580년 6월 18일}

절강^{浙江} 호주부^{湖州府} 오정현^{烏程縣} 동성사포^{東晟舍鋪}[1]에서 부친 능적지^{凌迪}^知와 생모 장씨^{蔣氏} 사이에서 태어남.

조부 능약언^{凌約言}은 가정^{嘉靖} 경자년^{庚子年} 거인^{擧人} 출신으로 벼슬이 남경^{南京}의 형부^{刑部} 원외랑^{員外郞}에 이르렀고, 가정 병진년^{丙辰年} 진사^{進士} 출신인 부친은 당시 52세, 생모는 21세였다.

2세 만력 9년^{1581년}

아우 능준초^{凌濬初}가 태어남.

12세 만력 19년^{1591년}

관학^{官學}에 입학함.

18세 만력 25년^{1597년}

늠선생^{廩膳生}으로 편입됨.

21세 만력 28년 12월 5일^{1600년}

부친 능적지가 72세로 사망함. 그 고을의 진사 주국정^{朱國禎}이 조문을 옴.

---

1 동성사포(東晟舍浦) : 지금의 중국 절강성 호주시 직리진(織里鎭)에 해당한다.

23세 만력 30년[1602년]

딸을 항주杭州에 머물던 가흥嘉興 출신 문인 풍몽정馮夢禎의 손자 풍연생馮延生에게 출가시킴.

11월 8일, 풍몽정이 혼인 예물을 지참하고 방문하자 외숙인 오몽양吳夢暘과 함께 극단인 여삼반呂三班을 불러『향낭기香囊記』를 무대에 올리고 한밤중까지 접대함.

24세 만력 31년[1603]

정월 25일, 사돈 풍몽정이 덕청德淸의 산소에서 차례를 지낸다는 소식을 듣고 호주에서 지인인 송종헌宋宗獻·장염군張髥君과 함께 현지로 가서 술을 마시며 이경二更까지 담소를 나눔. 26일, 일행은 호주의 청산靑山으로 자리를 옮겨 나들이를 하고 수암상인守庵上人을 만남.

2월, 풍몽정·복원상인復元上人·송종헌과 함께 소주蘇州 나들이를 하면서 배에서 시를 짓고 글을 논함. 이 자리에서 풍몽정은 능몽초가 입수한 원대에 출판된『경덕전등록景德傳燈錄』의 발문跋文을 쓰는 동시에『동파선희집東坡禪喜集』과『산곡선희집山谷禪喜集』에 평점評點을 붙여 줌.

8월 5일, 항주의 풍몽정을 방문하러 갔다가 그 자리에 있던 복원상인과 상봉함.

이 해에 왕서등王棲燈이 호주에 나들이를 왔다가 능몽초와 그 형 함초涵初, 아우 준초의 융숭한 대접을 받고 병중에도 그 길로 능 씨네 차적원且適園을 방문. 얼마 후, 형 함초가 45세의 나이로 사망함.

26세　만력 33년^{1605년}

6월, 아내 심씨^{沈氏}가 장자 침^琛을 낳음.

9월 6일, 생모 장씨가 남경에서 사망함.

10월, 생모의 관을 고향으로 운구하고 풍몽정이 부고를 듣고 와서 조
문함.

27세　만력 34년^{1606년}

국자감^{國子監} 제주^{祭酒} 유왈영^{劉曰寧}에게 글을 올림. 유왈영이 그 글을 병
부^{兵部} 우시랑^{右侍郞}이던 경정력^{耿定力}에게 보이자 자신의 형인 경정향^{耿定向}
의 진사 동기인 능적지의 아들이며, 경정향이 평소 능몽초의 글재주를
칭찬했다고 밝힘.

이 해에 선친의 지인인 남경 국자감 사업^{司業} 주국정^{朱國禎}과 인연을 맺
음. 외숙부인 오윤조^{吳允兆}가 남경 처소를 방문하자 정담을 나누고 도서들
을 감상한 후 자신이 지은 희곡의 서문을 써 줄 것을 부탁함.

같은 해에, 첫 번째 학술저서인 『후한서찬^{後漢書纂}』을 남경에서 출판하
는 한편 선친의 지인인 왕서등에게 서문을 써 줄 것을 부탁함. 이 해부터
남경에 장기 체류함.

29세　만력 36년^{1608년}

자신의 희곡 5편을 당시 극작가로 명성을 날리던 탕현조^{湯顯祖}에게 보
냄. 탕현조는 답장에서 그의 희곡에 대해 극찬함.

30세　만력 37년^{1609년}

3월~7월, 내방한 원중도袁中道를 남경 진주교珍珠橋 처소에서 접대함.
(…)

가을~겨울에, 주무하朱無暇·종성鍾惺·임고도林古度·한상계韓上桂·반지항
潘之恒 등과 진회하秦淮河에서 모임을 가지고 시를 지음.

37세　만력 44년^{1616년}

12월, 첩 탁씨卓氏가 차남 보葆를 낳음.

40세　만력 47년^{1619년}

탁씨가 삼남 초楚를 낳음.

42세　천계天啓 원년^{1621년}

다색인쇄기법[套版]으로 『동파 선희집東坡禪喜集』과 『산곡 선희집山谷禪喜
集』을 판각하는 한편 진계유陳繼儒에게 『동파선희집』의 서문을 써 줄 것을
요청함.

43세　천계 2년^{1622년}

가을, 학술저서인 『시역詩逆』을 간행하면서 「시경인물고詩經人物考」라는
글을 부록으로 삽입함. 이 저술의 교정은 능서삼凌瑞森 등이 맡고 자신이
직접 서문을 씀.

44세 천계 3년1623년

4월, 상경하여 알선謁選에 참여함. 이때 마침 예부 상서禮部尙書 겸 동각대학사東閣大學士에 배수된 지인 주국정도 능몽초와 같은 배로 상경함.

6월, 주국정과 함께 북경에 도착함.

45세 천계 4년1624년

계속 북경에 체류함. 이 해 중양절에 모유茅維·담원춘譚元春·갈일룡葛一龍·왕가언王家彦·주영년周永年·정도수程道壽·장이보張爾葆 등과 함께 가희인 학월미郝月媚의 집에 모여 술을 마시고 시를 읊음.

47세 천계 6년1626년

『규염옹虯髥翁』 등 13편의 잡극雜劇 희곡, 『교합삼금기喬合衫襟記』 등 3편의 전기傳奇 희곡 및 남곡南曲 선집인 『남음삼뢰南音三籟』를 완성한 것으로 보임.

48세 천계 7년1627년

가을, 남경에서 응천부應天府 향시鄕試에 응시했으나 낙방한 후 『박안경기』 집필을 시작함.

49세 숭정崇禎 원년 1628년

10월, 소주蘇州의 상우당尙友堂에서 『박안경기』를 정식으로 출판함.

11월, 첩 탁씨가 사남인 고夔를 낳음.

50세　숭정 2년^{1629년}

심태^{沈泰}가 자신이 엮어 간행하는『성명잡극 이집^{盛明雜劇二集}』에 능몽초가 지은 잡극『규염옹』을 수록함.

51세　숭정 3년^{1630년}

자신의 학술저서인『공문양제자언시익^{孔門兩弟子言詩翼}』을 간행하면서 아우 능영초에게 교정을 맡기고 자신은 직접 서문을 씀.

52세　숭정 4년^{1631년}

복건^{福建}에서 벼슬을 사는 친척 반증굉^{潘曾紘}의 도움으로 복건 제학^{提學}사^{副使} 하만화를 초청해 자신의 학술저『성문전시적총^{聖門傳詩嫡冢}』16권에 대한 서문을 부탁함. 같은 해에, 책이 간행되자 뒤에「신공시설^{申公詩說}」1권을 부록으로 수록함.

53세　숭정 5년^{1632년}

10월, 첩 탁씨가 오남 목^檗을 낳음.

겨울,『이각 박안경기』를 완성함.

54세　숭정 6년^{1633년}

봄, 강서 포정사^{江西布政使}로 있는 반증굉의 남창^{南昌} 관아에 머뭄.

5월, 반증굉과 작별하고 복건지역을 편력함. (…) 복건에서 조학전^{曹學佺}·이서화^{李瑞和} 등과 교류함. … 이서화의 글을 읽고 그의 급제를 예견함.

가을(?),『이각 박안경기』를 정식으로 출판함.

55세   숭정 7년^{1634년}

강서^{江西} 남부를 순무^{巡撫}하던 반증굉에 의해 그 막부에 초빙됨.

57세   숭정 9년^{1636년}

반증굉이 군사를 거느리고 근왕^{勤王}에 나서자 (…) 다시 상경해 과거에
응시하지만 이번에도 낙방함.

9월, 사촌형 반담^{潘湛}의 초청으로 호주^{湖州} 성 남쪽의 저산^{杼山}에 올랐다
가「유저산부^{遊杼山賦}」를 지어 낙심한 자신의 소회를 토로함.

58세   숭정 10년^{1637년}

장욱초^{張旭初}가「오소합편^{吳騷合編}」을 엮으면서 능몽초의 산곡^{散曲}「상서상
거^{傷逝}」·「석별^{惜別}」·「야창화구^{夜窓話舊}」등 3편을 소개함.

60세   숭정 12년^{1639년}

다시 향시에 응시했으나 이번에도 낙방함. 마지막으로 부공^{副貢}의 자
격으로 상해^{上海} 현승^{縣丞}으로 발탁된 것으로 보임^{시점에 논란}. (…) 그 사이에
8개월 간 현령의 업무를 대리함.

왕년에 복건에서 알게 된 이서화가 송강부^{松江府}의 추관^{推官}이 되어 인사
를 옴.

상해 현지 사대부들의 도움으로 조운^{漕運}의 임무를 맡아 조[粟]를 북경

까지 원만히 수송하고 귀환한 후 「북수 전부北輸前賦」와 「북수 후부北輸後賦」
를 지음.

해상방위 관련 업무를 담당함. 당시 적폐가 극심하던 염전에서 '정자
법井字法'을 추진하여 적폐를 해소하고 연해지역에서 그대로 적용하면서
여러 차례 상사의 칭찬을 받음.

63세 숭정 15년1642년

서주徐州의 통판通判으로 승진함. 이임할 때 상해의 백성들이 통곡하고
눈물을 흘리며 전송해 줌. 서주에 도착해 황하黃河가 메말라 거마가 다닐
수 있을 정도인 광경을 보고 세상에 우환이 생길까 우려하며 한숨 지음.
부임과 동시에 방촌房村에 배치된 후 방하 주사防河主事 방윤립方允立과 황하
치수의 묘책을 궁리한 끝에 좋은 효과를 얻어 우첨 도어사右僉都御史로 총
독조운總督漕運·순무유양巡撫維揚을 겸한 노진비路振飛로부터 여러 차례 칭찬
을 받음.

64세 숭정 16년1643년

병비유서兵備維徐의 임무를 맡은 하등교何騰蛟가 황제의 명령을 받들어
유적流賊 진소을陳小乙 토벌을 위해 여량홍呂梁洪의 한협제漢協帝·당악공唐鄂公
의 사당에서 출진을 선포함. 공교롭게도 큰 바람이 불어 모래가 날리면
서 관군에게 불리해져 하등교가 대책을 구하자 와불사臥佛寺에서 한밤중
에 「초구 10책剿寇十策」을 작성해 바침. (…) 하등교가 그 건의를 받아들이
고 그를 '십구형十九兄'이라고 존대하자 감격해 성공을 위해 최선을 다할

것을 맹세함. (…) 하등교가 감기監紀의 소임을 맡기려 하자 사양한 후 혼자 말을 타고 적진으로 뛰어들어 조정에 귀순하도록 설득해 다음날 진소을 등이 무리를 이끌고 와서 투항함. (…) 하등교가 연자루燕子樓에서 고을의 문무 관리들을 위해 잔치를 베풀고 능몽초에게 술을 내리자 즉석에서 「탕산 개가湯山凱歌」·「연자루 공연燕子樓公讌」을 지음.

얼마 후 호광순무湖廣巡撫로 승진한 하등교가 능몽초를 감군첨사監軍僉事로 천거하고 휘하에 두려 했으나 그대로 방촌에 남아 치수에 전념함.

65세   숭정 17년1644년

「별가 초성공 묘지명別駕初成公墓誌銘」에 따르면, 정월 7일 밤, 이자성의 유적이 서주 성을 공격하면서 일단의 군사를 나누어 방촌을 약탈하자 백성들을 지휘해 성을 굳게 지킴. (원래 현지 민병을 훈련시키고 유적이 공격해 오면 근방의 병력이 지원에 나서고 유적이 대거 공격해 오면 봉화를 올리고 모두가 지원에 나서기로 약속했으나 유적이 서주 성을 거세게 공격하자 각지의 민병들은 그 서슬에 두려움을 느끼고 아무도 지원에 나서지 않아 혼자 고군분투함)

9일 동이 틀 때까지 사수하던 중 적진에서 투항을 제안하자 성루에서 그들을 꾸짖고 조총으로 몇 명을 쏘아죽임. 격노한 유적들이 맹공을 퍼부어 함락을 눈앞에 두자 백성들의 목숨을 지키기 위해 자결하려 했으나 백성들도 통곡하며 사수를 맹세하자 그때부터 단식에 돌입함. (…) 종복이 벼슬이 낮은데 굳이 죽을 필요가 있느냐고 반문하자 "나는 내 절개를 지키려 하는 것이다. 어찌 벼슬이 높고 낮음을 따졌겠느냐" 하고 말하고 몇 되나 되는 피를 토함. (…) 적진에 자신은 죽을 목숨이니 백성들은 다

치게 하지 말라고 부탁하고 12일 아침 "우리 백성들을 다치게 하지 말라"고 세 번 외친 후 세상을 떠나니 사람들이 모두 통곡하고 자결로 충성심을 보인 자가 열 명 넘게 있었음. 다음날, 성루로 진입한 적군은 죽은 능몽초의 안색이 살아 있는 것 같은 것을 보고 놀라면서 약속대로 한 사람의 목을 베고 세 사람을 창으로 꿴 후 나머지는 모두 살려 줌. 얼마 후 관군이 도착하자 유적은 도주하고 하등교는 그의 죽음을 전해 듣고 비통해 하며 관리를 보내 제사를 지낸 후 그의 시신을 담은 관을 호주로 옮겨 대산戴山 남쪽에 안장함.